SCIENCE FICTION

Herausgegeben
von Wolfgang Jeschke

Von dem Zyklus RENEGADE LEGION
erschienen in der Reihe
HEYNE SCIENCE FICTION & FANTASY:

William H. Keith jr.: *Die Ehre der Legion* · 06/5393
Peter Rice: *Den Teufel werden wir tun* · 06/5453
Peter Rice: *Eisiger Tod* · 06/5454
Peter Rice: *Monsun* · 06/5455 (in Vorb.)

PETER RICE

EISIGER TOD

RENEGADE LEGION

3. Roman

Deutsche Erstausgabe

WILHELM HEYNE VERLAG
MÜNCHEN

HEYNE SCIENCE FICTION & FANTASY
Band 06/5454

Titel der Originalausgabe
FROST DEATH
Übersetzung aus dem Amerikanischen
von Birgit Oberg
Umschlagbild: FASA Corporation

Umwelthinweis:
Dieses Buch wurde auf
chlor- und säurefreiem Papier gedruckt.

Redaktion: Ulrich Fröschle

Erstmals erschienen bei FASA Corporation, Chicago

Printed in Germany 1997
Umschlaggestaltung: Atelier Ingrid Schütz, München
Technische Betreuung: M. Spinola
Satz: Schaber Satz- und Datentechnik, Wels
Druck und Bindung: Elsnerdruck, Berlin

ISBN 3-453-11906-1

Prolog

In den beinahe fünftausend Jahren, seitdem die Menschen Terra zum ersten Mal verließen, um 2056 die Sterne zu besiedeln, erklomm die Geschichte dieser Rasse die höchsten Ruhmesgipfel, um anschließend so tief zu fallen, daß sie beinahe ausgelöscht worden wäre.

Jetzt, im Jahre 6831, beherrschten die Menschen unter der Leitung des Terran Overlord Government, auch TOG genannt, die Galaxis. Diese Regierung, deren Herrscher die Caesaren in Neu Rom sind, behauptet, die Menschen von Terra seien allen anderen Rassen überlegen, und sie erzwingt ihre absolute Macht auf jede Weise – sei es durch Propaganda, Terror, rohe Gewalt oder Sklaverei. Wer würde es wagen, sich im Hinblick auf die acht Millionen TOG-Legionen und die mit stählerner Faust regierenden Caesaren dieser mächtigsten Armee, die es je in der Galaxis gab, entgegenzustellen? Die Antwort liegt am anderen Ende der Galaxis, ungefähr 70 000 Lichtjahre von Terra entfernt, am Ende des Orionarms. Dieses aus Tausenden von Sternen bestehende System ist als Commonwealth der Menschen und Baufrin bekannt. Dort befindet sich der Sitz des bewaffneten Widerstandes gegen das TOG, seitdem das Terran Overlord Government im Jahre 6681 an die Macht kam.

In jenem Jahr flohen mehrere imperiale Legionen vor der Tyrannei der neuen TOG-Regierung und fanden bei den Bewohnern des weit entfernten Commonwealth Zuflucht. Sie und ihre Nachkommen sind als Rebellenlegion bekannt, die Seite an Seite mit ihren Commonwealth-Verbündeten gegen das TOG kämpft.

1

1145, 1 Martius 6831

Der sowohl Commonwealth- als auch Naram-Zeichen tragende Gravpanzer vom Typ Bata Revo malte sich silbrig gegen die gefrorene Schwärze von Nacht und Meer ab. Zerstörte Titan-Panzerungsteile hingen von dem leichten Panzer herab, als wollten sie nach der fünfzig Meter unter ihnen liegenden wogenden See greifen. Die Wellen glichen Fontänen, die von der Oberfläche heraufkochten, um dann von der Gewalt des Unwetters, das über Uxmallt heulte, in wirbelnden Schaum verwandelt zu werden. Uxmallt – dieses Binnenmeer beherrscht das ganze Alsatia, den größten Kontinent von Caralis.

Die Besatzung des Naram-Panzers machte, wie es ihrer Natur entsprach, das Beste aus einer schlechten Situation. Die Rasse war älter als die der Menschen; mehrere Schicksalsschläge mit Beinahe-Auslöschung überlebend, hatten sie irgendwann einmal erkannt, wie wichtig es war, das Leben Tag für Tag zu bewältigen und ihre Loyalität und Verpflichtung gegenüber der Familie höher als alles andere zu bewerten. Die drei Männer im Panzer unterschieden sich dem Aussehen nach nicht wesentlich von Menschen. Biologisch gesehen sind die beiden Rassen nahezu identisch. Das hervorstechendste physische Kennzeichen der Naramrasse ist das üppige schwarze Haar, das lang und für gewöhnlich geflochten getragen wird. In der Naramkultur steht – aus sogar ihnen selbst unerklärlichen Gründen – langes Haar für langes Leben. Naram, die dem Militär beitreten, schneiden sich in der Regel die

Haare ab, um deutlich zu machen, daß sie ein kurzes Leben erwarten. Aber diese Crew hatte optimistisch beschlossen, die Haare lang zu tragen. Das bezeichnendste psychologische Merkmal der Naram ist ihr starkes Familiengefühl. In ihrem Gemeinwesen leben ausgedehnte Familien in einzelnen Wohnungen, die oftmals Naram adoptieren, die ständig oder zeitweise von ihren eigenen Familien getrennt leben. Die Panzerbesatzung des Bata Revo hatte sich gegenseitig als Familie angenommen.

Die Naram hatten in ihrer langen Geschichte viele Planeten besiedelt, einschließlich der Erde und Caralis. Auf Caralis erinnerten nur die Seenamen daran, daß hier je eine Naramzivilisation existiert hatte. Die Naramüberlieferung gab keine Erklärung für das Verschwinden der Kolonie von diesem Planeten, aber die Panzerbesatzung war neugierig, ob irgendwelche Überreste dieser alten Niederlassung überdauert hatten.

Sergeant Zomna schob den Kopf aus seiner Kommandantenluke und ließ den Blick noch einmal über die Schäden seines Fahrzeugs schweifen. Die im Turm montierte 100-mm-Gausskanone war genau vor der Schutzwehr abgerissen worden, was dem Panzer ein seltsam stupsnasiges Aussehen verlieh. Er hatte seiner Crew befohlen, Teile ihrer persönlichen Ausrüstung in die Kanonenmündung zu stopfen, um das ohrenbetäubende Heulen des Windes zu dämpfen, der über den arktischen Wassern des südlichen Pols toste. Die Abschußgeräte der TVLG-Lenkflugkörper waren bis auf ein einzelnes Geschoß, das im oberen rechten Abschußrohr des Panzerturms klemmte, leer. Da saß sie gefangen, nachdem das dicke Ende der Gausskanone nach einem direkten Raketentreffer das Abschußrohr zusammengequetscht hatte.

Während Zomna seinen arg lädierten Panzer musterte, schob sich Private Coazctal aus der Schützenluke und kroch entlang des Panzerturms über die Leeseite. Zomna sah den Mann hinter der Ecke des TVLG-Abschußrohrs verschwinden, bis nur noch die Finger der rechten Hand, die sich fest an die Reling klammerten, seine Position kennzeichneten. Dann lösten sich die Finger langsam von der Reling und verschwanden in der Dunkelheit.

Bei dem Versuch, einen Teil des Schadens am Steuerbord-Gravantrieb zu reparieren, mußte Coazctal unter die doppelte Panzerung des Revo kriechen, um die Zugangsluke zur Maschine zu erreichen. Der Bata Revo hatte, wie die meisten von Naram entworfenen Fahrzeuge, eine äußere Hülle, die den gepanzerten Rumpf schützte. Die Hüllung bewahrte Reparaturmannschaften während der Arbeit an den Maschinen in der Hitze der Schlacht vor Beobachtung und Beschuß. Außerdem erlaubte sie der Infanterie, Schutz unter der gepanzerten Haut zu suchen, während sie vorrückte. Aber die Konstrukteure hatten sich niemals mit dem Problem der Wartung, während sich das Gefährt in der Luft befand, beschäftigt. Die bestehende Lehrmeinung ging dahin, daß jeder Gravpanzer, der reparaturbedürftig war, vernünftigerweise landen würde. Wie auch immer, in diesem besonderen Fall war Landen unmöglich.

Der Bata Revo gehörte zu einer Kohorte der 2031. Commonwealth Strike Legion, die auf dem Kontinent Rolandrin stationiert war, dem einzigen vollständig vom Commonwealth gehaltenen Territorium auf Caralis. Die Kohorte war auf einem Routineaufklärungsflug gegen den Feind über Uxmallt gewesen und hatte unerwartet Feindberührung mit einer Kohorte des Terran Overlord Government. Beide Kohorten griffen einander an, aber bald wurde deutlich, daß keine Seite das Scharmützel gewinnen würde. Ein plötzlicher heftiger Frühjahrssturm zwang beide Kohorten, aufzuhören und sich in Sicherheit zu bringen. Die übriggebliebenen

Panzer der Commonwealth-Kohorte flüchteten, aber der Marshman-Antrieb an Zomnas Revo war beschädigt worden, so daß der Panzer entweder Höhe oder Geschwindigkeit, nicht aber beides beibehalten konnte.

Das schlechte Wetter hatte wahrscheinlich einen großen Teil beider Kohorten gerettet, indem es den nutzlosen, kleinen Schlagabtausch abbrach, aber nun war es der Feind des Revo. Der Sturm wehte hauptsächlich aus südwestlicher Richtung; sturmartige Böen mit Geschwindigkeiten von bis zu 150 km/h trieben den gelähmten Bata Revo immer weiter vom Land fort, bis alle Hoffnung auf eine Wiedervereinigung mit der Einheit verloren war. Der jetzige Kampf bestand darin, den Panzer aus der See herauszuholen.

Das war einfach gewesen, solange das Triebwerk noch fähig war, den Revo aufrecht und über den Wellen zu halten, aber dann begann die Temperatur zu sinken. Das Daten-Display-Panel des Revo hatte keinen Anzeige der Außentemperatur, aber Zomna brauchte kein DDP, um darüber informiert zu sein, wie kalt es war; er konnte die Temperatur aus Erfahrungen vergangener Schlachten bei kaltem Wetter beurteilen. Er wußte, daß die Lufttemperatur, wenn das Wasser bei Berührung des Bodens zu Eis wurde, wenigstens minus 30° Celsius betrug. Wenn Wasser schon in der Luft zu Eis wurde, betrug sie wenigstens minus 90° Celsius. Im Moment verwandelte sich das Wasser, das von der wilden See unter dem Panzer heraufsprühte, sofort in Eis.

Die Gischt, die auf den Rumpf des Revo traf, wurde schnell zu einer silbernen Hülle und drohte die Besatzung in den Tod zu schicken. Das Gewicht des Eises drückte den angeschlagenen Panzer immer näher zur Seeoberfläche hinab, und früher oder später würde eine turmhohe Welle auftauchen, die das Gefährt in einen eisigen Tod zöge. Die Crew schaufelte abwechselnd das Eis vom Rumpf.

Achtern auf dem Rumpf kniend, schlug ein Mitglied der Mannschaft die wachsende Eisschicht mit einem schweren Hammer weg, bis die Panzerung des Fahrzeuges erreicht war. Dann riß der Wind das Eis in riesigen Stücken vom Panzer. Als sie es das erste Mal probierten, nahm das abspringende Eis Coazctal beinahe mit sich. Danach waren sie vorsichtiger. Zomna versuchte, durch Drehen des Turmes das am Panzer haftende Eis abzuwerfen, aber das funktionierte nur, wenn sich eine gefährliche Menge Eis gebildet hatte. Das arg mitgenommene Fahrzeug bewegte sich weiter nach Süden.

Die einzige Hoffnung der Besatzung lag in der Reparatur des beschädigten Marshman-Antriebs. Solange die Graveinheit nicht wieder in Ordnung war, konnten sie entweder treiben oder steigen, nicht beides, und waren der Gnade des Windes ausgeliefert. Im Laufe der Zeit würde entweder der Wind oder das Meer dem Panzer den Rest geben. Deswegen kroch Coazctal über die Seite des Panzers, um die Maschinenzugangsluke zu erreichen. Das war keine leichte Aufgabe während des Fluges, aber die Mechaniker dieses Panzertyps hatten vor langer Zeit einen entsprechenden Weg gefunden, um sie sich zu erleichtern.

Wollte man die Steuerbordluke erreichen, war der Ausstieg aus dem Turm und das Hinüberkriechen zur Außenhülle über den abgerundeten Grat des Rumpfes erforderlich. Dieser wies im oberen Bereich eine Reihe von Griffen auf, die als Sprossen für die Crew dienten. An der letzten Sprosse hängend, konnte ein Mann mit ausreichender Reichweite den Wulst an der unteren Ecke der Außenhülle fassen. Mit einem sicheren Griff am Wulst mit einer Hand konnte der Mechaniker die Sprosse loslassen und unter den Rumpf schwingen, wobei er gegen den inneren Rumpf trat, bis seine andere Hand den Wulst ergriff. Aus dieser Position war es dem Mechaniker möglich, seine Füße zur Handhabung der Klammern zu nutzen, die die Luke sicherten, mit einer Hand zum Rand der Öffnung hinabzugreifen und in den Maschinenraum hineinzuschwingen. Der Mechaniker mußte es beim ersten Versuch schaffen, denn das Manöver ließ ihm keine zweite Chance. Coazctal, der Richtschütze, war das einzige Besatzungsmitglied des Bata Revo, das eine Chance hatte, dieses Kunststück zu schaffen. Private Tenocht, der Fahrer und eigentliche Mechaniker, war zu klein für die Spreizung zwischen den Griffen und dem unteren Rand der Außenhülle. Sergeant Zomna hatte die Größe und die Kraft, aber seine rechte Hand war von herumfliegender Panzerung vom gleichen Treffer gebrochen worden, der die Gausskanone zerstört hatte.

»Hier herrscht ein Durcheinander«, sagte Coazctal, dessen Stimme in den Kopfhörern der leichten Kampfhelme knisterte, die jedes Besatzungsmitglied trug. Als er die Stimme hörte, war Zomna erleichtert, daß Coazctal die Strecke geschafft hatte.

»Such nach einer kleinen Kupplung im vorderen Schott«, wies Tenocht ihn an. Für Zomna klang die Stimme des Fahrers gelangweilt, als sei dies alles nur eine überflüssige Übung. »Da sollte eine sein, wahrscheinlich rot angestrichen, mit vielen herausstehenden Drähten.«

In der folgenden Pause stellte Zomna sich Coazctal vor, wie er sich in Stellung brachte, um den vorderen Abschnitt des engen Abteils zu untersuchen. »Ich sehe zwei Schaltpulte im vorderen Schott«, antwortete er, »aber keines davon ist rot. Die Drähte bei dem oberen sind alle abgebrannt, und das untere nahe der Außenseite hat nur einen Draht. Beide Posten sind schwarz.«

»Berühr den Draht nicht!« schnauzte Tenocht. »Das ist wahrscheinlich die Leitung, die die Kommandos an das Flughöhenprogramm weitergibt. Wenn du die zerstörst, stürzen wir mit Sicherheit ab.«

»Großartig. Danke, daß du mir das erzählst, nachdem ich darübergeklettert bin.«

»Gern geschehen. Nun schau dir den oberen Schalter an. Es müßte eine 72endige Kontrollvorrichtung sein, die Kommandos vom TS&R-Stromkreis und dem Kommandoanschluß an den Seitenantrieb weiterleitet. Reinige sie.«

Wieder folgte eine lange Pause, die nur von den Geräuschen schweren Atems in den Kopfhörern und dem Heulen des Windes über dem Rumpf des Panzers unterbrochen wurde. »O. K. Das ist erledigt.«

»Nun müssen wir sehen, ob die Kommandos durchkommen. Ich werde jetzt Energie auf meinen Anschluß legen. Nimm ein Stück Draht – jedes Stück, das du finden kannst, tut es – und erde es, indem du ein Ende ans Schott hältst. Mit dem anderen Ende berühr das mittlere Ende der dritten Reihe von oben. Erzähl mir, was passiert.«

Während der Richtschütze die Trümmer in dem Abteil nach einem passenden Stück Draht durchsuchen mußte, herrschte Stille. Zomna betete, daß Coazctal so vorsichtig war, die verbliebene Verbindung des unteren Anschlusses nicht zu berühren. Ein bernsteinfarbenes Licht flackerte kurz über Zomnas DDP. »Ux! Verdammt! Das tat weh!«

»Hey, wir haben die richtige Verbindung gefunden«, meinte Tenocht in überraschtem Ton.

»Was meinst du mit wir, du Ux-Gesicht?« brüllte Coazctal. »Ich bin es, der sie gefunden hat. Du hättest mir sagen können, daß das verdammte Ding in meinem Gesicht explodiert!«

»Das ist genug, ihr zwei«, sagte Zomna in sein Mundstück, »entweder kommen wir alle zusammen hier heraus, oder keiner schafft es. Nächstes Mal, Tenocht, sag ihm, wenn irgend etwas in sein Gesicht springen könnte.«

»Entschuldigung. Ich dachte, du wüßtest, was geschehen würde.« Tenocht klang nicht bekümmert, aber Zomna ließ es durchgehen. »Nun müssen wir – ich meine du mußt – den Ausgangsport am inneren Schott finden. Es gibt…«

»Warte einen Moment, ja? Ich kann hier nichts erkennen.«

»Okay. Dreh dich herum, bist du das Innere erkennen kannst, dann sag mir Bescheid, wenn du soweit bist.«

Eine weitere lange Pause. Zomna wußte, daß die 137 Tonnen des Bata Revo nicht von dem sich bewegenden Gewicht eines 75 kg schweren Naramkriegers berührt wurden, also war es vielleicht die Angst, die den Panzer bei den Bewegungen Coazctals scheinbar vibrieren ließ. Er ertappte sich dabei, Coazctal in seine neue Position zu wünschen.

»Geschafft. Sechs Anschlüsse innen?«

»Richtig. Zähle vom hinteren Teil des Faches bis zum dritten Anschluß. Das ist der Antriebskreislauf. Es ist ein 17endiger Auslaß. Das dritte Ende von links in der vierten Reihe ist das, was wir wollen.«

»Ge-schafft.«

»Coazctal, bist du in Ordnung?« unterbrach ihn Zomna. »Du klingst etwas durcheinander.«

»Mir geht's gut, Bosch. Nurn bischn schläfrich. A-ber mirsch warm.«

Zomna blickte zurück in den Gefechtsstand und fing Tenochts Blick auf. »Mach schnell«, sagte er mit den Lippen zum Fahrer. Tenocht nickte. »Nimm etwas übriggebliebenen Draht«, fuhr der Fahrer fort, »und verbinde das erste heiße Ende, das du gefunden hast, mit dem Anschluß, den du auf der Innenbordschalttafel entdeckt hast. Halte den Draht fest und sag mir, wenn du fertig bist.«

»Ofey, dofey. Kein Problem.«

Die Pause war diesmal sogar noch länger. Zomna war sicher, daß er den Bata Revo zittern fühlen konnte.

Ohne die Instrumente zu beachten, suchte er den Horizont vom Turm herab ab, sah aber lediglich einen verschwommenen Fleck aus Nebel und Gischt zwischen der dunklen See und dem dunkleren Himmel. Diesmal erzitterte der Panzer eindeutig. »Hilf mir, Tenocht.«

»Jawoll, Sarge.«

Zomna wurde sanft in den Sitz zurückgedrückt, als der Bata Revo etwas mehr Höhe über dem Wasser gewann. Er klopfte leicht an die Turm-Kontrolleiste, fühlte das Eis an der Hülle zersplittern und sah die Scherben hinwegwirbeln. Eine ungewöhnlich hohe Welle traf die windwärts gelegene Seite des Panzers und spritzte über den offenen Turm, den Panzerkommandanten durchnässend. Das Wasser draußen gefror sofort, und eisige Nässe tropfte in den Gefechtsstand hinein.

»G-schafft«, kam es von Coazctal im Maschinenraum.

»Versuch es mal«, befahl Zomna. Tenocht gab sofort Energie. Der Bata Revo erzitterte wieder, aber diesmal lag es an der Kraft des Marshman-Antriebs, der die Schwerkraft umkehrte, um Schubkraft zur Verfügung zu stellen.

»Ich habe hier rotes Licht für den Antrieb erhalten.«

»Okay, schalt es aus. Wir haben noch Probleme, aber zunächst mal haben wir Energie.«

»Jawoll.«

»Wir werden es wirklich leichtnehmen müssen«, meinte Zomna. »Coazctal, du solltest besser hierher zurückkommen.«

»A-ber, Sarge, das isses erste Maa seit Tagen, daß mir schön waam is.«

2

1430, 1 Martius 6831

Lieutenant Colonel Stolich Wotan, Assistant-Director des Commonwealth-Geheimdienstes auf Caralis, starrte hinunter in die leuchtend grüne Flüssigkeit, die in seinem Glas herumwirbelte, als er es in der Hand drehte. Er genehmigte sich immer einen Skuttarra-Heartstopper zum Essen. Er schien seine Nachmittagsarbeit zu erleichtern und verminderte den Schmerz in seinem rechten Bein. Alles unterhalb des Knies war bei dem katastrophalen Rückzug zerrissen worden, zu dem die Bewohner von Thapsus die Commonwealth-Truppen gezwungen hatten. Die Ärzte hatten ihr Bestes getan, um die fehlenden Teile des Beines zu ersetzen, aber ihr Bestes war nicht gut genug gewesen. Die Prothese hatte nie exakt an das lebende Gewebe gepaßt, aber Wotan akzeptierte die Beschwerden mit philosophischer Ruhe. Irreparable Verletzungen gehörten zu den Gefahren, mit denen ein Berufssoldat zu rechnen hatte. Wotan war nicht eitel, und so machte ihm der Verlust des Beines nicht viel aus. Bei dem kompakt gebauten Mann mit hellbraunem Haar und einer braunen Haut, die ihn fast khakifarben aussehen ließ, zogen nur die Augen, die das Grün seines Drinks hatten, mehr als nur einen flüchtigen Blick auf sich. Er brachte sein Bein in eine gemütlichere Position und sah sich im Speisesaal um.

Als die Essenszeit endete, begann sich die Menge zu lichten. Stolich mochte es, zum Essen ins Shrak Pivar zu kommen, weil die meisten Berufssoldaten woanders aßen. Er war nicht gezwungen, während des Essens über die Arbeit zu reden. Nur noch vier Tische waren besetzt, und er wußte, daß die Stewards sich nicht trauten, aufzuräumen und für das Abendessen zu decken. Laß sie warten. Er drückte auf die Kontrollen des Fluorodisplays und ließ die Szenerie mit den Feldern und plätschernden Bächen verschwinden, die auf die Oberfläche des Tisches projiziert gewesen war. Ihm gefiel diese Szenerie, weil sie ihn an seine Heimat in Haversham County erinnerte. Er war nun seit fast zwanzig Jahren von dort fort, seitdem er zu Beginn der Gefechte um Shannedam County gegen das Terran Overlord Government Mitglied der Truppen geworden war. Beide, TOG und Commonwealth, brauchten die Kontrolle über die ressourcenreichen Planeten und handwerklichen Kapazitäten von Shannedam County, um einen Vorteil in der Schlacht um die Herrschaft über das zivilisierte Universum zu gewinnen. Die Metalle von Shannedam County wurden hauptsächlich in Kriegsmaterial umgewandelt, ohne das die Schlacht nicht geführt werden konnte. Keine Seite hatte bisher einen eindeutigen Vorteil gewonnen; das TOG hielt mehr Planeten, aber der Commonwealth hielt die strategisch lebenswichtigen Stellungen.

Der Bildschirm klärte sich, um die frühe Dunkelheit eines späten Winternachmittags zu zeigen. Dichter Schnee war am Morgen gefallen, aber nun hatte sich der Himmel aufgeklärt und brachte den am östlichen Horizont aufsteigenden Rock Wall zum Vorschein, den Hauptmond, der Caralis umkreiste. Wotan starrte auf den gigantischen Trabanten, der sich über der Stadt abzeichnete. Er wußte, daß Rock Wall eine machtvolle Anziehung ausübte; er fühlte sich meist selbst zu ihm hingezogen, als ob er einem Sirenenruf von erbarmungsloser Macht antworte. Wieder wechselte er die Ansicht und ließ die Augen über die dunklen Straßen gleiten.

Matschiger Schnee häufte sich entlang der Randsteine, und die Fußgänger waren gezwungen, engen Pfaden auf den vereisten Bürgersteigen zu folgen. Die Straßenheizung sollte den Schnee längst geschmolzen haben. Vielleicht war die kriegszerstörte Infrastruktur der Regierung unfähig oder nicht gewillt, sich mit einem zivilen Problem zu befassen, während noch die Möglichkeit eines Luftangriffes bestand. Er beobachtete einen Mann, der heftig durch den Schnee stapfte, tief in die verschneite Kruste stampfend, um den festen Untergrund darunter zu erreichen. Fußabdrücke, dachte Wotan. Fußabdrücke markieren den Weg unserer Zivilisation. Er merkte, daß der Heartstopper und die Erinnerungen an sein Zuhause ihn uncharakteristischerweise philosophisch stimmten. Wir alle lassen Fußstapfen auf unserem Weg durchs Leben zurück.

Wotan beobachtete, wie sich die nassen, grauen Abdrücke langsam mit Matsch füllten. Ein weiterer Passant ging vorüber, und der erste Satz Fußabdrücke verschwand unter den folgenden. Die neuen Fußabdrücke erschienen und begannen zu zerfallen, während er zusah. Unsere Abdrücke halten nicht lange, folgerte Wotan mit seiner gewohnten Sachlichkeit. Er drückte erneut die Kontrollen am Fluorobildschirm, um die Felder zurückzuholen, und brach auf.

Wotan beförderte das rechte Bein unter seinen Arbeitsplatz. Er streifte den Bildschirm lediglich mit einem Blick, da er dieselbe Information zeigte wie schon in den letzten neun Monaten. Frotik, die größte Stadt auf dem Kontinent Malthus, war vor zwei Jahren nach einem bitteren, verlustreichen Straßenkampf an das TOG gefallen. Die Miliz hatte, trotz all ihres Mangels an schwerem Geschütz, einen hartnäckigen Kampf aufgenommen, der das TOG dazu zwang, die Stadt in Trümmer zu legen, um sie sich zu sichern.

Ein langer, heftiger Feldzug folgte, und die TOG-Kräfte breiteten ihren Brückenkopf auf dem Planeten langsam aus. Die Stadt Kantara war ein Jahr nach Frotik gefallen, als die TOG-Legionen aus ihrer Enklave auf Malthus ausbrachen und über das Tutl Xuis auf den Kontinent Alsatia hinübersprangen.

Diese Bewegung traf die Commonwealth-Kommandeure auf Rolandrin so überraschend, daß weite Teile der Ostküste Alsatias an den Feind fielen, bevor die Commonwealth-Kräfte die Situation vor neun Monaten stabilisieren konnten.

Der Feldzug war seither auf das Niveau eines Zermürbungskrieges herabgesunken, während jede Seite Verstärkung nachführte. Weder TOG noch Commonwealth begründeten die Pattsituation auf Caralis mit ihrer Vorliebe für den Planeten. Beide Seiten wollten diesen Außenposten sowohl wegen seiner natürlichen Ressourcen als auch wegen seiner strategischen Stellung in Shannedam County. Die Ressourcen des Planeten waren so wertvoll, daß beide Seiten die Grenzen dessen anerkannten, was sie tun durften, um die Welt vom anderen zu übernehmen. Keine Seite wollte die Welt ›buntarisiert‹ sehen – wie vor hundertfünfzig Jahren, als Ivanolo Buntari eine bewohnte Welt namens Durmella zu glühender Asche zersprengt hatte, um den Rebellen des Planeten eine Lektion zu erteilen. Obwohl die Führerschaft des TOG Buntari nominell als einen der großen Männer ihrer Geschichte verehrte, erinnerte man sich an ihn auch als mutwilligen Zerstörer wertvoller Ressourcen. Keiner der jetzigen TOG-Anführer wollte mit einer solchen Reputation in die Annalen eingehen.

Wotan holte die neuesten Geheimdienstmeldungen auf seine Videokarte. Die Änderungen kamen dunkelblau und rot herauf, im Kontrast zu den früheren Stellenbesetzungen, die durch blasses Blau und Pink angezeigt wurden. Er notierte die neuen Positionen; nicht viele Änderungen. Der TOG-Hauptquartierkomplex im südlichen Bogen von Malthus hatte einen anderen

Verantwortlichen für die Unterstützungseinheit erhalten. Der Ort wurde zu einem Bienenkorb voller Aktivität, was die Geheimdienstler ein ›lukratives Ziel‹ nennen würden. Es war auch, wie Wotan erkennen konnte, ein sehr hart verteidigtes Ziel. Die beweglichen Scipio-Fliegerabwehr-Gravfahrzeuge, die als Flugabwehrkomponente gedient hatten, waren durch permanente Boden-Luft-Raketenstellungen ersetzt und die 1257. TOG-Garnisonslegion in den Komplex verlegt worden.

Es gab nur wenig, was das TOG vor den LOSATs, den zur Überwachung genutzten Niedrig-Orbit-Satelliten, oder den zur Kommunikation dienenden COMSATs, die den Planeten ständig umkreisten, verstekken konnte. Sie vermehrten sich wie die Lemuren von Da 'Valk und überfüllten die Ionosphäre, bis es schwierig wurde, die ausgedienten von den noch funktionierenden zu unterscheiden. Wotan betätigte die Taste der Kommandofunktion, die ihm die Wege der gegenwärtig operierenden TOG- und Commonwealth-LOSATs zeigen würde. Auf dem Bildschirm glommen rote und blaue Punkte auf, die über den Schirm rasten und Muster ähnlich den wirren Verzierungen auf einigen Kleidungsstücken fremder Rassen formten. Nur die Pole blieben frei von dem leichtgewobenen Stoff.

Die Pole! Wotan setzte sich abrupt aufrecht, löschte den Bildschirm und wiederholte die Satellitenabfrage, diesmal nur nach dem TOG fragend. Er bremste die Daten, beobachtete den Myriadenschweif von Punkten, die wie Glühwürmchen über das Display krochen. Er runzelte die Stirn und löschte den Bildschirminhalt.

Wotan gab ein neues Kommando ein, mit dem er den Computer aufforderte, Sekunde für Sekunde die Gebiete des Planeten zu zeigen, die nicht von TOG-LOSATs bedeckt waren. Auf der Karte flackerten bernsteinfarbene Flecken auf. Ungeduldig löschte er den

Bildschirminhalt wieder. Diese Analyse war ebenfalls nutzlos.

Was Wotan in der Satellitenanzeige suchte, war ein Muster, das große Löcher in der Überwachung zeigte. Er wollte einen Fehler in der TOG-Satellitenabdeckung finden, der dem Commonwealth genug Zeit geben würde, unbemerkt Truppen an den Pol zu bringen.

Computer hatten seit ihrem Anfang einen langen Weg hinter sich, aber sie ähnelten noch immer frühreifen Kindern. Sie erstellten genau das, was der Benutzer anforderte, aber der Benutzer mußte wissen, was er wollte, bevor er fragte. Das alte Sprichwort, das besagte, eine Maschine sei nur so gut wie die Person, die sie nutzte, war immer noch wahr.

Das nächste Programm, das Wotan aufrief, zeigte die Regionen auf, die jeweils für eine Periode von fünf Minuten frei von TOG-LOSAT-Überwachung waren. Diesmal waren die bernsteinfarbenen Flecken viel kleiner. Wotan ließ die Daten langsam über den Bildschirm fließen und fokussierte ihn auf eine Region südlich von Rolandrin. Eine dünne bernsteinfarbene Linie kroch über den südlichen Ozean in Richtung Südpol und breitete sich aus, als sie näher an die gefrorenen Ausläufer des Planeten gelangte.

Fußabdrücke, dachte Wotan wieder. Jeder Satellit hinterließ einen Fußabdruck, wie der Mann im Schnee. Der Abdruck würde nur wenige Minuten erhalten bleiben und die Aktivitäten zum Vorschein bringen, die ihn produzierten. Dann würde er, wie der Fußabdruck des Fußgängers, verschwinden, um von einem anderen Abdruck ersetzt zu werden. Er fuhr die Anzeige zurück, um langsam die Aufnahme zurückzuverfolgen, bis eine dünne Bernsteinlinie erschien, die sich südlich von Rolandrin zum Pol hin erstreckte und die Lücken in der Satellitenüberwachung aufzeigte, die er suchte. Er sicherte die Aufnahme.

Wotan schritt auf dem Bildschirm in der Zeit voran

und hielt dabei die erste Linie fest, bis sich eine weitere Spur der ersten anschloß. Er sicherte auch das Bild. Die Zeit lief weiter, und eine weitere dünne Linie erschien, hängte sich an das Ende des wachsenden Satellitenschwanzes und wurde gesichert. Die Zeit schritt weiter voran. Eine weitere Spur erschien und wurde gesichert. Wotan hatte schließlich eine bernsteinfarbene Linie vor sich, die an manchen Stellen schmal, an anderen dicker war und den ganzen Weg über die See zum Polarkap reichte.

Das Computerprogramm entwickelte diese Reihe von Zeichen mühelos. Er ließ die Maschine einen Monat projizierter TOG-Satellitenüberwachung durchspielen und sah die bernsteinfarbenen Muster wachsen und verwischen, je nachdem, wie die LOSATs ihre theoretischen Bogen durch die Grenzbereiche der Atmosphäre zogen. Er machte sich keine Gedanken darüber, auch die Möglichkeiten eines Verlassens des Pols abzuchecken. Wenn eine Angriffstruppe dort unentdeckt ankommen könnte, würde das Überraschungsmoment bei einer auf diese Weise vor sich gehenden Annäherung an das TOG-Hauptquartier auf Malthus ihnen einen schnellen Sieg oder einen leichten Rückzug sichern. Wotan mußte nur den besten Zeitpunkt für die Operation herausfinden.

Er notierte die Möglichkeiten, während er im Geiste die Attacke bereits von einer Idee zu einer geplanten Aktion aufwertete. Um das Feld der Wahlmöglichkeiten einzuengen, ordnete er die möglichen Daten für die Operation sowohl auf Basis der größtmöglichen Öffnungen als auch der kürzesten Distanzen durch das bernsteinfarbene Feld. Das Durchschreiten dieser Zone durfte nicht zu lange dauern, da – je länger die Kräfte im Transit begriffen waren – die Gefahr, entdeckt zu werden, um so größer wurde. Trotz der Aufzeichnungen über die LOSATs wußte Wotan, daß einige ungeklärte Faktoren dazwischenkommen und die Truppen zum Vorschein bringen konnten. Schnell war besser als langsam. Er arbeitete Azimut und Geschwindigkeit für jede Etappe des Marsches nach Malthus für die drei besten Zeitpunkte aus.

Die Überquerung des Pols würde schwierig sein, und der Weg müßte extrem genau berechnet werden. Beizeiten würden die Truppen über diese Route zurückkehren müssen, um den Aufklärungsbereich eines Satelliten zu vermeiden. Sogar die Höhe würde den Flugcomputern der Panzer einprogrammiert werden müssen, weil ein LOSAT, der den Horizont absuchte, vielleicht die Kennung eines Fahrzeugs auffing, wenn es nicht in einer ganz bestimmten Höhe flog. Er ging die drei vorgeschlagenen Pläne durch und suchte sorgsam nach möglichen Stolpersteinen, während sie einzeln über sein Display zogen. Es wäre eine hübsche Note, dachte er, wenn sich die Streitkräfte unter einem von Caralis' vielen kleinen Monden verstecken könnten.

Das war etwas, was er bisher bei seinen Berechnungen ausgelassen hatte, stellte er fest. Rock Wall, der größte Mond des Planeten mit 7000 Kilometern im Durchmesser, erzeugte riesige Verschiebungen auf der Planetenoberfläche. Die kleineren Monde, nach den Plejaden benannt, riefen wiederum ihre eigenen Effekte hervor. Und wenn sie auch als einzelne Einflußgrößen unbedeutend waren, so konnte ihre gemeinsame Anziehungskraft spektakulär sein. Wotan gab die Standorte der Monde in jeden der vorgeschlagenen Pläne ein, wodurch sich einige der Zahlen radikal veränderten. Er fertigte einen Ausdruck an und schickte die endgültige Datei in den Hauptcomputer. Die Datei war vor fremdem Zugriff sicher geschützt, da sie Wotans eigenen Code ebenso benötigte wie ein Zufallskommandowort, das im Sendemoment erzeugt wurde, um die Informationen aufzurufen. Der Plan war vor neugierigen Augen sicher, bis Wotan bereit war, ihn seinen Vorgesetzten zu präsentieren.

Wotan dachte über die drei Möglichkeiten nach. Die erste, die sich schon in zwei Tagen eröffnen würde, war nicht wirklich machbar. Es würde zu schwierig sein, in so kurzer Zeit eine Schlacht zu planen und die Truppen aufzustellen. Die zweite Chance bot sich in neun Tagen, die dritte in fünfunddreißig. Der 35-Tage-Zeitraum ließ genügend Zeit zum Planen und um die Truppen aufzustellen, aber er würde auch dem TOG-Geheimdienst genug Zeit geben, diese Vorbereitungen aufzuklären. Es war besser, etwas schlechter vorbereitet zu sein, dafür aber eine bessere Chance zu haben, das Überraschungsmoment zu behalten. Die Option in neun Tagen war die beste.

Er erhob sich von seinem Arbeitsplatz. Sein nächster Schritt bestand darin, den Operationsplan Colonel Daubish zu präsentieren, dem Chef des Nachrichtendienstes, und Brigadier Maxall, dem Chef der Operationsplanung. Wotan sah, daß die Tür zur Geheimdienstkantine offenstand; er dachte daran, den Plan abends einzubringen, entschied sich aber dagegen. Er wollte weitere Informationen bekommen, die er denen beifügen konnte, die ihm bei Daubish nutzen würden. Er wußte schon, daß sein CO schließlich wegen einem Punkt Einwände gegen den Plan erheben würden: dem gegenwärtigen Mangel an verfügbaren Kräften. Aber Wotan schätzte, daß keine Notwendigkeit bestand, in diesem Fall eine Commonwealth-Einheit in die Schlacht zu schicken. Tatsächlich wußte er, daß keine zur Verfügung stand. Besser war es, überflüssige Truppen zu nutzen, vielleicht eine Rebellenlegion oder Teile davon. Er dachte an die stark mitgenommene Rebellenlegion, die gerade auf Rolandrin neu ausgestattet wurde, und entschied, daß die 2567. Provisorische Rebellenlegion genau die richtige Einheit für diese Mission war.

3

2330, 1 Martius 6831

Sergeant Zomna zog die Thermodecke enger um die Schultern, um die gefrierende Gischt und die neugierigen Annäherungsversuche des arktischen Windes abzuwehren, aber schmale Kältefinger stießen doch durch die isolierende Schicht zu weniger geschützten Teilen des Körpers vor. Sogar das Herumwinden der Zöpfe um den Nacken als eine Extraschutzschicht konnte den Wind, der direkt von des Planeten südlichstem Punkt heranzuwehen schien, nicht davon abhalten, sich in Öffnungen hineinzubohren und unter der Decke auf Entdeckungsreise zu gehen.

Der Bata Revo wurde noch immer nach Süden, weg von Rolandrin, abgetrieben von einem heftigen Sturm, der den Panzer mit sich gerissen hatte, kurz nachdem Coazctal behelfsmäßig das Kraftwerk instand gesetzt hatte, um Vorwärts- ebenso wie Auftriebsschub zur Verfügung zu stellen. Es war nun möglich, den zerstörten Rumpf zu steuern und ihn gleichzeitig über den riesigen Wellen zu halten, die aus der Oberfläche des eiskalten Wassers ausbrachen. Zomna versuchte, den Gravpanzer nach Norden zu drehen, zurück nach Alsatia, aber der Panzer schien seinen eigenen Willen zu haben, und er fand sich gegen beides, den Wind und den Panzer, ankämpfend. Sie waren beinahe untergegangen, als er darum kämpfte, den Bug nach Norden und Osten auszurichten, und sein Herz machte einen Sprung, als ein ungewöhnlich starker Windstoß die linke Seite des Rumpfes in die Wellen tauchte. Er richtete das Fahrzeug wieder geradeaus und entschied, das Manöver nicht noch einmal zu versuchen.

Statt dessen erlaubte er dem Panzer, nach Süden abzudriften, da dies die Richtung zu sein schien, in die er fahren wollte. Der Sturm war genau achtern vom Panzer und trieb ihn mit fast 100 km/h ins Ungewisse. Das flache Heck fungierte als Segel, und solange Zomna den Bug leicht aufwärts gerichtet hielt, verhielt sich der V-förmige Bug wie ein Ski. Die zertrümmerte Lukenabdeckung bot Zomna etwas Schutz vor dem Wind. Das DDP auf der Kommandostation war fast vollständig ausgefallen, es hatte zuviel Energie und Schaltkreise verloren. Mit passiven Sensoren zeigte das Daten-Display-Panel die Position aller Fahrzeuge im Umkreis von 50 Kilometern an. ›Freunde‹ erschienen als blaue Rechtecke für Panzer und Dreiecke für Jagdflugzeuge; TOG-Fahrzeuge wurden durch die gleichen Symbole gezeigt, nur in Rot. Das DDP informierte auch über die internen Fahrzeugsysteme. Da war das rote Licht gewesen, das aufglomm, kurz nachdem die Energiezufuhr für die Richtungskontrolle wiederhergestellt worden war, und dann nichts weiter. Zomna wollte nicht an das Licht oder an das Opfer erinnert werden, das es gefordert hatte. Coazctal hatte den Antrieb angeschlossen, aber er war nicht zurückgekehrt. Weder Zomna noch Tenocht hatten eine Möglichkeit, den Richtschützen zu erreichen. Es war ein trauriges Ende für das Leben eines Naramkriegers, und Coazctal hatte noch nicht einmal die Chance gehabt, sich die Haare zu schneiden. Nun war Coazctal tot, erfroren im Bauch des Panzers. Mit seinem Opfer hatte er immerhin ein wenig Sicherheit für seine gefährdeten Kameraden geschaffen. Der Sergeant hob die Augen wieder zu dem verschwommenen Horizont und fühlte das Eis gegen die Rückseite des gepanzerten Helms schlagen. Alles, was er sehen konnte, war die leere Dunkelheit von Meer und Himmel, die zu einem schmieriggrauen

Kreideton verschmolz, wo die Elemente um die Kontrolle rangen. Er wandte seine Aufmerksamkeit wieder der Kommandostation zu. Dann riß er den Kopf wieder hoch.

Dort, in der Entfernung, in der bekannten Verschwommenheit, mußte er etwas anderes gesehen haben. Er starrte in die Dunkelheit. Da war es wieder. Ein Hauch von eisigem Weiß gegen den schwarzen Horizont. Als es verschwand, wurde Zomna neugierig, ob es nur eine Illusion war. Er sah in das gedämpft erleuchtete Innere des Panzers hinab, dann hob er den Blick langsam zum Horizont. Es war ein beiläufiges Aufblicken, als wolle er das Bild nicht mit einer schnellen Bewegung aufschrecken. Der weiße Fleck erschien wieder. Da war etwas, rechts vom Bug des Panzers. Zu weit entfernt, es genau erkennen zu können, aber eindeutig etwas Solides in der leeren Weite von Meer und Luft.

Der Sergeant griff nach unten und nahm sich die Nachtsichtbrille, die jedes umgebende Licht, das in der im übrigen stygischen Düsternis verfügbar war, verstärkte. Die Brille würde nicht viel Unterschied machen, war aber besser als seine bloßen Augen. Er befestigte sie am Rand des Helms und schaute noch einmal hin.

Dort befand sich, erkennbar als eine dünne weiße Linie gegen den dunklen Horizont, ein eisiges Gebilde. Und das Vorkommen von Eis bedeutete, daß etwas Solides vorhanden sein mußte, um ihm eine Form zu geben. Etwas Solides bedeutete Sicherheit. Er ließ die Augen über die dünne Linie wandern, rief dabei im Geiste auf, was er über die Geographie von Caralis wußte, und schloß daraus, daß das, was er sah, der Südpol sein mußte. Er suchte nach einem Weg auf das Eiskap. Während er hinübersah, peitschten riesige Gischtsäulen über die Formation, einen zerklüfteten Spalt aus Felsen und Eis umreißend, die ständig miteinander um die Vorherrschaft kämpften. Die felsige Wand zeichnete sich, größer noch als die gigantischen Wasserstrahlen, die rund um den Gravpanzer auftauchten, über der See ab. Er brauchte mehr Energie, um die Höhe dieser Wand zu erreichen. Er befahl es über Funk und spürte den Bata Revo als Antwort darauf aufsteigen.

Fast sofort geriet die Nase des Panzers außer Kontrolle. »Schalt ab!« schrie er in das Mundstück, aber das panische Kommando war überflüssig. Tenocht hatte, als er den Panzer herumwirbeln fühlte, bereits den Vertikalantrieb abgeschaltet. Der Panzer kam wieder unter Kontrolle und hielt den bisherigen Kurs. Dieses Ding hat seinen eigenen Kopf, dachte Zomna. Es will da bleiben, wo es ist. Wer bin ich, es von etwas anderem überzeugen zu wollen? Er machte sich wieder daran, die aufgetauchte Küstenlinie durch die Brille zu untersuchen.

Eine doppelte Linie wurde sichtbar. Die untere bestand aus den Wellen, die gegen die vereiste Küste schlugen. Die obere Linie, schwach gegen den dunklen, kalten Himmel zu erkennen, markierte die Krone des Steilhanges. Ein solider, 500 m hoher Felswall erstreckte sich quer zur Route des treibenden Bata Revo. Die Hoffnung auf Erlösung war in die sichere Erwartung von Zerstörung verwandelt worden. Zomna fühlte sich betrogen. War er so weit herangekommen, nur um einen kurzen Blick auf die Sicherheit werfen zu können, und es blieb ihm jede Chance verwehrt, sie zu erreichen?

Dann entdeckte er im steinigen Gesicht der Felswand eine enge Kluft, die sich scharf von der Kuppe bis zur Wasserkante herabzog. Sie sah nur wenige Meter breit aus, aber das würde ausreichen. Sie lag leicht links von dem gegenwärtigen Kurs des Panzers, doch Zomna dachte, er könne das beschädigte Fahrzeug ausreichend lenken, um sie zu erreichen. Er drehte den Turm, bis sich das zerstörte Gauss-Geschütz in einer Linie mit der Kluft befand, dann schaltete er die Steuerkontrolle vom Fahrer auf die Kommandobrücke. Er fühlte es eher, als daß er es sah, wie Tenocht sich in dem Gefechtsstand unter ihm bewegte, und er blickte hinab, um seinen Blick aufzufangen. Mit der unverletzten Hand winkte Zomna dem Fahrer zu. Er grinste Tenocht an, der jetzt vor den nutzlosen Kontrollen saß. Vermummt in Helm, Kommunikationsausrüstung und Nachtsichtbrille, war Zomna nicht klar, daß das, was er für ein Grinsen hielt, ihn eher einem Totenkopf ähnlich machte.

Sergeant Zomna bewegte den Steuerknüppel, bis er auf einer Linie mit dem Kanonen-Azimut-Indikator lag. Er berührte den Energieschalter und fühlte den Bata Revo leicht nach links rucken. Er machte sich auf eine heftige Reaktion des beschädigten Rumpfes gefaßt, aber es kam keine. Er berührte den Schalter noch einmal, und wieder drehte der Panzer nach links ab. Diesmal verstärkte er die Energiezufuhr, um den Widerstand des Panzers auszutesten. Nichts geschah. Der Panzer hatte sich augenscheinlich für die Kluft entschieden. Der DDP-Computer, das Wesen, das im Kommandozentrum lebte, mußte sich zum Überleben entschlossen haben. Zomna war erfreut. Er führte stetig Energie zu und richtete den Bug in Richtung Sicherheit.

Der Bata Revo kauerte sich gegen eine schwarze Felsnase, die ihn vor den schlimmsten Böen des Sturms schützte. Während die meisten Funktionen stillgelegt waren, versorgte der Fusionsgenerator nun hauptsächlich das Panzerinnere mit Wärme und das DDP mit Energie. Der Panzer hatte sich hier versteckt, nachdem er die enge Kluft, die vom Meer herführte, hinaufgekrochen und hinaufgeweht worden war. Eissplitter, die von dem nicht weit entfernt wütenden Wasser heraufgeweht wurden, trieben über die Seiten des Panzers und verdeckten seinen Umriß. Ungefähr in Windrichtung des Rumpfes war ein kleiner Hügel bereits völlig bedeckt. Der Hügel war die Leiche des Private Coazctal, der bis vor kurzem noch in der Commonwealth-Armee gedient hatte. Er würde seine Naramwelt nie mehr wiedersehen. Von Zomna oder Tenocht waren keine Tränen vergossen worden, als sie die starre Leiche losbrachen und aus dem Maschinenraumzugang heraushoben. Die Naramkultur weinte nicht um jene, die sich aus dem Einflußbereich der Sterblichen verabschiedeten. Überdies hatten sie weder Zeit noch Energie für Trauer zu verschwenden. Sie legten ihn zusammengekauert, die Arme an die Brust gezogen, als ob er schliefe, in den Schnee. Ein in den Schnee getriebenes Bruchstück der Panzerverkleidung kennzeichnete das Grab, sollte jemals jemand diesen Ort besuchen. Zomna stand im Gefechtsstand und spielte mit der Ableseskala, während er das Notfall-Kommunikationsgerät justierte. Sogar beschädigt fuhr das träge Navigationssystem fort zu funktionieren und brachte ständig die Position des Panzers auf den neuesten Stand.

Die einzige erforderliche Tätigkeit war, eine kodierte Nachricht in die dunkle Ionosphäre zu schicken, die theoretisch gesehen Hilfe bringen würde. Irgendwo da oben würde ein COMSAT vorbeikommen. Zomna hatte keine Ahnung, wo er war, aber der Computer war darauf programmiert, ihn zu finden und den Notruf abzusetzen. Es war nur eine Frage der Zeit.

Der Sergeant konzentrierte sich so fest auf die anliegende Arbeit, daß er fast das Aufleuchten der roten Anzeige auf dem DDP verpaßte und beinahe ignorierte. Als er genauer hinsah, fühlte er sein Herz in der Brust schlagen. Der schimmernde Bildschirm zeigte deutlich zwei TOG-Fahrzeuge irgendwo draußen in der Dunkelheit.

Er konnte den Blick nicht vom DDP losreißen. Die

roten Rechtecke, die sich ihren Weg um unsichtbare Hindernisse suchten, bewegten sich langsam über den Schirm. Zomna widerstand dem Drang, den Infrarotschalter zu drücken, der die Eindringlinge sofort identifizieren und qualifizieren würde. Um die Fahrzeuge zu identifizieren, müßte der Computer jeden mit einem einminütigen Suchstrahl abtasten. Die Eindringlinge könnten ihn in dieser Zeit wahrscheinlich nicht entdecken, außer wenn sie bereits wußten, wo er war, aber die Möglichkeit bestand. Er fuhr mit der Beobachtung fort. Sie krochen näher. Er drückte die Infrarottaste.

Das DDP identifizierte die roten Punkte sofort als einen schweren Bodenpanzer vom Typ Cestus und einen leicht gepanzerten Clodius-Mannschaftstransporter. Eine Panzerinfanterie, die etwas suchte, wahrscheinlich sie. Zomna sah zu Tenocht hinüber. Der Private hatte den Kampfhelm abgesetzt und begann, sich die Haare abzuschneiden. Der Sergeant folgte seinem Beispiel.

Als die TOG-Fahrzeuge den gestrandeten Bata Revo erreichten, wartete dessen Besatzung schon auf sie. Sie hatten die einzelne TVLG-Rakete aus ihrem Abschußrohr befreit und in einer Bodenwelle abgesetzt. Tenocht lag hinter dem Rumpf in Stellung, wo er das Grant-Gewehr nutzen konnte, nachdem er die TVLG abgefeuert hatte. Es würde nahezu nutzlos sein gegen die gepanzerten Fahrzeuge, die auf sie zukrochen, aber wenn er die Infanterie überzeugen konnte auszusteigen, würde er einige niedermachen können, bevor sie überrannt wurden. Zomna wartete im Turm, die rechte Hand am Abzug des AP-Lasers. Er würde ebenso nutzlos gegen die TOG-Fahrzeuge sein wie Tenochts Gewehr, aber er konnte den Zielmarkierungslaser dazu benutzen, um der TVLG beim Aufspüren ihres Zieles behilflich zu sein. Der feindliche Panzer kam in die Reichweite des

Zielmarkierungslasers, und der Laser sollte die Flimmerschilde des Panzers schnell genug entschlüsseln können, um die Rakete zu einem Treffer hindurchzugeleiten. Dann gäbe es einen glorreichen Kampf. Ein Naramlegionär ergab sich nicht.

Im Innern des stark gepanzerten Turms des Cestus richtete der Kommandant das Fahrzeug so aus, daß es den Grat mit auf den Bata Revo ausgerichteten Außenlasern erklimmen würde. Wenn er den ersten Schlag ausführen konnte, gab es für das feindliche Fahrzeug kaum eine Chance zurückzufeuern. Er gab den Befehl, und der Cestus kroch über die letzte zwischen ihnen liegende Bergzacke. Hinter ihm begann die Infanterie des Clodius aufzumarschieren.

4

1200, 2 Martius 6831

Die Spitze am Bug der *Cheetah* war verändert worden, und das gefiel Captain Maria Louisa Cathcart nicht. Sie war völlig einverstanden, sich mit einem leichten Jäger in den Kampf zu stürzen, aber dieser Auftrag lautete anders. Die Vorstellung, daß sie in das Cockpit des erklärten Stolzes der Rebellen-Jägerzunft klettern und all die Geschwindigkeit und Manövrierfähigkeit dazu nutzen sollte, um im vom Commonwealth kontrollierten Raum herumzufliegen und an einem Satelliten zu rütteln, damit der die Umlaufbahn wechselte, war lächerlich. Sie saß im Cockpit ihrer *Cheetah,* wartete auf den Start und überdachte die Lage.

Einige hohe Spinner im Geheimdienst hatten bestimmt, daß es wichtig war, eine bessere Sicht auf den südlichen Pol von Caralis zu erhalten. Das war verständlich. Aber ein simples Kommando über Telelink an den Satelliten hätte ausgereicht. Es war Verschwendung von Ressourcen, einen von den nur in beschränkter Anzahl vorhandenen Abfangjägern von Caralis loszuschicken, um diese Aufgabe zu erledigen. Es wäre besser gewesen, den Satelliten seine Kreise ziehen zu lassen. Aber Befehle waren Befehle, und sie würde sie ausführen.

Der Startschub drückte sie in den Sitz, und sie fühlte, wie ein bekanntes Kribbeln ihren Geist belebte. Sie ärgerte sich darüber, auf diesen Einsatz geschickt worden zu sein, aber sie liebte das Fliegen, egal wie ihre Befehle lauteten. Der Schimmer der Startschubstrahlung wurde an ihrem Cockpit reflektiert, und sie spürte, wie ihr der Andruck das Abendessen aus dem Magen quetschte. Das war auch ein Weg, schlank zu bleiben, sagte sie sich trocken.

Ihre Befehle lauteten, volle Kraft beizubehalten, bis der Jagdflieger 15 Kilometer vom Satelliten entfernt war. Der Flieger würde dann treiben, bis er mit dem LOSAT in Berührung kam, und es war diese letzte Instruktion, an der sie am meisten Anstoß nahm. Im Raum zu treiben war etwas für Feiglinge. Es war besser, dachte sie, auf die Position zuzusteuern, die Änderung vorzunehmen und dann höllisch zu beschleunigen, als ohne Kontrolle auf das Ziel zuzutreiben. Aber Befehle waren Befehle.

Cathcart schaltete in der befohlenen Entfernung ab und ließ den *Cheetah* treiben. Ihr DDP war nur auf Empfang geschaltet, ein weiteres Übereinkommen mit dem Planetenkommando. Für Bodenkontrollstationen war ihr Jäger nicht mehr als ein in der Umlaufbahn der kriegszerrissenen Oberfläche von Caralis treibendes Stück Weltraumschrott. Abgeschaltet, nur noch die Lebenserhaltungssysteme aktiv, jene Art von Zustand, in dem Raumjäger leicht für eine weitere Ladung toter Hardware gehalten wurden.

Der Satellit 56/72/98 erschien auf dem DDP des Jägers als blaßblaues Rechteck auf der rechten Seite der Instrumententafel. Cathcart beobachtete das Rechteck, wie es über den Schirm kroch. Nichts blieb zu tun, außer zu warten, bis das Flugzeug und sein Opfer ihren programmierten Zusammenstoß hatten. Ein rotes Licht leuchtete auf.

Wenn es möglich gewesen wäre, sich senkrecht aufzusetzen, während man im Cockpit angeschnallt war, so hätte Cathcart das getan. In der untersten rechten Ecke des DDPs war eine TOG-*Lancea* aufgetaucht. Das DDP erfaßte den Eindringling als Feind und spulte die Identifizierungsinformationen ab: Leichter Jagdflieger;

Schubkraft 10; zwei 5/1-Laser. Sie entspannte sich wieder und wartete die Entwicklungen ab.

Die *Lancea* erhöhte die Schubkraft und drehte sich zur *Cheetah*. Der LOSAT fuhr fort, Nachrichten zu senden und schien sich der plötzlichen Gefahr nicht bewußt zu sein. Halt's Maul, Blödmann, flüsterte Cathcart, aber der plappernde Satellit hielt stur seine Umlaufbahn. Sie sah die *Lancea* beschleunigen und ihren Bug auf eine Linie mit dem Satelliten kommen.

Es war jetzt nur noch eine Frage der Zeit. Die TOG-*Lancea* würde zum Nahkampf mit dem LOSAT übergehen und ihn zerstören. Aber der Jäger mußte auch nur einige Meter entfernt an der abgeschalteten *Cheetah* vorbeikommen. Die *Cheetah* würde die *Lancea* gerade in Sichtweite haben, wenn diese sich in Angriffsposition zum Satelliten befand. Cathcart konnte das nicht geschehen lassen. Sie hatte keine Ahnung, ob der Satellit wertvoll war oder nicht, aber sie befand sich in der Umlaufbahn, um die Blechbüchse anzustoßen, und sie würde ihren Job erledigen. Der streunende *Lancea*-Jäger würde den Satelliten nicht zerstören. Die *Cheetah* war programmiert, jetzt gleich nach links zu rollen, um mit dem Satelliten in Verbindung zu treten, aber Cathcart setzte sich über das vorgegebene Kommando hinweg, um das TOG-Flugzeug zu verfolgen. Nach ihren Berechnungen, die vom DDP gestützt wurden, würde die *Lancea* einige wenige Meter vor der *Cheetah* vorbeikommen; es war eine zu gute Schußmöglichkeit, um sie ungenutzt verstreichen zu lassen. Sie wartete, bis die *Lancea* durch ihr Sichtfeld trieb. Sie spürte, wie das Adrenalin durch ihren Körper strömte, als die *Lancea* ihr optisches Blickfeld ausfüllte und dann ihr Cockpitfenster; das TOG-Schiff erschien größer, als sie erwartet hatte. Sie ließ die *Lancea* ihren Weg in das Zentrum des beleuchteten Rings ihres Zielsystems ziehen.

Cathcart hatte nie ein Opfer in greifbarer, beleuchteter Nähe gesehen. Normalerweise focht sie unter Einsatz computergesteuerter Zielauswahl- und Abschußfunktionen, da Weltraumkämpfe sich für menschliche Augen zu schnell abspielten, als daß Reflexe von hohem Nutzen gewesen wären. Sie hielt den Atem an und feuerte. Die zwei EPC-9 ruckten, gefolgt vom stechenden, zerstörerischen Licht der 5/1-Laser. Sie wartete nicht auf einen Schadensbericht, bevor sie die Waffen noch einmal abfeuerte.

Lancea 4/892 bewegte sich langsam auf den Satelliten zu. Keleustes Rodarchus, der gerade erst frisch befördert worden war, sah den Satelliten in sein Sichtfeld schweben. Seine Routinepatrouille über dem Commonwealthgebiet bot endlich einmal ein bißchen Aufregung. Die Standardoperationsprozedur war es, von Malthus zu starten und sich dann nicht zu mucksen, bis die Umlaufbahn zu einem erzwungenen Rückeintritt führte. Er hatte das dutzende Male ausgeführt, ohne in Berührung mit irgend etwas vom Commonwealth zu geraten. Nichts Lebendigem, genauer gesagt. Es gab viel Müll hier oben, und die Atmosphäre schien jeden Tag überfüllter zu werden. Rodarchus hatte längst gelernt, den Weltraumschrott zu ignorieren, der seine Flugbahn kreuzte. Und nun war er hier, zwei Tage nach seiner Ernennung zum Keleustes, mit einem auskunftsfreudigen Satelliten des Feindes vor sich. Er stupste die *Lancea,* bis sie auf einer Linie mit der winzigen Kugel lag.

Der ständige Befehl lautete, alles zu zerstören, was sich bewegte, aber dies war die Chance seines Lebens. Wenn er den richtigen Zeitpunkt wählte, konnte er die untere Ladeluke über dem LOSAT öffnen und den Satelliten aus der Umlaufbahn greifen. Er lachte innerlich; sein ranghöherer Offizier würde einen Eifersuchtsanfall bekommen, wenn Rodarchus einen Commonwealth-Satelliten mit nach Hause brächte. Er setzte sich in seinem Sitz zurecht und öffnete die untere

Ladeluke der *Lancea*. Das würde ein schwieriges Manöver werden, aber die andauernden Übermittlungen des kreisenden LOSAT würden es etwas erleichtern. Er malte sich in seiner Vorstellung einen Tunnel mit der 25 cm großen Kugel in der Mitte aus. Näher, näher, näher ...

Fast gleichzeitig identifizierte das DDP einen feindlichen Jäger auf der Backbordseite, wie auch schon die linke Seite seiner *Lancea* unter dem Hämmern eines Elektronenpartikel-Geschützes verschwand. Panzerung löste sich unter einem Hitzestrahl, der aussah wie Milliarden von Schmetterlingen, die um die nahezu stilliegende *Lancea* herumflatterten, in nichts auf. Bevor Rodarchus Zeit hatte zu begreifen, was geschah, schossen zwei Laserkanonen durch die Abfallwolke und trafen den Rahmen der angeschlagenen *Lancea*. Ein lautes Fauchen sagte Rodarchus, daß das Lebenserhaltungssystem zusammengebrochen war, und er trat plötzlich in Aktion. Die Tunnelvision, die sich auf die Trophäe beschränkt hatte, wurde um den *Cheetah*-Jäger erweitert, den er fälschlicherweise für tot gehalten hatte. Die Lichter auf dem DDP zeigten warnend den bevorstehenden Zusammenbruch an, ebenso wie die Beschädigungen der Maschinen und des Lebenserhaltungssystems. Er schob den Steuerknüppel so weit nach rechts, wie er konnte und gab Schub. Er hatte den Satelliten völlig vergessen; alles, worüber er jetzt nachdenken konnte, war, zu überleben. Die Computer stießen ein ständiges Warngeheul aus, das ihn wissen ließ, daß die Schildgeneratoren auf der linken Seite jetzt nutzlos waren.

Als er die *Lancea* nach rechts rollen ließ, sah er die *Cheetah* erneut feuern. Bei einer Entfernung von weniger als 100 Metern konnte sie nicht vorbeischießen. Die Schüsse lösten die verbliebene Panzerung auf der linken Seite seines Jägers auf, und das DDP gab an, daß alle inneren Kontrolloberflächen der *Lancea* schutzlos bloßlagen. Das letzte, was Rodarchus sah, waren die Laserstrahlen, die vom Feind in die Richtung seiner freigelegten Elektronik stachen.

Captain Cathcart schoß ihre zweite Salve ab, als die *Lancea* abrollte. Sie sah, wie sich die Panzerung der beschädigten Seite unter den Schüssen auflöste und das Innenleben des angeschlagenen TOG-Jägers bloßlegte. Einen Moment zögerte sie, die Zwillingslaser abzufeuern und das Flugzeug zu zerstören, doch ihre Reflexe waren schneller als ihr Verstand, und sie spürte, wie die Energieversorgung ihres Jägers absank, als ihr die 5/1 die Reserven entzogen. Das Cockpit der *Lancea* wurde nebelig, ein tödliches Zeichen explosionsartiger Dekompression, und dann fiel der pfannkuchenähnliche Rumpf in sich zusammen. In weniger als einer Mikrosekunde war die *Lancea* auf Weltraumschrott reduziert und zum Schicksal verurteilt, als bloßer Schutt seine Bahn um den Planeten zu ziehen. Sie wandte ihre Aufmerksamkeit dem Satelliten zu.

Der LOSAT hatte Abstand zur *Cheetah* gewonnen, und so beschleunigte Cathcart, um ihren Jäger an die Seite der kleinen Kugel zu bringen. Der Satellit hätte seine eigenen Schüsse abfeuern können, aber das entsprach nicht dem Spielplan. Sie brachte die *Cheetah* in Stellung, um den Satelliten mit der Halterung einzufangen, die am Rumpf der Spitze angebracht war. Mit Hilfe von Schubkraft brachte sie den Satelliten in eine andere Umlaufbahn. Auf dem richtigen Vektor nahm sie die Schubkraft zurück und ließ den Satelliten aus der sanften Umarmung des Greifarmes frei. Die Kugel drehte sich auf dem neuen Orbit und verschwand aus der Sicht. Cathcart fuhr fort, ihren Weg auf dem DDP zu markieren, bis sie sogar aus dem Niedrigenergiescanner verschwand. Dann schaute sie sich nach dem *Lancea*-Wrack um.

Es gab keinen Zweifel, daß der TOG-Jäger vernichtet war. Das Dach war aufgerissen, und der Pilot hing halb aus dem Cockpit. Als die *Cheetah* vorbeitrieb, schien der schwingende Arm des toten Mannes wie zum letzten Gruß zu winken. Cathcart spürte, wie ihre Haut kribbelte. Es war ein schneller Tod, aber keiner, den sie sich wünschte. Sie rollte die *Cheetah* nach rechts herum und beschleunigte; es würde ein langer Fall bis zur Oberfläche werden.

Lieutenant Colonel Stolich Wotan beobachtete die ›Fußabdrücke‹ des Satelliten 56/72/98, als dieser die Flugbahn wechselte. Er war verlegt worden, um die Pole häufiger zu überqueren. Die neue Umlaufbahn des Satelliten würde rapide abnehmen, aber solange er funktionierte, würde er wichtige Informationen senden. Wotan wußte, daß irgendwo verzweifelte Befehle von der Satellitenkontrolle abgesandt würden, um zu versuchen, den verirrten Satelliten in seine ursprüngliche Bahn zurückzuzwingen. Solche Befehle mußten nutzlos bleiben. Der Satellit 56/72/98 würde in den nächsten paar Tagen über beide Pole fliegen und dann in die Atmosphäre von Caralis eintreten, wo er verglühen würde; er war eine Niete. Aber von jetzt an bis er unterging würde er ausführlich über die TOG-Aktivitäten am Südpol berichten.

Wotan erwartete nicht, dort große Aktivitäten zu finden, aber ein guter Geheimdienstoffizier ist sowohl vorsichtig als auch gründlich. Keine Aktion war je gestartet worden, bevor man nicht jedes mögliche Szenario geprüft hatte. Als das Bild des Südpols auf seinem Bildschirm erschien, untersuchte Wotan die Ausdrucke der gewundenen Formationen, die Rock Wall in der See und an Land hervorrief. Geologen und Astrophysiker wären hier in ihrem Element. Er warf den ersten Ausdruck in den Verbrennungskorb und griff nach dem zweiten.

Er schaute sich den zweiten Ausdruck an und wollte ihn gerade wegwerfen, als etwas seinen Blick auf sich zog. Das Zentrum des Pols schien die rote Anzeige einer TOG-Sendeeinheit zu zeigen. Wotan glättete das zerknüllte Papier auf dem Tisch und hob das Vergrößerungsglas. Sein erster flüchtiger Eindruck war richtig; es gab dort TOG-Aktivitäten am Zentrum des Südpols. Es sah ebenso danach aus, als gäbe es Aktivitäten in einem Bereich des Eiskaps nahe Malthus. Er sandte schnell einen neuen Satz an Befehlen zu dem taumelnden LOSAT.

Einige Stunden später, bei seiner nächsten Polüberquerung, war der Satellit 56/72/98 etwas sorgfältiger in bezug darauf, wo und was er suchte. Am Boden von Caralis wartete Lieutenant Colonel Wotan ungeduldig auf die Ergebnisse des jüngsten Überflugs. Als die Datenübertragung beendet war, riß er die Ausdrucke vom Ausgabegerät ab und untersuchte sie. Das Treiben am Eiskap nahe Malthus schien von ein paar TOG-Fahrzeugen herzurühren. Die Analysen identifizierten ein schweres Bodenfahrzeug und einen gepanzerten Mannschaftstransporter auf Ketten. Das ist absurd, dachte Wotan. Es herrschte außerdem geschäftiges Treiben rings um den gesamten Pol, wo der Computer noch mehr Fahrzeuge und Transporter identifizierte. Die Identifikation war also vermutlich falsch.

Jene TOG-Truppen am Pol waren wahrscheinlich Leute vom Wetterdienst. Aber das Wetter kam zu dieser Jahreszeit vom Nordpol. Es würden Monate vergehen, bis das Wetter vom Südpol erzeugt würde, was die Hypothese, daß die TOG-Kräfte Wetterdienstleute waren, höchst unwahrscheinlich machte. Wahrscheinlich, dachte Wotan, übertrafen sich die TOGs hier gerade selbst. Er überdachte den Ausdruck einen Moment länger und entschied dann, daß diese unerwartete Entwicklung nichts war, worüber man sich Gedanken machen mußte. Er hatte nicht die Absicht, seinen Plan zu ändern. Er warf die letzten Drucke in den Verbrennungskorb, schnappte sich die anderen Unterlagen und ging los, um Daubish zu treffen.

Als er das Büro des Nachrichtendienstchefs betrat, war Wotan überrascht, Brigadier Maxall bereits dort anzutreffen. Beide Männer hielten kleine Tau-Ceti-Brandies in den Händen, deren orangener Schaum an den Rändern ihrer Gläser sprudelte und haften blieb. Tau-Cetis wurden am besten kalt serviert, so daß die Raumtemperatur ihre besonderen Qualitäten aktivieren konnte.

»Kommen Sie herein, Stolich«, sagte Daubish, mit der freien Hand winkend. »Sie wirken überladen mit wichtigen Informationen. Aber bevor Sie sie uns mitteilen, mixen Sie sich einen Drink.«

Wotan überlegte einen Moment, ob es klug war, mit den Seniorchefs zu trinken, besonders, da er schon seine Grenze von einem Heartstopper pro Tag erreicht hatte. Warum nicht? entschied er sich dann. Ich werde meine Kurzinformation beendet haben, bevor das Zeug wirkt. Er legte die Papiere auf den niedrigen Tisch zwischen den beiden Männern und begab sich zur gut gefüllten Bar an der Wand. Es war möglich, den Getränkecomputer so zu programmieren, daß er einen Heartstopper produzierte, aber er wählte statt dessen einen Brandy. Als er sich zu den Zimmerinsassen umwandte, waren sie schon in seinen Bericht vertieft.

»Demzufolge«, sagte Daubish und sah Wotan an, »haben wir TOG-Aktivitäten am Südpol.« Der Geheimdienstchef fixierte ihn mit steinernem Blick. »Was halten Sie davon?«

Wotan beobachtete seinen Chef. Daubish trug nur das Panzerkampfabzeichen an seiner Uniform, aber Wotan wußte, daß sich noch zahlreiche Auszeichnungen darunter verbargen. Daubish hatte sich die ersten Sporen als einfacher Soldat verdient, und man sagte, er habe mehr Zeit hinter den TOG-Linien verbracht, als die meisten Veteranen vor ihnen hatten. Ein anderes Gerücht besagte, daß eine seiner Frauen die Tochter eines TOG-Senators sei oder gewesen war. Und es war eine wohlbekannte Tatsache, daß etwas nicht stimmte, wenn seine Augen von ihrer gewöhnlichen grauen Farbe in die Farbe von Stahl wechselten. Wotan räusperte sich.

»Ich glaube«, erwiderte Wotan, »daß die beste Erklärung für das Treiben am Pol eine Wetterstation ist. Wenn das Meteorologen sind, sind sie jedoch trotzdem sehr früh draußen. Ich habe keine Ahnung, was die Aktivitäten am Rande des Eiskaps bedeuten. Insgesamt gibt es weit mehr TOG-Aktivitäten am Pol, als ich erwartet habe.«

Daubish fuhr fort, die Unterlagen in Augenschein zu nehmen, die Wotan vorgelegt hatte, und gab sie wortlos an Maxall weiter, als er fertig war. Nachdem er das letzte Dokument an den Operations-Chef weitergereicht hatte, faltete Daubish die Hände.

»Das Ausmaß der Aktivitäten am Pol läßt auf mehr als eine Wetterstation schließen, denke ich. Welche Truppe Sie auch immer losschicken, Brigadier, rate ich ihnen, daß sie gut bewaffnet und auf einen sofortigen Kampf vorbereitet ist.«

Maxall überdachte die Worte des Mannes. Der Geheimdienstchef gab seinen Mitarbeitern selten Empfehlungen, aber wenn er es tat, hörte der Brigadier aus Erfahrung gut zu. Brigadier Bernard Maxall hatte Daubish schon in verschiedenen Rängen befehligt und nie die Erfahrung gemacht, daß die Urteile des Mannes weit von der Wirklichkeit entfernt lagen. Er knüllte die Papiere zu einem festen Ball zusammen und warf sie in einen Verbrennungskorb. Die Papiere entzündeten sich, als sie über den Rand flogen und waren zu Asche reduziert, bevor sie den Boden berührten.

»Danke für den Rat, Stanley«, sagte Maxall, »ich beabsichtige, eine starke Truppe auszusenden.«

5

1900, 2 Martius 6831

Die lange Reihe von Truppen marschierte am Kontrolloffizier vorbei und zeigte ihre Bordkarten, sobald sie die Position an der Schiffstür erreichte. Die Reihe der Männer schien irgendwie unwillig, den Transporter der *Dromedar*-Klasse zu besteigen, der darauf wartete, mit ihnen von Caralis abzufliegen. Der Name *Terpsichore* war mit einer Schablone in Blockbuchstaben auf den Rumpf gezeichnet worden, aber nur jemand mit viel Sinn für Humor konnte den Transporter so genannt haben.

Die *Dromedar*-Klasse war zum möglichst effizienten Transport von Lasten entworfen worden, egal, ob es sich um Vorratsmassen oder Menschen handelte. Dem uralten Sprichwort entsprechend, daß die Form sich der Funktion anpasse, hatten die Konstrukteure das Schiff nicht mit irgendwelchen ästhetisch ausgleichenden Qualitäten ausgestattet; der Transporter war einfach eine riesige Kiste mit an den Seiten angeschweißten Gravantrieben.

Er war tatsächlich das exakte Gegenteil der graziösen Muse des Tanzes und Gesanges, nach der er benannt worden war. Die Männer an Bord der Kiste wußten, daß sie eine unbequeme Reise vor sich hatten, da ihre Befehle lauteten, neben der übrigen Ausstattung auch Kaltwetterkleidung mitzuführen, obwohl der Sprung, den sie nach Rilus V machten, nur klein war.

Das Heizsystem des *Dromedars,* das in den großen Laderaum zwischen den Antriebseinheiten eingebaut war, arbeitete primitiv. Die Unglücklichen, die nahe an der Heizung lagen, wurden auf der Reise gebraten. Diejenigen, die nur wenige Schritte entfernt saßen, bekamen keine Wärme ab. Deshalb bestand der Verlegungsbefehl auf Kaltwetterausstattung.

Die Reihe schlurfte vorwärts. Der letzte Mann, der einchecken mußte, war noch in Verbände gewickelt, die rosafarbene, gerade aufgetragene Plastohaut schützten. Er machte oben auf der Rampe, die zwischen den gähnenden Türen lag, eine Pause, der letzte widerwillig Abreisende.

Zugsergeant Lucifer K. Mullins ließ den Blick über die Flughafeneinrichtung gleiten, gab sich dann einen Ruck und betrat den wartenden Transporter. Irgendwer mußte den Ersatz stellen, das wußte er, und es war besser, die Kranken, Lahmen und Faulen zu schicken, um die Arbeit zu erledigen, als eine funktionierende Rebellenlegion abzuziehen. Er selbst zählte sicherlich zu den Kranken und Lahmen; er erholte sich noch immer von den Verbrennungen, die er erhalten hatte, als sich der Panzer während einer Schlacht auf Alsatia, die einen Teil des Kampfes zwischen Commonwealth und TOG um Caralis darstellte, selbst zerstörte. Seine Zenturie, Teil der 2567. Provisorischen Rebellenlegion, hatte damals einen erfolgreichen Durchbruch in und schließlich hinter die feindlichen Linien gemacht. Die Kohorte war auf ihrem Weg zurück auf freundliches Territorium, als sie eine nahezu vollständige, durch das TOG-Vordringen entwurzelte Gemeinschaft entdeckte, die sich in einem abgeschiedenen Tal versteckte. Sie retteten die Zivilisten, doch dabei veränderten sie die Kennungen ihrer Panzer so, daß sie von keinem DDP mehr erkannt wurden. Sie gerieten von beiden Seiten unter Beschuß, als die beiden unterschiedlichen TS&R-Systeme, die schließlich behelfsmäßig zusammengeschlossen worden waren, ihre Zusammenarbeit einstellten. Sein Panzer stürzte ab und fing zu brennen an, aber die Kavallerie traf rechtzeitig ein, um ihn herauszuholen.

Erfahrungen wie diese waren es, die eine Truppe zu einer erstklassigen Kampfeinheit zusammenschweißten. Er vermißte sein altes Revier, aber in einem Monat würde er wieder dort sein, oder er war woanders. Die 2567. war seine Familie, und eine Zeitlang würde er ihr gegenüber noch Loyalität empfinden. Aber wenn er zu einer anderen Einheit versetzt werden sollte, dann war das nicht zu ändern. Die neue Einheit würde seine Familie werden, und ein neues Zugehörigkeitsgefühl würde sich entwickeln.

Die Laderampe glitt mit einem protestierenden Quietschen auf ihren Platz unter dem Feor-Gitterboden. Die Tür schlug zu, und die Dichtungsmagazine füllten sich mit Luft. Mullins sah durch den riesigen Laderaum, der acht Kojen hoch mit der zerschlagenen Menschheit des Krieges aufgefüllt war. Plastohaut und Prothesen kamen häufig zum Vorschein. Dann erklang durch den widerhallenden Lärm von Stimmen und Bewegungen das leise Klappern von Würfeln, die auf festen Boden fielen. Mullins grinste. Vielleicht würde die Reise doch nicht so schlecht werden.

Stolich Wotan entspannte sich in seinem Sessel vor der Konsole und rief die taktische Anzeige für die Operation Gateway auf. Er war sich jetzt sicher, daß der Schlag gegen Malthus über dem Südpol stattfinden würde. Sobald ein Plan einen Namen hatte, sobald er von OPPLAN xx-xx zu etwas mit einem richtigen Titel aufgewertet wurde, entwickelte er ein Eigenleben. Zu viele Leute hatten zuviel investiert, um dann zuzulassen, daß der Plan einging. Er war zufrieden.

An der nächsten Konsole saß sein Mitarbeiter bei Einsätzen, Lieutenant Colonel Alban C. Tripp. Tripp ähnelte Wotan vom Aussehen sehr, aber seine Züge waren schärfer und gefälliger. Wotan und Tripp waren in ihrer Laufbahn häufig Kollegen gewesen und hatten eine Zeitlang zusammengearbeitet, wechselten dann in andere Positionen und hatten sich schließlich in derselben Stellung wiedergetroffen. Bei den ununterbrochenen Pendulos-Spielen, die man auf jeder Basis oder an Bord jedes Schiffes finden kann, spielten sie oft zusammen, wobei sie jedesmal abräumten, wenn sie Partner waren. Wenige Teams hatten ein besseres Gefühl für die Kommunikation am Tisch, so daß nur ein undurchsichtiger Zivilist namens Tuituit Keyringorn ihnen einen guten Kampf geliefert hatte. Dieser riesige, bärenähnliche Mann spielte langsam, aber er machte selten Fehler. Er stand mit einer Transportoperation auf Caralis in Verbindung und tendierte dazu, plötzlich zu verschwinden und ebenso abrupt zurückzukehren, dabei etwas über lädierte Antriebssysteme und fehlerhafte Navigationscomputer murmelnd. Es wäre interessant, dachte Wotan abwesend, ihn mal durchzuchecken. Vielleicht, wenn diese Operation erledigt war.

»Schöner Plan, Wotan«, sagte Tripp, ein »Hallo« nickend, als sich der Geheimdienstoffizier neben ihn setzte. »Du hattest schon immer einen Hang zum Ungewöhnlichen. Wie bist du darauf gekommen?«

»Ich habe den Schnee beim Schmelzen beobachtet.«

Der Operationsoffizier hob die Augenbrauen. »Ich hätte nicht fragen sollen«, schnaubte er. Alban Tripp rief verschiedene Graphiken auf den Schirm und lehnte sich in seinem Drehstuhl zurück. »Ah. Ein schöner Plan, aber ich sehe nicht, wie wir ihn nutzen können.«

»Wo liegt das Problem?«

Tripp lehnte sich wieder vor, um den Schirm zu berühren. »Dein Plan verlangt nach mindestens einer verstärkten Zwei-Kohorten-Manus, um den Schlag durchzuführen. Die Truppen stehen uns nicht zur Verfügung.« Er drehte sich vom Bildschirm weg. »Ich sehe noch nicht, wie sich das realisieren ließe.«

»Irgendeine muß verfügbar sein.« Wotan sah seinen Plan regelrecht durch die Luft segeln, um am Rand des Verbrennungskorbs in Flammen aufzugehen. »Vielleicht können wir weniger Truppen einsetzen.«

»Du kannst nach noch so vielen Truppen fragen, wie du willst, aber das ändert nichts an der Tatsache, daß keine vorhanden sind«, insistierte Tripp und schüttelte den Kopf, als er sich wieder dem Schirm zuwandte. »Die letzte Reihe von Angriffen drüben auf Alsatia hat alle unsere Ressourcen aufgesogen. Es sei denn, du willst die Angestellten und Trottel vom HQ verpflichten.« Er sah Wotan von der Seite an und wartete auf die Antwort seines Freundes.

»Das ist unmöglich. Truppen sind immer irgendwo auf diesem Planeten verfügbar. Tatsächlich wette ich, daß es mindestens eine Einheit gibt, die gerade jetzt auf Rolandrin neu ausgestattet wird.«

»Es ist eine Tatsache«, sagte Tripp, »daß es zur Zeit zwei Einheiten auf Rolandrin gibt.« Er richtete sich auf und drückte eine Kommandotaste. »Wir haben eine Legion, die 2031., beinahe einsatzbereit und die 2567. Rebellenlegion, die gerade anfing, sich zu erholen. Unglücklicherweise ist die 2031. schon der Front zugeteilt worden, und unsere Befehle besagen, die Finger von dieser Einheit zu lassen. Die 2567. Provisorische ist ziemlich schwer angeschlagen, und es wird mindestens noch sechs Tage dauern, bis sie irgendwelchen Ersatz bekommen.«

»Warum dann nicht die 2567. nutzen? Wir haben nichts zu verlieren, wenn ihr momentaner Zustand besagt, daß sie nicht woanders einsetzbar ist. Wir beauftragen einfach die Stabsleute in G-1, ihr mehr Ersatz zuzuteilen für jene Soldaten, die sie vermutlich in der Operation Gateway verlieren werden, und schicken sie los. Wir können es dem HQ sogar noch schmackhaft machen, indem wir den Einsatzverband von einer Manus auf eine verstärkten Kohorte reduzieren. Damit sollten alle glücklich werden.«

Alban Tripp lehnte sich in seinem Stuhl zurück und faltete die Hände im Nacken. Stolich hatte recht. Eine Rebellenlegion einzusetzen, noch dazu eine unvollständige Provisorische, machte Sinn. Niemand im Hauptquartier konnte etwas dagegen einwenden, eine provisorische Rebellenlegion auf diese Mission zu schicken. Provisorische Legionen waren nichts anderes als zusammengewürfelte Verbände, die sich aus Einheiten aus dem ganzen Shannedam County zusammensetzten. Sie wurden vorübergehend zusammengestellt, um ein spezielles Ziel zu erreichen. Diese besondere Legion, die 2567., hatte ihren Abschnitt in der Hauptkampflinie erfolgreich gegen das TOG bei ihrem letzten Einsatz auf Alsatia gehalten, aber sie war es trotzdem nicht wert, von irgendwem in einer wichtigen Machtposition bemerkt zu werden. Ihre Einsätze auf Alsatia hatten ihre Führungsriege fast aufgerieben: Sie mußte neu aufgefüllt werden, bevor sie irgendeinen weiteren Nutzen für die Verteidigung von Caralis darstellte, und diese Maßnahme würde einige Zeit brauchen. Tatsächlich wäre Gateway wohl vorbei, bevor die Erholung der Einheit überhaupt eingesetzt hatte. Tripp rückte vor und ließ die Finger schnell über einige Tasten gleiten. »Erledigt und erledigt und erledigt!«

Wotan erhob sich von seinem Stuhl. »Ich werde die 2567. gleich benachrichtigen.« Er drehte sich um, kam dann zurück. »Sag, Tripp, hast du heute abend Zeit für ein Kartenspiel?«

Der Operations-Sergeant riß den Ausdruck vom Gerät. Der Riß begann an der Perforation, zog sich dann zackig über den unteren Rand der Seite. Der Sergeant fragte sich träge, warum sie sich noch immer die Mühe machten, das Papier zu perforieren; es riß nie entlang der Lochreihe ab. Die neueren Drucker hatten Schneideleisten, aber die Rebellen erhielten selten neue Geräte. Jede noch so abgelegene Commonwealth-Stellung erhielt solche Geräte, bevor die Rebellen an der Reihe waren. Und ein Provisorischer Verband wie die 2567. Rebellenlegion stand selbst bei den Rebellen ganz am Ende der Liste. Er legte den Ausdruck auf den überladenen Schreibtisch von Legatus Mantelli Lartur, dem G-3-Offizier im Stab der Legion.

»Gute Nachrichten?« fragte der Legatus ohne aufzusehen.

»Ich glaube nicht, Sir.«

»Nun, dann lassen Sie mal sehen, was diese Bonzen in ihrem Elfenbeinturm für uns zu tun gefunden haben.« Der Legatus zog das Papier zu sich herüber und überflog die Instruktionen. »Das glaube ich nicht! Das ist ein Einsatzbefehl. Streng geheim und all der übrige Müll. Was kochen die als nächstes aus?« Er griff nach dem Commlink auf seinem Tisch und berührte einen Knopf. Er schaffte es fast, die Irritation in der Stimme zu glätten, aber eine Spur von Verwunderung blieb. »Ich glaube, Sie sehen sich das hier besser an, Sir.« Er erhob sich, ohne eine Antwort abzuwarten, von seinem Schreibtisch.

Präfekt NaBesta Kenderson sah von seinem Schreibtisch auf, als der Legatus sein Büro betrat. Verglichen mit den Büros anderer Legionskommandeure war Kendersons im besten Sinne spartanisch. Der vorgeschriebene zweisockelige Schreibtisch war grau. Der Stuhl paßte, wie auch die anderen beiden im Raum, dazu. Hinter dem Schreibtisch standen die Flaggen des Commonwealth und des Rebellen-Kommandos. Es gab keine Legionsstandarte, da der Status der 2567. Provisorischen ihr weder Flagge noch Einheitenabzeichen erlaubte.

Der Legatus legte den Ausdruck auf dem Schreibtisch seines Vorgesetzten ab und wartete darauf, daß der Präfekt beendete, woran er gerade arbeitete. Kenderson blickte schließlich auf.

»Sir, offensichtlich hat man da oben entschieden, daß wir etwas Nützliches tun können, während wir uns erholen«, sagte Lartur. »Ich hoffe nur, sie haben zusätzlichen Ersatz auf unsere Liste gesetzt.«

Kenderson rieb sich mit den Händen über das Gesicht, als versuche er, Leben in das Fleisch zu kneten. Legatus Mantelli Lartur war ein guter Offizier, abgesehen von seinem Hang, abfällig zu werden, wenn er über seine Vorgesetzten sprach. Kenderson hätte manchmal gerne gewußt, was der Legatus über seinen Präfekten sagte, wenn er sich mit seinesgleichen in der Messe traf.

»Ich bin mir sicher, es ist wichtig«, antwortete Kenderson brüsk, obwohl er nicht davon überzeugt war, daß es tatsächlich so war. Schnell überflog er das Befehlspapier. »Sie wollen nur eine verstärkte Kohorte, da sollten wir nicht allzu große Probleme haben, die Nachfrage zu erfüllen. Wer ist verfügbar?«

Lartur legte ein weiteres Schriftstück auf den Schreibtisch. »Alle zehn Kohorten sind in dem einen oder anderen Grad einsatzfähig. Von ihnen sind sechs unter dem Kommando eines Zenturio Maximus und die anderen vier unter dem eines Senior-Zenturios. Die Kohorte Primus liegt der vollen Einsatzbereitschaft am nächsten, aber ich würde nicht dazu raten, diese Einheit auszusenden. Sie ist das Rückgrat der Legion, und da wäre es eine Schande, sie an einen Auftrag wie diesen zu verschwenden. Die sinnvollsten Einheiten sind die verbleibenden fünf, die von einem Zenturio Maximus befehligt werden. Soll ich jede bewerten, Sir?«

»Fangen Sie an.«

»Die Kohorte Forblen ist zu 65 Prozent einsatzbereit, aber der Großteil ihrer Verluste liegt in den Wartungs- und Kommunikationsbereichen. Sie sind beim letzten

Rückzug überrannt worden. Die Kohorte Harras hat ebenfalls noch 65 Prozent Einsatzbereitschaft, aber ihre Verluste verteilen sich ziemlich gleichmäßig über die Kampfeinheit. Die Kohorte Justin nähert sich einer 60prozentigen Einsatzbereitschaft, aber Justin hat seine Zenturios nicht in der Hand. Es mag sein Fehler sein oder ein Problem der Offiziere; wir sondieren das noch. Die Kohorte Martil ist zu 55 bis 60 Prozent einsatzbereit, aber ihre Soldaten benötigen nach dem harten Schlag, den sie während ihres letzten Gefechts einstecken mußten, eine Pause. Die Kohorte Vendome liegt bei nur 10 Prozent ihrer Schlagkraft, da sie die erste Kohorte war, der Urlaub zugestanden wurde. Die meisten ihrer Legionäre sind für mindestens dreißig Tage nach Hause gefahren. Nach meiner Einschätzung sind Forblen, Harras und Martil die besten Kandidaten für den Auftrag.«

»Wählen Sie einen aus.«

Lartur überdachte die drei Optionen. Forblen besaß den größten Teil seiner Kampfkraft, würde aber gezwungen sein, Schlüsselpositionen mit neuen Leuten aufzufüllen. Es gäbe keine Chance für eine Eingewöhnungsperiode, und für eine Einheit, die befehlsgemäß unabhängig vom Hauptquartier operieren sollte, war das gefährlich. Harras hatte ebenfalls viele wichtige Kommandeure verloren, aber seine Verluste verteilten sich recht gleichmäßig über die ganze Kohorte, und er konnte das fehlende Personal aus seiner eigenen Stabseinheit ersetzen. Das machte Harras zur besseren Wahl gegenüber Forblen. Martils Kommando war das am stärksten angeschlagene und würde den größten Ersatz benötigen, um volle Kohortenstärke zu erreichen. Martil war zudem die jüngste unter den Kohortenkommandeuren. Das bedeutete nicht, daß sie die Arbeit nicht gut erledigen würde; sie war jung und deshalb wahrscheinlich weniger erfahren. »Ich würde Harras nehmen, Sir.«

»Das würde ich auch tun. Benachrichtigen Sie ihn, und bitten Sie ihn in mein Büro.«

»Jawohl, Sir.«

»Was denken Sie, Milt?« Präfekt Kenderson lehnte sich im Stuhl zurück, die Hände lagen auf den Armlehnen und die Füße auf dem Schreibtisch. Einer der Vorteile eines Stahlschreibtischs, sinnierte er mit Blick auf seine Schuhe, war, daß sich darauf keine Fußabdrücke abzeichneten. Kenderson hätte gern gewußt, ob die anderen Legionspräfekten es wagten, die Füße auf ihre hölzernen Meisterwerke zu legen.

Milton Harras schob den Befehl fort und griff nach seinem Brandy. Er faßte das Glas mit beiden Händen und ließ das fruchtige Aroma erst in die Nase steigen, bevor er mit den Lippen den Rand des Schwenkers berührte. Ein dünnes Rinnsal der Flüssigkeit machte sich auf den Weg in seinen Magen. Feines Zeug, dachte er. Vielleicht war es der beste Weg, den Auftrag leichtzunehmen. »Es ist sicherlich gewagt.«

»Ich kenne Stolich Wotan vom Planetenkommando, und das hier trägt seine Handschrift. Diesen Tripp kenne ich nicht, aber sollte er ein Freund von Wotan sein, ist es wahrscheinlich, daß er aus demselben Holz geschnitzt ist.«

Kenderson musterte Harras verstohlen. Der Zenturio Maximus war einige Jahre älter als der jugendliche Legionskommandeur, und Kenderson wollte sich nicht auf eine Diskussion mit ihm einlassen. Es war schwer genug, Männer unter Befehl zu haben, die schon mit seinem Vater zusammen gedient hatten. »Ich gebe Ihnen alles, was Sie wollen, solange es sich in Grenzen hält. Aber versuchen Sie, die Finger von der Kohorte Primus zu lassen.«

»Ich würde die Primadonnen nicht mit einer zehn Fuß langen Stange anfassen. Soweit ich das beurteilen kann, denken die viel zu gut von sich, als daß sie wirklich von Nutzen wären«, meinte Harras trocken. »Nun, Milt. Warten Sie, bis Sie der dienstälteste Kohortenkommandeur und Primus werden. Dann werden Sie anders über diese Truppe denken.«

»Ich bezweifle, daß ich in absehbarer Zeit Primus werde«, sagte Harras, wobei er in den Schwenker starrte. Wie beide Männer wußten, wurden Aufsteiger mit Primus-Posten belohnt. Harras war weit davon entfernt, dem Bild eines Aufsteigers zu entsprechen.

Der Präfekt suchte nach etwas Passendem, das er erwidern konnte, aber der Augenblick verstrich. »Also werden wir die Kohorte Primus übergehen. Aber ansonsten können Sie nehmen, was immer Sie brauchen. Ich werde sicherstellen, daß Sie Ihr momentanes Personal behalten.«

»Da gibt es etwas, worüber ich mit Ihnen reden möchte, Sir«, sagte Harras. »Unter meinem Befehl befindet sich ein mit Auszeichnungen versehener Offizier, den ich gerne in ein Manus-Hauptquartier überstellt sehen würde.«

»Sie sind bereit, einen Ihrer Offiziere abzugeben? Wen?«

»Zenturio Freund.«

»Aber ich dachte, daß Sie ihm gerade erst eine Auszeichnung verliehen haben?«

»Sie haben ihm gerade eine Auszeichnung verliehen. Nicht ich.«

»Aha.« Kenderson machte eine Pause. »Aber das ist kein Grund, ihn abzugeben. Auch andere haben bereits Blech erhalten, das sie nicht verdienten.« Er versuchte, Harras' Blick aufzufangen, aber der ältere Mann schien besonders an dem letzten Schluck seines Drinks interessiert zu sein. »Ich bin sicher, Sie können mit ihm umgehen, Milt.«

Harras traf schließlich den verwirrten Blick des Präfekten. »Nein. Der Mann verursacht mir Gänsehaut. Ich will seiner Karriere nicht schaden, aber ich möchte ihn nicht in meiner Nähe haben. Befördern Sie ihn, und versetzen Sie ihn zur Manus.«

Kenderson sah erstaunt aus, sagte aber: »Sie sind der Boss, Milt. Ich werde ihn aus Ihrer Kohorte herausnehmen.«

»Vielen Dank, Sir. Ich weiß das zu schätzen.« Harras fühlte, wie sich die greifbare Spannung löste. »Gibt es noch mehr von diesem Brandy? Ich fühle mich, als imitierte ich unsere Ahnen. *Ave, Caesar, morituri te salutant** und all das.« Er griff nach der neuen Flasche, die Kenderson aus einer der Schubladen des abgenutzt aussehenden Schreibtisches herausnahm.

---

* *Ave, Caesar, morituri te salutant* – Heil dir, Cäsar, die Todgeweihten grüßen dich!

6

1807, 3 Martius 6831

Zenturio Maximus Milton Harras überprüfte seinen Landstreitkräfte-PC. Das hauchdünne Band, das um sein Handgelenk geschlungen war, diente gewöhnlich dazu, die Tau-Zeit verfolgen zu können, den Zeitabschnitt, den eine Person im T-Raum verbringen konnte, bis sie wieder eine ebensolange Zeit im normalen Raum bleiben mußte, um ihren Körper wieder zu normalisieren. T-Raumreisen fanden bei so hohen Geschwindigkeiten statt, daß die Reibung der Moleküle, wenn sie länger als 30 Tage dem T-Raum ausgesetzt waren, zur Auflösung der Materie führte. Der Tod durch die Leuchttauhitze – die Reibung oder das Durcheinander von Molekülen – war ein entsetzliches Ende. T-Raumreisende verbrachten eine vergleichbare Zeit im normalen Raum, um die Leuchttauhitze ›auszubrennen‹. Aber der PC fungierte auch als Tagebuch, Notizbuch und Terminkalender. Die letztere Funktion rief Harras jetzt ab. Der Kalender war zur Zeit auf Caralis-Zeit eingestellt, aber er berechnete auch die Sternenzeit. Caralis brauchte etwa 1228 Tage, 22 Stunden, 44 Minuten und 4 Sekunden, um Borealis zu umrunden, wodurch das Jahr dreimal länger war als ein Terra-Jahr. Nach Terra-Bedingungen waren die Tage nur 20 Stunden, 58 Minuten und 47 Sekunden lang. Der LS-PC war darauf programmiert, die Zeit in 24-Einheiten-Tagen auszugeben, wobei die Stunden und Minuten etwas schneller gezählt wurden als bei der Terra-Zeit. Dieses kleine Zugeständnis war für Außenstehende leicht zu akzeptieren. Das Jahr machte trotzdem Schwierigkeiten.

Es war sinnlos zu versuchen, Terra-Monate auf ein Jahr zu übertragen, das fast viermal so lang war. Statt dessen war das Caralis-Jahr in Wochen und Monate zerlegt worden, die dem Terra-System entsprachen. Jede Woche war sieben Tage lang, eine Konzession sowohl an Terras Geschichte als auch an die Zählweise. Aber die daraus resultierenden 175 Wochen wurden auf 35 fünfwöchige Monate verteilt, die eine Feiertagsperiode von drei oder vier Tagen mitten in den Wintermonaten umfaßten. Auch die Winterfeiertage waren ein Zugeständnis an die Geschichte von Terra und eine willkommene Unterbrechung für die Truppen, die unruhig wurden, da wegen der geringen Neigung der Caralisachse eindeutige Jahreszeiten fehlten. Der LS-PC speicherte diese Informationen auf jedem Planeten, auf dem eine Einheit stationiert war. Auf Anfrage gab er auch die Jahreszeit bekannt. Die Landmassen von Caralis befanden sich über und unterhalb des Äquators, aber der LS-PC benutzte die gegenwärtige Jahreszeit auf Rolandrin in der nördlichen Hemisphäre als Referenzpunkt bei der Festlegung der Jahreszeit.

Die Kristallanzeige von Harras' LS-PC zeigte das Datum (6831)04031807. Das Jahr in Sternenzeit erschien in Klammern; der Rest war eine klare Datum-Zeit-Gruppe. Die Nummern gaben an, daß es der vierte Monat und dritte Tag sowie sieben Minuten nach sechs am Abend war. Demnach war der Tag X für Gateway nur noch sieben Tage entfernt. Nicht viel Zeit, eine Operation von solcher Komplexität zu planen. Die gute Sache daran war, daß der Computer bereits Route, Azimut und Flughöhen für die Meeresüberquerung zusammengestellt hatte. Alles, was Harras zu tun übrigblieb, war die Organisation und Zusammenstellung der Truppen.

Harras sah auf, als ein Schatten auf seinen Schreibtisch fiel. »Ja, Senior-Sergeant?« Einige Schritte von seinem Schreibtisch entfernt stand in entspannter Haltung Aktol Graviston, der Senior-Sergeant von Harras' Kohorte.

»Der neuernannte Zenturio Maximus Cobaro Freund möchte Sie sprechen, Sir.« Aktols Stimme war normalerweise weich und oft sogar musikalisch, aber nun enthielt sie einen Hauch von Sarkasmus. Er hatte das Wort ›neuernannt‹ ausgesprochen, als erprobe er den Klang. Es war deutlich zu sehen, daß ihm das Ergebnis nicht gefiel.

Harras musterte den Senior-Sergeanten einen Moment. Ein Turm von einem Mann, war Graviston knapp über zwei Meter groß, wog 137 Kilogramm und sprengte damit die Nähte der größten Uniform der Rebellenlegion, die der Quartiermeister anbieten konnte. Und er war so schwarz wie die Dunkelheit des unendlichen Weltraumes. Die vorgeschriebene weiche Tunika, die zum Unterziehen unter den Kampfanzug entwickelt worden war, brachte Muskelstränge zum Vorschein, die den Brustkorb und die Arme bedeckten. Ein guter Mann, den man an seiner Seite wissen wollte, wenn man in der Klemme saß, dachte Harras. Harras und Graviston hatten, als sie beide Neulinge im Krieg waren, zusammen gedient. Dann wurden sie Commonwealth-Soldaten und bestritten das Nachhutgefecht auf Saguntum III. In den Flammen und dem Lärm dieser langwierigen und vernichtenden Schlacht war eine starke Verbundenheit zwischen dem jungen Private Harras und dem erfahrenen Sergeant Graviston entstanden. Als Harras zur Rebellenlegion versetzt wurde, fragte er Graviston, ob er ihn begleiten wolle. Nun waren sie wieder Waffenbrüder, echtere Brüder, als Blut sie hervorbringen konnte. Keiner hatte Geheimnisse vor dem anderen. Wenn Aktol den ›neuernannten‹ Zenturio Maximus Cobaro Freund nicht mochte, nahm Harras an, daß er gute Gründe dafür hatte.

»Danke, Senior-Sergeant. Schicken Sie ihn herein.«

Der Senior-Sergeant verschwand, um vom Zenturio Maximus ersetzt zu werden, der wesentlich kleiner wirkte. So wie jeder, der nach Graviston hereinkäme.

»Zenturio Maximus Cobaro Freund meldet sich wie befohlen, Sir.«

»Stehen Sie bequem, Freund«, sagte Harras. »Ich hörte, Sie werden uns verlassen.« Er hätte fast hinzugefügt: »Tut mir leid, das zu hören«, befürchtete aber, daß man seiner Stimme die Lüge anhörte. Er war nicht traurig, daß Zenturio Maximus Freund aus seiner Umgebung verschwand. »Die Beförderung zur Manus ist ein rechter Karrieresprung und zur 2. Manus ein guter Schritt nach vorne.« Die Feststellung erschien wahr genug, besonders für jene Offiziere, die das Richtige in ihrer Laufbahnbeurteilung eingetragen wissen wollten.

»Jawohl, Sir. Ich war hocherfreut, die Möglichkeit zu erhalten, dort zu dienen.« Tatsächlich wußte Freund, daß es die Chance seines Lebens war. Seine frühe Beförderung war wahrscheinlich ein Ergebnis der Auszeichnung, die Präfekt Kenderson ihm verliehen hatte, und die Zuteilung einer so wichtigen Stabsposition war eine große Ehre. Er hatte das Kommandieren einer Zenturie überlebt, eine Aufgabe, die jeder Offizier zunächst erhielt. Nun, mit dieser Sicherheit hinter ihm, sah die Zukunft hell aus. Er wäre in der Lage, seine hervorragenden Talente ohne die sichere Erwartung eines grausamen Todes, die ihn verfolgte, voll zu entfalten. Freund hatte einmal die durchschnittliche Lebenserwartung von Offizieren verschiedener Ränge und Positionen errechnet, und Panzer-Zenturios wurden nicht alt.

Aber nun war Freund von dieser Angst befreit. Wenn er den Rang eines Zenturio Maximus überstand, ohne eine Kohorte befehligen zu müssen, könnte er wahrscheinlich als Legatus in Rente gehen. Er fand, daß ein Ausbildungskommando tief in den hinteren

Rängen ideal für ihn wäre, aber zunächst mußte er aus der verhaßten 2567. Rebellenlegion herauskommen. Die Versetzung mußte einfach zu erreichen sein. Viele Stabspositionen auf Caralis benötigten zur Besetzung Offiziere, und wenige Worte an der richtigen Stelle erlaubten es ihm vielleicht, eine parallele Versetzung zu erreichen, bevor die 2567. wieder in Aktionen verwickelt wurde.

Harras schaute den Mann an, der vor seinem Schreibtisch stand. Freund war ausreichend kompetent, aber irgend etwas an ihm verursachte dem Kommandeur jedesmal Gänsehaut. Der Mann hielt sich strikt an die Regeln, war aber bereit, jedes Lob für die richtigen Taten seiner Einheit entgegenzunehmen, während er schnell dabei war, die Fehler seiner Untergebenen aufzuzeigen. Es war eine der Ungereimtheiten seines Kommandos, daß die Erfolge stets in Freunds Verantwortungsbereich fielen und alle Fehler genauestens festgehalten und auf anderer Leute Schultern abgewälzt wurden. Freund hatte in seiner Zeit als Zenturien-Kommandeur nicht einen überdurchschnittlichen Bericht über auch nur einen seiner Offiziere und Unteroffiziere verfaßt. Jeder der Berichte war negativ, ja sogar ausgesprochen vernichtend in der Beurteilung gewesen. Harras hatte dafür gesorgt, daß diese unwürdigen Berichte aus der Datenbank herausgenommen wurden, und wenn Freund erst einmal fort war, würde er dafür sorgen, daß die Speicher, die die Beweise für die Feindseligkeiten des Mannes enthielten, gelöscht wurden. Es war nicht unüblich, daß Berichte auf diese Weise verlorengingen.

»Ich wollte Ihnen nur noch alles Gute für Ihren neuen Posten wünschen, Freund.« Harras spürte, wie sich sein Magen zusammenzog, als er redete, aber er versuchte, dennoch überzeugend zu klingen.

»Es war eine Freude, unter Ihnen zu dienen, Sir.« Freund tat ebenso sein Bestes, glaubhaft zu klingen.

Seine Zeit in der Kohorte Harras war alles andere gewesen, aber eine Freude bestimmt nicht.

»Seien Sie vorsichtig.«

»Jawohl, Sir.« Freund salutierte, machte schnell kehrt und verließ den Raum. Die Luft erschien plötzlich klarer.

Gravistons Kopf erschien wieder in der Tür. »Optio Roglund Karstil wünscht Sie zu sehen, Sir. Er hat keinen Termin.«

»Spielen Sie mir seine Akte auf den Schirm, warten Sie eine Minute, und dann schicken Sie ihn herein.«

»Sofort.«

Die Datenanzeige auf Harras' Schreibtisch klärte sich, und die Dienstakte von Optio Roglund Karstil erschien. Sie überfliegend, erinnerte sich Harras, warum der Name in ihm ein Läuten ausgelöst hatte: Dies war der Kommandeur der ›Vexillary‹ auf Alsatia, der durch die feindlichen Linien vorgestoßen war, Zivilisten gerettet hatte und dann nach Hause hinkte, nur um von Freundesseite beschossen zu werden. Sein Kommando war schwer zerschossen und er selbst bei dem Vorgang mehrfach verwundet worden. Laut Krankenbericht sollte Karstil für sechzig Tage auf Erholungsurlaub sein. Harras dachte, daß der junge Mann nun leider die Gateway-Operation verpaßte, da er der Art Soldat entsprach, die der Zenturio Maximus gern zur Unterstützung bei sich gehabt hätte.

»Optio Roglund Karstil meldet sich mit einem Anliegen, Sir.«

»Ja?«

»Ich möchte zur Kohorte zurückkehren, Sir.«

»Ihr ärztlich verordneter Urlaub ist noch nicht vorbei, mein Sohn.«

»Ich weiß, Sir. Aber ich fühle mich wohl, und ich möchte gerne zu meinem Zug zurückkehren.«

Harras wußte aus der Akte, daß es keinen solchen Zug mehr gab, zu dem er hätte zurückkehren können.

Bei seinem letzten Gefecht vor einigen Wochen waren alle Fahrzeuge zerstört worden. Harras überlegte, ob er diesen aufstrebenden Offizier vielleicht in einen anderen Zug hineinbekäme und damit in die Operation Gateway. Dann sagte er sich: Nein, die Zeit bis zum Tag X war zu kurz.

»Das ist schön, Optio. Aber es gibt keinen Anlaß für Ihre übereilte Rückkehr.« Harras studierte Karstils Gesicht. Der Mann stand in respektvoller Haltung vor ihm, aber der Blick, den er seinem Kommandeur zuwarf, stellte klar, daß er wußte, was der Kohorte bevorstand. Ein genereller Ersatzbefehl war für die Kohorte Harras herausgegangen, und man hatte ihn in Worte gefaßt, die den Eindruck erwecken sollten, daß Kenderson eine funktionierende Kohorte als ›Schulungseinheit‹ zur Ausbildung des Ersatzes aus diversen Einheiten zusammenschustern wollte. Aber Karstil glaubte augenscheinlich kein Wort davon.

»Sie haben noch dreißig Tage Urlaub, Junge. Sie können danach zu uns zurückkehren.« Angenommen natürlich, dachte Harras, daß es in dreißig Tagen noch eine Kohorte zum Zurückkehren gab. »Wir werden dann wohl immer noch auf Lückenfüller warten.«

»Ich käme gerne früher, Sir.«

»Dafür gibt es keinen Grund«, sagte Harras freundlich. »Kommen Sie in dreißig Tagen wieder.« Er nickte zum Abschied, und die Schultern des Optio sanken herab, als er sich umdrehte, um den Raum zu verlassen. Es war übel, dachte sich Harras, daß sie einen so guten Mann zurücklassen mußten. Graviston erschien erneut. »Die Liste des Ersatzes steht zur Verfügung, Sir.«

»Schicken Sie mir die Liste rüber, und ich werde sie mir ansehen.« Harras empfand die Aufgabe, Ersatz auszusuchen, als den schlimmsten Teil seines Jobs. Fahrzeuge konnten untersucht und als einsatzfähig oder nicht beurteilt werden. Mit Menschen war das anders. Da Kendersons Befehl Ersatz für eine Schulungstruppe anforderte, namentlich eine Stabs- und Versorgungseinheit, schickten die Kommandeure nicht ihre Besten; tatsächlich würden sie dazu tendieren, ihre am wenigsten wertvollen Leute zu schicken. Wie konnte Harras am Namen und an einer Dienstnummer erkennen, ob jemand gut war oder nicht? Er mußte sich statt dessen auf seine Intuition in bezug auf die Kommandeure verlassen, die die Kommandierung veranlaßten. Die lange Liste mit Namen, Rängen, Nummern und Spezialisierungen überfliegend, fand er, daß die meisten wie typische Verlierer wirkten. Es war zumeist der Abschaum der anderen Einheiten; Soldaten, die keine Disziplin halten konnten oder auf andere Art nicht hineinpaßten. Graviston lehnte am Schreibtisch des Kommandeurs und sah die Namen vorbeilaufen.

»Was denken Sie, Top?« Aktol arbeitete, wie Harras wußte, ebenfalls mit innerem Instinkt.

»Reichlich dünne Auswahl, Sir, reichlich dünn. Wenn wir nicht sowenig Zeit hätten, würde ich die ganze Liste wegwerfen und neu beginnen. Haben Sie bemerkt, daß es einige Namen aus der 2031. auf der Liste gab? Wie konnten sie die Erlaubnis erhalten, sich freiwillig zu melden?«

»Sie nehmen an, daß sie sich freiwillig melden.«

»Ich verstehe nicht, wie ein Kommandeur seine Leute kurz vor einem neuen Einsatz gehen lassen kann. Entweder haben die Männer etwas gründlich vermasselt oder Druck gemacht, um herauszukommen.« Harras starrte auf den Bildschirm, als der letzte Name aufblitzte.

»Nun, nehmen Sie die Kampftruppen, egal woher sie kommen. Nehmen Sie Leute aus der 2567. zur Unterstützung.«

Er sah die Namen noch einmal durch. Einige davon kamen ihm bekannt vor, aber er konnte sich nicht erinnern, woher er sie kannte. Wahrscheinlich glichen sie nur den Namen seiner vielen Kameraden in all den Jahren, nur stammten sie aus der nächsten Generation. Beim Namen eines Infanterie-Sergeanten der 2031. jedoch klingelte es, aber Harras wußte nicht, warum. Er speicherte ›Ross, H.‹ in seinem Gedächtnis, löschte dann den Schirm und wandte sich wieder seiner Organisationsliste zu. Das größte Problem, dem Harras sich gegenübersah, war die Organisation des Einsatzverbands. Die Kohorte hatte normalerweise fünf Zenturien mit mittelschweren Panzern und eine mit Aufklärungsfahrzeugen; jede Zenturie bestand aus neun Kampffahrzeugen. Aber die Kohorte für diese Operation, selbst mit allem verstärkt, was Kenderson entbehren konnte, würde nur genügend Panzer für vier mittlere Zenturien und nur sechs Aufklärer haben. Streitkräfte mit 24 Panzern, zwölf Infanterietransportern und sechs Aufklärern waren nicht stark. Er würde die Kohorte neu strukturieren müssen, um seine vorhandenen Kräfte vorteilhaft einsetzen zu können. Das einfachste wäre es, mit vier voll einsatzbereiten Zenturien zu starten. Auf diese Weise würde es ihm möglich sein, Kommandeure aus seiner eigenen Einheit einzuberufen, Leute, die er kannte. Die leichten Aufklärer konnte man dem Kommando eines Optio unterstellen. Aber die Unterstützungselemente waren schwieriger zu handhaben.

Sie benötigten sowohl technische Unterstützung als auch Hilfspersonal für medizinische Versorgung, Wartungsarbeiten und Kommunikation. Alle Fahrzeuge müßten mit Gravantrieb ausgestattet sein, da ein Bodenfahrzeug niemals die Überquerung vom Eiskap nach Malthus schaffen konnte. Es gab nicht genug Ausrüstung, um alle Basen zu bestücken; sogar Artillerienachschub würde knapp werden.

Das verfügbare Gerät, das sich am ehesten zur artilleristischen Feuerunterstützung eignete, war ein Bit'Nak Val, auch Katapult genannt. Aber dem Katapult fehlte es an Manövrierfähigkeit. Er brauchte eine Ewigkeit, bis er beschleunigte, und sobald er soweit war, konnte man den Katapult nur stoppen, wenn man ihn in etwas Solides hineinrammte. Harras wollte ihn lieber zurücklassen, aber welche Wahl hatte er? Er brauchte die Feuerkraft. Die Hauptquartierselemente würden den Katapult, ein Remus-Pionierfahrzeug und modifizierte leichte Panzer zum Transport der Versorgungsteile umfassen.

Der größte Teil des Unterstützungspersonals würde Pedden-Artilleriefahrzeuge besteigen, die von ihrer Artillerieausrüstung befreit worden waren, um Platz für die Truppe und deren Ausrüstung zu schaffen. Harras rekapitulierte die Struktur der neuorganisierten Truppe. Sie war stark für eine Kohorte, aber er konnte nicht aufhören, sich zu fragen, ob es nicht zu wenige für einen Sieg oder zu viele für eine Niederlage waren. Er konnte nur beten, daß sie über den Pol kamen und das TOG angreifen konnten, bevor der Feind sie bemerkte.

7

0950, 4 Martius 6831

Die doppelten Goldknoten, die den Zenturio Maximus auswiesen, fingen das Licht der Overhead-Fluoroschirme ein. Aus den Augenwinkeln konnte der frisch in diesen Rang beförderte Cobaro H. Freund das über die glänzenden Abzeichen tanzende Licht beobachten. Er bewegte die Schultern etwas, um die Funken wieder über das Gold jagen zu lassen. Ihm gefiel, was er sah. Es wäre eine Schande, grübelte er, wenn der neue Glanz zu verblassen begänne. Das Licht würde nicht mehr in derselben Art über das Gold tanzen, aber es könnte dann auch keiner mehr sagen, daß er gerade erst diesen Rang erhalten hatte.

Die Kabine, die er im Manus-Hauptquartier der 2567. Rebellenlegion auf Rolandrin besetzte, lag an der Seite des Hauptarbeitsbereiches. Viele der Arbeitsplätze waren leer, ihre Besitzer waren entweder in einer wichtigen Angelegenheit unterwegs oder als Ersatz für Kohorten, die unter Verlusten gelitten hatten, versetzt worden. Freund empfand ein momentanes Unbehagen; Zentralen sollten voll von geschäftigen Stabssoldaten höherer Ränge sein. Wie konnten die Kommandeure von einem Zenturio Maximus erwarten, irgend etwas erledigt zu bekommen, wenn ihm seine Untergebenen fehlten? Die Vorschriften lauteten, daß ein Offizier mindestens einen Angestellten haben sollte. So, wie die Dinge jetzt standen, mußte er seine Memos und Berichte selber verfassen. Sein erstes Memo war eine Anforderung adäquaten Personals gewesen.

Wenigstens hatte er einen Untergebenen, wenn auch einen jungen, in seiner Abteilung. Optio Holton Bard gehörte der 2031. Legion an, hatte aber aus irgendeinem Grund nicht viel beim jüngsten Feldzug auf Alsatia erlebt. Laut Bard hatte ein Durcheinander in den Befehlen ihn als zusätzliches Personal im territorialen Hauptquartier zurückgelassen. Bards Geschichte war, daß er während des Einsatzes zurückgelassen worden sei, um Däumchen zu drehen. Jetzt, mit seiner Versetzung zu dieser Manus, war er ganz versessen darauf zu zeigen, was er konnte.

Es war nicht leicht, Holton Bard vom ersten Augenblick an zu mögen. Sein fliehender Haaransatz, die weichen Lippen und die wäßrigen Augen, alles das eingebettet in die blasseste Haut, die Freund je gesehen hatte, vermittelten den anfänglichen Eindruck von einem Mann, der vor zwei Tagen ertrunken war. Der Eindruck verstärkte sich sogar, wenn er seinen Mund öffnete. Es kam eine quäkende Stimme heraus, während er die Schultern einzog und zusammenzuckte, wann immer er angesprochen wurde. Die Rebellenlegion, dachte Freund, mußte den Boden des Fasses ausgekratzt haben, um Bard zu finden.

Aber Bard war der einzige, der die neuen goldenen Schulterstücke an Freunds Uniform bemerkte. Er hatte ihm zu seiner Beförderung gratuliert, als sie einander vorgestellt wurden und hatte beflissen sichergestellt, daß Freunds Kabine mit allem ausgestattet wurde, was sein Rang erlaubte. Irgendwie hatte Bard Freunds Vorliebe für Cremeröllchen herausgefunden; nicht die mit der schrecklichen synthetischen Füllung, sondern die mit der richtigen dicken, weißen Cremefüllung, die sie in der Galaxis geradezu berühmt machten. An den vergangenen zwei Vormittagen hatte Freund bei seiner Ankunft ein sorgfältig in ein sauberes Tüchlein eingewickeltes Röllchen auf seinem Schreibtisch gefunden. Als sich Freund im Arbeitsbereich umsah, um den

Spender herauszufinden, hatte Bard den Blick eingefangen und schüchtern gelächelt. Der neue Zenturio Maximus entschied bei sich, daß er sich diesen Mann warmhalten wollte. Bard hatte zudem ein unheimliches Geschick im Umgang mit Computern, die unter seinen pummeligen, bleichen Fingern zum Leben zu erwachen schienen.

Freund wandte seine Aufmerksamkeit wieder der Arbeit zu. Er war der provisorischen Versorgungssektion der Manus-Zentrale zugeteilt worden. Die Manus fungierten normalerweise nur als Gefechtsstände mit beschränkten Versorgungs- und Verwaltungsaufgaben. Das erlaubte dem HQ, sich auf die Operationsbereiche zu konzentrieren, während die Stabs- und Versorgungseinheiten der Legion die Berichterstattung erledigten. Wenn die Legion aber zur Neuausstattung einquartiert wurde, fiel ein Großteil der Verwaltungsarbeit an die Manus. Offiziere der Hauptquartiere wurden zeitweilig überstellt, und Unterstützung bei der Schreibarbeit, die weit über das hinaus benötigt wurde, was die Manus leisten konnten, wurde von der Legion zur Verfügung gestellt. Theoretisch erlaubte dies dem Manus-Kommandeur, einem Legatus, sich um den Wiederaufbau der Kohorten und Zenturien, die seinem Kommando unterstanden, zu kümmern.

Was Freund haßte, war die Tatsache, daß einige der Offiziere, die normalerweise im Operationsstab waren, auf administrative Posten abgeschoben wurden. Das war Freunds Los. Als neu versetzter Offizier einer Kohorte einer anderen Manus hatte er die zweifelhafte Ehre erhalten, die logistischen Arrangements für sein neues Hauptquartier zu überwachen. Es gab nicht viel zu tun.

Die Anfragen nach Ersatzausrüstung waren gerade vor Freunds Versetzung erstellt worden, so daß der Zenturio Maximus nur dafür zu sorgen hatte, daß die neue Ausrüstung richtig auf die nachfragende Kohorte oder Zenturie verteilt wurde. So verbrachte Freund den größten Teil seiner Zeit damit, in den Computerdatenbanken der anderen Hauptquartierseinheiten zu stöbern. Sein größter Erfolg war bisher die Entdeckung, daß die Manus denselben fahrbaren Kommunikator, N/M LCS 625-97, angefordert hatte wie seine neue Manus, die 2. Da nur ein solcher Kommunikator zur Verfügung stand, teilte man ihn natürlich der 1. Manus zu. Mit Hilfe von Optio Bard war Freund in der Lage gewesen, in die abgesicherten Zuweisungskontrolldateien einzubrechen und das Gerät der eigenen Manus zuzuweisen.

Er war sicher, daß der Legatus herausfände, daß er nun der stolze Besitzer der Ausrüstung war und den Zenturio Maximus entsprechend belohnte.

Dieser ›Diebstahl‹ – oder, wie Freund lieber dachte, ›die sinnvolle Umverteilung notwendiger Ausrüstungsgegenstände‹ – war ein aufregendes Stück Arbeit gewesen. Während alle anderen Zentralen nach Ersatzteilen riefen, konnte er einfach in die Zuweisungsdatenbanken einbrechen und die Ausrüstung zu seinem eigenen Hauptquartier umleiten. Als Freund erst einmal entdeckt hatte, wie einfach man in das System hineinkam, verbrachte er viel Zeit damit, sich in den Listen der zugeteilten Ausrüstung umzusehen. Er suchte gegenwärtig seltene Posten, die er seiner eigenen Manus zuweisen konnte. Das würde sich sehr gut in seiner Beurteilung machen. Die Auflistung der Ersatzausrüstung lag tief vergraben unter einer Menge anderer vom Computer kontrollierter Daten. Viele Informationen, die er durchging, waren alltägliche Bitten um Entlassung, persönliche Dateien, Berichte von Kriegsgerichtsverhandlungen, Nachfragen wegen Auszeichnungen, alle zur Verfügung stehenden Geräte, Offiziersversetzungen, Ausbildungsprobleme, Gateway, Wetterberichte, Munitionsverbrauch nach Gewicht und Typ ... Gateway?

Freund ließ die Anzeige zurücklaufen zu diesem einzelnen Wort. Er sah, daß die Notiz den Code für ein zugriffsgeschütztes Programm trug, nur für Befugte. Hier versucht jemand, einen seltenen Artikel unter einem fadenscheinigen Namen zu bekommen, dachte er. Er gab seinen eigenen Zugangscode ein und versuchte, die Datei zu öffnen. Ein Warnton ertönte im Monitor auf seinem Schreibtisch, und der Schirm ließ eine Warnmeldung aufblitzen. Der Alarmton hörte auf, und die Warnung verschwand. Freund sah sich im Arbeitsraum um, ob jemand anders den Alarmton gehört hatte. Holton Bard schaute vom Schreibtisch auf und lächelte.

Freund wußte, daß Bards Computer trotz der direkten Verbindung mit seiner Station darauf programmiert war, alle Dateien, die nicht speziell für den Stellvertreter des Primus gedacht waren, herauszufiltern. Er konnte die ›Gateway‹-Notiz nicht gesehen haben. Freund lächelte zu Bard zurück und signalisierte ihm, er solle zu ihm kommen. Bard löschte den eigenen Schirminhalt und erhob sich, um sich zum Zenturio Maximus zu gesellen.

Holton Bard war nicht erfreut, die Warnglocke von Freunds Computer zu hören. Er war außerdem unglücklich, von seiner Station wegberufen zu werden. Er hatte eifrig an einer verschlüsselten Datei namens ›Gateway‹ gearbeitet, die er zwischen eher alltäglichen Themen entdeckt hatte. Den Computerfilter, der seinen Datenzugriff beschränken sollte, zu knacken war ein relativ einfacher Vorgang gewesen, genau das, was seine Vorgesetzten ihn zu tun gelehrt hatten. Er hatte seither jeden Versorgungs- und Verwaltungsbericht gelesen, der sein Interesse geweckt hatte. Er war es gewesen, der den fahrbaren Kommunikator vom Typ N/M LCS 625-97 gefunden hatte und in Freunds Computer schickte. Der Zenturio Maximus hatte den Köder angenommen, und nun würden er und Freund ›Freunde fürs Leben‹ sein. Den Zenturio Maximus zum Diebstahl von Ausrüstung zu verführen war ein weit besserer Fischzug, als ihm die Cremeröllchen verfügbar zu machen, die sicherlich als Bestechungsversuch dargestellt werden konnten, wenn er den Mann jemals in Mißkredit bringen mußte. Diese besondere Information war ihm von einem ›Maulwurf‹ zur Verfügung gestellt und von seinem Vorgesetzten weitergeleitet worden, nachdem Bard von dem neuen Offizier in der Abteilung berichtet hatte. Bard hatte zudem als Vorsichtsmaßnahme Cobaro Freunds Beurteilung herangezogen und gelesen. Wer auch immer Milton Harras war, er hielt nicht viel von Freund. Obwohl die Auflistung der Belobigungen, die Beurteilung und die Empfehlung zur Beförderung in einem lobenden Ton gehalten waren, handelte es sich um das übliche Blabla. Das gut trainierte Auge vermochte zu erkennen, daß der Mann von seinem Kommandeur abgeschoben worden war.

Die beiden hatten offensichtlich bei einer Menge Gelegenheiten Meinungsverschiedenheiten gehabt, und Harras hatte Freund in der Absicht, seine Karriere nicht zu zerstören, aus der Kohorte heraus in eine Manus hineingeschoben. Bard war froh, Freund bei sich zu haben. Er konnte ein nützliches Werkzeug bei Bards Einsatz darstellen. Er ging um Freunds Schreibtisch herum und achtete darauf, leicht zusammenzuzucken, als ihre Augen sich trafen.

»Sie wünschen, Sir?«

Freund lächelte und lehnte sich in seinem Stuhl zurück. Er gestikulierte in Richtung Bildschirm, wo das Wort ›Gateway‹ leuchtete. »Was sagen Sie hierzu?«

Optio Holton Bard widerstand der Versuchung, zu jauchzen oder laut aufzuschreien. Sein Vorgesetzter war auf dieselbe Datei aufmerksam geworden, die er zu entschlüsseln versucht hatte! Das war besser, als er erwartet hatte.

Freund wartete nicht auf eine Antwort. »Vielleicht ist das ein Versuch von seiten der ersten Manus, ein spezielles Ausrüstungsteil zu erhalten«, sagte er mit einstudierter Beiläufigkeit. »Ich habe das gerade auf meinem Schirm entdeckt und dachte, daß Sie es gerne knacken würden«, meinte Freund, wobei er vergaß zu erwähnen, daß er bereits versagt hatte, den Code zu knacken.

»Ich werde es versuchen, wenn Sie wünschen, Sir. Aber ich werde Ihre Zugangskontrollnummer benötigen, um zu beginnen.«

»Die kann ich Ihnen nicht geben, Holton«, sagte Freund selbstgefällig. »Sie wissen, daß die geheim ist. Aber ich kann sie für Sie in den Computer eingeben.« Freunds Zugangscode war nur einer der Wege, seinen Untergebenen seinen Rang unter die Nase zu halten. Seine Finger bewegten sich über die Tastatur, dann legte er die Hand mit der Handfläche nach unten auf die Erkennungstafel. Der Computer bestätigte seine Anwesenheit. »Er gehört Ihnen, Holton«, sagte Freund und erhob sich vom Stuhl. Bard hatte bereits die ersten sieben Ziffern des Gateway-Zugriffscodes herausgefunden, zwei fehlten noch. Er tippte die Zahlen langsam, als versuche er, sie herauszufinden. Freund sollte nicht den Verdacht bekommen, daß er den Code schon teilweise geknackt hatte. Er wußte, daß die letzten beiden Ziffern die dritte Potenz einer Zahl sein mußten. Die Ziffern waren wahrscheinlich weder 1 noch 2, weil das eine Null als vorletzte Ziffer ergeben würde. Aus Erfahrung wußte er, daß Computer es nicht mochten, Nullen als Teil eines Codes zu generieren, weil eine Null so leicht mit dem Buchstaben ›O‹ verwechselt werden konnte. Eine leichte Abneigung bestand auch gegen die 7, da sie mit 1 verwechselt werden konnte. Die beliebteste Zahl für die letzten zwei Stellen war die 64, die dritte Potenz von 4. Als Bard die achte Ziffer erreichte, drückte er versuchsweise auf die 6 auf der Tastatur. Der Computer zeigte gehorsam die Zahl. Dann griff der Finger zur 4-Taste und berührte sie.

Sofort klärte sich der Schirm, und der Befehl für Operation Gateway erschien. Bard erkannte sofort die Bedeutung des Dokuments, das er sah. Sogar ohne die Einstufung als STRENG GEHEIM: NUR FÜR BEFUGTE war dies offensichtlich wichtig. Sicherheitseinstufungen wurden routinemäßig Informationen beigefügt, die Leute zurückgehalten wissen wollten, und ein SG: NFB konnte an alles gehängt werden, sogar an eine Toilettenpapieranforderung. Aber dies hier war etwas anderes. Bard hatte bereits einiges von dem Dokument in seinem Gedächtnis gespeichert, bevor Freund reagieren konnte.

Als die Sicherheitsmeldung auf dem Schirm aufblitzte, schien Freund unberührt von der SG: NFB-Meldung; das war nichts Außergewöhnliches. Sogar die Anwesenheit des Optio schien ihn nicht zu beunruhigen. Er begann den Befehl zu lesen, begann bei dem Absender und arbeitete sich durch die Adressaten. Erst als er zur Einsatzbeschreibung und zum Einsatzkonzept kam, schien er zu begreifen, daß es sich hier um etwas Wichtiges handelte. Er lehnte sich vor und löschte den Schirm. »Es war nicht das, was ich erwartet hatte«, sagte er, aber Bard durchschaute das gespielte Desinteresse seines Vorgesetzten mit Leichtigkeit. »Danke für Ihre Hilfe.«

Bard erhob sich vom Stuhl und fing Freunds Blick auf. Es war beiden Männern klar, daß sie sich an einer Datei von höchster Bedeutung zu schaffen gemacht hatten, die außerhalb ihrer Reichweite hätte bleiben müssen. Gleichermaßen deutlich war die unausgesprochene Übereinkunft, daß keiner die Sache noch einmal ansprechen würde. Bard nickte seinem Vorgesetzten zu, wobei er ein triumphierendes Lächeln unterdrücken mußte, und kehrte zu seiner Station zurück. Freund gehörte ihm, solange er ihn brauchte.

Nach der regulären Arbeitszeit kehrte Holton Bard in den nun dunklen Arbeitsraum zurück. Er kannte den Weg durch die Menge der Konsolen und ging geradewegs zu Freunds Station. Der Platz lag nicht nur außerhalb des direkten Blickfeldes zur Tür und schützte ihn so vor Entdeckung bei einer gelegentlichen Inspektion; Bard plante, Freunds Konsole auch für den Fall zu benutzen, daß der Einbruch je in diesen Arbeitsraum zurückverfolgt würde.

Er setzte sich und tippte den Zugangscode seines Vorgesetzten ein. Nachdem er einen Plastikhandschuh über die Hand gezogen hatte, berührte er die Erkennungstafel. Es war einfach gewesen, den Handabdruck zu bekommen. Er hatte gewartet, bis Freund seinen Arbeitsplatz besuchte, dann lenkte er seine Aufmerksamkeit auf irgend etwas Kleingedrucktes auf dem Schirm, und Freund war gezwungen gewesen, sich vorzulehnen, wobei er sich mit der Handfläche nach unten auf dem einzigen freien Platz abstützte. Bard hatte den Abdruck, die Wärmeaufzeichnung und alles andere abgezogen, sobald Freund gegangen war.

Die Gateway-Datei öffnete sich nach Eingabe des Zugangscodes sofort. Die Datei war kopiergeschützt, und Bard wollte nicht die Zeit mit dem Versuch verschwenden, ein weiteres Sicherheitsschloß zu knacken. Er verwahrte die allgemeinen Informationen in seinem Gedächtnis, dann nutzte er einen Elektroscanner, um die Navigationsinformationen zu kopieren. Damit fertig, löschte er den Bildschirm und radierte jeden Hinweis auf seine Anwesenheit aus. Er war sehr vorsichtig und wischte sogar die Fingerabdrücke auf der Rückenlehne von Freunds Stuhl ab.

8

1945, 4 Martius 6831

Der TOG-Agent bewegte sich vorsichtig am Barackenkomplex vorbei, in dem die Offiziersmesse und der Parkplatz untergebracht lagen. Die 2031. Rebellenlegion bereitete sich gerade auf das Übersetzen nach Alsatia vor, und die Kameraden gaben ihr ein rauschendes Abschiedsfest. Die 2031. war nicht die Legion, auf die der Spion angesetzt war, aber er plante, der Party beizuwohnen, um zu versuchen, jede noch so kleine Information zu sammeln, die er bekommen konnte. Mit genügend Informationen war es möglich, ein ungefähres Bild der Lage zu zeichnen, und das Bild mochte mit den Informationen zusammenpassen, die er im Rahmen seines Auftrags bereits nachgelesen hatte. Die Party lief noch nicht lange genug, um lokkere Gespräche herbeizuführen, und der Spion machte sich heimlich wieder fort. Er würde die Gelegenheit nutzen, um seine andere geheime Arbeit zu erledigen.

Er mußte einen detaillierten Bericht an seine TOG-Vorgesetzten schicken. Das war nicht das erste Mal, daß er in der Lage war, gezielte Nachrichten über Rebelleneinheiten weiterzuleiten. Während des Feldzuges auf Alsatia vor einigen Monaten hatte er einen kompletten Operationsplan der Rebellenlegion übermittelt. Die TOG-Kommandeure hatten keinen Gebrauch von der Information gemacht, und die Schlacht war zu einem Fiasko für die TOG-Streitkräfte geworden. Diesmal würde das anders sein. Holton Bard war sich sicher, daß seine Übermittlung sabotiert worden war, daher hatte er nach der fehlgeschlagenen Operation viel Zeit darauf verwendet, seine Spuren zu verwischen. Sein gegenwärtiger Auftrag in der 2567. war schließlich doch ein Segen. Die Legion war provisorisch, was es leichtmachte, die Kommandostruktur zu infiltrieren. In den Legionsrängen kamen und gingen Offiziere mit erschreckender Häufigkeit, während die Verluste, die bei dem letzten Feldzug entstanden waren, ihm viele Türen öffneten. Die Entdeckung der Gateway-Operation war ein Glücksfall. Der Plan war nahezu genial; den Zugangscode zu knacken war zu schwierig gewesen, als daß es sich dabei um eine Ente handeln konnte. Aber Bards TOG-Ausbildung hatte sich bezahlt gemacht, und nun hatte er den ganzen Plan sicher entschlüsselt und zur Übermittlung fertig. Er schloß als gesicherte Nachricht die kodierten Navigationsdaten ein.

Sein Vorgesetzter auf Malthus würde in der Lage sein, den Text der Dokumente auf der Basis dieser Zahlen zu analysieren. Selbst wenn er einen kleinen Fehler gemacht oder etwas vergessen hatte, würde der Navigationscode die Leerstellen für die TOG-Kommandeure auffüllen. Er war gezwungen gewesen, seine letzte Übertragung von einem mobilen Gefechtsstand aus zu senden, worin der Grund lag, weshalb damals seine Nachricht unterbrochen worden war. Diesmal plante er, direkt von einer der vielen informationsheischenden Antennen zu senden, die dem Rebellen-Hauptquartier dienten.

Der Wald von Antennen erstreckte sich über mehrere Hektar eines riesigen Feldes. In alle Richtungen ausgerichtete Parabolantennen waren nach Typ und Aufgabe aufgestellt, jede in eine etwas andere Richtung ausgerichtet, um je einen anderen Satelliten zu verfolgen.

Einige waren unnütz und warteten auf einen neuen Satelliten, der einen verlorenen oder zerstörten ersetzte. Bard hatte gehört, daß alle Satellitenwracks und die übrigen Weltraumtrümmer einen virtuellen Ring um den Planeten formen würden, was aber die Anziehungskräfte von Rock Wall verhinderten. Der Riesenmond von Caralis arbeitete wie ein Staubsauger, indem er den antriebslosen Schrott aus dem Orbit saugte. Er ließ einen dünnen Lichtstrahl über die kodierten Nummern an der Basis jedes Antennenhügels gleiten, um nach einer speziellen Sendeeinheit Ausschau zu halten, als er sich durch die gewaltige Ansammlung bewegte. Er suchte nach einer Sendeeinheit, die den Orbit einer bestimmten TOG-Einheit kreuzte. Er fand sie nahe des Zentrums.

Bard überprüfte seinen LS-PC. Timing war wichtig – im Prinzip war es alles. Der TOG-Satellit würde für knappe 5,72 Sekunden im Sektor der Parabolantenne sein. Der Sender mußte geladen und angeschlossen sein, bevor der Satellit im Sendefenster erschien. Er würde keine Rückversicherung für die Meldung erhalten, weil dieses Sendefenster zu schmal war. Er hatte nur einen Versuch für die Übermittlung frei, weil es heller Tag sein würde, wenn der Satellit wieder in dieser Bahn auftauchte. Bei Tageslicht in einem Antennenfeld herumzukriechen wäre seiner Gesundheit und dem Erfolg der Mission nicht zuträglich. Bard kroch zum Fuß der Empfangsantenne und öffnete das Zugangspult.

Die Antenne selbst führte keine Energie, und er konnte keinen Strom von den Generatoren an der Basis abziehen. Der Energieabfall würde sofort bemerkt werden. Es war zwar möglich, aber Bard würde es nur in einem außergewöhnlichen Notfall tun. Seine TOG-Instrukteure waren darin festgeblieben, daß das Überleben eines Agenten wichtiger war als jede Nachricht, die er senden konnte. Der Krieg dauerte schon lange und würde noch eine lange Zeit anhalten, aber ein neuer Agent konnte nicht immer in den Commonwealth- und Rebellenrängen untergebracht werden. Die einzige Ausnahme von dieser Regel bezog sich auf die Entdeckung eines Komplottes gegen das Leben des Caesaren. Wenn ein Agent einen solchen Plan entdeckte, war das Selbstopfer zur Vereitelung des Anschlags akzeptabel, sogar gefordert.

Die Meldung erforderte etwas Energie zum Übermitteln, aber Bard hatte einen Akku erhalten, um dafür zu sorgen. Das Gerät war ein 4 x 4 x 10 cm großer Block, der hinten an seinem Gürtel befestigt war. Die locker sitzende Tunika, die als gewöhnliche Kleidung ausgegeben wurde, verbarg die Ausbuchtung, die er auf seinem Rücken verursachte. Er nahm das Zuleitungskabel aus dem Block heraus und steckte den Stecker in die Buchse am Antennenanschluß. Der Akku würde drei Sekunden, nachdem der Kontrollschalter gedrückt worden war, seine Energie vollständig verbraucht haben. Er klemmte das nachrichtenübermittelnde Gerät an das Zuleitungskabel. Sobald der Schalter den Akku aktivierte, würde die Energie durch die Nachrichtenfilter strömen. Die codierte Übermittlung wirkte als Dämpfer und verwandelte den steten Strom in eine Serie von Impulsen. Diese Impulse, in diesem Fall vierstellige Code-Gruppen, nahm der Satellit auf. Die letzten fünf Gruppen bestanden aus Befehlen an den Satelliten selber. Die ersten vier bezeichneten den Adressaten, und die letzte Gruppe instruierte den Satelliten, ohne Rückmeldung zu arbeiten. Die letzte Gruppe war eingegeben worden, um sicherzustellen, daß der Satellit keine verräterischen Rückmeldungen nach Rolandrin senden würde, die von einem Spion der Gegenseite aufgefangen werden konnte.

Bard beobachtete die Sekunden, die auf der digitalen Anzeige des PCs vorbeizogen. Als der Satellit im Sendefenster erschien, drückte er den Schalter am Akku-Block. Er fühlte, wie der Energiestrom die Box verließ.

Als der Satellit die Sendezone verließ, zog er den Stecker heraus und ließ das Zuleitungskabel in den Block zurückschnappen. Er schob das Zugangspult zurück an seinen Platz. Bevor er sich von der Antenne fortbewegte, brach er die Meldekapsel in zwei Hälften und zog die Karbon-Silikon-Plättchen aus dem Inneren. Er zerbrach jede einzelne sorgfältig und ließ die Bruchstücke auf den Boden fallen. Es würde keine Aufzeichnungen davon geben, was er gesendet hatte. Nach der Erledigung seiner Aufgabe erhob er sich und kehrte zur Messe zurück.

Als Bard das lange, niedrige Gebäude betrat, bemerkte er einen Krankentransporter, der diskret in der Nähe parkte. Diese Abschiedsparties tendierten dazu, derart auszuufern, daß manchmal einige Festgäste, besonders unter den jungen Offizieren, Erste Hilfe benötigten. In der Tat geschah das so oft, daß der medizinische Stab des Hauptquartiers bei diesen Versetzungsparties routinemäßig einen Krankentransporter vor der Messe stationierte.

Innen blinzelte Bard gegen den Schimmer der Overhead-Fluoroschirme an. Die Lichter strahlten auf höchster Stufe, um dazu beizutragen, daß die in einer Ecke zusammenhockenden Offiziere ihre Gefühle in Schach hielten: Optios, die dazu bestimmt waren, morgen aufzubrechen. Sanftes Licht, das für gewöhnlich beruhigend wirkte, schien die Verrücktheiten hier nur zu fördern. Bard steuerte in Richtung der Gruppe, um sich zu den Gruppen am Rand der Party zu gesellen und sich von dort aus auf das Zentrum zuzuarbeiten. Er sah sich in dem höhlenartigen Raum um, um andere Gruppen auszumachen, die vielleicht bessere Informationen anbieten konnten. Sein Herz setzte einen Schlag lang aus. In der Ecke auf der anderen Seite des Raumes saßen, gelassen die Feierlichkeiten beobachtend, die Sanitäter. In der Mitte der Gruppe befand sich ein Mann, der tief in seinem Sessel versunken war und wie ein Bär aussah. Bard sprang hinter einen Pfosten, schloß die Augen und atmete tief ein, um sein rasendes Herz zu beruhigen. Irgend etwas in seinem Kopf hatte eine Warnglocke ausgelöst, und einem Spion wurde beigebracht, niemals eine Warnung zu mißachten. Das Gesicht des Mannes war ihm bekannt, aber Bard konnte sich nicht erinnern, wo sie sich getroffen hatten. Er bekämpfte die plötzliche Panik in seinem Kopf und begann schnell mit einem geistigen Rückblick auf seine Erfahrungen in der Rebellenlegion.

Er konzentrierte sich auf die Gestalt des anderen Mannes, seine Gegenwart. Bard war sich sicher, daß ihm der Mann bekannt war, aber nicht im Zusammenhang mit einem Sanitätskorps. Im Geiste ging er zurück zu der Reise nach Rilus V. Seine Augen öffneten sich plötzlich. Das war es! Die RLS *Maiestas*. Er hatte mit diesem Mann in dem Transporter Karten gespielt, der ihn auf Rilus V gebracht hatte. Seine Name war Stone, Larry Stone. Aber er war damals Optio gewesen, und hier saß er als Sanitäter. Hatte er seinen Rang verloren? Unmöglich. In dem unwahrscheinlichen Fall, daß Stone degradiert worden war, wäre er auch vom Planeten entfernt worden. Ein gestrauchelter Offizier blieb nicht bei seiner alten Einheit. Es mußte eine andere Erklärung geben. Eine andere Erinnerung nagte am Rande seines Bewußtseins. Bard fiel ein, daß er den Mann nach der Ankunft auf Caralis wiedergetroffen hatte, aber wo? Er hatte auf keinen Fall als Optio gearbeitet. Es mußte etwas anderes sein. Ein kleiner Teil seines Gehirns, das noch mit der Übermittlung seiner jüngsten Entdeckung beschäftigt war, schaltete sich plötzlich mit einer Erinnerung ein, nach der er suchte.

An dem Tag, an dem er den Einsatzplan der Rebellenlegion von einem computerbestückten Spartius auf Alsatia abschickte, hatte er erst einen aufsässigen Kommunikations-Sergeanten loswerden müssen. Bard überfiel erneut Panik, als er mit betäubender Sicherheit erkannte, daß dieser Sergeant und der Sanitäter ein und dieselbe Person waren. Bards Nachricht war also sabotiert worden, und er hätte es wissen müssen. Ein Gegenspion der Rebellen war direkt vor seiner Nase aufgetaucht. Schweiß trat ihm auf die Stirn. Er mußte fliehen.

Er zog sich zurück und achtete darauf, den Pfosten zwischen sich und den Sanitätern in der Ecke zu behalten. Einmal im Quartier, schloß Bard die Tür ab und schob den schweren Schreibtisch dagegen. Noch immer im Dunkeln, zog er die Vorhänge zu und steckte sie an den Ecken fest, so daß draußen nicht einmal ein Schimmer zu sehen sein würde. Er wußte, daß sein Verhalten irrational war. Jeder, der wissen wollte, was in dem Raum vorging, konnte einen Infrarotscanner benutzen, um direkt durch die Vorhänge zu schauen. Er knipste das Licht an und sah sich um. Der Raum mußte einen Miniscanner verbergen. Obwohl er den Raum beim Verlassen jedesmal nach Wanzen durchsucht hatte, war ein passiv beobachtendes Gerät vielleicht seiner Aufmerksamkeit entgangen. Er suchte den Raum noch einmal ab, diesmal mit höchster Scanstufe. Nichts zeigte sich in der Umgebung.

Er mußte hinauskommen und zwar schnell. Seine Anwesenheit bei der 2. Manus war zu gut dokumentiert, als daß er sich einfach in Luft hätte auflösen können; dieser sich in alles einmischende Freund würde einen Suchtrupp ausschicken. Besser war es, seine Beziehungen zu nutzen und den Abschied unauffällig zu gestalten. Er würde um Versetzung zu einer anderen Einheit bitten. Ja, Freund würde ihm die Bitte erfüllen. Sie waren zu weit gegangen, als daß der Zenturio Maximus noch groß Theater veranstalten konnte.

Zenturio Maximus Cobaro Freund war überrascht, kein Cremeröllchen auf seinem Schreibtisch zu finden;

vielleicht war der junge Optio noch nicht da. Er warf einen Blick auf seinen Eingangskorb. Obenauf lag ein grauer Umschlag mit Aufdruck auf der Lasche. Er hob ihn auf und schaute auf die Schrift: Zenturio Maximus Freund. Sehr dringend. Er öffnete die Lasche und zog ein einzelnes Blatt heraus.

Es war die Bitte um Versetzung von Optio Holton Bard. Freunds Unmut verwandelte sich schnell in Ärger. Der Mann versuchte zu entkommen! Deshalb war ihm seine Abwesenheit heute morgen so verdächtig vorgekommen. Freunds Lippen verwandelten sich in einen dünnen Strich. Der kleine Dummkopf wollte von ihm fortkommen. Und das nach allem, was ich in diesem Kommando für ihn hätte tun können, dachte Freund. Er hat Angst vor mir.

Ich werde ihm zeigen, was geschieht, wenn jemand unfair mit dem Zenturio Maximus Cobaro Freund spielt, gelobte er leise. Wenn er raus will, werde ich ihn rausschicken. Ich werde ihn ans Ende der Galaxis versetzen. Er kann einen Posten bekommen, den er für den Rest seines miserablen Lebens hassen wird. Er wird ohne eine Empfehlung von mir gehen, und ich werde dafür sorgen, daß er nie wieder ein menschliches Gesicht zu sehen bekommt!

Freund hatte sich in kalte Wut hineingesteigert. Er öffnete die Versetzungsanfrage auf seinem Bildschirm. So ist's richtig, Bard. Ich werde dir einen Posten auf irgendeinem dunklen, eisbedeckten Stern geben. Der Gedanke ließ ihn lächeln. Das sollte deine käsige Haut noch käsiger machen. Da wird es keine Cremeröllchen geben, die du deinem Chef zukommen lassen kannst. Du wirst glücklich sein, überhaupt irgendeine Nahrung zu bekommen.

Er durchforstete die Liste der Stellen nach einer möglichen Hölle, in die er den unglücklichen Optio schicken konnte. An einem fernen Ende der Neuen Philippinen fand er genau den abgeschiedenen Planeten, den er suchte. Er trug die Versetzungsverfügung in Bards Akte ein. Er wollte gerade die Einstellung sichern, als ein Grinsen seine Lippen verzerrte. Eine bessere Alternative war gerade vor ihm erschienen, eine mit all den Vorteilen der Neuen Philippinen, aber ebenso gefährlich.

Freund löschte den Eintrag und begann neue Kommandos einzugeben. Er überstellte den Optio der Kohorte Harras. Es war ein Streich ausgleichender Gerechtigkeit. Laß den Mann ein bißchen Krieg schmecken. Die Kohorte Harras war genau der Ort für Optio Bard, wo er sein Verhalten gegenüber seinem Vorgesetzten überdenken konnte. Freund gab die letzten Daten ein und sicherte.

Dann stieß er sich von der Konsole ab und lachte leise.

9

0850, 9 Martius 6831

Optio Holden Ventis stand auf dem am Boden stehenden Spartius-Infanterietransporter und ließ seinen Blick über das Lager schweifen. Er war froh darüber, der Kohorte Harras und der 2567. Rebellenlegion anzugehören. Die Truppen machten sich gerade bereit, um aus dem Hauptquartier zu einem geheimen Schlag gegen die TOG-Zentrale auf Malthus auszurücken. Seine eigene Zenturie, die aus zwei Zügen mit mittleren Grav-Liberatoren und einem Infanteriezug, der aus seinem Spartius und zwei Vipern bestand, war um seine Position herum arrangiert. Rechts, links und hinten befanden sich die anderen drei Zenturien der Kohorte. Die Kohorte führte den Auftrag mit einer Zenturie weniger aus, mit vier Kampfzenturien, statt der üblichen fünf, wobei aber alle vier voll besetzt waren. Ihre Mannschaften würden bald genug dezimiert werden, und es war ein gutes Gefühl, mit voller Besatzung zu starten.

Ventis' Einheit war Wochen zuvor bei der Beinahe-Katastrophe auf Alsatia ausgeblutet. Seine Zenturie war während einer TOG-Attacke in Stücke geschossen worden, und er hatte Glück gehabt, mit seinem Fahrzeug zu entkommen. Der Befehlshaber jener Operation war der jüngst versetzte, leicht zu vergessende Zenturio Cobaro Freund gewesen. Freund hatte Ventis wegen der Verluste fertiggemacht, die er erlitten hatte. Aber Ventis konnte den Tadel nicht mit den Tatsachen in Einklang bringen. Er und die anderen Zugführer waren angesichts einer überwältigenden gegnerischen

Übermacht in einer ausweglosen Lage gewesen. Sie hatten ihr Bestes gegeben und waren mit mehr Fahrzeugen und Personal entkommen, als ihnen nach jeder Wahrscheinlichkeit hätte gelingen dürfen, aber sie hatten nicht einmal eine Belobigung erhalten. In der Tat war er nach dem Tadel, den er erhalten hatte, überrascht gewesen, zum Kommandeur einer Zenturie berufen worden zu sein, besonders einer Panzerzenturie. Angesichts seines Mangels an Erfahrung konnte nur ein Engpaß an Offizieren seine Vorgesetzten dazu bewogen haben, ihm diese Position zu übertragen.

Ventis war der einzige Offizier der Zenturie. Die Züge unterstanden dem Kommando von Senior-Sergeanten. Als Chef der Zenturie war sein traditioneller Platz in einem der Panzer des führenden Zugs. Offiziere wurden dazu ausgebildet, ihre Männer in die Schlacht zu führen, was als gutes Beispiel diente und dem Kommandeur eine bessere Kontrolle über seine Truppen gab. Aber er hatte eine Infanterieausbildung genossen und zog es vor, die Panzer von den Panzerführern fahren zu lassen. Die Zenturie würde ihm einfach vertrauen müssen, da der Auftakt einer verdeckten Operation, die unter Funkstille durchgeführt werden mußte, nicht die richtige Zeit für einen wie auch immer qualifizierten Infanterieoffizier war, um hierbei erst noch das Panzerhandwerk zu erlernen.

Die Anwesenheit des Spartius in dem Infanteriezug war ungewöhnlich. Das Standardfahrzeug für Infanteristen, die einer Liberator-Zenturie zugeteilt waren, stellten die leichten Viper-Transporter dar. Während der Reorganisation der Kohorte ergab sich ein Lieferengpaß bei den Vipern, und der Spartius tauchte als Ersatz auf. Auch wenn ihm die 25-mm-Kanone der Viper fehlte, gaben die doppelten 5/6-Laser und die vielen Raketen dem Spartius eine Menge anderer Feuerkraft. Er verfügte auch über ein gutes Verhältnis von Kraft und Gewicht, und die Panzerung ließ sich mit dem Liberator vergleichen, was ihn alles in allem gut in den mittelschweren Zug passen ließ.

Die von Harras ausgegebenen Einsatzbefehle konnten nur als interessant bezeichnet werden. Der Befehl lautete, nach Süden vorzurücken und die weit ausladenden Gewässer zwischen Rolandrin und dem südlichen Eiskap zu überqueren. Kurs und Geschwindigkeit der Kohorte waren sorgfältig berechnet worden, um zu verhindern, daß TOG-Satelliten ihr Vorrücken bemerkten. Dem rigide vorgeschriebenen Programm von Azimut, Geschwindigkeit und Flughöhe treu bleibend, sollte es ihnen möglich sein, den Rand des Eiskaps unbemerkt zu erreichen. Einmal dort angekommen, lautete der Befehl, mit Höchstgeschwindigkeit über das Eis zur gegenüberliegenden Seite des Kaps in südliche Richtung nach Malthus zu fliegen. Soweit Ventis verstanden hatte, war es danach fast ein Kinderspiel, mit Höchstgeschwindigkeit nach Malthus vorzurücken und dann im TOG-Hinterland herumzupfuschen. Die Überlebenden würden über das Meer und das Eiskap zur freundlichen Seite des Planeten zurückfliehen. Ventis hatte das flaue Gefühl, daß der ganze Einsatzverband als entbehrlich galt, aber diese Philosophie paßte zu der allgemeinen Einstellung gegenüber der 2567.

Die Unterstützungskomponenten der Zenturie waren auf das absolute Minimum gekürzt worden, so daß Kommunikation, Versorgung und Wartungsabteilung nur durch die Sektionschefs repräsentiert wurden. Andere Mitglieder der Unterstützungsmannschaft, die Geschäftszimmersoldaten eingeschlossen, waren auf die Infanteriefahrzeuge und Panzer als Ersatzpersonal verteilt worden. Sie waren wegen der Aussicht aufgeregt, in die Frontlinie zu geraten und die Erfahrung zu machen, was es wirklich bedeutete, zur bewaffneten Armee zu gehören. Ventis wußte, daß ihr Enthusiasmus viele der dem Überflug innewohnenden Schwierigkeiten besiegen würde.

Nur die medizinische Abteilung war voll besetzt. Sie war in der Tat überbesetzt. Die Anwesenheit so vieler Sanitäter war beruhigend, aber zusätzliches ärztliches Personal bedeutete immer, daß harte Kämpfe erwartet wurden. Man war sogar soweit gegangen, einen Zivilisten als Assistenten des ranghöchsten Arztes einzusetzen.

Der frühere Innendienstsoldat Triarii Sevestimus Rollus stellte nun den Richtschützen von Ventis' Spartius. Er hatte sich in dem höhlenartigen Abteil niedergelassen wie ein Hund, der glücklich war, zu Hause zu sein. Tim (niemand nannte ihn Sevestimus) war voller Fragen und Principes Davis Zollach, der Fahrer, der die Fahrzeuge an die Zenturie ausgeliefert hatte, beantwortete sie ihm glücklich. Ventis hatte ihrem Austausch zu Zwecken seiner eigenen Weiterbildung gelauscht.

»Marschbefehl, Sir«, bemerkte Tim von seinem Platz im Turm. Er überwachte die Kohortenfrequenz von der Luke des Kommandanten aus, die gewöhnliche Prozedur für den Richtschützen, wenn der Kommandant nicht auf seinem Posten war. Als Ventis in den Spartius hinabzusteigen begann, fühlte er, wie die 189 Tonnen schwere Maschine sich auf die standardgemäße Ein-Meter-Gleithöhe über Grund erhob. Sein Herz schlug vor Erwartung schneller.

Die Kohorte Harras zog von der Truppenunterkunft in der Kampfformation fort, die sie auch einnehmen würde, wenn sie auf das südliche Eiskap traf. Sie flogen in Diamant-Formation, wobei jeder Punkt der Formation von je einer Zenturie gestellt wurde. Über die Front und die Flanken verteilten sich die leichten Wolverine-Aufklärer, während das Zentrum des Diamanten von den Führungs- und Unterstützungselementen aufgefüllt wurde. Harras wählte die Formation, weil sie eine ebenso gute Verteidigung wie auch eine flexible Antwort auf Kontakt erlaubte.

Welche Einheit auch immer Feindberührung hatte, ob nach vorn, an den Flanken oder nach hinten, jene Einheit griff sofort an. Die drei unbeteiligten Einheiten würden sich dann ebenfalls dem Feind zuwenden. Die zwei Zenturien an den beiden Flanken würden rechts und links umfassend angreifen, um den Feind einzukreisen, und die hintere Zenturie sowie die Führungsgruppe stellten die Reserve der Kohorte. Dieses Manöver war in den zwei Tagen vor dem Abflug der Kohorte immer wieder geübt worden, und sie sollten eigentlich in der Lage sein, es mit einem Minimum an Befehlen durchzuführen. Gelegentlich hatte es funktioniert, aber die Fiaskos waren atemberaubend gewesen. Einmal hatten die Flankeneinheiten die Orientierung verloren, in die falsche Richtung angegriffen und die Reserve-Zenturie ›zerstört‹. Ventis war dabei die feindliche Zenturie gewesen, so hatte er keinen Anteil an der monumentalen Abkanzelung gehabt, die Harras danach lieferte. Er hoffte, er würde nie auf der Empfängerseite einer so mörderischen Schmährede stehen.

Die Kohorte sollte zur Überquerung des Ozeans, der zwischen Rolandrin und dem Eiskap lag, eine andere Formation einnehmen. In der Bemühung, das kleinstmögliche Profil zu bieten, würden sich die Fahrzeuge in einer schmalen, fast schon friedensmäßigen Kolonne bewegen. Die leichten Panzer würden führen, in drei parallelen Kolonnen gefolgt von der Masse der Kohorte. Die 1. und die 2. Zenturie formten die linke Kolonne, die 3. und 4. die rechte. Alle Fahrzeuge würden sich in 50-m-Abständen mit 100 m Abstand zwischen den Einheiten bewegen. Die Kolonnen zögen 400 m auseinander. Diese Formation machte die Kohorte zu einem leichten Artillerieziel, aber auch zu einem unauffälligen Ziel für Spionagesatelliten.

Als die Führungsgruppe im Zentrum sich zum Gleiten erhob und seine Position einzunehmen begann, raste ein Equus-Gravgleiter in die Formation. Der Fahrer fegte mit dem Schwung eines Experten hinter dem Pedden her und paßte seine Geschwindigkeit an. Der Beifahrer hämmerte an die Backbordtür, bis sie sich öffnete. »Ich habe noch einen für euch!« rief er und wies auf eine zusammengekrümmte Gestalt, die sich an die Laderaumbrüstung klammerte. »Wollen Sie anhalten, oder sollen wir ihn einfach über Bord werfen?« Das Gesicht im Türrahmen schaute verblüfft auf den Passagier hinten im Equus. Der Mann war deutlich unzufrieden mit der Fahrt in dem Gleiter und der Aussicht auf den Wechsel von dem sich bewegenden Gleiter in den sich in Bewegung setzenden Pedden. Die Gestalt im Türrahmen des Pedden winkte den Neuankömmling herein. Der Equus-Gleiter behielt die Geschwindigkeit des Pedden bei.

Im Equus bedeutete der Beifahrer dem Passagier, daß er einen Sprung zur offenen Tür hinüber machen sollte. Als die zusammengekauerte Figur sich nicht bewegte, packte der Beifahrer die Ausrüstung des Mannes und warf sie durch die Tür. Dann zerrte er den Passagier, einen Rebellen-Optio, recht grob auf die Füße. Mit dem Mann am Rande des Gleiters stehend, nickte er dem Fahrer zu, der den Gleiter scharf nach rechts in Querlage brachte. Der Optio hatte keine Wahl, als sein Gleichgewicht plötzlich durcheinandergeriet, und mußte die Kletterhilfe an der Seite des Pedden ergreifen. In dem Moment, als die Finger sich todsicher um die Griffe schlossen, fiel der Fahrer des Gleiters jäh hinter dem Pedden-Transporter zurück und ließ den Optio an der Seite des Fahrzeuges hängen. Die Pedden-Besatzung griff schnell nach dem zappelnden Optio und zog ihn unsanft herein. Der Equus-Fahrer und sein Beifahrer lachten auf dem ganzen Weg zurück in ihre Garnison.

Optio Holton Bard war seinem neuen Kommando beigetreten. Dreißig Minuten später kreuzten die führenden Fahrzeuge der Kohorte in baumwipfelhohem Flug mit einer Fluggeschwindigkeit von 240 km/h den südlichen Rand von Rolandrin. Der Aufklärerkommandant, Zenturio Jamie MacDougall, benachrichtigte Harras und glitt dann hinunter in die Kommandoposition seines Wolverine. Es ergab keinen Sinn, hier stehenzubleiben, weil es nichts zu sehen gab. Innerhalb der nächsten zwölf Stunden bestand die einzige Aussicht aus Wasser und Himmel, und die Navigation der Kohorte wurde bestens von dem DDP vorne in der Station kontrolliert. Er beobachtete die anderen Fahrzeuge dabei, wie sie die Schwelle zwischen Land und Meer überschritten.

Der Strand lag genau südlich des Äquators des Planeten, und der Sommer begann, wo sie sich befanden. Die warme Morgensonne reflektierte auf der azurblauen See und streute Funken über den ganzen Horizont. Die sanfte Luft strömte in die offene Luke und füllte den Gefechtsstand mit dem unverwechselbaren Geruch der Verbindung von Land und Meer. Da bemerkte er vier nichtidentifizierte Objekte gerade an der rechten Grenze der DDP-Reichweite. Ihre Größe und Geschwindigkeit ließ darauf schließen, daß es Fischereifahrzeuge waren, aber sie durften nicht hier sein. Commonwealth-Sicherheitskräfte hätten den Strand innerhalb von 100 km in beide Richtungen des Kreuzungspunktes als Teil der Standardprozedur absuchen müssen. Ein Schlag gegen TOG-Gebiet war schwachsinnig, wenn er verdorben wurde, weil irgendein Zivilist darüber sprach, was er auf seinem Commlink empfangen hatte. Er berührte sein Kommandonetz. »Jumbo Basket Drei, hier ist Sechs. Brich nach rechts aus, um Kontakt, aufgetreten 1-4-00 relativ, zu überprüfen.«

»Basket Drei. Verstanden, Ende.«

MacDougall beobachtete das blaue Rechteck auf dem DDP, das den Aufklärer darstellte, der nach rechts abbog, um die nichtidentifizierten Punkte auf der Anzeige zu jagen. Quer über den Schirm zog sich eine rote Linie, die die Parameter festlegte, in denen das Flugzeug handeln durfte, ohne von feindlichen Spionagesatelliten entdeckt zu werden. Der Wolverine näherte sich den nichtidentifizierten Fahrzeugen mit Spitzengeschwindigkeit. Sie lagen mitten in der Reichweite der roten Parameter, was dem Wolverine eine risikolose Aufklärung gestattete. MacDougall sah die IFF-Anzeige des Wolverine weit nach rechts schwingen, als er die vier bernsteinfarbenen Flecke umrundete. Die Informationen über Freund- oder Feindsystem auf dem DDP wurden alle nach den jeweiligen Gravantriebsmustern sortiert. Zivile Fahrzeuge erschienen als bernsteinfarbene Flecken, TOGs als rote, eindeutig freundlich gesinnte und Commonwealth- oder Rebellen-Fahrzeuge als blaue.

»Jumbo Basket Sechs, hier Jumbo Basket Drei.« Die Kopfhörer im Kommandopanzer knisterten.

»Basket Drei. Hier Sechs. Bericht.«

»Hier Drei. Es sieht ganz nach Fischern mit Problemen mit dem Fangnetz aus. Sie machen wirklich einen schlechten Eindruck.«

»Hier Sechs. Verstanden. Irgendein Anzeichen für Funkausrüstung?«

»Hier Drei. Negativ.«

»Hier Jumbo Basket Sechs. Verstanden, Basket Drei. Kommen Sie zurück nach Hause.«

»Hier Drei. Verstanden, Ende.«

Das blaue Rechteck schwebte über die bernsteinfarbenen Flecken, als der Wolverine zu seiner Einheit zurückkehrte. Die Fischer lagen zu der Zeit, als der Aufklärer sich seiner Position in der Formation näherte, weit hinter ihnen. MacDougall sah die roten Parameter sich direkt hinter dem Aufklärer schließen. Der Jäger kam gerade noch rechtzeitig zurück.

Der Rest der Kohorte folgte den Aufklärern über den Rand des Meeres, der den Anfang ihrer Überfahrt zum Südpol markierte. Jeder Fahrzeugkommandant empfand die gleiche Erregung beim Verlassen des bekannten Landes nach vorn zur unbekannten See. Obwohl die Gravpanzer sogar untertauchen konnten und die Reise nur zwölf Stunden in Anspruch nehmen würde, war es doch beängstigend, das Land zu verlassen. Vielleicht war es nur die Umkehr der Gefühle ihrer lang dahingegangenen Vorfahren, als jene zum ersten Mal das Wasser verließen, um Landbewohner zu werden.

Die Fischer sahen den Wolverine davonjagen, wobei er sogar auf seiner Flughöhe einen riesigen Hummerschwanz aus Wasser hochpeitschte. Sie warteten eine weitere halbe Stunde, bis der Rest der Kohorte vorbeigezogen war, dann zogen sie ihre Netze von dem Miniatur-Kommunikationsset. Indem er die tief ausgehöhlten Parabolantennen entlang eines vorbereiteten Vektors zum All hin ausrichtete, berührte der Operator das Set. In einer Mikrosekunde blitzte eine Meldung ins All, um den Durchzug der Kohorte Harras zu bestätigen.

10

1500, 9 Martius 6831

Der Abstand von der südlichen Spitze Rolandrins bis zum Rand des Eiskaps, das den Südpol anzeigte, betrug 8170 km Luftlinie. Bei dem gewundenen Pfad der Kohorte Harras mußte man etwa 50 Prozent der Gesamtdistanz hinzurechnen, so daß der Marsch zwischen den zwei Landmassen mehr oder weniger 12 255 km lang war. Die Gravpanzer waren, obwohl sie in Baumwipfelhöhe flogen, nicht an die 240-km/h-Grenze gebunden, die für Landflüge normal gewesen wäre. Über festem Boden erlaubte die 20-m-Flughöhe eines Baumwipfelfluges den Panzern, Baumkronen und kleine Hügel zu vermeiden. Weil einige Objekte und Formationen höher als 20 m herausragten, erlaubte das TS&R-System nicht mehr als die Standard-Sicherheitsgeschwindigkeit. Ein motorisierter Marsch über Wasser war anders. Wenn die Kohorte nicht auf Wellen traf, die höher als 20 m waren, konnte sie bis zur Geschwindigkeit der Windwiderstandstoleranz marschieren. Als die Fahrzeuge die Küstenlinie überschritten, änderte sich die Diamant-Formation. Die 1. Zenturie, die Spitze des Diamanten, setzte sich vor die 2. Zenturie, die die rechte Flanke bewachte. Zur selben Zeit glitt die 4. Zenturie, die den Rücken deckte, rechts hinter die 3. Die Wolverines von MacDougalls Zenturie teilten sich in drei Abteilungen mit je zwei Fahrzeugen, wobei je eine Abteilung je eine Kolonne anführte. Jamie MacDougall übernahm die zentrale Kolonne, die anderen Fahrzeuge folgten ihm.

Als sie nun auf ihrem Weg waren, hatten die Panzerkommandanten und Fahrer wenig zu tun. Die Daten waren in die Navigationscomputer eingegeben worden, so daß Geschwindigkeit und Richtung vorgegeben waren. Die Legionäre hatten nur das DDP zu verfolgen und eine ständige menschliche Überprüfung der Computerfunktionen vorzunehmen. Die Kolonne strebte unter dem hellen Sonnenlicht südwärts.

Am ersten Navigationspunkt bog die Kolonne leicht nach rechts und begann die Geschwindigkeit zu erhöhen. MacDougall sah die Geschwindigkeitsanzeige auf dem DDP über das ›Sichere Geschwindigkeit‹-Zeichen hinaus ausschlagen. Er war fasziniert. Er hatte die Geschwindigkeitsanzeige schon früher so hoch ausschlagen sehen, aber niemals, wenn sein Wolverine so nahe an der Oberfläche flog. Er verließ das DDP und nahm seine bevorzugte Position ein, mit dem Kopf außerhalb der Luke. Sein Schal wehte hinter ihm, und MacDougall erfreute sich an dem Schimmer funkelnden Lichts, zu dem das Wasser bei dieser Geschwindigkeit wurde. Zenturio James MacDougall liebte leichte Panzer. Seit die Aufklärungspanzer entwickelt wurden, trauerte er der Zeit hinterher, als die Menschen ihre zerbrechlichen Fahrzeuge zum ersten Mal in die Luft brachten. Er beklagte immer, viertausend Jahre zu spät geboren worden zu sein. Den Standardhelm eines Besatzungsmitgliedes ablehnend, bevorzugte er das nackte Set aus Kopfhörern und Lippenmikro. Eine engsitzende Lederkappe, eine Brille und ein fließender weißer Schal vervollständigten seine Uniform. Er hatte viele Beförderungen ausgeschlagen, um bei den Fahrzeugen bleiben zu können, die er liebte. Jetzt war er in seinem Element, als der Wolverine über das Wasser jagte und der Wind seine Wangen knetete. Er ließ die Brille auf der Stirn, bis die Augen so schlimm zu tränen begannen, daß er nicht länger sehen konnte. Er wußte, daß dies sein letztes Kommando bei den Aufklärern sein würde. Ein Mann konnte nur eine

Zeitlang Beförderungen ablehnen, und dann hieß es entweder hinauf oder hinaus. Das Rebellen-Hauptquartier hatte ihm zu verstehen gegeben, daß seine Zeit als Zenturio vorbei war. Entweder akzeptierte er die Beförderung zum Zenturio Maximus und nahm die geforderte Stabszeit an, oder er sah einer Zwangspensionierung entgegen. Als Zenturio Maximus wäre er noch zehn weitere Jahre im Dienst, aber einem Soldaten war nur eine beschränkte Anzahl von Jahren in den niederen Rängen vorbehalten. Die Hauptquartiersleute meinten, wegen der physischen und psychischen Belastung, der Führungspersonen im Kampf ausgesetzt waren, sollten junge Männer die Einheiten auf Zenturienebene kommandieren. Es war eine verständliche Politik, aber wie jede Politik sollte sie Ausnahmen zulassen. MacDougall wußte, daß er eigentlich eine solche Ausnahme sein sollte.

Solange dieser Einsatz dauerte, würde er jeden Abschnitt davon genießen. Die Geschwindigkeit, die Kraft, die blitzenden Wellen; er würde jeden Moment ohne Gedanken an die Zukunft auskosten. Wenn er Glück hatte, würde er sich krachenden Gewehren und flackernden Raketen gegenübersehen. Das wäre seine Art von Jubel- und Abschiedsfeier. Besser, als in irgendeinem Club zu sitzen und die Drinks hinunterzukippen, bis er zur Seite fiel und den Weg nach draußen nicht mehr fand. Das war nicht der richtige Weg, eine Einheit zu verlassen.

MacDougall wurde aus seiner Versunkenheit gerissen, als der Wolverine eine scharfe Wendung nach links machte und der Panzer 1400 Strich in die Querlage ging, um die Wendung auszugleichen. Als der Wolverine auf seine neue vorgegebene Geschwindigkeit abbremste, fühlte er, wie er in die Kommandoluke hinabgedrückt wurde, und er mußte sich gegen eine plötzliche Bremsung wappnen. Der plötzliche Wechsel war schwer für den leichten Panzer, und MacDougall fragte sich, wie die größeren, weniger manövrierfähigen mittleren Panzer den neuen Kurs verarbeiteten. Die Liberatoren hatten nur zwei Drittel des Manövrierantriebs der Wolverines, und bei 900 km/h mußten die Bremstriebwerke auf Zusatzleistung geschaltet haben, um die größeren Panzer abzubremsen. Aufklärer, dachte Jamie einmal mehr, waren die Besten des Haufens.

Sie waren fünf Stunden geflogen, bevor die Mannschaften begannen, den Temperaturwechsel zu bemerken. Es war jede Stunde einige Grade kälter geworden, aber die hohe Geschwindigkeit hatte die Luft schon früher als üblich kälter erscheinen lassen. Da draußen nichts als ein Vorbeirauschen blitzenden Blaus zu sehen war, steckten Ende der ersten Stunde die meisten der Besatzungen in ihren Fahrzeugen. Die Aufklärer flogen die meiste Zeit der Reise oben, um den nach Süden dunkler werdenden Horizont zu beobachten. Welche Technik ihnen auch zur Verfügung stand, sollten Aufklärer stets ihre Augen ebenso wie das DDP benutzen.

Die meisten Panzerbesatzungen bemerkten die Temperaturänderungen erst, als sich ein Kondensationsfilm an den Innenwänden niederschlug. Die Abkühlung der äußeren Hüllen erzeugte wegen der warmen, feuchten Atmosphäre einen dünnen Tau an den inneren Wänden. Das Aufklappen der Luken für einen plötzlichen Durchzug kalter Luft klärte zwar die Kondensation, ließ aber die Crew nach ihren Handschuhen und Schals kramen.

Zu Beginn der sechsten Stunde sahen die Kommandanten, die dick gegen den schneidenden Wind eingemummt in den Luken standen, Rock Wall am südöstlichen Rand des Planeten aufgehen. Der Mond zeichnete sich riesig gegen den dunkler werdenden Himmel ab, und sein zernarbtes Gesicht starrte auf jeden Eindringling herab, der es wagte, seinen Herrschaftsbereich zu betreten. Die Bordcomputer, die auf das Erscheinen des Mondes programmiert waren, kompensierten die starke Anziehungskraft. Der endlose Ozean unter den dahineilenden Panzern spürte die Anziehung ebenso und strömte dem aufgehenden Mond entgegen. Die anderen, kleineren Monde von Caralis erschienen ebenfalls.

Weit hinten in der Kolonne der 3. Zenturie ertappte sich Sergeant Honor Ross dabei, einem vertrauten Gedankengang zu folgen. Seitdem sie das Anforderungspapier unterschrieben hatte, litt sie unter Zweifeln an ihrer Entscheidung, sich freiwillig zur 2567. gemeldet zu haben. Ihre Einheit, die 2031., hatte sich darauf vorbereitet, zurück nach Alsatia versetzt zu werden, als sie über den Sergeantenweg gehört hatte, daß die 2567. nach sofortigem Ersatz suchte. Ihr Zenturio hatte das Gerücht bestätigt, ihr aber verboten, sich zu melden. Ross hatte sich jedoch sofort gemeldet, wußte aber nicht so recht, warum. Die kurze Zeit, die sie bei der 2567. auf Alsatia verbracht hatte, nachdem sie vom Rest der 2031. bei einem Stoß durch die TOG-Front getrennt worden war, war interessant gewesen. Dieser improvisierte Verband war weit aufregender gewesen, als der Dienst bei ihrer Infanteriezenturie es je gewesen war. Sie hatte an der Herausforderung Spaß gehabt, eine behelfsmäßige Einheit mit halb funktionierender Ausrüstung zu befehligen, und an der Verantwortung, bei der Operationsplanung zu helfen, so aussichtslos es mit der Zeit auch wurde. Und sie empfand ein warmes Gefühl der Befriedigung, weil sie die zivilen Flüchtlinge über die Rebellenlinien gebracht hatten.

Außerdem hatte sie alle Panzerführer gemocht, die sie getroffen hatte. Karstil, der kommandierende Optio der Kampfgruppe, war ein bißchen abweisend gewesen, aber sie hatte ihm vergeben, da er so offensichtlich unter entsetzlichen Schmerzen wegen einer ausgerenkten Schulter litt. Mullins, der Sergeant des Panzerzugs, war wundervoll gewesen, eine Kreuzung aus Vater und älterem Bruder. Er war eindeutig loyal gegenüber dem Optio, und das zählte viel. Sie hatte keinen von ihnen gesehen, seit sie zur Zenturie gestoßen war, und sie wußte nicht, ob sie überhaupt bei diesem Unternehmen dabeiwaren. Sie hatte gelegentliche Befragungen durchgeführt, aber niemand, mit dem sie gesprochen hatte, kannte die gesamte Truppe.

Nun fühlte sie, wie der Panzer unter ihrem Sitz schlingerte, als fühle er die Anziehungskraft des aufgehenden Mondes, und öffnete die Kommandoluke der Viper, um ihn zu beobachten. Die See, stellte Ross fest, hatte ihre tiefe blaue Ruhe verloren und war grau und kalt geworden. Die Wellen bildeten keine langen, windzerzausten Reihen mehr, sondern waren aufgewühlt und bedrohlich. Der Wind, der von Südost wehte, warf sogar den 90 Tonnen schweren Transporter hin und her, und die Spitzen der höchsten Wellen wurden durch seine Gewalt in Fetzen gerissen. Die eisigen Finger des Sturms fanden den Weg in ihren Kampfanzug und fuhren ihr den Rücken hinab. Ross zog den Kragen enger um den Hals und setzte den Kommandohelm fester auf das rotbraune Haar.

Sie beobachtete eine riesige Welle, die sich aus dem Meer erhob. Ihre dem Wind einige Zeit widerstehende Krone reichte fast bis zum Rumpf der Viper herauf. Dann erlag sie dem Wind und wurde in Stücke zerrissen. Als die Gischt über die bullige Nase der Viper schwappte, schlug sie ihr ins Gesicht. Ross wischte die Nässe fort und war überrascht, dünne Splitter unter ihren Fingern schmelzen zu fühlen. Das Wasser war kalt genug, um sofort zu gefrieren. Sie erschauderte.

Während die Viper den Sprung nach Süden fortsetzte, nahm der Wind zu, und die Temperatur fiel weiter. Die turmhohen Wellen waren jetzt sogar höher, und einige türmten sich über dem schlanken Rumpf des Transporters auf. Eine Wand aus Wasser erhob sich direkt vor ihrem Fahrzeug, und Ross zuckte zurück, als der Bug in die fallende Woge stieß. Der Fahrer rang um die Kontrolle über das Fahrzeug, und die Maschine kämpfte gegen die Gewalt dieses Wasserfalls an. Es war fast wie in den Beschreibungen von Vergnügungsfahrten, wie es sie früher auf Volksfesten gegeben hatte, und die sie aus Romanen kannte; sie fühlte den Transporter unter sich wegsacken, als das Wasser über sie hinweg in die Kommandoluke rauschte und sie kurz vom Sessel hob.

Dann war die Welle fort und ließ die Viper am Grunde eines tiefen Tals, das von dem unermeßlichen Meer rundherum beherrscht wurde, zurück. Als die Nase des Transporters hochkam, sah Ross den riesigen, von Wolken verschleierten Rock Wall direkt vor dem Panzer. Die Viper schoß aus dem Tal heraus, wobei sie die Krone einer weiteren Welle schnitt. Sie wußte, daß sie Höhe gewinnen mußten; zwanzig Meter waren nicht hoch genug.

»Zieh sie hoch«, sagte sie in das Mikro. »Wir brauchen mindestens vierzig Meter, um sicher zu sein.«

»Ich bekomme nicht einmal eine Null auf meinen Höhenmesser«, kam die Antwort vom Fahrer im vorderen Abschnitt des Rumpfes. »Sie werden mir von oben sagen müssen, ob wir richtig liegen.«

Der Fahrer, bemerkte Ross, klang zittrig, was er auch durfte. Sie ließ die Viper aufsteigen und horizontal gerade über die höchsten sichtbaren Wellen fliegen. Erst als sie versuchte, in das Innere des Fahrzeugs zurückzublicken, stellte sie fest, daß ihre Handschuhe an der Lukenbrüstung festgefroren waren. In den Turmraum hinabblickend, konnte sie Wasser über den unebenen Boden fließen sehen, während Nahrungspakete und persönliche Ausrüstungsgegenstände gegen die Seiten der Innenverkleidung schlugen. Ross riß die Handschuhe los und ließ sich nach unten fallen, um den

Schaden zu begutachten. Millicent Connor, der Richtschütze, fischte bereits Kleidungsstücke aus dem nassen Durcheinander. Die Gewalt des hereinschlagenden Wassers hatte einen der metallenen Staukästen aufgebrochen und den Inhalt im Panzerinnern verteilt. Langsam sogen die Pumpen das Wasser ab, bis der Boden des Abteils nur noch feucht war. Ross bemerkte, daß der höchste Wasserstand von einem Eisrand entlang der Innenverkleidung markiert wurde. Sie fragte sich, was die Infanteristen, die in ihren Abteilen eingeschlossen waren, denken mußten.

Sie hatte ihre Laufbahn in einem von diesen Abteilen begonnen, und es erstaunte sie jetzt, daß sie das ausgehalten hatte. Die Viper war dafür entworfen worden, eine dreiköpfige Besatzung plus acht Infanteristen zu transportieren.

Das Fußvolk wurde in engen Abteilen entlang des hinteren Rumpfabschnitts mit je zwei Abteilen auf jeder Seite transportiert. Die Kabinen waren sowohl voneinander als auch vom Rest des Transporters abgeriegelt, um Schaden durch einen seitlichen Treffer zu minimalisieren. Das war für das Überleben des Fahrzeuges gut, aber die Isoliertheit in den hinteren Abschnitten war beängstigend. Die meiste Zeit ließen die Fahrzeugkommandanten die Türen an den Seiten des Transporters offen; es verringerte das Isolationsgefühl und vermittelte der Infanterie einen Eindruck davon, wohin man fuhr. Aber selbst dieser kleine Luxus war hier nicht machbar. Bei 900 km/h würde der Sog des Fahrtwindes ein Vakuum an der äußeren Hülle erzeugen, das stark genug war, die Infanteristen aus den Löchern zu reißen. Und so wurden die Fußsoldaten eingeschlossen und waren ganz den Fähigkeiten von Fahrer und Kommandant ausgeliefert.

Die Viper bewegte sich ruckartig, und Connor stieß gegen Ross' Beine.

»Gut, daß Sie nicht viel wiegen, Millie«, sagte sie ins Intercomm.

»Tut mir leid, Honor«, antwortete der Richtschütze. »Blackstone, wo haben Sie fahren gelernt?«

»Wann immer Sie es selbst ausprobieren wollen, kommen Sie einfach hereingekrabbelt.«

Robert Blackstone war ein guter Fahrer, und er wußte das. Die Viper unter Kontrolle zu halten war zur Zeit ein Vollzeitjob, und seine Uniform war trotz der Kälte naß vor Schweiß. »Ich muß mehr Höhe erreichen.«

Wie als Antwort auf die Anforderung knisterte der Kopfhörer. »Heart Throb. Heart Throb. Hier ist Heart Throb Sechs. Steigern Sie die Höhe auf 8-0 Meter.« Ross wartete, bis sie an der Reihe war, und bestätigte das Kommando des Zenturios. Als die Viper sich höher über die Wellen erhob, suchte Ross ihr DDP nach den anderen Panzern und Transportern der Zenturie ab. Sie erstarrte vor Schreck; nur eine andere Viper war in der Formation zurückgeblieben. Die dritte Viper war verschwunden, und der Gedanke an das von einer Wasserwand in Stücke zerschmetterte Fahrzeug bereitete ihr Übelkeit. Wenn der Rumpf zerbrochen war, würden die Besatzung und die Infanterieladung nicht lange im Wasser überleben. Es hatte keinen Sinn, nach Überlebenden zu suchen.

In der zehnten Stunde der Überquerung konnte Ross kaum noch stehen. Sie war von den Stößen gegen den Panzerbefehlsstand von den Achseln bis zu den Hüften mit blauen Flecken übersät, während der Wind auf die Viper eintrommelte und -schlug. Eis bildete sich am Rumpf, aber die konstant reibende Gischt und die Geschwindigkeit des Fahrzeuges scheuerten es ständig ab. Der obere Teil des Kampfanzuges war steif vor Frost, und sie duckte sich, als ein weiteres Stück Eis und Gischt am Kopf vorbeischlug. Als sie die Hände zusammenschlug, um den Blutdurchfluß wieder in

Gang zu bringen, sah sie aus den Augenwinkeln ein anderes blaues Rechteck aus dem DDP verschwinden. Sie drehte sich, um die Anzeige genauer zu untersuchen. Alle Fahrzeuge ihrer Zenturie waren vorhanden. Es mußte jemand von der Führungsgruppe gewesen sein.

Kurz nach der elften Stunde erschien eine dünne, graue Linie auf dem DDP, und Ross wurde klar, daß sie den Rand des Eiskaps erreicht hatten. Als die Landanzeige anfing, über den Schirm zu kriechen, gab sie Blackstone Anweisung, die Viper abzubremsen. Sie wollte nicht mit 900 km/h auf Land treffen. Auch wenn Ross überzeugt war, daß der Fahrer mit jedem Notfall fertig würde, sah sie keinen Grund, die sichere Landreisegeschwindigkeit von 600 km/h zu überschreiten. Sie konnte die anderen Fahrzeuge der Zenturie sehen, wie sie sich zu einer Diamantform zerstreuten, als sie die Landgrenze überschritten. Eine Schlachtformation war jetzt klüger, da Feinde in der Nähe sein konnten.

Die Kommandogruppe der Kohorte Harras verlangsamte die Geschwindigkeit bis auf ein Schweben. Milton betrachtete, wie sich die Fahrzeuge der vier Kampfzenturien zur Diamantformation umgruppierten und sich auf dem Eis niederließen. Die Wolverines kamen, wie die reizbaren Tiere, deren Namen sie trugen, zwischen den anderen Stellungen duchsausend, zum Halt, wobei sie Schnee in alle Richtungen schleuderten. Jamie MacDougall landete nahe genug am kommandierenden Liberator, um Harras einen freundlichen Gruß zuzuwinken.

Harras war nicht sonderlich gut aufgelegt. Das lag nicht an MacDougall. Er hatte gut gearbeitet. Harras' eigene Taten regten ihn auf. Er schalt sich selbst dafür, vergessen zu haben, den Effekt von Rock Wall auf den Ozean vorauszuberechnen. Das plötzliche Auftauchen der turmhohen Wellen traf sie völlig unvorbereitet, und die Kohorte hatte Verluste erlitten. Die 1. Zenturie meldete einen Liberator als vermißt, und die 3. hatte eine Viper verloren. Aber die Führungsgruppe hatte am meisten gelitten. Die kastenförmigen Pedden-Transporter waren überrascht worden; das Wartungsfahrzeug war von einer riesigen Welle aus der Formation gerissen worden. Der Kommunikations-Pedden erlitt fast das gleiche Schicksal, und nur wie durch ein Wunder gelang es dem Fahrer, den taumelnden Transporter unter Kontrolle zu halten. Dabei waren alle Antennen vom Panzerdach und den Seiten abgerissen worden. Diese Ausfälle ließen die Kohorte ohne Ersatzteile und ohne Verbindung zu ihrer Basis zurück. Sie mußten den Marsch mit dem, was sie besaßen und was sie wußten, weiterführen. Sie waren nun völlig auf sich gestellt.

Harras kämpfte sich zur Einstiegsluke des Liberators vor und machte sich zum Kommunikations-Pedden auf. Als er ankam, öffnete sich die Zugangsluke auf der Bugseite, um Senior-Sergeant Graviston und einen Offizier, den er nie zuvor gesehen hatte, zum Vorschein zu bringen.

11

1630, 9 Martius 6831

Cobaro Freund vermißte seine Cremeröllchen. Er konnte auf dem Weg zur Arbeit immer an der Snackbar haltmachen, um eins zu bekommen, aber das war nicht dasselbe. In der Kabine im Rebellen-Hauptquartier anzukommen und ein Röllchen auf dem Schreibtisch zu finden, war eine greifbare Widerspiegelung seines Status gewesen. Sie sich selbst zu besorgen, das war nicht dasselbe. Unglücklicherweise zeigte keiner der beiden Soldaten, die kürzlich seiner Abteilung für Logistik zugeteilt worden waren, irgendein Interesse, den Vorgesetzten mit wohlschmeckenden Aufmerksamkeiten zu versorgen. Freund blickte sehnsüchtig zum leeren Platz, der bis vor kurzem von Optio Holton Bard besetzt worden war. Er fühlte ein leichtes Zwikken von Schuld bei dem Wissen, daß der Optio nun am kalten Eiskap im Süden war.

Der Morgen verging, und er war angefüllt mit dem Surren und Klicken der Computerstationen. Freund war versucht, in irgendeine der verschlossenen Dateien einzubrechen, die auf der Konsole erschienen, aber das erinnerte ihn an Bard, und so arbeitete er weiter. Als er die Augen wieder im Raum herumwandern ließ, riß ihn der Anblick eines unerwarteten Okkupanten von Bards Station aus der Versunkenheit. Für einen Augenblick fühlte er sein Herz höher schlagen. Der junge Mann war zurückgekehrt. Die Vergangenheit war fortgewischt, und sie konnten neu beginnen. Dann verebbte der Sog der Gefühle, und er wußte, daß es eine falsche Hoffnung war. Der Mann an Bards Arbeitsplatz, der fast vollständig von der Masse der Maschine verdeckt wurde, war nicht Bard. Freund erhob sich vom Sessel und ging los, um Nachforschungen anzustellen.

Er näherte sich dem sitzenden Mann, indem er absichtlich einen Umweg einschlug, von hinten. Diese Taktik wählte er nicht so sehr, weil er sich anschleichen wollte, sondern eher, weil er den Eröffnungsvorteil bei dieser Begegnung behalten wollte. Der Mann trug die Uniform eines Rebellen-Offiziers, aber ohne sichtbare Rangabzeichen. Nah herangekommen, fiel ihm auf, daß der Mann ein Gerät benutzte, das die Stationsanzeige absuchte. Aus irgendeinem Grund zeichnete er die Arbeiten von Bard auf.

»Gibt es etwas, das ich für Sie tun kann?« Freund hoffte, daß der eisige Unterton in seiner Stimme den Eindringling durcheinanderbrächte. Der Mann wandte sich etwas um, um ihn anzusehen.

»Sind Sie Bards Vorgesetzter?« Der Mann war nicht verunsichert.

»Was geht Sie das an?« fragte Freund gereizt. Nah bei ihm, versicherte er sich, daß der Eindringling überhaupt keine Rangabzeichen trug. Das Hemd, gerade sichtbar unter der Uniform, hatte eindeutig zivilen Schnitt. Der Mann gehörte wahrscheinlich zur Sicherheit, vielleicht sogar zur Kriminalistischen Untersuchungsabteilung. Freund fühlte sein Gesicht bei dem Gedanken rot werden.

»Sind Sie Bards Vorgesetzter?« Die Frage war diesmal nachdrücklicher. Der Mann erhob sich vom Arbeitsplatz, um Freund anzusehen. Obwohl er nur wenig größer war als Freund, hatte er eine beherrschende Präsenz. Die Hände waren groß und sahen stark aus, und die abfallenden Schultern vermittelten den Eindruck, daß er keinen Hals besaß. Die Art, wie er sanft hin- und herschaukelte, gab Freund den leicht verrückten, aber flüchtigen Eindruck von einem

Bären auf Honigsuche. Freund trat einen Schritt zurück.

»Ich war es. Bis vor zwei Tagen.«

»Er ist fort? Wohin? Wann?« Larry Stone ging einen Schritt auf den Zenturio Maximus zu. Freund hatte sich genug erholt, um die Position zu halten. »Ich glaube nicht, daß die Information Sie etwas angeht. Ich weiß nicht einmal, wer Sie sind.«

»Es gab da einige unerlaubte Tätigkeiten an Ihrem Computer. Das meiste kam von dieser Station.«

Der Taktikwechsel traf Freund völlig unerwartet. Er zog sich noch einen Schritt zurück, und das Gesicht wurde noch heißer. »Ich weiß nichts darüber.«

»Es hat etwas mit einem fahrbaren Kommunikator vom Typ N/M LCS 625-97 zu tun. Er war für die 1. Manus bestimmt, wurde aber statt dessen in Ihre Manus umgeleitet.« Stone wußte nicht, ob der Zenturio Maximus an der Umleitung des Kommunikators beteiligt war, aber er hegte den Verdacht.

»Ich weiß nichts davon«, stotterte Freund.

Als er so seinen Verdacht bestätigt sah, beobachtete Stone die Verwandlung der Röte des Gesichtes des Zenturio Maximus in Blässe, als ihm kalter Schweiß ausbrach. Dieser Kerl trug die ganze Geschichte im Gesicht. »Laut den Aufzeichnungen wurde die Information auf Ihren Computer übertragen«, beharrte Stone.

Freund wich den eisigen Augen des Anklägers aus und versuchte die Fassung wiederzugewinnen. »Das hat nichts zu sagen.« Statt des autoritären Tons, den er wünschte, kam seine Stimme als Wimmern hervor. Der Mann schien alles zu wissen, was er angestellt hatte. »Bard tat eine Menge unerlaubter Sachen an seiner Station. Ich habe ihn deswegen ständig verwarnt.«

»Sind diese Verwarnungen aufgezeichnet?«

»Ich sah keinen Grund, die Karriere des Mannes damit zu zerstören. Ich hätte sie jedoch in jede schriftliche Beurteilung eingebracht. Ich kann sie jetzt aufführen, wenn Sie wollen.«

Stone kannte Freunds Ruf. Der Offizier ließ nicht eine Gelegenheit aus, seine Untergebenen anzuschwärzen. Freund log, und Stone wußte das. Er starrte in Freunds schweißnasses Gesicht.

»Gateway.«

»Das hat nichts mit meiner Manus zu tun.«

Der Verdacht erhärtet sich weiter, dachte Stone. Freund ist das Leck. Er und Bard hatten unter einer Decke gesteckt. »Es ist an Ihrer Station geöffnet worden.«

»Woher wissen Sie das? Es war sowieso nur einmal.«

»Zweimal. Ich habe Ihre Station überprüft, bevor Sie am Morgen zur Arbeit kamen.«

»Wie konnten Sie das wagen? Wie konnten Sie? Das ist ein Bruch der Sicherheitsbestimmungen.« Freund richtete sich in echter Empörung auf, wobei er seine momentane Angst vergaß.

»Wir sprechen von ihrem Einbruch in Gateway. Warum haben Sie die Datei geöffnet? Sie war zugriffsgeschützt. Sie war als solche aufgeführt.«

»Es war nicht meine Idee. Bard tat es. Ich schwöre, es war seine Schuld. Wir haben nichts gesehen. Wirklich. Und sie wurde nur einmal geöffnet.« Nun plauderte Freund.

Stone wußte, daß ein Körnchen Wahrheit in Freunds Geschichte lag. Wenn das Programm zweimal geöffnet worden war, wußte Freund nichts über das zweite Mal. »Sagen Sie niemandem auch nur ein Wort davon«, befahl Stone und schob sich an dem zitternden Offizier vorbei.

Freund stolperte gegen eine der freien Arbeitsstationen zurück, als der Mann, den er jetzt als Feind einstufte, vorbeiging. Er beobachtete, wie die massige Gestalt den Arbeitsraum zur Tür hin durchquerte. Seine

Knie fühlten sich weich an, und er stützte sich auf eine Konsole.

Er war so vorsichtig gewesen. Er war ein dekorierter, frisch beförderter Offizier. Das war falsch! Würde er immer von Inkompetenten und Aufsässigen umgeben sein?

Als seine Beine sich kräftiger anfühlten, bewegte sich Freund zurück an den Arbeitsplatz. Er mußte eine Meldung mit vordatierter Beurteilung über Bard schreiben, um zu beweisen, daß sie vor diesem Treffen erstellt worden war. Das sollte Bard festnageln, wer immer dieser Mann war. Er fühlte sich schon besser.

Ein Zugangspanel glitt zur gleichen Zeit hinter dem Schreibtisch des Präfekten zur Seite, als das Schloß an seiner Bürotür leise zuschnappte. Es würde keine Unterbrechung geben, bis der Präfekt die Tür freigab. Na-Besta Kenderson sah leicht überrascht auf. Er hatte nicht erwartet, Stone so bald zu sehen.

»Sie haben schon Neuigkeiten, Larry?«

»Ja, Sir. Und sie sind nicht gut.« Larry Stone ließ seine Masse auf einen der Stahlstühle nieder. »Gateway ist aufs Spiel gesetzt worden.«

»Verdammt! Wie ist das passiert?« Kenderson spürte, wie ihm eine plötzliche Last seine Schultern niederdrückte. »Sie sind schon auf dem Eiskap.«

»Können wir eine Warnung schicken?«

»Ja. Ich weiß aber nicht, was sie damit anfangen könnten.« Kenderson stützte das Kinn in die Hände. »Es gibt nichts, womit sie das Leck flicken können.«

»Doch, Sir, es gibt etwas.«

Kenderson hob den Kopf, um Stone anzusehen. »Was?«

Stone erlaubte sich ein grimmiges, kurzes Lächeln. »Das Leck wurde zur Kohorte Harras versetzt, als sie gerade loszog.« Stone sah, wie Kendersons Gesicht sich einen Augenblick aufhellte. »Es war Holton Bard. Derselbe, der die Tat auf Alsatia zu verantworten hat.«

Der Präfekt runzelte die Stirn. »Er unterlag damals nicht unserem Zugriff, und daran hat sich nichts geändert. Das Commonwealth will ihn nicht angetastet wissen.«

»Aber diesmal ist es anders. Er ist mit im Einsatz. Er könnte ernsten Schaden verursachen. Wenn sie Malthus je erreichen, könnte er zu den TOGs zurückfliehen.« Stone erwärmte sich für das Argument. »Was passiert, wenn die Kohorte Harras in Gefangenschaft gerät? Im Gefängnis wird Bard sich wie ein Rebell verhalten und den TOGs alles erzählen, was sie wissen wollen. Er muß ausgeschaltet werden.«

»Nein«, sagte Kenderson, der die Schultern wieder fallenließ. »Das Oberkommando befahl uns, ihn ungeschoren zu lassen, und dabei bleibt es.«

Kenderson sah zu Stone auf, der unbeweglich in dem Stahlsessel saß. Eine häßliche Stille erfüllte den Raum. Beide Männer überdachten das Problem, während jeder auf seine Weise nach einer Lösung suchte. Stone erhob sich und stand still. »Sir. Ich bitte um 30 Tage Urlaub.«

»Urlaub? Sie haben noch nie zuvor, seit Sie auf dem Planeten sind, Urlaub genommen.«

»Ja, ich weiß. Aber ich bin müde. Ich brauche eine Pause.«

Kenderson betrachtete den Zenturio. »Sie planen nichts Dummes, oder?«

»Nein, Sir. Ich möchte nur eine Weile fortgehen. Ich habe ein paar Freunde, einen Freund, der mit mir gehen wird.«

»Und wo werden Sie beide hinfahren? Nur für den Fall, daß ich Kontakt aufnehmen will.«

»Das Wetter wird wärmer, und ich will noch ein wenig Ski fahren, solange es noch Schnee auf den nördlichen Inseln gibt.«

Kenderson wußte, daß es auf Rolandrin nur wenige Berge und noch weniger Ski-Möglichkeiten gab. »Ziehen Sie sich warm an. Ihre Reise könnte ziemlich anstrengend werden.«

»Das werde ich, Sir.« Als Stone sich umdrehte, drückte Kenderson den Freigabeknopf nahe der mittleren Schublade des Schreibtisches. Das Zugangspanel in der Wand zischte auf.

»Lassen Sie mich wissen, wann Sie zurückkommen. Und viel Glück.« Kenderson fügte fast ein »und gute Jagd« hinzu, aber er unterließ es. Das Panel glitt hinter dem Zenturio zu, und das Schloß an der Außentür schnappte auf.

Der Loren-Gravgleiter war so sehr verändert worden, daß jede Ähnlichkeit mit dem Original schwer auszumachen war. Die 3/6-Lasergeschütze hatte man entfernt, um Platz für ein zusätzliches Netzteil zu schaffen. Eine Zusatzantriebsmaschine war hinten in den normalen Transportraum des Gleiters montiert worden, die die Spitzengeschwindigkeit um den Faktor 10 erhöhte. Die zwei Gestalten im Gleiter trugen keine Kampfanzüge. Nur dünne, gesteppte Thermomäntel schützten sie vor dem kalten Windstoß, der über das Fahrzeug fegte. Der Mann im Richtschützensitz krümmte sich gegen den Wind, das Gesicht war unter der Kapuze des Mantels nahezu vollständig unsichtbar. Der Fahrer füllte seinen Platz bis zum Anschlag aus. Die Decke war um seine vielen Beine geschlungen, und ein Armpaar schlang sich um den Oberkörper. Die anderen Greifarme hielten die Bedienungshebel, und der sechsäugige Kopf war vollständig den Elementen ausgesetzt.

Larry Stone sah, wie Archon Divxas, sein Baufrin-Freund, mit der Decke kämpfte. Archon war, wie alle Baufrins, kein großer Freund des kalten Wetters. Die zentaurenähnlichen Spinnenmenschen bevorzugten ein gemäßigtes Klima, da ihr chitinhaltiges Exoskelett wenig Schutz vor extremen Temperaturen bot. Die Baufrin waren eine seltsame Brut, und obwohl sie freundlich und intelligent waren, ließen sie sich selten in die Auseinandersetzungen der Menschen verwikkeln. Archon war anders. Er und Stone waren seit fast sieben Jahren eng befreundet. Stone nahm an, daß der Baufrin ihm eine wertvolle Hilfe war, wenn sie das Eiskap erreichten. Mit seinen sechs Beinen, die den Unterleib stützten, würde Archon auf dem Eis stabil stehen. Die scharfen Enden der Beine konnten wie Krampen auf der gefrorenen Oberfläche agieren, und mit zwei Armpaaren konnte er mehrere Aufgaben durchführen. Er war froh, daß Archon sich entschieden hatte mitzukommen.

Larry hatte den Baufrin-Zivilisten nicht gefragt, ob er ihn begleiten wolle. Er hatte ihm nur das Problem und seine beabsichtigte Aktion geschildert und ließ Archon sich seine eigenen Gedanken dazu machen. »Ich werde fahren«, hatte der Baufrin einfach geantwortet. Stone war froh. Archon war der beste Gravgleiterfahrer, den er kannte, und seine sechs Augen versprachen eine Rundumsicht, die den besten Sensoren Konkurrenz machte. Das war ein Bonus, denn sie würden das TS&R entfernen müssen, um Gewicht einzusparen. Auch wenn die Augenhöhlen des Baufrin dazu tendieren würden, in der Kälte zu überfrieren, so waren sechs Augen besser als zwei.

»Bist du in Ordnung?« murmelte Stone und lehnte sich vor, um mit tauben Lippen in eines der Lautrezeptor-Hörner an der Seite des Spinnenkopfes zu sprechen. Das Hauptauge der rechten Seite am Baufrinschädel drehte sich zurück, um den zusammengekrümmten Menschen anzuschauen. Es fixierte ihn einen Moment, bevor die Mandibeln eine Antwort knackten. Archon konnte sprechen, aber Kälte und Wind hielten ihn davon ab, den Mund zu öffnen. Das

Auge rotierte wieder nach vorn, und das untere Armpaar zog die Decke enger um die Brust.

Der Loren-Gravgleiter strich wie ein dämonischer Käfer zwischen den riesigen Wasserstrahlen durch. Die Augenpaare nutzend, die auf infraroten und ultravioletten Spektralbereich empfindlich reagierten, war Archon fähig, die entstehenden Wellen zu entdecken. Er mußte nur in weniger aufgewühltes Wasser starren. Es war keine anstrengende Sache, erforderte aber ständige Aufmerksamkeit. Der Baufrin hatte keine Energie für Plaudereien mit seinem Menschenfreund übrig.

Ihre 16stündige Reise über den südlichen Ozean näherte sich jetzt dem Ende. Der Gleiter hatte, ohne die Angst vor einer Entdeckung durch einen vorbeikommenden Satelliten, die kürzeste Route über die mehr als 8000 Kilometer breite Wasserfläche zwischen Rolandrin und dem Südpol genommen. Sie waren ein so kleines Ziel, daß ein Satellit sehr stark und direkt auf sie gerichtet sein mußte, um das Fahrzeug zu bemerken. Der lange, dünne Rand des Eiskaps kam nun herauf, und der Baufrin nahm den Wechsel am Horizont mit der Infrarotsicht wahr. Er klapperte mit den Mandibeln, um Stones Aufmerksamkeit zu erregen. Der Mann hob den Kopf und starrte in die Dunkelheit. Er sah nichts.

Eine halbe Stunde später glitt der Gleiter mit fast ausgeschalteter Energiezufuhr in einen engen Spalt im Eis, der sich zum turbulenten Meer hin öffnete. Der Gleiter schwebte einen Moment neben einem turmhohen schwarzen Felsbrocken und setzte dann sanft auf dem vereisten Boden auf. Stone und Archon wanden sich aus den Sitzen und streckten sich. Nach 16 Stunden Wind und Kälte und zusammengekauertem Sitzen konnten sie sich nur vorsichtig bewegen, bis das Blut in ihre verkrampften Glieder zurückfloß. Archon drehte sich um, um die Systemdaten des Gleiters zu inspizieren.

»Unser Energievorrat ist verbraucht. Wir hatten außerordentliches Glück, unser geplantes Ziel zu erreichen.«

Stone drehte sich unbeholfen um, um den Spinnenfreund anzusehen. »Es war nur zum Teil Glück. Ich berechnete den Energieverbrauch, bevor wir abreisten. Wir müßten noch weitere zehn Kilometer mit dem Gleiter fliegen können, und die Kohorte Harras befindet sich innerhalb dieser Reichweite.«

Der Baufrin schnalzte tadelnd mit den Mandibeln. »Und wenn wir das nicht schaffen, was hast du dir dann für uns überlegt?«

»Wir denken darüber nach, wenn es soweit ist.«

Archon schnalzte wieder mit den Mandibeln. Plötzlich brach eines seiner Beine durch die Schneedecke und tauchte hinein. Er kämpfte darum, das Bein zu befreien, aber dann brachen auch die anderen ein. Er strampelte sich immer tiefer in die eisige Decke. »Was ist los?« fragte Stone.

»Da stimmt was nicht mit meinen Beinen. Ich kann sie nicht kontrollieren. Ich fürchte, mein Freund, daß die niedrigen Temperaturen meine Extremitäten unbrauchbar gemacht haben.«

Stone schaute den im Schnee zappelnden Freund an, dessen Bauch schon im Eis lag. Baufrins äußerten, wie er wußte, selten persönliche Beschwerden, und so war dieser Hinweis auf Unwohlsein ein deutliches Signal. Glücklicherweise waren Baufrins trotz ihrer Masse nicht schwer. Stone zog seinen Freund aus dem Schnee, und halb trug er ihn, halb zog er ihn in den Gleiter. Es dauerte nur wenige Minuten, um einen Notunterstand zu errichten und Archon in Decken zu hüllen. Aber sogar mit einer gerade so hoch eingestellten Heizung, wie er es eben noch wagen konnte, würde es Stunden dauern, bis sein Gefährte wieder marschfähig war. Bis dahin würde die Kohorte Harras fort sein.

12

2330, 9 Martius 6831

Legatus Maximus Antipolous Philippicus war zur Zeit bei Brigadegeneral Drusus Arcadius, dem Planetarischen Kommandanten der TOG-Streitkräfte auf Caralis, nicht sehr beliebt. Er war tatsächlich in Ungnade gefallen, seitdem er für eines der großen Fiaskos des derzeitigen Feldzugs verantwortlich gemacht wurde. Nur die angestrengten Bemühungen des Generals hatten ein totales Desaster verhindert. Das Spionagesystem, auf das Philippicus so stolz war, hatte einen Rebellen-Angriffsplan übermittelt, der entweder falsch ausgegeben oder schlecht überprüft worden war. Auf jeden Fall hatte Philippicus ihn benutzt, um Truppenbewegungen zu befehlen, die unpassend und unklug gewesen waren. Dann hatte er die schweren Trajan-Panzer aus der Reserve beauftragt, die eindringenden Rebellen abzufangen, aber die Trajan-Panzer und ihre Hilfsfahrzeuge waren in offenem Gelände überrascht und zerschossen worden, bevor sie den Feindkontakt unterbrechen konnten.

Nun befand sich Philippicus in der wenig beneidenswerten Lage, einen zweiten Bericht aus derselben Quelle zu präsentieren, der zu gut schien, um wahr zu sein. Brigadegeneral Arcadius beobachtete den Geheimdienstchef, als der Legatus Maximus in steifer Haltung vor dem Kommandeur stand. »Ist diese Information von der gleichen Qualität wie die letzte Übermittlung?« fragte Arcadius, wobei er den Sarkasmus in der Stimme kaum verhehlte.

Philippicus kämpfte darum, sich die Enttäuschung nicht ansehen zu lassen.

»Wie immer, Euer Exzellenz, tue ich mein Bestes.« Sei verdammt, dachte er. Du erwartest das Absolute in der Schlacht. Wenn die anderen Offiziere deines Stabs so gut arbeiten würden wie ich und meine Männer, hätten wir längst gewonnen. Er lächelte den übergewichtigen Brigadegeneral matt an. Wenn ich in deine aufgeblähte Haut stäche, würdest du zerplatzen wie eine zu lange gekochte Wurst. »Es gibt Wege, den Bericht zu bestätigen.«

»Ich weiß das, Philippicus. Ich kann Ihre Arbeit ebenso wie die meine erledigen.«

Mordsaussichten, dachte Philippicus und lächelte innerlich über das Wortspiel. »Wir könnten einen Satelliten umleiten, um eine Überfliegung des südlichen Pols durchzuführen.«

»Das wäre eine Verschwendung wertvoller Ressourcen, Philippicus.« Arcadius faltete die Finger über die breiten Ausmaße des Bauches. Die Beleuchtung der Zentrale war aus Rücksicht auf die empfindlichen Augen des Planetarischen Stabschefs nur gedämpft. Die geringe Flächenbeleuchtung veranlaßte Arcadius, ein intensives Licht auf den Platz zu richten, wo jeder Interviewte zu stehen gezwungen war. Philippicus stand jetzt, von diesem Lichtstrahl aufgespießt, genau dort. Der Geheimdienstchef, dessen Augen durch die Beleuchtung geblendet wurden, konnte kaum das Gesicht des Brigadegenerals wahrnehmen. Bedachte er alle Umstände, waren die Bedingungen in Arcadius' Büro wie geschaffen für eine entmutigende Befragung. »Überdenken Sie andere Wege, um den Bericht zu bestätigen.«

»Es ist zu spät, Euer Exzellenz, einen anderen Agenten in die Region zu entsenden. Die Rebellen werden das Eis jetzt erreicht haben.«

»Dann hätten Sie früher nachdenken müssen.«

»Ich reichte eine Anfrage nach Personal für einen solchen Einsatz ein.«

»Aber offensichtlich bei den falschen Leuten und zur falschen Zeit, mein lieber Phillippicus.«

Arcadius sah den Geheimdienstchef nervös sein Gewicht verlagern. Er hatte die Nachfrage zur Bestätigung erhalten und zugelassen, daß sie in den Kanälen hing, bis es zu spät war, während er seine eigenen Pläne ausführte. Sein Spion hatte den Transit der Rebellentruppe bestätigt, als sie die Südküste von Rolandrin überschritt. Arcadius besaß den Bericht und hatte die Entscheidung getroffen, wobei er die Wahl traf, seinen Geheimdienstchef im dunkeln zu lassen. Er glaubte an die Unsicherheit als ein wirksames Werkzeug zur Kontrolle.

»Ich meine, wir sollten handeln, Sir.«

»Das, mein lieber Philippicus, ist meine Entscheidung. Sie können gehen.«

Als der Nachrichtenoffizier den Raum verließ, berührte Arcadius das Commlink. Die Wand zu seiner Linken leuchtete auf, um eine Operationszentrale zu zeigen. Die Holovid-Anwesenheit des Planetarischen Kommandanten brachte das geschäftige Treiben des Ortes abrupt zum Stillstand, als alles anwesende Personal den rechten Arm zum Gruß erhob und Haltung annahm. Arcadius genoß den Anblick einen Moment länger, als es unbedingt erwartet wurde, dann bestätigte er den Gruß.

»Legatus Cariolanus Camus«, kommandierte der Brigadegeneral, »haben Sie Ihren Plan aufgestellt?«

»Sir!« Ein Offizier in voller Kampfmontur, den Kommandohelm unter dem linken Arm, trat vor und salutierte nochmals. Arcadius nickte der Form halber zur Antwort und deutete mit einem Wink der Hand an, daß der Legatus fortfahren solle. »Der beste Plan wäre es, darauf zu warten, daß die Rebellen-Truppe über den Ozean vom südlichen Eiskap nach Malthus übersetzt. Der Marsch über das Eis und den Ozean wird ihre Kraft schwächen; sie werden erschöpft und leicht zu schlagen sein. Wir können auf sie auf dem Kap südlich unserer augenblicklichen Stellung bei Frotik warten und aus dem Hinterhalt zuschlagen, wenn sie sich aus ihrer Marschformation heraus entfalten. Wenn wir an der Küste in Stellung gehen und angreifen, werden sie von unserer Anwesenheit völlig überrumpelt, und unsere Satelliten werden uns reichlich Vorwarnungen über ihr Erscheinen geben.«

»Wenn ich unterbrechen darf, Euer Exzellenz.« Präfekt Claudius Sulla, Operations-Chef für das TOG auf Caralis und der Mann, der die endgültige Genehmigung für jeden Plan erteilen mußte, trat hinter dem Legatus vor. »Es wäre besser, schon zuzuschlagen, während sie sich auf dem Eis befinden. Eigentlich sollten unsere Truppen längst unterwegs sein, um die Rebellen aufzuhalten.«

Der Brigadegeneral bewegte sich im Sessel. Sulla war einige Tage hinter ihm hergewesen, um festzulegen, wo und wann der Gegenschlag erfolgen sollte. Nun würde dasselbe Argument vor Zuhörern ausgespielt werden. »Wir haben das bereits diskutiert, Präfekt.«

»Haben wir, Euer Exzellenz. Aber die Sache ist wichtig genug, nochmals dargelegt zu werden. Mein Offizierskamerad soll den inneren Wert unserer Mission am Pol verstehen.«

Nein, das braucht er nicht, dachte Arcadius. Er soll tun, was ihm gesagt wird, und das, so gut er kann. Er soll ein guter kleiner TOG-Offizier sein.

»Die Diskussion ist beendet, Präfekt Sulla.«

»Mit allem gehörigen Respekt, Exzellenz. Die Station am Südpol ist von höchster Bedeutung für das Terran Overlord Government.«

»Ich bin mir dessen durchaus bewußt.« Aber es ist mir nicht wichtig, dachte Arcadius. Diese Wissenschaftler, die am Pol herumlungern, bedeuten mir nichts. Sie verbrauchen meine Vorräte und andere Ressourcen, während sie Löcher in das Eiskap bohren, die längst Ergebnisse hätten zeigen sollen.

»Deren Bedeutung ändert nichts an meiner Einstellung.«

Sulla trat vor Camus, so daß er direkt mit dem Planetarischen Kommandanten sprechen konnte. »Vielleicht sollten Sie sich, Exzellenz, die neuesten Daten ansehen. Ich habe sie in Ihren Holographen eingeladen.« Sullas Stimme hatte den respektvollen Ton, den er dem Vorgesetzten schuldete, verloren. Seine höfliche Anfrage vermied es knapp, wie ein Befehl zu klingen, und der Brigadegeneral war intelligent genug, die Implikationen dessen zu begreifen.

So bist du mein Hauptquartiersagent, dachte Arcadius. Jeder Planetarische Kommandant hatte einen, und Arcadius hatte lange Verdacht gegen die Loyalität des Präfekten gehegt. Nur Berichte vom Grand General Oliodinus Severus Septimus, dem Sektor-Kommandanten, kamen über den Holographen, und die Übertragungen wurden direkt zu Arcadius' Büro durchgestellt. Es war für Sulla unmöglich, eine solche kopiert zu haben, ohne daß der Brigadegeneral davon wußte, es sei denn, er hatte Zugang zu unerlaubten Quellen. Das hatte er zumindest bislang immer geglaubt. Aber das war eine Sache, um die man sich später kümmern konnte. Der Brigadegeneral schaltete den Wandschirm aus und drehte sich zum Holographen um. Er haßte diese Verständigungsart, aber zumindest war diese aufgezeichnet, und das Abbild konnte ihn nicht sehen.

Das 25 cm große Bild des Sektor-Kommandanten erschien in der Mitte des holographischen Projektors. Augenscheinlich hatte Sulla das Programm eingeladen, noch bevor dieser Streit begann. Das bedeutete, daß der Einsatzoffizier auch auf seinen persönlichen Zugangscode Zugriff hatte. Er war also ganz sicher der Spion des Grand General. Allein bei dieser Gelegenheit hatte er zuviel von sich preisgegeben, als daß noch irgendwelche Zweifel beim Brigadegeneral bestehen konnten.

»Brigadegeneral Drusus Arcadius«, rief die dünne Gestalt aus, »wir wurden darauf aufmerksam gemacht, daß Sie ein Problem über dem Südpol haben. Wir wurden außerdem informiert, daß Sie planen, nichts dagegen zu unternehmen, bis der Feind die südliche Küste von Malthus erreicht.« Die Holographie schenkte dem Brigadegeneral ein vernichtendes Lächeln, aber Arcadius drehte den Sessel etwas, so daß der eisige Blick des Sektor-Kommandanten in den leeren Raum des Büros gerichtet war.

»Diese Absicht stimmt nicht mit den allgemeinen Zielen des Caesaren überein. Die Leute am Pol haben Ihre volle Unterstützung zu erhalten. Sorgen Sie dafür. Es lebe Caesar!« Das Hologramm verschwand.

Arcadius starrte auf den Platz, wo sein Kommandeur eben noch dargestellt worden war. Da hatte der Alte also ein persönliches Interesse an den Aktivitäten am Pol. Das half sicherlich, einige Anweisungen zu erklären, die er erhalten hatte. Dieses scheinbar unwichtige wissenschaftliche Treiben hatte eine ungewöhnliche Menge an Aufmerksamkeit vom Sektor-HQ auf sich gezogen. Arcadius legte die Füße auf die Fußstütze des Sessels und studierte seine Fingernägel. Es schien ihm, als gäbe es einen Weg, mit allen seinen Problemen fertig zu werden. Mit etwas Glück wäre die Lösung zu seinem Vorteil. Er wandte sich zum Wandbildschirm zurück und stellte ihn an.

Die Gestalten in der Zentrale hatten sich nicht bewegt. Sulla stand noch knapp vor Cariolanus Camus, die Augen auf den Schirm gerichtet. Arcadius meinte ein leichtes Lächeln des Triumphes über das Gesicht des Untergebenen huschen zu sehen, bevor der Mann die Kontrolle über sich zurückgewann. »War das Hologramm hilfreich, Exzellenz?« hakte der Operations-Offizier nach.

»Es half, die Situation zu klären«, antwortete Arcadius. Und es hat mir einen Weg gezeigt, dachte er, dich loszuwerden, du verräterischer Bastard. »Wir müssen sicherlich mit aller Kraft zusehen, daß die Truppe am Pol unterstützt wird. Camus, wie bald kann Ihre Truppe ausrücken?«

»Wir können in einer Stunde zum Flug bereit sein, Exzellenz, aber es wäre besser für uns, noch mindestens vier Stunden zu warten. Die Commonwealth-Satelliten lassen uns volle sechs Stunden, wenn wir warten, und danach ist es egal, ob wir gesehen werden. Wenn wir sofort aufbrechen, werden sie uns entdecken, sobald wir die Hangarregion geräumt haben.«

»Das ist nicht akzeptabel, Exzellenz«, unterbrach Sulla, dessen Gesicht angstvoll umwölkt schien. »Wenn wir weitere drei Stunden warten, wird unsere Station am Pol zerstört sein.«

»Sagen Sie unseren Leuten am Pol einfach, sie sollen fliehen. Jede Richtung geht, und Camus kann das Gebiet zurückerobern, sobald er dort eintrifft. Bitte erarbeiten Sie einen Plan, der auf einem Abflug in vier Stunden basiert.«

»Jawohl, Sir.«

»Präfekt Sulla. Haben Sie Legatus Camus kurz über den Kampfverband informiert, den er bei diesem Auftrag befehligt?«

Sulla starrte den Kommandanten an, kaum fähig, seine Absichten zu erraten. Sogar nachdem der Brigadegeneral in direktem Kontakt mit dem Sektor-Kommandanten gestanden hatte, versuchte er noch, die Anweisungen seiner Vorgesetzten zu durchkreuzen. Es würde nach Camus' Abflug Zeit für Sulla sein, einen detaillierten Bericht über die Methode seines Vorgesetzten, Caesar zu dienen, zu verfassen.

»Ich werde dies jetzt zu Ende bringen, Exzellenz.«

»Versichern Sie sich«, schnurrte Arcadius, »daß Sie das ausgezeichnet erledigen. Das Leben vieler Leute kann davon abhängen.« Er schaltete den Wandbildschirm aus.

Im Kommandozentrum wandte sich Sulla an Camus. Dieser Mann, dachte er bei sich, ist der perfekte Kampfkommandant. Camus hatte den Ruf mutiger Führung und geringer Vorstellungskraft. Er würde mit unhinterfragter Loyalität tun, was man ihm auftrug. Er konnte sich auch darauf verlassen, daß er sich der politischen Hintergründe irgendeines Auftrags überhaupt nicht bewußt war. Sulla wußte, auch wenn es der Brigadegeneral und der Legatus nicht taten, daß diese besondere Operation auf Caralis ein Minimum an Kräften erforderte. Caesar brauchte Siege, die ihm fortlaufend die Zuneigung und den Respekt der Bevölkerung und des Senates sicherstellten. Ein Sieg mit zu hohen Kosten war nicht akzeptabel, aber ein schneller und einfacher Sieg würde als unwichtig abgetan werden. Die Forschungsstation am Pol suchte nach einer Naramzivilisation, die vor mehr als zweitausend Jahren verschwunden war. Das TOG hatte die Absicht, sie zu finden und dazu zu benutzen, den Rat der Naram zu Zugeständnissen zu zwingen.

Das wäre in der Tat ein guter Sieg. Zuzulassen, daß ihnen der Sieg durch die Finger glitt, weil Legatus Camus das Risiko der Entdeckung verringern wollte, war lächerlich.

Sulla gestattete sich einen dünnen Seufzer, dann fuhr er fort, Camus zu informieren. »Die Rebellen-Streitkräfte bestehen aus einer schwachen Kohorte. Sie besteht laut unseren Berichten aus vier Kampfzenturien und einer Führungsgruppe. Sichtberichte bestätigen das. Sie werden sich über das Zentrum des Polargebietes kämpfen, um an der Küste bei 1200 Strich herauszukommen.«

»Sie sollten kein Problem für uns darstellen, Präfekt.

Die sechs Zenturien meiner vollen Kohorte sollten mehr als ausreichen, um mit ihnen fertig zu werden. Wir sind in der Überzahl, und ich plane, sie am Eiskap aus dem Hinterhalt zu überfallen.«

Dieser Mann, wütete Sulla innerlich, hat keine Vorstellungskraft und versteht die Situation nicht. »Wir müssen die Station am Pol wiedererobern.« Er mußte die Mission in Begriffen erklären, die einfach genug waren, damit der Kommandeur sie begreifen und zu seinen eigenen machen konnte.

»Dieser Schritt folgt der Zerschlagung des Feindes, Sir. Wenn er erst vernichtet ist, können wir das Polargebiet wieder in Besitz nehmen.«

»Gut. Wie bald können Sie aufbrechen?«

»Wie ich dem Brigadegeneral sagte, werden wir in vier Stunden aufbrechen. Es sind nur etwas mehr als 3200 Kilometer zum Kap. Wir können dort in acht Stunden ankommen.«

Hoffe lieber, daß ihr rechtzeitig zur Rettung der Polarstation kommt, dachte Sulla grimmig. Ihr hättet vor Stunden aufbrechen sollen. »Sehr gut, Legatus Maximus. Berichten Sie dem Brigadegeneral.«

Legatus Maximus Cariolanus Camus trat auf das Signalpad für die Wandanzeige und nahm Haltung an. Er blieb volle 30 Sekunden in dieser Haltung, bevor sich der Schirm aktivierte. »Sie sind vorbereitet, Legatus?« kam die Frage vom Brigadegeneral Drusus Arcadius, als er erschien.

»Exzellenz! Für die Erhaltung des Terran Overlord Government und zum Ruhm des Militärdienstes bin ich, Legatus Cariolanus Camus, bereit zum Angriff auf die Rebellenlegion.«

»Das ist sehr gut«, lächelte der Brigadegeneral. »Ich habe einige gute Nachrichten für Sie. Wegen der besonderen Bedeutung, die unser verehrter Sektor-Kommandant und der Präfekt Claudius Sulla dieser Mission beimessen, werde ich Ihnen erlauben, den

Einsatz unter strenger Überwachung durchzuführen.« Arcadius sah über die Schulter des Truppenführers zum Operations-Offizier. »Präfekt Claudius Sulla, ich schicke Sie als meinen persönlichen Beobachter mit der Kohorte Camus in den Einsatz. Gute Reise.« Der Wandschirm verdunkelte sich.

13

0430, 10 Martius 6831

Holden Ventis wischte sich den kristallinen Reif vom Visier des Kampfhelmes und sah über die gefrorene Landschaft des Südpols. Die Fahrzeuge der 2. Zenturie sahen fast aus, als ob sie sich gegen den Wind stemmten, der über das Gelände heulte und Schneewolken gegen den Rumpf des Spartius aufwirbelte. Er zog den Kampfmantel enger um die Schultern. Das Gelände, dachte er, schien den Soldaten niemals eine Pause zu gönnen. Es war immer zu heiß oder zu kalt, zu naß oder zu trocken, niemals gerade richtig. Er ließ sich in den Kommandantensessel zurückfallen und untersuchte das DDP auf Positionen des Restes der Zenturie. Die blauen Rechtecke, die den Ort jedes Panzers und Transporters markierten, glühten hell auf dem Schirm. Laut Anzeige waren die Infanterie-Vipern in der Nähe, aber er hatte sie durch die Dunkelheit und den treibenden Schnee nicht sehen können. Er behielt die Stellung des nächsten im Kopf und hob den Kopf wieder aus der Kommandoluke. Sich sorgfältig orientierend, starrte er forschend in die Dunkelheit, wo er nur das geneigte Profil eines Transporters ausmachen konnte. Oder war es nur Einbildung? Auf 300 Meter konnte er nicht sicher sein. Das war schlecht, wenn das Schießen begann.

Die Elektronik der Viper-, Spartius- und Liberator-Panzer konnte zwar Fahrzeuge auf 20 km Entfernung aufzeigen, aber Kommandanten mochten es, die eigenen Augen zur Absicherung nutzen zu können. Die Konstrukteure, die in ihren komfortablen Büros saßen, konnten ruhig die Erklärungen abgeben, die sie so liebten: Dies ist das Zeitalter des Displays! Und daß Männer eine reine Redundanz in der Schlacht darstellten. Für die Männer im Feld aber konnten Augen und Ohren Geschichten erzählen. Nichts sehen zu können würde den Kampf noch beängstigender als gewöhnlich machen.

Und wenn die Infanterie absaß, würde sie mit demselben Problem konfrontiert sein, das durch den reißenden Wind und die Temperaturen, die weit unter dem Gefrierpunkt lagen, noch vergrößert wurde. Die Transporter waren, wie auch die Kampfanzüge, beheizt, aber die Wärme der Anzüge war gering, verglichen mit den extremen Außentemperaturen. Ein aktiver Mann würde warm bleiben, solange der Anzug Energie hatte, aber ein regloser Mann oder einer, dessen Anzug durch Beschädigung Lücken aufwies, würde die volle Wirkung der Kälte erfahren. Ventis schätzte, daß eine Stunde das längste darstellte, was von der Infanterie an Aufenthalt außerhalb der Fahrzeuge erwartet werden konnte, bevor es der Truppe zu kalt werden würde, um noch einsatzfähig zu sein. Er zog den Kopf zurück in den Spartius und schloß die Luke gegen die arktische Kälte.

»Wobbly Abacus, Wobbly Abacus. Hier Wobbly Abacus Sechs.« Das Commlink des DDPs erwachte zum Leben. Wobbly Abacus war Zenturio Maximus Milton Harras, der Kommandeur.

Die Decknamen wechselten alle zwölf Stunden, aber die Ziffer ›Sechs‹ würde immer zum Kommandeur gehören. Nun rief Harras alle Stationen, die den Führungskreis der Kohorte abhörten. »Stolid Gateway, Stolid Gateway, ausführen.« Der Zug über den Pol, der ›Stolid‹-Teil des gesamten ›Gateway‹-Plans, begann.

Ventis schaltete um auf den Führungskreis der Zenturie und wiederholte den Ruf von Harras. Als er die Meldung beendete, spürte er auch schon, wie der Spartius im Schweben erzitterte und der angesammelte Schnee von den Seiten rutschte. Die blauen Rechtecke, die DDP-Anzeige der IFF-Transponder in den Fahrzeugen der Rebellenlegion, blinkten rot, als die Gravantriebe zündeten, dann wurden sie wieder blau, als sie Gleithöhe erreichten. Alle Fahrzeuge wurden nun blau angezeigt.

Die Kohorte würde in einer veränderten Keilformation fliegen. Die sechs Wolverines der Aufklärungszenturie übernahmen die Spitze und mußten sich über mehr als einen Kilometer an der Spitze der Formation ausbreiten. Die 1. Zenturie würde, mit ihren zwei Panzerzügen vorne und den Infanteriezügen zentral und hinten plaziert, folgen. Dann kam die 2. Zenturie von Ventis in derselben Formation. Die Führungsgruppe der Kohorte würde Ventis folgen und von der 3. und 4. Zenturie flankiert werden.

Diese Formation wurde benutzt, wenn Feindkontakt eher von vorne als von hinten zu erwarten war. Die Aufklärer konnten die Feinde so schnell entdecken und die 1. Zenturie rechtzeitig warnen. Wenn sich die Lage voll entwickelte, konnte die führende Zenturie an der schwächsten Stelle der feindlichen Linien angreifen. Die 2. Zenturie, die dem Funkverkehr über die Führungskreise zuhörte, konnte so herausfinden, in welche Richtung sie vorstoßen mußte, um ihre Feuerkraft in die Schlacht einzubringen. Wenn die führenden Zenturien den Widerstand nicht brechen konnten, stünden die Zenturien der Reserve zur Verfügung, um auf Befehl einzugreifen.

Ventis beobachtete die Aufstellung der zwei Panzerzüge quer vor seiner Zenturie. Der 1. Zug, der von Sergeant Kent Narall kommandiert wurde, lag links, der 2. Zug mit Sergeant Upton Verg befand sich rechts. Er wäre glücklicher mit einem weiteren Offizier in der Zenturie, aber es hatte bis zu dem Zeitpunkt, der für den Aufbruch der Kohorte vorgesehen war, kein Ersatz zur Verfügung gestanden. Er war neugierig, was für ein Offizier da gerade noch eingetroffen war, als die Kohorte Harras Rolandrin verließ.

Er befahl der Zenturie, ein stationäres Schweben beizubehalten, um dem führenden Kommando zu ermöglichen, einen 10-km-Abstand zu erreichen. Bei 240 km/h konnte die 2. Zenturie den Boden zwischen den Kommandos in knapp drei Minuten überwinden. Das würde Ventis genug Zeit geben, eine Kampfhandlung zu beurteilen und die Zenturie am vorteilhaftesten aufzustellen. Etwas näher dran, und die Zenturie wäre in den Kampf verwickelt, bevor sie eine Stellung gefunden hatte. Etwas weiter weg, und sie konnte vielleicht nicht rechtzeitig unterstützend eingreifen. Panzerschlachten waren im allgemeinen sehr heftig und sehr kurz.

Die Zenturie nahm Fahrt auf und gewann an Geschwindigkeit. Ventis beugte sich über das DDP, um nach anderen Fahrzeugen zu sehen. Er ließ die Kommandoluke offen, um sich selbst daran zu erinnern, was draußen geschah. Ein ständiger Zug kalter Luft blies ihm in den Nacken, als das DDP Geländeinformationen über den Bildschirm flackern ließ. Rote Zeichen deuteten auf Gelände hin, das der Spartius bei der gegenwärtigen Geschwindigkeit vermeiden sollte. Der Infanterietransporter war beweglich, aber bei der Marschgeschwindigkeit von 240 km/h gab es Steigungen, die er nicht schnell genug überwinden konnte, um ein Desaster zu vermeiden. Der Bordcomputer kannte derartiges Gelände und gab die Information an das Terrain Search & Reaction-System, das Geländeradar, weiter. Die Fahrer mußten nur die Fahrzeuge hoch über annehmbarem Grund halten.

Das größte Geländeproblem hier am Pol würden die großen Eistürme sein, die steil aus der Oberfläche hervorstachen. Einige dieser Monster erhoben sich mehrere hundert Meter hoch und waren vom Wind zu phantastischen Gebilden geformt worden. Ventis wunderte sich über die Verrenkungen, die sie aufwiesen.

Der südliche Kontinent von Rolandrin bestand nicht aus solidem Eis. Die Region, die in ihrer fernen Vergangenheit vulkanisch aktiv war, hatte einen Kegel von etwa 600 Kilometern aufgeworfen. Teile des Randes erhoben sich noch über die Oberfläche des umgebenden Meeres. Später in der geologischen Entwicklung war ein anderer Vulkan durch den Kegel des ersten gebrochen. Diese kleinere Ausgabe war nur 500 Kilometer breit und schuf das meiste von dem, was heute die nördliche Polarregion darstellte. Der von ihm geformte Kontinent nahm die Gestalt eines Felsenringes mit einem zentralen Gipfel an. Das Gebiet zwischen dem Außenring und dem Kern füllte sich mit Wasser.

Vor Tausenden von Jahren war der Kern dieser Formation bewohnt gewesen, sein Klima war durch den Puffer aus Felsen, die ihn umgaben, geschützt und gemäßigt. Trotz der glücklichen Umstände dieses Ortes war die Zivilisation im Zentrum untergegangen. Der Planet Caralis schwankte leicht, kaum wahrnehmbar, an der Achse. Im Laufe der Äonen wechselte das Weltklima allmählich von gutem Wetter mit langen Wachstumsperioden zu kälterem Klima. Schließlich fiel die Temperatur, und der Schnee blieb länger liegen, bis am Ende nur noch Winter war. Eis bedeckte den Kontinent, und die Zivilisation starb aus. Dieser Planetengeschichte waren sich die gegenwärtigen Bewohner von Caralis und jene, die um ihn kämpften, kaum bewußt.

Sie waren sich auch nicht der einzigartigen Anforderungen bewußt, die diese gefrorene Leere an den Menschen stellte. Das gesichtete Land an der festen Küste war leicht genug zu überqueren, falls das Überqueren einer im Eis erstarrten sturmgepeitschten See, die von der Kraft des Rock Wall angezogen wurde, leicht genannt werden konnte. Der Felsrand bot einen Hafen für die, die den ersten Teil der Tour überlebten. In der Polarregion gab es dann weitere Punkte, wo die Fahrzeuge und ihre Besatzungen sich ausruhen konnten. Der Raum zwischen dem Rand und dem Pol war das Problem.

Das Meer füllte den tiefen Trichter, der vom ersten Vulkan geformt worden und mehrere Kilometer tief war. Obgleich Rock Wall eine phantastische Anziehung auf diesen Wasserkörper ausübte, bedeckten mehrere hundert Meter dickes Eis das Wasser. Das gegen die Eisdecke drückende Wasser kämpfte darum, das Eis zu durchbrechen. Es brach in spektakulären Fontänen aus Eis und Wasser an schwachen Punkten der gefrorenen Schicht durch, die sich mehrere hundert Meter über die Umgebung erhoben. Wenn der lokale Druck nachließ, stürzte der Ausbruch auf die Oberfläche und gefror beim Kontakt mit dem Schnee. Die Spalte fror zu, und der Prozeß begann wieder von vorn.

Optio Holden Ventis, der Chef der 2. Zenturie, sah den ersten Ausbruch als einen leuchtenden roten Punkt auf dem DDP. Die Anzeigen zeigten nichts als offenes Gelände, bis dieser Punkt auftauchte. Er schob den Kopf rechtzeitig aus der Kommandoluke, um die turmhohe Furie noch sehen zu können, die sich weiß vor dem kalten Himmel abzeichnete. Die Basis der Fontäne war zweihundert Meter breit, und die Spitze, die gerade, als er hinsah, in kristallene Splitter zerstob, erhob sich mehr als 100 Meter. Ventis fühlte, wie sich sein Bauch zusammenzog. Kein Fahrzeug, das von einem solchen Schwall erfaßt würde, konnte überleben. Beide, Maschine und Besatzung, würden sofort im Eis gefangen sein, für immer gefroren in seinem Griff. Und kein TS&R-Schaltkreis konnte schnell genug ein Ausweichmanöver einleiten, wenn eine Eruption plötzlich vor einem Fahrzeug auftauchte. Der Knoten aus Angst im Bauch machte Ärger Platz. Das war nicht fair! Es war eine Sache, dem Tod auf dem

Schlachtfeld entgegenzusehen, Mann gegen Mann in einem fairen Kampf. Man konnte die eigenen Gewinnchancen durch Vorsicht und Klugheit erhöhen. Die einzige Chance, die sie gegen diese plötzlichen Wände aus Eis hatten, lag darin, eine sichere Höhe zu erklimmen, aber das würde jedem Feind ermöglichen, sie über große Entfernung zu entdecken und die schwache Unterseite der Fahrzeuge anzugreifen. Es war, als habe sich die Natur mit den TOG-Verteidigern verschworen, um die Rebellen hilflos untergehen zu lassen.

Ventis griff an die Brüstung der Kommandoluke, die Finger lagen wie kalte Klauen auf dem kalten Stahl. Er merkte, daß die Zenturie langsamer wurde und vor dem zufallsbestimmten grausigen Tod zögerte. Er mußte ihnen befehlen, Höhe und Geschwindigkeit beizubehalten, aber die Worte gefroren ihm in der Kehle. Hundert Meter auf jeder Seite des Spartius donnerten große Säulen aus Wasser und Eis in die Höhe. Er zog die Schultern hoch gegen das beängstigende Brüllen, als der Wind das Äußere und die Spitzen der Säulen in Stücke zerriß. Dann war der Spartius über das Loch hinweg, und er wandte sich um, um die Tonnen von Wasser dort niederbrechen zu sehen, wo sein Panzer nur Sekunden zuvor gewesen war. Die Sturzflut prallte in einer Wolke silbriger Splitter von der Oberfläche zurück, die in der Dunkelheit fortwirbelten.

Weitere Explosionen aus Eis und Wasser folgten. Die Zenturie kroch immer höher und bewegte sich immer langsamer. »Wobbly Abacus, Wobbly Abacus, hier Wobbly Abacus Sechs. Verringern Sie nicht, ich wiederhole, verringern Sie nicht die Geschwindigkeit. Gebt Stoff! Wir müssen dieses Gebiet hinter uns bringen.«

Ventis leitete den Befehl an die Zenturie weiter und ließ das eigene Fahrzeug beschleunigen. Bei 100 Metern bestand wenig Gefahr, gegen normale Geländeformen zu stoßen. Die Fahrzeuge gewannen an Fahrt, bis die Zenturie mit mehr als 400 km/h über den Schnee raste. Er konnte dem DDP entnehmen, daß die 1. Zenturie ebenso beschleunigte, und sogar bei ihrer augenscheinlichen Geschwindigkeit fiel die 2. Zenturie hinter der Spitzengruppe zurück. Und das Eis fuhr fort, rundherum und unter ihm zu explodieren. Wieder fühlte er den Angstknoten im Bauch.

»Abacus Eins-Sechs, hier Abacus Acht-Sechs. Zahlreiche Feinde in Sicht.« Ventis wurde durch die Stimme von Jamie MacDougall, dem Führer der Aufklärer, der die 1. Zenturie rief und Feindberührung meldete, aus seiner Konzentration gerissen.

14

0654, 10 Martius 6831

»Acht-Sechs, Acht-Sechs, hier Eins-Sechs. Melden Sie die Richtung des Kontaktes.«

»Hier Acht-Sechs. Der Feind bricht direkt vor mir bei 6-2-00 zu 2-00 Strich relativ aus. Hauptsächlich Kettenfahrzeuge. Greife an.«

»Hier Eins-Sechs. Wir folgen. Stop. Abacus Sechs, hier Abacus Eins-Sechs. Bereite Angriff auf ungezählte TOG-Fahrzeuge vor.«

»Eins-Sechs. Hier Abacus Sechs. Bestätigt. Stop. Abacus Zwei-Sechs, hier Abacus Sechs. Unterstützen Sie Eins-Sechs, wenn nötig.«

Ventis bewegte die steifgefrorenen Lippen, um zu antworten. »Abacus Sechs, hier Abacus Zwei-Sechs. Verstanden, Ende.« Er schaltete das Commlink auf Zenturien-Schaltung. »Abacus Zwei, hier Abacus Zwei-Sechs. Bereithalten für Kampfeinsatz. Auf 5-4-0 beschleunigen. Angreifen nach eigenem Ermessen.« Die zwei Panzerzüge bestätigten, und Ventis merkte, wie der Spartius beschleunigte, als Zollach den Schub steigerte.

»Acht-Sechs, hier Eins-Sechs. Wir haben Kontakt. Brechen Sie je nach Sektion nach links und rechts ab und greifen Sie an.«

»Hier Acht-Sechs. Verstanden, Ende.«

Sogar über das Brüllen des rasenden Spartius hinweg konnte Ventis das unverwechselbare Krachen der 150-mm-Kanonen des Liberators hören, als die Panzer der führenden Zenturie das Feuer eröffneten. Das DDP im Spartius erblühte in blauen Anzeigen, die die 1.

Zenturie in Aktion zeigten, wie auch in bernsteinfarbenen und roten Markierungen für die unidentifizierten Fahrzeuge und erkannten TOG-Einheiten. Einige TOGs verschwanden lautlos nach links.

»Abacus Zwei, hier Zwei-Sechs. Halte Kurs 5-6-00 Strich relativ. Führe aus.« Der Spartius schwenkte nach links in die neue Richtung, als Zollach ohne weitere Befehle von Ventis antwortete. Ventis empfand eine unmittelbare Befriedigung. Der Fahrer beherrschte seine Arbeit, hörte den Befehlen zu und reagierte ohne Zögern.

»Abacus Zwei-Sechs, hier Abacus Zwei-Eins-Sechs. Habe Ziele ausgemacht. Greife an.«

Kent Narall, der den 1. Panzerzug befehligte, eröffnete das Feuer gegen die TOGs in seiner Reichweite. Einen Moment später folgte passend Upton Vergs 2. Zug. Der strahlende Blitz des 150-mm-Geschützes erhellte die Dunkelheit voraus. Ventis sah beide Panzerzüge sich auf der Suche nach TOG-Fahrzeugen nach rechts halten.

»Abacus Zwei, hier Zwei-Sechs. Halte Kurs 5-6-00 relativ.« Ventis befahl den Infanterietransportern, die Flanken der Formation zu decken. Er fühlte den Spartius antworten. Die Vipern waren Seite an Seite mit dem Spartius, 400 Meter auf jeder Seite entfernt, und ihre Türme hielten nach Zielen für die 25-mm-Geschütze Ausschau.

»Clodius-Transporter. Entfernung 6-5-0-0, Kurs 5-8-2-9 relativ. Geschwindigkeit des Ziels 3-6. Entfernt sich.« Der Zielcomputer hatte ein Ziel in äußerster Reichweite aufgegriffen und lieferte mit seiner freundlichen, ebenmäßigen Stimme sachdienliche Informationen. »Viele Ziele. Entfernung 6-4-5-0. Kurs 5-8-2-0. Zielgeschwindigkeit 3-6. Entfernen sich.« Ventis beobachtete das DDP, das sich mit roten und bernsteinfarbenen Rechtecken füllte, als weitere TOG-Fahrzeuge die Sensoren des vorpreschenden Fahrzeuges auslösten.

»Zollach.« Ventis schaltete das Commlink auf intern

und sprach zum Fahrer. »Bremsen. Drück ihn runter. Wir wollen die TOGs nicht auf dieser Höhe überrennen.«

»Verstanden. Runtergehen.«

Ventis spürte, wie der Gegenschub mit voller Kraft zündete, um 189 Tonnen Stahl abzubremsen. Von 400 km/h auf sichere 240 km/h abzubremsen, würde Minuten dauern, und die Infanterietransporter würden in tödlicher Reichweite der Ziele sein, bevor sie den Boden erreichen konnten. Die TOGs würden die Bauchpanzerung anvisieren, wenn das Feuer eröffnet wurde. Das war nicht gut.

Die Viper-Transporter rechts und links folgten Ventis' Führung und bremsten ebenfalls ab. Sie waren beweglicher als der Spartius, aber sogar mit ihrer besseren Manövrierfähigkeit würden auch sie gefährdet werden. Er mußte den Zug in einen engen Zirkel führen, um die Geschwindigkeit zu senken.

Er öffnete das Comm zum Zug. »Zwei, hier Zwei-Sechs. Schwenken Sie rechts, 6-4-00 Strich. Ausführen.« Ventis hatte das Commlink auch auf intern eingestellt gelassen, und Zollach riß den Spartius hart nach rechts, als das Kommando erfolgte. Der Turm des Spartius schwang nach links, da Rollus den 5/6-Laser auf die entfernten Ziele ausgerichtet ließ.

Das war ein beunruhigendes Manöver für den Kommandanten. Der Rumpf wandte sich in die eine Richtung hart nach rechts, der Turm hart in die entgegengesetzte Richtung. Das DDP zeigte die Stellung der Ziele auf der Turmausrichtung basierend an. Der Kommandant konnte die Drehung des Fahrzeugs unter und die Wendung des Turms um sich spüren, aber das DDP blieb unbeweglich. Ventis griff in die Luke und senkte den Kopf, um das DDP zu beobachten. Eine Minute später hatte der Spartius die Kehre beendet und war, um fast 100 km/h langsamer, auf den alten Kurs zurückgekehrt.

»Viele Ziele. Entfernung 6-4-8-0. Kurs 5-8-2-0. Zielgeschwindigkeit 3-6. Entfernen sich.« Der Zielcomputer hatte die ausweichenden TOG-Kräfte unberührt von dem heftigen Manöver des Transporters verfolgt. Der Spartius bremste weiter.

»Zollach. Den Zielen folgen.«

»Verstanden.«

»Viele Ziele. Entfernung 6-4-3-0. Kurs 6-3-00. Zielgeschwindigkeit 3-6. Entfernen sich.« Der Zielcomputer bemerkte, daß Kurs und Entfernung zum Feind sich leicht verändert hatten. Das DDP zeigte auch zackige Geländeblöcke, die den Überblick dahinter verdeckten. Der Boden hier war solide, ohne Explosionen von Eis und Wasser. Der Spartius fand sich in die neue Richtung ein und setzte das Verlangsamen fort.

»Viele Ziele. Entfernung 2-4-9-0. Kurs 6-3-00. Zielgeschwindigkeit 3-6. Entfernen sich.«

»Rollus.« Ventis sprach zum Richtschützen. »Wähl das größte Ziel und leg darauf an. Wir werden das Feuer eröffnen, sobald wir das Ziel erfaßt haben.«

»O.K.«

»Ziel identifiziert. Schwerer Cestus-Ground-Panzer, Entfernung 0-9-9-0. Kurs 6-3-8-0. Zielgeschwindigkeit 3-6. Entfernt sich. Ziel nicht erfaßt.« Ventis schaute auf die Zielinformation auf dem DDP. Sie bekämpften selten Bodenfahrzeuge, die eher in TOG-Garnisonslegionen zu finden waren als in den Fronttruppen. In der Tat war er verwirrt darüber, warum das TOG überhaupt Bodenfahrzeuge am Pol einsetzte. Der Cestus besaß eine adäquate Panzerung, aber keine Flimmerschilde, was ihn zu einem leichten Opfer für die 5/6-Zwillingslaser des Spartius machte. Aber der Cestus konnte mit seinen eigenen drei Lasern, von denen ein Paar 1,5/3er in der Spitze am Rumpf und ein einzelner 1,5/4er auf dem Turm angebracht war, Schaden anrichten. Der Rumpf trug außerdem ein Paar TVLG-Abschußrohre.

Ventis trat das Pedal des Zielmarkierungslasers. »Ziel identifiziert. Schwerer Bodenpanzer Cestus, Entfernung 1-9-0-0. Kurs 6-3-8-0. Zielgeschwindigkeit 3-6. entfernt sich. Ziel nicht erfaßt.« Ventis trat den Zielmarkierungslaser wieder. »Ziel identifiziert. Schwerer Bodenpanzer Cestus, Entfernung 1-8-5-0. Kurs 6-3-8-0. Zielgeschwindigkeit 3-6. Entfernt sich. Ziel erfaßt.«

»Fertig!« rief Rollus, um Ventis wissen zu lassen, daß das Fadenkreuz des Laserzielrohres das benannte Ziel erfaßt und der Ballistikcomputer die Geschwindigkeit der beiden Fahrzeuge aufeinander abgestimmt hatte. Die Anzeige des Richtschützen war grün, klar zum Feuern.

»Feuer«, sagte Ventis.

»Unterwegs.«

Ventis spürte, wie die Zwillingslaser Energie abgaben, sah die Läufe durch den Energieschwall rot aufglühen. In der Dunkelheit voraus leuchteten die Treffer in den unsichtbaren Zielen auf. Das Warnsignal brummte in seinem Ohr. Der Ton war tief und teilte ihm mit, daß der Feind, der sein Fahrzeug markierte, sie noch nicht erfaßt hatte.

Der Ton schaltete auf eine schrille Warnung um. Der Zielmarkierungslaser eines unsichtbaren Feindes hatte die Flimmerschilde dechiffriert. Die Zwillingslaser feuerten wieder, als Rollus weiter auf das Ziel einhämmerte, das die Waffen erfaßt hatten. Die Zielanzeige auf dem DDP blinkte, um Treffer anzuzeigen; dann klärte sie sich. Ein Abschuß. Ventis schielte über die Lukenbrüstung und suchte nach dem Schimmer eines brennenden Fahrzeuges, sah aber nichts. »Ziele anzeigen.«

Der Turm zog nach rechts und entschied sich für einen neuen roten Indikator, aber bevor der Ballistikcomputer das Ziel identifizieren konnte, blinkte es aus: ein Opfer einer der Vipern. Der Turm fuhr fort, sich zu drehen. »Ziel identifiziert. Leichter Bodenpanzer Clodius, Entfernung 1-1-0-0. Kurs 6-3-7-0. Zielgeschwindigkeit 6-0. Entfernt sich. Ziel nicht erfaßt.«

Die Ziele ohne Flimmerschilde mußten nicht markiert werden. Ventis benutzte den Zielmarkierungslaser nur, um den Haltepunkt der Hauptwaffen des Spartius zu überprüfen. Das Warnsignal schrillte weiter in sein Ohr. Wer auch immer sie markiert hatte, hing noch an ihnen dran. Als der Panzer über einen vorstehenden Felsen flog, sah Ventis in den Augenwinkeln eine Gruppe robbender Infanteristen. Einer von ihnen hielt ein TVLG-Abschußrohr, dessen offene Mündung gegen das Weiß des Eises riesig wirkte. Er duckte sich in die Luke, als die Rakete aus dem Rohr sprang. Sein Panzer raste von dem Angreifer fort, aber die Rakete hatte eine noch größere Geschwindigkeit, und sie konnten den Abstand nicht aufrechterhalten. Der Spartius hatte kein Vulkan-Raketenabwehrsystem, so konnte Ventis nichts tun, als sich gegen den Aufprallstoß zu wappnen. Dann riß der heulende Wind die Rakete aus ihrem Kurs und schickte sie harmlos trudelnd in die Nacht. Der Wind, ein Feind während des Angriffes, war plötzlich zu einem Verbündeten geworden. »Ziel identifiziert. Clodius-Light-Ground-Panzer, Entfernung 8-0-0. Kurs 6-3-7-0. Zielgeschwindigkeit 6-0. Entfernt sich. Ziel erfaßt.«

»Fertig«, sagte Rollus.

»Feuer.«

»Unterwegs.« Der Zwillingslaser brummte wieder, und diesmal sah Ventis das leichte Bodenfahrzeug im Licht der Treffer. Der gedrungene Turm war vollständig nach hinten gedreht, und die Infanterieabwehr- und 1,5/5-Laser waren direkt auf den angreifenden Spartius angelegt. Die Hauptwaffe feuerte, als das Bodenfahrzeug vernichtet wurde. Ventis sah die Sprenkel der Laser, als sie an den Flimmerschilden des Spartius abprallten und die gebrochene Energie des ausgerichteten Lichtes wie glänzende Pailletten, die in den Wind geworfen wurden, zerstäubten. Dann wurde der Turm des Clodius vom Drehkranz abgerissen, und das klaffende Loch im Rumpf füllte sich mit vulkanartigem Feuer. Der brennende Panzer schimmerte hell vor der Schwärze und warf rote Lichter auf den Schnee.

Er blickte zum DDP. Überall waren die blauen Punkte der anderen Fahrzeuge des Verbands zu sehen. Seine eigene Zenturie war über 15 Kilometer verstreut, und er konnte die Fahrzeuge der anderen Einheiten sehen. Links und hinten zeigte das DDP eine Viper, die beschädigt, aber noch unterwegs war. Er überprüfte sie; es handelte sich nicht um eine von seinen. »Abacus Zwei, hier Abacus Zwei-Sechs. Zustandsbericht. Bei mir sammeln.« Er versicherte sich, daß das IFF-Signal funktionierte. »Zollach. Setzen Sie unseren Spartius hinter dem letzten Abschuß ab. Wir werden auf die anderen warten.«

Ventis beobachtete, wie eine der Vipern langsam auf seine Stellung zukroch. Es war der Transporter, der den Zugsergeanten und einen Infanterietrupp enthielt. Bevor er ihn anrufen konnte, um herauszufinden, wieso er so langsam kroch, rief dieser ihn.

»Zwei-Sechs, hier Zwei-Drei-Fünf.« Es war Zugsergeant Merrian Lut, die die Meldung machte. Lut war einer der Ersatzlegionäre, der ihm von einer zerschlagenen Manus zugeteilt worden war. Ventis hatte ihre Datei auf dem Flug zum Pol überprüft; sie hatte eine gute Beurteilung. Lut war gegen Ende des Kampfes auf Alsatia Panzerkommandantin gewesen und in eine Feldkommission einberufen worden. Sie war nicht glücklich darüber, wieder Zugsergeant geworden zu sein.

»Zwei-Drei-Fünf. Hier Zwei-Sechs.«

»Zwei-Drei-Fünf, ich habe Gefangene aufgenommen.«

»Zwei-Sechs, Infanteriegefangene sind in den Kohorten-Sammelraum zu bringen. Die Position ist auf Ihrem DDP.«

»Hier Zwei-Drei-Fünf. Roger. Es sind keine richtigen Infanteristen. Ich meine, Sie sollten sie sehen – sie sehen aus wie zivile Techniker.«

»Hier Zwei-Sechs. Okay, bringen Sie sie her. Und unterwegs überprüfen Sie, ob hier noch mehr herumlungern.« Ventis berührte das DDP mit einem Stift, um die Infanteriestellung anzuzeigen, die mit der TVLG auf den Spartius gefeuert hatte. »Sie haben auf mich geschossen, also können es Feinde sein. Seien Sie vorsichtig.«

»Roger, Zwei-Sechs. Wir werden außerdem überzeugend auftreten.«

Ventis beobachtete die Ankunft der Panzerzüge über das DDP, das anzeigte, daß die Panzer in V-Formation eintrafen. Der 1. Zug, der von Sergeant Narall befehligt wurde, hatte keine Schäden, aber der 1. Zug unter Sergeant Verg hatte einige Treffer von leichten Lasern abbekommen. Da keine Panzerung zerstört worden war, konnten alle Panzer als kampffähig aufgeführt werden. Unregelmäßige Bewegungen in den Schatten am Rande des Glühens erregten Ventis' Aufmerksamkeit. Eine Gruppe von vielleicht einem Dutzend Männer, die ein Mischmasch aus TOG-Kampfanzügen und ziviler Kleidung trugen, stolperten in Sicht. Die Hände waren hinter die Köpfe gelegt, und der starke Wind beutelte sie, als sie auftauchten. Hinter ihnen erschien eine Reihe von Fußsoldaten, deren Kampfanzüge über Kabelschläuche mit der Viper verbunden waren. Lut hatte recht. Diese zerlumpte Truppe sah nicht wie TOG-Militär aus.

15

0730, 10 Martius 6831

Die beschädigte Rebellen-Viper schlitterte über das rauhe Eis des Südpols. Ein TVLG-Treffer auf der rechten Frontseite des äußeren gepanzerten Schildes hatte einen kleinen, aber außergewöhnlichen Schaden verursacht. Die einschlagende Rakete hatte das Fahrzeug an der Naht zwischen der inneren Hülle und dem äußeren Schutz getroffen, und die Gewalt der Explosion, die in den Leerraum zwischen innerer Hülle und äußerem Schild gerichtet war, hatte die äußere Panzerblende weg- und hinausgebogen. Nun hing sie wie ein großer Windfang herab.

Unter normalen Bedingungen hätte der Schaden vernachlässigt werden können, aber die starken Winde, die über das Eis heulten, machten das Steuern schwierig. Plötzliche Windstöße fingen sich in der verbogenen Blende und drückten die Viper gefährlich nach rechts. Bei 240 km/h, der normalen Sicherheitsgeschwindigkeit für Niedrigflüge, konnten diese plötzlichen Richtungswechsel fatale Folgen haben. Die Wände aus gezacktem Fels, die über das Gelände des Eiskaps verstreut lagen, kannten keine Gnade. Die Besatzung mußte den Schaden reparieren oder die Geschwindigkeit auf ein Schleichen reduzieren.

Sergeant Honor Ross meldete den Schaden dem Zugführer, Sergeant Robert Browning, und dieser leitete die Meldung an die Zenturie weiter. Ross wurden drei Stunden zugestanden, um den Schaden zu beheben oder ansonsten das Fahrzeug zurückzulassen. Man gestand ihr nur aufgrund der momentanen Situation und der Notwendigkeit, die Gefangenen zu sichern, die bei dem Gefecht gemacht worden waren, soviel Zeit zu. Ihr Trupp würde auf den Rest der Kohorte verteilt werden, wenn sie das Fahrzeug nicht reparieren konnten, und da die Wartungssektion mit allen Werkzeugen und Ersatzteilen bei der Überquerung der See verlorengegangen war, würde es wenig Hilfe von der Kohorte geben.

Ross' Fahrer brachte die Viper bei der Zenturie zu Boden. Der für ihr Fahrzeug gewählte Sektor umfaßte eine der vielen Hütten, die von der TOG-Gruppe errichtet worden waren, als diese am Pol gearbeitet hatten. Die größeren Gebäude lagen in der Kohortenstellung und wurden nur genutzt, um den Gefechtsstand, die Versorgung und die bei dem Angriff gemachten Gefangenen zu beherbergen. Die Hütten an der Grenze der Siedlung waren leer.

»Diese Umhüllung zurückzubiegen wird eine echte Sauerei, Sarge.« Principes Herman Grold, der Truppführer des 1. Trupps in Honors Gruppe, dachte laut. »Oh, Entschuldigung.« Grold konnte nicht vergessen, daß Ross eine Frau war, obwohl es nicht das erste Mal war, daß eine Frau seine direkte Vorgesetzte war. Ihm war zu Hause beigebracht worden, daß bestimmte Worte nicht ausgesprochen wurden, wenn das schöne Geschlecht anwesend war, und diese Erziehung, ob gut oder schlecht, war hängengeblieben. Er sah auf, um die Antwort des Sergeanten zu sehen. Sie schien nicht ärgerlich zu sein. »Irgendwas beim Bordwerkzeug, was wir gebrauchen können?« fragte sie.

Grold schüttelte den Kopf. »Diese Hololampe wurde zum Schneiden entworfen, nicht zum Erhitzen, und bei dieser Kälte bekommen wir die Hülle nie heiß genug zum Umbiegen. Es sei denn, wir können die beschädigte Region isolieren und sie davon abhalten, die Hitze zu verlieren.« Die anderen Mitglieder der

Gruppe standen dicht zusammengedrängt um die Front der beschädigten Viper herum. Sie waren sich der Situation wohl bewußt, und sie wünschten sich verzweifelt, daß der Schaden behoben würde. Sie waren erst kurze Zeit eine Gruppe, seit sie sich als Ersatz für die 2567. nach der Schlacht auf Alsatia gemeldet hatten, aber sie waren bereits eine Familie. Keiner von ihnen wollte die Einheit verlassen, um nach alledem wieder zu namenlosem Ersatz zu werden. Es war eine ernstzunehmende Binsenweisheit der Infanterie, daß die Ersatzleute zuerst im Kampf fielen. Wenn kollektives Denken irgendwelche Kraft besäße, wäre die beschädigte Hülle schon längst mit reiner Willenskraft an ihren Platz zurückgebogen worden. Der Wind heulte über die Seite der Viper, und die niedergeschlagene Versammlung rückte immer enger zusammen.

»Da könnte etwas in diesem TOG-Schuppen sein, das wir brauchen könnten«, murmelte Millicent Connor, der Richtschütze der Besatzung. »Und da drin wäre es angenehmer als hier draußen.«

Die anderen sahen zur Hütte, und jeder schätzte ihre Größe gegen die der Masse des Infanterietransporters ab. »Boost«, sagte Ross zum Führer des 2. Trupps, »nehmen Sie Ihre Leute und überprüfen Sie die Lage.« Sie wandte sich zurück zum beschädigten Fahrzeug. Als sie sich auf den Weg machten, drängten sich die drei zusammengekauerten Gestalten zusammen, weil sie sich einbildeten, sich auf diese Weise gegenseitig wärmen zu können. »Verhalten Sie sich wie Legionäre!« schnappte sie. »Die Hütte ist noch nicht vom Feind gesäubert worden.« Boost trieb seine Gefährten in eine Reihe und brach zur Hütte auf.

Sie war leer. Die Eisenbetonplatten waren miteinander verbunden und bildeten eine Rundung, die mit dem gleichen Material abgedeckt war. Wände und Böden hatte man gegen die bittere Kälte isoliert, und obwohl das Gebäude unbeheizt war, schuf die Abwesenheit des Windes den Eindruck von Wärme. Der Trupp benötigte keine 15 Minuten, die Leeseite der Wand zu beseitigen und die Viper in den Raum zu ziehen.

Das Heck des Transporters war noch immer den Elementen ausgesetzt, aber die Besatzung würde nun ausreichend Platz für Reparaturen haben, wenngleich sie eingeklemmt zwischen der beschädigten Hülle und der hinteren Wand war. Ross stellte Grold und zwei andere Mannschaftsmitglieder ab, um an der verbogenen Hülle zu arbeiten, sandte Boost und seinen Trupp aus, um für die Sicherheit zu sorgen, und sammelte die Fußsoldaten des 1. Trupps, um den Rest der Hütte zu erforschen.

Der Schuppen war als niedriges Kreuz mit einzelnen Räumen, die von drei Seiten abgingen, gebaut worden. Der zentrale Raum hatte 5 m Seitenlänge, und die anschließenden Räume erstreckten sich 2 m dahinter. Die ersten zwei Räume, die der Trupp untersuchte, stellten sich als Schlafbaracke für die acht Männer, die hier gearbeitet hatten, und als Küchen-, Erholungs-, Werkzeuglagerräume heraus. Diese Räume boten einen wahren Reichtum an Material für das Reparaturteam. Die Haltestangen der Betten erwiesen sich nützlich als Brechstangen, und die Küchenherde erzeugten genügend Hitze, um die verbogene Platte zu erhitzen, und sie enthielten zusätzliches Werkzeug.

Der dritte Raum war ein Büro, das alle Zeichen einer hastigen Räumung aufwies. Aktenschubladen waren offen zurückgelassen worden, der Verbrennungskorb war fast voll mit feiner grauer Asche, und die Speicherboxen enthielten einen Satz von Computerchips, deren Daten gelöscht worden waren. Die Terminals waren nicht beschädigt worden, und die Tastaturen waren auch noch einsatzfähig. Ein verschlossener Schrank füllte ein Drittel des Raumes aus. »Öffnen Sie ihn«, befahl Ross Brace, einem der drei Infanteristen, die mit ihr auf der Suche waren. Die übrigen drei traten zurück und ließen die Visiere ihrer Kampfhelme herab, als der Legionär sein Raktarus-Spike-Gewehr vor den Schließmechanismus hielt. Der Raum füllte sich mit brüllendem Lärm und Lichtblitzen, als Brace eine dreischüssige Salve gegen das Schloß abgab.

Die Raktarus war ein altes Modell, massiger und schwerer als die neuen Waffen, die an die Commonwealth-Streitkräfte ausgegeben wurden, aber sie verfügte über eine unglaubliche Durchschlagskraft auf kurze Entfernung. Die drei Spikes schlugen direkt auf der Codetafel ein. Der erste riß die Verkleidung und die Schloßumhüllung von der Tür. Der zweite, den Bruchteil einer Sekunde später, vergrub sich in den Mikrochips, die in einem Schauer von Funken und Rauch explodierten. Der dritte Spike schmetterte durch die verbliebenen Schaltkreise und das Ferrostahlband, das die Tür sicherte. »Schlösser lassen ehrliche Leute ehrlich bleiben«, deklamierte Triarii Frederick Brace und trat zurück, um die Arbeit zu betrachten.

Er wartete, bis sich der letzte Rauch verzogen hatte, dann benutzte er seine Rechte, um das zersplitterte Panel zur Seite zu schieben, und brachte das Innere der Kabine zum Vorschein. Es war kein Schrank. Ross und ihre Begleiter sahen sich einem käfigartigen Aufzug gegenüber, der über einem Schacht angebracht war. Dieser führte unter dem Boden der Hütte in die Tiefe. Sie murmelten überrascht vor sich hin.

»Paulus«, meinte Ross, »melden Sie der Zenturie, daß wir einen tiefen Schacht unter dem Gebäude entdeckt haben. Sagen Sie ihnen, daß die Tür abgeschlossen war. Berichten Sie, daß wir hineinsteigen werden. Verstanden?« Der Triarii wiederholte Ross' Instruktionen und verließ sie, um zum Commlink im Fahrzeug zu gehen. Die zurückbleibenden drei Legionäre betraten den Lift.

Es gab nur zwei Anzeigen auf dem Kontrollpad, eine war beleuchtet, die andere dunkel. Ross drückte die dunkle Anzeige, und der Aufzug erwachte zum Leben. Das Fluorobeleuchtung schaltete sich an und warf bläulich-weißes Licht in die Aufzugskabine. Die Kabine fiel so schnell von der oberen Etage herab, daß die Legionäre in die Gittermaschen greifen mußten, um das Gleichgewicht halten zu können. Der Halt erfolgte ebenso plötzlich und zwang die Fußsoldaten selbst in ihren kräftigen Springerausrüstungen in die Knie. Ein durch Eis und Felsen geschnittener Korridor führte von dem Aufzug in die Dunkelheit.

Mit lautlosen Handsignalen organisierte Ross die Patrouille, um damit den Vorteil der Überraschung gegen Feinde zu bewahren. Brace führte und hielt das Spike-Gewehr im Anschlag. Ross ging als zweite und trug einen Tektara-Spike-Karabiner, die typische Waffe eines Besatzungsmitgliedes einer Viper. Als letzter kam Triarii Ghonathan Grain, der ebenfalls ein Spike-Gewehr trug, und gab Rückendeckung. Die thermographischen Sensoren in den Visieren der Panzerungen zeigten das Gelände vor ihnen einfach als unterschiedliche Temperaturen an, aber die Instrumente würden jeden Unterschied erfassen, der vorhanden war, wenn sie langsam vorrückten, und sie hatten nicht vor, sich zu schnell zu bewegen. Ross' Helm besaß außerdem ein Lebensform-Erkennungssystem, das fähig war, lebende Ziele in einem Umkreis von 300 m zu entdecken. Der hohe Metallgehalt der umgebenden Schichten verminderte die Effektivität des LES, aber die Wahrscheinlichkeit, angegriffen zu werden, war hier gering.

Sie bewegten sich leise weiter. Der Korridor war breit und hoch. Verstärkende Stahlstützen waren in Fünf-Meter-Abständen angebracht. Brace sprang, unterstützt von seinem Springerpanzer, von Stütze zu Stütze vorwärts. Er hielt sich auf der linken Seite des

Durchganges und überwachte mit seiner Waffe den Korridor. Ross folgte ihm auf der rechten Seite und gab Rückendeckung. Die Zeit schien zu schleichen, als sie so vorrückten, und ihr Atem klang laut im Korridor.

Ein blauer Fleck geisterte über Ross' Visier. »Stop«, murmelte sie in den Mikrokommunikator. Die Patrouille erstarrte auf ihrem Weg. »Ich empfange eine Lebensform vor uns. Ich habe weder Entfernung noch genaue Richtung, nur eine Warnung.« Sie starrten nach vorne in die Dunkelheit. Der blaue Fleck verfestigte sich, als er sich wieder bewegte. »Hab' ihn. Rechts. Etwa 25 Meter.« Brace schritt bis zur nächsten Stütze vor und sah sich schnell um. »Da ist ein Durchgang nach rechts. Deckt mich.« Ross rückte vor, bis sie seitlich am Durchgang war, und gab dann Brace ein Zeichen voranzugehen. Er schnellte quer am Durchgang vorbei und lehnte den Rücken an die Wand. Er sah vorsichtig um die Abstützung herum und in den Stollen hinab.

Ein großer Lichtfleck erfüllte dort den Korridor und ließ die eingesetzten Stützen stark hervortreten. Ein kreischendes Brüllen, das ohrenbetäubend durch den Korridor hallte, kündigte das Gerät an, das hinter dem Durchgang herankam. Das Licht war zu hell für das Team, um Größe oder Funktion der Maschine zu erkennen, aber es gab keinen Zweifel daran, daß sie auf sie zukam.

Brace fiel auf die Knie, hob das Spike-Gewehr an die Schulter und eröffnete das Feuer. Der Strahl des Gewehres war gering im Vergleich zu dem Bogenlicht des Fahrzeuges, und das Krachen der Schüsse ging in der Kakophonie des angreifenden Behemoths unter. Ross konnte die Spikes von der Front der Maschine abprallen sehen. Brace schoß auf die Frontleuchten. Eine davon explodierte in einem Schauer aus Glas, das im Licht der unzerstörten Lampe blinkte. In dem reduzierten Licht konnte Ross die Maschine erkennen. Ein

Paar riesiger rotierender Trommeln war über der Front der Maschine montiert worden. Jede Trommel war mit Zähnen von einem halben Meter Länge besetzt, so plaziert, daß sie zwischen den Trommeln wie die Zacken eines Zahnrades ineinandergriffen. Brace schoß weiter. »Zurück«, befahl Ross, denn das Ding fuhr weiter.

Brace zog sich vom Eingang des Korridors zurück und drückte sich flach an die Wand des Zwischenabteils. Ross und Grain zwängten sich gegen die gegenüberliegende Wand. Die Fräse brach aus der Passage hervor und bahnte sich ihren Weg über die Öffnung. Der Durchgang führte auf der anderen Seite nicht weiter, und die gigantischen Fräswerkzeuge schlugen mit einem grauenvollen Krachen in die Wand. Große Eisschollen sprühten von den arbeitenden Trommeln. Der Rumpf der Maschine hüpfte und sprang, als die Ketten weiterhin mit Maximalgeschwindigkeit in die solide Barriere hineinfuhren. Ein vorstehender Griff auf der linken Seite des Fräsapparats traf Ross direkt am Leib, riß sie von den Füßen und warf sie rückwärts auf Grain. Sie spürte den Schlag, obgleich er nicht durch den Panzerkampfanzug drang.

Grain legte hinter ihr an, um das Feuer auf die verkleidete Kontrollstation zu eröffnen. Die Spikes der Waffe schlugen durch die Verkleidung und zerkleinerten die metallene Haut zu Konfetti. Die Maschine stoppte. Entweder hatte sie mehr Eis herausgerissen, als die rotierenden Trommeln verarbeiten konnten, oder die Spikes von Grains Gewehr hatten das Kontrollsystem außer Kraft gesetzt. Es war egal. Aus der Tiefe des Loches, das der Bagger in die gegenüberliegende Wand zu fressen begonnen hatte, kam der reflektierende Schimmer der verbliebenen Frontlampe. Er beleuchtete das Zwischenabteil so, daß Ross deutlich die Maschine und die zerriebenen Rückstände des Durchganges sehen konnte. Sie suchte in der Kontrollstation nach der Leiche ihres Angreifers, aber der Platz war leer. Der versteckte Feind hatte die Maschine in Gang gesetzt, um sie anzugreifen, während er tiefer in die Höhlen flüchtete. Wenn er etwas geduldiger gewesen wäre oder wenn er gewartet hätte, bis sie die Höhlen betreten hatten, hätte er einige oder alle von ihnen kriegen können. Ross schüttelte sich. Der Gedanke daran, was diese Stahlzähne und -trommeln einem Menschen antun konnten, sogar in einem Infanterie-Körperpanzer, war keiner, den sie vertiefen wollte. Du wirst nicht entkommen. Ich weiß, daß du hier bist, und du wirst nicht entkommen, dachte sie. Ich weiß, daß du hier bist, und du gehörst mir. Sie gab Brace ein Signal.

Fast im gleichen Moment erschien der blaue Punkt einer Lebensform auf Ross' LES. Ihr Feind bewegte sich schnell, nutzte sein Wissen über das unterirdische Reich zu seinem Vorteil. Aber Ross besaß ihre eigene Trumpfkarte. Seine Bewegungen erzeugten Wärme, und das LES bekam einen sicheren Zugriff auf die exakte Position. Seine Körperwärme wurde zudem von den Wänden des Labyrinths reflektiert, und die thermische Differenz wurde auch auf den Visieren der anderen Legionäre gezeigt. Das Ziel gab seine Richtung an, sogar als es entfloh.

Ross leitete die Patrouille auf die Spur des Ziels. Der blaue Fleck war fest geworden und leicht zu verfolgen. Nun bestand das Problem, ein freies Schußfeld zu erhalten. Das Netz der Flure war so verzwickt, daß sie sogar, wenn ihr Gegner wenig mehr als 10 m entfernt war, keinen Blickkontakt bekommen konnten. Plötzlich hielt der blaue Geist inne. Ross hielt die Patrouille an. Die thermographische Geländeanzeige brachte zum Vorschein, daß das Opfer einen blinden Korridor erreicht hatte. Es war gefangen. Die Patrouille bewegte sich vorsichtig weiter. Grain und Brace führten rechts und links. Ross folgte, mitten auf dem Korridor und einige Meter hinter ihnen. Ihr LES zeigte ihr die Positionen beider Männer ihrer Patrouille ebenso wie den Feind.

»Er ist gut zehn Meter vor uns. Kriechen.« Sie fühlte das Mikro an ihren Lippen. Ihre Augen verließen nie die Zielanzeige. »Brace. Stop. Fertigmachen. Er beginnt, sich in Ihre Richtung zu bewegen. Grain. Etwas voranbewegen. Stop. Bleiben Sie unten. Ich kann über Ihre Köpfe schießen.« Die Patrouille erstarrte. »Warten Sie auf mein Kommando.«

Den Karabiner in der Hand haltend, den Kolben sicher gegen die rechte Schulter gelegt, hob sie den linken Arm gegen das Ziel. Ein Vorteil ihrer Besatzungsmontur bestand darin, daß eine kleine Lichtquelle auf jedem Handrücken befestigt war. Das ermöglichte es den Besatzungsmitgliedern, in dunklen Räumen mit einer ständigen Lichtquelle zu arbeiten, die die Finger beleuchtete; sie erzeugte auch einen zusammenfließenden Lichtstrahl. Ross schloß die Faust, und das Licht erstrahlte.

Gefangen in dem Licht, stand ein TOG-Soldat schattenhaft gegen die dunkle Wand gelehnt. Er war teilweise uniformiert, nur der Rumpf wurde von Körperrüstung geschützt. Er trug einen schweren Kampfhelm mit Zusatzkabeln, die an einem riesigen Tornister befestigt waren. Der Mann war durch den plötzlichen Schein geblendet, erstarrt wie ein Tier, das von herankommenden Scheinwerfern eingefangen wurde. »Lassen Sie Ihre Waffen fallen«, sagte Ross mit lauter, gleichmäßiger Stimme. »Fallen lassen, oder wir schießen.«

Der Feind verharrte einen Moment ruhig, und dann nahm er die Arme langsam herab, wobei er die Hände vorstreckte, um leere Handflächen zu zeigen. Ein Druck schien von ihren Schultern zu fallen. Als die linke Hand des Soldaten die Höhe des Gürtels erreichte, griff er unvermittelt hinter seinen Rücken. Bevor Ross verstand, was geschah, hielt er ein halbautomatisches Gewehr vom Typ Marcus mit Kaliber

12 mm in den Fäusten. Der Munitionsgürtel der Waffe war über den Kolben gefaltet. Ross nahm wahr, wie der Lauf auf sie gerichtet wurde.

»Nein!« schrie sie. »Feuer!«

Alle drei Rebellenwaffen eröffneten gleichzeitig das Feuer. Grain und Brace hatten die Waffen auf Vollautomatik gestellt. Ein stetiger, doppelter, zusammenfließender Strom von Spikes glitt in den Rumpf des TOG-Soldaten und schlug durch die Körperrüstung. Er wurde heftig gegen die rückwärtige Wand geschleudert, während seine eigene Waffe einen Strom von 12-mm-Kugeln in die Decke freigab. Der Körper krümmte sich zu einem schmutzigen Haufen zusammen. Eisstücke fielen herab und bewegten sich wie kleine Silberfische durch den ständigen Strahl von Ross' Handleuchte.

16

0930, 10 Martius 6831

Der kreischende Wind zerrte an der Abdeckplane der Notunterkunft und ließ das dünne Material wie einen Löwen brüllen. Unter dem Tarnmaterial schützte eine Thermodecke Stone und Archon vor dem peinigenden Wetter des Pols. Das wirbelnde Eis hatte einen Eisrand entlang der leeseitigen Ecken der Decke gebildet, wodurch es die Plane mit dem umgebenden Eis verkrusten ließ. Jede Bewegung unter dem Schutz zerbrach diese Eisschicht, und der Wind riß die Scherben in den tiefschwarzen Himmel fort.

Innen unter dem Unterschlupf zerbrach Larry Stone eine kleine Kapsel, die sofort zu glühen begann. Das Licht wurde heller, als die Chemikalien in der Hülle sich vermischten, und gab einen blaugrünen Schimmer ab. Stone wickelte sich aus seinem eigenen Thermomantel und untersuchte den Baufrin, der zusammengekrümmt unter einem zweiten Thermomantel lag. Das Exoskelett des Aliens hatte die normale smaragdgrüne Farbe zurückerhalten, ein willkommener Wechsel von dem blassen Erbsengrün, das es einige Stunden zuvor gehabt hatte. Stone griff zu und fuhr mit der Hand über das nähere Ohrhorn. Sein Freund reagierte sofort.

Archon Divxas öffnete alle sechs Augen auf einmal und inspizierte seinen menschlichen Begleiter. »Als Antwort auf die nicht gestellte Frage, mein Freund, ich fühle mich viel besser.« Divxas bewegte sich etwas und bog versuchsweise die vielen Beine. »Es war gut von dir, deine Reise meinen Bedürfnissen anzupassen.«

Stone grunzte. Er fand es schwierig, Dank anzunehmen. Gefühlsäußerungen jeder Art regten ihn auf; es war wahrscheinlich die einzige Sache, die ihm angst machte. Er zog es vor, jederzeit Kontrolle über sich zu haben, und Gefühle, meinte er, waren nichts als der Verlust von Kontrolle. Bestätigungen von Freundschaft oder Liebe oder Bewunderung waren das Schlimmste. Er wußte nie richtig, wie er darauf antworten sollte, so tat er meist gar nichts. Er hatte nie gelernt, wie man ›danke‹ zu einem Kompliment sagte. Das legte den Grundstein für ein unabhängiges, aber einsames Leben. Das war jetzt nicht anders.

»Ich kann anhand der Ladeanzeigen erkennen«, fuhr der Baufrin fort, »daß diese Zeit nicht völlig verschwendet war. Die Batterien hatten Gelegenheit, sich etwas zu erholen.« Stone sah zum Kontrollpult. Der Baufrin hatte recht. Während der fünf Stunden, die sie eingehüllt unter den Thermaldecken verbracht hatten, hatte der Energieträger des Gleiters etwas von seinem Antrieb zurückerhalten. Der grüne Balken im Ladestandsanzeiger war deutlich nach oben gerückt. Stone machte eine schnelle Kopfrechnung und entschied, daß sie vielleicht vier Stunden Flug bei Niedrigenergieflug hatten. Er kam vorsichtig, um die Plane nicht zu heftig zu schütteln, auf die Beine, dann krabbelte er in den Kommandositz des Loren-Gravgleiters. Das Terrain-Analysesystem am DDP zeigte die Gleiterposition am Rande des Eiskaps an. Er schaltete auf hohe Auflösung, und das TAS zeigte das gesamte Kap. Stone folgte dem Rand des Kontinentes zu dem Punkt, wo man erwartete, daß die Kohorte Harras das Eis verließ, um sich den letzten Abschnitt nach Malthus vorzunehmen. Dieser Punkt lag in der Reichweite des Gleiters. Mit etwas Glück konnten sie die Kohorte dort abfangen.

»Laß uns losfliegen«, sagte er, wobei er sich unter der schützenden Zwillingsplane zur vollen Größe aufrichtete. Ihre eisige Hülle splitterte und verschwand. Stone taumelte im plötzlichen Windstoß.

»Du handelst immer so übereilt, mein Freund«, tadelte Divxas, der darum kämpfte, die Plane zu retten. »Vielleicht wäre beim nächsten Mal ein Wort der Warnung am Platz.«

»Wer zögert, ist verloren, Archon. Auf und los!«

»Ein bißchen Zögern könnte in dieser Situation am richtigen Platz sein. Wir waren nahe dran, die Plane zu verlieren, die, wie ich ausführen möchte, weiterhin eine wichtige Ausrüstung bleiben wird, es sei denn, es wird in naher Zukunft wesentlich wärmer.« Divxas schenkte Stone einen Blick, der bei Angehörigen seiner Rasse als sarkastisches Lächeln durchgehen konnte.

»Nahe dran zählt nur bei Holopitch-Handgranaten, Hell-Munition und beim Tanzen.« Stone begann den schmalen Vorrat an lebenswichtiger Ausrüstung zu packen. Der Baufrin gab die Absicht auf, seinen Freund zu tadeln, und folgte dessen Beispiel.

Larry Stone markierte mit einem Lichtgriffel den Ablaufpunkt der Kohorte am Rande des Eisgürtels auf der Anzeige. Das TAS nahm die Information auf und gab den angenommenen Kurs zu dieser Position an. Indem er den Bogen des Weges abschnitt, statt dem Kurs genau zu folgen, könnte der Gravgleiter den Ablaufpunkt mit etwas eingesparter Energie erreichen. Die DDP-Energieanalyse bezog immer eine fünfprozentige Reserve in die Berechnungen ein, aber Stone zog es vor, fünf weitere hinzuzufügen, nur um sicherzugehen. Er legte die Abkürzung als Kurs fest.

Der Gleiter stieg und machte sich auf die Reise. Divxas steuerte wieder, und Stone besetzte den Richtschützenplatz. Der Wind würde ihnen die ganze Fahrt über direkt ins Gesicht wehen. Als sie den begrenzten Schutz des äußeren vulkanischen Ringes verließen, schlug ihnen die volle Wucht der eiskalten Böen entgegen. Stone zog die Thermomanteldecke eng um den

Körper, bis er einer schlecht gewickelten Mumie ähnelte. Er ließ die kleinstmögliche Öffnung für die Brille frei, und sogar der schmale Raum erlaubte dem stechenden Eis, sich seinen Weg unter den Mantel zu bahnen. Er fühlte Eis auf den Wangen schmelzen und als kalte Finger vorne an Kehle und Brust herablaufen.

Archon Divxas hatte keine Brille, aber indem er verschiedene Augenpaare öffnete und schloß, schaffte er es, eine klare Sicht auf das DDP zu behalten. Der Wind zwang ihn, den Kopf niedrig zu halten, aber solange keine interessanten Dinge jenseits des Gleiters passierten, störte ihn das nicht. Als das DDP auflebte und einen scharlachroten Punkt direkt vor dem Gleiter zeigte, traf ihn die erste Eissäulenexplosion völlig überraschend. Er sah rasch auf, aber der Turm aus Eis wuchs schon bedrohlich über dem Gleiter empor und riß sich unter dem Geheul des Windes selbst in Stücke. Er duckte sich und versuchte, der Welle von Splittern, die wie Hagel auf ein Blechdach gegen sein Exoskelett aus Chitin schoß, zu entgehen. Der Gleiter donnerte über die brodelnden Überreste der Fontäne.

»Das war ein interessantes Phänomen«, kommentierte Divxas. »Denkst du, daß es repräsentativ für die Bedingungen ist, die wir während der Reise zu erwarten haben?«

»Wie soll ich das wissen? Ich war nie zuvor hier. Ich weiß nicht einmal, was das war.« Stone versuchte ohne Erfolg, seine momentane Panik aus der Stimme herauszuhalten.

»Das, mein guter Freund Lawrence, ist schade. Es wäre ziemlich enttäuschend, so weit gekommen zu sein, nur um von dem Eis verschluckt zu werden, bevor wir Kontakt zu deiner Kohorte hergestellt haben.«

»Sei nicht sarkastisch. Das steht dir nicht«, murrte Stone.

»Sarkasmus ist ein in höflicher Konversation trefflich

zu nutzendes Werkzeug. Eine ironische Äußerung wäre in dieser Situation nicht angebracht.«

»Du bist gerade sarkastisch.«

»Meine ergebene Entschuldigung.«

Eine andere Fontäne brach gerade zur Rechten des Gleiters aus, und wurde durch einen weiteren scharlachroten Fleck auf dem DDP markiert. Die beiden blickten ehrfürchtig auf die Wut der Natur, die in der Luft explodierte.

»Wenn uns eine davon erwischt, werden wir es nie erfahren.«

Divxas nickte abwesend, während er das DDP aufmerksam beobachtete. Ein anderer scharlachroter Fleck erschien. Der Baufrin sah auf, um das Herausschießen der Fontäne aus der gefrorenen Oberfläche zu beobachten. Er bremste den Gleiter auf Kriechgeschwindigkeit ab und starrte in die Dunkelheit, wobci er das DDP völlig unbeachtet ließ. Stone schielte über die Schulter des Baufrin, um die Anzeige zu beobachten. Ein roter Fleck erschien gerade so weit entfernt voraus, daß die Säule in der Dunkelheit unsichtbar war.

»Ich hab's«, stellte Divxas triumphierend fest. »Ich kann sie sehen, bevor sie ausbrechen.«

»Wie?«

»Wie du weißt, ist meine Rasse der menschlichen in vielfältiger Weise überlegen.« Divxas hatte diese Vorlesung über die Überlegenheit der Baufrin über die Menschen bereits viele Male gehalten. Stone hatte das alles bereits vorher gehört, aber er wußte es besser, als ihn zu unterbrechen.

»Mit unserem Dreifach-Augen-System können wir Licht über ein breiteres Spektrum wahrnehmen als das einfache weiße Licht, das ihr empfangt. Also können wir sehen, was ihr den infraroten sowie auch ultravioletten Spektralbereich nennt. Die Ausbrüche erzeugen Hitze, wenn sie sich unter der Eiskappe erheben. Nein, das ist eine Falschaussage. Die Ausbrüche erzeugen eine Abwesenheit der extremen Kälte, das trifft die Lage hier besser. Ich kann diesen Wechsel sehen. Wenn ich das DDP mißachte und dem Gleiter erlaube, sich selber auf dem vorgegebenen Kurs zu halten, kann ich minutiöse Vorhersagen machen, die es uns ermöglichen, diese interessante Gefahr zu vermeiden.« Der Baufrin knackte vor Vergnügen.

»Du meinst, du kannst um sie herumsteuern?«

»Präzise.«

»Warum sagst du das nicht?«

»Ich glaube, das ist genau das, was ich gerade gesagt habe.«

Stone grollte leise. Es nützte nichts, eine Unterhaltung mit einem Baufrin anzufangen, wenn man nicht genug Zeit für ein Streitgespräch hatte. »Tu es.«

»Mit Vergnügen und Eifer.«

In den Stunden, die folgten, starrte Divxas starr und ständig gegen das Eis auf seinen Augen anblinzelnd in die Dunkelheit. Er hätte Hilfe von Stone gebrauchen können, aber dem Menschen mangelte es natürlich an der Fähigkeit; die leichten Abweichungen in den thermischen Mustern zu entdecken, die den Ausbruch des Eises voraussagten. Während der Gleiter den Kurs über das Eis fortsetzte, begann er die Kälte intensiver zu spüren. Durch das sich schneller bildende Eis auf seinen Infrarot-Augen war er versucht, seinen Kopf nur für einen Moment unter die Thermaldecke zu ziehen, um das Eis von seinen Augen zu wischen. Er wandte seine Gedanken immer mehr der Wärme des Thermomantels zu und von der Gefahr ab, die von dem sich bewegenden Eis ausging. Allmählich begann Divxas, in seiner Konzentration nachzulassen.

So kam es auch, daß er die heraufschießende Säule aus Eis und kaltem Wasser übersah, die fast direkt unter dem Gleiter explodierte. Die Wucht des Stoßes hob den Gleiter empor und wirbelte ihn Heck über Bug auf eine Seite. Der Gleiter, der breitseits vom Wind erfaßt wurde, kippte über die Längsachse, als er kenterte. Stone, der im hinteren Sitz saß, wurde beim ersten Stoß herausgeschleudert, sein Körper vom Wind erfaßt und auf das Eis geworfen. Divxas war nicht so glücklich. Das vorstehende Pult der Kontrollstation der Loren-Gleiters sollte die Beine des Bedieners schützen. Der Baufrin, bei dem sechs Beine mit dem Platz auskommen mußten, der für zwei gemacht war, mußte die Beine unter das DDP klemmen. Als der Wind den Gleiter über den Bug warf, war er gefangen. Der Wind ergriff den Gleiter, als er kenterte, und warf ihn scharf zur Seite. Dem Baufrin wurden bei der plötzlichen Bewegung unter dem Pult zwei Hinterbeine gebrochen. Als sein Körper aus dem Gleiter herausrollte, wurden ihm die beiden Beine über den Rücken verdreht. Wie Stone schlug er auf das Eis.

Stone sah den Gleiter und seinen Fahrer weit von sich entfernt aufschlagen. Sobald er wieder Luft holen konnte, krabbelte er zu seinem Freund hinüber. Der Gleiter lag auf der Seite, die Marshman-Gravfelder glühten in der Dunkelheit. Er kroch um den Gleiter herum in den geringen Schutz, den dieser gegen den nicht nachlassenden Wind bot. Archon Divxas lag völlig still. Stone sah sofort, daß die Verletzungen des Baufrin schwer waren. Das mittlere rechte Bein war vollständig über die Rückseite des Rumpfes gebogen. Das hinterste Bein schwankte schwach im Wind, offensichtlich nicht länger unter der Kontrolle des Aliens. Stone fiel neben seinem Freund auf die Knie.

Voller Angst vor dem, was er finden würde, nahm Stone vorsichtig den Thermomantel des Baufrin fort, der ihm über den Kopf geweht worden war. Alle sechs Augen waren fest geschlossen, und die Mandibeln standen offen. Ein Speichelfaden floß aus der unteren Öffnung. Stone starrte auf seinen Freund und verfluchte sich still, daß er Divxas erlaubt hatte, ihn zu begleiten.

»Verdammt«, knurrte er. »Verdammt, verdammt, tausendmal verdammt.«

»Fluchen wird nicht helfen, das intensive Unbehagen zu erleichtern, das ich gegenwärtig empfinde.« Die Augen des Baufrins klappten auf, seine Kiefer schlossen sich.

Stone fiel überrascht zurück. »He! Ich dachte, du wärst ...«

»Eine völlig verständliche Annahme deinerseits, da bin ich sicher«, unterbrach Divxas. »Ich wiederhole meine frühere Aussage betreffs meines akuten Unbehagens. Du wirst bitte angemessene Schritte unternehmen, das Problem zu lösen.«

Stone war tief verstört. Er hatte angenommen, Baufrins seien unfähig zur Rüpelhaftigkeit, aber Divxas hatte ihn mitten im Satz unterbrochen. Die Schmerzen des Freundes mußten unerträglich sein. »Was kann ich tun? Ich weiß nichts über die Physiologie von Baufrins.«

»Die einfachste Lösung des Problems ist es, das betroffene Anhängsel über der Quelle des Schmerzes zu entfernen.«

»Es abschneiden.«

»Du hast eine schnelle Auffassung des richtigen Aktionsweges.«

»Du bist wieder sarkastisch. Wenn ich daran denke, daß ich besorgt um dich war ...«, spottete Stone mit tiefer Erleichterung über seinen Freund.

»Ich bin zerknirscht.«

Stone zog das Laserstilett. »Wo schneide ich?«

»Mach den Schnitt gerade durch das erste Gelenk vom Körper weg. Das ist das erste, das unter einem spürbaren Trauma gelitten hat, und du solltest ebenso lieber alle beschädigten Teile entfernen, als irgend etwas retten zu wollen.«

Stone ergriff den unteren Teil des Beines und drückte den Kontrollknopf am Abzug des Laserstiletts zweimal. Die Waffe war eher zum Stechen als zum Schneiden gedacht, aber Stone merkte, daß die Kraft des gebündelten Lichts durch das beschädigte Gewebe glitt. Stone mußte die Klinge dreimal aktivieren, bis die Aufgabe erfüllt war.

Die Hand wurde so hart durch den Druck, daß er die Finger mit Gewalt vom Griff lösen mußte, als er fertig war. Er war versucht, das Stilett vor Wut über die Umstände in die Dunkelheit zu schleudern, aber er widerstand dem wütenden Drang. Theatralik war gut fürs Theater, aber er hatte hier keine Zuschauer. Er steckte die Waffe in die Scheide und sah sich nach seinem Freund um.

Divxas hatte Schmerzen. Der Schmerz der eigentlichen Wunde und der zusätzliche Schaden durch die Amputation machten ihn schwach und ließen ihn zittern. Es war unmöglich, daß er den Gleiter weiter steuerte. Er brauchte einen warmen Platz, um seine Kraft wiederzugewinnen.

»Keine Angst, mein Freund«, sagte Archon. »Ich habe fünf weitere Beine, und obwohl dies einen Verlust von 16,667 Prozent meiner unteren Extremitäten darstellt, werde ich nach der Erholung einen weit geringeren Prozentsatz meiner Bewegungsfähigkeit verloren haben.«

Stone packte den Baufrin in den Thermomantel und zog ihn zum Gleiter. Der Loren war so leicht, daß er ihn mit wenig Schwierigkeiten aufrichten konnte, bevor er seinen verwundeten Freund in den Richtschützensitz setzte. Das DDP war unbeschädigt, die Koordinaten für das Rendezvous noch sicher im Speicher. Stone startete die Triebwerke und flog ab.

Es war sofort klar, daß Stone höher als in der normalen Flughöhe des Gleiters von nur einem Meter reisen mußte, weil er die sich aufbauenden Kräfte der Ausbrüche nicht aufspüren konnte. Die erste, die wieder nahe am Gleiter ausbrach, gemahnte ihn der Gefahr.

Die zweite überzeugte ihn, daß Sicherheit nur in der Höhe zu finden sein würde. Er zog den Steuerknüppel zurück und stieg. Knapp über der normalen Baumwipfelhöhe bemerkte er, daß die meisten Ausbrüche den Gleiter nicht erreichten, und jene, die es taten, konnten umgangen werden. Er war vorsichtig, den Gleiter nicht zu heftig zu kippen, aus Angst, er könnte seinen verwundeten Kameraden aus dem Richtschützensitz schleudern.

Stone hatte nicht bemerkt, daß die Eruptionen sich einstellten, als er sich seinem Ziel näherte. Er war sich nur bewußt, daß der Wind unverändert anhielt, nach dem Gleiter griff und ständig ihm die Kontrolle darüber zu entreißen drohte. Dann leuchteten Myriaden roter Abzeichen auf seinem DDP, die von Norden herüberkamen, und Stone erstarrte vor Schreck. Rot bedeutete TOG-Fahrzeuge, und diese strichen von Malthus zum Pol. Er reagierte sofort, drückte den Kontrollknüppel vor und tauchte zu einem Felsvorsprung ab, der ein brauchbarer Schutz zu sein schien. Er landete den Gleiter so nahe wie möglich am Felsen und schaltete dann völlig ab, wobei er die Möglichkeit in Kauf nahm, daß er den Marshman-Antrieb nicht mehr zünden konnte. Als er die Plane über den Gleiter schnappen ließ, erklang das hochtönende Kreischen vieler Gravantriebe über dem Heulen des Windes. Über sich erblickte Stone viele Horatius-Panzer und Romulus-Infanterietransporter, die in V-Form auf Baumwipfelhöhe über sie hinwegrauschten. Das Geräusch und der Anblick hypnotisierten ihn. Stone verhielt im Hinaufstarren zu diesem beeindruckenden Aufmarsch feindlicher Maschinen, wobei er sich kaum traute einzuatmen, bis die letzte vorbei und die Luft wieder still war.

17

1145, 10 Martius 6831

Legatus Cariolanus Camus hob das Visier seines Kampfhelmes und setzte das Gesicht dem Wind aus. Alle Kommandeure sollten das fühlen, dachte er, als er die anderen Fahrzeuge der Kampfkohorte beim Überfliegen des Nordrandes von Caralis' südlichem Pol beobachtete. In engen Kolonnen strichen die schweren Horatius-Gravpanzer über die sich auftürmenden Schäfte aus Eis, die sich an der Küste erhoben, und traten riesige Schneehaufen von den alten Felsen.

Camus wußte, daß er einen zu hohen Rang bekleidete, um noch eine Kohorte kommandieren zu können. Ein Legatus gehörte zu einer Manus, aber diese war drei Jahre lang seine Kohorte gewesen. Und obwohl er aus dem Kommando herausbefördert worden war, hatte er sich freiwillig gemeldet, um für diesen Einsatz zu ihr zurückzukehren, und da sich der designierte Kommandeur in seinem jährlichen Heimaturlaub befand, war Camus die beste Wahl gewesen. Camus war mit sich zufrieden. Kohortenkommandeure hatten selten die Gelegenheit, eine unabhängige Rolle im Kampf zu spielen, und er hatte es nicht zugelassen, daß ein Zenturio Maximus ihm die Chance stahl. Sollte er das hier gut durchführen, und er hatte wenig Zweifel, daß er das würde, konnte dies die frühe Beförderung zum Kommandeur einer Manus bedeuten.

Er durchlief im Geiste den einfachen Einsatzplan. Die Kohorte würde, direkt auf der Route der Commonwealth-Truppe, auf dem zentralen Plateau des Kaps landen. Mit angeschalteten Maschinen und nur passive Sensoren nutzend, war die Kohorte fast nicht zu entdecken. Sie würden warten, bis die Commonwealth-Kohorte in ihre Abschußzone eintrat und dann die Falle zuschnappen lassen. Die gesamte Schlacht sollte weniger als fünf Minuten dauern, und sie würden eventuell auch einige Gefangene machen. Camus wußte, daß es ein guter Plan war.

In zwölf Dienstjahren beim TOG hatte das Leben ihm bisher jeden seiner Träume und jede Erwartung erfüllt. Obgleich er im Garnisonsdienst begonnen hatte, wurde er nach seiner Beförderung zum Zenturio auf vielen Planeten in den Kampf geschickt.

Das Garnisonsleben war natürlich stumpfsinnig gewesen, mit Ausnahme eines Aufstandes, aber der hatte kaum lang genug gedauert, um seine Fähigkeiten wirklich erproben zu können. Zivilisten waren wirklich keine Gegner für gepanzerte Fahrzeuge und Infanterieabwehrlaser. Die Rebellen, die auf die Straßen strömten, waren leicht beiseite geschoben und die Anführer in eine Strafmine geschickt worden. Es war zu dumm, daß seine Frau darin verstrickt gewesen war, aber die Geheimnisse des Partners waren eine der Unwägbarkeiten einer jeden Beziehung. Sie war gefangengenommen und mit den übrigen Aufrührern deportiert worden, und nur der bemühte Einsatz des Planetarischen Gouverneurs bewahrte die Akte über seine Heirat vor öffentlicher Kenntnisnahme. Camus empfand kein Verlustgefühl und hatte sie seither fast vergessen. Zwei Jahre waren mit jeder Frau genug, er war bereit gewesen, sie hinter sich zu lassen. Jede Frau war für eine Weile interessant, aber persönliche Bindungen waren eine Einschränkung für einen Soldaten mit Ehrgeiz. Und Camus war ehrgeizig.

Die Beförderung zum Zenturio war die Belohnung für seinen Anteil an der Niederschlagung des Aufstandes und brachte die Versetzung zu einer Kampflegion mit sich. Drei Jahre als Optio, fünf als Zenturio und dann vier als Zenturio Maximus, jedesmal vorzeitig befördert. Das Leben war gut, dachte Camus.

Und nun hatte er die Chance auf ein unabhängiges Kommando unter direkter Beobachtung, nicht aber Kontrolle, eines wichtigen Mitgliedes des Planetarischen Kommandos erhalten. Und der Erfolg der Mission war gesichert. Das Leben war in der Tat gut.

Die Meldung über die Commonwealth-Attacke auf die Polarstation war eingetroffen, als die Kohorte noch über dem Wasser und auf halbem Weg zum Rande des Südpols war. Camus hatte diese Entwicklung erwartet, und der Originalplan war, dem Angriff zuvorzukommen. Aber die politischen Querelen im Planetarischen Hauptquartier machten den Plan zunichte.

Aus irgendeinem Grund waren sich der Planetarische Kommandeur und der Operationschef nicht über den Wert der Arbeit, die an der Polarstation gerade geleistet wurde, einig. Camus schenkte diesen kleinlichen Querelen normalerweise keine Beachtung; diese erregte nur deshalb seine Aufmerksamkeit, weil er in die Operation eingebunden war, um das Projekt zu retten.

Präfekt Sulla war als Beobachter dieses Unternehmens abgeordnet worden und befand sich jetzt irgendwo in der Führungsgruppe der Kohorte. Camus ärgerte sich. Die Führungsgruppe hatte lediglich ein Fahrzeug durch die monströsen Wellen verloren, die sich aus den tiefsten Tiefen der Polarsee zu erheben schienen. Die Kampfzenturien hatten auch Verluste erlitten. Er erschauderte innerlich in dem Bewußtsein, daß solche Verluste unvermeidbar waren. Ein Kampf war ein Risiko, und Soldaten mußten mit dem Tod rechnen. Niemand ging lebend aus diesem Leben, und wenn das Schicksal deinen Lebensfaden ergreift, hast du abzugehen.

Camus beobachtete die verstärkte Kohorte beim Überfliegen des Eisrandes. Er grübelte über die beiden

Optionen für die Stellung des Hinterhaltes nach. Er konnte die Ankunft der feindlichen Kräfte am Eisrand erwarten, oder er konnte sie auf der Ebene abfangen, die sich von den Felsenklippen bis zum Pol erstreckte.

Die Aufstellung am Rand würde seiner Truppe zwischen den Felsnadeln Deckung bieten, die des Kontinents Grenzen markierten, aber dieselbe Deckung würde es feindlichen Überlebenden erlauben, der Entdeckung zu entfliehen, wenn der erste Schlag nicht alle tötete. Der Kampf würde zu einem Infanteriegefecht ausarten. Seine standardgemäße mittlere Gravkohorte gab Camus nur sechs Infanteriezüge. Sogar die Aufrüstung mit zwei weiteren Zügen, die der Führungsgruppe zugeteilt wurden, machte den TOG-Vorteil nicht stark genug. Besser, entschied er, den Feind auf der Ebene zu treffen. Die Truppen und die Infanterie in Raketenhinterhalten aufgestellt, konnten sie die Commonwealth-Truppen leicht ausschalten. Die Ebene bot die sichere Lösung.

Camus gab den Befehl, und die Kohorte trieb abwärts von Baumwipfelhöhe zur Normalflughöhe von einem Meter über dem Grund. Er befahl das Absinken auf Normalflughöhe nicht, weil er Angst vor Entdeckung hatte; sein Opfer konnte unmöglich wissen, daß seine Truppe sich auf dem Kontinent befand. Camus hörte ernsthaft auf seine innere Stimme als TOG-Panzerkommandant, die ihm sagte, daß er potentiell feindliches Gebiet besser im Normalflug-Modus überqueren sollte. Als sich der Romulus zu einem sanften Sturzflug zur Oberfläche neigte, gab er ein weiteres kurzes Kommando, das die Kohorte in einer Bodenkampfformation ausschwärmen ließ. Die drei mittelschweren Zenturien führten in einer niedrigen V-Formation, gefolgt von den leichten Zenturien in einem identischen V. Die Führungsgruppen mit der zusätzlichen Infanterie waren zwischen den beiden stationiert. Wenn sie die Hinterhaltsposition erreichten, würde diese Formation umgekehrt. Die drei mittelschweren Zenturien würden in einer Schwalben-V-Formation landen, die Flügel dem Feind entgegengestreckt. Die drei leichten Zenturien würden das erste V überholen, um die Flankenzenturien zu erweitern. Die mittelschweren Zenturien würden sich zwischen den Flügeln des V verteilen und sich im Eis eingraben.

Sie waren darauf angesetzt, eine rechtzeitige Warnmeldung abzusetzen, und sie würden von hinten attackieren, wenn die Mittelschweren den Feind angriffen. Die Führungsgruppe würde an der Basis des V als Reserve und zur Ausschaltung irgendwelcher Commonwealth-Überlebenden angesetzt werden. Das Commlink blieb auf Empfang beschränkt, bis Camus den Feuerbefehl gab.

Die Kohortenteile landeten in den ihnen zugewiesenen Stellungen, als sie die vorbestimmte Hinterhaltsstellung erreichten. Mit Trichtermunition wurden Krater ins Eis gesprengt, um Deckungslöcher für die Panzer und die Infanterietransporter zur Verfügung zu stellen. Silbrige Eisschollen explodierten aus den Löchern zu bruchstückhaften Regenbögen, die sich in dem scharfen Wind schnell auflösten. Die Triebwerke der landenden Fahrzeuge wehten den Rest der Eissplitter aus den Vertiefungen.

Die Kommandanten, die ihre DDPs während der Landung beobachteten, sahen einen scharlachroten Fleck hinter dem linken Flügel der V-Formation auf ihrer Anzeige erscheinen. Jene, die aus ihren Luken heraus in das im Schnee gleißende Licht schauten, nahmen eine turmhohe Fontäne aus Eis und Wasser wahr, die gerade hinter ihrer Position auf der gefrorenen Oberfläche zusammenbrach. Jene, die diesen Ausbruch sahen, hatten ein plötzliches Gefühl der Vorahnung, aber niemand meldete das Phänomen an Camus. Der mit Routinekontrollen der Kohorte beschäftigte Camus sah es selber nicht. Die Infanterie bezog von den

Romulus und Lupis-Transportern aus ihre Stellungen und begann, ihr TVLG-System gegen die erwartete Commonwealth-Truppe in Stellung zu bringen.

Sergeant Haverford Westan landete den Romulus-Infanterietransporter in dem Trichter, den er gerade ins Eis gesprengt hatte. Seine Position in der Mitte des linken Flügels des V gab ihm ein Gefühl der Sicherheit, die andere in seiner Zenturie nicht hatten. Die weiter vorne würden die ersten sein, die den Feind angriffen. Die Führungsgruppe der Zenturie befand sich auch dort, was bedeutete, daß die Kommandanten unter direkter Überwachung des Zenturios standen. Die Fahrzeuge weiter hinten im Flügel, zur Basis des V hin, würden vom Kohortenkommandeur Legatus Cariolanus Camus selbst gesehen und überprüft werden. Ein interessanter Typ, dachte Westan. Er war eigentlich zu hochrangig, um eine Kohorte zu befehligen.

Das interne Commlink des Romulus plapperte. Die Infanterie, wenig begeistert über das Aufmarschieren bei den eisigen Temperaturen und eiskalten Windstößen, wollte in den beheizten Transportern bleiben. Westan überprüfte das DDP nach benachbarten Fahrzeugen und entdeckte, daß er vollständig vor seinen Nachbarn verborgen war. Er zog die Möglichkeit in Erwägung, daß das Abweichen vom Operationsplan beobachtet würde, entschied aber dann, daß das nicht geschehen würde, und erlaubte der Infanterie, sicher verpackt in der geparkten Muschel zu bleiben.

Auf der anderen Seite des Hinterhaltes marschierte die Infanterie wie befohlen auf. Das Gelände war hier völlig offen, und keiner der Truppenführer oder Transporterkommandanten wollte riskieren, daß ihr Ungehorsam beobachtet würde. Der dritte Trupp der 2. Zenturie stellte sich vor allen anderen auf. Der Truppenführer, der dem Transporterkommandanten die warme Position neidete, postierte seine Männer in den einzelnen Trichtern, die das Fahrzeug für sie gesprengt hatte. An der rechten Flanke dieses Trupps ließ sich Triarii Bradford Harnd nieder, um zu beobachten und zu warten. Die Kälte, der Wind und die Dunkelheit legten sich auf seine Seele und erzeugten das beängstigende Gefühl vollständiger Isolation. Aber Legionäre hielten immer durch, das hatte ihn sein TOG-Training gelehrt. Er ließ seine Aufmerksamkeit wandern, zauberte damit Wärme und Licht in seine Vorstellung. Er war wieder zu Hause, saß auf den Stufen der Villa seiner Familie in Neu Rom. Die warme Sommersonne erhitzte die Stufen, und er konnte die Restwärme an seinem Hinterteil spüren. Langsam breitete sich die Wärme in seinem Körper aus. Es fühlte sich so gut an.

Im Geiste sah er auf, um seinen Bruder auf der Straße vor sich stehen zu sehen. Wallen, vier Jahre älter und schon sechs Jahre tot, lachte ihm zu. Er öffnete seine Arme und trat vor, wobei er Bradford Harnd Zeichen gab, zu ihm zu kommen. Harnd stand auf den Stufen und fühlte die Sonne auf seinem Gesicht. Sein Bruder näherte sich, die Arme noch weit geöffnet, und der Triarii streckte seine eigenen Arme aus, um seinen Bruder zu begrüßen. Ihre Finger berührten sich.

Der Wind häufte kleine Eisstückchen auf den zusammengekrümmten Soldaten. Die Falten der Uniform des Soldaten füllten sich zuerst, die glitzernde Hülle wuchs wie Moos über den Rest der Uniform. Das letzte Uniformteil, das den windverwehten Eispartikeln erlag, war das Visier des Kampfhelms. Als der Schnee begann, den Körper zuzudecken, war die Innenseite des Visiers mit Reif überzogen.

Sergeant Westan sah einen scharlachroten Flecken auf dem DDP links von seiner Stellung und weit außerhalb der optischen Reichweite auftauchen. Fast sofort prasselte eine Wolke aus Eisstücken auf den Transporter. Der Sergeant zog den Kopf in die Kommandoluke hinein und kostete die Wärme des Fahrzeuges aus. Dünne Bäche aus Wasser zogen sich an der senkrechten Oberfläche der Brüstung herab und formten sich zu dünnen Tropfen, die sich einen Augenblick am Rande hielten und dann herabtropften, um sanft auf der vorstehenden Fläche des Kommandantenstands zu zerspringen. Westan setzte sich im Kommandosessel zurück und starrte aus der geöffneten Luke. Die Infanterieluken waren aufgelassen worden, um ihrem Zufrieren vorzubeugen, aber die Heizung des Romulus würde dennoch die Infanteriezellen warm genug halten. Er legte die Füße auf das DDP und streckte sich. Selbst wenn Westan achtgegeben und den verräterischen Farbwechsel auf dem DDP gesehen hätte, als die Fontäne unter seiner Stellung explodierte, hätte er nicht gewußt, was es war, und er hätte auch nicht reagieren können. Der Stoß verschlang den gesamten Trichter, der den Infanterietransporter enthielt und warf ihn mit der ersten Woge eiskalten Wassers auf die Seite. Die Truppen unten im Romulus wurden sofort aus ihren Abteilen in das eisige Wasser geschleudert. Jene im oberen Bereich wurden gegen das Innere geschmettert und ohnmächtig. Westan wurde auf den Boden des Gefechtsstandes geworfen. Als er aufsah, füllte sich die Kommandoluke mit einem Schwall eisigen Wassers. Er öffnete den Mund, um zu schreien, aber der Laut wurde von dem Andrang des Wassers unterdrückt. Der turmhohe Strahl aus Wasser und Eis stürzte herab, der Untergrund des Ausbruches brodelte plötzlich und war übersät mit riesigen Eisbrocken, die heftig zusammenstießen. Dann bedeckte der Wind die feste Oberfläche, und die Flüssigkeit, schon weit unter dem Gefrierpunkt, wurde wieder fest. Tief unter dem Eis schimmerte für ein paar Augenblicke ein sanftes Licht, flackerte und erlosch. Der Wind fegte über die leere Stellung. Nichts blieb zurück, um die vergangene Existenz des Infanteriefahrzeuges, seiner Besatzung oder der Infanteristen zu kennzeichnen, die einst diesen Flecken für das Terran Overlord Government gehalten hatten.

18

1500, 10 Martius 6831

Optio Samuel Rand schielte über die Schulter seines Kommunikationsgruppenführers, während der Sergeant die Rätsel des CC/T 528 untersuchte. Als eine massive Welle die Antenne von der äußeren Hülle des umfunktionierten Pedden-Transporters während der Überfahrt von Rolandrin zum Südpol abgerissen hatte, waren starke Schäden am Commset zurückgeblieben. Nun versuchte Sergeant Shawn Arsen den Schaden zu beheben, aber er hatte nicht viel Glück. Die winzige Sonde, die er feinfühlig in der rechten Hand hielt, sprühte und zischte, als der Sergeant tiefer und tiefer in die Innereien des Apparates eindrang. Trotz der Kälte, die in das Innere des Pedden eindrang, standen Schweißperlen auf seiner Stirn.

Arsen war ein erfahrener CommTech. Er hatte vor neun Jahren als Klassenbester die Schule für Sonderreparaturen abgeschlossen, und sein Talent bestätigte sich in der Arbeit, die er seitdem getan hatte. Aber er war sich bewußt, daß das Talent, das er besaß, nur in einem Gespür für Elektronisches bestand, nicht im Wissen um die Feinheiten des Systems. Er versuchte sich zu entspannen. Laß deine Finger einfach machen, sagte er sich. Nutzt nichts, dir den Weg durch das hier hindurchzudenken. Er war versucht, die Augen zu schließen, damit das, was er sah, nicht seine Intuition störte, aber er wußte, daß der Offizier, der nicht von seiner Schulter wich, seine Methode nicht verstehen würde. Ein weitere Funke sprühte aus dem Gerät.

»Machen Sie Fortschritte?« erkundigte sich Rand und starrte in das Kabelgewirr.

»Nicht viele, Sir«, sagte er, ohne den Kopf zu wenden. »Der Schnellauslöser muß eingefroren gewesen sein, als die Antenne abriß, da die Kabel regelrecht aus dem System herausgerissen worden sind. Das Wasser hat den Rest des Schadens verursacht.« Er schüttelte den Kopf. »Zumindest hat niemand gerade gesendet, als es passierte. Die Beschädigung war schon schlimm genug bei reiner Empfangsbereitschaft. Wäre das Gerät auf volle Energie geschaltet gewesen, wäre das ganze Ding durchgebrannt.«

Rand richtete sich auf und sah sich im Innern des Pedden um. Man hatte persönliche Ausrüstung und Kleidung benutzt, um die meisten der Lecks zu stopfen, die durch die äußere Beschädigung entstanden waren, aber das Wasser tropfte weiterhin auf den nichtleitfähigen Fußboden, der das Stahldeck verkleidete. Rand war frischer Absolvent des Offiziers-Ausbildungsprogrammes. Er war nie auf einer Schule für Sonderreparaturen gewesen. Er war mit dem Fernmeldebereich betraut worden, aber was er über Commlinks wußte, hatte in einem Fingerhut Platz. Er schaute auf den anderen Offizier in dem engen Transporter. »Entschuldigung, Sir, wissen Sie etwas über den CC/T 528?«

Optio Holton Bard lächelte den jungen Offizier höhnisch an. Diese Rebellen-Offiziere, dachte er, waren erbärmliche Exemplare von Soldaten. Sie würden in einem TOG-Programm niemals überleben. Die meisten von ihnen wären nicht einmal gut als einfache Soldaten in der Armee, der er diente, und sie behandelten ihre Untergebenen mit unnötigem Respekt. »Ich bin ein qualifizierter Offizier«, sagte er steif. »Natürlich kann ich helfen. Ich kann das Gerät selber in Ordnung bringen. Aber das ist nicht mein Job. Sie sind der verantwortliche Optio hier. Erledigen Sie ihre Arbeit.« Er drehte sich um und verschränkte die Arme. Zwei Unfähige, dachte er, führen sich gegenseitig im Kreis. Die ganze Expedition war unfähig, befand Bard. Wenn die Operation gut geplant worden wäre, hätte sie die Reaktion der See auf den aufgehenden Mond nie unvorbereitet getroffen. Er schüttelte sich in Erinnerung daran, wie eine der gigantischen Wellen, die sich unerwartet aus dem Polarmeer erhoben, den Pedden hin- und hergeschleudert hatte. In einem furchterregenden Augenblick war der Transporter kopfübergerollt. Die Lichter gingen aus, und aus dem Rumpf wurden Stücke herausgerissen. Die Besatzung war herumgeschleudert worden wie Puppen und stürzte in die Comm-Ausstattung, über die Stühle und gegen die Seiten des Panzers. Einer der Funker war mit einer solchen Wucht auf eine Konsole geschlagen, daß ihm das Genick brach. Der andere brach sich beide Arme und drei Rippen. Als der Pedden sich wieder ausrichtete, waren alle Kommunikationsmöglichkeiten verlorengegangen.

»Wir räumen die Stellung, Sir«, rief der Fahrer aus dem vorderen Abteil. Optio Rand grunzte zur Antwort. Der Pedden verließ das Eis und wendete, um seinen Platz in der Führungsgruppe einzunehmen. Er beschleunigte sanft, als die Stabs- und Versorgungszenturie sich zu bewegen begann, und der Fahrer war so umsichtig, nicht zuviel Schub zu schnell kommen zu lassen. Sergeant Arsen war dankbar, daß der Fahrer vorsichtig war. Ein plötzlicher Hüpfer, und alle Arbeit, die er bereits ins Commlink investiert hatte, wäre verloren gewesen.

Zenturio Maximus Milton Harras stellte sein DDP auf Fernreichweite ein, um die ganze Kohorte abzudecken. Die Genauigkeit von Entfernung und Kurs wurde bei der Fernreichweite vermindert, aber alle IFF-Signaturen der Fahrzeuge erschienen dafür nun auf dem Schirm. Laß die Kampfeinheiten sich um die unbedeutenden Dinge kümmern; Harras war mehr daran interessiert, seine Zenturienchefs anzutreiben. Er beobachtete, wie die Kohorte ein umgekehrtes V formte und ihren Weg über das Eis nach Malthus antrat. Sie nahm die gleiche Formation ein, die sie zum Erreichen des Pols benutzt hatte, und Harras wußte, daß es das übliche Verfahren war, die führenden und die folgenden Einheiten sich abwechseln zu lassen. Er entschied sich aber, in diesem Fall eine Ausnahme zu machen und den Aufbau lieber beizubehalten, als von den einzelnen Kommandanten zu verlangen, sich auf ein neues Schema einzustellen. Sie hatten in der gegenwärtigen Lage genug zu tun.

Der Verlust der Kommunikationseinrichtung war es, der ihn am meisten beschäftigte. Wegen des Ausfalls des Kommunikations-Pedden hatte er seine Zentrale auf Rolandrin nicht erreichen können, und Harras hatte ein Gefühl bevorstehenden Untergangs. Die TOG-Streitkräfte am Pol waren viel größer, als die Geheimdienstberichte ihn glauben gemacht hatten. In der Tat hatte die grundlegende Information, die ihm für diesen Auftrag übergeben worden war, suggeriert, daß der feindliche Außenposten nicht mehr als eine Wetterstation sein konnte. Statt dessen hatten sie etwas entdeckt, was mehr nach einer Garnisonslegion aussah. Die Kohorte hatte dreißig Gefangene auf dem Hals und ließ geradezu einen Schrottplatz aus zerstörten Fahrzeugen zurück. Und er konnte es dem Hauptquartier nicht melden.

Das DDP zeigte die über das Packeis strömende Kohorte an. Obwohl die Formation Löcher wegen der Verluste auf dem Weg zum Pol aufwies, war ihre Kampfstärke nicht ernsthaft angegriffen. Die Aufklärungszenturie war noch vollständig, so daß zumindest dort keine Löcher im Schirm der Kohorte auftreten würden. Der 2. Zenturie fehlte eine Viper, die zur Bewachung der Gefangenen zurückgelassen worden war.

Das war ein weiteres Problem dieser ungenauen Nachrichten. Wenn die TOG-Einrichtung eine Wetterstation gewesen wäre, hätten die wenigen TOGs, die sie bemannten, als Gefangene mit der Kohorte mitgeführt werden können. Aber dreißig feindliche Soldaten waren zu viele für Harras, um sie mitzuschleppen.

Keine Kommunikation, mehr Gefangene als gewünscht, mehr TOGs am Pol, als man ihm gesagt hatte, und nun wußten die TOGs auf Malthus wahrscheinlich auch von seinem geplanten Angriff. Harras dachte, daß es zu viele Fragen gab, auf die er im Moment keine Antwort wußte. Würden die TOGs eine Ersatztruppe schicken? Wenn sie es taten, wann würde diese Malthus verlassen? Sollte er den Angriff des Feindes auf dem Eis, auf See oder bei seiner Ankunft auf Malthus erwarten?

Der Mangel an Kommunikationseinrichtungen war nicht sein einziges Problem. Die Zeit war ebenfalls sein Gegner. Die Kommunikationsanlage konnte wiederhergestellt werden, daran zweifelte er nicht. Mit ausreichend Zeit und Einsatz konnten sie zumindest einen der wichtigeren Commlinks reparieren, aber bis dahin war vielleicht das ganze Unternehmen in Gefahr. Und das war ein weiteres Problem. Wenn das Unternehmen tatsächlich in Gefahr war, hatte Harras keine Möglichkeit herauszufinden, ob sie schon an einem Punkt angelangt waren, an dem sie besser aufhören und fliehen sollten. Er haßte den Gedanken, den Schlag gegen das TOG-Hauptquartier auf Malthus aufzugeben. Es war eine gute Idee, und die enormen Dividenden überwogen sicherlich die Kosten, sogar wenn seine Kohorte bei diesem Angriff auf der Strecke blieb. Nein, entschied Harras. Sie würden nicht umkehren. Sie würden dem Plan entsprechend weiterziehen.

Als die Aufklärungszenturie ihren Zug über die Eisebene begann, die sie von dem äußeren Felsring trennte, stiegen die Wolverines auf Baumwipfelhöhe.

Zenturio MacDougall wollte keineswegs zulassen, daß seine leichten Panzer von den Fontänen erfaßt würden. Diese Flughöhe machte seine Einheit verletzlicher gegen Entdeckung und Attacke, aber wenn sie den Feind über der Eisebene anträfen, würden dessen Fahrzeuge ebenfalls auf Baumwipfelhöhe sein, so störte er sich nicht an dem Nachteil. Die Wolverines verteilten sich über die Spitze und die Flanken der Kohorte Harras.

Der LOSAT begann zu taumeln, als seine Umlaufbahn kollabierte. Die Bodenoffiziere hatten das Geschehen vorausgesagt, als er absichtlich aus dem Kurs gebracht worden war, und nun lächelten sie einander mit einem selbstgefälligen Ich-habe-es-euch-gesagt-Ausdruck an. Sie hatten seit langem aufgehört, hochrangigen Offizieren die Theorie des Rotationsverhaltens von Flugkörpern zu erklären, da sie sie nicht verstehen konnten oder wollten. Jene Offiziere wußten auch nichts über die Komplikationen und Kosten des In-Umlauf-Bringens eines Satelliten. Unerheblich, daß die Ausrüstung ›Niedrigkosten-Satelliten‹ genannt wurde; immer wenn eine Organisation mit beschränktem Budget arbeitete, war nichts billig. Nun verlor die Bodenkontrolle gerade einen Satelliten ohne triftigen Grund, was bedeutete, daß man einen anderen beschaffen und auf dessen Umlaufbahn bringen mußte. Das raubte Zeit und Geld.

Dieses unbedeutende Gezänk beeinflußte den Satelliten natürlich nicht. Daß er von seiner äquatorialen Umlaufbahn gestoßen worden war, um über den südlichen Pol zu ziehen, hatte seine nützliche Lebensdauer verkürzt. Als er tiefer und tiefer in Richtung des dünnen oberen Randes von Caralis' Atmosphäre fiel, begann er schneller zu werden. Die ersten Überfliegungen des LOSAT über den Pol waren in täglichen Intervallen erfolgt; nun kreuzte er ihn alle vier Stunden. Aber die zunehmend häufigeren Überflüge bedeuteten nicht, daß er genauere Informationen über die Aktivitäten am Pol weitergab. Als der Satellit zum Planeten hin abzufallen begann, geriet er ins Trudeln. Anfangs konnte die Bodenkontrolle die Schwankungen steuern. Aber als das Schwanken deutlicher wurde, war es offensichtlich, daß der LOSAT nicht mehr genug Energie für eine effektive Umsetzung der Bahnkorrekturen hatte.

Die Bodenkontrolle entschied sich, ihn trudeln zu lassen und jede Information anzunehmen, die er noch senden konnte. Dies würde sein letzter nützlicher Flug über den Pol sein. Die Kontrollstation startete die verbliebenen Reserven in den Stabilisationsantrieben und stabilisierte den Satelliten für einen letzten Blick auf das Polarkap. Seine Augen schauten durch die sturmbewegte Atmosphäre auf die Tätigkeiten der Menschheit herab. Alle sechs Sekunden teilte er seiner Empfangsstation mit, was er sah. Er überschritt den Commlink-Horizont und begann die automatische Abschaltprozedur zur Selbstzerstörung, die verhindern sollte, daß der Feind irgend etwas Interessantes oder Nützliches ergatterte. Zu der Zeit, als der LOSAT die Atmosphäre anschnitt, war er ein leerer Stahlball. Minuten später traf er in einem steileren Winkel wieder auf die Atmosphäre. Diesmal prallte er nicht ab, sondern trat geradewegs ein und glühte innerhalb von Sekunden weiß auf. Dann war er verschwunden.

Principes Rosco Warton hob die Augen von seinem Roman und beobachtete das Herausgleiten des Ausdruckes eines Satellitenbildes aus der Maschine. Es war ihm nicht erlaubt, ziviles Material im Dienst zu lesen, aber den ganzen Tag am Drucker zu sitzen war die Krönung der Langeweile. Er überprüfte die Codenummer, die zu erkennen gab, welcher LOSAT die Nachricht geschickt hatte, und stapelte sie auf die entsprechende Akte. Der Code, der quer über den unteren Rand des Bildes gedruckt stand, besagte, daß es das

Abschlußbild des Satelliten war. Warton fühlte keine Reue wegen des Verlustes des Satelliten. In fast zwanzig Dienstjahren bei der Commonwealth-Truppe hatte er sich an die Vernichtung teuerer und wertvoller Ausrüstung gewöhnt. Er war auch siebenmal zum Sergeant befördert und ebenso häufig wieder zum Triarii degradiert worden. Die Offiziere, besonders jene, die die Luftbilder lasen und über ihre Bedeutung dozierten, waren alle Idioten. Er hatte ihnen dies mehrfach gesagt; siebenmal, um genau zu sein.

Rosco erkannte, daß ein Satz Ausdrucke mit der Kategorie A/Eilig gekennzeichnet war. Was soll's? Jeder Offizier wollte seine Sachen zuerst. Er packte die Verteilungspakete und widerstand dem Drang, den Kat-A/E-Packen nach unten zu legen. Als der Melder vorbeikam, tippte er auf das Kat A/E obenauf. Er trug dem Triarii nicht auf, es als erstes abzuliefern, da er der Ansicht war, daß er seine Pflicht mit dem Tippen auf das wichtige Paket erfüllt hatte. Dann wandte er sich wieder seinem Roman zu.

Legatus Mantelli Lartur, Operations-Offizier der 2567. Rebellenlegion, brach das Siegel des Kat-A/E-Paketes. Er widerstand dem Drang, den Triarii anzuknurren, der ihn für die Dokumente unterzeichnen ließ. Der Packen Ausdrucke war so dick genug, daß sie bereits früher hätten ausgeliefert werden müssen. Verwechsle nicht die Botschaft mit dem Boten, dachte er. Der Junge tat nur seine Arbeit, aber irgendwo in der Commonwealth-Bürokratie auf Caralis saß ein Mann, der nicht aufpaßte. Lartur wußte, daß dieser Mann nie gefunden werden und wahrscheinlich seine Laufbahn mit einer Belobigung beenden würde, die er an die Wand seines Rentnerheimes hängte und stolz seinen Freunden zeigte.

Lartur verteilte die Drucke in chronologischer Reihenfolge über seinen Schreibtisch und begann sie zu bewerten. Einige Bilder waren gar nicht zu gebrauchen; sie zeigten ein klares, scharfes Bild eines weiten Spektrums von Sternen. Andere waren in einem so schiefen Winkel geschossen worden, daß es sogar schwierig war zu sagen, wo sich der Satellit befunden hatte. Er sortierte die nutzlosen Ausdrucke aus und ordnete den Rest neu. Einige davon waren recht gut; auf einem konnte er sogar die Ionenstreifen sehen, die von Marshman-Triebwerken bei voller Kraft erzeugt wurden. Das mußte die Kohorte Harras bei ihrer Attacke auf die Polarstation sein. Der Kampf zeigte recht viele Abdrücke von TOG-gekennzeichneten Fahrzeugen, und Lartur runzelte die Stirn, als er sie zählte. Weit mehr, als er nach der offiziellen Theorie bei einer TOG-Wetterstation erwartet hatte. Die Neugier bewegte ihn dazu, die weniger klaren Ausdrucke erneut zu untersuchen. Nachdem er eine unerwartete Sache entdeckt hatte, wollte er gerne wissen, was das HQ sonst noch übersehen hatte.

Sein Blick blieb auf einem der verschwommenen Drucke hängen, der die Küste im Süden von Malthus zeigte. Dort gab es gerade am Rande etwas, das aussah wie die verräterischen Streifen von Gravantrieben. Er schob den Ausdruck in ein Vergrößerungspult und sah noch einmal hin. Kein Zweifel. Der Satellit hatte Gravfahrzeuge südlich von Malthus in Bewegung gesehen. Er verteilte diejenigen Ausdrucke über seinen Schreibtisch, die vor und nach dem einen gemacht worden waren, der die Antriebsspuren zeigte. Der letzte zeigte dieselben Streifen, aber diesmal waren sie kurz und scharf; die TOG-Fahrzeuge waren gelandet. Er zählte die Streifen und verfolgte ihre Formation. Mehr als sechzig Fahrzeuge waren auf dem Eisfeld in der klassischen Hinterhaltsformation gelandet.

Die TOGs waren auf dem Eis in Stellung gegangen.

Lartur drückte die Ruftaste zu dem Büro von Präfekt Kenderson, während er sich von seinem Schreibtisch erhob. Er wartete nicht auf eine Antwort, sondern öffnete einfach die Tür und betrat das Büro seines Kommandeurs.

Kenderson versuchte, ruhig zu bleiben. Er versuchte, sich daran zu erinnern, daß diese Offiziere keine Rebellen waren, aber sie sollten doch einige Verantwortung für die Legionäre empfinden, die er zum Pol geschickt hatte. »Wir müssen etwas tun«, sagte er, das ›wir‹ betonend.

»Ich verstehe, was Sie empfinden, NaBesta«, antwortete Lieutenant Colonel Alban Tripp aus dem Stab für Commonwealth-Operationen, »aber wir haben immer wieder versucht, Kontakt mit der Kohorte aufzunehmen, und wir schaffen es nicht.« Er sah sich bei Colonel Stanley Daubish, dem Chef des Nachrichtendienstes, nach Unterstützung um.

Daubish nickte mit dem Kopf. »Es gibt nichts, was wir tun könnten. Ihre Kohorte sitzt auf dem trocknen, und wir haben keine Möglichkeit, sie das wissen zu lassen oder sie zurückzuholen.« Er kippte seinen Stuhl und starrte zur Decke. Er haßte dies, haßte es mit all der Leidenschaft seiner Seele. Er hatte seine Laufbahn in einem Special-Forces-Naram-Regiment begonnen, als einer von wenigen Nichtnaram, die je zu solchen Rängen zugelassen wurden. Das treibende Prinzip dieser Einheit sowie aller Naram-Einheiten war es, daß keiner, unter keinen Umständen, je zurückgelassen wurde. Es war egal, mit welchem Risiko: Man kehrte immer zurück für seine Leute, auch wenn man sicher war, daß sie schon tot waren. Niemand wurde zurückgelassen. Es war eine Art von Loyalität, die nicht gelehrt werden konnte. Es geschah einfach.

Nun war eine Rebellenlegion dabei, am Eiskap, zweitausend Kilometer entfernt, dahingemetzelt zu werden, und Daubish wütete gegen seine Unfähigkeit, dies zu verhindern. Seine Hände griffen den

Stift, den er benutzt hatte, und bogen ihn langsam entzwei. Die übrigen im Raum starrten mit Erstaunen auf seine Hände. Der Stift war als unzerstörbares Modell entworfen worden. Aber Daubish hatte den Ruf ungeheurer Stärke. Diese Männer hatten gerade den Beweis bekommen.

Tripp rieb sich das Kinn, während er laut nachdachte. »Wir haben nicht mal eine Hilfstruppe zur Verfügung. Selbst wenn wir sie hätten, könnte sie nichts tun. Sie könnte das Kap nicht erreichen, bevor die Kohorte in den Hinterhalt gerät.«

»Ich könnte eine zusammenstellen«, sagte Kenderson mit hoffnungsvoller Stimme. »Sie haben keine Truppen verfügbar, Präfekt«, stellte Tripp einfach fest. »Alles, was Sie haben, sind einzelne Einheiten.«

»Das stimmt. Aber mit ihnen könnten wir einen Verband aufstellen.«

»Sie kämen trotzdem nicht rechtzeitig ans Kap.«

»Das ist wahr«, stimmte Kenderson zu. »Aber wie ich Harras kenne, wird er nicht in die Falle gehen. Eine Hilfstruppe wird ihm die Materialien und die Unterstützung liefern, die er zum Überleben und Abziehen benötigt. Er wird landen und es austragen. Die Hilfstruppe wird die Waage zu seinem Vorteil belasten.«

»Wir müssen es zumindest versuchen«, sagte Daubish, als er seinen Sessel vorkippte und mit einem Knall landete. »NaBesta, geben Sie der 2567. Ihre Befehle. Die Einheit muß in zwei Stunden starten. Nehmen Sie jeden, der sich freiwillig meldet. Wir werden den Verband organisieren, wenn wir aufbrechen.«

Präfekt NaBesta Kenderson stand auf und lächelte grimmig. »Erledigt. Ich gab den Befehl, bevor ich herkam.«

Die Organisation war im besten Fall konfus. Der Einsatzverband war stärker als eine Zenturie, aber schwächer als eine Kohorte. Neun mittelschwere Liberator-Gravpanzer, zwei Spartius-Infanterietransporter, drei Vipern und ein Wolverine waren zusammengestellt worden. Alle Panzer waren voll bemannt, aber die fünf Transporter hatten jeder nur ein halbes Kommando. Vier Optios hatten sich freiwillig gemeldet, aber kein Offizier war alt oder erfahren genug, um das Kommando übernehmen zu können. Die Suche nach einem passenden Kandidaten war vom Hauptquartier gestartet worden.

Optio Roglund Karstil ließ sich in die Kommandoluke des Liberators fallen. Der Ruf nach Freiwilligen hatte nicht besagt, daß sie nicht auf Erholungsurlaub sein durften, so daß er, wenn sie nicht danach fragten, nicht freiwillig diese Information preisgeben würde. Nun war er wieder da, wohin er wollte: im Turm eines Liberators.

Überall liefen Legionäre über das Gelände der Truppenunterkünfte zu ihren Fahrzeugen. Karstil übernahm das Kommando über die zwei ihm nächststehenden Liberatoren und zog sie enger zusammen. Er wollte so bald wie möglich mit den Kommandanten sprechen und einen der Sergeanten als seinen Stellvertreter im Kommando ausweisen. Er sorgte sich nicht wirklich darum, wer ihm die Befehle geben würde; das stellte sich früh genug heraus. Er wollte wissen, wer seinem Befehl unterstand.

Das Commlink knackte im Turm. »Abrasive Mandrake, Abrasive Mandrake. Hier Abrasive Mandrake Fünf. Vektor 2-8-0-0. Vorbereiten zum Ausrichten.« Karstil bemerkte die ›Fünf‹-Bezifferung des Rufsignals. Das bedeutete, daß das Exekutivbüro noch immer die Kontrolle besaß. Augenscheinlich war bisher noch kein Kommandeur aufgetaucht. Er gab den Befehl an seine Panzer weiter und erhielt die Bestätigungen. Sie waren unterwegs.

Das Vorrücken zum Eiskap würde für diese Truppe

nicht verstohlen erfolgen, weil keine Zeit blieb, einen gedeckten Weg zu erkunden. Die Einheit würde sich unterwegs formieren, wenn sie den Ozean im Niedrigflug überquerte. Die besondere Höhe würde es dem Kommandeur erlauben, seine Schützlinge, vom Wetter unabhängig, auf dem Marsch zu führen. Sie würde es den Fahrzeugen auch erlauben, ihre theoretische Spitzengeschwindigkeit von 900 km/h zu erreichen. Die Truppe würde mit hoher Geschwindigkeit auf den Pol zufliegen und aus acht Kilometern Höhe hinunterstoßen, um an der Landungszone zuzuschlagen. Diese große Höhe und der steile Winkel des Angriffsfluges würde die Hilfstruppe direkt in die Schlacht führen und einige der Verluste, die typisch für ein konventionelles Eingreifen waren, vermeiden. Zumindest war das die Idee.

»Abrasive Mandrake, Abrasive Mandrake, hier Abrasive Mandrake Sechs. Kurs beibehalten. Ich befinde mich im Spartius FERRAX REGAL 442.«

Karstil vernahm die ›Sechs‹-Bezifferung und wußte, daß der Kommandeur eingetroffen war. Die Stimme war ihm bekannt, aber er war im Moment zu beschäftigt, um sie einzuordnen. Der Name würde ihm später einfallen. Munitions- und Wartungsberichte trafen noch von den anderen zwei Panzern seines Zuges ein. Er versuchte, das Kommando über die Teileinheit zu übernehmen, und das erforderte seine ganze Aufmerksamkeit.

In dem kommandierenden Spartius rutschte Zenturio Maximus Cobaro Freund unglücklich in den Kommandosessel. Von seiner sicheren Position im Manus-Hauptquartier weggezerrt, befehligte er hier nun eine Horde, die einem unbekannten Ziel zustrebte und deren Auftrag es war, ein Desaster abzuschwächen.

19

1730, 10 Martius 6831

Der riesige Mond Rock Wall lag hinter der Masse des Planeten verborgen, aber die Fahrzeuge der Kohorte Harras gingen keine Risiken ein. Niemand konnte die unvermittelten Eisfontänen vergessen, die manches Fahrzeug verschlungen hatten. Harras wußte, daß es gefährlich – wenn nicht unmöglich – war, seine Formation auf normalem Flug zu halten, also befahl er die Fahrzeuge auf Baumwipfelhöhe. Der Sturm, der seit ihrer Ankunft über das Eiskap fegte, war etwas abgeflaut, und die Wolken waren vorbeigezogen. Eine schwarze Halbkugel, übersät mit silbernen Sternen, schloß nun die surreale Landschaft aus zackigem Eis und zerklüftetem Fels ein. Die Dunkelheit war so intensiv, daß sogar die Spiralen des Marshman-Antriebs ein tiefes Blau gegen das Weiß des darunterliegenden Eises warfen. Die Luft war angefüllt mit dem Donnern von Gravantrieben, die sich bemühten, Tonnen von Titan, Stahl und Keramik über die Eisfläche zu treiben. Kohortenkommandeur Harras konnte den größten Teil seines Kommandos von der Luke aus sehen. Die Abstrahlung der Sterne und der Gravantriebe stellte gerade noch genug Licht zur Verfügung, daß die Rümpfe der führenden Panzer und Infanterietransporter vor dem ebenholzfarbenen Himmel schimmerten. Die Aura der Friedlichkeit über der Szene berührte sein Herz; seine Welt lag, wenn auch nur für den Moment, in Frieden. Frieden. Das Wort hallte in seiner Erinnerung fort. Die meiste Zeit seines Erwachsenenlebens hatte Harras nur Krieg oder die Aussicht auf Krieg gekannt. Vielleicht konnte er seine Gedanken und Talente eines Tages auf andere Dinge lenken. Er richtete seine Aufmerksamkeit auf das Eiskap zurück. Jetzt war keine Zeit zum Träumen.

Weit vorne vor den Hauptstreitkräften streiften die Späher von Jamie MacDougall umher. Die sechs Wolverines spannten ihr Sensorennetz quer über die Front der Formation, während sie zwischen den Eistürmen hindurchjagten, die sich über der vom Wind zerpflügten Oberfläche gebildet hatten. Wie ein Wurf fröhlicher Hunde untersuchten die Panzer die Kuppeln und Türme und eilten dann, anscheinend das Interesse an dem verlierend, was ihre Aufmerksamkeit erregt hatte, zu anderen Besorgungen weiter. MacDougall beobachtete die Brut auf dem Kommando-DDP und lächelte über die offensichtliche Überschwenglichkeit ihrer Eskapaden. Wie Harras war er fasziniert von der Ruhe, der Größe, dem Gefühl der Unendlichkeit der Landschaft, die vor ihm lag. Der Durchzug des arktischen Sturmes hatte eine Reinheit und Ruhe hinterlassen, die er ungern mit Zerstörungsmaschinen verletzte. Wie auch Harras verweilte er nicht bei solchen Gedanken. Er riß sich am Riemen. Tagträume paßten nicht zu einem Mann, der mit 200 km/h über rauhes Gelände raste und mit der Sicherheit einer Kohorte betraut war.

»Unidentifizierte Aktivitäten. Entfernung 5-2 Kilometer. Kurs 6-2-0-0 Strich relativ. Ziel unbeweglich.« Die warnende Stimme des Bordcomputers murmelte im selben Moment in MacDougalls Ohr, als auch ein bernsteinfarbener Fleck an der oberen Bildschirmgrenze erschien. MacDougall starrte ihn angestrengt an. Er überlegte, ob er einen Erkennungscode senden sollte, um das Rätsel zu untersuchen, aber wenn es ein Feind war, wäre dieser in der Lage, sich auf seinen Sensor auszurichten. Zu riskant, beschloß er.

»Aktivität verloren.« Das DDP klang aufgeregt, aber vielleicht war es nur seine Einbildung. Für jeden, der eine gewisse Zeit in einem Panzer verbrachte, schien die körperlose Stimme des Computers die Persönlichkeit eines empfindungsfähigen Freundes anzunehmen. Gerade jetzt klang die DDP-Stimme wegen des Zielverlustes enttäuscht. MacDougall beschäftigte sich seit sechs Jahren mit dieser Stimme und hatte sich an sie gewöhnt. (Irgendwann in der fernen Vergangenheit hatten die Konstrukteure sich entschieden, daß Computerstimmen weiblich sein sollten. Diese Entscheidung war zum Standard für alle Computer geworden.) Ihre Beziehung hatte sich so weit entwickelt, daß Jamie sich sogar vorstellte, wie sie aussah und wie ihre Launen waren. Sie würde bestimmt verärgert sein über den Verlust des Zieles.

»Is' gut, Mädchen«, sagte er sanft zum DDP. »Du wirst es früh genug wiederfinden. 's ist kein Problem.« Ein falscher Empfang trat von Zeit zu Zeit auf. Aber er spürte, wie sich seine Nackenhaare sträubten, und wußte, daß dieser Fleck Ärger bedeutete. Er war versucht, den Kohortenkommandeur zu benachrichtigen, aber was würde er ihm sagen? Daß er eine Art Vorahnung habe? Besser, zusätzliche Informationen zu sammeln. Er richtete die Nase des Wolverine auf die Geisteraktivität und beschleunigte.

»Unidentifizierte Aktivität. Entfernung 5-0 Kilometer. Kurs 9-5 Strich relativ. Ziel unbeweglich.« MacDougall wartete. Er zielte direkt auf die Stelle, die das DDP als Stellung des ersten Geistes ausgemacht hatte, so daß der Kurs noch geradeaus oder links voraus gerichtet sein würde, wenn sich die ›unidentifizierte Aktivität‹ bewegte. Dieses neue Ziel lag rechts von der Mitte. Er wartete. »Aktivität verloren«, sagte das DDP noch einmal.

Zur Rechten des Wolverine sah MacDougall das Eis in einer sprudelnden Masse aus Schnee und Gischt auseinanderbrechen. Sogar von der anderen Seite des Planeten aus besaß Rock Wall genug Anziehungskraft, um den Untergrund aufzustören. MacDougall wollte glauben, daß die Geistersignale von der brodelnden-den Masse herrührten; es wäre eine befriedigende Erklärung, wenn nicht eine bequeme. Er bremste seinen Wolverine ab und erlaubte dem Rest der Einheit, an ihm vorbeizuziehen.

Legatus Cariolanus Camus schaute auf der Suche nach dem eintreffenden Feind nach dem ruhig im Empfangsmodus wartenden DDP. Wenn die grundlegende Geheimdienstinformation korrekt war, würde das Zentrum der Rebellen-Streitkräfte direkt in die wartenden Arme der Feinde im Hinterhalt hineinfliegen. Weil das DDP nicht aktiv suchte, sondern lediglich empfangsbereit war, würde es einen deutlichen elektronischen Impuls benötigen, um den Schirm zu aktivieren. Aber früher oder später mußte der Feind eintreffen, und das DDP würde ihm Bescheid geben, wenn sie erst in die Fernstreckenaufklärung eintraten. Er lehnte sich im Kommandosessel zurück und drückte den Rücken in die Lendenstütze.

Nur ein schwaches grünes Schimmern auf dem DDP zeigte die Fahrzeuge seiner Kohorte an, der schwache Energieausstoß der Triebwerke war auf der Anzeige deutlich sichtbar. Er konnte die Basis des Hinterhaltes ebenso wie die Reservefahrzeuge, die beim Zuschnappen der Falle die Sturmtruppe stellen würden, sehen. Er meinte, daß eigentlich mehr Fahrzeuge am rechten Flügel sein sollten. Sie mußten hinter dem umgebenden Gelände verborgen liegen, oder ihre Triebwerke liefen nicht so heiß wie gewöhnlich. Der Sturm, der bei ihrer Ankunft auf dem Kap getobt hatte, war abgeflaut, das Heulen und Schlagen von einer fast todesähnlichen Stille ersetzt worden. Camus berührte die Seitenwand des Kommandantenstandes, um ein Gefühl für die Realität zu wahren.

Ein sanfter Glockenton erklang in seinem Helm, fast

sofort gefolgt von der Stimme des DDPs. »Viele Ziele. Entfernung 5-5 Kilometer. Kurs 6-6-0-0 Strich zu 100 Strich. Nähern sich. Geschätzte Geschwindigkeit 200 plus. Geschätzte Zeit bis zum Gefecht 1–5 Minuten.« Camus blickte auf das DDP und sah, wie sich viele Symbole über den oberen Bereich seines Schirms verteilten. Mit der Zeit würden sich die Bilder festigen, im Moment war dies genug. Er blies sanft in sein Commlink. Wenn seine Fahrzeuge auf Empfang geschaltet waren, was ihnen anzuraten war, würde das weiche, rauschende Geräusch sie in Gefechtsbereitschaft versetzen.

Weitere Symbole erschienen auf dem Schirm hinter der ersten Reihe. Camus beobachtete, wie sie über den Bildschirm strömten. Sie lagen eng beieinander, weit enger, als er gehofft hatte. Vielleicht fühlte sich der Commonwealth-Kommandeur so sicher, daß er sich gar nicht erst bemühte, seine Kampftruppe in eine Kampfformation zu bringen. Entweder das, oder er plante, seine Kohorte als Phalanx zu benutzen, auf Elan und Schnelligkeit setzend, um die im Hinterhalt Liegenden zu überwältigen und durchzubrechen, bevor sie die Falle zuschnappen lassen konnten. Selbstzweifel versäuerten plötzlich den Magen des Legatus. Mit einem Beobachter des Planetarischen Kommandos in seiner Führungsgruppe war es besser, keinen Fehler zu machen. Die Reservetruppen mußten sofort aufgerufen werden. Er entschied, die Veränderungen im Plan sofort weiterzugeben. Wenn er zu lange wartete, konnten die feindlichen Kräfte in der Lage sein, die Übermittlungen anzuzapfen. Er sprach in das Lippenmikro.

»Einzelnes Ziel; feindliche Commlink-Übertragung. Entfernung 5-0 Kilometer. Kurs 5-0 relativ. Unbeweglich.« Vielleicht, dachte sich MacDougall, waren die Geister doch real. Dies war wahrscheinlich ein Versprengter des Kampfes am Pol, der zur Küste und in Sicherheit floh. Er schaltete den DDP-Informationsübertragungsschalter auf die ›Download‹-Position und gab die Nachricht der Zielanvisierung an die anderen Kommandanten der Kohorte weiter. Er fügte seine Analyse am Ende der Übertragung hinzu, rief ein ›Halali‹ an seine Truppe und beschleunigte. Die Jagd war eröffnet.

Die anderen Wolverines hörten den Ruf und folgten ihren Führern zu den fernen Zeichen auf ihren Anzeigen. Sie waren Hunde, die einen verwundeten Fuchs über eine baumlose Ebene jagten. »Spotless Poacher, Spotless Poacher, hier Poacher Sechs. Mit der Linken festnageln und mit der Rechten wegfegen. Sechs wird nageln und fegen. Normalflug bei 20 Klicks.« MacDougall übertrug seinen taktischen Plan und wartete auf die Bestätigungen der anderen Einheiten. »Hier Spotless Poacher Sechs. Ausführen.«

»Ziel identifiziert. Horatius-Panzer. Entfernung 4-0 Kilometer. Kurs 6-3-5-0. Fahrzeug unbeweglich und sendend.« Ein fettes Ziel, dachte MacDougall. Ein einzelner Horatius war ein bedeutendes Ereignis für einen Wolverine, aber dies war vergleichbar mit Hunden, die einen Bären schlugen. Mit etwas Glück würden sich die meisten seiner Späher mit ihrer 100-mm-Kanone nähern können und den Horatius in Stücke reißen, bevor dieser mehr als ein paar Schüsse abgeben konnte. MacDougall warf einen Blick auf die Liberatoren der 1. Zenturie, die von hinten aufschloß. Wenn seine Truppe nicht mit dem Ziel fertig werden konnte, die 1. Zenturie konnte es in jedem Fall. Sie befand sich nahe genug hinter ihnen. Mit Glück wäre der Horatius völlig mit den Spähern beschäftigt, während die Mittelschweren über ihn hinwegkrochen.

Legatus Cariolanus Camus beobachtete verwundert das DDP. Die Commonwealth-Streitkräfte hatten sich direkt seinem Fahrzeug zugewandt und kamen genau darauf zu. Das war besser, als er es sich erhofft hatte. Die ganze Einheit würde im Bereich der Fangarme seiner Falle sein, wenn sie sich schloß. Er hüpfte praktisch auf und ab im Kommandositz, starrte auf das DDP und wischte mit vor Aufregung feuchten Handflächen über die Hosenbeine. Kommt, dachte er. Nur noch ein bißchen näher, ein bißchen näher. Die führenden Commonwealth-Fahrzeuge näherten sich weiter. Das DDP identifizierte sie als Wolverines. Zielidentifizierungen breiteten sich fortlaufend über den oberen Teil des DDP aus. Er hatte die gesamte Kohorte im Sack. Sein Blickfeld verengte sich, bis er nur noch die winzigen roten Rechtecke sah, die den Schirm herab auf seine Stellung zusausten. Oben auf dem Schirm lagen die flankierenden Zenturien der Kohorte Harras gut im Bereich der Anzeige. Im Gegensatz zu den vorauseilenden Spähern waren die Flankeneinheiten in ihren V-Formationen gut verteilt und fast bis zu den äußeren Flügeln des Hinterhaltes gestaffelt.

Honor Ross spürte ihre Viper leicht nach links ziehen, als Blackstone den leichten Transporter herumwarf, um einem immensen Eiskegel auszuweichen. Er hatte das Infanteriefahrzeug immer tiefer treiben lassen, als die Aufrufe von Spotless Poacher über das Behelfs-Commlink hereinkamen. Ihr Fahrzeug war wie die anderen nur auf Empfang, und so suchten die Empfangscomputer die Frequenzen ständig nach Funkverkehr ab. Ross hörte MacDougall den ersten Kontakt aufnehmen und spürte, wie die Viper absank, als sich die Möglichkeit einer Feindberührung abzeichnete. Sie ließ ihren Fahrer tun, was er wollte. Blackstone war gut, und sie zog es vor, nicht einzugreifen, solange er nicht zu weit vom Rest der Kohorte abwich.

Das DDP in der Viper blitzte über dem gesamten Schirm rot auf; das Alarmsignal schrillte in ihrem Ohr.

»Horatius-Panzer. Entfernung 5-0 Meter. Kurs 3-3-0-0 Strich. Unbeweglich.« Ross blinzelte. Sicher war die Nachricht falsch. Der Horatius sollte auf dem entgegengesetzten Kurs liegen und in viel größerer Entfernung stehen. Das DDP behauptete, daß er hinter ihr innerhalb einer Hundert-Meter-Reichweite hockte. »Blackstone, umkehren. Tiefflug und den Kontakt aufspüren.«

20

1900, 10 Martius 6831

»Unterwegs. Hoffe, es stimmt nicht.« Die Viper zog in einer magenumdrehenden Kehrtwendung nach rechts, die die Besatzung und die überraschte Infanterie gegen die unnachgiebigen Seiten des Rumpfes warf.

»Horatius-Panzer«, kam der Bescheid vom DDP, als die Viper sich umwandte. »Entfernung 100 Meter. Kurs 5-8-0-0, ansteigend. Beweglich.« Ross wartete nicht. Sie glaubte dem DDP. Den Infanterieeinsatz-Schalter umlegend, setzte sie die Infanterie ab. Im nächsten Augenblick öffnete sie einen Commlink-Kanal zu allen Einheiten der Kohorte. »Glassy Relic, Glassy Relic. Hinterhalt, Hinterhalt, Hinterhalt. Hier Glassy Relic 3-3-3. Hinterhalt, Hinterhalt, Hinterhalt.« Der Viper-Transporter hatte Glück. Als er den am Boden befindlichen Horatius überflog, war der TOG-Kommandeur ebenso überrascht gewesen wie die Rebellen-Truppenführerin. Der Panzer lag in seinem gesprengten Loch, die Hauptwaffe gerade über dem Rand des Trichters. Die fest montierte Hauptwaffe konnte nicht auf den Transporter zielen, als er darüber hinwegheulte, und als der Turm sich zu drehen begann, befand sich die Viper in sicherer Entfernung von dem Horatius. Ohne darauf zu warten, daß die Zielmarkierungslaser die Flimmerschilde dechiffrierten, feuerte der TOG-Richtschütze mit dem 3/6-Laser. Die Heckschilde der Viper schluckten die volle Kraft des Treffers und wurden in gleißendes Licht getaucht. Ein APDS-Beschuß der 50-mm-Kanone traf rechtwinkelig auf das Heck des Transporters und sprengte den behelfsmäßigen Kondensator für die

Energiezufuhr aus seiner Befestigung. Dann war die Viper herum und näherte sich.

Ihre Infanterie fiel aus den offenen Türen auf das Dach des am Boden stehenden Panzers. Plötzlich hatte der TOG-Kommandant zuviel zu tun. Er hatte keinen Befehl, auf den Feind zu schießen. Im Gegenteil, er war mit Nachdruck davor gewarnt worden, zu schießen. Niemand durfte ohne Erlaubnis feuern. Man hatte ihm auch gesagt, daß das wichtigste Ziel der Angriff auf die Commonwealth-Liberatoren sei. Nun hatte er beide Anweisungen verletzt. Er hatte das plötzliche Bedürfnis, die Zeit zurückzuspulen, eine Chance zu erhalten, die letzten Minuten seines Lebens ungeschehen zu machen.

Nun, da es einen Viper-Transporter gab, der das Heck des Horatius überflog, Infanterie, die um ihn herum landete, und Liberator-Panzer auf seinem DDP, mußte er seinen Kommandeur von der Situation in Kenntnis setzen. Dann sah er das TVLG-Abschußrohr der Viper, eingehüllt in die verräterischen Wolken eines Abschusses. Er fröstelte.

Die Gruppenführer Grold und Boost brachten ihre Leute auf die Beine, kaum daß sie auf dem Eis landeten. Die ersten Männer draußen legten ihre Zielmarkierungslaser an und aktivierten sie. Dank der großen Zielmarkierungslaser der Vipern zur Dechiffrierung der Flimmerschilde gab es praktisch keinen Zweifel, daß sie den Code auch entschlüsselten. Sie schafften es auch.

Ohne auf die Meldung zu warten, daß die hinteren Schilde des nun aufsteigenden Horatius entschlüsselt waren, löste Ross ihre TVLGs und ließ einen HEAP-Beschuß aus der 25-mm-Kanone folgen. Die Kommandos lösten ebenfalls zwei TVLGs aus, eine von jeder Abteilung. Das Vulkan-Raketenabwehrsystem spürte die Bedrohung aus der Luft und fuhr zum Angriff herum. Es schaffte es nicht. Ob es daran lag, daß der Turm in die entgegengesetzte Richtung gedreht gewesen war oder das System mit dem Panzerkommandanten Pause machte oder es zu kalt war, um effizient auf eine so kurzfristige Warnung hin zu operieren, blieb ungeklärt. Alle vier TVLGs trafen das Heck des Horatius.

Die rückwärtige Panzerung absorbierte den TVLG-Schaden, aber das 25-mm-HEAP-Geschoß fand eines der Löcher, die von einer Rakete gesprengt worden waren. Es bohrte sich in die Panzerung, brannte durch den Ballistikschutz und schlug in die Antriebskontrollen. Der unter voller Energie stehende Horatius spuckte weißglühende Flammen in die Dunkelheit. Der Panzer schwankte, schwang zur Seite, setzte dann aber seinen Aufstieg fort. Bevor der TOG-Kommandant Vergeltung üben konnte, feuerten die Viper und die Infanterietruppen wieder.

Als der Horatius anfing, sich von Ross' gelandeter Viper abzudrehen, wußte sie, daß sie nun nur eine Chance hatte, einen tödlichen Schuß abzugeben. Ross feuerte eine SMLM auf das Heck und hoffte auf etwas Hilfe von der 25-mm-Gauss-Kanone, die immer noch besser als gar nichts gegen den mittelschweren TOG-Panzer war. Sogar mit dem HEAP-Beschuß, der besten Bewaffnung der Viper, würde die Kanone mindestens drei Treffer auf der gleiche Stelle landen müssen, bevor sie echten Schaden anrichtete. Millicent Connor hielt das Gauss-Abschußpedal herabgedrückt und ließ die kleine Kanone jede ungeschützte Fläche eindecken. Die TVLG der Bodentruppen schossen noch einmal.

Das Achterdeck des Horatius war durch den Einschlag der Raketen zerfurcht. Riesige Bruchstücke aus Titanpanzerung fielen von dem lädierten Heck herab, eine Gefahr für die Infanterie, die dem fliegenden Metall auswich. Die SMLM hätte die Sicherheitstriebwerke ebenso zerstört wie auch die Heckschilde, aber die Rakete schlug nie ein. Das Vulkan-Raketenabwehrsystem hatte schließlich auf die Gefahr reagiert und fing das hereinkommende Projektil im letzten Moment ab. Die Rakete explodierte wie eine gigantische Ringelblume vor dem Nachthimmel. Der Horatius ließ sich auf dem Trichterrand nieder, um der Viper entgegenzutreten.

Die Truppe pausierte einen Moment in grimmiger Erwartung, nachdem ihre TVLGs verbraucht waren. Dann übernahmen Training und Verzweiflung die Kontrolle. Alcyone und Grain aus Grolds Abteilung rannten zu den offenen Infanteriebuchten der Viper, um sich neue Munition zu besorgen, während Grold und die Mitglieder von Boosts Gruppe das am Boden befindliche Fahrzeug attackierten. Der Infanterielaser auf dem Turm des lädierten Horatius spürte beide Bewegungen auf. Aus irgendeinem Grund bewertete der Ballistik-Computer die rennenden Männer als die größere Bedrohung und schoß auf sie, als sie die schützende Hülle der Viper erreichten. Grain machte einen letzten erfolgreichen Sprung in die Sicherheit; Alcyone war nicht schnell genug.

Der AP-Laser traf ihn sauber auf der Rückseite seines Kampfhelmes. In einer Mikrosekunde brannte sich das gebündelte Licht durch das Plastiklaminat und löschte sein Hirn aus. Die Leiche des Mannes krümmte sich; die obere Hälfte zischte, als sie in den Schnee schlug. Grain zog drei weitere TVLGs aus den inneren Halterungen und kehrte zum Rest der Truppe zurück. Er hielt nicht an, um zu überlegen, ob der AP-Laser auf ihn warten könnte. Aber der hatte sich der Truppe zugewandt, die sich auf das zerstörte Heck des Panzers zubewegte, und griff jene Bedrohung an. Grain schlüpfte einfach unter der Panzerblende des Transporters durch und überquerte den Schnee mit einem einzigen mächtigen Sprung.

Die Hauptwaffe, die in der Mitte der unteren Hälfte des 273 Tonnen schweren Horatius lag, war direkt auf den verwundbaren Infanterietransporter ausgerichtet. Der TOG-Panzerführer verlor keine Zeit mehr damit, mehrschichtige Entscheidungen zu treffen. Er hatte seinen Kommandeur benachrichtigt und die Schießerlaubnis erhalten. Die 150-mm-Gauss-Kanone verschoß den puren Tod.

Die HEAP-Ladung traf die Viper gegenüber dem Zielcomputer am Turm. Als die Sprengladung in die Kuppel einschlug, war das ganze Fahrzeug in herumfliegende Bruchstücke aus Titan gebadet. Die Wucht der Explosion warf den Transporter mit solcher Gewalt zurück, daß Ross und Connor von ihren Sitzen geschleudert wurden und der Turm wie ein Kreisel herumwirbelte. Sogar bei geschlossener Luke fühlte Blackstone, der sich im Rumpf unter der Commlinkstation zusammenkauerte, den Sog der Granatenexplosion. Er warf die Viper mit voller Kraft in der Hoffnung zurück, daß der nächste Schuß besser die Front des Panzers als den Turm träfe. Die schwere TOG-Kanone verfolgte den zerschlagenen Turm.

Grold und Boost hatten das Heck des Horatius erreicht und kauerten sich unter dem zweifelhaften Schutz der eingedrückten Panzerung zusammen. Sie waren zu nah, um zu riskieren, in die baumelnden Bruchstücke des Hecks hineinzufeuern; wollten sie aber Abstand nehmen, um eine geeignete Abschußposition zu erreichen, würde das dem AP-Laser einen klaren Schuß erlauben. Er jagte sie so erbarmungslos, wie ein Kindermädchen eine aufsässige Horde zusammentreibt. Grain erreichte den Trupp mit den TVLGs.

Als die Hauptwaffe des Horatius die klare Nacht wieder zerriß, ließ Blackstone die Viper seitwärts springen. Er war fast gut genug, um dem Treffer auszuweichen, aber nur fast. Er war aber immerhin gut genug, den Treffer mit einem unbeschädigten Teil des Turmes abzufangen, so daß sich die Hauptkraft der Explosion an bereits beschädigter Ausrüstung zerstreute. Die rechte Seite des Turms glühte, sprühte Funken und war ein elektronisches Wrack. Die 25-mm-Kanone war außer Gefecht, ein Lauf war völlig abrasiert, und die Mündung hing schlaff über die oberen Schilde herunter. Vom Rücken des Horatius aus sah der Gruppenführer der Infanteristen, Princeps Massai Boost, die ungeheure Zerstörung seines Fahrzeuges. Er erstarrte bei der Härte der Schlacht, deren Zeuge er gerade geworden war, einen Augenblick lang bewegungsunfähig, aber sein Training gewann schnell die Oberhand. Vorsichtig nahm er die drei TVLGs aus Grains verschränkten Armen und sprang vom Heck des Horatius fort.

Dem auf dem Boden befindlichen Panzer den Rükken zukehrend, machte er fünf Schritte, wobei er jeden einzelnen zählte. Fünf Schritte waren die Mindestschußentfernung für die TVLG. Als er die vorgeschriebene Entfernung erreicht hatte, drehte er seinem Gegner das Gesicht zu. Der AP-Laser registrierte seine Anwesenheit und schoß. Der erste Energiestrahl ging an seiner Schulter vorbei und schlug mit einer Explosion aus Eis und Dampf etwa 25 Meter entfernt in das Eis ein. Boost hob das erste TVLG-Abschußrohr auf die Schulter und feuerte. Die Rakete sprang aus seinem Abschußrohr und bohrte sich in das zerschlagene Wrack. Es gab keine Explosion.

Der feindliche AP-Laser feuerte wieder.

Hätte Boost aufrecht gestanden, in der Position zum Abfeuern des zweiten TVLG, hätte ihn der Energiestrahl mitten in die Brust getroffen. Weil er sich bückte, um sich mit der zweiten Rakete zu bewaffnen, streifte der Lichtpfeil nur den Rücken seines gepanzerten Anzugs, wobei er die Schutzhülle vom Nacken bis zum Gesäß aufschlitzte und tiefe Verbrennungen auf seiner dunklen Haut verursachte. Er brachte die zweite Rakete auf seine Schulter und feuerte. Die TVLG sprang aus ihrem Rohr und grub sich mit noch brennendem

Raketenmotor in die Hülle des Horatius. Die Soldaten des Trupps, die noch unter dem Trichter kauerten, erkannten plötzlich, was geschah und stürzten von dem TOG-Panzer fort.

Irgendein Techniker aus den TVLG-Montagewerken, die diese Raketen produzierten, hatte entschieden, daß viereinhalb Meter, gemessen in fünf Schritten, kein ausreichender Sicherheitsabstand waren, um die Person, die die Rakete abschoß, zu schützen. Er hatte den Zündungsmechanismus auf eine etwas längere Reichweite eingestellt. Diese Veränderung war kein bedeutsamer Unterschied bei einer Rakete, die für Abschußreichweiten von mehr als 1200 Metern gedacht war. Aber für die Männer im Nahkampf konnte diese winzige Veränderung Leben oder Tod bedeuten. Massai Boost griff mit der linken Hand nach der letzten TVLG. Der AP-Laser fing ihn ein, angezogen vom Aufblitzen des gepanzerten Handschuhs. Die Hand fing den Energiestoß ein. Im einen Moment war die Hand da, ein lebendes Anhängsel von Arm und Mann. Im nächsten Augenblick war sie fort. Sie verschwand einfach, und das Handgelenk war durch den Laser schwarz verbrannt.

Ohne mit der Wimper zu zucken, brachte Boost die rechte Hand hinunter zu der Handschlaufe und zog sie heraus. Er hob das Rohr, drehte dem am Boden liegenden Panzer den Rücken zu und machte drei weitere Schritte. Seine Augen waren schmerzerfüllt, und er stolperte über eine Eisscholle auf seinem Weg. Er fiel auf die Knie. Das Abschußrohr mit dem linken Arm stützend, schwang er den Körper zum Gegner herum und drückte auf den Abzug. Der AP-Laser feuerte zugleich mit dem Abschußrohr. Gruppenführer Princeps Massai Boost erfuhr nie, ob die dritte TVLG ihr Ziel traf. Für den AP-Laser klappte es beim dritten Mal hervorragend. Der Infanteriekampfanzug war entwickelt worden, um einem von außen einwirkenden Schaden zu widerstehen, aber nicht, um einen vollen Laserstrahl auf kürzeste Distanz abzufangen. Der Laser brannte sich durch die Mitte des Laminat-Brustharnisches und zerfraß Lungen, Herz und Rückgrat. Der Körper des Legionärs brach zischend im Schnee zusammen.

Die letzte TVLG-Rakete vergrub sich in dem zerschlagenen Heck des Horatius-Panzers. Die fleißigen Techniker hatten die Sicherheitsschußentfernung auf zehn Meter berechnet. Vom hinteren Bereich des Panzers bis zur Spitze des Rohres war die Entfernung geringer. Aber der bestehende Schaden am Heck hatte die Entfernung vom Start bis zum Einschlag über diese Distanz hinaus vergrößert. Die TVLG schlug in das verkleidete Heck und zündete. Die Gewalt der Explosion trieb die beiden noch nicht explodierten Raketen in den Gefechtsstand, wo sie, nachdem sie ihren Zündpunkt erreicht hatten, ebenfalls explodierten. Ein Flammenmeer sprang aus der unteren Hälfte des TOG-Panzers. Titan gerät in Brand, wenn seine Moleküle ausreichend erhitzt werden. Das den Horatius schützende Titan löste sich auf. Die mit dem Gesicht im Schnee liegenden Infanteristen sahen trotz herabgelassenem Visier und fest geschlossenen Augen das Licht der Explosion. Die Druckwelle schlug einen Moment später zu, hob sie vom Eis und wirbelte sie fast hundert Meter fort. Dunkelheit senkte sich wieder herab.

Im Zentrum des Hinterhaltes kämpfte die Kohorte Harras um ihr Leben. Sergeant Ross hatte die Warnung gerade rechtzeitig ausgerufen, und Instinkt und Training besiegten die anfängliche Überraschung. In der Tat gaben die Rebellen den ersten Schuß der Schlacht ab. MacDougall verstand sofort, was geschah, und befahl den Wolverines, nach links auszubrechen. Copans 1. Zenturie, die dicht dahinter folgte, brach nach rechts aus. Die anderen Zenturien kämpften, abhängig davon, wie sehr sie sich in den Fangarmen des Hinterhaltes verfangen hatten, entweder in einsamen Gefechten wie Ross' Zug oder sie glitten über die Flanken hinaus.

Harras schickte seine Führungsgruppe ins Gefecht, um den Rückzug derer zu decken, die zu tief in das Zentrum der Todeszone geraten waren, um auszubrechen. Das Katapult, dessen geringe Antriebskraft sich als ein solcher Nachteil erwies, wie Harras es befürchtet hatte, konnte nicht herausgeholt werden. Zögernd sandte der Kohortenkommandeur ihn voran in den Mahlstrom aus Feuer. Der Katapult landete, während Raketen ihre Bögen über seine flammende Hülle zogen, und feuerte mit seinem 200-mm-Geschütz auf jedes TOG-Fahrzeug, das dumm genug war, sich der Wut seiner Besatzung auszusetzen.

Die Überlebenden verteilten sich über das Eis. Harras rief die versprengte Truppe auf dem Marsch zusammen, führte sie in Richtung Pol, um sie umzugruppieren und neu zu organisieren. Es gab keinen besseren Ort nahe dem Zentrum des Eiskaps, um die Scherben zu sortieren. Die versprengten Legionäre richteten sich auf den Pol aus, gaben vollen Schub Energie und flohen.

Legatus Cariolanus Camus besichtigte die brennenden Wracks, die das Eisfeld übersäten. Der Hinterhalt war nicht der überragende Erfolg, den er erwartet hatte, und er war sich nicht sicher, wen er deswegen an den Pranger stellen konnte. Die Commonwealth-Truppen waren an einigen Stellen durch den Hinterhalt gebrochen, und die Fahrzeuge, die jene Stellungen hätten verteidigen sollen, hatten seinem Ruf nie geantwortet. Untersuchungen hatten ergeben, daß die Fahrzeuge spurlos verschwunden waren. Vielleicht waren sie bei der ersten Gelegenheit nach Malthus geflohen. Er hätte ihre Desertion bemerken müssen. In jedem Fall würden die Namen der vermißten Besatzungen als Feiglinge ausgestellt werden; ihre Familien würden unter ihren Fehlern leiden müssen.

Schadensberichte strömten in sein Hauptquartier. Präfekt Claudius Sulla stand bleich und schweigend da, als die Angaben gemacht wurden. Es war merkwürdig, dachte Camus, daß dieser Mann, von dem man erwartete, daß er alles beobachtete, alles kommentierte, nichts sagte. Vielleicht wartete er nur auf seinen Moment. Camus schüttelte den Gedanken ab. Er hatte zuviel zu tun, um sich um das merkwürdige Verhalten eines Handlangers des Hauptquartiers Gedanken zu machen. Fünfzehn Minuten, nachdem der letzte Bericht eingegangen war, formierte Camus die Kohorte und begann, die Überreste der Commonwealth-Streitkräfte zu verfolgen.

21

0130, 11 Martius 6831

Die 1. Zenturie und die Späher hatten die Hauptlast des Kampfes in dem Hinterhalt getragen. MacDougall brachte außer seinem eigenen nur noch einen der von ihm befehligten Wolverines zurück. Copans 1. Zenturie zählte noch einen Liberator und den Stabs-Pedden; Copan war, kaum daß die Schlacht begonnen hatte, gefallen. Die 2. Zenturie von Optio Holden Ventis hatte nur noch drei Liberator-Panzer, seinen Kommando-Spartius und eine Viper sowie das Stabsfahrzeug. Der Pedden war schwer beschädigt, aber noch mobil. Bei dem endgültigen Durchbruch durch die TOG-Linien hatte der Pedden-Kommandant angehalten, um Reste eines Infanterietrupps und den Fahrer eines zerstörten Wolverine aufzunehmen.

Die 3. und 4. Zenturie waren in nicht besserer Verfassung. Nur sechs Liberatoren und drei Vipern waren dem Debakel entkommen, genug, um eine vollbemannte Zenturie zu formen. Die gesamte Führungsausrüstung der beiden Zenturien war verlorengegangen. Harras' Stabs- und Versorgungszenturie war mit den geringsten Verlusten davongekommen. Das Katapult war zerstört worden, aber das Remus-Pionierfahrzeug war nur leicht beschädigt worden, wie auch das Sanitätsfahrzeug und das lädierte Kommunikationsfahrzeug. Die Dinge hätten schlechter stehen können, aber Harras reichte es.

Die eigentliche Schwierigkeit war, soweit es der Kohortenkommandeur feststellen konnte, daß es an Führern mangelte. Die Kohorte hatte das Unternehmen mit wenigen Offizieren begonnen, und das Freikämpfen aus dem Hinterhalt hatte diese geringe Zahl noch weiter dezimiert. Zenturio Uxmail Copan, der Naram-Kommandeur der 1. Zenturie, war im Hinterhalt gefallen. Ventis, der junge Optio, der die 2. Zenturie befehligte, hatte leicht verwundet überlebt. Fagan Walker, ein Senior-Optio und der Chef der 3. Zenturie, hatte ebenso überlebt wie auch sein viel jüngerer Optio. Die 4. Zenturie hatte alle ihre Offiziere und Senior-Sergeanten in der Führungsgruppe verloren. Die Stabs- und Versorgungszenturie war in der besten Verfassung. Zenturio Sedden Matruh, dem Kommandeur, stand seine Viper noch mit voller Truppenbesetzung zur Verfügung, obwohl sie keine kampferfahrenen Infanteristen waren. Das Kohortenstabsfahrzeug, ein Pedden, der von Zenturio Moldine Rinter, dem Operations-Offizier zusammen mit Aktol Graviston, dem Senior-Sergeant der Kohorte Harras, kommandiert wurde, hatte ebenfalls überlebt. Beide waren verläßliche Führer. Rinter war bei der Kohorte seit ihrer Gründung, und Harras mochte sie und vertraute ihr. Sie hatte seit geraumer Zeit kein Kommando mehr gehabt, weil ihre administrativen Talente so großartig waren, daß kein Kommandeur wegen einer Truppenverwendung auf sie verzichten wollte.

Die Reorganisation der erschöpften Kohorte nahm langsam Gestalt an, als die Überlebenden sich am Pol versammelten. Die 1. Zenturie wurde aufgelöst, weil zu wenige Fahrzeuge der ursprünglichen Struktur übriggeblieben waren, um sie wieder aufzubauen. Die 2. Zenturie erhielt die drei Liberatoren, den Spartius und die Viper, mit der sie dem Hinterhalt entflohen war, und Ventis behielt das Kommando. Fagan Walkers 3. Zenturie behielt ebenfalls die Struktur mit vier Liberatoren und einer schwer beschädigten Viper. Die 4. Zenturie wurde aus Teilen der alten 4. Zenturie und den Resten der 1. zusammengesetzt: drei Liberatoren und zwei Vipern. Das Kommando der 4. wurde Optio Rand aus der nutzlosen Kommunikationsabteilung übergeben. Eine neue Zenturie wurde unter Zenturio Rinter als Reservetruppe eingerichtet. Sie kommandierte nun die verbliebenen Wolverines der Spähergruppe mit MacDougall als Verantwortlichem, den Pionier-Remus und die zwei Pedden, die als Schlachtfeldtaxen für die Infanteristen des Stabs agieren würden. Zenturio Matruhs Viper und zwei Pedden sollten als Gefechtsstandfahrzeuge dienen wie auch als letzte Reserveeinheit.

Harras war mit der Organisation zufrieden. Er haßte es, Rinter an ein Kampfkommando zu verlieren, aber sie hatte sich das Recht auf eine eigene Zenturie verdient. Wenn die Kohorte kämpfen mußte, und alles wies darauf hin, hatte sie es verdient, als Teil einer Kampfeinheit hinauszugehen. Außerdem war sie nur so weit entfernt wie das nächste Commlink, und er konnte sie schnell erreichen, wenn es sein mußte. Das einzige, was ihm bei der Reorganisation Sorgen bereitete, war die Notwendigkeit, dem neuen Offizier Bard das Kommando des Kommunikations-Pedden zu übertragen. Die Abteilung war grundsätzlich nutzlos, zumindest im Augenblick, aber der Mann würde auch als Matruhs Stellvertreter dienen. Bard hatte in ihm nicht viel Vertrauen erweckt, obwohl er so sprach, als wisse er, was er tue. Aber Harras konnte das Gefühl nicht abschütteln, daß mit dem Mann etwas nicht stimmte. Was auch immer das Problem war, er hoffte, daß es warten konnte. Es würde warten müssen.

Die drei Kampfeinheiten stellten sich in einem losen Kreis um den Pol, wobei sie die Reservetruppe und den Gefechtsstand einschlossen. Harras plazierte den eigenen Liberator in die Mitte. Dann landeten sie, um das Eintreffen der TOG-Truppen abzuwarten. Sie mußten nicht lange warten.

Die Rebellen- und TOG-Positionen waren umgekehrt. Nun warteten die Rebellen, ihre Ausrüstung abgeschaltet und fast unsichtbar. Die TOG-Kohorte andererseits war durch ihre eigenen Triebwerke gut beleuchtet und ein deutliches Ziel auf den beobachtenden DDPs. Die herankommenden TOG-Kräfte erschienen auf den Rebellenanzeigen ab fünfzig Kilometern Entfernung. Die Verteidiger warteten.

Holden Ventis sah die TOGs auf dem DDP seines Spartius herankommen. Seine Infanterie hatte sich rechts und links des Fahrzeuges eingegraben, ein gutes Stück entfernt vom Panzer, so daß die Infanterie bei einem katastrophalen Treffer in den Panzer nicht vernichtet würde. Die vorderste Infanterieabteilung lag mehr als zwei Kilometer voraus bereit, um jedes herankommende TOG-Fahrzeug als Ziel zu erfassen, bevor es den verborgenen Spartius mit irgend etwas anderem als Lasern oder der schwersten Gauss-Kanone angreifen konnte. Die turmgestützten Zwillings-5/6-Laser des Spartius würden sogar den schwersten Panzer zerfleischen, bevor er einen effektiven Schuß abgeben konnte. So war es geplant.

Holden war wegen der zwei Männer im Vorposten beunruhigt. Er kannte keinen von ihnen. Kallach, der Truppführer im Spartius, hatte sich für sie verbürgt, aber Kallach kannte sie auch nicht sehr gut. So war der Optio gezwungen gewesen, zwei ihm unbekannte Männer, denen er vertrauen mußte, vorzuschicken, um die wichtigste Stellung der Zenturie zu besetzen. Nun befanden sie sich zweitausend Meter entfernt in der Kälte und Dunkelheit, dem Losbrechen der TOG-Attacke entgegensehend.

Die Zenturie war in einer zerrissenen Linie aufmarschiert. Verborgen in Trichtern, lagen links zwei Liberatoren, gefolgt vom Spartius mit Ventis. Der dritte Panzer stand auf der rechten Seite. Die Viper, das schwächste Fahrzeug des Kommandos, lag weit rechts außen in Stellung und etwas hinter der Linie der mittelschweren Panzer. Die Infanterie der Viper war ebenfalls weit entfernt von dem Fahrzeug aufmarschiert, aufgeteilt auf Zwei-Mann-Stellungen rechts um die Viper und den Liberator herum.

»Ziel identifiziert. Horatius-Panzer. Entfernung 4-5-0-0-0. Kurs 6-2-0-0. Geschwindigkeit 1-8-0. Ziel nähert sich.« Ventis merkte, wie sich der Turm sanft bewegte, als Tim Rollus den Zwillingslaser als Antwort auf die DDP-Information auf das herankommende Ziel ausrichtete. Holden wußte, daß die Panzer auf der linken Seite den Feind wahrscheinlich abschießen würden, lange bevor der Laser des Spartius eingreifen konnte, aber er dachte nicht daran, es Rollus mitzuteilen. Das Anvisieren hereinkommender Feinde würde den jungen Mann beschäftigen und seinen Geist frei von Nervosität halten.

»Viele Ziele identifiziert. Horatius-Panzer. Entfernung 3-5-0-0-0. Kurs 6-2-0-0. Geschwindigkeit 1-8-0. Ziele nähern sich.« Ventis beobachtete die Anzeige. Zahlreiche Flecken erschienen an der Spitze des Bildschirmes und zogen sich herab zu seiner Stellung. Rechts und links konnte er andere Zielindikatoren sehen, aber sie waren außerhalb seiner Reichweite; sollte die 3. Zenturie sich darum kümmern. Weitere rote Rechtecke erschienen hinter den Horatius-Panzern, und der Computer identifizierte sie als Romulus-Infanterietransporter.

Der Romulus war ein höllisches Fahrzeug. Entworfen zur Unterstützung für die TOG-Infanterie beim Einbrechen in die Commonwealth-Verteidigung, war die Panzerung auf beeindruckende Weise verstärkt worden. Die Turm- und Frontpanzerung war schwerer als die der Horatius-Panzer, die sie begleiteten, und eine hohe Flimmerschildrate machte den Romulus für die meisten Raketen und Laserschüsse undurchdringlich. Einer der Gründe, warum Ventis seine Infanterie weit voraus postiert hatte, lag darin, daß er versuchen wollte, diese Schilde aus extremer Entfernung zu dechiffrieren.

»Viele Ziele identifiziert. Horatius-Panzer. Entfernung 2-5-0-00. Kurs 6-2-00 zu 100. Geschwindigkeit 1-8-0. Ziele nähern sich.« Ventis empfand das Warten oft als schlimmsten Teil jeden Kampfes. Das DDP wiederholte ständig die Position des Feindes, und die Verteidiger mußten einfach stillsitzen. Manchmal wünschte sich Ventis, die Sensoren wären nicht ganz so gut; zuviel Information verschlimmerte nur die Erwartung. Er hätte gerne gewußt, ob sie besser dran wären, wenn sie nicht wußten, was kam. Er überflog sein DDP, um nach den anderen Fahrzeugen zu sehen. Da die Triebwerke ausgeschaltet und alle anderen Systeme passiv waren, sah man die blauen Rechtecke, die die eigenen Truppen anzeigten, sogar auf geringe Entfernung nur als schwache Flecken.

Der Panzer zu seiner Linken befand sich knappe 500 m entfernt, der nächste im selben Abstand dahinter, aber wegen ihrer abgeschalteten IFF-Transponder waren sie fast unsichtbar. Die roten Flecken näherten sich weiter, fast, als seien sie sich der Rebellenstellungen nicht bewußt.

»Viele Ziele. Horatius-Panzer und Romulus-Transporter. Entfernung 1-5-0-00. Kurs 6-3-2-0 zu 0-5-0. Geschwindigkeit 1-2-0. Ziele nähern sich.« Die TOGs bremsten jetzt auf der Suche nach den Rebellen ab. Weit links im Sektor der 3. Zenturie waren die feindlichen Panzer fast in Reichweite. Ich wünschte, das gälte mir, dachte Ventis. Zumindest wäre dann das Warten vorbei.

»Glassy Relic, Glassy Relic. Hier Glassy Relic Drei-Sechs. Greife an.« Gegen den rabenschwarzen Himmel der Polarnacht flammten die 150-mm-Gauss-Geschütze mit goldenem Hof über dem verborgenen Liberator auf, und das scharfe Krachen der Schüsse klang über den Schnee und den Fels.

»Glassy Relic Sechs. Hier Glassy Relic Drei-Sechs. Greife Ziele an. Viele brennen. Wir haben engen Kontakt.«

Ventis lauschte der körperlosen, unbewegten Stimme von Fagan Walker auf dem Commlink. Der Chef der 3. Zenturie klang, als habe er die Situation voll unter Kontrolle, nicht nervös und völlig ruhig. Er beobachtete die Anzeige der äußeren Grenzen der Stellung der 3. Zenturie auf dem DDP. Während er hinsah, erlosch das rote Zeichen eines Horatius, um anschließend als zerbrochenes Rechteck aufzutauchen. Der Himmel links von Ventis schien im Feuer zu tanzen, und das Krachen der Kanonenschüsse klang wie langsames Trommeln. Weitere rote Rechtecke wurden zerbrochen angezeigt. Der Himmel hörte auf zu flackern und begann zu glühen.

»Viele Ziele identifiziert. Horatius-Panzer. Entfernung 1-5-0-00. Kurs 6-3-00 zu 1-5-0. Geschwindigkeit 2-4-0. Ziele bewegen sich nach links.« Ventis war von dem Licht der Schlacht und der sanften, sich wiederholenden Stimme des DDP fast hypnotisiert gewesen, aber die neue Nachricht vom DDP brachte ihn zurück zur eigenen Lage. Die TOG-Truppen vor ihm beschleunigten, um in den Kampf vor der 3. Zenturie einzuschwenken. Sie drehten sich um ihre eigene Rechte und schoben dadurch ihre Flankeneinheit fast direkt über die versteckte 2. Zenturie.

»Viele Ziele identifiziert. Romulus-Transporter. Entfernung 5-0-0-0. Kurs 6-1-00 zu 1-5-0. Geschwindigkeit 2-4-0. Ziele bewegen sich nach links.« Die Romulus-Infanterietransporter bewegten sich weiter nach links und schoben sich immer dichter an die 2. Zenturie heran. Das TOG plante, die 3. Zenturie zu attackieren, von der es glaubte, es handele sich um eine offene Flanke.

»Viele Ziele identifiziert. Romulus-Transporter. Entfernung 5-0-0-0. Kurs 6-1-00 zu 1-5-0. Geschwindigkeit 2-4-0. Ziele bewegen sich nach links.« In wenigen Augenblicken würden die TOG-Fahrzeuge in der Reichweite der 2. Zenturie sein. Ventis wollte seine Panzer noch etwas länger heraushalten, gerade bis die TOGs vollständig in den Angriff verwickelt waren. Dann würden sie die TOGs mit dem Flankenangriff zerfleischen. Wegen der passiven Sensoren hatte es noch keine Zielerfassungen gegeben, aber das konnte warten. Er ignorierte die Stimme des DDP, während er die roten Rechtecke bei Überqueren der Ortungslinien auf dem Schirm beobachtete. Fast. Fast. Fast. Er legte den Sensoraktivierungshebel um.

»Viele Ziele identifiziert. Romulus-Transporter. Entfernung 3-0-0-0. Kurs 6-1-00 zu 1-5-0. Geschwindigkeit 2-4-0. Ziele bewegen sich nach links. Zugriff auf Romulus.« Ein blinkendes rotes Rechteck bezeichnete das Ziel, das das DDP gewählt hatte. Blaue Rechtecke erblühten links und rechts, als die Liberatoren die Motoren hochfuhren.

»Glassy Relic. Glassy Relic. Hier Glassy Relic Zwei-Sechs. Greife an.« Ventis schaltete auf Zenturien-Frequenz. »Glassy Relic, Glassy Relic. Hier Glassy Relic Drei-Sechs. Feuer frei auf Gelegenheitsziele.«

»Ziel identifiziert. Romulus-Transporter. Entfernung 2-5-0-0. Kurs 6-1-0-0. Geschwindigkeit 2-4-0. Ziel bewegt sich nach links. Zugriff erfolgt.« Der Turm summte, als er sich auf der Suche nach dem Transporter drehte. Ventis konnte Rollus' schweres Atmen über das Intercom hören.

»Langsam, Richtschütze, langsam. Warten Sie auf die Markierung.«

»Jawohl, Sir.«

Ventis fühlte, wie sich ihm der Magen umdrehte. Die Infanterie auf dem vorderen Observationsposten hätte inzwischen ein Ziel haben sollen, aber es gab kein Anzeichen, daß sie überhaupt noch am Leben waren.

»Ziel identifiziert. Romulus-Transporter. Entfernung 2-4-0-0. Kurs 6-1-0-0. Geschwindigkeit 2-4-0. Zugriff erfolgt. Ziel markiert.« Sie hatten ihn.

»Richtschütze. Beschuß des Romulus-Transporters bei 2-4-0-0 mit dem Laser.«

»Fertig.«

»Feuer.«

»Unterwegs.«

Ventis spürte das hohe Kreischen des Zwillingslasers eher, als daß er es hörte, als dessen gebündeltes Licht auf das Ziel zuschoß. Er sah rechtzeitig vom DDP auf, um noch einen entfernten Schimmer wahrzunehmen, als die Energie die Seite des zwei Kilometer entfernten feindlichen Transporters traf. Es hatte keinen Sinn, den Feind zu suchen, er war in der Düsternis unsichtbar.

»Laser wieder geladen.« Rollus benachrichtigte ihn, daß er wieder schußbereit war.

»Wieder Beschuß des Transporters.«

»Ziel identifiziert, erfaßt und markiert.«

»Feuer.« Die Laser schnitten noch einmal durch die Dunkelheit.

Ventis blickte vom DDP auf, um die hellen Punkte vor ihm in der Dunkelheit auftauchen zu sehen, und erblickte zwei feurige Spuren, als zwei TVLGs starteten. Die Infanteriestellung, zwei Kilometer vor dem Transporter, hatte mitten in der Reichweite der TOG-Maschinen, die zu ihnen herabschossen, gefeuert. Das Vulkan-Raketenabwehrsystem schaltete eine Rakete aus, aber die andere traf voll den Turm.

Die Alarmsirene zerriß die Stille des Turmes und teilte Ventis mit, daß sein Fahrzeug markiert worden war. Er blickte zurück auf das DDP und sah, daß der Gegner den Turm gedreht hatte, um auf den kommandierenden Spartius anzulegen. Er wußte, daß seine Besatzung nichts tun konnte, um den Schuß zu vermeiden, daher lehnte er sich vor die Polsterung über dem

DDP und wartete auf den Einschlag des Lasers. Er war nicht besorgt, der Schuß würde nicht beim ersten Treffer durchdringen. Der Spartius hatte ausreichend Panzerung, um einen ersten Treffer abzufangen, aber alle weiteren würden ernste Probleme verursachen.

»Laser wieder geladen.«

»Beschuß des Transporters.«

»Ziel erfaßt und markiert.«

»Feuer.«

Der Turm füllte sich mit dem stickig-süßlichen Geruch zerschmolzener Ballistik-Panzerung. Ventis sprang zurück in seinen Sitz, während die Augen nach der verräterischen Blase in Innern des Panzers suchten, die ihnen zeigen würde, wo der Laser eingeschlagen hatte. Die Mitte der Kopfstütze über dem DDP schmolz. Ihm würde übel. Er lehnte sich weit fort von dem verkohlten Zeichen, als wolle er der Gewißheit, wie nah er dem Tod gewesen war, entfliehen.

»Laser wieder geladen.«

»Dann schieß!« Rollus klammerte sich an die vorgegebenen Feuerkommandos für die Zwillingslaser, um durch die Routine Ruhe zu bewahren, aber Ventis kümmerte sich nicht mehr darum. Er wollte, daß der Richtschütze schoß und wieder schoß. Traf und nochmals traf. Er drückte das Fußpedal für den Zielmarkierungslaser so fest, daß sich der Hebel unter der Krafteinwirkung bog.

»Nun schieß!« brüllte er. »Ziel zerstört.«

»Schieß weiter!«

»Das Ziel ist zerstört, Sir.«

»Was?«

»Wir haben es geschafft, Sir. Es ist explodiert.«

Ventis sah über die Brüstung des Panzerbefehlsstandes hinaus. Zwei Kilometer entfernt spuckte ein Romulus-Infanterietransporter Flammen. Ein weiter Kreis im Schnee rund um das brennende Fahrzeug schimmerte blutrot. Er sah zurück auf das DDP. Zerbrochene rote Rechtecke blinkten verstreut über dem Schirm innerhalb der Ortungslinien. Über den oberen Rand flohen andere rote Rechtecke hinauf und außer Reichweite. »Glassy Relic Drei. Hier Glassy Relic Drei-Sechs. Feuer einstellen. Zustandsberichte.«

Die anderen Fahrzeuge seiner Zenturie meldeten keine Verluste. Die 3. Zenturie war ebenso dem Tode entkommen; Ventis hörte ihren Bericht, kurz bevor er seinen eigenen abgab. Er sank in den Kommandosessel zurück und starrte auf den verkohlten Fleck auf der Polsterung vor ihm.

22

0730, 11 Martius 6831

Das Schiff Seiner Imperialen Majestät *Gradior* brach knapp vor Caralis aus dem Tachyon-Raum hervor, der Dimension, die es erlaubte, schneller als mit Lichtgeschwindigkeit zu reisen. Der Captain hatte die vorgegebenen Koordinaten manipuliert, um sich nicht in Gefahr zu bringen. Über einem umkämpften Planeten auszubrechen war extrem gefährlich. Wenn das Commonwealth hier oben Jäger hatte oder gerade eine Schlacht stattfand, würde sich das schwere Transportschiff wie ein fettes Schwein im Pferch des Schlachthofs herumwälzen. Es war gut genug mit Waffen bestückt, um sich gegen die meisten Jägerschwadronen verteidigen zu können, aber ein Großschiff jedes Ausmaßes würde die *Gradior* auseinanderreißen. Und so hatte der Captain beschlossen, sich etwas zu früh herausfallen zu lassen. Er konnte jederzeit den Piloten beschuldigen, wenn irgend jemand die Abweichung von den vorgegebenen Koordinaten kritisierte.

Die *Gradior* befand sich auf der TOG-Seite, weit genug vom Planeten entfernt, um irgendwelche Commonwealth-Einheiten in der Region aufzuschrecken. Ein erschreckter Commonwealth-Pilot war ein gefährlicher Commonwealth-Pilot, sagte der Skipper immer. Nichts gegen den Müll, mit dem die Zivilisten von der TOG-Propaganda gefüttert wurden, aber die feindlichen Piloten waren im Kampf keine Nieten. Wie auch immer, der Himmel über dem Planeten war klar, und der Captain ließ sein Schiff auf den entfernten Fleck zutreiben, der Caralis darstellte. Als das Schiff am südlichen Rand des Planeten in die Umlaufbahn eintrat, fingen die Sensoren Signale von Aktivitäten auf der Oberfläche auf.

Im Kommandozentrum der Kampfeinheit, die die *Gradior* zu ihrem neuen Auftrag brachte, lauschte ihr Kommandeur, der Legatus Rocipian Olioarchus von der 365. Straf-Auxilia, dem Funkverkehr auf dem Planeten. Nahe des Südpols fand ein Kampf statt, und die Meldungen zeigten, daß es für die TOG-Kräfte nicht gut lief. Er wandte sich dem Hololink zu, das planetenwärts ausgerichtet war, und schaltete es an. Es knisterte einmal, zischte leise, und dann erwachte die Gestalt des Planetarischen Kommandeurs Brigadegeneral Drusus Arcadius, zum Leben. Olioarchus nahm steif Haltung an.

»Mit allem gebührenden Respekt, Exzellenz«, begann der Regimentskommandeur, »ich bitte, die Ankunft der 365. Straf-Auxilia in der Caralis-Kampfzone melden zu dürfen. Die 365. ist bereit, jeden Auftrag zu übernehmen, den Sie erteilen.«

Das winzige Hologramm starrte den Regimentskommandeur an, der steif unter dem grellen Licht der Fluorobeleuchtung stand. »Es ist unüblich für ein Regiment, sich direkt beim Planetarischen Kommandeur zu melden. Ich begrüße die Gelegenheit, Sie so schnell zu sehen.« Arcadius hatte das Gefühl, daß dieser neue Auxilia-Kommandeur etwas mehr wollte, als nur seinen Respekt zollen. Er bedeutete dem Kommandeur, fortzufahren.

»Als frisch wiederaufgestellte Straf-Auxilia bittet die 365. um Erlaubnis, vom frühestmöglichen Zeitpunkt an bei den Auseinandersetzungen eingesetzt zu werden.«

»Ich weiß, daß das Regiment gerade wieder vervollständigt wurde und daß Sie der neue Kommandeur sind«, sagte Arcadius nachdenklich. Er versuchte Zeit zu schinden, um herauszufinden, was dieser neue

Mann wollte und was er schon wissen konnte. Seine Truppen verloren den Kampf am Pol; vielleicht hatte Olioarchus sich in den Commlink-Verkehr eingeschaltet. Der Legatus Maximus wollte wahrscheinlich in diesen Kampf geschickt werden. Arcadius haßte Strafregimenter. Sie waren aus dem Abschaum der Galaxis zusammengesetzt, und sie hatten diese schrecklichen Ssoran-Wächter. Diese Halbreptilien verursachten ihm eine Gänsehaut. Der Pol konnte der richtige Platz für sie sein. »Ich habe gegenwärtig keinen Auftrag für Sie, Legatus Maximus. Ich werde Ihre Nachfrage bearbeiten, sobald Ihr Transport einen passenden Startpunkt erreicht.«

»Ich fühle mich geehrt, Exzellenz.«

»Das sollten Sie.« Das Hologramm erlosch.

Larry Stone beobachtete, wie sich das letzte TOG-Fahrzeug vom Eis erhob und in der Dunkelheit verschwand. Der Horizont war durch die Schlacht mehrere Minuten lang gesprenkelt gewesen, dann war er wieder ruhig geworden, abgesehen vom Krachen und Ploppen brennender Ausrüstung. Das flackernde Licht erstarb langsam zu einem Glühen. Von dem zackigen Felsen herabkrabbelnd, auf dem er gelegen und die Zerstörung beobachtet hatte, gesellte Stone sich wieder zu seinem Baufrinfreund neben dem Gravgleiter.

»Mein Freund«, sagte der Baufrin, »du siehst sehr besorgt aus. Ich denke, was du gesehen hast, hat dich nicht erfreut.«

»Nicht sehr. Es sah aus, als sei die Katastrophe, zu deren Verhinderung wir herkamen, bereits geschehen.«

»Das ist eine recht unerfreuliche Nachricht. Ich nehme nicht an, daß unsere weitere Präsenz an diesem schrecklichen Ort noch von irgendwelchem Nutzen sein kann.«

»Du vielleicht nicht«, schnaubte Stone, »aber ich werde nicht umkehren, bis ich erreicht habe, weswegen ich herkam. Da gibt es die kleine Sache mit dem Spion, die ich zu erledigen habe.« Stone begann die Reste ihrer mageren Ausrüstung in den Gleiter zu laden. »Wenn dieser kleine Bastard noch bei der Kohorte ist – was ich nicht bezweifle –, muß ich die Truppe erreichen, und wenn auch nur, um ihn abzuschießen.«

»Diese Haltung ist nachvollziehbar, wenn auch leicht manisch. Und ich glaube, daß es eine bessere Möglichkeit geben sollte, an dieses Problem heranzutreten, als einfach einzudringen und den Spion zu töten.«

»Wirklich?« Stone wandte sich wütend dem Alien zu. »Geh auf die Spitze des Felsens da, und sieh aufs Eis hinaus. Mit deinen Besser-als-menschliche-Augen solltest du in der Lage sein, unsere brennenden Panzer zu sehen. Zumindest ein Dutzend sind da draußen. Jeder bedeutet den Tod von mindestens drei guten Menschen, vielleicht mehr, wenn es Infanterietransporter waren. Verbrannt oder erfroren, alle. Geh es dir ansehen und dann komm zurück und erzähl mir etwas über eine vernünftigere Möglichkeit.« Stone schleuderte seinen Thermomantel auf den Rücksitz des Gleiters.

»Mein lieber Freund«, sagte Archon Divxas, der den Ausbruch seines Freundes ignorierte, »ich meinte nicht, daß du deine Aufgabe aufgeben solltest. Weit gefehlt. Was ich vorschlage, ist, daß wir, und ich wünsche den ›wir‹-Anteil daran besonders zu betonen, etwas vorsichtiger vorgehen sollten.«

Stone starrte ihn an, dann beendete er das Beladen des Gleiters. »Rock Wall wird nicht vor einer Stunde wieder aufgehen. Wenn wir uns beeilen, können wir den Pol erreichen, bevor er auftaucht.« Er kletterte in den Kommandosessel. »Du kannst steuern.«

Divxas krabbelte in den Sitz und klemmte die Beine unter das DDP. Er wußte, daß Stone ihn nicht zum

Steuern aufforderte, um Überlegenheit zu demonstrieren, sondern weil der Außerweltler der bessere Mann für diese Aufgabe war. Er ließ den Gravgleiter ansteigen und ihn vorangleiten, während er die Instrumente überprüfte. »Der Energieträger zeigt an, daß wir gerade bis zu unserem Ziel durchhalten, und das nur, wenn wir vorsichtig sind.«

Die Rebellen-Hilfstruppe erreichte über der kleinen Insel vor der Südküste von Rolandrin ihre Maximalgeschwindigkeit. Der kreisende Aufstieg hatte die Truppe so lange wie möglich vor den bekannten TOGLOSATs verborgen. Auf einer Höhe von acht Kilometern wandte sie sich nach rechts und begann mit 900 km/h ihren Marsch zum Pol. Es waren 8000 Kilometer bis zum Rand des Eises und weitere 1000 Kilometer bis zum Pol. Sogar bei Spitzengeschwindigkeit würde der Flug zehn Stunden dauern.

Die Truppe war lose zu einer Einheit aufgebaut worden. Cobaro Freund, der Kommandeur, hatte die Kolonne in drei verstärkte Züge arrangiert, die aus je drei Liberatoren und einer Viper bestanden. Er hatte diesen Aufbau mit dem Mangel an Offizieren begründet. Er brauchte einen der vier Optios im Kommando für die Überwachung der Führungsgruppe, was bedeutete, daß kein Offizier für das Kommando eines vierten Zugs abkömmlich war. Die beiden Spartius-Transporter mit ihren schweren Lasern und den Wolverine behielt er als Teil seiner Führungsgruppe.

Freund formierte die Zenturie zu einer engen Kolonne. Zwei Panzerinfanteriezüge führten, gefolgt von dem Stab und dem dritten Panzerinfanteriezug. Die Formation war für die Führung bequem und gut, aber taktisch unklug. Der größte Teil der Feuerkraft der Führungsgruppe wurde von den anderen Einheiten blockiert, und die Führungsgruppe lag so weit in der Kolonne zurück, daß die vorderen Einheiten längst mit dem Feind heftig verzahnt wären, bevor die hinteren Elemente in die Schlacht geschickt werden konnten. Als der Flug begann, schafften es die Stabsfahrzeuge, so weit nach achtern von den vorderen Zügen abzutreiben, daß es bald einen 30 Kilometer breiten Abstand zwischen ihnen und dem Rest der Zenturie gab. Die vorderen Züge waren noch im Commlink-Bereich des kommandierenden Spartius, und obgleich die Truppe Anweisung hatte, bei Sendeverbot nur auf Empfang zu bleiben, wurden die Zugführer mit Ratschlägen vom Kommandeur bombardiert.

Roglund Karstil, der den zweiten Panzerinfanteriezug befehligte, lauschte mit wachsender Enttäuschung dem Strom der Botschaften von Abrasive Mandrake Sechs. Die Namen der Rufsignale, dachte er, wurden nach dem Zufallsprinzip zugewiesen, aber dieser hier schien speziell für seinen Kommandeur ausgewählt worden zu sein. Er hatte unter Legatus Cobaro Freund schon vor dessen Beförderung gedient, und selbst da hatten sie nicht gut zusammengearbeitet. Karstil schien immer das Falsche gegenüber Freund zu tun oder zu sagen, und er vermutete tatsächlich, daß sein Vorgesetzter ihn gelegentlich dazu angestiftet hatte, zu scheitern oder Fehler zu machen.

Karstil wußte, daß Freund kompetent sein mußte, sonst wäre er nicht hier und trüge nicht die Verantwortung, aber er war nicht glücklich über eine mögliche Wiederholung seiner ersten Kampferfahrung. Sendeverbot und Empfangsbereitschaft bedeutete, daß er nicht einmal auf die Flut von Ratschlägen und Befehlen des Kommandeurs antworten konnte.

Er wünschte, er hätte wenigstens die Kommandoluke des Liberators offenlassen können, aber bei einer so extremen Höhe und so hohen Geschwindigkeit war das unmöglich. In dem Moment, als Karstil die Luke schloß und abdichtete, überrollte ihn eine Woge von Klaustrophobie. Wie die meisten Panzerführer wollte er den Himmel sehen und die Augen zusätzlich zu den elektronischen Sensoren, die die Welt vor ihm zeigten, gebrauchen können. Er ließ den Kommandosessel in den Gefechtsstand hinabsinken und schauderte. Der Geruch frischer Farbe über verkohlter Ballistikpanzerung war in der stickigen Wärme überwältigend. Der Richtschütze, Triarius Spentling Crowder, sah von dem Sichtpult auf und lächelte. Hinter den beiden studierte der Fahrer, Triarii Charles Boutselis, den Kontrollschirm. »Unwetterfront voraus, Sir«, eröffnete Boutselis ihm, ohne die Augen von dem grün schimmernden Schirm zu nehmen. »Ich glaube, sie ist zu hoch, um darüber hinwegzufliegen, und zu breit, um sie zu umgehen.«

»Das sollte kein Problem sein, Triarius.« Karstil drehte seinen Sitz, um den Fahrer anzusehen. »Ich möchte Sie lieber anders anreden als mit Ihren Rängen. Das ist ein bißchen förmlich für Leute, die in diesen beengten Quartieren zusammenleben werden. Wie nennen Ihre Kameraden Sie?«

»Die meisten rufen mich Boots, Sir.« Der Fahrer lehnte sich zurück in den gepolsterten Sitz und streckte seine Beine aus. »Sie nennen mich auch anders, aber ich denke, daß ich auf Boots am besten höre.« Der Fahrer nickte dorthin, wo der Richtschütze über seine Anzeigen gebeugt saß. »Fragen Sie Spent, warum man ihn so nennt.« Karstil wandte sich dem Richtschützen zu. »Ich nehme an, es hat etwas mit Ihrem Vornamen zu tun. Richtig?«

Boots lachte leise. »Das denken Sie, aber fragen Sie ihn trotzdem. Los, Spent, erzähl's ihm.«

Der Richtschütze wand sich in seinem Sessel. »Es ist nur mein Name, Sir.«

»Ri-Richtig!« Boots grinste. Er lehnte sich vor und kreuzte seine Arme über seinem DDP. »Es hat auch etwas mit drei jungen Damen in einem bestimmten Weltraumhafen zu tun.«

»Ach, dieser Typ damals war nur neidisch. Er wollte mir eins auswischen, indem er mich Spent, eben ›Schlappi‹, nannte.«

Spentling Crowders Gesicht war ein tiefer roter Schatten unter seinem Kampfhelm. »Die Mädchen haben sich nicht beschwert!«

Boots warf den Kopf in den Nacken und brüllte vor Lachen. »Es ist kein schlechter Name, Sir. In der Tat war es ein Kompliment. Aber es gibt Crowder in jeder Kantine zwischen hier und Zuhause etwas, das er unter Beweis stellen kann.«

Karstil sah zu dem Richtschützen hinüber. Die Röte stand ihm noch immer im Gesicht, aber der Blick seiner Augen war triumphierend. Karstil nickte anerkennend. »Stört es Sie, wenn ich Sie Spent nenne? Oder ziehen Sie etwas anderes vor?«

»Spent ist in Ordnung, Sir.« Der Richtschütze drehte sich wieder der Anzeige zu und machte dabei eine obszöne Handbewegung zu Boots.

Karstil drückte den Schalter des Nahrungsmittelautomaten und wartete darauf, daß er eine Ration aufwärmte. »Es wird eine lange Reise bis zum Pol werden, deshalb essen wir besser etwas, solange wir noch die Gelegenheit dazu haben. Sie essen zuerst, Spent, und dann können Sie Boots an den Kontrollen vertreten, solange er ißt. Sie sollten auch besser noch etwas schlafen. Aus Erfahrung kann ich sagen, daß es, wenn die Dinge erst geschehen, von beidem ziemlich wenig geben wird.« Er hörte sich selber wie einen abgehärteten Veteranen reden. Die anderen Besatzungsmitglieder sahen ihn fast ehrfürchtig an. Keiner von ihnen hatte je einen Schuß außerhalb des Ausbildungsplatzes abgefeuert.

Karstil schwang den Sessel zurück zum DDP, um die anderen Fahrzeuge des Zugs zu überprüfen. Er führte die Diamant-Formation mit dem zweiten Panzer, befehligt von Sergeant Marshall Bartlett, auf der linken und seinem dritten Panzer, kommandiert von Sergeant Mark Goodwin, auf der rechten Seite an. Er hatte bisher keinen von ihnen kennengelernt; sie waren nur Stimmen und Namen, die über das Commlink kamen. Beide waren erfahrene Panzerführer, die in Liberator-Zügen auf Caralis und anderen Planeten gedient hatten. Die Infanterie-Viper dahinter war eine andere Sache. Der Kommandant war Sergeant Johnny Parnell, der frisch vom Principes in einer administrativen Abteilung zum Sergeanten befördert worden war. Irgendwer hatte entschieden, daß er gut genug war, ein Infanterie-Sergeant zu sein, aber man hatte ihm vermutlich etwas Eingewöhnungszeit zugestehen wollen, bevor er in den Kampf springen mußte. Nun, dachte Karstil, das konnte man nicht ändern. Der Mann würde einfach sein Bestes tun müssen, und Karstil würde ein Auge auf ihn haben, wenn er dazu die Chance bekam.

»Abrasive Mandrake Zwei-Sechs.« Es war Freund auf dem Commlink. »Hier Abrasive Mandrake Sechs. Sie scheren aus der Formation aus. Bitte korrigieren Sie Ihre Flugbahn 5-0 Meter nach rechts.«

23

1730, 11 Martius 6831

Legatus Cariolanus Camus betrachtete die Bestandsanzeige. Als die Zenturien der TOG-Kampfkohorte Bericht erstatteten, wurde ihr Zustand auf der Tafel notiert. Camus war nicht erfreut. Alle Einheiten hatten unter dem Angriff gelitten, manche von ihnen ziemlich schwer. Was ein endgültiger Sieg über die durch die Verluste des Hinterhalts geschwächte Rebellen-Kohorte hätte werden sollen, hatte nur einen eingeschränkten Erfolg gebracht. Die Horatius-Zenturien hatten wegen ihres aggressiven Angriffs am Pol den schlimmsten Schlag erhalten. Von achtzehn Horatius-Panzern, die zur Kohorte gehörten, hatten nur zehn überlebt. Von den neun zugehörigen Romulus-Transportern gab es noch vier. Die Aeneas-Zenturien waren mit einem Gesamtvolumen von zwölf Panzern und sechs Transportern in besserer Verfassung. Die zwei Romulus-Züge hatten je einen Verlust und eine Beschädigung erlitten.

Zenturio Marmoreus Patrius, Operations-Offizier der Kohorte, beobachtete seinen Kommandeur beim Betrachten des DDP. Patrius war als Georg Hammelschmidt geboren worden, hatte aber einen römischen Namen angenommen, als er Optio der Truppe in Neu Rom wurde. Die Hammelschmidts waren abhängige Bauern auf dem Land eines großen Senators des Neuen Imperiums, die Familie dazu bestimmt, ihr Leben in erdrückender Sklaverei zu verbringen. Aber Georg wurde die Gelegenheit geboten, sich während einer Krise der TOG-Armee anzuschließen, und er hatte die Chance ergriffen, der vorbestimmten Schufterei zu entfliehen. Als vielversprechender junger Mann war er für die Offiziersanwärter-Schule ausgewählt worden. Der Abschluß mit hohen Ehren brachte ihm einen neuen Namen und den Befehl ein, niemals seine Herkunft preiszugeben. Ein detailliert gefälschter Hintergrund und Lebenslauf wurden für ihn entwickelt, und nur der damalige ausführende Offizier würde jemals von seiner wenig herausragenden Herkunft wissen.

Camus drehte sich von der Zustandstafel fort, als der letzte Bericht erschien. »Ops. Wir haben zwei Wahlmöglichkeiten, soweit ich das sehe. Wir können in die Commonwealth-Linien einbrechen und sie ausradieren, oder wir können eine Belagerung beginnen. Ihre Bewertung, bitte.«

Patrius studierte seinen Kommandeur sorgfältig. Ein Legatus bat einen Zenturio gewöhnlich nicht um die Bewertung eines Planes, bevor er nicht bereits eine Entscheidung getroffen hatte. Er wußte, wie das System arbeitete. Der Kommandeur machte seinen Plan, dann fragte er seinen Stab oder seine Berater nach ihrer Bewertung. Es war ein Test. Der Stab gab seine Kommentare, und wenn sie richtig waren, wurden sie belobigt. Wenn sie falsch waren, wurde man korrigiert, wenn sie zu häufig falsch waren, wurde man entlassen. Dies war so ein Test. Patrius suchte in dem Gesicht seines Legatus nach einem Hinweis darauf, wie er sich entschieden hatte.

»Sir.« Patrius trat vor, um seine Bewertung abzugeben. »Eine Belagerung ist eine lange, kräftezehrende Operation, die zum endgültigen Erfolg führt. Eine Attacke würde einen schnellen Sieg bringen, beinhaltet aber einen hohen Material- und Personalaufwand. Die grundlegende Frage ist, ob wir die Zeit für eine Belagerung aufbringen können. Ich würde einen sofortigen Angriff vorschlagen. Mit einem guten Plan sollten wir dem Commonwealth so viele Verluste beibringen können, wie sie uns beigebracht haben, und es gibt definitiv mehr von uns als von ihnen. Hinzuzufügen ist, daß eine Belagerung den Feind nicht so rasch schwächt. Ich denke, wir müssen annehmen, daß der Feind dieselben Nahrungs- und sonstigen Vorräte besitzt wie wir. Der sofortige Angriff ist vorzuziehen.«

»Eine gut begründete Bewertung«, sagte Camus und verschränkte die Arme. »Aber ich fürchte, mein lieber Zenturio, daß Sie die Gesamtlage nicht korrekt erfaßt haben. Eine Belagerung ist keine passive Angelegenheit. Wir bedrängen die feindlichen Truppen von allen Seiten und verursachen Verluste, wohin wir gehen. Sie werden nicht in der Lage sein, ihre Einheiten neu aufzustocken, aber wir sind es. Ersatz kann herangebracht werden, während wir die Schlinge zuziehen. Allmählich werden sie sterben oder aufgeben müssen. Es würde ein billiger Sieg.«

»Ich verstehe die Gründe für eine Belagerung, Sir.« Patrius sprach respektvoll, seinen Kommandeur beobachtend. Präfekt Claudius Sulla vom Planetarischen Kommando hatte gerade das umgebaute Artilleriefahrzeug vom Typ Pompey betreten, das als Operationszentrale der Kohorte diente. Sogar die vom Legatus hervorgehobenen Argumente konnten Teil des Testes sein. »Ich glaube, wir sollten keine Zeit mit dieser winzigen Commonwealth-Einheit verschwenden. Das Planetarische Kommando bevorzugt sicher einen schnellen, überwältigenden Sieg und die Rückkehr der Kampfkohorte zum Hauptkriegsgebiet auf Alsatia.«

»Sie vergessen Ihre Stellung, Zenturio Marmoreus Patrius«, schnaubte der Legatus, der seinen Operations-Offizier anstarrte und ihn zwang, von der Ausgabetafel zurückzutreten. »Sie haben kein Recht, den Namen des Planetarischen Kommandos als Teil Ihrer Argumentation mit einzubeziehen. Es gab mir das spezielle Kommando über diese Kohorte. Wir sind völlig unabhängig von den Bedürfnissen der Streitkräfte Neu Roms auf Alsatia. Das Planetarische Kommando gehört mir, ich bin das Planetarische Kommando.« Es gab ein leises Zischen im Hintergrund, als Präfekt Sulla das Operationsfahrzeug verließ.

Patrius verstand. Der Legatus hatte die Nerven verloren. Die unerwarteten Verluste, die sie beim ersten Angriff erlitten hatten, hatten ihn mehr verstört, als er zugeben wollte. Er stimmte für die Belagerung, weil sie ihm Zeit zum Erholen gab. Sie würde auch dem Planetarischen Kommando (und, egal was er sagte, dachte Patrius grimmig, der Legatus sprach nicht für das Hauptquartier) Zeit geben, entweder die Kohorte abzuberufen oder zu überwältigender Stärke aufzurüsten. Legatus Cariolanus Camus war nicht länger der aufsteigende Stern, an den sich ein Mann heften konnte. Patrius senkte den Kopf, die Rüge zur Kenntnis nehmend. »Ich sprach falsch, Sir. Ihr Plan ist der bessere. Ich werde Sie auf jede Weise unterstützen.« Die Hölle werde ich tun, dachte Patrius. Du wirst an deiner Zaghaftigkeit zerbrechen, und ich will nicht mit dir zerstört werden. Ich bin fertig mit dir.

Fünfhundert Meter entfernt schlüpfte Präfekt Claudius Sulla in ein umgewandeltes Pedden-Fahrzeug, das als Kommunikationszentrale genutzt wurde. Als er eintrat, erhoben sich die einfachen Soldaten von ihren Plätzen und traten vom Commlink fort, sobald er sich zur Konsole begab. Er fiel in einen Sessel und tippte eine Frequenz ins System. Er schob eine kodierte Diskette in den Zugangsport und begann, eine Nachricht einzugeben. Das Commlink nahm die gesamte Botschaft auf, wobei es die Nur-Text-Meldung in eine Reihe von Zahlengruppen übertrug. Als der Präfekt mit dem Bericht zufrieden war, drückte er die Kommandotaste. Innerhalb einer Mikrosekunde übertrug das Commlink einen einzelnen Streifen an den COMSAT, der über dem Horizont schwebte.

Der Loren-Gravgleiter trieb langsam zwischen den turmhohen Säulen aus Fels und Eis hindurch. Die zwei Gestalten, die die Sitze in Beschlag genommen hatten, drängten sich zusammen, als ob sie Wärme suchten, aber das Teilen von Körperwärme war die letzte ihrer Absichten. Beide studierten das DDP, dessen Beleuchtung gedämpft war, um möglichst wenig Licht abzugeben, als sie versuchten, Navigationspunkte zu finden. Das Data-Display-Panel zeigte schwache rote Indikatoren, die die feindlichen Fahrzeuge markierten. Auf der Anzeige erschienen so viele, daß weiteres Vorankommen mit dem Gleiter fast unmöglich erschien.

»Ich denke, mein guter Freund«, flüsterte der Baufrin im Fahrersessel, »daß wir die Grenzen unserer Reise erreicht haben. Jedes weitere Herumstreichen in diesem Gelände steigert die Möglichkeit einer Entdeckung in inakzeptablem Maß.«

»Du hast recht. Lande den Gleiter.« Larry lehnte sich im Richtschützensitz zurück und griff nach dem leichten Kampfhelm hinter ihm. Er stöhnte, als er die Plastolaminat-Bedeckung über den Kopf stülpte. Es war ihm unmöglich gewesen, sich mit der Thermoplane zu bedecken, während er den Helm trug, also war der Helm die Reise über auf der Ladefläche abgelegt worden. Er hatte jetzt die herrschende Temperatur der Umgebung erreicht: 70° unter dem Gefrierpunkt von Wasser.

»Einer der bedeutenden Vorteile der Baufrinrasse gegenüber deiner weniger entwickelten menschlichen Rasse ist die Fähigkeit, das obligatorische Benutzen der technischen Displays nicht nötig zu haben. Unsere Augen tun das alles.«

»Archon, ich kann das Wir-sind-besser-als-Menschen-Gerede jetzt nicht gebrauchen«, sagte Stone durch die zusammengebissenen Zähne, die er vom Klappern abhalten wollte. Er wußte, daß sein Kommentar verschwendet war, aber er wollte mit der TOG-Truppe fertig werden, nicht in eine nicht zu gewinnende Diskussion mit seinem Freund eintreten.

Der Baufrin schnitt den Kommentar ab, als er den Gleiter sanft über das Eis kratzen ließ. »Ich schlage vor, daß wir den Gleiter mit der Holoplane abdecken. Es gibt keinen Grund, unsere TOG-Feinde von seiner Existenz wissen zu lassen.«

»Mach das. Ich werde die Waffen vorbereiten.« Stone zog ein Paar Sabre-Cut-Lasergewehre aus einem der Staukästen, legte sie auf den Richtschützensitz und überprüfte, ob sie voll aufgeladen waren. Die Sabre-Cut ließen nur zwanzig Schuß zu, bevor sie wieder geladen werden mußten, aber Stone plante nicht, in ein ausführliches Feuergefecht mit TOG-Soldaten verwickelt zu werden. Da sie sehr leise und ohne Rückstoß arbeiteten, eigneten sich die Gewehre gut für verdeckte Einsätze. Die Lasergewehre wurden durch Laserpistolen ergänzt. Stone und Divxas bewaffneten sich leise.

Trotz der Ansprüche des Baufrin auf überlegene Fähigkeiten war Stone der anerkannte Experte, und er ging voraus. Tief zum Schnee herabgebeugt, nahm er den Weg zu den unsichtbaren Rebellenlinien auf. Rechts und links von ihm zeigte das Display des Kampfhelmes thermographische Bilder von Legionären und Fahrzeugen. Die Lebensformerkennungssysteme entdeckten Leben, aber auch das LES konnte nicht identifizieren, welche Art von Lebensform es ausfindig gemacht hatte. Bis jede Gestalt visuell identifiziert werden konnte, wurden alle Formen als feindlich angenommen. Stone und Divxas krochen voran. Stone wollte so nah an die Ziele herangehen, bis er sie identifizieren konnte. Diese Methode erlaubte es ihm,

Zeit und Ort des ersten Feindkontaktes zu wählen. Wenn er statt dessen jede entdeckte Lebensform vermeiden würde, wäre das eher ein Reagieren als ein Agieren. Er bevorzugte es wie immer, die Aktion zu erzeugen, und so setzte er den Vormarsch fort. Stone und Divxas, die sich langsam und von Ranger-Tarnanzügen geschützt bewegten, waren fast unsichtbar. Nur jemand, der speziell nach den beiden suchte, hätte ihre Anwesenheit entdecken können. Kein TOG-Legionär war jedoch damit beschäftigt.

Cariolanus Camus knirschte mit den Zähnen, als er die Botschaft des Planetarischen Kommandos las. Der hauchdünne Zettel war ihm von Marmoreus Patrius übergeben worden, und der Kohortenkommandeur meinte, eine leichte Herablassung in der Haltung des Operations-Offiziers entdecken zu können. Die Botschaft befahl ihm, die eingeschlossene Commonwealth-Truppe sofort anzugreifen. Sie hob hervor, daß die Rückgewinnung der Polarstation für das Planetarische Kommando oberste Priorität besaß und daß Verstärkung geschickt werde, wenn es nötig sei, um diesen Auftrag zu erfüllen. Der Ton des strengen Befehls implizierte, daß dem Hilfstruppen-Kommandeur die Ehre des Sieges zugesprochen würde, wenn Camus den Auftrag mit den ihm zur Verfügung stehenden Truppen nicht erfüllen konnte. Camus verstand: Erledige den Job, oder du wirst abgelöst. Er drehte sich zu dem Zenturio um, der in Erwartung der Befehle, von denen er wußte, daß der Legatus sie geben mußte, in formeller Haltung stehengeblieben war. »Befehlen Sie den Zenturien, sich für einen sofortigen Angriff vorzubereiten. Eröffnen Sie mit der Infanterie zu Fuß. Ist der Einbruch einmal erfolgt, werden wir mit den Fahrzeugen in die Bresche drängen.«

»Wie Sie wünschen, Kommandeur.« Du Feigling, dachte Patrius. Du versuchst weiterhin zu vermeiden, diese miserablen Überlebenden mit deinen Panzern anzugreifen. Wir werden es diesmal auf deine Weise machen, aber warte, bis die Hilfstruppe eintrifft. Er salutierte und verließ das Kommandofahrzeug.

Von der Spitze einer niedrigen Felsnase aus überblickten Stone und Divxas das Gebiet vor ihnen. Mehrere Romulus- und Horatius-Fahrzeuge waren in der Gegend in einzelnen Trichtern verteilt. Die Besatzungen waren draußen und versorgten die Panzer und Transporter. Stone stützte den Sabre-Cut im Schnee auf und zielte auf eine der Gestalten. Indem er den Abzug auf die erste Stufe drückte, aktivierte er das Zielsystem, das im Kampfhelm eingebaut war. Die Angabe, die auf dem Visier erschien, zeigte, daß das Ziel fast zweitausend Meter entfernt war, was der theoretischen Reichweite der Waffe entsprach. Stone hielt den Abzug auf Stop, und das Zielsystem begann, das Gebiet in seinem Sichtfeld zu vergrößern. Die Vergrößerung fing bei x05 an, und die Energie nahm zu, je länger der Schalter aktiviert wurde. Bei x50 hatte die Ansicht die volle Vergrößerung erreicht, und das Ziel stellte sein Wachstum im Visier ein. Stone beobachtete die Männer bei der Arbeit am Romulus.

Das gesamte Infanteriekommando war rund um das Fahrzeug in Stellung gegangen, aber sie lagen nicht in ihren Trichtern. Statt dessen drängten sie sich hinten am Transporter neben der offenen Rampe, die Zugang zum Panzerinneren gab, eng zusammen. Die Männer trugen alle extra Schutzausrüstung, einschließlich Kampfjacken und Tarndecken. Zuerst nahm er an, daß sie versuchten sich warm zu halten, aber dann bemerkte er, daß eine Gestalt, wahrscheinlich ein Sergeant, Extrabeutel mit Handgranaten und Gewehrmagazinen ausgab. Diese Männer bereiteten sich auf einen Infanterieangriff vor.

Stone signalisierte Divxas, sich zurückzuziehen. Da

die TOG-Legionäre damit beschäftigt waren, sich auf eine Attacke vorzubereiten, würden ihre Sicherheitsmaßnahmen minimal sein. Dies war ihre erste ordentliche Pause auf der Reise. Es war Zeit, sich zu bewegen, und zwar sich schnell zu bewegen. Die beiden Gestalten jagten von Felsnase zu Felsnase und passierten die TOG-Zenturie. Nur einmal standen sie kurz davor, entdeckt zu werden, aber der TOG-Legionär war mehr daran interessiert, seine Waffenladung abzuliefern, als ein flüchtiges Bild auf dem LES zu untersuchen. Sie bewegten sich weiter.

Minuten später waren sie hinter den Grenzen der vorderen TOG-Stellungen. Das würde der gefährlichste Teil ihres Manövers werden. Zwischen den gegnerischen Linien würden beide Seiten dazu tendieren, erst zu schießen und nachher zu fragen. Stone wollte kein Verlust durch Freundesbeschuß werden. Das LES zeigte eine Reihe von Stellungen vorne voraus an. Stone studierte die Indikatoren. Es handelte sich um starke Sender, aber er war mißtrauisch. Wenn Rebellentruppen soviel Energieimpuls zeigten, wären sie leichte Ziele für die TOG-Legionäre. Indem er das unebene Gelände noch einmal sorgfältig und langsam absuchte, entdeckte er endlich die fast unsichtbaren Umrisse der Infanteristen in ihren Stellungen. Die Rebellen hatten ihre Zeit genutzt, um Sendeattrappen zu setzen. Guter Plan.

Mit Handzeichen wies er Archon Divxas auf die echten Stellungen hin. Der Baufrin nickte. Die fremdartige Kreatur kannte ihren Teil des Plans. Hinter einen vulkanischen Trichter tretend, entledigte Archon sich aller Ausrüstung, die er trug. In der intensiven Kälte, so wußte er, würde er nur wenige Minuten arbeiten können, doch das würde reichen, um ihr Vorhaben durchzuführen.

Sie hofften, daß die Rebellensensoren nur darauf angesetzt waren, menschliche Lebensformen zu registrieren. Das LES würde dann das Kardiovaskular-System des Baufrin nicht erkennen und ihn vielleicht ignorieren, bis er nah genug war, um Aufmerksamkeit zu erregen, ohne gleich erschossen zu werden. Divxas ging los, Stone folgte dem schwachen Fleck auf seinem eigenen LES.

Der Alien kroch auf seinen gesunden fünf Beinen voran, den Leib nahe am Eis. Die Anatomie des Baufrin war hier von großem Vorteil, weil er sich mit Höchstgeschwindigkeit bewegen konnte, obwohl der Körper nur Millimeter vom Boden entfernt war. Er hielt gelegentlich an, um seine sechs Augen zum Ausmachen von Referenzpunkten entlang der Spur zu nutzen. Er hatte die Stellung eines Rebellensoldaten ausgewählt, wollte ihn aber erreichen, ohne die anderen um ihn herum aufzuwecken. Er passierte die imaginäre Linie, die die äußerste Grenze der Rebellenlinien kennzeichnete. Die Position des Außenpostens lag nun hinter ihm. Das war sicherer, aber noch nicht sicher genug. Er kroch immer näher an den Soldaten heran. Er meinte erkennen zu können, daß die Gestalt etwas vor sich beobachtete, und hoffte, daß jener Punkt Stone war. Ihr Plan sah für Stone vor, sich genügend zu bewegen, um die LES der Wachposten zu aktivieren. Wenn sie dann nach vorn spähten, konnte der Baufrin von hinten an sie herankriechen. Er konnte den Kinnschutz am Kampfhelm des Wachpostens zittern sehen; er sprach mit jemandem. Mit großer Vorsicht streckte Divxas einen Arm nach dem Soldaten aus. Er tippte ihm auf die Schulter.

Die Reaktion war heftiger, als er erwartet hatte. Der Soldat sprang senkrecht in die Luft, drehte sich und richtete das Gewehr auf Divxas. Einen Augenblick schwankte der Baufrin zwischen einem Handgemenge mit dem Soldaten und einem Sprung zurück. Er wählte den Weg zurück und erhob sich dabei zu seiner vollen Größe. Der Finger des Wachpostens drückte auf den Abzug. Der Schuß ging vorbei und zerriß eine Eisplatte zu Staub.

Bevor der Soldat wieder feuern konnte, bemerkte er die hocherhobenen Hände des Baufrin. Der Soldat, der den Alien immer noch mit dem Gewehr bedrohte, wies die Kreatur mit Handzeichen an, voranzugehen. Larry Stone und Archon Divxas hatten den Kontakt mit den Rebellen der Kohorte Harras hergestellt.

24

1830, 11 Martius 6831

Acht Kilometer über dem Ozean und kurz vor dem Rand des Eiskaps wurde die Hilfstruppe schließlich von der Wetterfront eingeholt, die ihnen in den vergangenen Stunden gefolgt war. Riesige, aufgebauschte Wolken erstreckten sich von Horizont zu Horizont, und verdeckten das Meer. Die heraufkommende Nacht färbte die Unterseite der Wolken tiefschwarz, während tastende Strahlen von Borialis, der Sonne des Planeten, die oberen Wolkenränder violett färbten. Als die Kolonne in den brodelnden Dunst eintauchte, wurde sie vollständig in Dunkelheit eingehüllt.

»Abrasive Mandrake. Abrasive Mandrake. Hier Abrasive Mandrake Sechs. Verdichten Sie die Formation. Verdichten Sie die Formation. Sie sind zu verstreut. Verdichten Sie die Formation.«

Roglund Karstil, der den 2. Zug der Hilfstruppe führte, sprach in das interne Commlink, und Boutselis begann den Liberator abzubremsen. Die Heftigkeit der Wetterfront zwang den Fahrer, den Kontrollen strengste Aufmerksamkeit zu zollen, denn die Naturgewalten waren nicht davon beeindruckt, daß der Liberator 273 Tonnen auf die Waage brachte. Die Geschwindigkeitsanzeige fiel unter 800 km/h, als der Panzer unter der Gewalt des Sturmes rüttelte und schüttelte. »Ich hoffe, das tobt sich aus, bevor wir am Pol ankommen, Sir«, brummelte Boots in das Commlink. »Es wird die Hölle sein, dieses Ding bei dem Wetter runterzubringen.«

»Sie werden's schon schaffen«, sagte Karstil in der

Hoffnung, daß sich Boots' Wunsch erfüllte. Karstil hatte einen rauhen Fall aus der Luft gehabt, als er das erstemal nach Caralis kam, und ein heißer Sprung, ein Sinkflug direkt in einen Angriff, war genug für die Laufbahn eines jeden Mannes. Er dachte an die Besatzung von damals; Duncan Spint, der nach dem jüngsten Gefecht auf Alsatia posthum zum Sergeant befördert wurde, und Quentain Podandos, dessen rechter Arm als Ergebnis derselben Schlacht durch eine Prothese ersetzt worden war. Das schien alles so lange her zu sein.

»Ich hatte schon einmal eine haarige Landung«, sagte Karstil. »Reaktion und Übung sorgen für das meiste. Fahren Sie das Ding einfach mit Ihren Füßen, und Sie werden es schaffen.«

Karstil sah zur Fahrerstation hinüber, wo er Boots mit den Kontrollhebeln kämpfen sah. »Ich glaube an Sie. Ich behaupte immer, daß der Fahrer schließlich genauso lange leben will wie ich.« Er nickte dem Richtschützen zu. »Und erinnern Sie sich daran, daß es da drei junge Damen in der Kantine von Alabaster gibt, die Spent wirklich zurückhaben wollen.« Das ließ Boutselis schließlich grinsen, und Crowder wurde wieder rot. Der Liberator schüttelte sich.

»Abrasive Mandrake. Abrasive Mandrake. Hier Abrasive Mandrake Sechs. Das Wetter ist schlimmer als erwartet. Wir müssen vielleicht umkehren. Zustandsberichte der Reihe nach, wenn ich Ihre Einheiten rufe.«

Karstil rieb sich die Schläfen. Er hatte schon lange zuvor das Gefühl der Frustration wegen seines Kommandeurs abgeschüttelt, weil er fürchtete, es würde sich festfressen. Sie waren angewiesen, für den gesamten Marsch zum Pol bei Sendeverbot auf Empfangsbereitschaft zu bleiben. Sie würden leicht genug zu entdecken sein ohne ständiges Commlink-Geschwätz, aber der Kommandeur brach weiterhin alle Regeln. Sie wußten, daß der Feind da draußen war, und Karstil war sich sicher, daß die TOGs inzwischen auch wußten, daß sie unterwegs waren. Aber egal, wie ernst sie von dem Unwetter geschüttelt wurden und was vor ihnen lag, es gab keinen Anlaß, zurückzukehren oder auch nur von Rückkehr zu reden. Eine Hilfseinheit war kein optimales Manöver – es war nur eine verzweifelte Maßnahme in verzweifelten Zeiten. Als seine Einheit ihren Zustand meldete, fügte er zu Freunds Beruhigung hinzu, daß er keine Schwierigkeiten feststellen konnte.

»Abrasive Mandrake Zwei-Sechs. Hier Abrasive Mandrake Sechs. Ich werde die Entscheidung über die Führung dieser Truppe fällen. Was ich von Ihnen brauche, sind Informationen, nicht Meinungen. Abrasive Mandrake Sechs, Ende.« Der Liberator schlingerte wieder.

»Wie läuft's, Boots?« Boutselis hatte die einzige wichtige Stimme in dieser Sache, und Karstil wollte ihn in die Entscheidungsfindung mit einbeziehen, wenn irgend möglich.

»Ich denke, ich habe es raus, Sir. Sie hatten recht. Wenn ich den Panzer einfach selbst fahren lasse, während ich die Bewegung spüre, kann ich ihn, glaube ich, bei der Landung kontrollieren.«

»Gut. Wir werden das vertiefen, wenn die Zeit kommt.«

Das Intercom war still. Karstil hatte der Crew schlicht mitgeteilt, daß sie zum Pol fliegen würden, egal, was der Kommandeur sagte. Die Stimmung im Panzer strahlte eine schweigende Übereinstimmung aus.

Der TOG-Legionär druckte die neuen Abhörberichte aus. Nach den Vektoren befand sich die Quelle des Commlink-Verkehrs am Rande des Pols in großer Höhe. Die Richtung verwies auf eine Hilfstruppe aus

Rolandrin, aber sonst stimmte nichts mit dieser Annahme überein. Eine Commonwealth-Hilfstruppe würde eher so tief wie möglich anfliegen, um eine Entdeckung zu vermeiden. Dieser Punkt flog jedoch zu hoch und machte zuviel Krach. Aber der Legionär hielt sich daran, alles an den Stab zu melden und ihn damit umgehen zu lassen. Einfachem Personal, egal wie erfahren, war es nicht erlaubt, sich Urteile zu bilden. Er drehte sich zum Optio im Commcenter um und machte ihn auf sich aufmerksam.

Zwei Minuten später stellte Zenturio Marmoreus Patrius den Ausdruck in der Kommandozentrale vor, um den abgehörten Funkverkehr zu diskutieren. Er überbrachte die Information zur Kenntnisnahme von Legatus Camus und Präfekt Claudius Sulla, die den Fortschritt der Kohorte überwachten.

»Ist es möglich, Cariolanus Camus«, fragte Sulla, »daß das Commonwealth eine Hilfstruppe über den Kopf Ihres Gürtels hinweg einschleusen will?«

»Das würde mich überraschen. Aber wenn sie ein solches Manöver versuchen wollten, hielten sie sicherlich absolute Ruhe auf dem Commlink, bis sie eintreffen.«

»Vielleicht ist die hoch fliegende Truppe eine Vorhut. Die Hauptarmee kommt vielleicht auf niedriger Höhe über Grund.«

»Das hört sich mehr nach Commonwealth an.« Camus wandte sich zu dem Operations-Offizier um, der nicht von seiner Seite gewichen war.

»Patrius. Stellen Sie die Horatius-Panzer in dem entsprechenden Sektor wieder auf. Die Romulus- und Aeneas-Panzer werden die hohe Reichweite abdecken. Erledigen Sie das.«

Zenturio Marmoreus Patrius nickte, salutierte und ging, um den erteilten Befehl auszuführen. Innerhalb von fünf Minuten waren die Panzer und Transporter der Kohorte Camus in Bewegung gesetzt worden.

Fünfzehn Minuten später lauerten sie in Erwartung der herankommenden Hilfstruppe.

Sie waren durch das Schlimmste der Wetterfront hindurch, oder zumindest erschien es Karstil so. Boots hatte den Liberator unter Kontrolle, und obwohl er noch dazu neigte, plötzlich zu schlingern und zu tauchen, nahmen jene plötzlichen Bewegungen doch ab. Bei unveränderten Umständen würde die Truppe sich in bezug auf ihren Abstieg zur Oberfläche keine Sorgen wegen des Wetters machen müssen.

»Abrasive Mandrake. Abrasive Mandrake. Hier Abrasive Mandrake Sechs. Das Wetter hat sich zum schlechteren gewendet: Vorbereiten, unabhängig zu operieren.« Zenturio Maximus Cobaro Freunds Übermittlungen brachen ab. Entweder fing das Wetter an, das Signal zu beeinflussen, oder der Sender hatte Probleme, die Worte auszugeben.

»Abrasive Mandrake. Abrasive Mandrake. Hier Abrasive Mandrake Sechs. Die Bedingungen sind zu schlecht für einen Sturzflug zum Boden. Rückkehr zur Basis. Folgen Sie mir.«

Karstil starrte ungläubig auf das Commlink. Er wandte seine Aufmerksamkeit dem DDP zu und sah den als Kommandeursfahrzeug gekennzeichneten Spartius-Transporter scharf nach rechts abbiegen und beschleunigen. Die anderen Fahrzeuge des Stabs taten dasselbe. Der 3. Zug folgte den Führenden. Während er zusah, trieb der rechte Panzer seines eigenen Zugs fort, als wolle er folgen. Die Entfernung vergrößerte sich, und dann schwang der Panzer, als er deutlich sah, daß sein Führer den Kurs nicht gewechselt hatte, zurück. Der Viper-Transporter war auf den Befehl des Rückzuges hin auch zurückgefallen, besann sich dann aber eines Besseren und schloß wieder zu seiner Teileinheit auf.

Der führende Zug war in vollständiger Auflösung

begriffen. Der erste Panzer, der von Greenhill kommandiert wurde, lag weiter auf Kurs. Sein Flankenmann, der Panzer links, war noch bei ihm, aber der rechte Liberator und die Infanterie-Viper hatten eine scharfe Kehrtwendung gemacht. Da die Führung der Kolonne noch immer mit 700 km/h auf den Pol ausgerichtet war und die anderen sich mit 800 km/h zurückzogen, vergrößerte sich der Abstand zwischen beiden Gruppen rasch. Bald waren die sechs Fahrzeuge allein.

»Mandrake Eins-Sechs. Hier Mandrake Zwei-Sechs.« Karstil rief den führenden Zug oder was davon übrig geblieben war. »Sie führen. Ich werde folgen.«

»Zwei-Sechs. Hier Eins-Sechs. Roger.«

»Boots, wir werden ihnen folgen. Fahren Sie die Geschwindigkeit auf weniger als 400 Klicks runter. Versichern Sie sich, daß wir mindestens 40 Klicks hinter dem führenden Zug sind, wenn wir tauchen.«

»Sie haben's geschafft, Sir.«

Karstil beobachtete die Standortanzeige des DDP. Der rote Punkt, der seine Position wiedergab, kroch auf den Kreis zu, der den Ort des Pols darstellte. Die Koordinaten auf der digitalen Anzeige schlugen um, als sie die Koordinaten des Pols trafen. Jede Minute mußte das DDP jetzt die Rebellentruppe am Pol entdecken, wenn denn überhaupt eine da war. Karstil wurde von einer plötzlichen Woge des Zweifels überrollt: was, wenn niemand da war? Die Zentrale war nicht in der Lage gewesen, die Kohorte Harras zu kontaktieren, seit diese Truppe Rolandrin verlassen hatte. Er lief absolut blind in die Situation hinein. Der Punkt, der sein Fahrzeug darstellte, kreuzte in den roten Kreis des Pols hinein.

»Zwei-Sechs. Hier Eins-Sechs. Ich werde mich hinunterschrauben. Ich bewege mich zu schnell, um direkt abzutauchen.« Greenhill hatte bereits die Entscheidung getroffen, bei der Karstil noch war: 400 km/h waren eine zu hohe Geschwindigkeit für Panzer, um kopfüber im Sturzflug in Richtung Pol hinunterzujagen. Der Geschwindigkeitsanstieg bei einem Sturzflug machte es den Gravantrieben unmöglich, den Sturz zu bremsen, wenn sie das Eiskap erreichten. Es war besser, den Pol in einem stufenweisen Abtauchen zu erreichen, als zu riskieren, einen Fehler auf Null-Höhe zu machen. Der führende Zug begann eine weite Wendung, um Höhe und Geschwindigkeit abzubauen.

»Kreisen Sie über der Position, bis er wirklich verschwunden ist, Boots.«

»Verstanden, Sir. Wir werden ihn freikommen lassen.«

»Unbekannte Fahrzeuge. Entfernung 1-0-00. Direkt unten auf 6 Kilometer. Unbeweglich.« Die Stimme des DDP erklang in Karstils Ohren. Das ist eine Hilfe, dachte er. Zumindest ist jemand zu Hause. Die Stimme fuhr fort, die Informationen auf den neuesten Stand zu bringen, während die Höhe stetig sank, als der Zug immer tiefer zum Pol hinabkreiste.

»Horatius-Panzer. Direkt unten auf 4 Kilometer. Unbeweglich.« Das DDP hatte die äußerste Entfernung zur Identifizierung des Fahrzeuges am Boden erreicht. Karstil war verärgert. Das wenigste, was sie hätten tun können, wäre gewesen, ein Landesignal zu setzen, um uns zu helfen, dachte er. Harras mußte sie inzwischen identifiziert haben. Sogar bei zerstörter Kommunikationsausrüstung, wovon er ausging, wäre es für einen der Liberatoren einfach, einen Zielmarkierungslaser als Leitstrahl einzusetzen.

Er realisierte plötzlich, daß das DDP ›Horatius‹ gesagt hatte. Aber Harras hatte keine Feindpanzer mitgenommen. Konnte das DDP die IFF-Kennung eines Horatius mit der eines Liberators verwechselt haben? Er startete den DDP-Kreis neu und forderte die Bodeninformation noch einmal an.

»Horatius-Panzer. Direkt unten auf 3 Kilometer. Unbeweglich.« Das Alarmsignal hupte. »Horatius-Panzer und Liberator-Panzer. Direkt unten auf 3 Kilometer. Unbeweglich. Wir wurden markiert.« Das DDP blinkte mit roten und blauen Anzeigen auf.

Karstils Herz setzte beinahe aus. Da war jemand zu Hause nach alledem, dachte er. Alle waren zu Hause. Das DDP zeigte zwei unregelmäßige Kreise: einen großen roten, der die Stellung der feindlichen Panzer aufzeigte, und einen kleinen blauen, über 40 Kilometer im Durchmesser, der von den Rebellen gehalten wurde. »Spent, schießen Sie auf alles Rote, und bleiben Sie dabei. Boots. Bringen Sie uns runter, so schnell Sie können. Halten Sie auf die Mitte des blauen Kreises zu. Kümmern Sie sich nicht darum, eine schöne Landung zu machen, bringen Sie uns einfach runter.« Er schaltete vom Intercom auf Zug um. »2. Zug. Wir gehen hinunter. Schießen Sie auf alles Rote, und vergessen Sie Ihren Rauch nicht. Folgen Sie mir!«

Der Liberator rollte auf die linke Seite und tauchte ab, ein klassisches Split-S-Manöver. Klassisch war das für einen Raumjäger, aber nicht für einen 273 Tonnen schweren Panzer. Die Nase direkt auf das darunterliegende Eis ausgerichtet, geriet der Panzer völlig außer Kontrolle. Aber das unerwartete Manöver gab der Besatzung einige Augenblicke lang eine Atempause. Die ballistischen Computer der Horatius-Panzer weit unten hatten den wahrscheinlichen Kurs des fliegenden Panzers errechnet, um die beste Schußmöglichkeit zu nutzen. Ihre Waffen hatten mit Ausnahme der im Rumpf befestigten 150-mm-Kanone den vordersten Liberator verfolgt. Auf der bestangenommenen Lösung basierend, waren die Waffen auf einen Punkt gerichtet worden, von dem der Computer errechnet hatte, daß der Panzer ihn kreuzen mußte. Als Boots sein Manöver einleitete, war der Computer völlig genarrt. Ein Strom von 50-mm-Geschossen flog in den leeren Himmel.

Die Technologie stand auf der Seite der im Sturzflug herabrasenden Panzer. Genaugenommen war es ein

Mangel an Technologie, der sie am Leben erhielt. Die TOG-Truppen am Pol hatten keine Flugabwehr-Artilleriefahrzeuge in ihre Gefechtsordnung mit einbezogen, und die Fahrzeuge, die sie hatten, besaßen limitierte Rohrerhöhung. Die inneren Turmwaffen im Horatius hatten eine standardgemäße Maximalhebung von 800 Strich. Die externen Waffen, wie die TVLGs und SMLM-Geschütze, konnten in die Senkrechte gehen, aber das Zielsystem, ebenfalls intern montiert, konnte keine sichere Zielführung bei einer solchen Ausrichtung bereitstellen. Die Konstrukteure hatten für am Boden befindliche Fahrzeuge nicht vorgesehen, daß sie als Fliegerabwehr-Plattformen operierten.

Die Angriffswinkel-Warnleuchte auf dem DDP leuchtete. Unter normalen Bedingungen würde die Leuchte blinken, wenn der Angriffswinkel zunahm. Je höher die Rate des Blinkens, um so größer die Gefahr, die Kontrolle über das Fahrzeug zu verlieren. Der beste Winkel für die Annäherung lag um 200 Strich, wenn das Licht etwa der Rate des normalen Herzschlages entsprechend flackerte. Bei 400 Strich würde das Licht so schnell pulsieren wie der Herzschlag eines rennenden Mannes. Bei 1600 Strich, direkt abwärts, war der Computer unfähig, die Gefahr zu berechnen, und das Licht brannte wie ein flatterndes Herz. Gerade jetzt zeigte das Licht ein beständiges Leuchten.

Karstil spürte, wie der Liberator zur Oberfläche fiel. Er war sich nur schwach der wiederholten Schläge der feuernden Hauptwaffe bewußt, die aber keine Ziele erfaßt hatte. Das DDP rief Feindfahrzeuge, Freundfahrzeuge, Entfernungen, Höhenangaben, Kurse, Zielmarkierungslaser-Warnungen und Geschwindigkeiten in einer solchen Kakophonie auf, daß nichts einen Sinn ergab. Er war sich nur des Sturzfluges und der Eisoberfläche bewußt, die zu schnell, um noch begreifen oder denken zu können, näher kam. Die Hände umklammerten den gepolsterten Griff an den Seiten des

DDP, und die Füße traten die Zielmarkierungslaserpedale durch. Er drückte sich in den Kommandosessel zurück und war von dem steten Licht der Winkelanzeige hypnotisiert.

Das DDP zeigte einen Angriffswinkel von 1600 Strich. Die Zahl flackerte: 1500 Strich. Der Panzer fiel ab. 1400 Strich. Ein Wechsel von 200 Strich ist kaum zu bemerken, aber Karstil hätte geschworen, daß er es fühlte. Der Wechsel, wie gering auch immer, bedeutete, daß es eine Chance gab, die Oberfläche lebend zu erreichen. Es gab Hoffnung. 1200 Strich. Es gab Hoffnung. Er wünschte sich das DDP auf 1000 Strich. Wenn wir 1000 Strich erreichen können, dann wird es eine Chance geben. 1000 Strich. Karstil fühlte das Blut durch die Glieder schießen, fühlte das Herz wieder schlagen. 900 Strich. Er sah nach dem Höhenmesser. 1000 Meter über der Oberfläche. Zu nah.

»Ziehen Sie sie in eine enge Wendung, wenn Sie können, Mister Boutselis.«

Seine Stimme klang nicht völlig ruhig. »Eine enge Wendung, um ihn zu bremsen.«

Aus der Tiefe des Liberators kam ein Antwortgrunzen. Karstil spürte den Panzer nach rechts drehen, und der Schub drückte ihn gegen den Sitz des Kommandosessels. 600 Strich. Fast da. Die Aufprallwarnung dröhnte ihm in den Ohren, klang durch den Titanrumpf wie eine Totenglocke. Das Geländeradar blitzte eine Warnung über das DDP, und die Stimme des Computers sprach sanft in sein Ohr. »Dieses Fahrzeug hat die sichere Geschwindigkeit für diese Höhe überschritten. Geschwindigkeit drosseln.« Boutselis setzte den vollen Bremsschub ein. Die Angriffswinkel-Warnleuchte flackerte und entsprach Karstils Herzschlag. Das TS&R-System sprach wieder. »Dieses Fahrzeug hat die sichere Geschwindigkeit für diese Höhe überschritten. Reduzieren Sie Geschwindigkeit sofort. Festes Objekt kommt entgegen.«

Karstil beachtete das DDP-Pult das erste Mal, seit der Sturzflug begonnen hatte. Das DDP zeigte die lange Linie einer Gratrippe, die sich vor dem Fahrzeug erstreckte. Die Höhenanzeige zeigte, daß sie das umgebende Gelände überragte. Der Liberator hielt direkt darauf zu. Wenn der Panzer sich im waagerechten Flug befunden hätte, hätte es vielleicht einen Weg gegeben, ihn über die Klippe zu ziehen, aber der Liberator flog noch mit der Nase nach unten. Er gewann zwar wieder die Kontrolle über den Sturzflug, es blieb aber nicht genug Zeit übrig, um ihn auszurichten und wieder steigen zu lassen. Die Winkel-Warnleuchte erlosch, sie waren bei 360 km/h wieder ausgerichtet.

»Drehen Sie nach rechts.« Noch während er das Kommando gab, übernahm er die Station des Richtschützen und schwenkte den Turm herum. Das 150-mm-Geschütz schien einen Augenblick zu zögern und begann dann, von der Eiswand fortzudrehen, die sich vor dem Panzer auftürmte. Der Turm hatte eine halbe Wendung gemacht und wies vollständig nach hinten, als das Fahrzeug aufschlug.

Einen Augenblick lang pflügte Karstil mit dem Blick nach vorn mit 360 km/h über die Oberfläche. Im nächsten sah er nach hinten und flog mit der gleichen Geschwindigkeit. Der Verstand begriff, aber die Eingeweide taten das nicht. Er fühlte sich, als drehe sich ihm der Magen um. Dann schlug der Liberator in die Wand.

Am Boden hatte der Kampf aufgehört. Es hatten nur wenige Ziele zur Verfügung gestanden, und jene Ziele, die noch funktionsfähig waren, waren gelandet. Beide Seiten waren gefesselt von dem Spektakel eines mit fast 400 km/h über das Eis schlitternden Liberators. Die Gravantriebe rissen große Eisschollen aus der Oberfläche und schickten sie in spiralförmigen weißen Wolken empor, die vor dem tintenschwarzen Himmel schimmerten. Die Bremstriebwerke, die noch immer arbeiteten, glühten in einem bösen Rot. Kurz bevor der Panzer auf die Eisrampe krachte, schwang sein Turm herum.

Ein infernalisches Krachen ertönte, als der Panzer einschlug. Eisschollen, die so groß wie der Panzer waren, brachen aus der Oberfläche, als sie durch die Gewalt des Zusammenstoßes weggetrieben wurden. Ein lautes, reißendes Geräusch erfüllte die Nacht. Jene, die auf der gegenüberliegenden Seite der Eiswand stationiert und sich des wahren Ausmaßes des Dramas nicht bewußt waren, spürten das Eis und den Fels unter dem Hammerschlag erzittern. Dann platzte das Eis auf der gegenüberliegenden Seite plötzlich auf, und der weiß ummantelte Liberator brach hindurch.

Die hinteren Gravantriebe waren aus den Halterungen herausgerissen worden. Die vorderen Panzerblenden waren zerschlagen und wie ein nasses Taschentuch über den Rumpf zurückgebogen worden. Das auf dem Dach des Turms montierte Vulkan-System war verschwunden. Aber der Panzer flog noch. Er schwang in einem engen Kreis rechts herum, feuerte die Baggerkanone ab und ließ sich auf dem Boden nieder. Optio Roglund Karstil war eingetroffen.

25

2300, 11 Martius 6831

Die Rebellenoffiziere drängten sich in dem umgebauten Pedden. Die stickige, verbrauchte Luft roch nach saurem Schweiß. Die Klimaanlage war heruntergefahren worden und diente nur noch der Zirkulation der vorhandenen Luft. Klimaanlagen gehörten aufgrund der Annahme, daß der Panzer meistens in warmem Klima operieren würde, zur Standardausstattung des Pedden. Niemand hatte erwartet, daß sich die Manöver auf ausgedehnte Operationen bei Temperaturen von 70°C unter Null erstrecken würden. Und die Temperatur fiel weiter. Nach dem Durchzug des jüngsten Sturms kühlte der leuchtende, klare Himmel das südliche Kap noch mehr aus. Das einzig Gute daran war, daß zumindest der Wind mit dem Sturm verschwunden war. Aber jeder im Pedden wußte, daß er zurückkommen würde.

Zenturio Maximus Milton Harras wartete, bis der letzte der Offiziere hereingekommen war. Das Innere des mobilen Gefechtsstandes war überfüllt, obwohl die Zahl der Gesichter, die Harras jetzt ansahen, sich verringert hatte. Harras räusperte sich. »Ich begrüße den Einsatz derer, die vor ein paar Stunden zu uns durchgebrochen sind. Ich bin mir noch nicht im klaren darüber, warum nur so wenige von Ihnen angekommen sind, aber ich bin sicher, der Führer des Verbands fällte die beste Entscheidung, die er zur Zeit treffen konnte. Schön, Sie hier zu haben.« Er sah die Offiziere wieder an, deren Gesichter von der Kälte verfroren aussahen und dadurch älter wirkten. Er rieb sich die eigenen

Wangen, die sich steif und taub anfühlten. Ihm wurde bewußt, daß er seit vier Tagen keine Gelegenheit gehabt hatte, sich zu rasieren, und es auch keine Chance für ein Bad gab.

Die Lagebesprechung begann. Die Logistikabteilung erstattete Bericht, dann folgten der Operations-Stab und die Waffenoffiziere der Kampfzenturien. Es war kein aufbauendes Treffen. Die Logistiklage war miserabel. Die Munitionsvorräte lagen auf annehmbarem Niveau; es hatte mehr Verluste als Verbrauch gegeben. Die meisten Panzer meldeten 90 Prozent an verfügbarer Munition für die Geschütze und Raketenabschußgeräte und die Infanterietransporter verfügten ebenfalls über ausreichende Raketenvorräte. Nahrung war noch kein Problem, aber die Situation konnte und würde noch schlechter werden. Der Logistiksergeant schlug vor, die Zahl der täglichen Mahlzeiten für die Truppe auf zwei zu rationieren.

Moldine Rinter, die als Stellvertretende Kommandeurin und als Operationsoffizier fungierte, faßte die Situation und den Plan zusammen. »Die Ersatztruppe in unserem Kreis umfaßt drei Liberatoren und zwei Viper-Transporter. Der sechste Panzer, einer der Liberatoren, wurde bei der Ankunft abgeschossen, und nur der Fahrer hat überlebt. Unsere gesamte Truppe setzt sich aus 13 Liberator-Panzern, einem Spartius-Infanterietransporter und sechs Viper-Transportern zusammen. Die Führungsgruppe umfaßt die zwei verbliebenen Wolverine-Aufklärungspanzer, das Pionierfahrzeug und fünf Pedden-Transporter, zwei von den Zenturien, den Kommunikationspedden und einen vom mobilen Gefechtsstand und den Sanitäts-Pedden.

Die Pedden werden als Infanterietransporter für die Reserve genutzt. Kohorte Harras wird unsere Position am Pol in einem losen Ring aus drei Kampfzenturien verteidigen. Die Gliederung der Truppe wird wie folgt aussehen: 2. Zenturie mit drei Liberatoren, einem Spartius und einer Viper. 3. Zenturie, vier Liberatoren und die Viper der Hilfstruppe, die wir gegen die beschädigten austauschen. 4. Zenturie, zwei Liberatoren plus einen von der Hilfstruppe und deren beide Vipern.« Den größten Vorteil zog die von Rinter kommandierte Reservezenturie aus der Ankunft des Hilfseinsatzes. Sie gewann zwei Liberatoren und eine Viper, ferner die beschädigte Viper der 3. Zenturie. Damit konnten die Löcher am äußeren Rand des Verteidigungsringes gestopft werden.

»Der Umfang der Verteidigungszone beträgt 10 Kilometer und der Durchmesser etwa drei. Die Reserve wird in der Mitte eingesetzt, um die zwei Kilometer zu jedem gefährdeten Punkt im Verteidigungsring in weniger als einer Minute überwinden zu können. Diese Truppe kann eine Weile standhalten, um ein Desaster abzuwehren, aber wir arbeiten an einem Plan für einen Ausbruch. Okay, das wär's, Leute. Laßt uns an die Arbeit gehen.«

Honor Ross instruierte den Fahrer, die beschädigte Viper in der Reservestellung zu landen. Das Hauptgeschütz war völlig wertlos, und ihr erster Job bestand darin, die Wrackteile abzuschneiden, so daß sie nicht mit den verbliebenen funktionsfähigen SMLM-Abschußrohren in Berührung kamen. Sie war nicht in der Lage, die genauen Verluste im Kommando festzustellen, aber sie wählte Triarii Barstow Drinn, der zum amtierenden Princeps befördert wurde, als zweiten Gruppenführer aus, um Boost zu ersetzen. Blackstone setzte die Viper ab, ohne die Trichtermunition abzufeuern. Es waren nur noch vier Ladungen übrig, und er wollte sie nicht verschwenden.

Die Besatzung stieg aus und streckte sich. Jeder Legionär, der zur Viper gehörte, hatte blaue Flecken und Kratzer von der Schlacht. Die Körperpanzerung war kaum beschädigt, aber in dem Titanrumpf herumgeschleudert zu werden, war trotz der Kampfanzüge eine Tortur für den Körper. Ross ließ die Legionäre sich eine Weile unterhalten, um den Druck der Schlacht und des Fluges herauszulassen, und befahl sie dann an die Arbeit. Sie wußte, daß Legionäre nach einem Gefecht Zeit brauchten, um Druck abzulassen. Sie beobachtete ihre Legionäre und lauschte den Kriegsgeschichten, um den Wechsel zu den morbiden Erinnerungen an ihre Verluste mitzubekommen. Das war der Zeitpunkt, an dem sie das Team ernsthaft zur Arbeit antreiben würde. Die Infanteristen hingen in Gruppen herum, wobei die Fahrzeugbesatzung von der Unterhaltung ausgeschlossen wurde. Jene, die in der Viper gekämpft hatten, fühlten sich vom Rest der Truppe isoliert. Nur die Bodentruppe kannte die Angst, die man empfand, wenn man – auf die Fähigkeiten der Panzermannschaft angewiesen – in einem Kokon des Panzers in eine Schlacht transportiert wurde. Diese Soldaten wurden ohne Warnung oder Orientierung in Erwartung eines sofortigen, gewalttätigen, einsamen Todes in die Schlacht geworfen. Wenn die Bedrohung vorbei war, hockten die Infanteristen sich zum Reden zusammen und schlossen die Fahrzeugbesatzungen aus, die sie fast als Kerkermeister ihres Schicksals ansahen.

Ross wurde wegen ihrer Stellung als Gruppenführerin bei der Bodentruppe geduldet; für Blackstone und Connor galt das nicht. Die Fahrzeugbesatzung nahm keinen Anstoß an dem Ausschluß, da sie sich selbst als der Infanterie übergeordnet ansah. Außerdem hatten sie genug damit zu tun, sich um die Maschine zu kümmern. Ihrer Meinung nach begann eine militärische Karriere in den Titanzellen einer Viper. Wer gut genug war, wurde freigestellt, um Teil der Besatzung zu werden. Blackstone und Connor machten sich daran, für ihren beschädigten Transporter zu tun, was ihnen möglich war.

Die Titanpanzerung, die so leicht von der HEAP-Ladung des TOG-Panzers zertrümmert worden war, erwies sich gegen das Schweißgerät als unnachgiebig. Sogar bei voller Energie mußte Blackstone langsam schneiden, um Fortschritte beim Wegschneiden des beschädigten 25-mm-Geschützaufsatzes zu erzielen. Die stupsnasige Geschoßspitze der SMLM-Rakete war fest an der zerstörten Panzerung festgekeilt, und obwohl die SMLM nicht allein durch Hitze explodieren konnte, achtete der Fahrer sorgfältig darauf, wohin er die Schneidespitze hielt. Er war ein fähiger Monteur, gut genug für ein Wartungsteam, aber er zog es vor, in den Transportern zu bleiben und nur zu reparieren, wenn es nötig war. Nach dem Entfernen der gezackten Teile ging er über die Schneidekanten zurück, um die Konturen zu glätten. Dann erhitzte er vorsichtig einige Titanbleche, um sie über alle Löcher zu setzen, wo die ballistische Schutzwehr bloßgelegt worden war. Nach einer Stunde war er fertig.

Ross wartete, bis die Soldaten über ihre gefallenen Kameraden redeten, dann schritt sie ein und regte an, die Stellungslöcher zu besetzen. Obwohl Ross die Truppenführerin war, zog sie es vor, mit Anregungen und Richtungsanweisungen zu führen, statt per Diktat zu befehlen. Bei den Commonwealth-Streitkräften machte man keinen Unterschied zwischen Männern und Frauen in Kommandopositionen, und Ross' Führungsstil hatte nichts mit ihrem Geschlecht zu tun. Er war das Ergebnis einer erfolgreichen Erziehung in einer Familie, wo Vorschläge eine Methode der Kontrolle waren. Familiäre Diskussionen brachten allgemeine Entscheidungen, aber den einzelnen Angehörigen blieb die Möglichkeit, eine eigene Wahl zu treffen und jede Konsequenz daraus selbst zu tragen. Militärische Strukturen erlaubten nicht dieses Maß an Freiheit, aber Ross versuchte, in Übereinstimmung mit ihren Untergebenen zu führen, wann immer es möglich war. Die Truppe hatte mehr Vertrauen in ihre Entscheidungen, wenn sie die Hintergründe verstand. Aber Ross konnte auch anders und verschaffte sich bei passender Gelegenheit die nötige Resonanz, indem sie mit der Peitsche knallte. Langsam hockten sich die Leute in die Verteidigungsstellungen. Die zwei Gruppen waren jeweils von acht auf drei Legionäre zusammengeschmolzen, und sie hatten zu entscheiden, ob sie mit mehr Soldaten in weniger Trichter oder mit weniger Leuten in mehr Trichter gehen wollten. Ross stimmte dafür, drei Leute pro Trichter einzuteilen. Die Gruppe konnte dann nicht in die Breite gehen, aber mit nur einer Person besetzte Trichter waren zu riskant. Einsame Soldaten wurden Opfer ihrer eigenen Ängste. Und einsame Soldaten neigten dazu einzuschlafen.

Drei-Personen-Stellungen förderten die Entwicklung der Kameradschaft; die Legionäre würden dann kämpfen, um sich gegenseitig zu verteidigen. Drei-Personen-Stellungen erlaubten je einem Soldaten, zum Aufwärmen zum Fahrzeug zurückzukehren und die sanitären Einrichtungen zu benutzen. Die Leute hatten seit fünf Tagen kein Bad genommen. Auch wenn Baden keine Überlebensnotwendigkeit war, wußte Ross, daß es gut für die Moral war. Die Männer wollten sich auch rasieren, ein Ritual, das mehr als Orientierungspunkt einer Normalität diente, als ein echtes Bedürfnis zu erfüllen. Ross fand die männliche Abhängigkeit von dieser kleinen, privaten Zeremonie interessant. Explosionen zerrissen die Stille, als die Gruppen die ersten Löcher ins Eis sprengten. Die kleinen Sprengladungen lockerten den Grund für den Stellungsbau; dann mußten die Soldaten mit krummen Rücken selbst graben.

»Sergeant!« rief Princeps Herman Grold von seiner Stellung herüber. »Sie sollten sich das hier mal ansehen.«

Ross begab sich zu den Legionären, die vor einem in das Eis gesprengten Trichter standen. Die Wucht der

Sprengladung hätte eine Vertiefung von drei Metern Breite und einen halben Meter Tiefe bilden sollen. Die Kraft der Explosion, die den Weg des geringsten Widerstandes nahm, war durch die Oberfläche gebrochen, um eine darunterliegende Kaverne freizulegen. »Sieht aus wie das Ding, das wir zuvor entdeckt haben«, meinte Ross, als sie am Rande kniete. Sie erhob sich und suchte die Gegend nach Überresten eines Unterstandes ab, aber es gab keine Anzeichen dafür.

»Ich frage mich, wohin der Stollen führt«, überlegte sie laut und sprach mehr zu sich selbst als zu den Infanteristen. Sie wandte sich an den Gruppenführer. »Grold, verlegen Sie Ihre Gruppe um 50 Meter, und bereiten Sie eine andere Stellung vor. Ich werde der Zenturie Meldung machen.«

Glassy Relic Regal – der Reservehundertschaft war ein Name statt einer Zahl gegeben worden – bestätigte Ross' Meldung und befahl ihr, die Gegend abzusichern. Sie würden jemanden schicken, der sich darum kümmerte. Die Stimme des Panzerkommandanten, der über das Commlink mit ihr sprach, kam ihr bekannt vor, aber sie schob das Gefühl des Erkennens auf ihre Müdigkeit oder unbewußte Vertrautheit mit anderen Rebellenstimmen, die sie in den vergangenen Tagen gehört hatte. Aber sie wurde das nagende Gefühl nicht los, daß sie die Stimme in einem anderen Zusammenhang kennengelernt hatte. Fünfzehn Minuten später vergaß sie die Stimme, da sie sich um die Leute vom mobilen Gefechtsstand kümmern mußte, die mit einem Asinus-Gravgleiter eintrafen. Sie hielten neben der Viper und stiegen aus. Ross war überrascht. Sie wußte, daß kein Außenweltler die Kohorte begleitet hatte, aber sie hatte Gerüchte über einige Fremde gehört, die irgendwann eingetroffen sein sollten. Nun bekam sie die Bestätigung, daß etwas vorging. Der Mann im Kommandosessel war groß, aber durchaus normal. Der Fahrer des Gleiters hatte dagegen einen spinnenartig-zentaurischen Körper und konnte nur ein Baufrin sein. Sie hatte zuvor Baufrin gesehen, aber nur aus der Entfernung. Dies würde eine neue Erfahrung sein. Sie wartete auf die beiden.

»Stone«, sagte der Mann und zeigte dann auf den Baufrin hinter sich. »Das ist Archon Divxas.«

»Schön, Sie kennenzulernen.« Ross nahm still zur Kenntnis, daß der Mann weder seinen Vornamen noch seinen Rang genannt hatte. Sie war lange genug bei den Commonwealth-Streitkräften, um zu wissen, daß ein Mann, der nur seinen Namen nannte, wahrscheinlich keinen Rang angeben konnte. Auf jeden Fall war sie mehr an dem Baufrin interessiert.

»Mein Freund ist kein Vertreter guter Manieren«, begann der Baufrin. »Ich bin in der Tat Archon Divxas und komme ursprünglich von dem Planeten, den Ihr Shannedam IV nennt. Das war natürlich vor vielen Häutungen. In jüngster Zeit habe ich auf Caralis gelebt, wo ich ...«

»Sie braucht keinen vollständigen Lebenslauf, Archon«, unterbrach der Mann. Ross hielt sich für eine gute Menschenkennerin und entschied fast sofort, daß diese beiden Freunde sein mußten. Stone unterbrach den Baufrin in einer Art, die an das Eindämmen einer Redeflut gewöhnt zu sein schien, aber mit einer Zuneigung, die man gewöhnlich einem bevorzugten, aber redseligen Verwandten entgegenzubringen pflegte.

»Ich habe nur versucht, höflich zu sein und irgendwelchen Mißverständnissen vorzubeugen, die vielleicht durch die Rauheit deiner Einführung entstanden sein könnten.«

Ross lächelte. Das konnte ja heiter werden. »Wenn die Herren bitte diesen Weg nehmen.« Sie zeigte auf den von der Infanteriegruppe gesprengten Trichter in fast hundert Metern Entfernung. Stone bewegte sich sofort dorthin, aber Archon wartete, bis der Sergeant ein paar Schritte Vorsprung hatte. »Sie werden meinen guten Freund wegen seiner rüden Art entschuldigen müssen, Sergeant«, plapperte der Baufrin. »Er ist viele Kilometer hergekommen, um Ihre Truppe zu treffen, und er fühlt sich wie ein Mann mit einem wichtigen Auftrag. Die gegenwärtige Erkundung ist unglücklicherweise kein Teil dieses Auftrags.« Archon wandte sich um, um Ross' Reaktion auf diese Information zu beobachten, aber durch das herabgelassene Visier war es schwer zu erkennen, was sie dachte. Er konnte nur annehmen, daß sie noch lächelte.

Sie erreichten das Loch und starrten hinab. »Ich arbeite nicht mit Löchern«, gab Stone bekannt und wandte sich Archon zu. »Ich denke, das ist mehr dein Bereich.«

Der Baufrin starrte in die Finsternis, die vom Weiß des Schnees rundherum vertieft wurde. »Wenn die gute Sergeantin mir ein oder zwei ihrer Männer leihen kann, bin ich mehr als bereit, die labyrinthischen Stollen zu erforschen, die von dieser Kammer anscheinend angedeutet werden.«

»Das geht in Ordnung«, sagte Ross. »Ich werde Ihnen Grain aus der ersten Gruppe und Calvert aus der zweiten geben. Ich selbst werde auch mit Ihnen gehen.«

»Das kann ich gut akzeptieren. Ich begrüße Ihren Willen, mich zu begleiten. Andere Angehörige Ihrer Rasse würden weniger willig sein, einen Fremden bei etwas zu begleiten, was sich als eine gefährliche Mission erweisen kann.« Archon ließ sich in den Trichter fallen, fing sich am niedrigeren Rand des Loches ab und ließ sich dann die letzten drei Meter in die Vertiefung darunter fallen. Sofort begann er, die Wände der Höhle nach Zeichen ihrer Entstehungweise abzusuchen.

Ross schüttelte den Kopf. Dieser Alien war vielleicht ein Experte für Tunnel, aber wenn er nicht etwas mehr über Sicherheit dazulernte, würde er tot sein, bevor er irgend etwas Interessantes fand. Ein schneller Ruf ins Commlink setzte Grain und Calvert in Marsch. »Wir haben die Absicht, das Gebiet unter dem Schnee zu erforschen. Ein Baufrin, ein Spinnen-Typ, ist bei uns. Er ist schon da unten.« Grain und Calvert schauten überrascht. »Ja, er hat weniger von persönlicher Sicherheit als ein neugeborenes Kind. Wir werden nach ihm sehen müssen, oder er bringt uns und sich um. Laßt uns aufbrechen.« Sie glitt an der Seite des Trichters hinab, fing sich an der Ecke und ließ sich weiter hinabfallen. Die beiden Soldaten folgten ihr auf den Fersen.

26

0145, 12 Martius 6831

Der Tunnel war durch das solide Eis des Pols geschnitten worden. Als sich die drei Legionäre zu ihm gesellten, hatte Archon bereits herausgefunden, daß die Maschine, die diese Öffnung geschnitten hatte, ein relativ einfacher Bohrer war. Mit Hilfe eines flexiblen Förderbandes war der Aushub nach hinten transportiert worden. Es gab keine Hinweise auf die Maschine selbst, aber die Verfallerscheinungen der Wände deuteten darauf hin, daß der Tunnel bereits einige Monate alt war.

Zuerst schienen der Tunnel und die interessanten Schächte, die davon ausstrahlten, keinem Muster zu folgen. Die Seitenkorridore waren schmaler als der drei Meter hohe Haupttunnel und führten in unregelmäßigen Abständen davon ab. Große Räume, ähnlich dem, der durch die Sprengung entdeckt worden war, tauchten alle 200 Meter entlang der Korridore auf. Diese Räume wiesen Spuren menschlicher Nutzung auf.

Bald wurde klar, daß die Tunnelbauer nach einem Plan vorgegangen waren. Alle fünfhundert Meter gab es eine Öffnung zur Oberfläche, um den Eisschutt abzuladen, der aus den Tunnels entfernt worden war. Sobald der horizontale Schacht weit genug vorangetrieben worden war, wurde eine andere Öffnung zur Oberfläche geschaffen und die letzte verschlossen. Die Seitenschächte bogen sich von den Tunnels fort wie riesige Blütenblätter, die sich um die Mitte einer Blume gruppierten.

Die Entdecker machten das Problem sofort aus. Archon konnte im infraroten Spektrum zwar sehen, aber unter dem Eis gab es fast keine Wärme zu entdecken. Das LES in Ross' HUD zeigte ihr nicht die Wege, da es nur Lebensformen aufspürte, nicht aber geologische Formationen. Die thermographischen Sensoren in den Kampfhelmen waren dafür entwickelt worden, ebenfalls nur thermische Unterschiede zu entdecken. Die Patrouille operierte blind.

Jeder Kampfhelm war jedoch mit einem Beleuchtungsgerät für kurze Entfernungen ausgestattet, das dem Träger erlaubte, bis zu 50 Meter weit zu sehen. Die Lichter würden es der Patrouille gestatten, nach hinten und vorne zu sehen, aber die Beleuchtung gab ihre Anwesenheit auch jedem preis, der in den Tunnels lauerte. Sie hatten die Wahl zwischen blindem Suchen und dem Alarmieren eines möglichen Feindes. Ross entschied sich, die Lichter zu benutzen.

Der Schacht führte weiter in die Dunkelheit. Das gleißende Weiß des Eises reflektierte das Licht der Helmleuchten, was die Seiten des Tunnels glitzern und blinken ließ, als die Infanteristen vorwärts strebten. Der Haupttunnel fiel langsam ab, weiter hinunter in das tiefe Eis. Farbe und Struktur des Eises begannen sich kaum wahrnehmbar zu verändern. Die brillante, kristalline Leuchtkraft wechselte zu Gelb und dann zu Ocker. Das Eis wurde dichter, herabgedrückt von dem immensen Gewicht der darüberliegenden Schichten. Gelegentlich stöhnte das Eis unter dem Druck. Archon konnte auf dieselbe Weise, wie er die Ausbrüche der Geysire auf dem Eisfeld hatte fühlen können, die winzigen Bewegungen spüren, die durch die Gravitationskräfte sogar mehrere Meter unter der Oberfläche hervorgerufen wurden. Große Eisschollen, die sich durch die winzigen Verschiebungen lösten, krachten von der niedrigen Decke herab und zwangen die Soldaten beiseite zu springen. Sie marschierten weiter.

»Diese Formation ist ziemlich instabil für die Tiefe, die wir erreicht haben.« Der Baufrin untersuchte einen Teil der Decke, aus der gerade ein großer Abschnitt herabgefallen war. »Ich kann die Bewegungen des Eises spüren, die durch die Anziehung von Rock Wall erzeugt werden, aber es gibt keine nachvollziehbare Erklärung, warum die Gravitationskraft des Mondes das Eis in dieser Tiefe beeinflussen sollte. Das ist alles sehr merkwürdig.«

»Wird dies hier über uns zusammenbrechen?« Ross marschierte noch an der Spitze, gefolgt von Archon, aber sie war sich bewußt, daß Grain und Calvert immer weiter zurückblieben. Sie bewegte sie dazu, näher aufzuschließen. »Wenn das Dach zusammenbricht, sollten wir besser zusammen herauskommen.« Die beiden Triarii rückten näher zu der Stelle auf, an der Ross und Archon die Wände und die Decke des Tunnels untersuchten.

»Es gibt keine Möglichkeit, den zukünftigen Zustand des Tunnels mit absoluter Sicherheit vorauszusehen«, stellte Archon fest, wobei er sich den Kopf mit zweien seiner vier Hände rieb. Er überlegte einen Moment, dann fuhr er fort: »Aber trotzdem, etwas an diesem Ort ist ungewöhnlich. Wie ich schon sagte, ich kann die Anziehung von Rock Wall auf dieses Eis fühlen, aber in dieser Tiefe sollte die Anziehung eines Trabanten, selbst wenn er so massiv ist wie Rock Wall, das Eis nicht beeinflussen.« Wieder machte er eine Pause. »Die einzig mögliche Erklärung für dieses Phänomen ist, daß das Eis nicht fest ist. Denn die Höhle, die wir hier entdeckt haben, ist nicht ausladend genug, um diese Reaktion zu verursachen.«

Die drei Legionäre drängten sich um den Baufrin zusammen, während er sprach. Triarii Dorothea Calvert hätte gerne Stones Abneigung gegen Tunnel wiederholt, aber sie war noch nicht alt genug, um ihre Vorlieben lauthals verkünden zu dürfen. Mit siebzehn war sie das jüngste Mitglied des Trupps. Ihre Kampferfahrung war begrenzt, und die Zeit im Elternhaus lag noch nicht lange zurück. Sie war froh, daß sie unter Ross' Kommando stand. Ihre Führerin erinnerte die Triarii an ihre ältere Schwester, und sie konnte viel besser mit Ross' Führungsstil umgehen als mit den Ausbildungssergeanten während der Grundausbildung. Sie sah Ross unauffällig an, vorsichtig ihre Haltung nacheifernd und hoffte, der Vorgesetzten zu ähneln.

»Ich verstehe nicht, was Sie uns mitteilen wollen«, sagte Ross.

»Es ist relativ einfach und gleichzeitig ziemlich unerklärlich, Sergeant Ross.« Archon überlegte, wie er sich ausdrücken sollte, ohne so zu klingen, als ob er mit einem dreijährigen Kind spräche. »Ich habe die Furchen und die Risse untersucht, die in dem Eis erscheinen. Wenn Sie sie ebenfalls untersuchen, werden Sie vielleicht bemerken, daß die Risse auf der rechten Seite des Tunnels schmaler sind als die Risse auf der gegenüberliegenden Wand. Wären die Schichten gleichmäßig, hätten die Risse eine ähnliche Breite. Aber es wird sich herausstellen, daß die Risse tatsächlich von einer Region zu unserer Rechten stärker ausstrahlen. Weil die Risse diese ungleiche Ausstrahlung aufzeigen, kann dies nur bedeuten, daß es eine ziemlich große Öffnung irgendwo zu unserer Rechten gibt.« Er wartete darauf, daß Ross Verständnis signalisierte.

»So gibt es ein Loch, ein großes, auf der rechten Seite? Warum haben die Leute, die danach gesucht haben, es nicht gefunden?«

»Ich weiß es nicht. Die Risse haben sich erst kürzlich entwickelt, vielleicht als Ergebnis des Tunnelbaus. Die anderen haben sie vielleicht nicht gesehen oder keine Notiz davon genommen.«

»Laßt uns den nächsten Seitengang nach rechts nehmen und sehen, wohin er uns führt.«

Sie wandten sich der nächsten Passage zu, die nach rechts führte. Sie liefen weniger als vierzig Meter, als Ross, die führte, die Hand hob. Voraus, im Schein ihrer Helmleuchten, blockierte ein Objekt den Tunnel. Die Patrouille bewegte sich vorsichtig voran, und Ross mußte an ihre letzte Expedition unter dem Eis denken.

Bruchstücke aus der Decke waren losgebrochen und auf einen Schachtbohrer heruntergestürzt. Eisschutt lag fast hüfthoch in dem Korridor, mehr Eisbrocken, als sie irgendwo sonst in diesem Untergrundlabyrinth gesehen hatten. Der hintere Teil der Maschine bestand aus einer lange Zugmaschine auf Ketten. Die Seitenteile waren von dem herabgefallenen Schutt auseinandergebogen worden. Dahinter kam die Kabine der Maschine in Sicht. Ross hielt an, richtete ihren Karabiner auf den Rücken der Kabine und signalisierte Grain vorzurücken. Er drückte sich gegen die rechte Wand und bewegte sich zu dem Kontrollhäuschen vor.

Sekunden später riß Grain das Gewehr an die Schultern und feuerte drei Ladungen auf die Maschine ab. Die Explosion erschreckte alle vier Angehörigen der Patrouille, und der Widerhall ließ weitere Eisstücke auf den Boden des Durchgangs stürzen. Die Infanteristen sprangen aus dem Weg. Archon krümmte sich zusammen und ließ die fallenden Bruchstücke von seinem Rückenschild abprallen. Als die Echos erstarben, sah Grain zurück zu Ross und zuckte mit den Schultern. »Dachte, ich hätte jemanden gesehen. 'tschuldigung.«

»Besser sichern als entschuldigen.« Ross wies nach vorn. Grain bewegte sich über den Schrott zum Rücken der Kabine. Sein erster Instinkt war richtig gewesen. Ross konnte eine Gestalt im Kontrollsitz sehen. Aber diese Person war nun harmlos, und das hatte nichts mit Grains schneller Reaktion zu tun. Der Arbeiter war deshalb nicht auf dem LES erschienen oder von Archon entdeckt worden, weil er schon lange Zeit tot war. Der Tunnelbau mußte eine Reaktion in den haarfeinen Rissen im Eis ausgelöst haben. Das Dach war eingebrochen, und es sah so aus, als hätte der Arbeiter in Panik versucht, aus seinem Sitz unter dem gepanzerten Dach der Maschine zu fliehen. Ein Eisstück hatte ihn an der Schläfe erwischt, als er aus dem Kontrollhäuschen sprang, und seinen Schädel wie eine Eierschale zertrümmert. Die Wucht des Schlages hatte den Arbeiter zurück in den Sitz geworfen. In der extremen Temperatur war der Körper während der Leichenstarre gefroren, und es war sein Umriß, den Grain als Silhouette im Licht der Helmleuchten gesehen hatte. Grain hatte eine Leiche beschossen.

Die Patrouille kletterte an der Maschine und dem Eisschutt, in dem sie begraben war, vorbei. Archon führte jetzt, da sein Körperbau ihm ein schnelleres Vorankommen durch enge Stellen ermöglichte als den Soldaten in ihren massiven Springeranzügen. Er erreichte das Ende des Korridors und begann die Struktur des Eises zu untersuchen. Die anderen krochen dorthin, wo er die Wand untersuchte.

»Dieses Eis ist weit mehr verfallen als alles, was wir bisher gesehen haben. Ich glaube, hier gibt es etwas, das die Untersuchung wert ist.« Archon testete einen Abschnitt der Wand, und ein großes Stück des Eises löste sich ab. »Ah. Wir sollten in der Lage sein, einen Teil dieser Wand zu entfernen.« Archon begann, lose Eisstücke zur Seite zu schieben und von der Wand des Ganges zu reißen. Ross und ihr Team räumten das lose Eis aus dem Weg und hielten den Platz um den Baufrin herum frei. »Es gibt hier etwas. Ich bin mir ziemlich sicher. Bitte steigern Sie Ihre Anstrengungen.« Die Stimme des Alien klang aufgeregt. Er war sich sicher, daß er dem Ende seiner Suche nahe war. Die anderen waren gegenüber ihrer Umgebung ebenso nachlässig und sich der Gefahr nicht bewußt, die vielleicht nahebei lauern mochte. Die Aufregung des Baufrin sprang auf sie über, sie waren von dem Fleck gefesselt.

»Wir haben es gefunden!« Archon drehte sich mit einer dramatischen Geste seiner vier Arme zu den Gefährten um. »Seht! Hier ist etwas!« Er zeigte mit einem Arm auf die glitzernde Oberfläche, die unter dem Eis zum Vorschein kam. »Das ist keine natürliche Substanz. Das ist kein Eis.«

Die anderen drückten sich nach vorn. Gerade noch sichtbar durch die ockerfarbenen Eisstücke, schien sich unter dem Eis eine perlfarbene Schale zu befinden. Sie sah aus wie die Rundung eines gigantischen Eis, das unter dem Eis verborgen lag.

»Die Öffnung, die wir suchen, muß hinter dieser Schale liegen.« Archon wandte sich wieder um und schlug mit einer seiner Klauen auf die Schale. »Es klingt nicht hohl, aber ich bin sicher, daß sich dahinter kein Eis befindet. Die Substanz dürfte aber recht dick sein.« Er wandte sich an Ross. »Wir müssen durch diese Schale brechen.«

Ohne einen Moment zu zögern, griff Ross nach ihrem Laserstilett. Die Schale war hart, aber sie war gewiß nicht dazu geschaffen, dieser Technologie zu widerstehen. Die brennende Spitze schnitt ohne Schwierigkeiten in die seltsame Substanz. Der Energievorrat des Messers war fast aufgebraucht, als die Konturen einer rechteckigen Öffnung in die Schale geschnitten war. Ross trat mit ihren gepanzerten Stiefeln dagegen.

Der ziehende Schmerz, der ihr Bein hinaufschoß, erinnerte sie daran, daß sie sich seit mehr als zwei Stunden unter der Oberfläche befand und es weit länger her war, daß ihr richtig warm gewesen war. Ihr Fuß war taub. Sie machte sich klar, daß noch zwei Leute in der gleichen Verfassung waren, und nahm an, daß die Temperatur auch Archon zu schaffen machen würde, wenn das nicht jetzt schon der Fall war. Vielleicht sollten sie zur Oberfläche zurückkehren. Um ein Haar ließ sie ihre Bedenken laut werden, aber der Sog der Entdeckung war stärker als ihr Wunsch nach Bequemlichkeit. »Zu hart für mich. Jemand anderes soll es versuchen.«

»Ich denke, daß meine unteren Arme etwas ausrichten könnten. Auch wenn ich eine bedeutend geringere Masse habe als jeder von Ihnen, habe ich größere Kraft. Lassen Sie es mich versuchen.« Archon übernahm Ross' Platz vor den Tormarkierungen auf der Schale. Nur Stone hätte erkannte, wie erpicht er darauf war, das Rätsel dieser Schale zu lösen – der Baufrin hatte sogar vergessen, die Überlegenheit der Baufrin über die menschliche Leistungsfähigkeit zu betonen, und das war immerhin sein Lieblingsthema.

Mit seinen unteren Beinen klammerte er sich an das Eis und schob die langen, dünnen Klauen tief in die Rinne, die das Stilett hinterlassen hatte. Mit einem heftigen Ruck brach der ausgeschnittene Teil der Schale heraus. Die Patrouille erstarrte.

Vor ihnen lag eine schwarze Öffnung. Das Licht der Helmleuchten schien durch die rechteckige Öffnung, aber es gab keine Reflexion. Archon hob ein Eisstück auf und warf es durch das Loch. Mehr als drei Sekunden später hörten sie es aufschlagen.

Ross rührte sich schließlich und schüttelte die Verwunderung ab, die die ganze Patrouille empfand. Sie wußte, daß es Zeit war, den Kohortenkommandeur wissen zu lassen, was geschehen war. Normalerweise hätte sie ihre Lage ihrem Zugführer gemeldet, aber diese Patrouille war eine direkte Angelegenheit der Zenturie. Ross rief Rinters Signatur auf das Commlink.

»Glassy Relic Regal Sechs. Hier Glassy Relic Regal Zwei-Zwei-Sechs. Lagemeldung.«

»Hier Regal Sechs. Fahren Sie fort.«

»Hier Regal Zwei-Zwei-Sechs. Wir haben eine Höhle unter dem Eis gefunden. Wir werden sie untersuchen.«

»Hier Regal Sechs. Verstanden. Halten Sie uns auf dem laufenden.«

27

0300, 12 Martius 6831

Die Helmleuchten gaben keinen Hinweis auf das, was unten in der mysteriösen Schwärze lag. Die thermographischen Bildsysteme in den Kampfhelmen zeigten ebenfalls nur Leere; was immer unter der Patrouille lag, hatte eine konstante Temperatur. Die Patrouille war sich vollständig im unklaren über das, was sie unten erwartete, aber jeder wollte der erste sein, der es entdeckte.

Die menschliche Rasse war immer darauf aus, das Unbekannte kennenzulernen. Sie liebte Rätsel nur im Abstrakten, nicht im täglichen Leben. Einer der vielen Gründe, warum die Menschheit in das Weltall vordrang, lag im Bestreben, sein Rätsel zu lösen. Aber selbst der Weltraum war keine völlige Unbekannte gewesen; die Menschen wußten, wohin sie gingen, weil sie die Sterne sehen konnten. Die ungeheure Entfernung wirkte weniger beängstigend, weil sie ihr Ziel kannten. Nun trieb dasselbe menschliche Grundbedürfnis nach Wissen diese kleine Gruppe von Entdeckern voran.

Die lange Kette von erstaunlichen wissenschaftlichen Fortschritten der Menschheit hatte nichts an der Tatsache geändert, daß die Patrouille jetzt und hier in eine bodenlose Leere sah, nicht erforschbar durch eine andere Methode als die direkte Erkundung. Die Leere stieß ihre Menschen- und Baufrinseelen ab und zog sie zugleich an. Hätte irgendeines der Patrouillenmitglieder seine Gefühle in Bezug auf das Abenteuer, das vor ihnen lag, rational überdacht, wäre es in der Lage gewesen, das Phänomen der Neugier zu untersuchen. Keiner dachte daran, die Öffnung unerforscht zu lassen, aber jeder war dankbar für die Anwesenheit der anderen. Das unbekannte Reich, das vor dem Team lag, besaß die gleiche Faszination wie der Blick vom Balkongeländer eines hohen Gebäudes in die Tiefe. Der leere Raum zog sie an, schreckte aber auch vor der Gefahr ab.

Ross durchbrach den Bann. Sie löste die Taschenlampe von ihrem Gürtel und schaltete den Funktionsschalter auf volle Energie. Dann bahnte sie sich mit den Ellbogen den Weg zur Öffnung zwischen den gaffenden Infanteristen hindurch und beugte sich hinein, so weit sie konnte, ohne die Balance zu verlieren. Sie schaltete die Beleuchtung vom weißen auf infrarotes Licht. Nichts zu sehen. Sie warf die Lampe soweit hinab, wie sie konnte. Die Wärmequelle beschrieb einen Bogen auf ihrem HUD, traf weit unten irgend etwas Festes, sprang zweimal kurz hoch und kam dann zur Ruhe. Ross beobachtete eine Reihe fester, rechtwinkliger Schatten um die Lichtquelle herum. »Es gibt etwas Großes und Eckiges da unten«, teilte sie mit. »Dem HUD zufolge ist die Lampe 154 Meter tief gefallen. Eure Springausrüstungen werden euch runterbringen, aber ich bin mir nicht sicher, wie wir euch zurückholen sollen. Dieses Loch hier ist zu klein, um es wiederzufinden.«

Archon klapperte mit den Mandibeln, das Äquivalent der Baufrins zum menschlichen Räuspern. »Es gibt eine Menge Vorteile, die wir Baufrin der Menschenrasse gegenüber haben. Die wichtigste Überlegenheit, die wir nach menschlicher Ansicht haben, ist unsere hervorragende Sehschärfe. Diese Fähigkeit ist wichtig, erhält aber nur deshalb primäre Beachtung durch die Menschen, weil ihre eigenen Fähigkeiten so begrenzt sind. Sie haben vielleicht bemerkt, daß wir Baufrins vier Arbeitsarme am oberen Körper und sechs Bewegungsbeine am untere Körper haben. An meinem unteren Torso gibt es natürlich nur fünf, aber das ist das Ergebnis eines unglücklichen Unfalls in der jüngsten Vergangenheit.«

Ross begann zu verstehen, warum Stone so ruppig mit dem Baufrin umgesprungen war. Sie hätte seine Lektion gern unterbrochen, aber sie wollte nicht rüde sein. Sie ließ ihn in der Hoffnung weiterplappern, daß er allmählich zum Punkt käme.

Archon fuhr fort, seinen Unfall zu beschreiben, der ihn sein Bein gekostet hatte, und vergaß auch nicht die nachfolgende Notbehandlung. »Aber ich schweife ab«, sagte er, wobei er Ross ein Lächeln zuwarf. »Wir sind grundsätzlich Spinnen, soweit es unsere Physis betrifft. Das hat sicher Vorteile wie auch Nachteile. Einer unserer großen Nachteile ist unsere Empfindlichkeit gegen extreme Temperaturen. Diese Kälte setzt meine Reaktionen bedeutend herab, und vielleicht ist das der Grund, weshalb ich so langsam darin war, unser Problem mit dem Zugang zu dieser Höhle zu lösen. Aber ich schweife wieder ab.«

Seine drei Kameraden waren mehr als bereit, seine Lösung zu hören. Calvert sah ins Leere, als würde ihr Geist angesichts der Ausführungen des Baufrin abschweifen. Grain drückte sich am Rande der Öffnung herum. Nur Ross sah so aus, als ob sie noch zuhörte, und ihre Augen waren etwas starr, als frage sie sich, ob diese Rede je ein Ende nahm.

»Gesegnet mit den Fähigkeiten einer Spinne, bin ich in der Lage, ein Netz zu spinnen.«

Nun hatte er Ross' volle Aufmerksamkeit erregt. Natürlich, dachte sie. Der Spinnenmann konnte in die Öffnung fallen und an seinem eigenen Faden zurückkehren. Und wenn die Stränge kräftig genug waren, konnte die ganze Patrouille sie nutzen.

»Angenommen, ich finde einen guten Anker für das Gespinst, sollte ich dank dieser Fähigkeit in der Lage sein, eine Faser zu spinnen, die mein Gewicht tragen wird, wenn ich in die darunterliegende Höhle absteige. Da meine Masse bedeutend geringer ist als Ihre, werde ich mehrere Stränge zusammenlegen müssen, um einen von Ihnen befördern zu können. Das wird einige Zeit brauchen, aber in der augenblicklichen Lage haben wir viel Zeit zur Verfügung.«

»Großartig. Tun Sie's.«

»Das ist wirklich schade, Sergeant«, sagte Archon. »Aber Ihre Sprachmuster ähneln immer mehr denen meines guten Freundes Stone, je länger wir zusammen sind.«

Die Patrouille gruppierte sich am Ausgangspunkt von Archons Gewebe. Ross setzte ein Übertragungsrelais auf die Kante der Eingangsöffnung, bevor sie sich hindurchfallen ließ, nur um sicher zugehen, daß die Kommunikation mit der Oberfläche möglich blieb. Die Lampe, die Ross zuvor hinabgeworfen hatte, zeigte sich als Infrarotquelle, die sie beim Abstieg leitete, und das weiße Licht der Helmleuchten beleuchtete bald eine ehrfurchtgebietende Szenerie.

Sie hatten eine phantastische Stadt entdeckt, einen Ort, der mit nichts vergleichbar war, was sie je gesehen oder geträumt hatten. Die Patrouille stand am Fuß einer stufenförmigen Pyramide, deren Spitze sich außerhalb der Reichweite ihrer Leuchten in der Finsternis verlor. Die Steinblöcke waren fünf Meter hoch, und sie konnten zehn Blöcke innerhalb des Lichtkreises, den ihre Lampen warfen, zählen. Stufen führten an der Pyramide hinauf in die Dunkelheit.

Breite Straßen, die mit Eis überzogen waren, zogen sich um die Pyramide. Reif bedeckte die Steine des Platzes und zeigte Konturen im weichen Relief, das unter dem harschen Weiß der Lichterbögen glitzerte. Die schiere, unerwartete Größe erfüllte die Eindringlinge mit Staunen. Reglos und stumm nahmen sie die Eindrücke in sich auf.

Ross gab ein Zeichen, und die anderen folgten ihr, wobei die Kampfstiefel auf dem Reif knirschten. Das interne Navigationssystem im Anzug eines jeden Infanteristen begann den Weg, den das Team nahm, aufzuzeichnen. Sie nahmen die Standardformation zur Erkundung unbekannten Territoriums ein. Ross ging in der Mitte voran, die zwei Legionäre flankierten sie beidseitig in zehn Metern Entfernung. Archon, dessen spitze Füße durch das Eis auf den Stein darunter schnitten, stellte die Nachhut dar.

Sie bewegten sich von der Pyramide fort. Ein Obelisk, der zwei Meter im Quadrat an der Basis und fünfzehn Meter hoch war, erschien in ihrem Lichtkreis. Die Seiten der Steine trugen die Züge humanoider Gestalten, die mit gekreuzten Beinen auf gemeißelten Stühlen saßen. Die Figuren trugen phantastische Frisuren, die wie riesige, umgedrehte Schüsseln aussahen und von riesigen Federn geschmückt wurden. Reliefartige Beschriftungen erläuterten die Bedeutung der Statuen, aber keiner der Eindringlinge konnte sie entziffern. Ross trat näher heran und richtete das Licht auf das Gesicht eines dieser Monumente. Sie rieb über den Stein und bürstete das Eis in einem silbernen Schauer ab. »Seht euch die Haare an«, sagte sie sanft. »Sie tragen alle lange Haare.«

»Naram«, sagte Archon sofort. »Ich habe solche Gegenstände schon gesehen, aber nur als Imitate kultureller Artefakte. Diese hier sind ziemlich alt, und sie ähneln den Relikten, die dem Naramvolk so lieb sind.« Archon Divxas schwieg wieder. »Glassy Relic Regal Sechs. Hier Glassy Relic Zwei-Zwei-Sechs. Wir haben etwas entdeckt, das Sie uns nicht glauben werden.«

Zenturio Moldine Rinter breitete die Grundrißskizze auf dem beleuchteten Tisch in dem Pedden, der als Operationszentrale diente, aus. Teile der unterirdischen Stadt fehlten noch auf der Skizze, aber es war genug davon eingetragen, um ihre Ausmaße erkennen zu können. Die erfaßte Fläche war 2,5 Kilometer im Durchmesser groß und wurde von einer in der Mitte mehrere hundert Meter hohen Kuppel überspannt. Die Kuppel bestand aus einem starken, dicken Kunststoff, der Tonnen von Eis stützte, die sich darüber ausgebreitet hatten. Vier Eingangsbögen existierten im Umkreis, von massiven Türen versperrt, die wiederum von Eis versiegelt worden waren. Das Eis war an einigen Stellen durch die Kuppel gebrochen, aber Eis und Schnee bedeckten nur kleine Flächen der Stadt.

Zenturio Braxton Sloan, der Pionieroffizier der Kohorte Harras, studierte die Skizze. Sloan war ein Spezialist und sich seines Standes wohl bewußt. Pioniere, wie er und seinesgleichen immer rasch klarstellten, wurden als Panzerführer oder Infanteristen ausgebildet, aber sie konnten zusätzlich zum Kämpfen konstruktive Arbeit leisten. Truppenkommandeure versuchten meistens, die Pioniere in ihren Einheiten zu beschützen. Wenn ein Pionier seinen ersten Kampfeinsatz überlebte, war ihm in der Regel ein langes Leben und ein warmes Bett garantiert. Die Beförderung der niedrigrangigen Offiziere ging für gewöhnlich schnell voran. Braxton Sloan war innerhalb von zwei Jahren Zenturio geworden, aber er hatte den Rang für die nächsten zwölf Jahre behalten. Langsame Beförderung hatte ihre Vorteile: Pionieroffiziere waren für eine Fülle von Aufgaben qualifiziert, und sie kannten jeden im Korps. Aber Selbstzufriedenheit machte Pioniere auch weniger verantwortungsbewußt gegenüber neuen Situationen. Wenn ein Offizier wußte, daß die Güte der Bearbeitung der ihm gestellten Aufgaben keinen Einfluß auf seine Beförderung haben würde, verschwand der Wettbewerbsanreiz, und so geschah es auch mit den innovativen Lösungen für die komplexen Probleme, die es einer Militärmacht erlaubten, der anderen einen Schritt voraus zu sein.

Sloan kämpfte stets darum, die Lethargie der Stagnation zu besiegen, die seinen Geist zu überwältigen drohte. Nach vierzehn Jahren bei den Commonwealth-Streitkräften glaubte er, daß er jedes technische Problem gesehen hatte, aber dieses hier war neu für ihn. Er war beauftragt worden, den Kohortenkommandeur dabei zu beraten, wie man am besten eine alte, überkuppelte Stadt gegen einen TOG-Angriff verteidigte. Er studierte die Zeichnung auf dem Leuchttisch. Die Leute, die die Kuppel gebaut hatten, wußten, was sie taten. Die Wölbung der Schale war perfekt berechnet worden, um tonnenschwere Gewichte zu tragen. Teile der Kuppel waren gerissen, aber nicht durch einen strukturellen Fehler. Der Schaden konnte nur von bedeutenden und unvorhersehbaren seismischen Bewegungen verursacht worden sein.

Die Stadt unter der Kuppel war ähnlich beeindruckend. Der zentrale Platz umfaßte mehrere hundert Meter an den Seiten. Eindrucksvolle Gebäude umgaben ihn. Einige dieser Bauten erhoben sich bis zu Höhen von acht Stockwerken über dem Platz und besaßen breite Treppenfluchten, die zu den Türen hinaufführten. Alle Gebäude waren aus demselben vulkanischen Gestein gebaut worden, das mit einfachen Werkzeugen nur schwer zu bearbeiten war. Die alte Rasse, die diese Stadt gebaut hatte, hatte sie für die Ewigkeit gebaut, und so lange würde sie auch halten.

»Was wir hier haben«, begann Sloan mit seiner Analyse, »ist gemäß den Basisklassen eine A/2-Region. Die Straßen, die vom zentralen Platz wegführen, bilden ein Netz enger Gassen. Das ist die A-Klassifikation für städtische Regionen. Die Bezeichnung 2 charakterisiert das Mauerwerk mit dicken Außenwänden aus Naturstein. Die inneren Wände und Böden bei diesem Konstruktionstyp sind im allgemeinen dünner und dienen meist als Feuerschutz; wie auch immer, in den Gebäuden, die ich untersucht habe, schien die innere Konstruktion substantiell zu sein. Das A/2-Muster ist hervorragend zur Verteidigung geeignet. Die engen Gassen begrenzen die Beobachtungs- und Feuermöglichkeiten der Angreifer und erlauben im umgekehrten Fall der Verteidigung, Hinterhalte und Todeszonen zu schaffen, die der Angreifer erst spät bemerken kann. Zusätzlich bietet die Konstruktion der Häuser den Verteidigern guten Schutz. Die Kommunikation innerhalb der Gebäude ist einfach, da es leicht ist, die einzelnen Räume durch Gänge miteinander zu verbinden. Die Angreifer müssen bei dem Vorhaben, die Außenwände zu durchbrechen, schwere Geschütze einsetzen. Insgesamt haben die Verteidiger eine starke Position.«

Rinter lauschte Sloans Vortrag über die Verteidigung der Stadt. Sie hatte das alles bereits auf der Offiziersschule gehört, aber es konnte nicht schaden, eine Wiederauffrischung zu erhalten. Sie wandte sich an den Pionier. »Können wir den Ort mit unseren Truppen verteidigen? Wird die Kuppel standhalten? Wie schwierig wird es für die TOGs, in die Kuppel einzubrechen?«

»Ich kann nicht vorhersagen, ob wir die Stadt halten können oder nicht. Wir können sicher besser austeilen, aber sie halten – ich weiß es nicht. Die Kuppel ist stabil. Natürlich werden die TOGs so leicht einbrechen können wie wir, aber wir werden sie kommen hören, was uns einen Vorteil verschafft. Wenn wir Zeit haben, können die Pioniere einige häßliche Überraschungen für die TOGs vorbereiten. Im Moment besteht unsere einzige Chance darin, unsere Stellung an der Oberfläche zu verteidigen, und wir kennen bereits die Probleme, die wir damit haben werden.«

Rinter starrte auf die Karte hinab. Sloan lag mit der Beurteilung der Lage auf der Oberfläche richtig. Der Wind war wieder aufgelebt und ließ die Gefahr der Unterkühlung und Erfrierungen erneut ansteigen. Die

Zenturien hatten bereits Erfrierungen gemeldet, und zumindest ein Todesfall war direkt mit dem eisigen Wind in Verbindung zu bringen. Die Sanitätsgruppe hatte schon nach einem besser geschützten Ort für das Feldlazarett gefragt.

»Ich werde Ihren Rat an Milt weitergeben«, sagte sie. »Ich denke, er wird Ihnen zustimmen. Wir werden in den Untergrund gehen. Normalerweise würde ich mir Sorgen machen, ob diese Verlegung die Kommunikation mit Rolandrin kappen würde, aber wir haben, seitdem wir zu diesem gottverlassenen Winkel aufgebrochen sind, nicht mehr mit der Zentrale gesprochen. Was macht das also für einen Unterschied? Ich sage, unter dem Eis liegt unsere beste Überlebenschance.«

28

0700, 12 Martius 6831

Der Bagger, den Ross' Team teilweise begraben unter dem Eissturz im Korridor nahe der Stelle gefunden hatte, an der sie die Kuppel entdeckten, erwies sich als Segen. Sloan und seine Pioniere hatten ihn inzwischen aus seiner Höhle herausgezogen und zum Laufen gebracht. Einer der Risse in der Kuppel befand sich in der Nähe des Hauptquartiers der Rebellenkohorten, und Harras entschied, diese Stelle als Eingang zu nutzen, statt einen neuen zu schaffen oder eine der Türen auszugraben. Wollte man sich weit genug durch das Eis graben, um eine der Türen zu befreien, würde man viel Zeit vergeuden und eine deutliche Aktivitätssignatur schaffen, die leicht von den TOGs gelesen werden konnte.

Sloans erste Aufgabe war es, durch etwa 10 Meter Eis einen Durchgang von der Oberfläche zur Kuppel zu graben. Der Schutt, der bei der Ausgrabung anfiel, wurde in eine der größeren Passagen befördert. Dieser erste Tunnel würde nur für den Verkehr genutzt werden, so daß kein Anlaß bestand, den Schacht zu glätten. Nachdem die Pioniere die Oberfläche mit der Maschine erreicht hatten, drehten sie um und frästen das Eis fort, das sich in den Riß in der Kuppel geschoben hatte. Ein simples Loch reichte auch hier.

Als der erste Tunnel fertig war, erweiterte ihn das Pionierkorps, damit auch die größeren Fahrzeuge in die Stadt gebracht werden konnten. Das Ergebnis war eine acht Meter breite und vier Meter hohe Passage, die an der Oberfläche begann, in einem steilen Winkel auf die Höhe der zerbrochenen Kuppel abfiel, und sich in einem scharfen Winkel nach rechts zur Kuppel wandte. Es war bekannt, daß eine direkte Passage nicht zu verteidigen war, daher diente die Kehre als Hinterhaltsmöglichkeit. Von der rechtwinkligen Kehre aus verlief der Tunnel zum Riß. Der Riß in der Kuppel war enger als der erste Gang, den Sloan freigefräst hatte, gerade breit genug, daß sich ein Liberator hindurchzwängen konnte. Einmal in der Kuppel, wurde der Zugangsweg über eine Schräge aus Eis vollends hinabgeführt. Sloans Team war schon zwei Stunden, nachdem es den Bagger ausgegraben hatte, fertig.

Die Kohorte wurde in die Kuppel verlegt, bevor das Ganze fertig war. Die Führungsgruppe – angeführt von Selden Matruh, dessen Hauptfunktion in der Kohorte die Erkundung und Organisation des Reservegefechtsstands war – ging als erste in den Tunnel. Der Operationsoffizier begleitete ihn, um die leichte Commlink-Ausrüstung aufzustellen. Die Sanitätsgruppe, geführt von Dr. Kelton Hess, und das Kommunikationsteam kamen mit Matruh in die Stadt. Die Stadt war Hess sofort vertraut. Er hatte als Rebellenlegionär mehr als 30 Jahre lang gedient, nachdem er 6801, noch bevor der Kampf auf Caralis begann, als gemeiner Soldat eingetreten war. Als die erste Dienstzeit vorbei war, nahm er eine ehrenhafte Entlassung an und brachte mehrere Jahre als Crewmitglied auf Frachtern zu, wobei er zunächst das Sternensystem des Orionarms in der Milchstraße besuchte, wo seine Heimatwelt lag, und danach zu anderen Teilen der Orion-Galaxis und des Naram-Raumes gereist war. Er fand die Naram faszinierend.

Diese große Rasse mit olivfarbener Haut entwickelte sich in ähnlichen Stufen wie die Menschen, und dem Doktor fiel es schwer, sie für etwas anderes als einen Zweig der Menschheit zu halten. Er arbeitete ein Jahr lang als gewöhnlicher Arbeiter für eine Naramkooperative, erlernte die Naramsprache und nahm ihre Kultur an. Er bewunderte ihre Philosophie der Ehrfurcht vor dem Leben und beschloß, Arzt zu werden. Er kehrte in seine Heimatwelt zurück und studierte Medizin. Älter und vielleicht auch ernster als seine Kommilitonen an der Universität, kam Hess mit den Studien schnell voran, wobei er Freundschaften vernachlässigte. Obwohl er mit höchsten Auszeichnungen abschloß und schnell eine florierende Privatpraxis einrichtete, fand Hess, daß diese Art der Berufsausübung nicht der Naram-Philosophie entsprach, die er sich zu eigen gemacht hatte. Irgend etwas fehlte ihm. Er wurde schnell zum Arzt der gehobenen Gesellschaft, was nicht dem Leben entsprach, das er sich wünschte.

Hess veräußerte die Praxis und kehrte zum Militär zurück. Zu alt, um noch als Anfänger von den Commonwealth-Streitkräften angenommen zu werden, trat er der Rebellenlegion bei. Er genoß seinen ersten Einsatz in einem Kohortenlazarett und widerstand der Berufung in ein Feld- oder Chirurgielazarett. Hess war glücklicher bei den kleineren Einheiten.

Das Betreten der Stadt wühlte eine Flut von Erinnerungen auf. Der große Platz mit den turmhohen Gebäuden erinnerte ihn an Copan, seine bevorzugte Naram-Stadt. Diesen alten Ort bei sich Copan nennend, wanderte er über den zentralen Platz von einer wundervoll gearbeiteten Stele zum Fuße einer großen Akropolis. Sogar in der Dunkelheit, die nur von der Taschenlampe erhellt wurde, waren die Dimensionen beeindruckend. Die Seitenstraßen, die vom Zentrum fortführten, fand Hess ebenfalls interessant.

Die Häuser waren in der ihm vertrauten Bauweise der Naram errichtet. Die Gebäude zeigten eine solide Front zur Straße, aber das Innere war ein komplexes System aus gemeinschaftlichen und privaten Räumen. Im Zentrum jedes Hauses lagen die Gemeinschaftsräume und nach außen zu separate Zimmer, die über eine komplizierte Reihe von Treppen und Balkonen erreichbar waren. Die Führungsgruppe hatte sich in einem der Häuser niedergelassen, und Pioniere bohrten für die Sanitätsabteilung und die Kommunikationseinheit Löcher durch die Wände aneinanderliegender Häuser. Das war eines der besten Feldlazarette, das Hess je zur Verfügung gestanden hatte. Die zentrale Wohneinheit des Gebäudes, das für das Lazarett vorgesehen war, wurde als Erholungs- und Aufenthaltsraum eingerichtet. Die Räume im unteren Geschoß sollten als Wohnräume für das Personal, das drei einfache Korpsmitglieder, eine Schwester und Hess umfaßte, dienen. Der Behandlungsraum war in dem Raum neben dem Wohnquartier des Arztes eingerichtet worden, und es gab auch genug Platz für vier Wachposten. Das Gebäude war vollständig mit Möbeln eines Naramheimes eingerichtet, einschließlich einer gutbestückten Küche. Es enthielt auch Tote.

Die Entdeckung der ersten Bewohnerin war ein Schock gewesen. Sie wurde in einem Sessel sitzend im Gemeinschaftsraum gefunden. In einen feinen Leinenumhang gekleidet, der mit Blumen gesäumt war, saß sie dort, als erwarte sie Gäste. Auf dem Kopf befand sich ein mit Federn verzierter Kopfschmuck aus Gold und Jade, dessen Federn so vom Alter und von der Kälte verwittert waren, daß sie bei Berührung zerfielen. Die Legionäre sprachen in der Nähe der Frau gedämpft und respektvoll, als fürchteten sie, ihre Totenruhe zu stören. Der Leichnam war zu hart, um zur Ruhe gebettet zu werden, deshalb wurden der Stuhl und seine Besitzerin in einen kleinen Raum außerhalb der zentralen Halle verlegt. Die anderen, die im gleichen Haus gefunden wurden, brachte man ebenfalls dort unter. Nachdem die Abteilung die drei Gebäude vollständig übernommen hatte, waren insgesamt neun Leichen weggeschafft worden, alles Frauen oder Kinder.

Nach der Installation des neuen Gefechtsstandes begann die Kohorte zu planen, wie sie in die unterirdische Basis umziehen sollte. Es gab grundsätzlich zwei Arten, sich von den TOG-Truppen zu lösen. Wenn man davon ausging, daß es kein Gefecht geben würde, wich man mit der ganzen Einheit oder in größeren Gruppen aus. Falls ein Rückzug im Gefecht erforderlich war, wich man kämpfend in kleinen Gruppen aus. Die TOGs waren bis auf gelegentliche, wirkungslose Nadelstiche ruhig geblieben, aber Harras mußte noch entscheiden, wie der Rückzug erfolgen sollte. Der Kohortenkommandeur stand vor einem größeren Problem. Obwohl die Panzer und Transporter gegenwärtig versteckte Stellungen mit abgeschalteten Betriebssystemen und Motoren besetzten, was sie nahezu unsichtbar machte, würden die TOGs die Stellungen entdecken, sobald die Motoren angeworfen wurden. Transponderattrappen, sogar IFF-Einheiten der Fahrzeuge konnten an den Rebellenstellungen aufgestellt werden, wenn sich die Fahrzeuge zurückzogen, aber die Marshman-Antriebe setzten eine so starke Strahlung frei, daß die Ionenwolke nicht übersehen werden konnte. Die TOGs würden die Stellungen stürmen, sobald sie erkannten, daß sich die Rebellen bewegten.

Die Lösung des Problems wurde wie folgt angegangen: Die ersten Panzer, die sich zurückzogen, würden dem Beispiel der Vorhut folgen und einzelne Panzer und Transporter nach und nach abziehen, um so die Linien auszudünnen. Die entsprechend eingeteilten Fahrzeuge würden sich, mit dem vordersten beginnend, eines nach dem anderen von den Stellungen zum Schlupfloch zurückziehen. Dieser Teil des Planes sollte durchgeführt werden, solange die TOGs stillhielten. Wenn der Rückzug erst einmal entdeckt worden war und die Rebellenstellung angegriffen wurde, mußten die nicht ins Gefecht verwickelten Einheiten sofort zum Tunnel aufbrechen. Die Einheiten mit Feindberührung würden sich geschlossen zurückziehen, indem sich ihre Teileinheiten gegenseitig Feuerschutz gaben, bis sie sicher im Tunnel waren. Jede Massenansammlung auf der Oberfläche würde Chaos hervorrufen, und dasselbe galt für jedes Fahrzeug, das Schaden nahm, während es sich im Tunnel befand. Ein zusammengebrochener Liberator im Zugang zur Kuppel wäre eine Katastrophe.

Die Reserve-Zenturie, die dem Zugang am nächsten stand, brach als erste auf und ließ Jamie MacDougalls Wolverines und Sloans Pioniere als Sicherung zurück. Die Wolverines waren klein genug, um den Tunnel schnell passieren zu können, und die Pioniere mußten bleiben, um die Öffnung freizuhalten. Sloan fuhr den Tunnelbagger in eine Seitenpassage und ließ ihn einsatzbereit stehen. Ross' Infanteriegruppe ging hinab, um den Riß in der Kuppel zu überwachen, und die Viper gingen in der Kuppelstadt in Stellung, wobei sie ihre SMLM-Raketen auf die Zugangsöffnung ausrichteten. Ross stand an der Bresche. Wegen der Nähe zu bekannten TOG-Stellungen zog sich die 4. Zenturie, gefolgt von der 3. und 2., zuerst zurück. Ventis, der über die stärkste Feuerkraft verfügte, sollte zuletzt gehen. Alle seine Fahrzeuge fälschten die IFF-Transponder, um die TOGs solange wie möglich darüber im unklaren zu lassen, was wirklich geschah. Die 4. Zenturie zog ab.

Zenturio Marmoreus Patrius beobachtete den Computer mit der taktischen Feindlage. Die Feinde waren seit Stunden untätig, und er war besorgt. Legatus Camus hatte einen Angriff auf diese Stellungen zeitgleich mit dem Eintreffen der Rebellenhilfstruppen ausgeführt, seitdem aber nichts mehr getan. Die Attacke konnte nicht als Erfolg gewertet werden. Der Großteil der kleinen Rebellenverstärkung hatte zu den Rebellen durchbrechen können, und der Einsatz von Infanterie gegen die Rebellenstellungen hatte bewiesen, daß sie noch kampffähig waren. Legatus Camus hatte Verstärkung von Malthus angefordert, Artillerie und Flugabwehreinheiten. Sie waren nach dem Angriff angekommen, hatten sofort ihre Befehle entgegengenommen und Zielkoordinaten eingerichtet. Patrius war unglücklich über die Anwesenheit der Artillerie. Er war sicher, daß Camus lieber die Rebellenstellungen das nächste Jahrtausend hindurch belagern würde, als seine Kampfstärke in einem Angriff einzusetzen. Die gegenwärtige Situation rief nicht nach einer Belagerung. Patrius war eher davon überzeugt, daß hier eine scharfe Attacke und ein schneller Sieg vonnöten wären. Tatenloses Warten wie jetzt ermunterte die Rebellen nur dazu, selbst die Initiative zu ergreifen.

Der Bildschirm flackerte, und Patrius beobachtete die rote Anzeige eines Rebellenfahrzeuges, das sich innerhalb der Stellungen bewegte. Während er zusah, bewegte sich das Fahrzeug zur Mitte der Rebellenstellungen. Dann hielt das Symbol an und verblaßte. Die Bildschirmanzeige gab offensichtlich ein Fahrzeug wieder, dessen Fahrer den Marshman-Antrieb herunterfuhr und abschaltete, so daß seine Position den Sensoren verborgen blieb. Der Trick würde ihm trotzdem nichts helfen. Der Computer für die taktische Feindlage speicherte den Standort, wo das Fahrzeug abgekühlt war, und zeigte ihn wieder an, wenn er abgefragt wurde. Er ließ das Bild vollständig verblassen, zählte schnell bis zehn und ließ den Computer dann alle bewegten Fahrzeuge neu anzeigen. Er starrte auf den Schirm. Der Computer meldete, daß sich alle Fahrzeuge, die sich bewegt hatten, an einem Standort sammelten. Patrius löschte den Schirm und wies den Computer an, alle bewegten Fahrzeuge erneut anzuzeigen. Die gleiche, sich überlappende Gruppe roter Symbole erschien. Die Rebellen zogen sich zurück, und er hatte es verpaßt. Er fluchte. Camus würde dafür seinen Kopf fordern. Er drückte die Alarmtaste und schalt sich einen Dummkopf. Camus trat durch die Feuerschutzvorhänge, die die Operationszentrale vom übrigen Teil des mobilen Gefechtsstandes trennten.

»Warum der Alarm, Patrius?«

»Die Rebellen bewegen sich, Sir. Es hat gerade angefangen.« Patrius zeigte auf den Haufen roter Anzeigen. »Sie haben etwas vor. Wir sollten sofort angreifen.«

Camus zog den Vorhang zur Seite. »Artillerieführer,« befahl er dem Artilleristen, »alarmieren Sie die Truppen. Bereithalten, auf mein Kommando mit dem Feuer beginnen. Stimmen Sie die Zieldaten ab.«

»Sir«, wiederholte Patrius, »wir sollten sofort angreifen.«

»Patrius«, sagte Camus kühl, »wir haben vorher ohne Artillerie angegriffen, und wir haben Leichen als Beweis für die Dummheit dieses Vorgehens. Diesmal werden wir es richtig machen.« Der Artillerieoffizier erschien wieder und breitete seinen Feuerplan aus. Alle drei Offiziere verglichen die Zielkoordinaten der Artillerie mit den gegenwärtigen Standorten der Rebellenfahrzeuge. »Schießen Sie Gruppen mit DEBEO REGAL 8-2-1 und 1-1-7.«

»Verstanden«, gab der Richtschütze zurück. »Wir werden HAFE benutzen. Das Eis wird zusätzliche Bruchstücke erzeugen.«

»Schießen Sie drei Minuten lang Wirkungsfeuer und bereiten Sie dann 1-1-7 vor. Wir werden dann in ihr Ziel hinein angreifen.«

»Wie Sie befehlen.« Der Artillerist ging.

»Nun, Patrius, wir werden unseren Angriff starten. Die 2. und 3. Zenturie werden drei Minuten zum Aufstellen und Abmarschieren brauchen, und die Artillerie wird ihnen den Weg ebnen.«

»Es wird den Rebellen auch zeigen, wo und wann wir angreifen – Sir« Patrius fügte das ›Sir‹ als unmißverständliche Beleidigung hinzu. Die zwei Offiziere sahen sich an. Patrius hatte die Grenze überschritten, und es war nur eine Frage der Zeit, bis Camus die Veränderung bemerken würde.

Die erste HAFE-Salve schlug in Ventis' Stellung ein, als seine flankierende Infanteriegruppe sich gerade abzusetzen begann. Die Infanteristen waren schon aufgesprungen und draußen, als die erste Salve über ihrer Stellung explodierte. Der erste Trupp wurde teilweise noch von der Masse der Viper abgeschirmt, da er den Befehl zum Sprung zu langsam befolgt hatte. Der Trupp verlor nur einen Mann. Der andere Vier-Mann-Trupp war dem Artilleriefeuer jedoch vollständig ausgesetzt. Eine Ladung zerbarst direkt über dem Truppführer. Die Überlebenden sahen ihren Principes noch unter den Flechetten verschwinden. Sogar seine gepanzerten Stiefel wurden in Stücke gerissen. Am Tunneleingang schossen die tödlichen Munitionspfeile der HAFE-Ladungen teilweise in den Eingang und rasselten über die Seiten der Wolverines hinweg. Jamie MacDougall hatte noch eine Warnung gebrüllt, bevor das Geschoß explodierte, und so waren bei allen Aufklärerfahrzeugen die Luken dicht, und die Flechetten prallten von der Panzerung ab. Die Wolverines jagten weit genug in den Tunnel, daß sie keinen Schaden erlitten, aber alle Fahrzeuge nahe dem Eingang bekamen die ganze Kraft der Explosion ab.

Der Artilleriebeschuß hielt an, und die beiden TOG-Pompeys deckten ihre Zielregion mit Geschossen ein. Die HAFE-Munition brauchte keine speziellen Zielmarkierungen, um zu treffen, nur einen vorgeschobenen Beobachter. Die Salven über dem Tunnelzugang waren auf der Basis der vom Computer gespeicherten Daten anvisiert worden, die die Geschosse über einen weiten Bereich verteilten. Die Geschütze, die Ventis' 2. Zenturie anvisierten, hatten diesen Nachteil nicht. Sie verfügten über einen vorgeschobenen Beobachter, der die gesamte Zielregion einsehen und nach jeder Salve Zielkorrekturen durchführen konnte, um das Feuer direkt ins Ziel zu lenken. Alle Panzer und Transporter in Ventis' Stellung wurden beschädigt.

Als die drei Minuten des ›Weichklopfens‹ um waren, ließ der Beobachter das Feuer tiefer in den Rebellenring hineinverlegen. Horatius- und Romulus-Panzer folgten den Feuer auf dem Fuße, als die letzte Artilleriesalve über der Rebellenstellung explodierte. Noch während der Beobachter das Feuer verlegen ließ, eröffneten die Panzer das Feuer auf die Wolke aus Eis und Schnee, die die zerschlagene Rebellenstellung markierte.

29

1100, 12 Martius 6831

Optio Holden Ventis sah die letzte HAFE-Ladung weit entfernt vom Spartius explodieren. Da er wußte, daß TOG-Artillerie nur eingesetzt wurde, wenn Bodentruppen beteiligt waren, warnte er die nicht zerstörten Fahrzeuge der Zenturie. Er hatte keine Zeit, um Verlustmeldungen aufzunehmen, was sowieso sinnlos gewesen wäre. Wenn ein Fahrzeug sich nicht meldete, war es entweder zerstört oder zu beschäftigt damit, sich den Weg zum Tunnel im Eiskap zu erkämpfen. In jedem Fall war es sinnlos. Sein eigenes DDP würde ihm mitteilen, wo der Feind durchgebrochen war.

Wenn der Feind nicht gerade auf Baumwipfelhöhe kam, würde das Gelände Ventis' Blickfeld auf die TOG-Fahrzeuge blockieren, bis sie auf drei Kilometer heran waren. Es war nicht anzunehmen, daß sie auf Baumwipfelhöhe angreifen würden, weil die TOG Lehrgeld dafür gezahlt hatten, als sie beim ersten Angriff zu lange in dieser Höhe geblieben waren. Die zweite TOG-Attacke war mit Infanterie und Mörserunterstützung vorgetrieben worden, und sie war ebenfalls erfolglos gewesen. Die TOGs hatten versäumt, ihren Sturm zu verstärken, und ihre Infanteristen waren gerade noch außerhalb der effektiven Infanteriereichweite von den Panzern abgesessen. Aber diesmal war es anders. Diesmal benutzten sie Artillerie.

Der Computer sprach in sein Ohr. »Viele Fahrzeuge. Horatius- und Aeneas-Panzer, Romulus- und Lupis-Transporter. Entfernung 5-0-00. Kurs 5-8-00 zu 8-00. Geschwindigkeit 1-00. Nähern sich. Ziele nicht erfaßt.«

Das DDP hatte die ankommenden TOGs bemerkt, aber das Gelände verhinderte eine Zielerfassung. Ventis stellte das Commlink auf Zenturie. »Glassy Relic, hier Glassy Relic Zwei-Sechs. Feuer frei. Ziehe mich jetzt auf Position Zwei zurück und gebe Feuerschutz.« Er stellte um auf intern. »Davis«, sagte er zum Fahrer. »Zur nächsten Position, die auf dem Schirm markiert ist.«

»Roger. Bewegen uns jetzt.«

Der Spartius glitt rückwärts den Hang hinab, wendete am Fuß des Hanges und zog sich 800 Meter weit zur nächsten Stellung zurück. Ventis hätte sich gerne weiter zurückgezogen, aber 800 Meter entfernt lag die nächste gute Rückzugsposition zur Deckung der anderen drei Fahrzeuge der Zenturie. Er sah auf das DDP, um nach Aktivitäten des Liberators Ausschau zu halten.

»Viele Fahrzeuge. Horatius- und Aeneas-Panzer, Romulus- und Lupis-Transporter. Entfernung 4-0-00. Kurs 5-8-00 zu 8-00. Geschwindigkeit 100. Nähern sich. Ziele nicht erfaßt.« Die TOGs kamen noch immer näher, immer noch vom Gelände abgeschirmt. Der mittlere Liberator von Ventis' Zenturie glühte auf dem Schirm auf. Ventis wußte, daß er sich jetzt auch bewegte, aber mehr in Richtung der TOGs als fort von ihnen. Der Liberator schob sich aus seinem Trichter und beschleunigte langsam auf die Kuppe des Hügels zu, der den Feind verbarg. Er wendete, um quer vor die Front der Zenturienstellung zu ziehen. Ventis hörte das Krachen des 150-mm-Geschützes, das von dem schärferen Bellen der 50-mm-Kanone gefolgt wurde. Das DDP zeigte Kunstnebel zwischen den eigenen und den feindlichen Linien an. Ventis lächelte. Der Führer des 2. Zuges, Kent Narall, gab den TOGs etwas zum Nachdenken. Die zwei Kanonen von Naralls Liberator feuerten weiter und legten eine Nebelwand vor die Angreifer.

»Viele Fahrzeuge. Horatius- und Aeneas-Panzer, Romulus- und Lupis-Transporter. Entfernung 3-5-00. Kurs 5-8-00 zu 8-00. Geschwindigkeit 6-0. Nähern sich. Ziele nicht erfaßt.« Naralls Kunstnebel hatte die TOGs gebremst. Sie konnten nicht hindurchsehen, und sie wagten es nicht, durch die Rauchwand in einen möglicherweise massiven Beschuß der verborgenen Rebellenpanzer hineinzufliegen. Der Spartius von Ventis wandte sich den TOG-Linien entgegen, als er die Ausweichstellung erreicht hatte, und kroch den Hügel hinauf, bis der Turm knapp über die Kuppe ragte. Ventis hörte den Richtschützen und den Fahrer reden, als der Transporter den Turm in Feindrichtung drehte. Seine Infanterie sprang am Transporter vorbei und bewegte sich auf das höhergelegene Gelände hinauf. Einen Kilometer hinter der Ausweichstellung der 2. Zenturie explodierten weitere HAFE-Salven über dem Tunneleingang. Ventis wurde übel, wenn er an den letzten Abschnitt dachte. Die feindliche Artillerie, die ihre Fluchtroute bombardierte, machte den letzten Sprung gefährlich. Er zwang sich, statt dessen an die TOGs vor ihm zu denken. Laß die Zukunft für sich selbst sorgen.

»Viele Fahrzeuge. Horatius- und Aeneas-Panzer, Romulus- und Lupis-Transporter. Entfernung 3-0-00. Kurs 5-8-00 zu 8-00. Geschwindigkeit 1-0-0. Nähern sich. Kein Ziel erfaßt.« Die TOGs hatten wieder Fahrt aufgenommen. Die Stimme des DDPs fuhr fort, die Zielinformationen zu aktualisieren. »Viele Fahrzeuge. Horatius- und Aeneas-Panzer, Romulus- und Lupis-Transporter. Entfernung 2-8-00. Kurs 58-00 zu 8-00. Geschwindigkeit 1-0-0. Nähern sich. Ziele bestimmt und erfaßt.«

Die TOGs hatten sich durch den Rauch manövriert. Die Hügel von Ventis wurden in rotes Licht getaucht, als die drei Liberatoren der Rebellen das Feuer auf den herankommenden Feind gleichzeitig eröffneten.

»Tim.« Ventis sprach mit dem Richtschützen. »Suchen Sie einen kleinen raus. Versuchen Sie's mit einem Aeneas oder Lupis. Lassen Sie die großen für die Panzer.«

»Roger.« Es gab eine Pause, während Tim Rollus den Feind beobachtete, um sich ein Ziel herauszupicken. »Hab' einen.« Ventis aktivierte den Zielmarkierungslaser. »Ziel identifiziert. Lupis-Transporter. Entfernung 2-7-00. Kurs 4-00. Geschwindigkeit 1-0-0, kommt näher. Ziel erfaßt.« Wieder aktivierte Ventis den Zielmarkierungslaser. »Ziel identifiziert. Lupis-Transporter. Entfernung 2-7-00. Kurs 4-00. Geschwindigkeit 1-0-0, kommt näher. Ziel erfaßt und markiert.«

»Richtschütze. Vor uns Lupis-Transporter auf 2700, Lasereinsatz.«

»Erfaßt.«

»Feuer.«

»Erledigt.«

Ventis sah auf das DDP, um den Effekt zu überprüfen.

»Laser geladen«, sagte Rollus über Commlink.

»Richtschütze, der Lupis ist noch oben. Halten Sie noch einmal mit dem Laser drauf.«

»Ziel erfaßt.«

»Feuer!«

»Hab' ihn.«

Die Lupis-Anzeige blinkte und wurde zu einem zerbrochenen Rechteck. »Er ist hinüber«, sagte Ventis. »Suchen Sie sich weitere Ziele.« Ich kann das nicht tun, sagte sich Ventis. Ich kann nicht gleichzeitig diesen Spartius und die Zenturie führen. »Tim. Übernehmen Sie die Führung des Spartius. Suchen und markieren Sie eigene Ziele.«

»Übernehme Spartius. Verstanden. Ich hab's.«

Optio Holden Ventis suchte das DDP nach den drei Liberatoren seiner Einheit ab. Naralls Panzer, der auf dem Weg zur rechten Flanke der Stellung war, zeigte sich als solides Rechteck. Er war noch aktiv. Der mittlere Liberator blinkte, er war zerstört. Ventis versuchte, sich an den Namen des Kommandanten zu erinnern, aber es gelang ihm nicht. Er konnte sich nicht einmal an das Aussehen, an die Stimme im Commlink erinnern. »Regal Zwei. Hier Zwei-Sechs. Ausweichen auf die nächste Stellung.« Die Bestätigung wurde vom Heulen der Laser überdeckt, als Rollus ein anderes Ziel beschoß. Das DDP verwischte, als die verbliebenen beiden Liberatoren ihren Rückzug mit Wolken aus hochverdichtetem Rauch vernebelten.

Die TOG-Fahrzeuge waren nah. Ventis brauchte den Gefechtscomputer nicht, um das zu erkennen. Er konnte die Panzer und Transporter schon selbst sehen. Seine ausweichenden Liberatoren dröhnten an ihm vorbei und ihre Gravtriebwerke wirbelten eine hohe Wolke aus Schnee auf, als sie ihre neuen Stellungen näher am Tunnelzugang einnahmen. Der Zielmarkierungsalarm dröhnte in seinem Ohr; es war höchste Zeit zu verschwinden. Die Zwillingslaser heulten wieder auf. »Herankommende Geschosse. Fahrzeug markiert.« Er sah über die Brüstung des Befehlsstandes. Der Himmel war plötzlich mit leuchtenden Spuren überzogen, als Raketen ihre Startplattform verließen. Das Vulkan-Raketenabwehrsystem summte über seinem Kopf, und zwei der herannahenden TOG-Raketen explodierten wie kleine Sonnen am Nachthimmel. Der Spartius wurde vom Einschlag der übriggebliebenen TVLGs erschüttert. Die linke Panzerschutzblende des Transporters löste sich unter den vielen Treffern auf. Ventis duckte sich, als eine Woge aus Titansplittern über den Turm fegte. Ein blinkendes Licht auf der Kommandokonsole meldete, daß das backbordseitige Geländeradar zerstört worden war. Der Gefechtsstand füllte sich mit dem vertrauten, stickig-süßen Geruch von zerschmolzener Keramik-Schutzglasur. Das 150-mm-Geschütz eines Liberators schoß über ihre Köpfe hinweg.

»Zollach.« Ventis sprach ruhig in das Commlink. »Bring uns hier raus.« Der Spartius reagierte sofort. Davis Zollach hatte das Kommando bereits erwartet, und das Trommelfeuer hatte seinen Fahrstil deutlich inspiriert. Der Transporter drehte sich so heftig, daß Ventis gegen die Seite des Turms geschleudert wurde. Der Richtschütze ließ zwei Rauchkanister ab, um den Rückzug zu decken, und der Zielmarkierungsalarm hörte abrupt auf zu schrillen.

Der Spartius geriet nach einem Froschhüpfer über die beiden Liberatoren, die ihm Feuerschutz gaben, in deckungsloses Gelände. HAFE-Ladungen explodierten weiterhin über dem Fluchtloch, und Ventis traf eine schnelle Entscheidung. »Zieh ihn hoch auf Baumwipfelhöhe und gleite.«

»Baumwipfelhöhe?« Zollach klang unglücklich.

»Richtig, Baumwipfelhöhe«, wiederholte Ventis. »Und versuche, von den HAFE-Salven wegzubleiben.« Auf Baumwipfelhöhe konnte der Spartius über das Gelände feuern, während die zwei Liberatoren sich zurückzogen. Er schaltete um auf externes Comm. »Glassy Relic Zwei. Hier Glassy Relic Zwei-Sechs. Bewegt euch!«

Die zwei Liberatoren zogen sich aus ihren Stellungen zurück, und Ventis bemerkte plötzlich, daß er den Viper-Transporter in dem Durcheinander verloren hatte. Er suchte das DDP nach der Signatur des Transporters ab, aber er war nirgends zu sehen. Entweder hatte er seinen Rückzug durch das Schlupfloch geschafft, oder er war während der ersten Attacke in Stücke zerschlagen worden. Er hatte keine Zeit, nach der Viper zu suchen. Unter sich konnte er die eigene Infanterie sehen. Sie verschwanden aus seinem Blickfeld. Hinten explodierten weitere HAFE-Geschosse.

»Viele Fahrzeuge. Horatius- und Aeneas-Panzer, Romulus- und Lupis-Transporter. Entfernung 1-0-00.

Kurs 6-0-00 zu 5-00. Geschwindigkeit 1-2-0, kommen näher. Ziele erfaßt.«

Auf dem DDP leuchteten Zielanzeigen auf, als die TOG-Fahrzeuge sich aus dem Rauch schoben. »Auf sie, Tim.«

»Jetzt markieren.«

»Ziel identifiziert. Horatius-Panzer. Entfernung 1-0-00. Kurs 6-3-00. Geschwindigkeit 1-0-0, kommt näher. Ziel erfaßt. Ziel markiert.« Die Laser feuerten. Ventis hob den Kopf über die Brüstung und sah das gleißende Licht der Laserstrahlen. Der Horatius-Panzer leuchtete unter den Lasertreffern auf und auch die anderen TOG-Fahrzeuge waren gut zu sehen. Der Kunstnebel reflektierte das Mündungsfeuer der TOG-Fahrzeuge.

Rechts unten hatte ein Liberator der 2. Zenturie die Aufmerksamkeit der vorrückenden Feinde auf sich gezogen. Der Panzer raste auf die Sicherheit des Tunneleingangs zu, das Heck dem Feind zugewandt. Ventis sah, wie seine Panzerung unter dem anhaltenden Feuer schmolz. Das Fahrzeug geriet vom Kurs ab, während der Fahrer versuchte, die Kontrolle zu behalten. Gravspulen schlugen aus dem zerschlagenen Heck und prallten vom Eis wie gespannte Federn ab. Der Panzer bohrte die Nase in eine herausstehende Eisspitze, die unter dem Zusammenstoß auseinanderbrach. Dann schleuderte er herum, und die linke Seite krachte in einen Eiszacken, der sich in den Turm bohrte. Rauch und Flammen schossen wie eine Fackel aus dem zerstörten Heck, die das Eis sofort in Wasserdampf verwandelten. Der brennende Panzer schimmerte durch den Dampf und erzeugte einen schaurigen Effekt.

Der andere Liberator floh in die Sicherheit. Die Horatius-Panzer vollendeten die Zerstörung des zerschossenen Liberators und wandten ihre Aufmerksamkeit dem Spartius zu. Der Zielmarkierungslaseralarm gellte, und Ventis sah, wie direkt vor ihm ein Panzer sein 150-mm-Geschütz herumschwenkte. Die Mündung sah riesig aus, als sie sich auf den schwebenden Transporter richtete. Rollus feuerte mit den Zwillings-Turmlasern. Das Heck des feindlichen Panzers absorbierte die Treffer, aber die Mündung bewegte sich nicht vom Fleck. Eine Stichflamme schlug aus dem schwarzen Loch. Der Einschlag erfolgte sofort. Der Spartius sprang zurück, wobei Ventis Helm nach vorn gegen die Lukenbrüstung geschlagen wurde. Er sah Sterne. Der Spartius konnte selbst mit dem Gewicht von 189 Tonnen nicht der Wucht eines 150-mm-APDS-Geschosses widerstehen. Zollach kämpfte darum, den taumelnden Transporter unter seine Kontrolle zu bringen. Eine weitere Ladung schlug in die Unterseite, und die Kontrollkonsole des Fahrers spie Rauch. Rote Warnlichter leuchteten auf. »Gravantrieb Systemfehler«, brüllte Zollach. Der Spartius fiel in Übelkeit erregender Geschwindigkeit auf den Boden zu.

Der Transporter schlug auf das Eis und federte wieder hoch. Rauch quoll von der Unterseite hervor. »Davis. Tim. Steigt aus. Ich habe die Laser!« Ventis übernahm die Kontrolle auf dem Turm und drehte ihn dem nächsten Horatius zu. Er aktivierte den Zielmarkierungslaser und feuerte, ohne auf die Bestätigung zu warten. Die Zwillings-Herrings spiehen ihr scharfes Licht aus. Ventis versuchte, den Rest seiner Raketen abzufeuern, aber das DDP zeigte an, daß das linksseitige Abschußrohr am Rumpf nicht mehr gefechtsbereit war. Er schaltete auf das rechte und schoß zwei TVLGs ab. Tim stand auf der Spitze des Turm und zog den Fahrer aus der Fluchtluke. Zollach war zusammengebrochen, und sein Körper wand sich unter heftigem Husten, während er versuchte, die Lungen freizubekommen. Feuer brach aus den Seiten des leidgeprüften Transporters. Die Laser schossen wieder.

Ventis sah, daß das DDP eine Folge von Warnungen

quer über den Schirm aufleuchten ließ, jede davon blinkte nur das Wort ›SYSTEMFEHLER‹, und er wußte, daß es Zeit war zu verschwinden. Der Gefechtsstand glühte, Hitzewellen schlossen ihn ein. Ihm war warm, wirklich warm, zum ersten Mal seit Tagen, und er genoß es fast, bis seine Stiefel zu brennen begannen und der Schmerz ihn auf Trab brachte. Er aktivierte die Feuerrelais ein weiteres Mal. Eine einzelne TVLG rutschte aus dem Rohr, aber die Laser weigerten sich zu schießen.

Der Spartius war von Feuer und Dampf umgeben. Ventis sprang vom Turm und versuchte, aus dem Ring aus Feuer zu entkommen. Er war überrascht, als er plötzlich im Wasser stand, erkannte dann, daß der Spartius in das Eis einschmolz. Er planschte von dem brennenden Transporter fort, wobei warmes Wasser durch die Nähte seines Kampfanzugs drang. Dampfwolken erschwerten ihm das Atmen. Er rutschte über das schmelzende Eis. Je weiter er sich vom Fahrzeug entfernte, desto kälter wurde es wieder. Dann war er aus dem Rauch heraus und konnte seine Position erkennen.

Der Tunnelzugang lag keine zwanzig Meter von ihm entfernt. Er konnte den Rand sehen, der von den bereits über ihn hinweggezogenen Fahrzeugen und Menschen geglättet worden war. Ein demoliertes Wolverine-Heck ragte aus dem Loch heraus. Es war genug Raum verblieben, daß ein Mann zwischen dem zerstörten Aufklärungsfahrzeug und dem Rand des Loches hindurchgehen konnte. Ventis schwankte und machte sich zur Kante auf. Er rutschte aus, schlug mit den Knien auf das wasserbedeckte Eis. Die Schenkel waren kalt, und er konnte seine Füße nicht fühlen, konnte sie nicht auf sein Kommando voranbekommen. Er stolperte wieder, als er versuchte, auf die Beine zu kommen.

Optio Ventis fiel auf alle viere. Noch einmal befahl er

seinen Beinen, ihn zu der Öffnung zu tragen, die Sicherheit versprach. Die Lücke zwischen dem Wolverine und dem Eis verschwamm vor seinen Augen. Eine HAFE-Ladung explodierte über seinem Kopf und löschte seine Gefühle, die Wahrnehmung und sein Leben aus. Der Wolverine begann zu brennen.

30

1330, 12 Martius 6831

Sergeant Terrance Kallach, der stellvertretende Gruppenführer des Spartius von Optio Holden Ventis, stolperte über einen Eiszacken in dem Tunnel, den die Rebellenpioniere von der Oberfläche des Eiskaps zur darunter verborgen liegenden Stadt gegraben hatten. Er hielt einen Moment inne und setzte sich hin. Sein Körper schmerzte vom ständigen Kontakt mit dem Eis. Sein HUD war in der eisigen Dunkelheit praktisch nutzlos, und er öffnete das Visier. Die anderen Legionäre seiner Truppe stolperten über ihn und fluchten, aber er war zu müde und zu kalt, um noch zurückzufluchen. Die letzte Strecke zum Tunneleingang ging durch knöcheltiefes Wasser, und einiges davon war in seine Stiefel geraten. Er konnte die Zehen kaum spüren und wackelte damit, um die Durchblutung zu unterstützen.

Unbequemlichkeiten und Orientierungslosigkeit waren neu für Kallach. Ihm behagte die Sicherheit, als Besatzungsmitglied eines Infanterieträgers stets zu wissen, daß seine Welt einen festen Orientierungspunkt besaß. Der Transporter stellte nicht nur die Energie für die Springeranzüge, die das Fußvolk trug, zur Verfügung, er war ein Zuhause. Er mochte den Transporter nicht in der Schlacht führen, aber er war ein schöner Platz zum Zurückkehren nach dem Kampf. Ihm war sein Transporter in der gegenwärtigen Operation besonders lieb geworden, weil er – was wichtiger als alles andere war – warm gewesen war. Die Titankokons wurden beheizt, und die Infanteristen hatten ihre

Kampfrationen aufwärmen können. Eine Mahlzeit aus ihrer Plastikhülle zu drücken war eine echte Prüfung, und zu versuchen, die gefrorene Mahlzeit herunterzuschlucken, verursachte mehr Unbehagen als sie wert war. Jetzt war der Spartius dahin, eingefangen vom Eis und den TOGs. Er erhob sich und stolperte seiner Gruppe hinterher.

Am Ende des langen Gefälles trafen sie auf den Triarii einer anderen Infanterie-Zenturie, der sie in eine Stadt führte, die sich in gespenstischer Größe vor ihnen erhob. Sie trotteten stumm dahin, während der Triarii mit der Stablampe herumfuchtelte, um sie auf die verschiedenen Einheitsbereiche, Schußfelder und Versorgungs- und Stabseinrichtungen hinzuweisen. Kallach konnte sich kaum konzentrieren. Er war zu müde und zu durchgefroren, um sich einen Reim darauf zu machen. Er folgte dem Führer die Straße hinab in ein riesiges Gebäude.

Die anderen Mitglieder der Kohorte Harras waren weitgehend in derselben betäubten, schwachen Verfassung. Der Rückzug in die Stadt war erfolgreicher gewesen als irgendeiner der Kommandeure erwartet hatte. Zwar hatten sie Verluste erlitten, aber die TOGs waren zu langsam gewesen, um auf ihren Rückzug zu reagieren. Die Reservezenturie war – wie auch die 3. und 4. Zenturie – mit den meisten Fahrzeugen unbeschadet entkommen. Die 2. Zenturie, die sich als letzte zurückziehen sollte, war allerdings von den anrückenden TOGs und der Artillerie voll erwischt worden. Nur eine Viper und ein Liberator hatten es geschafft, aber die Infanterie des kommandierenden Spartius hatte den Tunnel noch erreicht, obwohl ihr Transporter an der Oberfläche verlorengegangen war. Jamie MacDougalls Aufklärer waren bis auf das Kommandofahrzeug vernichtet worden.

Harras und Rinter begannen, die Verteidigung neu zu organisieren.

Die gesamte Rebellentruppe umfaßte nun elf Liberatoren, sieben Vipern und einen Wolverine. Zusätzliche Truppen, hauptsächlich überlebende Besatzungen von zerstörten Fahrzeugen, machten zwei volle Infanteriekommandos aus. Das eigentliche Problem war die begrenzte Zahl an Offizieren, die noch zur Verfügung standen, um die Truppe zu führen. Nur drei Zenturios waren übriggeblieben: Rinter, die Operationsoffizierin, Matruh, der die Führungsgruppe kommandierte, und MacDougall, der Führer der Aufklärer. Vier Optios hatten überlebt: Walker von der 3. Zenturie; Rand, der frühere Kommunikationsoffizier und Chef der 4. Zenturie; Karstil, der mit der Hilfstruppe hereingekommen war; und Bard, nun verantwortlich für die Kommunikation. Doktor Kelton Hess von der Sanitätsgruppe war erfahren genug und hatte den nötigen Rang, um eine Einheit übernehmen zu können, durfte aber nicht als Nichtkombattant-Kampfführer eingesetzt werden. Sein Status als Nichtkämpfer war sakrosankt.

Harras verteilte die verbliebenen Truppen auf drei Zenturien. Jamie MacDougall befehligte die 1. von seinem Wolverine aus mit Optio Samuel Rand als seinem Stellvertreter. Die 1. Zenturie setzte sich zusammen aus vier Liberatoren und zwei Vipern, die in zwei gleich starke Züge aufgeteilt wurden. Die Infanteristen der Viper sollten abgesessen kämpfen, und die Fahrzeuge würden als Gegenangriffskräfte eingesetzt werden. Die 2. Zenturie wurde von Sedden Matruh von seiner Viper aus kommandiert. Sein Stellvertreter war Fagon Walker. Diese Einheit bestand ebenfalls aus vier Liberatoren und zwei Vipern, die sich auf zwei Züge verteilten. Die Infanteristen waren in den Gebäuden in Stellung gegangen, und die Fahrzeuge waren für Gegenangriffe aufgestellt.

Die 3. Zenturie diente unter Moldine Rinter als Reserve. Sie hatte die Reserve zuvor kommandiert, während sie als Operationsoffizier operierte, und sie fuhr mit ihrer Doppelrolle mit Optio Roglund Karstil als Ausführendem Offizier fort. Die Reserve verfügte über zwei Liberatoren und zwei Vipern, das Pionierfahrzeug und zwei Pedden. Die letzte Gruppe war die Führungsgruppe der Kohorte, nun unter der Führung von Optio Bard. Sie hatte den nutzlosen Kommunikationspedden, den Sanitätspanzer und das Gefechtsstandsfahrzeug. Das einzige Kampffahrzeug in der Führungsgruppe war Harras' Liberator.

Dieser Verband eignete sich nicht sehr gut zur Verteidigung einer Stadt. Kommandeure, denen der Auftrag zur Verteidigung einer bebauten Region gegeben wurde, zogen es vor, hauptsächlich Infanterie einzusetzen. Panzer waren in den engen Straßen nur im Weg, auf feindlichen DDPs leicht zu entdecken und auch leicht in einen Hinterhalt zu locken, wenn sie keine starke Infanterieunterstützung hatten. Die Hauptrolle der Panzer im Stadtkampf war die einer mobilen Artillerieunterstützung. Wie jeder andere Offizier, der eine Stadt zu verteidigen hatte, hätte auch Harras es vorgezogen, etwas wie die Kershaw-Artillerielafetten gegen die TOGs einzusetzen. Aber Harras mußte nutzen, was er hatte, und was er besaß, war eine mit Panzern bestückte Kohorte.

Legatus Cariolanus Camus stand in der Kommandoluke seines Romulus-Transporters und starrte in die dunkle arktische Nacht, die von den brennenden Wracks der Rebellenfahrzeuge erhellt wurde. Aeneas-Panzer und Lupis-Transporter durchstreiften die Gegend auf der Suche nach den eigenen Überlebenden. Sie jagten auch Rebellenüberlebende und fanden einige in den Felsen versteckt, die wie unregelmäßige Zähne aus dem umgebenden Eis hervorragten. Eine Rebellenviper und ihre Infanteriegruppe hatten einen verzweifelten Kampf ausgefochten, wobei sie von einem Felsen zum nächsten sprangen und den TOGs zusetzten. Das Kommando war schließlich in einem Canyon in die Enge getrieben worden. Da es außer nach oben keinen Ausweg gab, versuchten sie über den Rand der Spalte zu entkommen. Sie hätten es schaffen können, wenn dort nicht ein Scipio-Flugabwehrfahrzeug gelauert hätte. Gerade als die Viper über den Rand hinaus war, hatte der Scipio sie mit zwei Raketen an der Unterseite vernichtend getroffen.

Als der Operations-Pompey längsseits des Romulus gekommen war, glitt die Tür auf. Im trüben Licht der internen Gefechtsbeleuchtung konnte Camus die Silhouetten von Zenturio Patrius und Präfekt Claudius Sulla erkennen. Er dachte einen Moment darüber nach, den Personenabwehr-Laser auf dem Turm seines Transporters einzusetzen. Ein kurzer Schuß würde sie beide erwischen, und seine dringendsten Probleme wären gelöst. Er konnte immer behaupten, daß es eine Computerfehlfunktion gewesen sei. Er drückte mit dem Knie den Aktivierungsmechanismus und ließ die Mündung des Lasers in die Richtung des Gefechtsstandsfahrzeugs schwingen. Dann grüßte ihn Sulla mit dem Faustgruß des Terran Overlord Government, und Camus nahm das Knie vom Energieschalter.

Sulla ergriff Camus' rechten Unterarm, als der Legatus in den Pompey kletterte.

»Sie haben gut gearbeitet, Legatus Camus«, sagte der Präfekt. Der Mann versuchte würdevoll auszusehen, verriet aber den aufgelösten Zustand seiner Nerven, indem er Speichel über die Vorderseite von Camus' Uniform versprühte. »Dieser Sieg wird in Ihrer Beurteilung erwähnt werden.«

»Danke, Präfekt. Ich bin Ihr ergebener Diener.«

»Mit allem gebührenden Respekt, Sirs«, unterbrach Patrius, »es scheint nur sehr wenig zerstörte Fahrzeuge im Vergleich zu der berichteten Größe der Rebellenkohorte zu geben. Es müssen noch viel mehr vorhanden sein.«

»Ich bin sicher, Legatus Camus' Truppen werden sie finden.« Sullas Stimme klang weniger zuversichtlich als seine Worte. Er starrte hinaus in die Nacht, bewegte sich dann aus der Sicht der offenen Panzertür.

Camus beobachtete den Präfekten. Der Mann war offensichtlich ein Wrack. Sogar die drei Kilometer Entfernung vom Kampfgeschehen waren zu nah für ihn gewesen. Der Legatus erwartete halb, ein verräterisches Zeichen von Feuchtigkeit an der Uniformhose des Präfekten zu sehen. Er warf einen verstohlenen Blick abwärts, aber das dämmrige Licht im Pompey machte es unmöglich zu erkennen, ob der Mann sich naßgemacht hatte. »Heißt das, daß wir direkt nach Malthus zurückkehren werden?«

»Noch nicht, aber bald«, antwortete Sulla. »Wir müssen auf das Eintreffen des wissenschaftlichen, ich meine meteorologischen Ersatzteams warten. Es ist bereits unterwegs.«

»Mit allem gehörigen Respekt, Sir«, wiederholte Patrius beharrlich, »die Rebellen, die diese Stellungen besetzt hielten, müssen mit Vorsicht behandelt werden. Die Anzahl der zerstörten Fahrzeuge um uns herum ist zu gering im Vergleich zu dem, was die Operationsbildschirme an Feindfahrzeugen angezeigt hatten. Zu viele von ihnen fehlen. Wir sollten eine Suche einleiten.«

»Unsinn, mein lieber Patrius. Sie sind nur nervös. Wir haben mit eigenen Augen die Zerstörung der feindlichen Kohorte gesehen. Ich, Präfekt Claudius Sulla, habe es gesehen. Und Sie auch. Es war ein großer Sieg.«

Optio Holton Bard saß in seinem Pedden und wartete auf das Krachen der TOG-Fahrzeuge, die in die Stadt einbrachen. Er konnte nicht verstehen, warum sie so lange warteten und ihren Vorteil nicht nutzten. Es war Standard einer jeden Militärstrategie, unverzüglich nachzusetzen, wenn der Feind auf der Flucht war. Es gab keine Entschuldigung dafür, daß man den Rebellen erlaubte, sich in dieser Untergrundstadt zu reorganisieren. Die einzig mögliche Erklärung für dieses Versagen war, daß der Kommandeur vollkommen inkompetent sein mußte. Sogar bei verringerten Streitkräften wurde der Schwung einer TOG-Attacke für gewöhnlich beibehalten. Was mochte sich der Mann denken? Vielleicht wußte er nicht, wohin die Rebellen verschwunden waren. Bard setzte sich abrupt in seinem Sessel auf. Das war die Antwort! Es sah wahrscheinlich so aus, als seien die Rebellen spurlos verschwunden. Dem TOG-Kommandeur mußte die Rebellenstellung verraten werden, bevor er die Region einfach verließ. Er mußte sofort benachrichtigt werden.

Bard machte drei schnelle Schritte zur Kommunikationskonsole. Er könnte leicht auf einem Energieband senden, das von den TOGs oben gelesen werden konnte. Jede Nachricht würde ausreichen, um ihre Aufmerksamkeit auf die neue Rebellenstellung zu lenken. Das Commlink erwachte unter seinen Fingern zum Leben. Er mußte dies schnell erledigen. Bard tippte eine Nachricht an alle TOG-Einheiten ein, chiffrierte sie und wartete auf das grüne Licht, das ihm anzeigte, daß das System zum Senden bereit war.

»Das System ist gestört, Sir.« Die Stimme des Kommunikationssergeanten Shawn Arsen durchbrach die Stille des Commcenters.

»Was?« Bard drehte den Stuhl, um den Eindringling anzusehen. »Was meinen Sie?«

»Es tut mir leid. Das System ist noch gestört. Und wir dürfen auf diesem Band hier unten sowieso nicht senden.« Arsen griff an Bard vorbei und stellte das Gerät ab. »Bei all Ihren anderen Verantwortlichkeiten muß Ihnen das entfallen sein.«

»Ich habe es nicht vergessen«, schnappte Bard und erhob sich. »Ich nahm an, daß Sie das System inzwischen repariert haben. Es ist mir schleierhaft, wie ein so inkompetenter Mann wie Sie je Sergeant werden konnte.« Er öffnete die Tür des Pedden und kletterte hinaus, dann stampfte er vom Fahrzeug fort. Der höhlenartige Vorbau des Gebäudes warf seine Schritte als Echo zurück. Er war wütend. Wütend auf sich selber, weil er vergessen hatte, daß das Gerät nicht arbeitete, und wütend auf Arsen, weil er ihn am Gerät erwischt hatte. Nun mußte er einen anderen Weg finden, um Information an die Oberfläche zu bringen. Er würde es einfach selbst tun müssen.

Als amtierender Hauptquartierskommandeur war er in alle Lageinformationen der Kohorte eingeweiht. Er konnte sich nicht mehr an die exakte Position aller Fahrzeuge erinnern, aber sein Gedächtnis war gut genug trainiert, um sich die genaue Lage des Gefechtsstandes und der Panzer mit den Einheitsführern fest einprägen zu können. Er wußte auch, wie schwach die Kohorte im Augenblick war. Die Informationen, die er im Kopf trug, würden ausreichen, um den TOGs entscheidende Vorteile zu verschaffen. Die Tunnelöffnung, die die Pioniere geschaffen hatten, war gut bewacht, aber es war leichter für ihn, durch jene allererste, von der Patrouille angelegte Öffnung zu schlüpfen. Wenn ihm das gelang, sollte er in der Lage sein, die Oberfläche zu erreichen. Das war sein Plan.

Bard schritt aus, während er nachdachte. Nun, da er einen ausgearbeiteten Plan hatte, strömte Adrenalin durch seine Adern, klärte seine Gedanken und machte ihn für die vor ihm liegende Aufgabe bereit. Vielleicht war es dieser Schub, der seine Sinne schärfte. Als er den offenen Platz vor einem Gebäude überquerte, verdunkelte kurz ein Schatten den zur Straße führenden Eingang des Gebäudes. Es war nur ein Schatten unter den vielen seltsamen anderen Schatten, die von der unbekannten Umgebung erzeugt wurden, aber dieser eine ließ ihm das Blut in den Adern gefrieren. Er ver-

»Ich fürchte, ja. Ich bringe das letzte Bild.«

Kenderson zeigte auf seine Computerkonsole, und Tripp schob den Chip in die Öffnung. Er gab seine Kombination und Zugriffsnummer ein, und der Schirm füllte sich mit den Netzkoordinaten eines Satellitenbildes. »Diese Aufnahme«, sagte er, wobei er auf das Gelände wies, das auf dem Schirm erschien, »wurde von LOSAT 3475/A1 aufgenommen, als er sich über dem Pol befand. Die Auflösung ist nicht die beste, aber das ist alles, was wir im Moment haben. Es gibt keinen Hinweis mehr auf eigene Aktivitäten.« Die drei Männer untersuchten den Schirm, als wollten sie die angezeigte Information negieren. »Wie Sie sehen können, stammen die einzigen identifizierbaren Zeichen von TOG-Ausrüstung.«

»Das ist keine vollständige Aufnahme«, bemerkte Lartur. »Es ist nur ein Ausschnitt. Eigene Aktivitäten können in den Bergen versteckt liegen.«

Tripp sah zum Operationsoffizier hinüber. Er erkannte an der Stimme des Mannes, daß er noch hoffte, das Offensichtliche sei noch nicht geschehen. Aber Tripp wußte es besser. Angenommen, der Satellit war nicht direkt über den Pol geflogen, angenommen, diese Aufnahme zeigte nur einen begrenzten Ausschnitt des gefrorenen Kontinents, sogar angenommen, die Rebelleneinheiten könnten auf einer anderen Seite des Eiskaps versteckt sein – Tripp wußte, daß jede Hoffnung auf ihr Überleben Wunschdenken war. Er hatte seine besten Intel-Leute für die Arbeit an der Aufnahme abgestellt. Sie hatten jede sichtbare Antriebseinheit identifiziert. Frühere Bilder waren analysiert und jede Rebellensignatur verzeichnet worden. Alle hatte man gezählt.

Die schlimmste Auffälligkeit ergab die Analyse der feindlichen Aktivitäten: Die TOGs führten keine weiteren Kampfhandlungen mehr am Pol durch. Wären dort Rebellenüberlebende, würden die TOGs sie jagen. Nein. Die Rebelleneinheit hatte aufgehört zu existieren.

»Wir haben eine komplette Analyse von dieser und früheren Aufnahmen gemacht, Sir«, sagte Tripp. »Es ist so, als wären die Rebellenfahrzeuge durch das Eis gefallen. Wir können sie nicht finden, und daß läßt nur den Schluß zu, daß sie zerstört worden sein müssen. Ich wünschte, ich könnte anderes glauben, aber es ist alles vorbei.«

»Das kann nicht sein!« explodierte Lartur, sprang auf und tigerte durchs Zimmer. Er wandte sich um und hob die Arme. »Wir können sie nicht einfach abschreiben, ohne ganz sicher zu gehen!«

»Dieses Verhalten ändert nichts an den Umständen«, sagte Kenderson mit leiser Stimme. »Hören Sie zu, was der Colonel zu sagen hat. Er ist der Experte.«

Der Operationsoffizier starrte die beiden Männer hinter der Konsole an. »Nein!« brach es aus ihm heraus, dann drehte er sich um und rannte aus dem Büro.

»Sind Sie sicher, daß es keine Chance für Überlebende gibt?« fragte Kenderson nochmals.

»Statistisch gesehen, Sir, gibt es keine absoluten Aussagen. Aber die Überlebenschance der Einheit ist so gering, daß sie statistisch gesehen nicht mehr relevant ist. Es tut mir leid.«

Der Präfekt studierte die Aufnahme. Durch ein elektronisches Untersuchungsgerät erhöhte er die Vergrößerung eines Teils der Aufnahme. Er vergrößerte dieselbe Region noch einmal. »Die sehen wie ein paar von unseren aus.«

»Ja, Sir«, stimmte Tripp zu. »Ein Spartius und ein Wolverine. Beide zerstört.«

»Sehr eng zusammen. Ich frage mich, warum.«

»Vielleicht ein letzter Verteidigungspunkt. Vergrößern Sie das noch einmal, Sir.« Tripp zeigte auf den Schirm. »Beachten Sie, wie tief die Fahrzeuge im Eis versunken sind. Sie müssen schrecklich gebrannt haben, um das

Eis so zu schmelzen. Wahrscheinlich sehen wir deshalb so wenig Wrackteile.«

»Es muß einen Weg geben, unsere Annahmen zu bestätigen. Ist es möglich, einen Satelliten direkt über den Pol zu schicken?«

»Wir können das tun, Sir. Und ich hätte es selber vorgeschlagen, wenn unsere Geheimdienstbilder Platz für irgendwelche Zweifel gelassen hätten. Um die Bilder zu bekommen, die wir brauchen, müßten wir LOSAT 3474/A1 aus dem Standardorbit stoßen. Das führt eventuell zum Verlust des Satelliten, es sei denn, wir wollen einen Jäger starten, um ihn zu retten. Das letzte Mal, als wir einen Jäger schickten, um einen Satelliten anzustupsen, kam er fast nicht mehr zurück. Und das ist nicht das einzige Problem. Ein TOG-Schiff ist gerade jetzt im Begriff, Malthus anzufliegen. Wenn wir jetzt einen Jäger losschicken, um den Satelliten zu bewegen, würde das sicher eine TOG-Reaktion auslösen.«

»Aber was ist, wenn die TOGs am Pol etwas vorhaben?«

»Wenn die TOGs etwas Merkwürdiges tun, werden die anderen Satelliten im Orbit es uns wissen lassen.«

»Aber ist ihre Überwachung des Pols gut genug?«

»Wir können sie unterstützen. Wir haben Jäger, die südlich von Rolandrin zusätzlich zur LOSAT-Abdeckung patrouillieren. Wir können gelegentlich einen Jäger ausscheren lassen, um einen näheren Blick darauf zu werfen. Ein streunender Vogel hin und wieder wird die TOGs wahrscheinlich nicht zu sehr aufregen, und selbst wenn er das täte, wären die Jäger wieder weg, bevor sie reagieren könnten.« Tripp bemerkte, daß er sich weniger müde fühlte. »Auf diese Weise wüßten wir es dann wirklich sicher.«

»Und wir könnten besser auf die TOG-Aktivitäten achten.« Kenderson brachte den Plan auf Normalgröße zurück. »Ich traue den TOGs nie, nicht einmal, wenn es so scheint, als täten sie nichts. Ich traue ihnen am wenigsten, wenn sie nichts tun.«

»Ich werde mich darum kümmern«, sagte Tripp fest. »Ich habe einen Freund bei den Jäger-OPs. Er wird mit dem Schwadronführer des Sektors sprechen.« Er löschte den Schirm und entnahm den Datenchip. »Ich werde Sie auf dem laufenden halten. Was meinen Bereich betrifft, besteht übrigens keine Notwendigkeit, das Hauptquartier mit dieser Operation zu behelligen. Jedenfalls so lange nicht, bis sich etwas entwickelt.«

»Danke, Tripp.«

Der Wind begann wieder aufzufrischen und trieb Eisstücke über das Eiskap. Die TOG-Fahrzeuge standen nahe der zerschlagenen und teilweise versunkenen Wracks des Rebellen-Spartius und des Wolverine im Kreis. Das Licht des Pompeys warf die bewegten Schatten seiner Insassen auf das vereiste Gelände. Die Wachen, die um den Gefechtsstand patrouillierten, zogen die Kragen ihrer Mäntel enger um den Hals.

Im Pompey beobachtete Zenturio Marmoreus Patrius die anderen beiden Offiziere. Er hatte beschlossen, daß Sulla als Angehöriger des Planetenkommandos der Mann war, mit dem er zu verhandeln hatte. Der Präfekt würde in der Lage sein, Patrius' Karriere voranzuhelfen. Legatus Cariolanus Camus auf der anderen Seite hatte genug Fehler gemacht, um sich selbst für eine Entlassung zu empfehlen. Aber bei der gegenwärtig noch weit von einer Lösung entfernten Situation konnte Patrius es noch nicht wagen, sich von seinem Kommandeur zu lösen, bevor der richtige Zeitpunkt gekommen war. Der Zenturio lächelte beide Männer an. »Ich trinke auf Ihren Sieg.« Er hob das Glas.

Der patrouillierende TOG-Legionär drehte den Rükken wieder zum Wind und sah zum Kommandofahrzeug hinüber. Offiziere schienen immer leicht davonzukommen. Sie hielten sich im Pompey auf und prosteten einander zu, wahrscheinlich mit einem feinen Likör, während die gewöhnlichen Legionäre die Schlachten schlagen mußten und dann in der Kälte herumstehen durften. Der Triarii trat aus Frustration gegen das Eis, das neben dem Heck des zerstörten Wolverine herumlag. Eine Scholle brach ab und wurde vom Wind ergriffen. Er sah sie hochspringen und wieder verschwinden, als sie über das Eis hüpfte und den Lichtschein, der aus den offenen Luken des Pompey fiel, durchquerte. Sie rollte aus dem Lichtschein fort. Amüsiert von der Leichtigkeit, mit der er die Teile aus diesem scheinbar soliden Kontinent lösen konnte, trat der Legionär wieder zu.

Diesmal brach die Scholle, statt abzubrechen und davonzurollen, in ein Loch ein. Der Triarii trat fester zu, und ein weiteres Stück brach ab und fiel in das Loch. Der Legionär kniete nieder und hämmerte mit dem Kolben seines Mantichore-Spike-Gewehrs auf das Eis. Dies war das erste Loch in diesem leeren Land, das nicht nur ein Trichter zu sein schien, und er wollte sehen, wo es hinführte. Er schien Fortschritte mit dem Gewehr zu machen. Der Infanterist hatte Spaß daran, das Gewehr wie einen Hammer zu benutzen, weil es als Waffe nutzlos war. Die Waffe war sowohl zum markieren von Zielen als auch zum Niederstrecken von Feinden mit Plastikschrot, der mit hoher Geschwindigkeit verschossen wurde, entworfen worden. Aber wenn vom Markieren zum Feuern zurückgeschaltet wurde, verlor die Waffe Energie. Die Wartung behauptete, der Fehler sei behoben worden, aber dafür hatte er bisher keinen Beweis bekommen. Als durch Hämmern kein Eis mehr zu lösen war, stand er auf, richtete den Lauf auf das Eis und feuerte eine Ladung hinein.

Der Spikeregen schlug in das Eis und sprühte einen Schauer von Eisstücken gegen die Seite des Wolverine. Der Knall des Schusses krachte über die leere Ebene und wurde von den Türmen aus Eis und Fels zurückgeworfen.

Der Mastati, der die Wachstreifen führte, schoß aus dem Schutz des zerstörten Wolverine hervor und rannte fluchend zum Triarii. Als er den Wolverine erreichte, hatte das Eis ein Loch freigegeben, das groß genug war, um einen Mann hindurchkriechen zu lassen. Der Triarii lag auf dem Bauch, und nur der Hintern und die Beine waren über dem Eis sichtbar. Der Mastati pflanzte den schweren Stiefel dorthin, wo er annahm, daß er das beste Ergebnis erzielte, und der Triarii sprang aus dem Eis. Obwohl man dem Mastati gewiß nicht viel Vorstellungskraft zusprechen konnte, war er doch klug genug, um zu verstehen, daß das Loch eine Untersuchung verdiente. Er legte sich neben den Wolverine und hängte sich kopfüber über den Rand des Loches. Der Triarii widerstand einem momentanen Drang, nun seinerseits den Stiefel auf einen empfindlichen Körperteil des Mannes zu setzen, doch dann machte er sich auf, um dem Wachsergeanten die Entdeckung zu melden. Als der Sergeant eintraf, hatte sich der Mastati vollständig in das Loch fallen lassen und begann, die Eishöhle darunter zu erforschen. Nachdem auch andere Angehörige der Wachmannschaft mit ihren Spike-Gewehren in den Eisboden um die zwei zerstörten Rebellenpanzer geschossen hatten, wurde es offensichtlich, daß diese Region des Eiskaps von einem Netzwerk aus Tunnels unterhöhlt war. Herumwirbelnde Spikes erfüllten die Luft, gewannen durch den Wind zusätzlich an Kraft und machten Bewegungen in der Nähe der Wracks gefährlich. Weitere Gänge wurden entdeckt.

Die drei höchsten Offiziere der Kohorte waren von der plötzlich überwältigenden Deutlichkeit der großangelegten Rebellenflucht nicht begeistert. Angesichts so weniger Wrackteile und Toten hatten sie zwar vermutet, daß etwas nicht in Ordnung war, es aber vorgezogen, die Bedeutung zu ignorieren. Jetzt war ihr Verdacht bestätigt worden, und sie wußten, wohin die Rebellen gegangen waren. Die einfache Erklärung lautete, daß der Feind in die Tunnels geflohen war und sie nutzte, um den TOG-Kräften zu entkommen. Aber die Tunnels in diesem eisigen Irrgarten waren nicht breit genug, um Fahrzeuge aufzunehmen, und wenn Marshman-Antriebe unter der Oberfläche in Betrieb gewesen wären, hätten die DDPs in den Panzern und Transportern auf der Eisoberfläche die Signaturen aufgegriffen. Die einfachste Erklärung war nicht die richtige, aber sie wußten dennoch, daß die Rebellen irgendwo da unten waren. Der Kohortenkommandeur befahl Teile seiner Truppen nach unten, um die Tunnels schnell zu untersuchen. In weniger als einer Stunde hatten sie die Eingänge in die Kuppel gefunden. An einer Stelle sah es aus, als hätten die Rebellen einen Eingang geschaffen und dann hinter sich geschlossen. Ein Lupis-Transporter fuhr hinunter, um einen passiven Sensorcheck laufen zu lassen, und sein DDP zeigte Rebellenfahrzeuge hinter dem Schutt an. Die Feindesmacht befand sich definitiv dort.

Die Aufklärer fanden auch eine menschengroße Öffnung in der Kuppel, und die thermographischen Sensoren in ihren Kampfhelmen zeigten genau dahinter Bewegung an. Es war eine perfekte Gelegenheit, ein paar Feinde mit einigen Schüssen zu erledigen, aber kühlere Köpfe rieten den anderen, das Überraschungsmoment zu erhalten. Der kommandierende Sergeant stellte eine Wache an das Loch und berichtete seinem Zenturio.

Die Kohortenoffiziere entschieden sich für einen einfachen Angriffsplan. Die Rebellen waren ›gefangen wie Ratten in ihren Löchern‹, wie Sulla es nannte, und man mußte sie nur noch auslöschen. Der Plan sah vor, bei dem großen Riß nahe dem zerstörten Spartius und dem Wolverine einige Sprengladungen im Eis zu vergraben. Sobald alle Einheiten in Stellung waren, würden die Ladungen explodieren und die Rebellenverteidigung an der Bresche ausschalten. Noch im Nachhall der Explosion würde eine Truppe von leichten Aeneas-Panzern durch den Bruch eindringen, um Feuerschutz für die Infanteriezüge aufzubauen, die an ihnen vorbei weiter angreifen sollten.

Zur gleichen Zeit sollte ein ganzer Infanteriezug mit Springerausrüstung durch die kleine Öffnung einfallen. Wenn die TOG-Armee den Feind von zwei Seiten zu fassen bekam, fiel die Rebellentruppe vielleicht auseinander. Beide Fußtruppen würden auf Anforderung Ersatz erhalten. Es war ein perfekter Plan.

Die Kommandeure ignorierten freilich die Tatsache, daß der Angriff zweier Einheiten aus unterschiedlichen Richtungen gegen unbekannte Feindstellungen genaue Absprachen zwischen den Einheiten nötig machten. Die TOGs rechneten außerdem damit, daß die Rebellen vollständig überrascht sein würden.

32

2100, 12 Martius 6831

Mehrere Aeneas-Panzer schwebten nahe des zerstörten Wolverine. Der Rebellenpanzer war aus der Öffnung des Tunnels herausgezogen und die zerstörten Tunnelfräsen waren bloßgelegt worden. Das einzige, was dem Hauptstoß der TOGs noch im Weg stand, war ein festgefügter Eishaufen, der die Bresche in der Kuppel blockierte. Die Panzerkommandanten schlossen die Visiere, sprangen in die Panzer und versiegelten die Luken. Es brachte ihnen keinen Vorteil, von einer exponierten Stellung aus zu kämpfen, und wenn die Ladungen explodierten, flogen Eisbrocken mit einer tödlichen Wucht durch die Luft.

Die Panzer sollten durch das explodierende Eis brechen und jedes Eisstück, das noch den Weg blockierte, beiseite rammen. Die Explosionswelle mußte jeden Verteidiger hinter der Eiswand verwirren, und die leichten Panzer hatten die Aufgabe, den Feind in einen panischen Rückzug zu treiben. Bis die Rebellen merkten, was geschah, wäre die Infanterie schon in Stellung. Die leichten Panzer, die 100-mm-Gauss-Geschütze trugen, stellten im Nahkampf eine adäquate Unterstützung für die Infanterie dar.

Die Pioniere hoben die Sprengladungen in die 25 cm tiefen Löcher, die in den gefrorenen Schutt gebohrt worden waren. Die Ladungen glitten leicht in die Öffnungen bis auf den Boden der Bohrlöcher. Die Pioniere zogen die Zündantennen deutlich aus den Öffnungen der Bohrlöcher heraus und packten Eisstücke auf die Ladungen. Die Tiefe der Löcher und die Last würden

den Großteil der Explosionskraft nach unten und innen richten und die Blockade entfernen. Der verantwortliche Sergeant überprüfte ein letztes Mal die Verbindungen und entfernte sich dann schnell von der Sprengstelle. Als er die Oberfläche erreichte, gab er seinem Pionieroptio das ›Fertig‹-Zeichen.

Als Patrius die Fertigmeldung erhielt, überprüfte er schnell die Commlink-Verbindung mit dem Stoßtrupp am anderen Eingang. Die Infanterie dort meldete Bereitschaft. Die erste Abteilung der Sturmtruppe war extra mit Divider-Spike-Karabinern ausgestattet worden, einer im Vergleich zu den großen Mantichore-Gewehren kleineren, aber ebenso kraftvollen Waffe, die es der Infanterie erleichtern würde, schußbereit durch die enge Öffnung einzufallen. Wenn das erste Kommando am Boden der Kuppel angekommen war, sollte sich das zweite Kommando hindurchfallen lassen.

Patrius nickte Camus zu, und der Legatus bestätigte das Signal. Er zählte leise bis fünf, um eine Pause einzulegen, die eindeutig klarstellte, daß er und nicht der Opsoffiziers derjenige war, der die Entscheidungen traf. Nach Beendigung des Zählens nickte Camus Patrius zu. Patrius löste die Sprengung aus. Die Explosion erfolgte sofort, und der erste Infanterist ließ sich durch die kleinere Öffnung fallen.

Die Rebellen, die das verschüttete Schlupfloch bewachten, hatten die TOG-Aktivitäten an Harras gemeldet. Den Plan der TOGs erratend, waren die Rebellenkräfte auf die Explosion vorbereitet und beobachteten auch die bereitstehenden Stoßtrupps an der anderen Öffnung. Harras hatte zwar gehofft, daß die TOGs die kleinere Bresche nicht entdecken würden, akzeptierte aber das Unvermeidliche und stellte seine Truppen entsprechend auf.

An der Hauptbresche war die verteidigende Infanterie weit zurückgezogen worden, weil es keine Möglichkeit gab, die Wucht des Explosionsdrucks im voraus zu bestimmen. Die Infanterie verbarg sich in den Gebäuden am Fuße der Bresche und war bereit, auf alle Ziele zu feuern, die erschienen. Jamie MacDougall, der Kommandeur an der Bresche, plazierte die vier Liberatoren in Seitenstraßen, wo sie ein gutes Schußfeld hatten.

Die kleine Öffnung lag näher am Stadtzentrum, so daß die Verantwortung für ihre Verteidigung an die Reserve unter Rinter fiel. Sie stellte eine vollständige Infanteriegruppe ab, um die Stellung zu halten, und schickte sie mit der beschädigten Viper los. In seiner augenblicklichen Verfassung war der Panzer nicht mehr als ein Gefechtsfeld mit geringer Bedeutung für eine mobile Aktion, aber der Truppe am kleinen Eingang würde er in der statischen Verteidigung gute Dienste leisten. Sergeant Ross hatte das Kommando der Stellung. Zwei ihrer Infanteristen waren bei dem Oberflächeneinsatz gefallen, aber die Gruppe war mit dem Fahrer eines zerstörten Panzers und Archon Divxas, dem Baufrin-Zivilisten zu voller Stärke zurückgekehrt. Da Ross und der Baufrin bei der Entdeckung der Stadt gut zusammengearbeitet hatten und miteinander auszukommen schienen, hatte Rinter ihn Ross' Gruppe zugeteilt.

Als die Explosion die jahrhundertealte Stille der verborgenen Stadt zerriß, waren die Rebellen bereit. Vier Liberatoren griffen den ersten Aeneas-Panzer an, der aus der Explosionswolke auftauchte, bevor sich das Eis gesetzt hatte. Die 150-mm-Kanonen feuerten zuerst, gefolgt von den 50-mm-Geschützen. In dem Augenblick, als die Aeneas die Wolke verließen und den Zielmarkierungslasern ein freies Wirkungsfeld gaben, eröffneten die 5/6-Laser ebenfalls das Feuer. Der Aeneas ging in Flammen auf, und sein Turm schmolz unter dem Einschlag des kombinierten Feuers aus vier mittelschweren Panzern. Da alle Kontrollen zerschossen worden waren, thronte der Aeneas auf dem Eisschutt an der Bresche, schwankte dort einen Augenblick und trudelte dann den Hang hinunter, wo er gegen ein Gebäude krachte. Das Titan verbrannte in einer hellen, blauen Flamme, die hüpfende Schatten auf die umliegenden Wände warf.

Inzwischen waren weitere TOG-Panzer durch die Bresche eingedrungen. Die Liberatoren hielten sie unter dauerndem Beschuß, aber die Aeneas-Panzer konnten aus einem bestimmten Grund gut überdauern. Der Trichter lag 15 Meter über den Liberatoren, und die Aeneas-Panzer brauchten nur von der Kante zurückzusetzen, um vollständig in Deckung zu sein. Sie schoben sich blitzschnell vor und zurück, und versuchten sich ihrerseits nur auf einen Feind zu konzentrieren. Dann brachen die TOG-Infanteristen durch, um zu ihren Panzern vorzustoßen.

Die TOG-Infanterie kroch durch das zerschlagene Eis, um Stellungen zwischen den Felsen und Löchern zu beziehen. Von dort konnten sie die Liberatoren in relativer Sicherheit zur Zielanvisierung für die TVLGs markieren. Die TOG-Infanteristen hatten zuerst versucht, ihre Mörser von der Bresche aus abzufeuern, aber das erste Geschoß, das die Decke traf, löste eine Lawine aus künstlichem Material und Eis aus. Sie versuchten es nicht noch einmal. Die TVLGs konnten andererseits mit einer ausreichend flachen Flugbahn abgefeuert werden, um nicht die Kuppel zu treffen.

Der größte Nachteil der Liberatoren im Nahkampf wurde nun deutlich. Der Kommandant konnte auf die Infanterie feuern, die er ausmachte, nachdem sie auf ihn geschossen hatte, aber dem Liberator fehlte ein Infanterielaser, mit dem er seinerseits den Feind angreifen konnte. Die einzigen Waffen, die dem Kommandanten zur Verfügung standen, waren schwere Geschütze. Sie erledigten die Arbeit, aber es war ungefähr so, als töte man Ameisen mit dem Vorschlaghammer.

Das andere Problem war, daß der Richtschütze, solange er die Infanterie mit den Hauptwaffen bekämpfte, nicht auf andere Panzer schießen konnte. Die Aeneas-Aufklärer erhielten so die Möglichkeit, unbehelligt auf die bedrängten Liberatoren zu feuern, denen auch die Infanterie-Unterstützung fehlte.

Die Rebelleninfanterie rückte über die Dachfirste und Brüstungen der umgebenden Gebäude vor. Sie hatten vor der Sprengung ihre Stellungen aus Angst verlassen, daß die Explosion die Gebäude zerstören würde, aber sie hatten die Stärke der Naram-Konstruktionen unterschätzt. Als sie sahen, daß die Stellungen unzerstört waren, brachten die Infanteristen schnell ihre Waffen in Stellung. Die TOG-Infanterie, die glaubte, daß die Liberatoren nicht unterstützt wurden, hatte inzwischen exponierte Stellungen bezogen. Die Rebellen warteten auf das Kommando und eröffneten dann gleichzeitig das Feuer.

Die TOG-Infanterie wurde, von den Spikes der Rebellengewehre angetrieben, über den Hang zurückgetrieben. Die gut gedeckte Infanterie der Rebellen folgte der Standardzielpriorität und pickte sich zuerst die Sergeanten und Optios heraus. Sobald sie ausgemacht hatten, wer den TOG-Infanteristen die Befehle gab, schalteten sie diese Soldaten unverzüglich aus. Ohne ihre Führer flohen die Überlebenden kopflos an den Aeneas-Panzern vorbei zurück zur Oberfläche, was den Rebelleninfanteristen erlaubte, ihre eigenen TVLGs auf die exponierten Aufklärungsfahrzeuge auszurichten. Es war für die leichten Panzer nun nicht mehr länger sicher, sich unbehelligt vor der Bresche herumzutreiben, um auf einzelne Liberatoren zu feuern. Als zwei der Aufklärer in Flammen aufgingen, folgten die restlichen Aenas-Panzer der Infanterie hinauf und hinaus aus der Stadt.

Am kleineren Zugangsloch zur Kuppel hatte Ross ihre Truppe in einem lockeren Halbkreis aufgestellt.

Sie umringte die Öffnung nicht, weil sie Sorge hatte, daß ihre Leute sich in der Aufregung des Kampfes quer über das Gefechtsfeld gegenseitig abschießen würden. Sie behielt Archon ebenso wie Hamilton Hull, den Panzerführer, der sein Fahrzeug verloren hatte, nahe bei sich. Diese beiden Männer waren im Infanteriekampf Anfänger, und sie mußte die beiden kontrollieren können. Sie war dem Gedanken merkwürdig abgeneigt, den Baufrin einen Mann zu nennen. Sie wußte, daß Baufrin lange Zeit in ihrem Leben kein Geschlecht besaßen, bis der Reifeprozeß begann. Erst während der Reifung wurde ihr Geschlecht bekannt – sogar ihnen selber. Ross entschied, daß sie an Archon lieber als an ein ›Es‹ anstatt als ein ›Ihn‹ denken wollte, aber das bewirkte nur, daß sich ihre bereits chaotischen Gedanken noch mehr verwirrten. Sie blieb dabei, ihn als männlich anzusehen. Die anderen Drei-Mann-Trupps hatte sie rechts und links verteilt. Als das Echo der Explosion am kleineren Zugang über der Stadt dröhnte, war der Raum über der Stellung plötzlich von den hellen Flecken fallender Körper übersät.

Das Dröhnen der Springerpacks war unter der Abgeschlossenheit der Kuppel ohrenbetäubend. Einen Augenblick lang war Ross von dem Anblick der TOG-Soldaten, die in einem Strom aus Feuer und Rauch herabkamen, gefesselt. Der halbe TOG-Stoßtrupp war am Boden, bevor sie sich erholt hatte und Feuerbefehl erteilte. Weitere TOGs drangen durch die Öffnung ein.

Aus ihren Stellungen in den Häusern heraus waren die Rebellen deutlich im Vorteil. Die TOGs wurden auf dem deckungslosen zentralen Platz der Stadt empfangen, und ihre einzige Hoffnung lag in reiner Feuerkraft. Auf dem Eis krümmten sich schon einige Körper, deren Panzerung von Dutzenden von Spikes zerrissen worden war. Die zweite Reihe der TOG-Soldaten drängte sich hinter den Toten zusammen und schoß zurück. Die TOG-Truppen warfen sich in die Schlacht, wobei sie offensichtlich die Theorie austesteten, daß sie gewinnen könnten, weil sie mehr Körper als die Verteidiger Kugeln hatten. In einer von den Rebellen verursachten Feuerpause, die ihre Gewehre mit neuen Polymerblöcken laden mußten, nutzten die TOGs den Vorteil, um eine der Stellungen zu überrennen. Sie sprangen an die Hauswände in Deckung und sprengten sich den Weg mit Sprengladungen durch den Stein.

»Ross. Hier Grold. Sie sind drinnen.« Das Commlink in Ross Helm bestätigte das Szenario. »O. K.«, sagte Ross. »Wenn Sie Hilfe brauchen, lassen Sie es mich wissen.«

»Sie haben's!«

»Drinn«, rief sie den Führer des anderen Trupps über Commlink. »Versuchen Sie, Grolds Stellung abzuriegeln. Die TOGs werden versuchen, mehr Leute durch das Loch zu schicken.«

»O. K., Sarge. Ich bewege meine Leute sofort.«

Ross' LES zeigte an, daß Drinn jemanden nach rechts schickte, um ein besseres Schußfeld zu bekommen. Von der neuen Stellung aus hatte der Infanterist freie Schußbahn auf die Bresche in Grolds Gebäude. Die nächste Welle von TOG-Infanterie zahlte den Preis für die Umbesetzung, aber zwei von den vieren schafften es durch das Loch.

»Ross.« Es war Grold. »Ich brauche Hilfe. Brace ist gefallen und Grain umstellt.«

»Alles klar. Ich bin unterwegs.« Ross bedeutete Archon und Hull, ihr zu folgen, und lief ihnen zum Durchgangsloch voran, das in die Seitenwand des Gebäudes gesprengt worden war. Sie rannte, dicht gefolgt von dem Baufrin, hindurch. In dem Dunst, der über der Stellung hing, verlor sie den Blickkontakt zu Hull.

Grold war hinter eine Felsmauer in ein Zimmer gekrochen, und die Luft war von den Granatenexplosionen staubgeschwängert. Der Truppführer zeigte auf ein kleines Loch in der Seitenwand und hielt die Handfläche abwärts gerichtet. Als Ross und Archon sich schnell niederfallen ließen, schoß auch schon ein Strom von Spikes aus der Öffnung und zerriß die Seitenwand. Archon sprang quer durch den Raum und drückte sich neben dem Mauerdurchbruch der TOGs flach an die Wand. Archon hielt seinen eigenen Karabiner in den oberen Armen, während er die Waffe des Angreifers mit den unteren ergriff. Die große Stärke dieser Extremitäten war mehr, als der unglückliche TOG-Infanterist aushalten konnte. Archon riß den Lauf nach oben, wobei er den Kolben gegen das Kinn des Infanteristen schlug. Als er spürte, daß die Waffe freikam, stieß er den Lauf in das Loch zurück, bis er auf etwas traf, was aber sofort nachgab. Dann ließ er die Waffe fallen, richtete den eigenen Karabiner auf das Loch und feuerte einen ganzen Block Spikes in den anderen Raum. Ross sprang zur Tür des Zimmers, aber das Wärmebildgerät in ihrem Helm zeigte keine Lebensform an. Sie ließ sich auf die Knie fallen und krabbelte zur nächsten Türe, wo sie drei TOGs entdeckte. Sie machte den Karabiner schußbereit. Als sie eine Bewegung hinter sich spürte, nahm sie an, daß Grold ihr Rückendeckung gab.

Die TOGs standen schon auf der anderen Seite an der Tür. Entweder stand ihnen kein Wärmebildgerät zur Verfügung oder sie dachten, sie könnten den Rebellentrupp besiegen. Der erste kassierte die volle Ladung von Ross' Waffe. Der erste Spike glitt an dem Visier ab. Der zweite bohrte sich in den Plastoschutzpanzer, aber der Infanterist bewegte sich weiter voran, da er von den Soldaten hinter sich vorangetrieben wurde, und starb, als er aus dem Raum herauskam.

Der Leichnam fiel auf Ross, und der Zusammenstoß warf sie auf den Boden. Als die anderen zwei TOGs durch die Tür sprangen, kämpfte sich Ross unter dem toten Infanteristen hervor und blickte direkt in die Mündung eines Spikegewehres. Sie spürte wieder eine

Bewegung hinter sich, sah eine klauenähnliche Hand über sie hinweggreifen und das feindliche Gewehr wegbiegen. Der Mündungsblitz der Waffe blendete sie zunächst, sogar durch das Visier hindurch, und die nächsten paar Sekunden erschienen ihr wie ein Zeitlupendrama. Der TOG-Infanterist hatte noch geschossen, bevor er die Kontrolle über das Gewehr verlor. Ross sah, daß sich der Lauf unter der Kraft der Baufrinklaue verbog und der Ladebereich unter dem aufgestauten Druck der blockierten Geschosse explodierte. Ein Geschoß flog zurück und schlug in den Helm des Infanteristen ein. Das Visier zerbrach unter dem Einschlag der Titanscherbe, und sie sah den Bruchteil einer Sekunde lang überraschte Augen und den aufgesperrten Mund des Soldaten. Dann schlug das Geschoß ihm direkt zwischen den Augen ein, und der Mann brach zusammen. Archon riß ihm die Waffe aus den leblosen Händen, schwang sie über den Kopf und schlug damit auf den Helm des gefallenen Soldaten ein. Die Riemen des schweren Kampfhelmes rissen, und er rollte in die Dunkelheit fort.

Der dritte Infanterist floh in das Zimmer zurück und aus der Bresche in der äußeren Wand weiter hinaus. Grold schoß hinter ihm her, verfehlte ihn aber. Das Gebäude war für einen Moment still, dann hörten sie den TOG einige Schritte laufen. »Verdammt«, sagte Grold. »Ich habe ihn verfehlt.« Die Worte gingen in dem Lärm eines Schusses unter. »Ich nicht«, sagte Hull. Er hatte bei Ross' erstem Stellungswechsel nicht mithalten können, aber er hatte es geschafft, Grolds ursprüngliche Stellung zu übernehmen und den fliehenden TOG-Legionär zu erledigen. Ross überprüfte ihre Wärmebildanzeigen. In der Annahme, daß Drinns Abteilung noch die Stellung hielt, suchte sie nach den Mitgliedern von Grolds Team. Brace lag tot in der Stellung, aber er war, wie sie an den Spikespuren im Kampfanzug und den toten TOGs um ihn herum sah, in hartem Kampf gestorben. Grain lebte, hatte aber ebenfalls Treffer abbekommen.

Physisch war er unverletzt, aber die Panzerung war zerfetzt, und das war das Problem. Bei Temperaturen unter null Grad bedeutete jeder Riß in dem gepanzerten Anzug die Gefahr von Erfrierungen. Grain brauchte einen neuen Panzer, und er brauchte ihn bald.

Die Rebellen-*Cheetah* zog einen Bogen über den Pol und hatte die infraroten und Radarsensoren nach unten ausgerichtet. Der Pilot sah auf den Schirm, als dieser eine Reihe von TOG-Fahrzeugen anzeigte. Die Lageinformation hatte besagt, daß es vielleicht einige überlebende Rebellenstellungen auf der Oberfläche geben könnte, und der Jäger hatte den Auftrag, sie zu finden. Der Pilot sah die Oberfläche unter sich dahinziehen und entdeckte nichts Berichtenswertes. Er zog den Jäger in einer engen Wendung herum und flog wieder nach Hause.

33

0500, 13 Martius 6831

Im Pompey-Transporter starrte Legatus Camus auf den Bericht und schaute dann auf den Sergeanten, der vor ihm stand. Er fragte sich, ob der Sergeant die Bedeutung der Zahlen in der Meldung kannte oder aber zu kennen wünschte. Die gemeldeten Verluste waren verheerend. Drei Infanteriezüge hatten die Rebellenstellungen unter dem Eis angegriffen, aber es gab nun nicht einmal mehr genügend Überlebende, um auch nur noch einen einzigen Zug damit aufzufüllen. Eine gesamte Zenturie der Infanterie war bei diesem Einsatz vernichtet worden. Von den acht vollständigen Zügen, die abgestellt worden waren, gab es gerade noch vier. Sogar die Elitelegionäre der TOG-Kampftruppen konnten Verluste in dieser Höhe nicht verkraften. Camus wußte, welche Auswirkung das auf die Moral der Infanterie haben würde. Niemand würde laut klagen, weil sich Legionäre niemals beschwerten, aber kleine Arbeiten würden schieflaufen, Aufträge würden unerledigt bleiben oder bestenfalls schlecht ausgeführt. Verluste dieses Ausmaßes konnte er nicht einmal zu vertuschen versuchen. Sogar die Reorganisation würde klaffende Löcher übriglassen. Die Panzer hatten ebenfalls schwere Verluste hinnehmen müssen.

Die Rebellen hatten die sechs Aeneas-Panzer, die in das Loch geschickt worden waren, förmlich zerfetzt. Der einzige, der an die Oberfläche zurückkam, war eindeutig unbrauchbar. Mit nicht einsetzbarer Hauptwaffe und zerstörter Frontpanzerung konnte der Panzer als Ersatzteillager für andere Fahrzeuge genutzt werden, aber er hatte seine letzte Schlacht gesehen. Die anderen Panzerzüge waren in einer kaum besseren Verfassung. Die ursprüngliche Zusammensetzung aus 18 mittelschweren Horatius war auf 8 abgesunken, nur 13 der ursprünglich 36 Panzer, die der Kampfkohorte angehörten, waren übriggeblieben. Camus legte den Kopf in die Hände und hatte völlig vergessen, den Soldaten zu entlassen, der den Bericht gebracht hatte.

In einem anderen Pompey-Transporter hatten Zenturio Marmoreus Patrius und Präfekt Claudius Sulla gerade die Analyse desselben Berichtes beendet. Die Bedeutung war klar: Die Katastrophe war eindeutig. »Da sind einige ernste Fehlkalkulationen gemacht worden.« Patrius sprach seine Gedanken laut aus.

Sulla schürzte die Lippen und starrte an die Decke des Transporters. »Der Kommandeur ist verantwortlich für alles, was seine Einheit tut« – er machte der Wirkung wegen eine Pause – »oder unterläßt. Wie würden Sie den Einsatz bis jetzt beurteilen?«

Marmoreus hatte die Frage erwartet. Es handelte sich dabei um ein zweischneidiges Schwert, das gefährlich scharf sein konnte, wenn es falsch angefaßt wurde. Er studierte das Gesicht des Präfekten, versuchte zu erahnen, was sein vorgesetzter Offizier hören wollte. Als Operationsoffizier war Patrius sowohl für die Ausbildung der Einheit als auch für die Entwicklung des taktischen Teils des Einsatzes verantwortlich. Zumindest ein Teil der Schande für jeden Fehler konnte auch ihm zur Last gelegt werden. Aber Sulla hatte recht, Erfolg oder Mißerfolg eines Unternehmens lagen allein in der Verantwortung des Kommandeurs. Er straffte sich. »Wie ich sagte, es gab einige Probleme. Darf ich offen und außerhalb des Protokolls sprechen?« Die Frage war nur Teil des Spiels, in dem Patrius gefangen war. Niemand sprach je ›außerhalb des Protokolls‹ mit einem Präfekten. Die Anfrage ›frei zu reden‹ bedeutete übersetzt, daß er vorhatte, seinen

Vorgesetzten zu kritisieren. Sulla lächelte, wobei sich vor Freude Fältchen um die Augen bildeten, als er den Zenturio über zusammengelegte Finger hinweg prüfte. Er nickte. Eine zwiespältige Geste. Er forderte Patrius nicht auf, etwas zu sagen, hatte auch nicht die Erlaubnis dazu gegeben. Er würde den Offizier testen. Wenn er bereit war, Camus zu kritisieren, gut. Aber die Unterhaltung stellte keinen Vertrag zwischen den beiden dar. Nichts hinderte Sulla daran, Patrius' Bemerkungen zu einem späteren Zeitpunkt gegen ihn zu nutzen. Der Präfekt lächelte wieder.

Patrius sah die gähnende Falle, die sich vor ihm öffnete. Er hatte jetzt oder nie die Gelegenheit zu ergreifen. Er atmete tief durch. »Legatus Camus ist bei der Führung des gesamten Einsatzes alles andere als angriffslustig gewesen.« Er beobachtete den Ausdruck des Präfekten, aber er änderte sich nicht. »Ich meine, daß wir beim ersten Hinterhalt aggressiver hätten sein sollen und daß wir wieder hätten attackieren sollen, sobald wir den Pol erreicht hatten. Die zwei Angriffe, die wir hier durchgeführt haben, waren schwach und haben bei weitem zu vielen Rebellen erlaubt zu überleben. Sie mögen sich erinnern, daß ich gerade einen solchen Einsatzkurs zu jener Zeit vorgeschlagen hatte.«

Sulla fuhr fort, den Zenturio anzusehen. »Schlagen Sie vor, daß Ihr kommandierender Offizier ausgetauscht werden sollte?«

Patrius bewegte sich unfreiwillig in seinem Sitz und zog sich von der Ehrlichkeit in eine bequeme falsche Bescheidenheit zurück. »Ich bin weder von meiner Stellung noch vom Rang her qualifiziert, einen solchen Vorschlag zu machen. Die Entscheidung muß von denen getroffen werden, die weiser sind als ich.«

»Gut gesagt.« Sulla erhob sich vom Sitz. »Ich habe noch einige Arbeit im Kommunikationspanzer zu erledigen. Vielleicht können wir später noch einmal miteinander reden.«

Honor Ross streckte sich in ihrem Gefechtsstand aus. Sie war vom Kampf mit dem TOG-Legionär steif und wurde ständig von der Erinnerung an die Mündung des Spikegewehres verfolgt, das vor ihrem Gesicht aufgetaucht war. Sie versuchte zu schlafen und zog die Thermodecke eng um die Schultern. Sie döste schließlich ein, nur um gleich wieder der Mündung gegenüberzustehen, die aus dem Nichts auftauchte. Sie wachte in Schweiß gebadet wieder auf.

Honor starrte in die Dunkelheit, die sie umgab. Auf der anderen Seite des Zimmers konnte sie Hamilton Hull atmen hören. Er hatte die erste Wache und benutzte das LES, das normalerweise die Gruppenführerin trug. Ross fühlte sich ohne Wärmebildgerät nackt, aber es war für die Wache wertvoller als für sie, während sie schlief. Sie rollte sich wieder herum und wünschte sich den Schlaf. Er kam, als sie den Kampf mit der TOG-Springereinheit im Geiste wiederholte. Dann kam das Spikegewehr zurück, um sie zu wecken. Sie warf die Thermodecke ab und stand auf. Sie konnte ebensogut die Stellungen der Gruppe überprüfen und sich nützlich machen, statt auf dem Boden herumzuhängen. Hull war wach und aufmerksam, und sie ließ das LES bei ihm zurück. Sie brauchte es nicht, um die Stellungen zu überprüfen, die sie sogar im Dunkeln kannte. Man mußte durch den Mauerdurchbruch, dann fünfzehn Schritte den Korridor hinab bis zum Schutt des Gebäudes. Dann mit zwölf Schritten quer über den offenen Platz, bis sie die Mauer erreichte. Rechts fünf Schritte zum Mauerdurchbruch zu Drinn, Calvert und Tscholmankia. Der Raum war mit Schnarchgeräuschen angefüllt, und sie mußte sorgfältig lauschen, um das flache Atmen des Wachpostens herauszuhören. Sie schritt dort hinüber, wo die Wache durch eine in die äußere Wand gebrochene Schießscharte schaute.

»n' Abend, Honor«, sagte Dorothea Calvert, ohne

den Kopf zu wenden. »Sie waren hübsch laut beim Herkommen.«

»Woher wußten Sie, daß ich es war und nicht einer der TOGs?« Ross war ungehalten, daß Calvert sie nicht angerufen hatte und ärgerte sich über sich selber, weil sie genug Lärm gemacht hatte, um die Triarii auf ihre Anwesenheit aufmerksam zu machen.

»Ich erkenne Ihren Schritt überall. Nennen Sie es Instinkt.«

»Quatsch.«

»Das ist Ihre Meinung.«

»Vielleicht sollten die beiden Damen leiser reden und ihrer Umgebung mehr Aufmerksamkeit schenken.« Archons Stimme ließ die beiden aufspringen.

»Verdammte thermographische Sensoren!« brummte Calvert. »Sie werden auf dem Ding nicht angezeigt.«

»Einer der vielen Vorteile meiner Rasse. Ihr Menschen verharrt in dem Glauben, daß ihr die einzige wichtige Lebensform seid. Was werden Sie tun, wenn Sie in eine Umwelt kommen, die ausschließlich von Kessrith, Ssoran und Baufrin bevölkert wird? Sie werden in einem ständigen Zustand der Überraschung sein.«

Archon bahnte sich seinen Weg durch den Raum dorthin, wo die beiden Frauen saßen. Ross rutschte beiseite, um ihm Platz an der Schießscharte zu machen. Er ließ sich mit einem sanften Knacken nieder.

Ross stellte fest, daß sie sich jetzt besser fühlte, aber sie war sich nicht sicher, warum diese andersartige Kreatur, dieser Zivilist, ein solches Gefühl von Sicherheit in ihr hervorrief. Mit ihm in der Nähe fühlte sie sich zum ersten Mal seit ihrem Eintreffen am Pol warm, richtig warm. Sie fühlte, wie sich die Muskeln entspannten, und bald fiel ihr der Kopf auf die Brust. Dorothea Calvert entfaltete die Thermodecke, die sie aus dem zerstörten Transporter gerettet hatte, und wickelte sie sorgfältig um die Schultern ihrer schlafenden Sergeantin.

Moldine Rinter setzte die letzte der schimmernden Zahlen in die Karte ein, die auf der Anzeige im Gefechtsstand flimmerte. Braxton Sloan fügte der Skizze der Stadt weitere Informationen hinzu. Er schien in seinem Element zu sein. Der Pionier hatte den Kartographenjob ernst genommen, und er und seine zwei Assistenten hatten hart gearbeitet, seitdem die Kohorte in den Untergrund kam. Die Karte der Stadt wurde immer detaillierter, und eine große Anzahl von Einzelheiten war auch über den Zustand der Schutzkuppel gesammelt worden. Die Bresche, die die Rebellenkohorte genutzt hatte, um den Boden der alten Stadt zu erreichen, war nicht die einzige in der Kuppel. Die Kartenzeichner hatten noch vier weitere gefunden, zwei davon von bedeutender Größe. Es erschien unwahrscheinlich, daß die TOGs von den anderen Breschen wußten, und so waren sie wegen der Verteidigung nicht allzu besorgt. Eine Wache wurde an jeder Öffnung aufgestellt, aber weitere Kräfte sollten erst dann mobilisiert werden, wenn feindliche Aktivitäten entdeckt würden. Auch hatten sie seismische Sensoren nahe der Öffnungen im Eis vergraben, und die Helme der Wachen waren mit LES ausgestattet. Die LES wurden von Wache zu Wache weitergegeben. Es gab keine Chance für einen Überraschungsangriff.

Die Breschen, die von den TOGs beim ersten Angriff benutzt worden waren, wurden sorgfältiger beobachtet. Weil die möglichen Einfallspunkte der TOGs begrenzt waren, konnte der größte Teil der Truppen in jenen Bereichen aufgestellt werden. Die Hauptbresche wurde mit Infanterieunterstützung von MacDougalls Zenturie verteidigt, die sich mit den Panzern eingegraben hatte. Die hintere Bresche wurde von Rinters Zenturie gehalten. Matruhs Zenturie wurde soviel Ruhe zugestanden wie möglich. Die Reste des Küchentrupps waren angewiesen worden, Wasser zu wärmen, so daß die Soldaten ein Bad nehmen und sich rasieren konnten. Diese kurze Erholung bot eine willkommene Abwechslung.

Alle drei Zenturienchefs wie auch die Fahrzeugkommandanten mußten wissen, wo sich die neu entdeckten Breschen befanden, und so zog Rinter für jedes Fahrzeug-DDP Chip-Kopien von der Karte des Pioniers. Die Karte würde den Panzern helfen, so schnell wie möglich durch die Stadt zu navigieren. Außerdem konnten neue Informationen sofort in alle Karten eingeladen werden. Sie suchte nach einem Sergeanten, der die Chips austeilte.

»Ich werde das für Sie erledigen, Ma'am«, sagte eine Stimme hinter ihr.

Rinter drehte sich um und sah den Kommunikationsoptio hinter sich stehen. Es war der neue Mann, der zu ihnen gestoßen war, als sie gerade Rolandrin verließen. Sie konnte sich nicht an seinen Namen erinnern. »Ja, bitte?«

»Ich heiße Bard, Ma'am. Ich bin der Kommunikationsoffizier. Da keines meiner Commlinks arbeitet, nehme ich an, daß es in meinen Verantwortungsbereich fällt, Nachrichten von der Zentrale an die Truppe auszuliefern.«

Rinter studierte den Offizier, einen wenig imposanten Mann, der aufrichtig bemüht zu sein schien und wohl helfen wollte. Der Auslieferjob war eine Aufgabe für einen einfachen Soldaten, aber dieser Offizier fühlte sich offensichtlich nutzlos, da seine Ausrüstung nicht einsatzfähig war. »In Ordnung. Gehen Sie, und bringen Sie dies zu den Fahrzeugen. Die mit der roten Markierung am Rand sind für die Zenturienchefs. Sie wissen, wo sie zu finden sind?«

»Jawohl, Ma'am. Ihre Stellungen sind in der Karte des Gefechtsstandes markiert. Ich werde sie finden.« Bard streckte die Hand nach den Chips aus.

Als er das Gebäude, in dem sich der Pedden verbarg, verließ, blickte Bard die Straße hinauf und hinunter. Das Nachglühen des Kampfes an der Bresche war erloschen, aber der Grad der Rebellenaktivitäten reichte aus, um die Finsternis etwas aufzuhellen, die über der Stadt lag. Er würde seinen Weg hinaus ohne die thermographische Anzeige im Helm finden können. Obgleich der Helm ihm eine bessere Sicht gewähren würde, zog er es vor, ihn nicht zu tragen, weil das enge Sichtfeld die Seitensicht einschränkte.

Das erste Fahrzeug lag hinter der Ecke, und Bard schlich an der Häuserwand entlang, um es zu erreichen. Seine Vorsicht entsprang nicht allein einem generellen Sicherheitsbedürfnis. Er hatte den Schatten des Bären in der Tür gesehen, und er würde nichts riskieren. Bei dem Pedden anzukommen, gerade als die Frau das Kopieren der Karten beendet hatte, war ein Glücksfall gewesen. Er hatte nur vortäuschen müssen, daß er eine Beschäftigung suchte, und niemand hinterfragte seine Motive. Er hatte den Pedden in der Hoffnung betreten, irgendeine wertvolle Information zu erhalten, um sie den TOGs geben zu können, wenn er floh, und sie war ihm geradezu in die Hände gelegt worden. Am besten daran war, daß er nun einen untadeligen Grund hatte, seinen Pedden zu verlassen. Er würde die Chips an die nächste Zenturie, an die von Matruh, ausliefern. Seine Lieferroute würde ihn anschließend an einer der neu kartierten Breschen in der Kuppel vorbeiführen, die noch nicht von TOG-Truppen entdeckt worden war. Bard hatte diese spezielle Bresche am interessantesten gefunden.

Eine seismische Bewegung hatte die Kuppel dort aufgebrochen und Eis in die Stadt fallen lassen. Dabei war auch ein enger Riß entstanden, der in einen der Stollen führte. Wenn er diese Lücke erreichen und durch den Bruch gleiten konnte, würde er unentdeckt an die Oberfläche gelangen. Mit einem von Rinters

Chips konnte er die gesamte Rebellenaufstellung in die Hände der TOG-Truppe ausliefern. Diese Information würde es den TOG-Kräften erlauben, den Feind schnell zu vernichten. Er war so erfreut über die Aussicht auf seine eigene Flucht, daß er den großen Schatten nicht sah, der sich von einer Gasse löste und ihm folgte.

34

1000, 13 Martius 6831

Optio Holton Bard erreichte den ersten Liberator und erklomm die Trittkrampen auf der linken Seite. Die Kommandoluke stand offen, und das weiche rote Licht des Gefechtsstandes warf einen einladenden Schimmer auf die lasertransparente Kuppel des Vulkan-Raketenabwehrsystems. Er wurde nicht angerufen, als er auf den Gefechtsturm kletterte und hineinsah. Es dauerte einen Augenblick, bis seine Augen sich an das Licht gewöhnt hatten und noch länger, um die Besatzungsmitglieder auszumachen.

Als er schließlich eine Gestalt von der Fahrerposition zum hinteren Teil des Gefechtsstands krabbeln sah, räusperte sich Bard, um die Aufmerksamkeit des Mannes auf sich zu lenken. Zur Luke hochblickend, nickte der Triarius dem Offizier zu und begann, in seiner Ausrüstung herumzukramen. Bard räusperte sich deutlicher, aber der junge Legionär ignorierte den Optio, da er im Begriff war, eine Notfallration aufzureißen, die er aus seiner persönlichen Habe ausgegraben hatte. Nachdem er das Paket geöffnet hatte, robbte der Mann zurück, um sich mit gekreuzten Beinen auf den Boden des Gefechtsstands zu setzen und zu essen.

Bard streckte Kopf und Schultern in den Turm. »Legionär! Auf die Beine!« Seine Stimme brach vor Ärger. »Ist das die Art, wie Sie sich benehmen, wenn ein Offizier anwesend ist?« Dieser Mann, dachte Bard, ist ein typischer, schlampiger Rebellensoldat. Er dachte nicht einmal als Legionär von dem Mann. Das würde diesem traurigen Zerrbild von einem Soldaten zuviel Ehre verleihen.

Der Panzertriarii sah zum Turm auf. Er kämpfte sich langsam auf die Füße und nahm eine Art Halbhocke ein, um seinen Besucher anzusehen. »Entschuldigung. Wußte nicht, daß Sie noch da sind.«

»Sir!« vervollständigte Bard.

»Sir.«

»Und nehmen Sie den Fuß runter, wenn Sie mit einem Offizier reden.« Bard ließ sich in den Turm fallen. Er bereute es sofort. Der Gefechtsstand wirkte von außen geräumig, aber nun kamen die tatsächlichen Ausmaße schmerzhaft zum Vorschein. Wollte er den Soldaten im hinteren Teil ansehen, mußte Bard sich leicht beugen und die Schultern nach links verlagern. Wenn er versuchte, Haltung anzunehmen, war sein Gesicht halb von einem Teil des Vulkan-Kontrollsystems verdeckt, das vom Turm herabhing. Es wirkte sehr entwürdigend. »Ihr Leute denkt, daß ihr euch, nur weil ihr in Panzern hockt, benehmen könnt, wie es euch gefällt. Dies ist eine militärische Organisation, und Sie müssen das begreifen. Wir würden diese Art von Benehmen niemals tolerieren.«

Der Soldat sah ihn seltsam an. »Ich dachte, wir sind hier alle zusammen… Sir.«

Bards Mund klappte zu. Er starrte den Soldaten mit einem Auge an. Das andere Auge wurde vom Apparat des Vulkansystems verdeckt. »Natürlich sind wir hier alle zusammen. Was meinen Sie?« Er war verwirrt. Er versuchte sich zu erinnern, was er gesagt hatte. Was konnte diesen Simpel alarmiert haben, daß mit dem Optio etwas nicht stimmte? Er fühlte sich plötzlich, als habe er die Initiative in dieser Auseinandersetzung verloren. Er änderte die Taktik. »Ich habe einen wichtigen Chip für den Panzerkommandanten. Wo ist er?«

»Weiß nicht, Sir. Er ging ein Bad nehmen, denke ich. Und einige Rats für den Panzer holen.«

»Ratten?« Wo, dachte Bard, konnte ein Mann in dieser gefrorenen Stadt Ratten finden? Und warum? Dann wurde ihm klar, daß der Soldat Rationen meinte. Er ging wieder zum Angriff über. »Ihr Sergeant überließ sein Kommando einem Triarii in der Absicht, Rationen zu beschaffen? Absurd!« Bard hatte sich immer schwer damit getan, mit dem lockeren Führungsstil der Rebellenlegion umzugehen. »Er sollte hier sein. Sie sollten den Nachschub besorgen. Wie ist sein Name? Wie ist Ihr Name?« Bard fummelte in der Tasche nach Block und Stift, erinnerte sich, daß er niemals zum Gefechtsstand zurückkehren würde und machte sich klar, daß die Zeit nun sein Feind war, nicht dieser aufsässige Rebellensoldat. »Egal.« Er warf dem Soldaten den Chip zu. »Geben Sie ihm das, wenn er zurückkehrt.«

Bard kroch aus der Kommandoluke und drehte sich um, um an der Seite des Liberators herabzuklettern. Er konnte dem Drang nicht widerstehen, noch einen verbalen Schuß auf den Soldaten abzugeben. »Sagen Sie Ihrem Sergeanten, daß ich zurückkommen werde, um seinen Führungsstil mit ihm zu diskutieren.« Aber der Triarii war bereits zu seiner Mahlzeit zurückgekehrt und sah nicht einmal auf. Bard war wütend.

Das nächste Fahrzeug war die Viper des Zenturienchefs. Eine Gruppe von Soldaten stand herum, die in gepanzerte Anzüge gekleidet waren und Thermodecken um sich geschlungen hielten. Sie schenkten der Ankunft des Optios kaum Aufmerksamkeit, und Bard war außer sich wegen des Mangels an Höflichkeit und Respekt. Nach einer nur oberflächlichen Suche nach dem Zenturio gab er den Chip einem Sergeanten, der versprach, dafür zu sorgen, daß er korrekt übergeben wurde. Bard wurde sich zunehmend der Dringlichkeit seiner Mission bewußt, und obwohl er sich danach sehnte, jemanden gründlich herunterzuputzen, war es Verschwendung wertvoller Zeit. Er fragte nach der

Richtung zum nächsten Fahrzeug, einem Liberator, und verschwand in der Dunkelheit.

Er bewegte sich eine verwinkelte Seitenstraße hinab, bis er außer Sichtweite der Soldaten war; dann hielt er an. Es war Zeit, die Spuren zu verwischen. Er verfluchte sich selbst, weil er es zugelassen hatte, daß er sich vom schludrigen Verhalten der Rebellen von seinem eigentlichen Ziel hatte ablenken lassen. In dem Bewußtsein, daß er Zeit und Energie verschwendet hatte, richtete er nun den Verstand fest auf sein Ziel. Er drückte sich in einen leeren Türbogen und suchte die Straße ab. Seinem Kampfhelm fehlte das Sensorsystem für die Erkennung von Lebensformen, das routinegemäß an Offiziere in Führungspositionen ausgegeben wurde, aber das thermographische Basissystem, das in jedem Helm Standard war, gab ihm alle Informationen, die er brauchte. Er brauchte nur zu wissen, ob irgendeine Wärmequelle in der Region existierte, und das würde ihm das Basissystem mitteilen. Wenn sich eine Wärmequelle bewegte, war sie wahrscheinlich lebendig. Er suchte das Display ab.

In der extremen Kälte der Stadt unter dem Eis standen Wärmequellen kräftig hervorgehoben auf dem transparenten Visier des Helmes. Sogar die Gruppe um die Viper, die vollständig von den dazwischenliegenden Gebäuden verdeckt wurde, zeichnete sich deutlich ab. Er sah, daß sich einige Leute der Gruppe zugesellt hatten, wahrscheinlich der Zenturienchef und einige seiner Freunde. Bard schüttelte sich bei dem Gedanken. Das Verhalten dieser Offiziere, die sich Freunde aus den einfachen Rängen suchten, lag außerhalb seines Auffassungsvermögens. Er schob den Gedanken beiseite und begann, den Kopf zu drehen, wobei er sich jeweils auf einen 600-Strich-Bogen konzentrierte. Diese Art zu suchen war ein zeitraubender Vorgang, aber er wußte, daß es besser war, vorsichtig zu sein, als überrascht zu werden. Er bemerkte direkt vor sich auf der anderen Straßenseite eine Wärmequelle, aber sie befand sich in einiger Entfernung und erschien daher recht undeutlich. Das war wahrscheinlich eine weitere Feuerstellung. Das Kopfset hatte nicht die Kapazität, einen von den Chips zu laden, die Rinter ihm gegeben hatte, und so mußte er versuchen, die Anordnung, die er auf dem Grundrißplan im Kommandofahrzeug gesehen hatte, sich ins Gedächtnis zu rufen. Er dachte einen Augenblick angestrengt nach, konnte aber nicht sicher sagen, ob sich diese Wärmequelle mit dem Stellungsplan in Übereinstimmung bringen ließ. Er behielt den Ort der Wärmequelle als spätere Referenz im Kopf.

Nachdem er den Bogen vollendet hatte, trat er wieder auf die Straße hinaus. Wenn er richtig gerechnet hatte, lag die gesuchte Bresche in der Kuppel am Ende dieser Straße. Als er den Rand der bebauten Region erreichte, suchte er wieder. Das Wärmebildgerät zeigte dieselben Wärmequellen. Er entfaltete die Holoplane, die er aus dem Pedden gestohlen hatte, und drapierte sie sich um die Schultern. Die Plane ließ den Kopf ungeschützt, aber sie würde den größten Teil der Wärmeausstrahlung des Körpers absorbieren. Bard bewegte sich in die Dunkelheit hinaus, wobei er mit der rechten Hand den Kolben der Hornet-Spike-Pistole ergriff und den linken Arm vor sich ausstreckte. Er hatte gerade die ersten langsamen Schritte gemacht, als seine Füße gegen den Eiskegel stießen, der durch den Riß heruntergefallen war. Die Welle der Erleichterung und Begeisterung war so stark, daß er in die Knie sackte. Er war am Ziel!

Er steckte die Ecken der Plane in die Vorderseite des Kampfanzuges und kletterte, sich mit beiden Händen abstützend, das Eis hinauf. Die Spalte, die er suchte, war sehr klein, und so bewegte er sich in die ungefähre Richtung ihrer Position. Wieder war das Glück mit ihm. Er fand sie beim ersten Versuch und schlüpfte mit den Schultern parallel zum Riß hinein. Weil sie so eng war, mußte er sich die letzten Meter durch den Rand der Kuppel hindurchzwängen. Die glatte Schärfe des Risses spürend, hievte er sich über die Kante. Er war zur Öffnung gelangt, die in einen der Stollen und in die Freiheit führte.

Larry Stone befragte die Gruppe rund um die Viper. Alle bestätigten, daß ein Optio vom Gefechtsstand dagewesen sei, aber sie konnten sich nicht daran erinnern, wie er hieß oder aussah. Es war nicht so, daß sie unwillig waren, Informationen weiterzugeben; sie hatten ihm nur keine Aufmerksamkeit geschenkt. Er schien ärgerlich gewesen zu sein, erinnerten sie sich, aber Kälte, Hunger und Müdigkeit hatten ihre Sinne gedämpft. Sie erinnerten sich alle deutlich, daß er dagewesen und wieder gegangen war. Stone suchte schnell die Umgebungsstraßen ab. Dann hastete er zum nächsten Liberator der Zenturie. Er untersuchte die Region um die nächste schmale Gasse oberflächlich und wandte sich zum Gehen, als der weiche, verschwommene Fleck einer Wärmequelle auf dem thermographischen Bild erschien. Er wandte sich zur Straße zurück und bewegte sich mit größerer Geschwindigkeit als Vorsicht. Am Rande der bebauten Region suchte er noch einmal aktiv. Diesmal fand er zwei Wärmequellen.

Eine Anzeige war hoch oben an der Kuppel und verschwand, als er sie beobachtete. Das andere, stärkere Bild erschien von rechts und bewegte sich auf eine Position direkt unter der ersten, gerade verschwundenen Quelle zu. Das erste Wärmebild mußte sein Ziel sein. Er bewegte sich so schnell wie möglich auf die Stelle zu, wo es verschwunden war.

Der Riß an der Bresche überraschte Stone und ließ ihn gegen das verkrustete Eis stoßen. Er fiel, fing sich aber mit den Händen ab, wobei er nach rechts schaute, um zu sehen, ob die andere Wärmequelle ihn bemerkt hatte. Das Bild hatte angehalten und wurde zu einem festen Punkt wie ein kniender Mann. Es war ein Wachposten. Stone rollte sich nach links in eine Eisspalte, um sein eigenes Wärmebild zu verbergen, und bedeckte sich mit der Plane, die er aus dem Gleiter geborgen hatte, ehe er die Kohorte erreichte. Sich tief duckend, kroch er auf dem Eishang aufwärts.

Der Aufstieg war schwer und kraftraubend, die Kälte sickerte durch den Körperpanzer und die Handschuhe. Die Finger waren taub, und sogar seine Extremitäten fühlten sich an, als sei die Wärme aus ihnen herausgesogen worden. Trotz der Kälte zwang er sich dazu, sich ganz auf die vorliegende Aufgabe zu konzentrieren. Nach zehn Minuten stetiger Bewegung hielt er an, um die Wache rechts hinter sich zu überprüfen. Über die Ecke der Spalte hinüberspähend, bis das Visier den Wächter registrierte, sah er, daß der Mann sich inzwischen nicht bewegt hatte. Während Stone schaute, erhob sich die Gestalt der Wache aus ihrer knienden Stellung und folgte Stones Spur. Er wußte, daß es nur eine Frage der Zeit war, bis der Wachposten ihn sah und anrief. Wenn das geschah, blieben Stone nur zwei Wahlmöglichkeiten. Er konnte aufgeben, von der Suche nach dem Spion ablassen, oder er konnte rennen. Aber wohin sollte er rennen? Er ließ sich in den Spalt zurückfallen und kroch weiter.

Der Spalt wurde tiefer und flacher. Es fiel ihm jetzt leichter, sich zu bewegen, und als er zurückschaute, um das Vorankommen der Wache zu überprüfen, entdeckte Stone, daß er jetzt von Eis umgeben war. Er war hier drinnen sicher, zumindest für den Augenblick. Er erhob sich in die Hocke, und die Knie protestierten gegen die Anspannung. Der Spalt wurde hoch und eng, und er mußte sich voranzwängen. Seine Masse, die ihm in den meisten Fällen eine Hilfe war, arbeitete gegen ihn. Sogar die Plane war zu sperrig. Er ließ sie herabrutschen, rollte sie zusammen und stopfte sie in den Gürtel. Er kämpfte sich einige Meter voran, dann gab das Eis plötzlich nach, und er fand sich in einem weiten Tunnel wieder.

Das Wärmebildgerät war hier nutzlos. Die Kälte war so intensiv und umfassend, daß die Sensoren versagten. Stone hob das Visier und griff nach der Taschenlampe am Gürtel. Er schaltete sie an, und ihr Licht, das von den Wänden der ausgehöhlten Kammer zurückgeworfen wurde, überflutete seine Umgebung, die sich in zwei Richtungen ausweitete. Er richtete das Licht in beide Tunnel. Der rechte Tunnel führte leicht abwärts, der linke stieg an. Wenn Bard hier drin war, würde er hinauf und nach draußen streben. Stone wandte sich nach links und kletterte voran.

Optio Holton Bard holte in dem Tunnel Zeit auf. Sein Aufstieg wurde von dem Licht der Lampe erleichtert, aber das Gefühl der Dringlichkeit war verschwunden. Mit dem Erfolg in der Hand mußte er sich nicht mehr länger beeilen, ohne Vorsicht walten zu lassen. Er machte die Lampe aus und wartete darauf, daß sich die Augen an die Dunkelheit gewöhnten. Fast zehn Minuten stand er regungslos gegen eine Wand des Stollens gelehnt und versuchte, sich zu beruhigen, indem er sich auf die Verlangsamung des Herzschlags konzentrierte. Gerade als er sich wieder in Bewegung setzen wollte, erschien ein weiches Licht in dem Korridor hinter ihm.

Bard sah weg und wieder hin, um sicherzugehen, daß das Licht keine Einbildung war. Es war noch da. Sein Herz begann wieder rasend zu schlagen. Er wußte, ohne es zu sehen, daß sein Feind ihm gefolgt war. Es konnte niemand anderes sein.

Bard streckte die Arme zu den Seiten aus und suchte die Wände nach einem Versteck ab. Ohne die Augen von dem herankommenden Licht abzuwenden, bewegte er sich vorsichtig den Durchgang hinauf. Einige

Schritte später fand er eine Nische. Die Fräse, die den Tunnel geschaffen hatte, hatte eine kleine Lawine aus losem Eis ausgelöst, das jetzt die Passage teilweise blockierte. Er versteckte sich dahinter und zog die Spikepistole aus dem Holster.

Die Entfernung war unmöglich zu bestimmen, aber es würde zu einem Nahkampf kommen. Bard zog die Plane über den Kopf und ließ nur ein winziges Stück des Kampfhelmes herausschauen. Er ließ das Visier herunter und sofort erschien die Wärmequelle. Es war ein Mann. Die Hitze seiner Taschenlampe strahlte wie ein Leuchtfeuer. Bard entsicherte die Pistole an der Seite, schaltete den Selektor auf Automatik und hielt sie ruhig über die Spitze der Lawine. Bei Automatik wurde das gesamte Magazin mit 500 2-mm-Plastikspikes in einer Sekunde verschossen, bevor der Rückstoß überhaupt wahrnehmbar war. Er zog die Finger enger um den Abzug, als das Licht herankam.

Das thermographische Display gab nur Wärmequellen wieder, keine dazwischenliegenden Strukturen. Zwischen Bard und seinem Feind machte der Stollen eine leichte Kurve, die die Sichtlinie in die Passage verdeckte. Aber Bard, der das Visier zur Nutzung des Wärmebild-Systems herabgezogen hatte, konnte die Deckung, die das Eis seinem Feind bot, nicht sehen. Die Anzeige im Helmvisier zeigte nur den deutlichen Umriß des Mannes und der Lampe. Als das Licht der Lampe auf das Visier fiel, hielt er die Spikepistole auf das Zentrum der Masse, die auf dem Visier angezeigt wurde, und feuerte.

Der reflektierte Mündungsblitz war so intensiv, daß sogar die Abblendfunktion des Visiers überladen wurde. Bard konnte die Wirkung des Schusses nicht sehen, aber er konnte feststellen, daß der Mann hart gestürzt war. Bevor das Echo des Schusses verklang, war Bard auf den Beinen. Er blickte zu dem gefallenen Mann hin, machte einen Schritt auf ihn zu und änderte dann seine Meinung. Nutzlos, sich mit einem sterbenden Mann abzugeben. Er wandte sich zur Oberfläche, schaltete die Lampe an und lief die Passage hinauf.

Stones Sicht klärte sich. Seine Taschenlampe lag auf dem Boden des Stollens, und richtete ihr Licht auf ihn. Er konnte den linken Arm nicht fühlen, und er sah hinab, um festzustellen, ob er noch vorhanden war. Blut rann den Arm von der Schulter bis zum Handgelenk hinab und wurde dunkel, während er zusah. Mit den Fingern der rechten Hand tastete er die Panzerung seines Tarnanzuges ab. Der Brustpanzer war zertrümmert worden, und eine enge Reihe von Spikes spaltete die Brustplatte von Achsel zu Achsel. Ein unnützes Gewicht. Die Panzerung am linken Arm war ebenfalls zerstört, und einer der Spikes hatte sich tief in den Deltoidmuskel der Schulter gegraben. Er stöhnte, als er ihn herauszog und die Wunde untersuchte.

Die Verletzung sah nicht allzu ernst aus. Die Spikes waren eingeschlagen, als wären sie vorher abgelenkt worden; eine schnelle Flickarbeit aus Plastohaut konnte die Blutung stoppen. Das im Anzug installierte Notfallpaket und die extreme Kälte würden dafür sorgen. Die Panzerung war eine andere Sache. Ihre ECM-Fähigkeit war hinüber und ebenso die interne Wärmequelle des Anzugs. Stone entschied, die zerstörte Hälfte des Anzugs abzuwerfen. Nicht einsatzfähig würde er seinen Körper mehr belasten als schützen. Die Panzerung klapperte zu Boden. Er hob die Lampe auf und setzte seinen Weg den Korridor hinauf fort.

35

1300, 13 Martius 6831

Brigadegeneral Drusus Arcadius, Planetarischer Kommandeur der Streitkräfte des Terran Overlord Government auf Caralis, war sehr unglücklich. Legatus Maximus Antipolous Philippicus, sein Nachrichtendienstoffizier und amtierender Operationsoffizier, solange Präfekt Claudius Sulla fort war, hatte ihm weitere schlechte Neuigkeiten gebracht. Die simple Falle für die unterbesetzte Rebellenkohorte auf dem südlichen Eiskap des Planeten war von einem mißlungenen Abenteuer zu einer Katastrophe geworden. Der neueste Bericht vom Pol zeigte, daß die Kohorte Camus in Gefahr war, von den Rebellen vernichtet zu werden.

Zunächst hatte die Kohorte gemeldet, daß ein idiotensicherer Hinterhaltsplan im besten Fall ein eingeschränkter Erfolg war. Dann hatte Sulla Artillerie und Flugabwehr angefordert, um den Feind zu erledigen, und Arcadius hatte geschickt, was er entbehren konnte. Die kombinierte Attacke von Artillerie- und Bodentruppen auf die Rebellenverteidigung war als vollständiger Sieg deklariert worden; es hatte keine Überlebenden gegeben. Das waren die guten Nachrichten. Die schlechten folgten kurz darauf. Kohorte Camus berichtete, daß die Rebellen sich in Wahrheit in eine verborgene Stadt unter dem Eis zurückgezogen hatten. Nun sagte Camus, daß er nicht die Mittel habe, den Feind auszuheben und schwere Verluste bei einem Angriff gegen die eingegrabenen Rebellen erlitten habe. Er brauchte Verstärkung um wieder angreifen oder die Stellung halten zu können. Eine komplette Katastrophe.

Die Verluste waren schlimm, aber sie waren nicht das schlimmste. Camus behauptete, sie müßten vielleicht die Stadt zerstören, um die Rebellen aufzustöbern, jene Stadt, die zu finden das TOG-Wissenschaftlerteam angereist war. Die Anwesenheit der Wissenschaftler hatte das Durcheinander ausgelöst. Die TOG-Regierung gab der Mission, die Stadt am Südpol zu finden, hohe Priorität; nun war sie gefunden worden, und das Hohe Kommando wollte sie sicher nicht zerstört wissen! Das Portal glitt auf, und Philippicus bat eintreten zu dürfen. Brigadegeneral Arcadius winkte ihn gereizt heran. Der Geheimdienstoffizier kam zur Konsole, nahm Haltung an und räusperte sich. »Was ist los, Philippicus?« Arcadius haßte die Art, wie der Mann zögerte. Warum machte er nicht einfach mit dem voran, was anlag? »Was ist nun?«

»Exzellenz.« Philippicus hielt die Augen fest auf einen Punkt gerade über dem Kopf des Brigadegenerals gerichtet. »Ich weiß, daß wir keine Truppen auf Malthus zur Verfügung haben, um sie als Verstärkung an den Pol zu schicken, aber es gibt gegenwärtig eine Straf-Auxilia im Orbit. Vielleicht könnte sie von Nutzen sein.« Der Tag des Brigadegenerals nahm eine entscheidende Wende zum Besseren. Natürlich, dachte er. Die Strafeinheit war die perfekte Truppe für das Eiskap. Er hätte sie früher entsenden sollen. Besser, sie als Kanonenfutter in einem schwierigen Kampf einzusetzen, als sie frei auf Malthus oder Alsatia herumlaufen zu lassen. Sie und ihre entsetzlichen Ssoran-Wächter konnten sich zur Schlacht am Eiskap gesellen. Mit etwas Glück würden sie verheerende Verluste erleiden und mußten vom Planeten evakuiert werden. Als zusätzlicher Bonus kam hinzu, daß die warmblütigen Ssoran die Kälte haßten. Ja, laß die Stoßtruppe mit den Rebellen fertig werden. »Ich habe über diese Option nachgedacht, Philippicus. Aber es war richtig von Ihnen, das vorzuschlagen.« Arcadius fühlte sich plötzlich entspannter als in den letzten Tagen. »Benachrichtigen Sie den Auxilia-Kommandeur, daß er seine Männer in Sturmlandebooten zur Stellung unserer Kohorte startet.«

Arcadius hatte bei der TOG-Ausbildung gelernt, daß die reptilienartigen Ssoran andere Welten über T-Raumreisen lange vor den anderen Rassen erreicht hatten, weil sie neue Welten suchen mußten, um eine wachsende Bevölkerung unterzubringen. Sie wurden also nicht von dem Wunsch nach Vorherrschaft angetrieben. Arcadius hatte sich damit schwergetan, diese Motivation zu verstehen, die er als Zeichen für einen Mangel an Ehrgeiz empfand. Die einzigartige Philosophie der Ssoran bremste auch ihre Beziehungen zu anderen Rassen. Lügen, Betrügen und Manipulieren sind Herz und Seele jeder zwischenpersönlichen Ssoran-Beziehung, und erfolgreiche Ssoran-Verhandlungen sind jene, in denen ein Ssoran niemals das Objekt seiner Begierde erwähnt; es wird angeboten, ohne je benannt zu werden. Arcadius verachtete die Ssoran-Rasse wegen ihrer fremdartigen Philosophie und ihres unerfreulichen moralischen Verhaltens, aber er mußte anerkennen, daß ihr unerschütterlicher Glaube an absolute Ordnung im Universum gute Soldaten aus ihnen machte. Sie gehorchten Befehlen, ohne sie zu hinterfragen, und sorgten auch für eine gleichmäßige Bestrafung.

»Wenn ich einen Vorschlag machen darf, Exzellenz. Statt sie in einem direkten Anflug auf den Pol zu schicken, könnten wir sie lieber in einem Orbit um Rock Wall parken. Auf diese Weise können sie den Pol erreichen, ohne zu riskieren, von den Commonwealth-Truppen bemerkt zu werden.«

»Gut gemacht, Antipolous.« Der General benutzte den Vornamen des Geheimdienstoffiziers als Zeichen der Anerkennung. »Senden Sie sofort die nötigen Befehle aus. Sagen Sie ihnen, daß sie im Orbit um Rock Wall bleiben sollen, bis weitere Nachricht kommt.«

»Eine andere Sache, Sir.« Philippicus behielt noch immer Haltung bei, aber die Ansprache wurde jedes Mal direkter, wenn der Vorgesetzte ihn lobte. »Zumindest eine Einheit sollte direkt nach Malthus kommen. Die Rebellen müssen unsere Verstärkung erwarten.«

»Sehr gut. Sehr gut. Ich denke, eine Kohorte reicht aus, nicht wahr?«

Alarmsirenen schrillten durch die MS *Gradior* und ließen die Sträflinge und die Ssoran-Wächter zur Ausrüstungsstation taumeln. Die reptilienartigen Ssoran benutzten Stäbe, um die Männer zu schnellerer Bewegung anzutreiben. Die Straflegionäre, deren Waffen sicher in den Staukästen eingeschlossen auf den Sturmbooten lagen, drehten den Echsen den Rücken zu und bewegten sich so schnell sie konnten. Jeder Gedanke an Rebellion war ihnen in den Aufenthaltsstationen und Ausbildungslagern ausgetrieben worden.

Legatus Maximus Rocipian Olioarchus beobachtete die Aktivitäten von der Kommandostation aus. Endgültige Einsatzbefehle würden später eintreffen, aber die Einheit konnte jetzt endlich in Aktion treten. Die letzten zwei Tage des Wartens waren fast mehr gewesen, als er aushalten konnte. Er hatte das langsame Treiben zum Planeten, seit sie den T-Raum verlassen hatten, als äußerst ärgerlich empfunden. Der Skipper des Transporters besaß kein Gefühl für Dringlichkeit, und der Transporter kroch bestenfalls zum Planeten.

Der Mann war offenkundig zum Handelskapitän ausgebildet worden. Jeder halbwegs anständige TOG-Offizier hätte so schnell wie möglich Maximalgeschwindigkeit angeordnet und sich dem Planeten genähert. Der Befehl, im Raum zu treiben, wenn ein

Kampf drohte, war unerträglich. Aber jetzt sah es so aus, als würden sie doch zum Einsatz kommen.

Die Wächter drängten die letzten Legionäre in das Sturmlandeboot, das außenbords der *Gradior* transportiert wurde. Jedes Boot war groß genug, um einen vollständigen Zug mit 33 Mann, der aus drei 10-Mann-Gruppen und dem Zugführungstrupp bestand, zu transportieren. Die Wächter versiegelten die Türen, so daß die Legionäre innen eingeschlossenen waren, bis eine kodierte Kombination über den korrekten Commlink-Kanal gesendet wurde. Die Türen wurden nur verschlossen, um die Männer daran zu erinnern, daß sie sich noch in einer Straf-Auxilia befanden und nicht, weil die Flucht der Gefangenen zu befürchten war. In der Umlaufbahn um Rock Wall oder während des Sturzfluges würde ein solcher Gedanke nicht aufkommen. Als die Straflegionäre sicher verwahrt waren, gingen die Ssoran an Bord der größeren Transporter, die ihre Panzer zur Oberfläche transportieren sollten. Die Ssoran-Fahrzeuge waren umgebaute leichte Gravfahrzeuge vom Typ Nisus. Der ursprüngliche Entwurf war ein Versuch der TOG-Entwickler gewesen, ein kraftvolles, gut gepanzertes und billiges leichtes Aufklärungsfahrzeug zu entwickeln. Nur das Kriterium ›billig‹ wurde erreicht. Mit der schwachen Panzerung und minimalen Feuerkraft erwies sich der Nisus als eine Belastung auf dem Schlachtfeld. Aber aufgrund der TOG-Philosophie, nie etwas wegzuwerfen, verwandelte man den Nisus in ein Fahrzeug der Militärpolizei. Zwei Infanterielaser ersetzten das 50-mm-Geschütz sowie den 1.5/5-Laser, und die neue Konfiguration wurde jetzt als Nisus-S bezeichnet.

Die 129 Tonnen schweren Nisus-S-Panzer verließen den Transporter in kleinen Transportern, die die Aufgabe hatten, den Raum zwischen dem Transporter und der Atmosphäre für die Nisus-S zu überbrücken, wo die leichten Panzer freigegeben werden konnten.

Der taktische Plan sah für die Ssoran vor, den Sträflingslandungsbooten zur Oberfläche zu folgen und Feuerschutz zu geben, wenn die Infanterie sich aufstellte. Weil dieser Kampfeinsatz in einen laufenden Angriff hinein erfolgte, würden die Standardbodenfahrzeuge, die dem Regiment gewöhnlich zugeteilt waren, später auf Malthus abgeladen und zum Pol transportiert.

Olioarchus und der Stab betraten ihr Landungsboot zuletzt. Obwohl das Fahrzeug der gleichen Bootsklasse angehörte, wie das von der Strafinfanterie besetzte, endete die Ähnlichkeit bei der äußeren Konfiguration. Das Boot, in dem Olioarchus fuhr, war voll beheizt, und es gab entlang der Wände Kojen. Der mittlere Abschnitt wurde von einer kleinen Kombüse ausgefüllt, und Bug- und Vorderabschnitt dienten als Aufenthaltsraum. Der Pilot und der Navigator saßen vorn. Der Legatus Maximus ging durch den Kommandoposten, billigte die Unterkünfte und schnallte sich in einem der Sessel im Aufenthaltsraum an. Als sich die anderen drei Stabsoffiziere niedergelassen hatten, nickte er dem Piloten zu. Die Startsequenz begann.

Stone und Bard spielten das Spiel unter dem Eis mit den gleichen Chancen. Bard war unverletzt, hatte sich aber verirrt, und sein Weg zur Oberfläche bestand aus einer Reihe von immer neuen Anläufen. Er mußte an jeder Abzweigung in dem Irrgarten von Tunneln halten, um ihn auf die Richtung hin zu überprüfen, und das bremste sein Vorankommen. Stone, der verletzt war und eine nicht zu gewinnende Schlacht gegen die Kälte schlug, bewegte sich langsamer. Sein Vorteil war, daß Bard bei dem Versuch, soviel Boden wie möglich zu gewinnen, wenig tat, um Spuren zu vermeiden. Stone griff bei jeder Tunnelabzweigung treffsicher Bards Spur auf.

Bard wußte eher durch Instinkt als durch etwas anderes, daß Stone lebte und ihm folgte. Bard konnte sich nur weiterbewegen oder stehenbleiben und kämpfen.

Er wußte, daß er keine Chance zu einem weiteren Hinterhalt bekommen würde. Sein Verfolger war zu klug, um zweimal darauf hereinzufallen. Und die Zeit arbeitete gegen Bard. Früher oder später würden die TOGs auf der Oberfläche wieder angreifen, und ohne die Information, die er besaß, würden die TOG-Streitkräfte zerschlagen werden. Er mußte weitergehen.

Ein unbeteiligter Beobachter könnte sagen, es handele sich um das Rennen zwischen dem Hasen und dem Igel. Bard gewann auf den geraden Abschnitten an Boden, verlor ihn aber in den Abzweigungen, Stone bewegte sich dagegen langsam und stetig voran. Derselbe Beobachter würde auch der Meinung sein, daß Bards Suche an den Stollenabzweigungen eine Menge Zeit verschwendete. Wenn Bard den Kopf gebraucht und etwas sorgfältiger hingesehen hätte, hätte er entdeckt, daß der richtige Weg recht auffällig war. Die Entfernung zwischen den beiden verringerte sich unabwendbar, aber Bard war schon fast an der Oberfläche.

Nach Atem ringend, kroch der TOG-Agent in die vollständige Dunkelheit hinauf. Es war das erstemal seit seiner Flucht, daß von der Lampe kein Licht reflektiert wurde, und er wußte, daß dieses Loch zur Oberfläche führen mußte. Er erreichte die Oberfläche und stolperte aus dem Tunnel in tiefe Finsternis. Der plötzliche Übergang von dämmerigem Licht zu totaler Finsternis war so überwältigend, daß er völlig orientierungslos schwankte. Er ließ sich auf Hände und Knie fallen, um die Balance zurückzugewinnen. Ihm war schwindelig, und er war unfähig, seine Glieder zu kontrollieren. Bard ließ den Kopf hängen und schloß die Augen, um sich zur Beruhigung der Nerven und zum Sammeln der Gedanken zu zwingen. Seine erste Aufgabe war nun, weit aus der Reichweite der Öffnung zu gelangen. Irgendwo in den gefrorenen Innereien des Eiskaps näherte sich ihm sein Feind. Besser, von der Öffnung wegzurücken und eine Warnung zu erhalten, wenn der andere Mann auftauchte, als darauf zu warten, daß er über ihn stolperte. Das Gefühl der Dringlichkeit war wieder da. Er mußte mit dem TOG-Kommando in Kontakt treten.

Irgendwo in der Dunkelheit um ihn herum befand sich ein TOG-Commlink, an das er die Stellungen der Rebellen übermitteln konnte. Aber wo? Er hatte keine Ahnung, ob die Empfangsstation überhaupt in der Reichweite seines Senders lag. Das winzige Commlink, das er unter dem Gürtel trug, hatte nur eine Reichweite von drei Kilometern und benötigte eine Thermalgenerator-Energieunterstützung. Das Commlink konnte auch mit einem Netzteil operieren, aber Netzteile strahlten ein Dauersignal aus. Geheimdienstagenten wurden normalerweise mit einem Thermalgenerator ausgestattet, der dafür entwickelt worden war, Körperwärme in Energie umzuwandeln.

Bard zog das Visier des Kampfhelmes herab. Der eingebaute Spezialsensor war fähig, Commlink-Emissionen über 10 km hinweg zu entdecken. Wenn eine TOG-Station innerhalb dieser Reichweite sendete, sollte er sie lokalisieren können. Er wußte, daß TOG- und Rebellenstreitkräfte verschiedene Frequenzen des Commlink-Spektrums benutzten, sogar verschiedene Kommandofrequenzen, was einer gegenseitigen Abmachung gleichkam. Einige Überlappungen erschienen am Ende des Spektrums, und Bard konnte nur hoffen, daß die TOG-Stationen in diesem Bereich lagen. Er ging wieder auf die Knie und wartete auf das Erscheinen eines Signals auf dem Visier.

Stone sah das schwarze Loch über sich und erkannte, daß er die Oberfläche erreicht hatte. Befriedigung und Furcht schlugen über ihm zusammen. Er war zufrieden, es so weit geschafft zu haben, aber nun stand er zwei Möglichkeiten gegenüber: Er konnte zu spät gekommen sein, um Bard noch stoppen zu können, oder der Spion lag wartend in einer verborgenen Stellung über ihm. Bisher war er einfach in dem Versuch weiter vorangestapft, die Entfernung zu dem Feind zu verringern. Er hatte sich im Vertrauen auf seine Instinkte keine Sorgen wegen eines weiteren von Bard gelegten Hinterhalts gemacht. Nun, kurz vor einem Erfolg, wäre es dumm, in eine Falle zu tappen. Er würde vorsichtig sein müssen.

Sein linker Arm war taub und hing nutzlos an der Seite. Stone schaltete die Lampe aus und steckte sie in den Gürtel. Mit der unversehrten Hand zog er die Laserpistole, die er aus dem Loren-Gleiter mitgebracht hatte. Die Pistole war nicht seine erste Wahl zum Töten eines Mannes, aber sie war alles, was er hier hatte. Mit der schußbereiten Waffe kroch er vorsichtig auf die Öffnung zu.

Als er die Kante der Oberfläche erreichte, legte er eine Pause ein. Er wußte, daß sich Bard irgendwo in der Dunkelheit aufhielt, und er würde nach dem Spion suchen können, sobald er aus der Spalte heraus war. Er hatte den Helm seines Schutzanzugs behalten, obwohl der Rest zerstört worden war. Die Spürgeräte im Visier sollten jede Wärmequelle in der Region zeigen, aber der stark beschädigte Anzug hatte die Fähigkeiten des Helms herabgesetzt. Stone war sich nicht sicher, ob er noch funktionierte.

Er war versucht, den Kopf über den Rand zu heben, um sich umzusehen, aber wenn Bard noch in der Gegend war, gab ihm das eine perfekte Schußmöglichkeit. Er stieß sich ab, sprang über den Rand und rollte sich von ihm weg. Der linke Arm war nicht länger taub. Schmerz schoß durch sein Hirn, als er sich zur Seite rollte, und ein roter Schleier zog über sein Sichtfeld. Es war, als würde er durch einen leeren Raum fallen, und er kämpfte dagegen an. Langsam klärte sich sein Blick. Er bemerkte, daß die Stille nicht von dem Geräusch eines Schusses unterbrochen worden war.

Larry Stone stand vorsichtig auf, um nicht in die Richtung zu gehen, aus der er gerollt war. Das thermische Bild im Helm zeigte ihm nicht die Konturen des Eises, und er wollte nicht in den Spalt zurückstolpern. Er suchte langsam die Region ab. Auf halbem Weg des Bogens entdeckten die thermischen Sensoren eine Wärmequelle. Stone wußte, daß es sein Opfer sein mußte. Er bewegte sich die ersten zwanzig Schritte vorsichtig. Als er sicher war, daß er nicht länger in der Gefahr schwebte, in die Bresche zu fallen, begann er, schneller voranzuschreiten. Das thermische Bild wurde ständig schärfer.

Das TOG-Übertragungssignal flackerte auf Bards Helmvisier auf. Der Fleck, der die TOG-Basis kennzeichnete, wurde gerade noch im Reichweitenradius aufgezeigt; Bard schätzte, daß er sich über zwei Kilometer von der Basis entfernt und im Übertragungsbereich befand. Er fischte den Sender aus dem Gürtel, zog ihn heraus und schloß den Thermalgenerator an. Er spürte eine Enge in der Brust und kämpfte darum, die aufsteigende Panik niederzuhalten, die seine Mission gefährdete. Er wußte, daß Stone sehr nahe sein mußte, und er wurde von zwei widersprüchlichen Wünschen zerrissen, den Auftrag zu erfüllen und vor dem Mann zu fliehen, der ihn jagte.

Er fingerte nach dem Chip. Die Kälte hatte die Finger steif werden lassen, so daß er das winzige Teil nicht zu fassen bekam, solange er Schutzhandschuhe trug. Er hob das Visier und biß in die Fingerenden des rechten Handschuhs, um ihn mit den Zähnen von der Hand zu ziehen. Er zog den anderen Handschuh aus, konnte den Chip aber noch immer nicht aus der Hülle ziehen. Schließlich schaltete er die Taschenlampe an, die er sorgfältig in den Schnee vor sich stellte. Das Licht zeigte, daß der Sicherheitsriegel des Chipträgers verbogen gewesen war. Er riß den Clip mit den Fingernägeln ab und schüttelte den Chip in die Handfläche. Den Sender in der linken Hand haltend, schob er den Chip in den Eingabeport. Dann nahm er den Sender in die rechte Hand, stand auf und hielt ihn in die Richtung, wo laut seiner Helmanzeige die TOG-Basis liegen mußte. Mit der linken Hand begann er, den Thermalgenerator zu massieren. Als er ansprang, drückte er den Sendeschalter.

Die Lampe strahlte wie ein Leuchtfeuer auf Stones Wärmebildvisier, das ihn fast blendete. Er hob das Visier und sah einen Mann weniger als 30 Meter entfernt stehen. Dieser blickte nicht in Stones Richtung, und das Licht zu seinen Füßen umriß seine Silhouette gegen die schwarze Leere des Himmels. Bards rechter Arm war erhoben und zeigte ins Weite.

Stone fühlte sein Bewußtsein schwinden. Mal sah er zwei Bards, mal drei. Die Luft zwischen Stone und seinem Ziel schien zu glühen. Er wurde sich seines rauhen Atems und des frischen Blutes bewußt, das aus dem linken Arm herabrann. Stone konnte die Beine in dem schwachen Licht, das die Lampe warf, zittern sehen. Er fiel auf die Knie und nur seine rechte Hand hielt ihn aufrecht. Er hob den Kopf.

Bard stand noch dort. Stone wußte, daß dies die letzte Chance war. Er hob die Laserpistole, schaltete von einfachem Impuls auf Dauerfeuer. Dann schob er den Schalter eine Kerbe weiter auf die Überladestellung. Ein Schuß würde nun sowohl die komplette Energiezufuhr als auch die Reserve verbrauchen. Der Genniumarsenikkristall würde ausbrennen, aber Stone plante nicht, die Waffe noch einmal zu benutzen. Er hielt die Waffe auf einen Punkt, der gerade unterhalb des Helmes des Spions lag.

Bard spürte den Treffer nicht. Sein Körperpanzer war in der Lage, die meisten Einschläge abzuwehren, aber nicht alle. Die Rückseite des Helms konnte nicht bündig in die hintere Rückenplatte des Infanterieanzuges eingepaßt werden, denn dann hätte er den Kopf nicht bewegen können. Da Angriffe von hinten selten vorkamen, hatte man eine Lücke an der Basis des Helms freigelassen. Das brennende Licht der Laserpistole schlug durch diese Öffnung.

Im Nu brannte die Haut im Nacken weg. Der Laser drang in den Schädel ein, und die Hirnrinde löste sich in Rauch auf. Bard stand noch einen Augenblick aufrecht, während die Nerven Nachrichten zu einem Hirn sandten, das nicht länger existierte. Als sie keine Antwort erhielten, entspannten sich alle Muskeln auf einmal, und der Körper brach leicht dampfend im Schnee zusammen.

Stone, dessen Laserpistole glühte, blieb knien, als der Genniumarsenikkristall unter der Belastung der Überladung zerbrach. Er ließ die nutzlose Waffe auf das Eis fallen, wo es zischte und knackte, als sie abkühlte. Dann zog ihm der rote Nebel noch einmal über die Augen. Er setzte sich schwer auf die Fersen und kippte dann langsam hintenüber.

36

1900, 13 Martius 6831

Die Sturmlandeboote der 356. Straf-Auxilia trieben von dem Transporter *Gradior* fort, als ihre Piloten sie vom Mutterschiff gelöst hatten. Die Boote waren auf drei Stockwerken in Hangars untergebracht, und so war es nicht leicht, sie zu starten. Der Kurs des Falls war vom Hauptcomputer der *Gradior* eingespeist worden, aber das Abbrechen des Sturzes in die Atmosphäre unterlag vollständig manueller Kontrolle. Die 105 Sträflingstransporter schufen zusätzlich zu den Ssoran- und Hauptquartiersbooten ein ziemliches Verkehrschaos an den Flanken des Transporters.

Der Äther füllte sich mit dem wirren Geplapper der Commlinks, als die Piloten ihre massigen Boote in die Fallformation brachten. Die Kohorten formierten Kolonnen, und die fünf Zenturien jeder Kohorte nahmen eine weite V-förmige Formation ein, wobei sich in jeder Zenturie die Züge hinter der jeweiligen Führungsgruppe einordneten. Die Piloten waren erfahren, und der ganze Prozeß dauerte weniger als 10 Minuten. Als das letzte Boot signalisierte, daß es seinen Platz eingenommen hatte, leitete Legatus Maximus Rocipia Olioarchus die Fallsequenz ein, und die 356. Straf-Auxilia begann auf den größten Satelliten des Planeten zuzufallen.

Die Befehle des Kommandeurs lauteten, die Masse der Auxilia in die Umlaufbahn um Caralis' Mond zu bringen, aber sie mußten den Commonwealthkräften auf Caralis zuliebe auch zur Oberfläche abfallen. Die Commonwealthleute mußten die *Gradior* im Orbit gesehen haben, und sie würden das Absetzen der TOG-Streitkräfte erwarten. Ihnen eine kleine Truppe als Köder anzubieten, war Teil des Einsatzplans. Die 5. Kohorte war für die Verlegung nach Caralis vorgesehen. Olioarchus war nicht erfreut, bereits 20 Prozent der Truppe zu verlieren, bevor er selbst landete, aber abgesehen von den Piloten würden nur Sträflinge sterben. Er schüttelte den Gedanken ab.

Die Formation schwenkte nach links auf Rock Wall zu und tauchte ab, als die pockennarbige Landschaft des Riesenmondes in den vorderen Fenstern erschien. Die Computer errechneten den nötigen Winkel, der die Boote in den Bereich der Anziehungskraft des Trabanten bringen würde.

Die Formation würde so nah an der Oberfläche des Planeten vorbeikommen, daß sie alle Bodensensoren zum Narren hielt. Den ganzen Weg beschleunigend, würde die Formation um den Äquator jagen und dann die Geschwindigkeit nutzen, um wieder ins All auszubrechen. Die Anziehungskraft des Planeten, die zuerst genutzt wurde, um den Anflug auf Caralis zu beschleunigen, würde die Flucht abbremsen. Sobald sie die Umlaufbahn auf der von Caralis abgewandten Seite von Rock Wall erreicht hatten, würden sie noch weiter abbremsen, bis die Schwerkraft des Riesenmondes sie zurückzog.

Auf Rock Wall zurückfallend, würde ihr elliptischer Orbit sie einmal mehr an der Oberfläche von Caralis vorbeiführen. Statt zum Richtungswechsel in eine weitere lange Umlaufbahn gehen zu müssen, würde diesmal Caralis' Schwerkraft ihre Flugbahn umlenken. Wenn sie an Rock Wall vorbei waren, würde ihre Flugbahn auf Caralis zuführen. Es würde dann für die Steuertriebwerke der Sturmlandeboote eine Kleinigkeit sein, die Angriffswelle zum Pol zu dirigieren. Ihre Ankunft würde mit einer so hohen Geschwindigkeit erfolgen, daß der Feind, selbst wenn seine Jägerschwadron die Ankunft entdeckten, nicht rechtzeitig aufmarschieren konnte, um sie im Anflug zu bekämpfen.

Es gab nur das kleine Problem, die Boote abzubremsen, wenn sie auf die Atmosphäre trafen. Einige der Boote gingen sicher verloren, aber das Kommando war bereit, den Preis zu bezahlen, um den Vorteil der völligen Überraschung zu behalten.

In einem der Landeboote sah Optio Asinus Strovasi nach vorn, um den Anflug auf Rock Wall zu beobachten. Vier längsseitige Sitzabteile füllten das Boot. Jede Reihe hatte neun Sitze, von denen die an der Außenwand nach innen und die zentralen nach außen gerichtet waren. Die Legionäre saßen sich in Zweierreihen gegenüber. Es war eng, aber sobald sich die Legionäre erhoben, klappten die Sitze hoch, und die Truppe hatte ausreichend Platz, um das Boot zu verlassen. Als Zugführer saß Strovasi mit dem Rest des Führungstrupps in der zweiten Reihe. Von seinem Sitz aus konnte er den Piloten und den Navigator an der Kommandokonsole sehen, und vor ihnen in den Bullaugem tauchte Rock Wall auf.

Strovasi war fett, sogar für einen TOG-Garnisonslegionär. Er behauptete, seine ausladende Masse sei das Ergebnis einer Drüsenfehlfunktion, aber die einzige der Drüsen, die falsch funktionierte, war die Speicheldrüse, und die machte Überstunden; er liebte es zu essen. Den Strafeinheiten stand eine streng begrenzte Kalorienaufnahme zu, und er nutzte seine Stellung als Zugführer aus, um zusätzliche Rationen von den Infanteristen zu requirieren. Er war immer der erste des Zuges, der an die Futtertröge rannte, und dann stellte er sich so auf, daß die anderen Sträflinge gezwungen waren, an ihm vorbeizugehen. Er stahl sich einen Teil von jedem Legionärsteller, wenn sie vorbeikamen, aber es gab kein Murren, zumindest nicht in seiner Hörweite. Jede Beschwerde wurde umgehend mit grausamer Strafe bedacht.

Er bewegte seine Masse, um eine bessere Sicht auf den Mond zu erhalten, und stieß Zugsergeant Lisectus Barcus dabei an. Der Sergeant lehnte sich zur Seite. Den drei Angehörigen des Führungstrupps war für die zusätzliche Ausrüstung, die sie trugen, je ein Extrasitz zugeteilt worden, und Strovasi quoll noch über den ihm zugeteilten Platz. Barcus betrachtete seinen Führer mit unmißverständlicher Verachtung. Der Optio war ein Tyrann, und ein unfähiger dazu. Sergeant Barcus war in die Strafeinheit gekommen, weil er seinen Zug gegen dumme Befehle des Zenturios verteidigt hatte, und er war überzeugt, daß sein gegenwärtiger Vorgesetzter auch nicht besser als sein Vorgänger war.

Er war wegen Aufsäßigkeit angeklagt worden, und Barcus wußte, daß es stimmte. Er hätte dem Anführer gehorchen und seinen Zug in den sicheren Tod führen sollen, das war die Art der Legion. Aber er hatte protestiert, war in Arrest genommen und vor ein Kriegsgericht gebracht worden. Nur der lange, ehrenvolle Kampfbericht rettete ihn vor dem üblichen Exekutionsurteil. Natürlich waren die Orden und Belobigungen aus der Akte gelöscht worden, aber er hatte den Rang behalten, wenn auch nur, um in der Straf-Auxilia zu dienen. Am Ende hatte ein anderer Sergeant den Zug übernommen, den er zu retten versucht hatte. Dieser Sergeant führte die umstrittenen Befehle aus, und der ganze Zug ging vor die Hunde. Sein Protest war eine überflüssige Geste gewesen.

Neben Strovasi sitzend, konnte Barcus den Optio unbemerkt beobachten. Der Zugführer hatte sich umgedreht, so daß er dem Sergeanten den Rücken zuwandte, und die Speckfalten seines fetten Nackens quollen über den steifen Kragen des Kampfanzugs. Die Wangen des Mannes sahen wie die Gummireifen eines Aclys, eines standardbereiften Mannschaftstransporters der Strafinfanterie, aus. Er drückte den Sicherungshebel des Manticore-Spikegewehrs auf die ›Aus‹-Stellung. Sein Optio wäre nur ein geringer Verlust für die Truppe, wenn die Waffe ›versehentlich‹ fehlschoß. Unglücklicherweise war die Waffe nicht geladen. Munition wurde erst ausgegeben, wenn sie die Oberfläche erreicht hatten. Barcus reckte den Hals, um an der pyramidenhaften Masse des Optios vorbeizusehen.

Die lange TOG-Sturmformation schwang in Richtung Rock Wall. Der Commlink-Verkehr war gering und bestand überwiegend aus Gemurmel und kurzen Kommandos. Die Piloten hatten dies viele Male gemacht, und sie kannten ihr Geschäft. Die Auxilia schlang sich wie eine riesige Schlange um Rock Wall, und fasziniert sah Barcus die Pockennarben der alten Mondkrater auf der Oberfläche vorbeirauschen. Etwas, das durch die untere, linke Ecke des Bullauges blitzte, fing seinen Blick ein. Eines der Landungsboote brach nach Caralis ab.

»Kommando. Hier Kohorte Quintus.« Das Commlink erwachte zum Leben, als der Kommandeur der 5. Kohorte das Auxilia-Kommando rief. »Wir sind aus der Formation ausgeschert.«

»Hier Kommando. Wo liegt das Problem, Quintus?«

»Hier Quintus. Unser Steuer gehorcht nicht mehr. Der Computer hat das Kommando über das Boot übernommen.«

»Verstanden, Quintus. Kommando Ende.«

»Hier Quintus. Wir fallen zu schnell. Wir werden zu schnell auf die Atmosphäre von Caralis treffen.« Barcus hörte, wie sich die Stimme auf dem Commlink überschlug. Der Mann fürchtete sich.

»Hier Kommando. Quintus, der Computer wird Sie hineinbringen. Es ist ein Teil des Plans.« Die besänftigende Stimme der Auxilia hatte einen häßlichen Unterton. Verzweifeltes Gerede kam über das Commlink, als zu viele Leute versuchten, gleichzeitig zu reden. »Ruhe jetzt, Quintus.« Die Stimme der Auxilia setzte sich durch.

»Kommando, hier Quintus. Die Flügel fahren nicht aus. Unser Anflugswinkel ist zu steil.« Die körperlose Stimme schrie praktisch. Barcus konnte sie nun sehen: ein V aus Landungsbooten, das direkt ins Dunkel und in Caralis' Atmosphäre eintauchte. Die Hitze des Wiedereintritts ließ die Landungsboote vor der düsteren Silhouette des Planeten aufglühen. Die Spitze des V flammte in einer Antriebswolke aus funkelnden Punkten auf. Die anderen folgten in rasender Folge. Eine Stimme schrie »Wir brennen …« Dann war das Commlink still.

Strovasi drehte sich vom Flugdeck weg und fixierte den Zugsergeanten mit ferkelähnlichen Augen. »*Dulce et, Ave Caesar* und so weiter. Besser die als wir.« Er schmatzte mit den Lippen. »Gibt es hier noch was zu essen?«

Barcus schüttelte sich. Er verstand den Sinn von Strafinfanterien; es war großzügig und praktisch für das Terran Overlord Government, den Soldaten eine Chance zu geben, sich reinzuwaschen. Aber die Sträflinge, die man gerade hatte verbrennen lassen, waren auch Menschen. Selbst Sträflinge verdienten etwas Besseres als das. Die 560 Offiziere und Infanteristen der Kohorte Quintus hatten offensichtlich als Ablenkung gedient, waren ein Köder für die Leute am Boden gewesen, während der Rest des Regiments sich für die nächsten paar Stunden hinter Rock Wall versteckt hielt. »Ich hoffe, es war die Kohorte wert«, murmelte er.

»Was sagten Sie, Sergeant?« fragte Strovasi, der den Zugsergeanten anstarrte.

»Nichts, Sir.«

»Es war auch besser nichts, Sergeant. Solche Reden waren es, die Sie in diese Lage hier gebracht haben. Wenn Sie an der Gewohnheit festhalten, werden Sie herausfinden, wie milde die Regierung das nächste Mal ist.«

Die Rebellenpatrouille bahnte sich ihren Weg durch den kalten Stollen, wobei die Soldaten ihre Waffen in Anschlag hielten. Die Zeichen des Hinterhaltes waren ihr erster echter Hinweis gewesen, daß sie mehr als nur eine Einbildung verfolgten. Die verschossene Munition war ein ausreichend deutliches Zeichen gewesen, aber die Teile zerstörter Kampfanzüge und das Blut stachen noch viel stärker aus dem Weiß der Passage unter dem Eis hervor. Die Patrouille untersuchte die Meldung des Wachpostens an einer neuentdeckten Kuppelöffnung. Er behauptete, jemanden oder etwas an der Lücke in der Kuppel der verlassenen Stadt gesehen zu haben. Die Meldung des Wachpostens ergab keinen Sinn. Seine Vorgesetzten nahmen an, daß Müdigkeit die Halluzinationen erzeugt hatte, aber sie wollten jede Meldung überprüfen, und nun wußte die Patrouille die Wahrheit. Zwei Leute hatten die Spalte im Eishang gefunden und eilten an die Oberfläche. Sie hatten gegeneinander gekämpft, und beide hatten überlebt und waren weitergeklettert.

Die sieben Männer krochen zu der Öffnung, die sich schwarz im Eis auftat. Der Sergeant stellte die Männer auf, dann stürmten sie auf einen Schlag zur Oberfläche empor und ließen sich fallen, um den gesamten Umkreis zu überwachen. Ruhe und Dunkelheit begrüßten sie.

Die Oberfläche des Eiskaps stellte die Patrouille vor andere Probleme als die, die sie unten in den Tunnels antrafen. Obwohl der Tunnel ein hervorragender Ort für einen Hinterhalt war, wußte die Patrouille wenigstens, auf welchem Weg sich ihr Ziel bewegte. Auf der Oberfläche gab es keinen klaren Weg für die Patrouille, um sich an ihr Ziel anzuschleichen. Der Sergeant ließ das Visier herabfallen und aktivierte das Wärmebildgerät mit der geringen Chance, daß es im Umkreis von 300 Metern eine Lebensform gab.

Das Wärmebildgerät gab ihm ein schwaches Signal,

das kaum 100 Meter entfernt lag. Zu schwach für die thermographische Signatur eines Menschen, verdiente es doch eine Untersuchung in einer Region, wo eigentlich nichts leben sollte. Der Sergeant gab zwei schnelle Handsignale, und die Patrouille bewegte sich in Richtung des Signals.

Das Wärmebildgerät im Helm des Sergeanten führte sie direkt zu den Körpern, die sie sonst nie gefunden hätten. Der erste Mann war von dem treibenden Eis so hoch bedeckt, daß er fast unsichtbar war. Sein beschädigter Tarnanzug war in Kombination mit der Dekkung des Eises und seiner gefährlich niedrigen Körpertemperatur nicht von dem standardisierten thermographischen System der Kampfhelme der Patrouille aufgezeigt worden. Als sie sich vorbereitete, den verletzten Mann zu bergen, stolperte einer aus der Patrouille über den zweiten Körper.

Die ganze Situation sah merkwürdig aus. Der tote Mann war ein Rebellenoptio. Und der erste Mann hatte ihm in den Rücken geschossen. Der Sergeant befahl der Patrouille, beide zurückzutragen, den toten und den halbtoten Mann.

37

2200, 13 Martius 6831

Dr. Kelton Hess schnitt die blutgetränkte Tunika von der linken Seite des verwundeten Mannes weg. Er sah, daß der Deltamuskel fast vollständig vom Knochen abgerissen war. Die hintere Sektion des Muskels war noch vorhanden, aber der Mann würde den Arm eine Weile nicht gebrauchen können. Hätte Hess Zugang zu einer vollständig ausgerüsteten medizinischen Abteilung gehabt, könnte er den Schaden schnell beheben, aber hier mußte er sich auf traditionelle Art behelfen. Hess war von der Tatsache beeindruckt, daß der Mann mit dieser Wunde weiter über das Eis hatte laufen können und schloß daraus, daß die ursprüngliche Wunde kleiner gewesen sein mußte.

Larry Stone kam wieder zu Bewußtsein, als der Arzt ein letztes Knochenstück aus der Wunde entfernte, aber er bewegte sich nicht. Nur die Augen folgten dem Arzt, als dieser die Wunde untersuchte und Reste von Panzerungsteilen und Schmutz aus der gezackten Öffnung entfernte. Hess sah, daß sein Patient wach war. »Sie haben einen ziemlichen Schlag erhalten, junger Mann.«

Stone grunzte zur Antwort.

»Da sind ein paar Leute draußen, die mit Ihnen darüber reden wollen, wie Sie zu dieser Schönheit gekommen sind. Fühlen Sie sich stark genug, einige der Fragen zu beantworten?« Hess schloß die Wunde und sprühte Plastohaut darüber. »Ich werde den Arm in eine Schlinge legen und an Ihrer Brust sichern müssen. Sie werden gesund, aber Sie werden sich eine Weile schonen müssen.« Der Arzt trat zurück, um sein

Kunstwerk zu betrachten. Optio Roglund Karstil und Sergeant Shawn Arsen, der Führer des Kommunikationstrupps, tauchten neben dem Arzt auf. »Diese Herren möchten ein paar Worte mit Ihnen wechseln«, sagte Hess und zeigte auf Karstil.

Karstil starrte den Patienten an. Das eingefallene Gesicht des Mannes starrte zurück. Karstil erkannte den Mann nicht als seinen ehemaligen Partner beim Pendulousspielen, mit dem sie sich auf der RLS *Maiestas* die Zeit vertrieben hatten. Die Reise von Windsor nach Rilus V lag sechs Monate zurück, und obwohl Karstil Stone seither einmal gesehen hatte, verband er diesen Mann auf der Liege nicht mit dem Sergeanten von damals. »Es ist wegen des anderen Mannes«, sagte er abrupt.

»Beiß aggressiv und verdopple öfter«, wiederholte Stone.

»Was?«

»War das nicht Ihre Philosophie beim Pendulous auf der *Maiestas?*«

Völlig durcheinander sah Karstil den verwundeten Mann genauer an. »Stone?«

»In der Tat. Hören Sie, Karstil. Können wir eine Minute privat reden?«

»Ich bin beauftragt, Ihre Erklärung anzuhören und dabei einen Zeugen zu haben«, sagte Karstil steif.

»Ja. Fein. Aber ich würde Sie gern zuerst allein sprechen.«

Karstil zögerte, dann nickte er dem Sergeanten zu. »Es ist in Ordnung«, sagte er. »Ich glaube nicht, daß ich von Stone hier etwas zu befürchten habe.« Er war nicht überzeugt, daß die letzte Bemerkung richtig war, besonders wegen des Verdachtes gegen Stone. Er schaute zu, wie Arsen mit dem Arzt den Raum verließ und wandte sich wieder dem Patienten zu, der plötzlich neben dem Operationstisch stand. Fast hätte Karstil Arsen zurückgerufen.

»Hier ist die ganze Geschichte«, begann Stone. »Bard war ein Spion. Ich war ihm seit fast zwei Jahren auf der Spur. Er schickte noch eine Meldung an die TOGs auf der Oberfläche, bevor ich ihn aufhalten konnte. Benachrichtigen Sie Harras, und dann schicken Sie ihn her zu mir. Besser noch, bringen Sie mich jetzt zu ihm.«

»Sie wünschen, den Kohortenkommandeur zu sprechen?« Karstil war noch immer etwas aus dem Gleichgewicht über das, was Stone ihm erzählt hatte. »Was läßt Sie annehmen, daß er Sie sehen will? Er kennt Sie nicht einmal.«

»Falsch. Harras und ich haben gemeinsam auf der *Tacitus* gearbeitet. Übrigens hätten Sie das damals beinahe aufgedeckt.«

Karstil erinnerte sich an den düsteren Ausrüstungshafen. Erinnerte sich der schwachen Schatten, die er über die Liberatoren hatte kriechen sehen. Damals hatte er gedacht, daß ihm an dem Paar etwas vertraut gewesen war, und jetzt verstand er es. Er hatte geglaubt, er habe die Saboteure gesehen, die für die häufigen Unfälle verantwortlich waren, die die 2567. Rebellenlegion plagten, aber nun wußte er, daß Stone und Harras die Panzer nach weiteren eingebauten Zeitschaltfallen durchsucht hatten. »In Ordnung. Lassen Sie uns von hier verschwinden.«

Die TOG-Formation fiel entgegen der Umlaufbahn und kehrte nach Rock Wall zurück. In die Landeboote eingepfercht, fühlten die Infanteristen die wachsende Anziehungskraft, die der momentanen Schwerelosigkeit folgte. Unbeheizt, schlecht belüftet und nahezu unisoliert wurden die Sturmlandeboote schnell zu Miniaturhöllen. Nicht dafür entwickelt, viel Zeit im All zu verbringen, waren die Schiffe schlecht ausgerüstet, um den Bedürfnissen ihrer Passagieren gerecht zu werden. Als der Pilot und der Navigator bemerkten, daß nach etwa einer Stunde die Instrumente verschwammen, gingen sie an den Sauerstoff. Für Leute im hinteren Teil des Schiffes war ein solcher Luxus nicht vorgesehen.

Die Männer dösten ein, wobei sie gegen ihre Nachbarn kippten. Zuerst protestierten jene, die noch wach waren, aber bald fehlte sogar ihnen die Energie dafür. Die Einsatzstrategen hatten exakt berechnet, wieviel Sauerstoff die in den Booten steckenden Infanteristen zum Überleben brauchten. Jedem Schiff war eine Sauerstoffflasche für jeweils vier Stunden der Reise zugeteilt worden. Das bißchen Sauerstoff war so berechnet worden, daß die meisten Männer lebend an der Oberfläche eintrafen.

Die 356. Straf-Auxilia war voll besetzt und bot in diesem Einsatz fast 2500 Kampfsoldaten auf. Mehr als 500 dieser Soldaten waren bei einem Ablenkungsmanöver in der Atmosphäre verbrannt, um jeden feindlichen Beobachter auf dem Planeten zu täuschen. Von den verbliebenen 2000 Soldaten würden – so hatten die Operationsoffiziere geschätzt – 1600 ausreichen, um mit dem unter der Oberfläche des Eiskaps steckenden Feind fertig zu werden, was bedeutete, daß sie bereit waren, 20 Prozent Verluste hinzunehmen. Da die Kommandeure bei der Landung keinen Widerstand erwarteten, konnten diese Verluste, die normalerweise durch feindlichen Beschuß bei einer heißen Landung zustande kamen, hier eigentlich nur durch das Ersticken in der Umlaufbahn entstehen. Die Sauerstoffreserven waren entsprechend einer solchen Kosten-Nutzen-Rechung verringert worden.

Die Transporterpiloten waren eine andere Sache. Diese Männer waren Teil der Flotte, hochausgebildete Experten, die nicht ohne guten Grund verschwendet werden durften. Jene, die mit der Kohorte Quintus bei dem Ablenkungsmanöver untergegangen waren, stellten einen bedeutenden, aber akzeptablen Verlust dar. Aber die Operationsoffiziere planten nicht, noch mehr

Piloten zu verlieren als unbedingt notwendig. Ihnen stand eine zusätzliche Sauerstoffreserve zu.

Im Sturmlandeboot 332 des 2. Zugs der 3. Zenturie in der 3. Kohorte, sah Zugsergeant Lisectus Barcus den Zugführer die Sauerstoffflasche anbrechen, die er zwischen den Beinen hielt. Der fette Mann nahm einen tiefen Atemzug und drehte dann das Ventil vorsichtig wieder zu. Der Optio sah sich ängstlich im Laderaum um. Die wäßrigen Augen trafen die des Zugsergeanten. Der Optio schenkte ihm ein schmallippiges Lächeln.

Barcus war schon zu weit gekommen, um sich noch weiter vorzusehen. Er wußte, daß die Männer im hinteren Teil des Transporters niemals einen Zug dieses Sauerstoffs erhalten würden. Sie würden atmen, was immer an Luft übrigblieb, und bald gab es keine mehr. Er wandte langsam den Kopf, um zurückzuschauen, und er sah, daß einige der schlafenden Männer schon blaue Lippen hatten. Er starrte seinen Optio an.

Barcus kämpfte darum, mit seinem sauerstoffhungrigen Hirn die Situation verstehen zu können. Er war dem TOG loyal, glaubte nachdrücklich daran. Seit seiner Geburt hatten seine Eltern, Lehrer und Freunde ihm immer wieder versichert, daß die Herrschaft des Terran Overlord Governments die letzte und beste Hoffnung für die Menschheit war. Die Zerstörungen aus den schrecklichen Kriegen mit den Kessrith und die noblen Opfer all derer, die vor ihm gegangen waren, waren in sein tiefstes Bewußtsein eingedrungen. Neu Rom war der Asche der Vergangenheit entstiegen, um das Fundament zu werden, auf dem alle Zivilisation jetzt gründete. Die Commonwealth- und Rebellensöldner waren auf die Zerstörung dieses Fundamentes aus. Barcus hatte freiwillig sein Leben ihrer Auslöschung verschrieben. Es gab sogar einen unausgesprochenen Vertrag zwischen ihm und der Geschichte: Er würde sein Bestes geben, und die TOG-Geschichtsschreibung sollte ihm dafür ein Ruhmesblatt widmen.

Nun saß er eingesperrt in einem Sturmboot und sah zu, wie sein Zug langsam erstickte. Irgendwie war der Vertrag, den er so bereitwillig unterzeichnet hatte, strapaziert worden. Vielleicht war der Vertrag schon gebrochen worden.

Harras stand unter Schock. Zerschlagen durch die Kälte, die Müdigkeit und den Hunger, der ihm den Magen zusammenzog, fiel es ihm schwer, die Ausmaße des Schadens abzuschätzen, die der Spion angerichtet hatte. Stone umriß das Ausmaß von Bards Betrug, erinnerte Harras an andere Sabotageakte der jüngsten Vergangenheit: blockierte Antriebsspiralen auf der *Tacitus*, die Fingerbomben an den Kontrollkabeln der Frontpanzer auf Alsatia, schlechte und gestörte Übertragungen von der Kommandozentrale. Warum war der Spion nicht eliminiert worden, als man ihn erstmals entdeckte hatte? Harras forderte eine Antwort. Warum war er nicht von der Anwesenheit des Spions in der Kohorte unterrichtet worden?

Der bei Bard gefundene Computer-Chip, der einen Plan der Stadt und die Öffnungen in der Kuppel zeigte, sowie der Sender und der Thermalgenerator hatten alle Zweifel beseitigt. Harras überdachte die Katastrophe, der er gegenüberstand. Die TOG-Truppen an der Oberfläche wußten nun alles über die Verteidigung der Kohorte. Sie würden an jeder Kuppelöffnung angreifen können, und er hatte nicht genug Truppen, alle Zugänge abzuriegeln.

Solange der Feind nur zwei Stellen für den Angriff kannte, war den Rebellen eine Chance geblieben. Nun gab es vier weitere Eintrittspunkte zu schützen, und zwei davon waren groß genug, um TOG-Fahrzeuge durchzulassen. Wenn Harras die drei Zenturien an den größten Breschen aufstellte, ließ ihm das eine kleine

Reserve. Aber die Breschen mußten ebenso wie die kleineren Öffnungen, die einen guten Zugang für die feindliche Infanterie boten, überwacht werden. Zum Glück für Harras waren die TOG-Truppen oben knapp an Infanterie und mit Panzern überbesetzt.

Harras rief seinen Stab zusammen und plante die Verteidigungstellungen neu. Jede Zenturie würde eine der großen Öffnungen und eine der benachbarten kleineren verteidigen.

Die Zenturios verließen den Kohortengefechtsstand mit der grimmigen Entschlossenheit, den Schaden, den der Spion angerichtet hatte, einzudämmen. Die durchgesickerte Information stellte einen schlimmen Schlag dar, aber die Kohorte hatte einen noch größeren Verlust erlitten. Das Wissen, daß einer von ihren eigenen Leuten sie verraten hatte, schaffte nagende Zweifel, daß noch weitere Spione in ihren Rängen existieren mochten. Jeder mußte beobachtet werden. Der Zusammenbruch des Vertrauens unter den Soldaten war eine der schlimmsten Katastrophen, die eine Einheit treffen konnte. Sogar in den friedlichen Zeiten war es eine Grundvoraussetzung, daß jeder sich auf die Soldaten neben ihm verlassen konnte. In der Kohorte Harras war dieses Vertrauensverhältnis zerstört worden.

Als die anderen Offiziere das Briefing verließen, befahl Harras Stone und Karstil zu bleiben. »Sie haben uns einen nicht wiedergutzumachenden Dienst erwiesen«, begann er. »Ich weiß kaum, wie ich mich bedanken kann. Larry, Sie und ich, wir kennen uns seit einigen Jahren. Sie haben mir und der Rebellenlegion einen großen Dienst erwiesen, was besonders hoch einzuschätzen ist, da Sie keiner von uns sind.«

Er wandte sich Karstil zu. »Und Sie, junger Mann, sind mir immer eine Hilfe gewesen, seit Ihre Einheit meinem Befehl unterstellt wurde. Ich glaubte, etwas in Ihnen zu entdecken, das von großem Wert für diese

Legion sein könnte, und nun bin ich dankbar zu sehen, daß Sie dies bestätigt haben.«

Harras Gesicht verriet, wie schwer es ihm fiel, das nächste Thema anzusprechen. »Es fällt mir schwer zu glauben, daß ein Mitglied meines Kommandos ein Spion war. Ich werde nicht sagen, er sei unloyal gewesen, da er nie loyal war. Nein, er war immer ein Spion für Neu Rom. Wir können nicht sicher sein, daß er allein gearbeitet hat, und daher brauche ich einmal mehr Ihre Mithilfe. Bitte halten Sie Ihre Augen und Ohren offen. Wenn Ihnen irgend etwas merkwürdig oder seltsam oder verdächtig erscheint, lassen Sie es mich wissen.«

Karstil und Stone sahen erst einander an, dann den Kommandeur. Jeder nickte zur Bestätigung. Dann verließen die beiden den Panzer ohne ein weiteres Wort zu verlieren. Außerhalb des Gefechtsstandsfahrzeuges berührte Karstil den Arm des anderen Mannes, um ihn einen Moment aufzuhalten. »Eines Tages, Mister Lawrence ›Nennen-Sie-mich-einfach-Larry‹ Stone, werden Sie mir erklären müssen, was das alles zu bedeuten hat.« Stone lächelte und nickte. »Wenn wir hier raus sind.«

Die TOG-Piloten zündeten die Bremstriebwerke. Die Männer im Laderaum wurden nach vorn geschleudert. Viele von ihnen kamen durch den Schock wieder zur Besinnung und kämpften darum, in der luftarmen Umgebung einen klaren Kopf zu bekommen.

Der zweite Bremsschock war noch größer. Das Landeboot trat in einem zu steilen Winkel in die Atmosphäre ein. Die kleinen Schiffe begannen zu bocken, warfen und schüttelten die an den Sitzen angeschnallten Infanteristen herum. Die Nasen der Schiffe begannen durch die intensive Hitze beim Wiedereintritt zu glühen, was die Transporter mit dem scharfen Geruch verbrannter Farbe erfüllte. Sturmlandeboot 322 kämpfte damit, in der Formation mit der Zenturie und der Kohorte zu bleiben. Heftige Stöße zwangen den Piloten, die Seitenantriebe zu zünden, die das Schiff seitwärts abtrieben. Der treibende Rauch im Schiff verringerte die Sicht und brannte in den Kehlen der Infanteristen. Als einigen der Männer schlecht wurde, konnten sie es nicht verhindern, sich über ihre Gefährten zu erbrechen. Alle waren zu schwach, um aufzupassen, und der Geruch von Erbrochenem vermischte sich mit dem Gestank des Rauches. Zugsergeant Barcus sah Optio Strovasi den Rest des Sauerstoffs aus der Reserveflasche ziehen. Die Augen des Optios, die nicht länger kleine Punkte in dem aufgedunsenen Gesicht waren, starrten wild aus dem aschfahlen Gesicht. Große Schweißperlen liefen ihm die Wangen herab. Der Transporter rüttelte wieder.

Mit einem magenumdrehenden Schwenk richtete sich ALC 332 aus und bremste. Das Hitzeglühen verschwand vom vorderen Rumpf. Der Navigator griff nach oben und drückte einen Hebel, der die Belüftungsluken im vorderen Bereich öffnete, und ein Schwall eisiger Luft zog durch den Laderaum, der den Rauch und Gestank vertrieb. Die Sträflinge spürten den kalten Luftstrom tief in ihre schweißbedeckten Körper eindringen. Die Bremstriebwerke gaben erneut Gegenschub.

Durch die vordere Abdeckung konnte Barcus eine weite Schneelandschaft sehen, die von den Landestrahlen des Transporters beleuchtet wurde. Dann schlug das Landungsboot krachend auf der Oberfläche auf.

»In Ordnung, Sträflinge!« brüllte der Pilot, als die hinteren Türen aufsprangen. »Raus aus meinem Schiff!« Versiegelte Container neben den Türen klappten auf, um eine Kaskade von Polymer-Munitionsblöcken auszuspucken. Die Sträflinge griffen nach ihnen, während sie aus dem Landungsboot stolperten.

38

0330, 14 Martius 6831

Legatus Cariolanus Camus verschwendete keine Zeit auf Feinheiten. Die Übertragung der Daten, die alle Verteidigungsstellungen der Rebellen und die Lage aller bekannten Breschen in der Kuppel sowie eine komplette Karte der Stadt unter dem Eis beinhalteten, schien aus dem Nichts gekommen zu sein. Der Legionär, der sie ihm brachte, war vor Aufregung gespannt, aber Camus hatte sich geweigert, die Neugier des Mannes zu befriedigen, indem er die Botschaft einfach als erwartet hinnahm. Er hatte den Übertragungsauthorisierungskode mit den Geheimdienstleuten überprüft, und sie bestätigten, daß die Kodes zu einem aktiven Agenten in den Rebellenreihen gehörten. Wie der Mann es geschafft hatte, diese Information zu erhalten und zu übermitteln, ob er gefaßt und getötet worden war, das war unwichtig. Camus hatte die Absicht, so schnell wie möglich von den Informationen Gebrauch zu machen, bevor die Rebellen bemerkten, daß ihre Pläne verraten worden waren. Als die TOG-Sträflingstruppen aus den Sturmbooten stolperten, wurden sie von den Legionären empfangen und den Panzern und Transportern zugeteilt. Andere wurden in den Tunnelkomplex und in das schmale Loch hineingetrieben, durch das die Infanterie schon einmal angegriffen hatte. Ihre Ssoran-Wächter hatten wenig zu tun und mußten nur hinter den Sturmtruppen folgen.

Der Sträflingsinfanterie war es nicht erlaubt, in irgendeinem Fahrzeug mitzufahren. Sie kämpfte in der Tradition der Panzergrenadiere vergangener Jahrhunderte, indem sie auf einem Fahrzeug in die Schlacht fuhr und am Ziel abstieg. Es war die Urform mechanisierter Infanterie, und die Sträflinge würden schwere Verluste hinnehmen müssen, aber diese Verluste waren annehmbar. Sie waren hier, um mit ihrem eigenen Blut für ihre Vergehen zu bezahlen. Der erste Horatius-Panzer lud das zugeteilte Kommando auf und machte sich zur Hauptbresche auf.

Sogar unter den Eisschollen und der Schutzkuppel konnten die Rebellen die Bewegungen der Feinde über ihnen wahrnehmen. Auf den DDPs in Karstils Zug an der Hauptbresche erblühten die roten Anzeigen, die TOG-Bewegungen anzeigten. Die zwei Liberatoren standen nahe der Bresche in derselben Stellung, die früher von MacDougalls Fahrzeugen eingenommen worden war. Die TOGs würden wissen, wo sie zu finden waren, aber sie standen auf der bestmöglichen Stellung, die verfügbar war.

Zenturio Moldine Rinter befand sich in einem Pedden nahe der Frontlinie. Der Pedden sollte seine begrenzte Feuerkraft in die Schlacht einbringen, wenn erforderlich. Die zwei der Zenturie zugeteilten Infanteriekommandos waren in den Gebäuden zu beiden Seiten der Hauptstraße aufgestellt worden, die von der Hauptbresche zum Zentrum und zum Gefechtsstand der Kohorte führte. Nun warteten die Rebellen auf das erste Feindfahrzeug, das durch die brüchige Eiswand brach, die sie quer vor die Öffnung gebaut hatten. Sie mußten nicht lange warten.

Roglund Karstil war sich der Kälte, die in seine Wangen stach, nicht bewußt. Er stand halb zwischen der offenen Luke und dem Kommando-DDP und war unwillig, seine ganze Aufmerksamkeit den elektronischen Daten zu widmen, die seine einzige Informationsquelle bildeten, bis der Kampf begann. Brennende Panzer hatten eine Menge Licht auf das letzte Gefecht geworfen, und er wußte, er würde aus der offenen Luke mehr sehen, als das DDP ihm mitteilen konnte, wenn der nächste Kampf ausbrach. Wie die meisten Panzerkommandanten, sah Karstil das DDP als nützlichen Lieferanten für rohe Daten an. Aber wenn der Kommandant wissen wollte, ob er wirklich ein freies Schußfeld hatte oder nicht, war der einzige richtige Ort oben. Panzerführer kämpften am besten, wenn sie den Elementen ausgesetzt waren, und Karstil bildete darin keine Ausnahme.

»Drei Horatius-Panzer. Entfernung 1-0-00. Fahrzeuge wenden von 5-6-00 zu 4-00. Geschwindigkeit 2-4. Zugriff nicht erfolgt. Zielmarkierung nicht möglich.« Das DDP hatte das Heranrücken der feindlichen Panzer aufgegriffen. Sie kamen den langen, abwärtsführenden Gang herab, der zur Bresche führte, aber sie waren völlig vor einem Geschütz- oder Laserzugriff verdeckt. Karstils Magen zog sich zusammen.

»Hier Drei-Eins-Sechs. An alle Drei-Eins-Einheiten. Sie kommen. Alle Schüsse auf das erste Fahrzeug, dann Ziel nach Gelegenheit angreifen.« Karstil hatte bereits solche Befehle erteilt, aber er hatte das Gefühl, mit den Einheiten in Kontakt bleiben zu müssen, bis der Feind eintraf; es war besser, als nichts zu tun. Er fragte sich, ob die Angst vor einem Kampf je weniger werden oder irgendwann einmal ganz verschwinden würde. Die anderen Liberatoren und die Viper bestätigten die Übertragung.

Der erste Horatius-Panzer brach in einem Schauer aus Eis und in einer Nebelwolke durch die Bresche; der Panzer mußte Nebel abgefeuert haben, als er auf die Wand traf. Obwohl sie den Panzer erwarteten, waren die Liberatoren, wenn auch nur einen Moment lang, überrascht.

Der Horatius-Angriff zeigte nicht die Feinheit der früheren Aeneas-Attacke. Statt sich hinter den Eiswällen zu verstecken und Gelegenheitsschüsse auf die Verteidiger abzugeben, brach er aus der Öffnung und hielt gerade auf die Stadt zu. Entweder hatte der Fahrer nicht bemerkt, daß er sich noch etwa 15 Kilometer über dem Stadtgrund befand, oder er dachte, daß die Heftigkeit der Attacke und die Stärke der Bodenpanzerung ihn retten würden.

Als der Rumpf den Rand überschritt, feuerten die wartenden Liberatoren ihre 150-mm- und 50-mm-Geschütze ab. Alle Waffen waren mit HEAP-Munition geladen, um die größtmöglichen Breschen in die Panzerung zu sprengen. Die leichteren Sachen würden durch die Löcher eindringen, die von den schweren Geschützen hineingeschossen worden waren. Als der feindliche Panzer aus dem Nebel stieß, richtete sich jeder Zielmarkierungslaser in Reichweite auf ihn; drei verschiedene Laser dechiffrierten die Schilde. Die schweren Laser der verteidigenden Liberatoren feuerten zuerst.

Karstil, dessen Liberator zentral auf der Straße plaziert war, schoß auf die Vorderseite des Panzers. Die 150-mm-Granate traf den Rumpf unter der Ummantelung des Hauptgeschützes, der 50-mm-Schuß bohrte sich hinterher. Der Laser traf als nächstes die Bodenpanzerung und brannte sich leicht hindurch. Die Steuerung des Horatius' versagte, da die Steuer- und Antriebskontrollen komplett weggeschossen worden waren. Die anderen Liberatoren griffen die Flanken des Feindpanzers an, dessen Schild- und Steuerkontrolle unter der kombinierten Feuerkraft auseinanderfiel.

Die Strafinfanterie besetzte den Turm und den Dekkenpanzer, wo sie vor dem direkten Rebellenbeschuß geschützt, aber von einer Wolke glühender Panzerfragmente eingedeckt wurden, die sich durch ihre leichten Kampfanzüge brannten. Während sie noch darum kämpften, die vom Sauerstoffmangel benebelten Hirne wiederzubeleben, hingen sie wie nutzlose Anhängsel auf dem halbzerstörten Fahrzeug. Der Panzer dröhnte über Karstils Liberator die Straße hinunter. Spentling

Crowder verfolgte ihn und wartete auf eine weitere Chance zum Schießen. Die Gelegenheit ergab sich nicht mehr.

Der völlig außer Kontrolle geratene Horatius schlug gegen die Seite eines Gebäudes, wobei die scharfkantigen Düsen des Vorderteils an dem massiven Mauerwerk entlangschrammten. Ein Funkenstrom ergoß sich in das Gebäude. Der Panzer prallte ab, und zerstörte Elektronikbauteile fielen aus dem zerrissenen Rumpf. Das Fahrzeug kreuzte die Straße, überschlug sich, und die Strafinfanteristen verloren den Halt auf dem Turm und fielen auf die Straße. Sie schlugen mit dem Klatschen überreifer Melonen, die von einem Karren fallen, auf dem soliden Straßenbelag auf.

Der Panzer traf auf ein anderes Gebäude auf der gegenüberliegenden Seite der Straße. Der Bug schob sich gegen die Längswand des Gebäudes, und Rauch und Flammen schlugen aus der zerschlagenen Unterseite hervor. Der Panzer hing einen Augenblick oben an der Wand und krachte dann hinab, um auf der Straße aufzuschlagen. Der Rumpf brach in einer schmetternden Explosion auseinander, als die Munition in der Hitze des Gravantriebs hochging. Das Gebäude stand scharf konturiert gegen den hellen Glanz des brennenden Fahrzeugs.

Andere Panzer folgten dem ersten. Die in den Straßen versteckten Liberatoren, die außer Reichweite der Bresche und unter Planen verborgen waren, solange sie unbeweglich bleiben konnten, kamen jetzt zum Schuß. TOG-Fahrzeug auf TOG-Fahrzeug stieß in den Feuergürtel. Keines wurde sofort zerstört, aber keines blieb unbeschädigt. Der Hang war mit Ausrüstung, Wrackteilen und den Leichen von Strafsoldaten übersät.

Rechts von der Zugstellung feuerten Sergeant Honor Ross und ihr Trupp über die Dachbrüstung des Gebäudes. Die Panzer kamen keine zehn Meter entfernt durch, und die Rebellen räumten die auf den Panzern hockenden Infanteristen mit Spikegewehrfeuer ab. Die Infanteristen fielen wie ein Schwarm toter Käfer auf die Straße, aber die Panzer drangen weiter vor.

Hinter den Horatius-Panzern folgten Romulus-Transporter. Camus hatte seine letzten vier schweren Infanterietransporter dem Sturmangriff beigefügt. Schwerer gepanzert als die Horatius-Panzer, wurden die Transporter sofort anvisiert, als sie durch die Bresche brachen.

»Drei-Sechs. Hier Drei-Eins-Sechs. Die Front ist zusammengebrochen, Horatius-Panzer und Romulus-Transporter sind durch.«

Karstil informierte Rinter schnell über die neue Lage. Sie wußte es wahrscheinlich schon und tat etwas dagegen, aber Karstil mußte sichergehen.

»Drei-Sechs. Roger.«

Karstil stand oben im Turm und betrachtete den Kampf von der Kommandoluke aus. Es gab für ihn nichts zu tun, als ein Auge auf die Schlacht, die um ihn wogte, zu haben. Crowder griff alles an, was er sehen konnte; zu viele Ziele boten sich ihm zu schnell dar, als daß er sich eines herauspicken und vernichten konnte. Die Front des Liberators wurde ständig durch das Licht der feuernden Geschütze beleuchtet. Gelegentlich flog eine Rakete in hohem Bogen auf den Feind zu, aber für gewöhnlich war das anvisierte Ziel bereits fort, wenn die Rakete niederging. Wenn ein feindliches Fahrzeug vorbeiflog, wurden die TVLGs mit verheerender Wirkung eingesetzt. Die Bodenpanzer des Horatius und des Romulus waren zu dünn, um einen Raketentreffer zu überstehen, und zentrale Einschläge zerstörten Steuerungskontrollen. Die Straße hinter Karstil begann sich mit brennender TOG-Ausrüstung zu füllen.

Als Karstil die Infanterie außen auf den Panzern und Transportern sah, wußte er, daß die TOGs ihre Truppen mit einer Strafeinheit verstärkt hatten. Er bemerkte auch, daß nicht alle Strafinfanteristen in dem Inferno starben. Egal, wie konzentriert und zerstörerisch der Feindbeschuß war, das Schicksal gestattete immer das Überleben einiger Infanteristen. Sie drängten sich an den Häuserfronten zusammen, suchten Deckung in den Türdurchgängen und Fensteröffnungen. Es war nur eine Frage der Zeit, bis ein Offizier oder Sergeant den ersten Sturm überlebte und das Kommando ergriff. Sobald das geschah, würden Karstil und seine Panzer in die Klemme geraten. Karstil spürte, daß diese Zeit nun gekommen war.

Karstil sah eine Gestalt an der Vorderseite seines Panzers vorbeijagen und dann in den tiefen Schatten verschwinden. Andere folgten. Er ließ sich in den Panzer fallen, um sich ein Tekara-Spikegewehr aus der Halterung neben Crowder zu schnappen. Beim Ausstieg aus der Kommandoluke schickte er einen schnellen Schuß in die Dunkelheit und duckte sich wieder. Keine Antwort. »Drei-Eins. Hier Drei-Eins-Sechs. Feindliche Infanterie in meiner Stellung. Bin im Ausguck. Verteidigt eure Panzer.« Er hob sich über die Brüstung und schoß wieder. Diesmal antwortete ein Spikestrahl aus seiner Zielregion, der von der Turmkuppel und dem Vulkangehäuse absprang. Karstil duckte sich wieder. Panzerführer wurden dazu ausgebildet, nötigenfalls als Infanteristen zu kämpfen, aber das war keine Kriegsführung nach seinem Geschmack. Viel zu persönlich.

»Boots. Fertigmachen zum Zurückziehen.«

»Fertig, wenn Sie es sind, Chief.«

So, der »Sir« war zum »Chief« geworden. Gut. Keine Zeit, darüber zu diskutieren. »Jetzt.« Er schoß eine weitere Ladung in die Dunkelheit.

»Spent. Ich übernehme die Kontrolle auf dem Turm.«

»Sie gehört Ihnen.«

Karstil schwenkte das Hauptgeschütz auf den Fleck,

von dem die Spikes gekommen waren. Infanterie mit der 150-mm-Kanone zu beschießen war Munitionsverschwendung, aber die Infanteristen mußten unbedingt ausgeschaltet werden. »Lade HEAP.« Er wollte nicht bei ihnen anklopfen, er wollte sie vernichten.

»Fertig.«

Karstil drückte den Feuerknopf, und das Hauptgeschütz blitzte auf. Das Geschoß traf hoch, wie Karstil es beabsichtigt hatte. Die Detonation ließ riesige Mauerwerkteile auf die Straße krachen. Wenn es Infanterie in der Nähe gegeben hatte, so würde sie zumindestens tief entmutigt sein.

»Richtschütze. Sie haben die Turmkontrolle.«

Eine TVLG traf gegen den hinteren Teil des Liberators, und Karstil drehte sich rechtzeitig um, um zu sehen, wie sich jemand in dem fünfzig Meter dahinter liegenden Türdurchgang verbarg. »Stop!« Der Liberator erzitterte, als Boutselis den vollen Vorwärtsantrieb einsetzte, um auf den Hinterhalt zuzusteuern.

Karstil stand in der Kommandoluke und legte den Spikekarabiner auf den Türdurchgang an. Wenn der TOG wieder auftauchte, würde er eine kleine Überraschung für ihn haben.

Eine weitere TVLG flog auf den Liberator zu, aber diesmal von der anderen Straßenseite. Karstil wechselte das Ziel, aber als er die Abschußstelle ausmachte, war der Mann bereits fort. Das Vulkan-Raketenabwehrsystem summte, und die TVLG zerbarst in Stücke, bevor sie einschlug. Karstil wußte, daß er eine verlorene Schlacht schlug. Solange es mehr als ein TVLG-Raketensystem in der Straße gab, konnte er nie herausfinden, wer als nächstes feuerte. Er konnte eventuell einen oder mehrere ausschalten, aber sie würden ihn schließlich erledigen, wenn den Infanteristen nicht die Raketen ausgingen. Er saß zwischen den feindlichen Panzern, die die Bresche hielten, und der Infanterie auf der Straße dahinter in der Falle.

Eine weitere TVLG flog dem Liberator entgegen und schlug in die Straße neben den Panzer. Die Strafinfanterie schoß zwar ohne Zielhilfe, aber wenn sie einmal eine Salve koordinierten, wären seine Schilde und das Vulkan-System überlastet. Karstil feuerte stetig auf alles, was sich bewegte. Ein schwerfälliges Fahrzeug erschien aus der Dunkelheit. Seine Fahrbeleuchtung war voll angeschaltet und tauchte die Gebäude in blendendes Licht. Die Infanterielaser auf dem Bug sandten ihr Feuer in die TOG-Stellungen. Jede Seite des Fahrzeuges wurde von Rebelleninfanterie gedeckt, die einen ständigen Strom von Spikes in die Fensteröffnungen schoß. Straftruppen, die mit Licht, Feuer und Granaten aus ihrer sicheren Stellung aufgescheucht wurden, begannen mit erhobenen Händen aufzutauchen. Ein paar versuchten, den kombinierten Rebellenangriff zu bekämpfen, aber ihre Lage war hoffnungslos. Moldine Rinter hatte die Reserve eingesetzt, um die Situation zu klären.

39

0415, 13 Martius 6831

Rinters Gegenangriff an der Hauptbresche hatte die Flut gewendet. Die Hundertschaftszentralen, die mit den bereits ausgesetzten zwei Infanterietrupps verstärkt worden waren, trieben die letzten Infanteristen der Strafeinheit zusammen. Die Horatius-Panzer und Romulus-Transporter, die noch einsatzbereit waren, traten einen hastigen Rückzug an, als sich ihre Infanterieunterstützung auflöste. Der letzte Horatius zog einige Gravdüsen seiner beschädigten Unterseite hinter sich her, schaffte es aber nicht den Steilhang hinauf. Die Liberatoren, die nicht länger zu viele Ziele vor sich hatten, konzentrierten sich auf den beschädigten Panzer. Panzerung wurde zu Schrott zertrümmert, und das Fahrzeug verwandelte sich in ein glühendes Wrack, das im Eis schmolz.

Die Rebellen bejubelten ihren Sieg, aber ihre Stimmung wurde plötzlich von einer rumpelnden Explosion irgendwo im Umkreis gedämpft. Die zweite Phase des Angriffs hatte begonnen. Das Krachen des 150-mm-Geschützes und das helle Knattern seiner 50-mm-Verwandten hallte in der Stadt wider.

Karstil lauschte den Berichten, die über den Führungskreis der Kohorte an den Kohortengefechtsstand abgesetzt wurden. Leichtere Fahrzeuge griffen fern der Hauptbresche an, überwiegend Aeneas-Panzer und Lupis-Transporter. Diese TOG-Fahrzeuge waren leichter zu zerstören, aber ihre Kommandanten waren vorsichtiger. Die Strafinfanterie drang zu Fuß unter dem Schutz von Raketen und Nebel auf die verteidigenden

Panzer ein. Die feindlichen Panzerfahrzeuge schlüpften hinter diesem Schirm herein, um Stellungen in der Stadt einzunehmen.

Der normalerweise ruhige Klang von Jamie MacDougalls Stimme wurde immer eindringlicher, als er die verlorenen Stellungen und Fahrzeuge meldete. Zwei seiner Liberatoren meldeten sich nicht mehr, und Karstil konnte einen schaurigen Schimmer ausmachen, der von Jamie MacDougalls Stellung kam. Das konnten nur brennende Panzer sein. »Boots, fertigmachen, auf mein Kommando aufzubrechen. Drehen Sie das Ding herum, während wir warten.«

»Roger.« Es gab eine längere Pause auf dem Comm. Dann: »Das ist kein Ding, Sir. Sie müssen dieses Fahrzeug mit Respekt behandeln.«

Gescholten von einem Triarius, dachte Karstil. Er öffnete seinen Mund zu einer Erwiderung, besann sich dann jedoch eines Besseren. Boutselis und Crowder würden all ihr Glück brauchen, um diesen Kampf zu überleben. Es lag ihm fern, eine ihrer Überzeugungen herabzusetzen. Er sah hinunter zu Triarius Spentling Crowder, der hinter den Kontrollen seines Waffenaufgebotes klemmte. Er sah erwartungsvoll zu seinem Panzerkommandanten hinauf. »Entschuldigung, Jungs. Es ist ein Panzer. Ich werde es von jetzt an einen Panzer nennen.« Crowder lächelte und wandte sich wieder seinen Anzeigen zu. Der Liberator richtete sich in der Straße aus.

MacDougalls Berichte wurden zunehmend verzweifelter. Die Strafinfanterie trieb ihn zurück. Er rief um Hilfe, und Harras führte seinen Liberator und zwei Pedden ins Gefecht. Die Führungsgruppe der Kohorten konnte die Flut aufhalten, aber nicht abwenden.

Moldine Rinter kletterte auf die Frontkuppel von Karstils Liberator. »MacDougall braucht Hilfe«, sagte sie. Karstil nickte. »Sie sind der einzige, den ich entbehren kann. Nehmen Sie einen Infanterietrupp und brechen Sie zu seiner Stellung auf. Können Sie das bewerkstelligen?«

Karstil sah auf seinen Panzer. Große Teile der hinteren Panzerung hingen herab. Der Ballistikschutz schaute an zwei Stellen durch, wenn auch die Keramikschicht nicht verbrannt war. Er zeigte auf den Schaden. »Ich bin in Ordnung, solange niemand hinter mich gerät.« Rinter lächelte. »Die Infanterie wird das zu verhindern wissen. Sie wird bei ihnen mitfahren.«

»Sie haben kein Fahrzeug?«

»Nicht mehr«, antwortete Rinter. »Es ist für Ersatzteile ausgeschlachtet worden.«

»Werden Sie das Kommando befehligen?«

»Nein«, sagte sie, »aber ich werde Ihnen eine Infanteristin, die ebensogut ist, mitgeben.« Sie gab einen scharfen Befehl, und ein Trupp kam aus der Deckung eines nahen Gebäudes. Das Kommando kletterte an der Front und an den Seiten des Liberators hinauf und nutzte die Haltemöglichkeiten ohne Rücksicht auf den Platz, den der Richtschütze brauchte, um die Waffensysteme benutzen zu können. Die Soldaten verteilten sich über jede Wölbung, blockierten die Sicht des Hauptgeschützes, das Vulkan-Raketenabwehrsystem und den Turmwendekreis.

Karstil wurde von einem dieser Soldaten angesprochen. Eine riesige spinnenähnliche Gestalt trippelte über die Kuppel und verharrte vor dem Turm. »Archon Divxas, zu Ihren Diensten«, schnarrte der Fremde. »Ich hoffe, Sie werden es nicht unverschämt von mir finden, wenn ich eine Bemerkung über den Zustand Ihres Fahrzeuges mache.« Karstil starrte den Spinnenmenschen mit offenem Mund an. Nicht, weil sich das Geschöpf so geschraubt ausdrückte, sondern weil es überhaupt mit ihm sprach. »Was?«

Der Spinnenmann setzte zu einer Erklärung an, als ihn die Truppführerin unterbrach.

»Archon!« sagte die Stimme. »Sei still und halt dich fest.«

Karstil wirbelte herum, um die Truppführerin anzusehen, als sie zum Turm kletterte. Sein Mund öffnete sich, schloß sich. Öffnete sich wieder. »Du!«

»Sir?« Der Sergeant sah zu ihm auf. Die Truppenführerin und der Panzerkommandant starrten sich einen Moment lang überrascht an. Honor Ross fühlte, wie ihr Herz einen Sprung machte. Sogar mit dem durch mehrere Tage alten Bartwuchs veränderten Gesicht erkannte sie Optio Roglund Karstil sofort wieder. Sie fühlte, wie ihr das Blut ins Gesicht schoß. »Roglund! Ich meine Karstil. Ich meine Sir.« Sich plötzlich bewußt werdend, was sie faselte, schloß sie den Mund.

»Ross?«

»Ich wußte nicht, daß du hier bist. Ich hoffte ...«

»Hofftest?«

»Ich wollte sagen ...«

Karstil schnitt ihr das Wort ab. Er wurde plötzlich von Gefühlen übermannt und kämpfte darum, die Beherrschung zurückzugewinnen. Unfähig zu verstehen, was er fühlte, zog er sich auf die Berufsebene zurück. »Wir haben einen Auftrag zu erfüllen, Sergeant. Machen Sie Ihre Leute bereit.«

Ross fühlte sich wie ein Kind, das zur Strafe für etwas geschlagen worden war, was es nicht getan hatte. Sie konnte in seinem Gesicht keine Spur entdecken, daß er sich überhaupt an ihr gemeinsames Abenteuer während des letzten Einsatzes auf Alsatia erinnerte. Die Farbe wich ihr aus dem Gesicht, und sie antwortete mit soviel Würde, wie sie aufbringen konnte. »Jawohl, Sir!«

Karstil beobachtete, wie Ross ihre Soldaten vom Turm scheuchte und ihnen andere Plätze zuteilte. Sie war professionell, und er wollte ihr sagen, daß er sie respektierte. Er wollte ihr eine Menge mehr sagen, aber er hatte das Gefühl, bereits etwas Falsches gesagt zu haben, und er wollte diesen Eindruck nicht noch vertiefen. »Losfahren.«

Der Liberator, der seine Infanterielast trug, schwebte die Straße hinunter. Sie erreichten den Gefechtsstand der Kohorte und wandten sich nach links dem Gefechtsgeschehen in MacDougalls Stellung zu. Honor Ross saß hinter dem Turm, weniger als eine Armeslänge hinter dem Panzerkommandanten. Sie war versucht, ihre Hand auszustrecken, um Karstil zu berühren, aber sie hielt sich zurück. Er hatte ihr Wiedersehen so abrupt abgeschnitten, daß sie entschieden hatte, ihn den nächsten Schritt machen zu lassen. Sie war bereit, ihm auf halbem Wege entgegenzukommen, aber wirklich nur auf halbem Weg.

Die Straße wurde von brennenden Fahrzeugen hell erleuchtet. Ein Liberator, dessen Turm aufgeplatzt war, blockierte den Durchgang. Dahinter lag ein ebenfalls zerstörter Lupis-Transporter. Leichen lagen über den Weg verstreut; zerbrochenes Spielzeug, das von einem Riesen weggeworfen worden war. Karstil beauftragte den Fahrer, langsam genug zu fahren, daß der Gravantrieb wie eine riesige Pflugschar agierte. Die Gefallenen wurden von dem Druck sanft zur Seite geschoben, als der Panzer herankam. Karstil wußte nicht, welcher Seite die Toten angehörten, aber sie waren Menschen. Sie verdienten Respekt. Er sah, wie die Infanteristen auf dem Panzer fortblicken. Diese zerbrochenen Spielzeugfiguren hätten auch sie sein können.

Mehr als nur ein Panzerkommandant hatte darüber sinniert, daß Infanteristen eine merkwürdige Brut waren. Sie stellten sich bewußt schrecklichen Entbehrungen und ertrugen gräßliche Bedingungen, um im Gegenzug nur eine warme Mahlzeit, ein trockenes Bett und Ehre im Tod zu erhalten. Sie waren bereit, gegen jede Übermacht anzutreten, weil ihre Offiziere ihre Entbehrungen teilten. Der erste und beste Offizier war Julius Caesar gewesen, die Symbolfigur des alten Rom.

Laut der Legende hatte er nie besser gegessen oder geschlafen als die, die er führte. Karstil wußte, daß diese Tradition sich nicht geändert hatte.

»Laß uns hier runter«, forderte Ross über das Commlink. »Ich möchte auf diesem Ding lieber nicht noch näher an den Kampf heranfahren.«

»Das ist kein Ding, Sergeant! Das ist ein Panzer!« wies Karstil sie zurecht.

»In Ordnung. Dieser Panzer. Aber ich möchte trotzdem hier absteigen.«

Der Liberator bremste auf ein stationäres Ein-Meter-Schweben ab. Die Infanteristen glitten über die abfallenden Seiten hinab und taumelten auf die Straße, wobei sie sich steif bewegten. Der Spinnenmann – Karstil wußte, daß die Kreatur Baufrin genannt wurde, aber sein Verstand konnte nicht an der spinnenartigen Erscheinungsform vorbei – blieb vor dem Turm stehen. »Ein sehr erfreuliches Zusammentreffen, mein guter Freund. Danke für den Transport.«

Ehe Karstil antworten konnte, war der Spinnenmann fort und gesellte sich dem Infanteriehaufen zu, der an der Flanke des Panzers versammelt war. Karstil hielt nach Ross Ausschau, aber sie war schon am Heck hinabgeglitten.

»Boots, fahr langsam. Halte die Infanterie bei uns.« Der Panzer schwebte voran, und die Infanterie schwärmte mit den Waffen im Anschlag hinter ihm aus.

»Zwei-Sechs. Hier Drei-Eins-Sechs.« Karstil rief MacDougall, um ihn wissen zu lassen, daß Hilfe unterwegs war. »Ich erreiche Ihre Stellung von hinten. Ich habe gerade einen brennenden Liberator und einen toten Lupis passiert.«

»Roger, Drei-Eins-Sechs. Das ist die Position, bis zu der feindliche Kräfte vorgedrungen sind. Der Liberator gehörte zur Großen Sechs.« MacDougalls Stimme klang nicht mehr so belegt wie das letzte Mal, als Karstil sie gehört hatte. Der Kampf schien einen besseren

Verlauf zu nehmen. »Sie werden einen kleinen Tempel erreichen, Drei-Eins-Sechs. Da sitzt ein Haufen Sträflinge mit einem Lupis-Transporter drin. Wenn Sie sich mit denen beschäftigen könnten, würde ich das begrüßen. Sie halten meine Führungsgruppe über den Hof auf ihrer rechten Seite fest.«

»Hier Drei-Eins-Sechs. Verstanden.« Karstil bestätigte den Befehl und schaltete auf seinen Zugführungskreis um. Er gab die Information über die feindliche Stärke an Ross weiter, und sie führte ihr Kommando sofort durch ein Labyrinth aus Häusern auf der rechten Seite. Während er sie gehen sah, den Spinnenmann direkt hinter ihr, dachte er über die Information nach, die MacDougall ihm gegeben hatte: Die Sträflinge waren weit in seine Stellung eingebrochen, und der zerstörte Liberator auf der Straße gehörte Milton Harras. Er war zu müde und durchgefroren und hungrig, um Wut oder Trauer zu empfinden; er fühlte nur eine überwältigende Erschöpfung.

»Drei-Eins-Sechs. Hier Drei-Eins-Eins.« Ross hatte das Rufzeichen von Karstils Zug übernommen und bezeichnete sich selbst mit dem Anhängsel ›1‹.

»Der Tempel ist wirklich solide gebaut. Der Lupis befindet sich weit außen rechts. Sie werden keinen Schuß darauf abgeben können. Mir fehlen TVLGs, aber wenn Sie einige Schüsse auf das Mauerwerk abgeben könnten, wird sie das in Bewegung setzen, schätze ich. Ich werde mein Feuer zurückhalten, bis sie ausbrechen.«

Sicher, dachte Karstil. Ich werde mein Hinterteil auf die Straße hinausstrecken und ein paar Schüsse abfeuern, »um sie in Bewegung zu setzen«, während du dich in den Gebäuden versteckst. Großartig. »Spent. Lade ADPS. Wir steigen in das Geschäft der Stadtsanierung ein.«

»Sie bekommen es, Sir. ADPS geladen.« Spentling Crowder berührte den Schirm des Gefechtscomputers und nahm die neue Munition auf. »Bereit, wenn Sie es sind.«

»In Ordnung. Boots. Laß deinen Panzer weit genug herangleiten, daß wir einen Schuß auf diesen Tempel abgeben können, aber werde nicht zu mutig. Ich möchte lieber nach Hause fliegen als laufen.« Der Liberator kroch vor, wobei sein Heck nach links schwenkte, um dem Tempel mit seiner Vorderpanzerung gegenüberzutreten. Karstil bedauerte augenblicklich, daß die Hauptwaffe des Panzers auf der rechten Seite des Turms angebracht war. Wenn die Waffe auf der linken Seite gewesen wäre, hätte er feuern können, ohne den ganzen Panzer zu exponieren.

»Erfaßt!« rief der Richtschütze, als er das Fadenkreuz auf dem Gebäude hatte.

»Feuer!«

»Unterwegs.«

Das 150-mm-Geschütz krachte, sofort gefolgt von der 50-mm-Kanone und den 5/6-Lasern. Bei dieser extrem kurzen Reichweite wurde der Mündungsknall fast sofort von der Explosion der Einschläge übertönt. Mauerwerk regnete auf den kleinen Platz herab, der vor dem Gebäude lag. Noch bevor der Staub sich gesetzt hatte, feuerten die Geschütze und der Laser noch einmal. Die Mauern der umgebenden Häuser bebten. Es gab keine Feuererwiderung. Ich wette, da ist gar keiner drin, dachte Karstil. Sie haben sich wahrscheinlich schon woanders hinbewegt.

»Wollen Sie, daß ich weiterschieße?« fragte Crowder, der die Staubwolke betrachtete, die von der Flanke des Tempels aufstieg. »Ich kann nicht sagen, ob wir überhaupt schon einen Schuß in den Platz hineinbekommen haben.«

»Nimm ein paar mehr. Wir bezahlen zwar nicht für die Munition, aber wir sollten wahrscheinlich versuchen, etwas von dem Zeug für die Zukunft aufzubewahren.« Karstil hätte fast ›wenn es eine Zukunft gibt‹

hinzugefügt, aber er entschied, daß die Crew seine negativen Gedanken nicht zu hören brauchte. Das 150-mm-Geschütz röhrte wieder, und weitere Stücke brachen aus dem Gebäude.

»Sie kommen heraus!« Ross' Report folgte das scharfe Stakkato des Spike-Gewehrfeuers. Ströme von Leuchtspurgeschossen schossen aus den Mauern, die den Platz umgaben. Eine lange Reihe winziger Eisfontänen zeichnete einen Pfad über das Eis. Karstil erhaschte einen flüchtigen Blick auf eine Bewegung im Gebäude. »Lupis-Transporter bewegt sich fort«, informierte ihn Ross.

»Fahrer, vorwärts Marsch!« Der Liberator preschte zum Tempel. »Nach links halten. Blockiere das Infanteriefeuer nicht.« Der Panzer drehte sich, um an der gegenüberliegenden Seite des Tempels vorbeizukommen.

»Richtschütze. HEAP laden. Waffen übernehmen.«

»Lupis-Transporter. Entfernung 2-00. Kurs 6-5-0. Bewegt sich links auf 6-0. Ziel identifiziert. Erfassung nicht erfolgt; Ziel von Gebäude verdeckt.«

Karstil brauchte das DDP nicht, um zu wissen, daß der Lupis-Transporter dabei war, direkt vor ihm aus der Deckung zu brechen. Auf diese Entfernung war der Zielmarkierungslaser fast überflüssig.

»Richtschütze. Keine Raketen. Nur Geschütz und Laser.«

»Roger. Nur Geschütz und Laser. Habe Kontrolle über die Waffen.«

Der Lupis-Transporter, auf dem sich Strafinfanteristen ans hintere Deck klammerten, rauschte aus der Deckung. Die zwei Geschütze und der Laser des Liberators feuerten gemeinsam. Crowder lernte sein Fach. Karstil fühlte den Turm einen Herzschlag lang zwischen dem Abfeuern der 150-mm-Kanone, der Detonation der 50-mm-Kanone und dem Heulen der Laser leicht hüpfen. Da die Waffen an gegenüberliegenden Seiten des Turmes angebracht waren, lagen die Schüsse der Waffen den Bruchteil einer Sekunde auseinander. Crowder feuerte die Hauptwaffe, bewegte dann den Turm leicht nach rechts, damit das 50-mm-Geschütz und die Laser dieselbe Stelle trafen. Er wurde allmählich gut darin.

Der Transporter hielt plötzlich und schien etwa 200 Meter entfernt in der Straße zu hängen. Dann wurde er von Flammen eingehüllt. Als seine Munition explodierte, schlug er gegen ein Gebäude. Der heftige Zusammenstoß warf den von den Einschlägen abgerissenen Turm gegen die Mauer. Dann fiel der Rumpf auseinander, die Infanterieluken und Gravdüsen flogen von der glühenden Masse fort. Eine der Luken prallte von der Turmpanzerung des Liberators ab und verschwand in der Dunkelheit.

Ross' Trupp erschien und trieb drei eingekreiste Soldaten der Strafeinheit vor sich her. Die Soldaten machten betretene Gesichter und hielten die Hände im Nacken verschränkt. Sie hielten sich weit von dem Spinnenmenschen entfernt, der verschiedene Waffen in seinen diversen Armpaaren trug. Die vier Überlebenden des Rebellentrupps, der Ross' Leuten folgte, trugen ihre eigenen Verwundeten und Toten.

40

0700, 13 Martius 6831

Die TOG-Offiziere, die um den Kartentisch im Pompey-Gefechtsstand zusammengekommen waren, bildeten eine traurige Gruppe. Legatus Cariolanus Camus, Kommandeur der Kohorte, die ursprünglich ausgesandt worden war, um den Rebellenverband zu zerstören, hatte zusehen müssen, wie seine Kohorte dezimiert wurde. Er hatte gerade noch genug Fahrzeuge, um eine vollbesetzte Zenturie zu organisieren: drei Horatius-Panzer, drei Romulus-Transporter, vier leichte Aeneas-Panzer und drei leichte Lupis-Infanterietransporter.

Die Infanteriebesetzung war etwas besser; vor allem, weil er die 356. Straf-Auxilia in die jüngste Schlacht geschickt hatte.

Die Auxilia-Kommandeure waren in besserer Stimmung. Legatus Maximus Rocipian Olioarchus hatte die Umlaufbahn um Caralis mit 2500 Kampfsoldaten verlassen. Über 500 waren im Anflug geopfert worden, als Köder benutzt und bei dem Wiedereintritt in die Atmosphäre verbrannt. Weitere Soldaten starben im Orbit um Rock Wall an Sauerstoffmangel, aber diese Verluste waren Teil des Plans. Schätzungsweise 1600 Soldaten waren am Pol gelandet. Die erste Attacke, besonders der schlecht geplante Angriff an der ersten Bresche, war verlustreich gewesen. Mehr als 500 Soldaten waren tot, verwundet oder vermißt. Schlechte Zahlen, aber sicherlich nicht niederschmetternd. Die Ssoran-Wächter hatten die Nachzügler zusammengetrieben, und alle Kohorten meldeten wieder Kampfbereitschaft. Nun brauchten sie nur einen guten Plan.

Zenturio Marmoreus Patrius war froh, Zenturio Miles Stratton zu sehen, den Operationsoffizier der Straf-Auxilia. Anders als die Offiziere in den Strafkohorten und -zenturien waren die Auxilia-Kommandeure Stratton und Olioarchus keine Kriminellen. Ihre Zuteilung zur 356. war eine Belohnung für exzellente Dienste und ein Sprungbrett für höhere Kommandos. In den höheren Rängen des TOG-Kommandos dienten mehr Straf-Veteranen als in allen anderen Dienstabteilungen. Erfolg als Kommandeur oder Stabsoffizier einer Strafeinheit war ein sicherer Weg zu höheren Kommandos, und Penal-Kommandeure waren fast überall erfolgreich. Patrius hielt die Verbindung zu Stratton und Olioarchus für eine hervorragende Gelegenheit, seine eigene Karriere voranzutreiben.

Präfekt Claudius Sulla befand sich ebenfalls im Pedden. Sein Status als Beobachter bei Camus' Kommando näherte sich offensichtlich dem Ende. Die Kohorte war so schlecht geführt worden, daß sie nun nur noch namentlich existierte. Aber als der Repräsentant von Brigadegeneral Drusus Arcadius, dem Planetarischen Kommandeur, war seine Stellung mit der Ankunft der Straf-Auxilia letzthin wichtiger geworden. Jeder Sieg, den die Auxilia und die Kohorte als kombinierter Verband erzielten, würde seiner Ehre zuträglich sein. »Meine Freunde, wir müssen die Rebellentruppe wie ein rohes Ei behandeln. Wir haben versucht, sie zu zerbrechen, aber es ist unmöglich, ein Ei in der Hand zu zerbrechen. Wir müssen einen kräftigen Schlag ausführen, um die Schale zu zertrümmern.«

Camus und Olioarchus sahen einander über den Tisch hinweg an. Sullas merkwürdiger Vorschlag war interessant, aber sie hatten bereits einige scharfe Schläge ausgeführt, und alles, was sie als Ergebnis vorzeigen konnten, waren zerstörte eigene Fahrzeuge und eine lange Verlustliste.

»Der Vergleich mit einem Ei«, sagte Patrius, »ist gut gewählt, zumal die Kuppel über der Stadt ähnlich aussieht. Aber was wir tun müssen: sie zu einem Blasei machen.«

Die anderen Offiziere starrten Patrius an. »Was, wenn ich fragen darf«, schnarrte Camus, »ist ein Blasei?«

»In meiner Jugend«, erklärte Patrius, seinen kommandierenden Offizier nicht beachtend, »pflegten wir zu bestimmten Festen Eier als Geschenke zu bemalen. Dauerhafte Dekorationen wurden durch das Ausleeren des Eiinneren geschaffen, damit sie nicht faulten. Zwei kleine Löcher wurden auf jeder Seite in die Schale gebohrt. Wir durchstachen die innere Membran und das Eigelb, dann bliesen wir in eines der Löcher hinein. Das Innere des Eis floß aus dem anderen Loch. Durch diesen Prozeß erhielten wir ein unbeschädigtes hohles Ei und wir konnten den Eierinhalt essen. Ich denke, wir können dasselbe Prinzip auf unsere Rebellenfreunde anwenden.«

»Machen Sie weiter«, sagte Sulla. Er war ein bißchen ärgerlich, daß seine Idee von einem harten Schlag so schnell abgelehnt worden war, aber er war erfreut, daß seine Eier-Analogie genutzt wurde.

»Die Rebellen sind wie das Innere eines Eis. Wir haben versucht, an sie heranzukommen, während sie sich noch in ihrer Schale befanden.«

Patrius erwärmte sich an seinem Thema. »Was wir tun müssen: die Rebellen aus ihrer Schale und in unser Feuer treiben. Wir müssen die Rebellen an die Oberfläche treiben, durch Überredung oder einen Trick.«

Ihm fiel nichts mehr ein. Er hatte keine Ahnung, wie sich das Ganze zu einem Aktionsplan umgestalten ließ, aber er hatte eine Idee präsentiert, die sich gut anhörte.

Solange die Rebellen unter dem Eis blieben, besaßen sie alle Vorteile. Die TOG-Truppe mußte sie herausbekommen, um sie besiegen zu können.

Olioarchus schlug mit der Faust auf den Tisch. »Eine perfekte Idee. Absolut brillant!« Er zeigte auf die Karte. »Wir lassen den Rebellen einen Weg zur Oberfläche. Diese Bresche ist ausgezeichnet. Sie ist breit genug, um alle ihre Fahrzeuge aufzunehmen, und sie kennen sie genau. Wir ziehen uns zurück, als müßten wir unsere Truppen konsolidieren, lassen nur einige leichte Truppen zur Beobachtung zurück. Die schwere Ausrüstung können wir einen ganzen Kilometer zurückziehen. Sie werden unsere Reihen nicht entdecken, bevor sie die Oberfläche erreichen, und dann wird es zu spät sein. Das schont Camus' Kohorte. Meine Infanterie wird durch die Bresche eindringen, die wir zuvor benutzt haben, wie auch die kleinere, die wir noch nicht ausprobiert haben. Wir werden den Feind auf die Hauptbresche zutreiben. Sie werden keine andere Wahl haben, als dorthin auszuweichen. Und sobald sie erscheinen«, endete er, sich die Hände reibend, »können wir sie auf unserem Feuer kochen.«

Milton Harras schwang seine vor Schmerz pochenden Füße vom Behandlungstisch. Plastohaut bedeckte seine Verbrennungen und ermöglichte ihm das Laufen. Wanken war zur Zeit der bessere Ausdruck. Kelton Hess hatte die Beine mit lokalen Schmerzmitteln vollgepumpt, um den Schmerz zu betäuben, aber die Drogen hinderten Harras auch daran, den Boden zu spüren. Er mußte seine Füße beobachten, um sie dazu zu bringen, das zu tun, was er von ihnen verlangte.

Aber selbst die Schmerzmittel konnten sein Unbehagen nicht erleichtern. Sein Kopf war angefüllt mit einem ständigen Klopfen, das Harras an die Zerstörung des Panzers erinnerte.

Sein Liberator war mit TVLG- und SMLM-Treffern

eingedeckt worden. Zu viele Raketen für das Vulkan-System waren vom Lupis-Transporter und der feindlichen Infanterie gleichzeitig in die Luft gebracht worden. Der Panzer war zerschlagen worden. Die Hauptwaffe war zerstört, der Fahrer getötet und die äußere Hülle so viele Male durchbohrt worden, daß die unbeschädigte Panzerung regelrecht von den Keramikschilden abgezogen wurde. Dann hatte der Panzer gebrannt. Harras hätte unbeschadet aus dem Fahrzeug herauskommen können, aber er hatte versucht, dem verwundeten Richtschützen aus dem Turm zu helfen. Der Mann war gerade über die Seite gerutscht, als der Turm in Flammen aufging, und selbst Harras' feuerfeste Kampfuniform konnte ihn nicht gegen die schmelzende Hitze schützen.

»Nun«, sagte Harras, der seine tauben Füße vom Tisch baumeln ließ. »Wie ist die Lage?«

Seine überlebenden Offiziere standen um ihn herum. Rinter kommandierte noch, was von der Reservezenturie übriggeblieben war, aber mit nur einem Liberator und zwei Pedden war das nicht mehr viel. Jamie MacDougall hatte noch zwei Panzer, einen Infanterietransporter und seinen anscheinend unverwüstlichen Wolverine. Matruh, dessen Gesicht und Arme ebenfalls mit Plastohaut verbunden waren, kommandierte nur noch einen Liberator und zwei Vipern. Karstil und Stone waren auch anwesend. Braxton Sloan, der Pionier, und Rand, der frühere Kommunikationsspezialist und jetzige Führer der Stabsgruppe, machten den Stab komplett.

Moldine Rinter sprach als erste. »Nicht gut, fürchte ich, Milt. Wir haben viel Ausrüstung verloren, aber das weiß du schon. Wir haben schlimmere Probleme. Hess kann in fachkundigerer Weise über den Zustand der Männer reden, und der ist nicht gut. Einsatztechnisch gesehen, haben wir keinen Boden bei der letzten Attacke preisgegeben. Aber wir werden nicht in der

Lage sein, ihn bei der nächsten Attacke wieder zu halten. Wir müssen Hilfe bekommen, oder es wird nur noch einen einzigen Kampf geben. Die TOGs erhielten große Verstärkung. Die Infanterie, die wir hinausgetrieben haben, bestand aus Straftruppen. Sie werden sie als Kanonenfutter verwenden, aber sie haben genug, um uns allmählich aufzureiben. Sie haben wahrscheinlich ein Regiment abgestellt – dann gibt es mehrere Tausend von ihnen.«

»Die Männer sind erschöpft«, nahm Hess den Bericht auf, »und die Kälte trifft jeden Soldaten hier unten. Sie wissen, der menschliche Körper ist ein wunderliches Ding. Sie können ihn zwingen, alle möglichen Dinge zu tun, und er wird weiterfunktionieren. Sie können ihn mißbrauchen, ihn auskühlen, ihm Angst einjagen. Er kann so viele Härten ertragen. Aber Sie müssen ihn ernähren. Nahrung ist besonders wichtig, wenn es kalt ist, und bei Temperaturen wie diesen ist sie lebensnotwendig. Wir müssen den Wind nicht länger ertragen, aber bei minus 70° Celsius verliert der Körper eine große Menge an Wärme. Um das zu kompensieren, müssen Sie dem Ofen Brennstoff zuführen. Der durchschnittlich aktive männliche Erwachsene verbrennt zwischen 2500 und 3000 Kalorien am Tag. Bei minus 70 wird der Kalorienbedarf fast verdoppelt. Die Soldaten konsumieren gegenwärtig weniger als 2000 Kalorien. Sie sind buchstäblich dabei zu verhungern.«

»Was können wir tun?« Die Sorge um seine Männer sprach aus Harras' Stimme. Er wußte genau, wie sich die Soldaten fühlten, da auch er auf reduzierte Ration gesetzt war. Hess schürzte gedankenverloren die Lippen. »Milt, die Stadt war nicht verlassen. Die Leichen, die wir gefunden haben, waren soweit gesund, aber sie scheinen aufgegeben zu haben. Sie trugen alle ihre besten Kleider, nur um auf den Tod zu warten. Sie müssen ziemlich stoisch gewesen sein, um so abzugehen.

Ich nehme an, daß sie gefroren sind, nachdem sie tot waren. Wenn das der Fall ist, haben sie vielleicht auch Nahrung zurückgelassen. Alles, was wir tun müssen, ist, sie zu finden. Die intensive Kälte wird das meiste davon erhalten haben.«

»Wie steht's damit, Braxton?« fragte Rinter, offensichtlich von der Idee fasziniert. »Haben Sie etwas gesehen, das wie ein Vorratslager aussah?«

»Nicht eines«, sagte der Pionier. »Die Stadt war wie leergefegt.«

»Es gibt da noch eine Möglichkeit«, warf der Doktor ein. »Ich habe einige Zeit bei den Naram verbracht, und das hier ist offensichtlich eine Naramstadt. Sie pflegten Nahrung unter ihre Tempel zu legen. Natürlich war das, was ich sah, nur eine Geste, um sie an die schlechten Zeiten in ihrer Vergangenheit zu erinnern. An einem so alten Ort wie diesem hier haben sie das vielleicht ernsthaft betrieben. Es wäre einen Versuch wert.«

»Richtig«, meinte Harras. »Braxton, wenn Sie nicht etwas Wichtiges für uns haben, warum gehen Sie dem nicht gleich nach?«

Braxton Sloan nickte. Er hatte der Konferenz nichts hinzuzufügen und brach auf. Tatsächlich hatte niemand etwas beizusteuern. Die Diskussion sank zu einem leeren Gespräch über die Handlungsoptionen ab, wenn und sobald die TOGs wieder angriffen, und welche Art von Nahrung unter den Tempeln entdeckt werden könnte.

»Das führt zu nichts, Leute«, sagte Harras. »Lassen Sie uns zu den Soldaten zurückkehren. Doktor, wie wäre es mit einem Rundgang durch Ihr Lazarett? Ich fürchte, ich war nicht in der Verfassung, den Ort richtig zu begutachten, als ich hergebracht wurde.«

»Was Sie sehen, Milt, wird Ihnen nicht gefallen.«

»Das geht in Ordnung, Kelton. Ich bin lange genug im Dienst, um das meiste schon einmal gesehen zu haben.«

Aber Harras Felderfahrung bereitete ihn nicht auf das vor, was er jetzt zu sehen bekam. Das Lazarett war anders als jene, die er zuvor gesehen hatte. Die extreme Kälte verhinderte das Verabreichen von Betäubungsmitteln. Ein betäubter Mann konnte sich entspannen, aber bei diesen extremen Temperaturen war ein entspannter Mann ein toter Mann. Und es gab genug Anschauungsobjekte, wie der Tod aussah.

Teile des Gebäudes wurden als Leichenhalle genutzt, und die steifen Körper von Rebellen- und TOG-Legionären lagen hier. Sie lagen, wie sie gestorben waren: in der gefrorenen Verrenkung des Todeskampfes. Die Verwundeten, die sich noch ans Leben klammerten, lagen an den Wänden aufgereiht. Ihr Atem war als Wölkchen sichtbar, die vor ihren gesprungenen Lippen hingen und die Mauern mit Kondenswasser anfeuchteten, das in Schichten gefror und dem Innern des Gebäudes einen silbrigen Schimmer verlieh.

Am Operationstisch beugten sich Sanitäter über die Verwundeten und versuchten, deren Fleischwunden zu schließen, bevor die Kälte weitere Leben forderte. Der Atem der Chirurgen schuf einen Dunst, der manchmal den Patienten verbarg. Sobald die Wunden verschlossen waren, wurden die Patienten in Thermaldecken gewickelt, um soviel Körperwärme wie möglich zu erhalten. Die Verwundeten wurden paarweise in die Decken gewickelt, um die Körperwärme miteinander zu teilen.

In der Finsternis eines Zimmers kniete ein Sergeant neben fünf Gestalten, die etwas abseits von den anderen lagen. Harras stellte sich hinter den Sergeanten. »Es gibt nichts, was Sie jetzt für sie tun können, Sergeant«, sagte er mit sanfter Stimme. »Sie sollten zu Ihrer Gruppe zurückkehren.«

Honor Ross hob den Kopf, um dem Kohortenkommandeur in die Augen zu schauen. »Das ist meine Gruppe, Sir.«

41

0930, 13 Martius 6831

»Es geht etwas Seltsames an der Oberfläche vor, Sir.« Aktol Graviston, Seniorsergeant der Kohorte Harras, winkte seinen Kommandeur zum Bildschirm herüber. »Wir haben einen Sensor, der direkt an der Bresche plaziert ist, und er greift jede TOG-Aktivität bis zu 500 Meter vor der Öffnung auf. Sie hatten bis jetzt einige Fahrzeuge in der Region behalten, einschließlich eines Pompeys, der, wie ich denke, ihr Kommandofahrzeug ist. Für gewöhnlich gab es dort auch ein oder zwei Panzer. Jetzt sind sie alle verschwunden.«

Milton Harras studierte das elektronische Display. Die Stellungen der verschiedenen TOG-Fahrzeuge wurden auf einer Zeittafel angezeigt. Graviston ließ die Aufnahmen durchlaufen, um die letzten paar Stunden zu zeigen. Rote Anzeigen bewegten sich über den Bildschirm. Die TOG-Attacke stach als scharfe Farbexplosion heraus und verschwand so schnell, wie sie erschienen war. »Beachten Sie die Anzeigen hier.«

Harras hatte ihnen keine Aufmerksamkeit gezollt. Er war von der Computeranzeige der TOG-Angriffe fasziniert.

»Entschuldigung, Aktol. Lassen Sie das noch einmal laufen.« Graviston ließ die Anzeige zurücklaufen und dann die Zeit etwas langsamer vorlaufen. Er hatte recht. Die TOGs hatten seit der Zeit, als sie am Pol gelandet waren, Fahrzeuge nahe des Eingangs zur Passage stationiert. Nun waren sie fort, eines nach dem anderen verschwunden, bis keines mehr da war.

»Schlüsse?« fragte Harras.

»Keine, Sir. Noch nicht.«

»Haben Sie Zenturio Rinter informiert?«

»Ich habe es selbst gerade erst entdeckt, und Sie waren zur Hand.« Der Senior-Sergeant drückte den Rufknopf, um die Operationsoffizierin zu benachrichtigen.

Als Rinter im Pedden eintraf, hatte Graviston die Anzeige noch einmal durchlaufen lassen. Sie war ebenfalls verblüfft. Die Möglichkeit, daß sich die TOGs zurückzogen, war zu unwahrscheinlich, um darauf zu hoffen. Vielleicht hatten sie einen solchen Schlag erhalten, daß sie sich zurückzogen, um ihre Wunden zu lecken.

»Können wir es an der Oberfläche austragen?« Harras stellte die Frage, obwohl er die Antwort bereits wußte.

Rinter überlegte einen Moment. »Wir haben vier voll einsatzbereite mittelschwere Panzer und weitere zwei oder drei, die wir aufpäppeln könnten. Außerdem haben wir einen Wolverine und ein paar Vipern. Nicht genug, um zu gewinnen. Und selbst wenn wir es täten, was dann?«

»Ja.« Harras klang müde. Er beugte sich über die Anzeige der gegenwärtigen Stellungen, die Hände an die Seiten des Tisches gelegt. »Ich weiß. Es war nur ein Gedanke. Ich frage mich, was sie drüben in Rolandrin über all das denken.« Er ließ den Kopf hängen, und das Gesicht war von tiefer Müdigkeit gezeichnet.

Rinter sah ihren Kommandeur an. Sie konnte sich nicht daran erinnern, ihn je so müde und niedergedrückt gesehen zu haben. Er sah mindestens so alt aus, wie er war; älter sogar. Von allen Offizieren, unter denen sie gedient hatte, vermochte Harras sie am meisten zu berühren. Andere waren taktisch brillantere Kommandeure, und einige waren bessere Organisatoren, aber sie war ihnen nie so nahe gewesen. Andererseits hielt Harras niemanden auf Armeslänge auf Abstand. Er war zu jedem, mit dem er in Berührung kam, völlig offen, jeden Soldaten behandelte er als Gleichgestellten. Sie hatte ihn nie irgendeinen Vorschlag ablehnen hören, so absurd er auch war. Er war in seinen Kommentaren nie verletzend. Er liebte seine Männer, und sie gaben dieses Gefühl zurück. Und nun sah er seine Kohorte auseinanderfallen, niedergedrückt vom unerträglichen Druck der TOG-Angriffe. Sie wollte ihre Arme um ihn legen und ihn trösten. »Milt – wir werden es schaffen.«

Er wandte den Kopf, die eingesunkenen Augen waren durch die Belastung stumpf, und die Wangen zeigten weiße Flecken von Erfrierungen. Ihre Blicke trafen sich und hielten einander einen langen Augenblick fest. Dann richtete er sich auf. »Richtig. Richtig, wir werden es schaffen.«

»Sir?« Graviston beobachtete noch immer den Bildschirm. Jetzt wandte er sich Harras zu. »Sie fragen sich, was sie auf Rolandrin hierüber denken? Sie denken sich vermutlich nichts. Sie wissen vielleicht nicht einmal, daß wir noch leben. Wir konnten kein Signal mehr senden, seit wir aufgebrochen sind, und wir waren auch seit Tagen nicht mehr an der Oberfläche. Wir sollten versuchen, ihnen ein Zeichen zu geben.«

»Wie machen wir das?«

»Ich habe keine Ahnung, Sir«, antwortete Graviston. »Ich bin ein Ideenmensch, kein Detailmensch. Sie sollten ihren Kommunikations-Mann fragen, Sam Rand.«

»Sie wären nicht dort gelandet, wo Sie heute sind, wenn Sie nur ein Detailmensch wären, Aktol.« Harras klopfte seinem Freund auf die Schulter.

»Aber ich habe wirklich keine Idee, Sir.«

»Moldine, sieh zu, daß du Rand hierher bekommst.«

Der Kommunikationsoffizier kam sofort. Seine technische Ausbildung war nicht umfassend, aber er hatte ein gutes Theorieverständnis.

»Auf Caralis«, erklärte er, »ist das Haupthindernis

für jede Kommunikation das Fehlen einer stabilen Ionosphäre. Uns stehen drei Basistypen von Kommunikation zur Verfügung: entweder amplituden- oder frequenzmoduliert oder Lasertelemetrie. Frequenzmodulierung und Laserkommunikation hängen von der Antenne ab. Unser Problem ist, daß uns auf dem Marsch hierher die Schnittstelle zwischen Antenne und Sendeanlage kaputtging. Um eine Verbindung mit Rolandrin wiederherzustellen, müssen wir das beschädigte Modul ersetzen. Unglücklicherweise war Sergeant Arsen nicht in der Lage, die notwendigen Ersatzteile herzustellen, und durch den zusätzlichen Verlust des Kohorten-Wartungsfahrzeuges verfügen wir nicht über die notwendigen Ersatzteile. Wenn wir die Antennen und die Energie hätten, könnten wir ein frequenzmoduliertes Signal an jeden COMSAT in diesem Sektor richten. Ohne die Antenne können wir das nicht. Wir haben das gleiche Problem mit dem Lasersignal. Wenn wir den COMSAT mit einem Laserimpuls treffen könnten, würden die Impulse nach Rolandrin zurückspringen. Aber ohne das Frequenzset können wir den Kommunikationssatelliten nicht finden. Der Vorteil des Lasers für die Kommunikation ist, daß er in einem sehr engen Bereich arbeitet, der es fast unmöglich macht, ihn zu stören. Der Nachteil des Lasers liegt jedoch auch genau darin, daß er in sehr engem Bereich arbeitet, momentan in etwa dem Durchschnitt eines Stiftes entsprechend, so daß man genau wissen muß, wo der Rezeptor sich zu der Zeit, in der man sendet, befindet. Ist das soweit klar?«

»Wir verstehen das Problem, Optio«, meinte Rinter. »Was wir wollen, sind Lösungen. Kommen Sie zum Punkt.«

»Es ist in Ordnung, Sam«, unterbrach Harras. »Je besser wir das Problem verstehen, um so leichter wird es sein, eine Lösung zu finden. Fahren Sie fort.«

»Die einfachste Antwort auf unser Problem wäre ein

amplituden-moduliertes Signal. Alle diese Übertragungen sind direkt, aber nur AM-Signale springen aus der Ionosphäre. Außerdem breiten sie sich ringförmig aus. Das ist der Grund, warum ein amplituden-moduliertes Signal keine *gute* Antwort auf unser Problem ist. Die Caralis-Atmosphäre ist ein zerrissener Gürtel und tendiert dazu, Signale eher einzuschließen als zu reflektieren.«

Graviston hatte die flüchtige Vorstellung von Tausenden von Nachrichten, die in der Ionosphäre herumlungerten und darauf warteten, freigelassen zu werden.

»Aber wenn wir eine Antenne hoch genug bekämen, könnten wir leicht Rolandrin entweder mit Frequenzmodulation oder Lasertelemetrie erreichen«, fuhr Rand fort. »Das Problem ist, daß wir das nicht können.«

»Was ist mit einer in der Luft befindlichen Station?« fragte Rinter. »Wenn wir ein Fahrzeug hoch genug bekämen, um über den Bogen des Planeten zu gelangen?«

»Das ist technisch möglich«, überlegte Rand, »aber die höhenbezogene Einsatzbegrenzung für ein Gravfahrzeug, das vom Boden aus operiert, beträgt 10 km. Der Start von der Oberfläche erlaubt es, eine Höhe von 15 km bei geradem Auftrieb zu erreichen, aber es kann diese Höhe nicht lange halten und würde auf 10 km zurückfallen müssen. Auf der Höhe, basierend auf dem Wissen, daß Caralis einen Radius von etwas mehr als 6500 km hat, würde der Panzer in maximaler Höhe einen sichtbaren Horizont von etwa 200 km haben. Wir können einen zweimal so großen Signalhorizont annehmen, aber da die Entfernung des Pols zu Rolandrin etwa 10000 km beträgt, würden die 400–500 km Höhengewinn längst nicht reichen, wenn wir nicht die in der Luft befindliche Station mindestens 700 km näher an Rolandrin heranbringen können.«

»Wir könnten jemanden so nah heranbekommen.« Harras Bemerkung klang sehr nach einer Frage.

»Vermutlich«, antwortete Rinter.

Honor Ross blickte über die Stellung ihrer Gruppe. Die Einheit unterschied sich von der, die sie über das Polarkap geführt hatte. Grain, Brace und Alcyone von der ersten Abteilung waren nicht mehr dabei. Grain war verwundet, die anderen gefallen. Die zweite Abteilung hatte ihren Führer Massai Boost im Hinterhalt verloren; Barstow Drinn, sein Ersatz, und Dorothea Calvert waren an der Hauptbresche gefallen. Von den ursprünglichen elf Soldaten des Kommandos waren nur noch vier übrig. Hull und Archon als Ersatz machten sechs daraus. Nicht genug, um die drei Gebäude zu verteidigen, die man ihnen zugeteilt hatte. Sie hatte viele Leute verloren, zu viele Freunde. Sie vermißte besonders Dorothea. Es war schön, Millicent Connor als Infanterist in der Gruppe zu haben, aber Dorothea war jemand gewesen, mit dem sie reden konnte. Sie traf eine plötzliche Entscheidung und stand so schnell auf, daß Archon Divxas, der sich in eine Ecke der Zimmers schmiegte, seine Beine in Erwartung eines Angriffs unter seinen Körper zog.

»Es ist in Ordnung, Archon«, sagte sie. »Da gibt es etwas, was ich erledigen muß.«

»Und das ist so wichtig, daß du es sofort erledigen mußt?«

»Zu viele meiner Freunde sind schon gegangen. Ich möchte es nicht verpassen, einem von ihnen zu sagen, was ich für ihn fühle, bevor es zu spät ist.«

»So hast du dich entschlossen, mit dem jungen Offizier zu reden, auf dessen Panzer wir in die Auseinandersetzung gefahren sind?«

Ross errötete. »So ungefähr.«

»Ich amüsiere mich ständig über das Balzritual der Menschen«, sagte der Baufrin. »Zwei Leute, die sich gegenseitig anziehen, schreiten umeinander herum und suchen sich nach einem Zeichen von Verwundbarkeit ab. Wenn einer von ihnen wegsieht, bewegt sich der andere auf ihn zu. Aber wenn keiner von ihnen auch nur ein Zeichen von Unterordnung andeutet, dann kommt es nicht zum Kontakt. Die Parteien werden des Spiels allmählich müde und gehen auseinander, auf der Suche nach einem anderen, möglicherweise weniger befriedigenden Partner. Das ist abzulehnen, weil es nicht die Verbindung der Starken fördert. Wir Baufrins sind da anders. Wir suchen nach Stärke statt nach Schwäche. Daher wachsen die Baufrin weiter, wenn sie sich vermischen.«

»Wir brauchen uns nicht vorhalten zu lassen, schwach zu sein! Wir spielen nicht solche Spiele!«

»Bei dem Treffen mit dem jungen Mann war keiner von euch bereit zu sagen, was ihr eigentlich sagen wolltet, so habt ihr euch auf eure berufliche Beziehung zurückgezogen. Warum hast du ihm nicht gesagt, daß du froh warst, ihn zu sehen? Warum hast du nicht gesagt, was er dir bedeutet?«

»Es war nicht meine Aufgabe.«

»Deine Aufgabe? Deine Aufgabe? Was ist seine Aufgabe?«

»Ich weiß es nicht.«

»Das ist präzise, was ich meine. Keiner von euch war bereit, diese Verletzlichkeit zu zeigen. Ihr Menschen seid eine merkwürdige Rasse. Es ist ein Wunder, daß ihr so lange überlebt habt. Geh. Sag es ihm jetzt.«

»Ich habe gerade darüber nachgedacht.«

»Ein Baufrin würde niemals soviel Energie zum Nachdenken über etwas verbrauchen, was einfacher durch Taten zu lösen ist.« Divxas krabbelte auf seine Füße. »Würdest du dich weniger selbstbewußt fühlen, wenn ich dich begleite? Ich würde gerne den Ausgang dieser Zeremonie beobachten.«

»Mach, was du willst.« Ross verließ den Raum. Archon Divxas folgte ihr auf die Straße und zu dem unter seiner Tarnplane verborgenen Liberator. Das einzige Lebenszeichen war ein Licht, das einen sanften Schimmer aus der Luke auf die Unterseite der Abdeckung warf. Archon Divxas lief in respektvoller Entfernung hinter der Sergeantin und wartete auf der Straße, als sie den Panzer erklomm.

Als sie den Turm erreichte, kam eine Gestalt aus dem Pedden. Ross hielt inne. Sie erkannte Zenturio Moldine Rinter vom Kohortenstab. Ross hatte sie ein- oder zweimal vorher gesehen und wußte, daß sie jetzt die Reservezenturie befehligte.

»Kann ich Ihnen helfen, Sergeant?« fragte Rinter.

Karstil verließ den Panzer hinter dem Zenturio. »Hallo, Ross. Kommen Sie, um mir Lebewohl zu sagen?«

»Lebewohl?«

»Der Zenturio schickt mich auf eine Mission. Ich werde mit einer Botschaft nach Rolandrin ausbrechen.«

»Botschaft?« Ross Entschluß, ihre Gefühle auszusprechen, schien aus ihren Gedanken verschwunden zu sein.

»Das Problem, Optio«, fuhr Rinter fort, die Anwesenheit der Sergeantin mißachtend, »ist, daß Sie nicht beide Besatzungsmitglieder mitnehmen können. Wenn der Pionier recht hat, würde das angesichts der Ausrüstung zuviel Gewicht bedeuten. Sie werden den einen oder den anderen mitnehmen müssen. Ihre Wahl.«

»Ich nehme Boots. Er wiegt mehr als Spent, aber er ist ein verdammt guter Fahrer. Ich kann vom Kommandostand aus schießen, wenn es sein muß.«

»Mit allem gebührenden Respekt, Sirs«, sagte Divxas, der von der Straße her aus der Dunkelheit sprach. »Ich bin ein qualifizierter Fahrer, und mein Körperbau läßt zu, daß ich gleichzeitig steuere und schieße. Ich bin außerdem bedeutend leichter als ein durchschnittlicher

Mensch. Es gibt noch andere Gründe, warum ich die beste Wahl für diesen Auftrag bin, aber ich will sie diesmal nicht ausführen.«

»Unsinn«, sagte Rinter. »Sie können kaum qualifiziert sein.«

Archon erhob sich zu seiner vollen Größe. »Entschuldigen Sie, Madam. Ich bin ein vollständig qualifizierter Pilot für Gravfahrzeuge. Ich habe eine Lizenz, sowohl innerhalb als auch außerhalb der Atmosphäre von Planeten zu operieren, und ich bin ein Experte für interstellare Navigation. Außerdem bin ich ein Experte mit jeder Commonwealthwaffe, vom Stilett bis zum 200-mm-Geschütz.«

Die drei Rebellensoldaten standen diesem Ausbruch mit offenen Mund gegenüber. Archon fuhr in voller Lautstärke fort. »Es mag Ihnen noch nicht aufgefallen sein, daß ich technisch gesehen ein Zivilist bin. Auch wenn ich mit den Rebellen in der Schlacht gewesen bin – und die Qualifikationen, die einen Rebellen ausmachen, sind ziemlich weit gefaßt –, bin ich kein echter Kämpfer. Wenn ich von den TOG-Truppen lebend gefangengenommen werde, wäre nur mein Schicksal zweifelhaft. Wenn ich auf der anderen Seite bei der Erledigung des Auftrags verlorenginge, wäre das von geringer Konsequenz für die Truppen, die hier liegen.«

Rinter sah den Baufrin an, der ihre Entscheidung ändern wollte. Sie öffnete den Mund, um den Baufrin zurechtzuweisen, aber dann erinnerte sie sich an Harras' eingefallenes Gesicht und seine unfehlbare Diplomatie und änderte ihre Meinung. »Es tut mir leid. Ich sprach, bevor ich dachte. Ich kann meine schlechte Beurteilung nur mit meiner Müdigkeit entschuldigen, aber sie war nicht gerecht. Es tut mir leid. Was Sie gesagt haben, macht Sinn. Gehen Sie mit dem Optio.«

Ross blieb oben auf dem Deck des Liberators zurück, als die drei die Straße hinabgingen. Der Baufrin folgte den beiden Offizieren, die noch einmal den Ausbruchsversuch diskutierten. Bevor sie in der Dunkelheit verschwanden, drehte sich Divxas zu Ross um und hob resignierend die oberen Arme. Ross kehrte mit einem stärkeren Gefühl der Enttäuschung und des Verlustes auf ihren Posten zurück.

42

1145, 13 Martius 6831

Das Scipio-Flugabwehrfahrzeug bremste zu einem Schweben ab und sank sanft auf das Eis. Der Turm drehte sich weich und richtete die 25-mm-Kanone auf den Tunnelausgang der Rebellen, der in das Eis des Südpols geschnitten war. Der Kommandeur wollte Bodenziele angreifen können. Die Hauptgeschütze des Scipio waren jedoch die Scanner-Flugabwehrraketen, die hinter dem Turm angebracht waren.

Der Scipio war eines der vielseitigsten Gefechtsfahrzeuge des TOG. Entwicklungsprobleme bei der ersten Version hatten zu Kompromissen geführt, um die Waffensysteme sowohl gegen hochfliegende Abfangjäger, Gravfahrzeuge und Bodenziele einsetzen zu können. Die letzte Version des Fahrzeuges integrierte erfolgreich drei verschiedene Feuerleitsysteme im Rumpf, allerdings auf Kosten von Platz und Gewicht.

Der Fahrzeugkommandant programmierte entsprechend den Befehlen, die er vom Kommandeur der TOG-Streitkräfte am Pol erhalten hatte, die Zielangaben und Feuerleitsysteme neu, um eine ungewöhnliche Zielpriorität festzulegen: der Scipio sollte vorrangig hochfliegende Gravfahrzeuge angreifen, dann Abfangjäger und dann Bodenziele. Nachdem die Konfiguration eingegeben war, schaltete der Kommandant den Scipio ab, um die Ankunft des Munitionstransporters zu erwarten.

Die vielen Zielsysteme des Scipios erforderten eine ansehnliche Reihe von kommunikationstechnischer Ausrüstung. Um die Größe des Fahrzeugs in Grenzen zu halten, war die Zahl der Raketen, der Hauptwaffen des Panzers, auf drei beschränkt. Eine adäquate Überwachung des Luftraums mit Raketen wurde durch die Zuteilung eines Munitionsfahrzeuges zum Panzer erreicht, wodurch dem Scipio stets Raketenmunition zur Verfügung stand. Der gepanzerte Lorica-Munitionsschlepper (eher ein Gravfahrzeug als ein Schlepper) war so ausgerüstet, daß er längsseits des Scipio parken konnte, Munition mit einem Roboterarm, ein Paket mit drei Raketen aus dem Innern des gepanzerten Laderaums zu heben und auf das Ladegerät des Scipio aufzusetzen vermochte. Der Scipio lud in knapp einer Minute nach.

Archon Divxas kämpfte sich in die Fahrerstation des reparierten Liberators vor. Er grunzte und ächzte, als er seinen Körper hinter die Konsole drückte, und fragte sich, warum Menschen ihre Ausrüstung entwarfen, als wären sie die einzigen Wesen im Universum. Die Konstrukteure des Liberators waren offensichtlich nicht davon ausgegangen, daß irgendwann auch einmal ein nichtmenschliches Wesen Zugang zu diesen Kontrollen haben müßte. Nach und nach quetschte er seinen Rumpf und die vielen Extremitäten in den Sessel und bemerkte, daß es ebensolange dauern würde, sich wieder daraus zu erheben. Es gab also keinen Notausstieg für den Baufrin.

Archon ließ die Arme und Beine über die Kontrollen huschen. Er bewegte das Telelink-Sichtsystem nach rechts, wo es seine am weitesten rechts gelegenen Augen im Blick behalten konnten, was es ihm ermöglichte, die anderen vier auf den Sichtschirm zu konzentrieren, mit dem er die Waffen kontrollierte. Die oberen Arme kontrollierten den Turmmechanismus und die unteren Arme die Steuerkontrollen, was seine Behauptung bestätigte, daß er zugleich steuern und schießen konnte. Der Baufrin würde nur Schwierigkeiten mit seinen vielen Körperteilen bekommen, wenn er den Turm mehr als 1600 Strich nach rechts oder links bewegen mußte.

Der Baufrin war geprüfter Liberator-Fahrer, aber er hatte seit über einem Jahr keinen mittelschweren Panzer mehr geflogen, und so brauchte er etwas Zeit, um sich wieder mit allen Systemen vertraut zu machen. Im Zentrum der Stadt stand reichlich Platz zum Üben zur Verfügung, den er nutzte, um den Liberator langsam herumzufliegen. Seine Zuschauer, darunter Rinter und Karstil, gingen in Deckung, nachdem der Liberator gegen ein paar Gebäude gestoßen war. Nach ein paar Minuten hatte er die Maschine im Griff, und die Zuschauer kehrten zurück.

Karstil stand mit einer kleinen Gruppe von Offizieren und Soldaten auf einer der breiten Straßen und erhielt seine letzte Lageinformation von Moldine Rinter. Shawn Arsen und Braxton Sloan gaben ihm ebenfalls letzte Instruktionen. Arsen, der Kommunikationsspezialist, hatte eine Spezialantenne vorne am Liberator befestigt. Sie würde es dem Fahrzeugkommandanten erlauben, zu senden und vielleicht sogar von einer Station in über 1000 Kilometer Entfernung eine Antwort zu erhalten. Er hatte auch mit Hilfe von Rinter und ihrem Stab eine Botschaft für das Planetenhauptquartier entwickelt, die wichtige Daten über die eingeschlossene Kohorte enthielt.

Arsen war sehr stolz auf den Apparat. Die Haltebolzen in die Kuppel einzusetzen war sein einziges wirkliches Problem gewesen. Es war gut und schön, Titanpanzerung an den Fahrzeugen zu haben, aber wenn es dazu kam, strukturelle Veränderungen am Äußeren vornehmen zu müssen, war das Titan eine echte Plage. Es hatte alle seine Carballoy-Bohrer verbraucht, um die Verankerungsschrauben in die Oberfläche einzulassen. Die Drähte verliefen über die Turmspitze und waren durch die Kommandoluke an das Commlinksystem angeschlossen. »Das Schließen der Luke wird die Drähte durchtrennen«, erinnerte er Karstil. »Schließen Sie die Luke erst, nachdem Sie gesendet haben.«

»Paß auf, Junge«, sagte Zenturio Sloan und legte Karstil die Hand auf die Schulter. »Dieser Liberator ist ein Stück Abfall. Wir haben ihn aus Teilen anderer Panzer zusammengeflickt, nur um ihn am Laufen zu halten. Um mit den Waffen zu beginnen: Die 150er ist leicht verzogen, wie Ihr Baufrinfreund recht schnell herausfinden wird. Sie schießt zu tief und mit Rechtsdrall, und der Munitionstransport hat die Tendenz zu stocken. Wenn Sie HEAP vom APDS aus anwählen, lassen Sie das Munitionsfach sich einmal drehen, bevor Sie feuern; ansonsten kann das Geschoß das Rohr verstopfen. Die 50-mm-Kanone und die Laser sind soweit in Ordnung.«

Der Liberator hielt an und schwebte vor der Gruppe. Divxas, der tief im Rumpf saß, bemühte sich nicht auszusteigen. »Jetzt zu dem Rumpf und den Antriebssystemen: Sie sind Müll. Von den sechs Gravdüsen unter dem Ding stammen vier von anderen Panzern. Tatsächlich ist eine nicht einmal von einem Liberator, sondern von einem zerstörten Wolverine. Die Kontrollen sind darauf eingestellt worden, den Unterschied auszugleichen, aber das Steuern mag etwas schwierig sein. Ich denke, der Spinnenmann hat das vielleicht bereits herausgefunden. Der Rumpf ist so zusammengesetzt worden, daß er halten sollte, aber es gibt auf der linken Seite kaum noch Ballistikschutz.«

Karstil hörte nur mit halben Ohr zu, da er wußte, daß er an dem Zustand des Panzers sowieso nichts ändern konnte. »Schließen Sie die Luke nicht, und wenden Sie Ihre linke Seite nicht zum Feind«, hätte ausgereicht und hätte alles gesagt. Karstil kletterte in die Kommandoluke.

Dixvas beobachtete, wie Karstil die Berührung der Kabel vermied, die zur Antenne führten. Der Baufrin fixierte alle sechs Augen auf seinen neuen Kommandeur. »Dieses Fahrzeug«, sagte er, »hat einige einzigartige Eigenschaften.«

»Das hat man mir berichtet.«

»Ich habe es geschafft, mit den Idiosynkrasien des Systems umzugehen und werde in Zukunft keine größeren Schwierigkeiten damit haben. Ich bedauere das Streifen der Gebäude. Beurteilen Sie meine Qualitäten als Fahrer nicht nach den Anfangsschwierigkeiten.«

»Ihnen ist vergeben. Lassen Sie uns mit dem Programm fortfahren.«

»Wie Sie wünschen.« Archon wandte sich wieder den Kontrollen zu. »Zenturio Braxton Sloan hat mir eine Kurzinformation über die Passage gegeben, durch die wir zur Oberfläche kommen. Ich glaube, wir können eine bedeutende Geschwindigkeit mit diesem Verkehrsmittel erreichen, indem wir schon über der Stadt und nicht erst in der Ausgangsphase beschleunigen.«

»Fertig, wenn Sie es sind.«

Archon gab Schub. »Wir sind in Bewegung.« Der Liberator erhob sich vom Platz und nahm langsam Geschwindigkeit auf. Archon hielt die Schubkraft unten, während das Fahrzeug stieg. Erst als die Maschine über den Gebäuden schwebte und größeren Manövrierraum gewonnen hatte, führte Archon mehr Energie zu. Der Liberator jagte auf die Tunnelöffnung zu, um den Durchbruch zur Oberfläche vorzubereiten.

Ein roter Fleck erschien auf dem Lagebildschirm im Pedden-Gefechtsstand.

»Aktivitäten unten, Sir«, sagte der TOG-Sergeant. »Sie bringen etwas mit großer Geschwindigkeit herauf. Kann ein Aufklärergeschoß sein.«

Camus schaute über die Schulter des Sergeanten auf den roten Streifen, der über der Untergrundstadt kreiste. Die digitale Information, die auf dem Schirm erschien, identifizierte das Fahrzeug als Liberator, dessen Geschwindigkeit von 140 km/h weiter stieg.

»Sie kommen heraus«, sagte Camus. »Benachrichtigen Sie das Kommando. Lassen Sie den ersten herauskommen. Wir werden den dritten und vierten angreifen, wenn sie erscheinen.«

»Es gibt nur einen.« Olioarchus schaute ebenfalls zu.

»Das ist das, was wir jetzt sehen. Die Rebellen sind nicht so dumm, nur ein Fahrzeug auf eine Mission zu schicken. Sagen Sie Ihren Männern, daß sie beim ersten Panzer nicht feuern sollen. Das ist ein Befehl.«

»Wie Sie wünschen, Legatus. Aber erinnern Sie sich bitte daran, daß Sie hier zwar noch der Kommandeur sind, ich aber im Rang höher stehe.«

»Wir haben die optimale Geschwindigkeit erreicht«, sagte Archon über Bordfunk. »Wir werden beim nächsten Passieren ausgerichtet sein.«

»Wenn Sie bereit sind, treffen Sie das Loch.«

Der Liberator zog eine weitere weitausholende Runde über der Stadt. Archon schaltete die Scheinwerfer ein, um seinen Weg zu beleuchten, und flog dann in den Tunnel. Der Baufrin war ein guter Fahrer, aber die Öffnung war gerade breit genug für einen Panzer. Die rechte Düse kratzte an der Seite der Kuppel entlang und ließ einen Funkenschauer über die Wrackteile niedergehen, die über den Hang verstreut lagen. Dann verschwand der Panzer im Stollen.

Der Liberator jagte durch den Tunnel. Das Licht der Scheinwerfer wurde von den Seiten der Galerie reflektiert und ließ den Panzer in hellem Glanz erstrahlen. Archon, der alle sechs Augen auf den Steuerschirm gerichtet hatte, kämpfte darum, den bockenden Panzer unter Kontrolle zu halten. Die Passage war steil genug, daß der Vertikalschub auf volle Kraft hochgefahren werden mußte, und dessen saugende Kraft brach Eisschollen aus dem Boden und den Wänden des Stollens, die hinter dem Panzer als Trümmer zurückblieben. Nach einer letzten engen Wendung erschien das Loch in der Oberfläche über ihm. Die Dunkelheit der Öffnung stand in scharfem Kontrast zum glänzenden Weiß der Tunnelwände. Der Liberator brach in einem Schauer von Eisstücken aus der Öffnung heraus. Karstil verschoß Kunstnebel, als das Fahrzeug den Tunnel verließ.

Das DDP im Liberator blitzte einen Moment lang vollständig rot auf, als der Panzer die Oberfläche des Eises erreichte. Es gab so viele Ziele in so vielen Richtungen, daß Karstil keines auswählen konnte. Sogar das DDP konnte nicht die größte Gefahr ausmachen. Der Markierungsalarm schrillte in Karstils Ohr, und das DDP hatte ein Ziel ausgewählt. »Scipio-Flugabwehrfahrzeug. Entfernung 5-00. Kurs 2-8-00. Unbeweglich. Fahrzeug folgt.« Der Liberator stieg mit voller Energieleistung. Karstil sah direkt in den dunklen Himmel, und das Polarkap verschwamm zu einem schwachen weißen Schatten. Er konnte den Wind auf dem Gesicht spüren, obwohl das Visier des Helmes herabgelassen war.

»Lassen Sie keine Flugabwehrrakete auf die Unterseite treffen. Rollen Sie den Panzer herum.«

»Ich werde es tun«, antwortete Archon und schickte den Liberator in eine langsame Rolle, die die rechte und hintere Seite zum Scipio ausrichten sollte.

Karstil hing halbverdreht in der Luke, und der Beschleunigungsdruck hielt ihn im Sitz fest. »Scipio-Flugabwehrfahrzeug. Entfernung 1-5-00 und zunehmend. Kurs 2-2-00. Unbeweglich. Fahrzeug folgt. Fahrzeugwaffensysteme haben Ziel erfaßt.« Das DDP machte eine Pause. »Rakete hat Ziel verfehlt.« Die Stimme klang erregt. »Zweite Rakete unterwegs. Dritte Rakete unterwegs.«

Karstil fühlte, wie sich sein Bauch anspannte. Die Heckpanzerung des Liberator war stark, aber drei Raketentreffer waren möglicherweise mehr, als sie aushalten konnte, und die Treffer waren fast garantiert. Bei weniger als 2000 Metern waren Raketen gegen markierte Ziele todbringend. Das Vulkan-Raketenabwehrsystem schwang nach hinten und eröffnete das Feuer. Karstil, der die Augen auf Brüstungshöhe der Luke hielt, sah das Aufblitzen von zwei zerstörten Raketen. Die dritte ging durch und schlug in ihre hintere rechte Verkleidung, aber die Explosion schien erstickt zu sein. Die Raketen des Scipio waren entwickelt worden, um unter den feindlichsten Bedingungen zu funktionieren, und das Polarkap entsprach diesen Parametern. Die Konstrukteure hatten trotzdem eine Einsatzwarnung installiert. Diese Warnung informierte die Benutzer, daß die Raketen keinem raschen Temperaturwechsel ausgesetzt werden sollten. Andernfalls konnte Kondensation auftreten, die dann gefror und die Explosionskammer oder die Zündschaltkreise beschädigte. Der Scipio-Kommandant hatte diese Warnung nicht mißachtet, sondern sie schlicht vergessen. Er hatte beschlossen, lieber im warmen Gefechtsstand zu bleiben, als in die frostige, arktische Luft hinauszugehen und seine Raketen zu überprüfen. Seine Wahl gereichte den Rebellen zum Vorteil.

Als die Rakete die rechte hintere Panzerung des aufsteigenden Liberators traf, löste die Sicherung die Feuersequenz aus. Aber die eigentliche Wirkungsladung explodierte nicht. Die Rakete war eine Niete und der Liberator stieg höher.

»Scipio-Flugabwehrfahrzeug. Entfernung 5-5-00 und zunehmend. Kurs 2-2-00. Unbeweglich. Fahrzeug folgt. Die Waffensysteme des Fahrzeugs haben Ziel erfaßt.« Das Alarmsignal war einige Dezibel gefallen, um anzuzeigen, daß nur ein Zielmarkierungslaser noch aktiv war. Der Liberator fuhr fort, in die Dunkelheit hinaufzuschießen.

Unten am Boden klappte der Laderaum des gepanzerten Lorica-Transporters auf. Der Roboterarm hob ein Paket mit drei Raketen heraus und griff hinter den Scipio-Turm. Er verharrte einen Moment, um die Ladung sich stabilisieren zu lassen, und ließ dann die Raketen herab. Die drei Raketen schnappten in den Ladeschienen ein, die elektronischen Verbindungen wurden hergestellt. Der Roboterarm zog sich zurück, und das Ladesystem des Scipio zeigte Grün an.

»Scipio Flugabwehrfahrzeug. Entfernung 8-5-00 und zunehmend. Kurs 2-1-00. Unbeweglich. Fahrzeug folgt. Fahrzeugwaffensysteme haben Ziel erfaßt.« Das DDP machte wieder eine Pause. »Drei Raketen unterwegs. Fahrzeug ist Ziel.« Das Vulkansystem schwang herum, feuerte und verfehlte die Raketen. Vielleicht war der Liberator so weit herumgerollt, daß die Masse des Rumpfes die Sichtlinie des Raketenabwehrsystems blockierte; was auch immer der Grund war, alle drei Raketen gingen durch. Zwei trafen das beschädigte Heck, und die dritte, knapp hinter den anderen, schlug in die Unterseite des Panzers.

Die Explosionen hinten am Panzer rissen die Überreste der rechten Hülle fort und schlugen durch den Ballistikschutz in die Antriebskontrollen ein. Archon spürte, wie der Steuerknüppel plötzlich nachgab. Die dritte Rakete löste den Bodenpanzer des Liberators ab. Der Panzer war an der Unterseite nicht mit Ballistikschutz ausgestattet, was die Energiesysteme verletzlich machte. Das Gravantriebssystem war dem Schaden irgendwie entgangen, aber es lag nun fast völlig ungeschützt.

Als die erste Rakete in das Heck schlug, warf die Wucht der Explosion den Panzer nach vorn, wobei Karstil mit Kopf, Nacken und Schultern gegen die hintere Kante der Brüstung schlug. Seine verletzte Schulter, die zwar versorgt, aber nicht verheilt war, brach unter dem Schlag wieder auf. Sein Helm absorbierte einen Teil der kinetischen Energie, aber die Wucht des

Schlags war für ihn zu stark. Karstil fühlte sich, als würde er fallen. Er griff nach einer Stütze, faßte aber ins Leere. Die Welt vor seinen Augen wurde erst grau und dann schwarz.

Im Gefechtsstand sah Archon Karstil nach hinten gegen den Titanrumpf schlagen. Der Optio stand einen Augenblick tastend am Rand der Brüstung, dann drückten ihn die Beschleunigungskräfte in den Sitz. Der Baufrin sah den Menschen zur Seite kippen und benutzte seine oberen Extremitäten, um den stürzenden Offizier aufzufangen. Er legte den bewußtlosen Mann neben den eigenen Sitz und hielt ihn mit einem seiner unteren Beine fest. Der Liberator kletterte weiter seiner höchsten Einsatzhöhe 10 Kilometer über Grund entgegen.

43

1215, 13 Martius 6831

Der übriggebliebene Stab der Kohorte Harras beobachtete den fliehenden Panzer, bis er außer Reichweite des Bildschirms war. Die Offiziere sahen auch die feindlichen Raketen über die Oberfläche der Anzeige streifen und mit dem Symbol des Liberators verschmelzen, aber die Aktion war zu weit entfernt, um Schadensmeldungen registrieren zu können. Eine zweite Salve schoß auf den Liberator zu. Dann verschwand er außer Sicht.

»Das ist eine interessante Aktivität für Leute, die sich angeblich zurückgezogen haben«, kommentierte Larry Stone. »Sie scheinen nicht weit weg zu sein.«

Milton Harras überdachte die Situation. »Wir haben Berichte von Aktivitäten an den anderen Breschen. Ihre Strafinfanterie bewegt sich mit Macht voran.« Er stand auf, um auf die Anzeige zu sehen. »Wir nähern uns dem Ende, und wenn es kommt, möchte ich wissen, wo die Regulären sind. Ich hasse den Gedanken, mit den Strafinfanteristen verhandeln zu müssen. Ssoran-Wächter kennen die Bedeutung des Wortes Gnade nicht, und sie haben die Tendenz, Vergeltung an ihren Feinden zu üben.«

»Wir sollten herausfinden, wo sich der ganze Haufen aufhält.« Stone kratzte an der Schlinge, in der sein Arm hing. »Eine kleine Patrouille könnte sich an die Oberfläche schleichen und sich umsehen.«

»Schlagen Sie vor, selbst zu gehen?« fragte Rinter. Sie hatte sich mit geschlossenen Augen gegen die Wand des Peddens gehockt und war nahe daran einzuschlafen. Sie blieb sitzen, da sie zu müde war, um zu stehen. »Sie sind kaum in der Verfassung, einen solchen Auftrag ohne Hilfe durchzustehen.«

»Der Arm ist in Ordnung. Hess hat mir irgendein Zeug dafür gegeben, und er macht mir jetzt kaum mehr Sorgen.«

»Was ist, wenn Sie in Schwierigkeiten geraten?« Rinter zwang sich aufzustehen, so daß sie in seine Augen sehen konnte.

»Das habe ich nicht vor, und wenn ich hineingerate, würden auch zwei gesunde Arme nicht helfen.«

»Sie sollten jemanden mitnehmen.«

»Jemanden wie Sie vielleicht?«

»Nicht sie«, sagte Harras ein bißchen zu schnell. Die anderen drehten sich leicht überrascht zu ihm um. Harras sah weg. »Ich brauche zumindest ein Stabsmitglied, und sie kommandiert noch eine Zenturie.«

»Er hat recht«, sagte Stone. »Es hat keinen Sinn, alle Offiziere wegzuschicken. Was ich wirklich brauche, ist ein guter Infanteriesergeant.«

»Ich habe einen für Sie. Sie hat jetzt ein Kommando an der Bresche und wird schon darauf vorbereitet sein, was an der Oberfläche vor sich geht. Sie können sie unterwegs auflesen.«

»Gut, so machen wir es.«

Rinter fand Ross hinter einer Schießscharte zusammengekauert in einem der Gebäude. Sie protestierte, als ihr der neue Auftrag erklärt wurde und machte geltend, daß ihr Kommando, nachdem der Baufrin abgezogen worden war, nur noch aus fünf Personen bestand. Sie fühlte Angst und Trauer bei dem Gedanken daran, was aus Archon geworden sein mochte. Aber der Zenturio war nicht zu erweichen. Ross überließ Grold das Kommando über die Reste des Trupps, während sie auf Patrouille ging. Rinter versprach, den Trupp zu verstärken, sobald die Sergeantin zurückkehrte. Ross ließ ihren Karabiner zurück und nahm

Rinters Spikepistole sowie zwei Handgranaten als Bewaffnung mit. Stone war ähnlich bewaffnet, und beide trugen gepanzerte Springer-Infanterieanzüge und Helme, die mit speziellen Wärmebildsystemen ausgestattet waren. Stone hatte sich gegen die Anzüge ausgesprochen. Er meinte, sie würden die Bewegung einschränken, aber die Anzüge hatten interne Heizsysteme, und bei weniger als 70° minus war das ein unschlagbares Argument.

Ross und Stone führten einen Kurzcheck durch, bevor sie die von den Rebellen gehaltene Region verließen. Die Infanterieanzüge waren arbeitsfähig, die Pistolen hatten zusätzliche Munitionspakete, und jeder trug eine Splitterbombe und eine leichte Granate. Eine Commlink-Überprüfung ergab eine gute Verbindung zwischen den Anzügen, zeigte aber nicht genug Energie an für eine Signalsendung zurück ans Hauptquartier durch die Masse der Kuppel. Die einzige weitere Ausrüstung, die jeder trug, war eine Thermoplane. Während Ross führte, kletterten sie den mit Wrackteilen übersäten Hang hinauf, der zur Hauptbresche führte.

Im Tunnel machten sie eine Pause, um die Gegend mit den Wärmebildsystemen abzusuchen. Es gab keine Anzeichen von Aktivitäten. Sie krochen mit gezogenen Pistolen in den dunklen Stollen. Keiner trug eine Taschenlampe, nicht weil sie diese nicht gebraucht hätten, sondern weil sie sie nicht benutzen wollten. Das Risiko, daß sie sich dem Feind verrieten, war zu groß. Das LES ermöglichte es ihnen, hintereinander her zu gehen.

Es dauerte einige Minuten, die Oberfläche zu erreichen. Im Tunnel war es finster, aber die Öffnung an der Oberfläche war noch schwärzer. Sie machten am Rand des Trichters, der jetzt glattgerieben und ausgeweitet worden war, eine Pause. Es waren so viele Fahrzeuge über den Rand gekommen, daß der ursprünglich schroffe Rand abgerieben und glänzend poliert worden war. Ross und Stone waren gezwungen, auf den Bäuchen über die glatte Oberfläche zu robben, wobei sie mit ihren Füßen gegen das Eis traten, um auch den kleinsten Halt auszunutzen. Dann rollten sie aus dem Eingangstrichter heraus und lagen flach auf dem Boden, um nach Luft zu schnappen.

Trotz der Kälte schwitzte Ross. Die thermischen Systeme im Panzer stellten Wärme zur Verfügung, aber die Sensoren reagierten auf die Umgebungstemperatur und nicht auf die Aktivitäten des Trägers. Durch die Anstrengung des Kriechens über die letzten 25 Meter waren die Anzüge überheizt. Ross lag auf dem Eis und wartete darauf, daß sich ihre Körpertemperatur der des Anzugs anglich. Ihr Magen knurrte.

Sie hatte genug gegessen, zumal sie erst vor kurzem eine merkwürdige Mischung aus Notration und Nahrung, die von Suchtrupps unter einem Naram-Tempel gefunden worden war, zu sich genommen hatte. Die Naramnahrung war allem unähnlich, was sie bis dahin gegessen hatte, eine Kombination aus getrockneten Früchten und einigen seltsamen Körnern. Doktor Hess hatte behauptet, daß die Samen von einer Pflanzensaat stammten, die in religiösen Zeremonien benutzt wurde, und nicht für den Verzehr durch die Bevölkerung gedacht war. Die Legionäre sorgten sich nicht darum. Zerstoßen und mit Öl aus den Notrationen vermischt und dann erhitzt, hatte das Ganze eine eßbare, wenn auch nicht gerade köstliche Paste ergeben. Zumindest füllte sie das Loch in ihren Mägen.

Stone rutschte neben sie. Mit dem rechten Arm in der Schlinge war es ihm nicht leichtgefallen, sich voranzuziehen, und nun atmete er schwer. Ross konnte sehen, wie sein Atem die Innenseite des LES beschlug. Mit Handzeichen wies er ihr die Region zu, die sie beobachten sollte, und in den nächsten Minuten konzentrierten sich beide auf die Beobachtung des zugeteilten Sektors. Nichts.

Stone gab ein weiteres Signal, und sie erhoben sich und krochen weiter. Stone führte nun, und Ross blieb dicht hinter ihm.

Sie waren kein Dutzend Schritte gegangen, als Stone plötzlich stoppte. Er schob sein Visier hoch und bedeutete Ross, dasselbe zu tun. Sie legten sich flach in den Schnee und suchten den Horizont visuell ab; er war schwach erleuchtet. Der sanfte Schimmer ließ Eistürme hervortreten, die wie unregelmäßige Zähne aufragten und von den darüberliegenden Wolken reflektiert wurden. Was absolute Dunkelheit hätte sein sollen, war von einem sanften, blauen Glühen erfüllt. Sie ließen ihre Visiere offen und machten sich zur nächsten Lichtquelle auf.

Die Planen über ihren Kampfanzügen tragend, bewegten sich die beiden langsam auf die Deckung eines Eiszahns zu. Dahinter versteckt ließen sie ihre Visiere herab und suchten wieder mit dem LES-System. Innerhalb der 300 Meter der Operationsreichweite des Systems entdeckten sie Bewegungen – zahlreiche Bewegungen. Die Aktivitäten waren um die Lichtquelle zentriert, und in Richtung dieses Lichtes krochen die beiden weiter. Ross führte auf allen vieren, und Stone folgte herabgebeugt. Es schien keine Außenposten zu geben, zumindest keinen, der auf dem Sensorenschirm erschien, aber sie bewegten sich trotzdem vorsichtig. Bis zur letzten Deckung krochen sie Zentimeter um Zentimeter voran, bis sie über die Eiskante blicken konnten.

Vor ihnen lag ein TOG-Lager. Hohe Halterungen stützten Lichtbögen, die blauweißes Licht auf das Lager warfen. Fahrzeuge, die von TOG-Legionären in Kampfanzügen umringt waren, wurden von dem Licht angestrahlt. Die meisten Fahrzeugfronten zeigten in ihre Richtung, und sie konnten drei Horatius-Panzer und ein paar Romulus-Transporter erkennen. Weitere Fahrzeuge standen dahinter, deren Zugangstüren geöffnet und von hastig arbeitenden Legionären umgeben waren. Klirrende Hammerschläge und das Summen von Energiebrennern hallte über die gefrorene Leere. Weiter hinten formten die Versorgungsfahrzeuge einen lockeren Kreis, in dem Munitionspakete und Kisten unbekannten Inhalts herumlagen. Die äußere Begrenzung des Lagers markierten einige provisorische Hütten, die das TOG-Wissenschaftlerteam verlassen hatte, als sich die Rebellen am Pol niederließen.

Stone berührte Ross an der linken Schulter und machte ihr ein Zeichen, zurück auf den Rand zu rutschen. Auf der Leeseite des Eises beugte er sich vor, um in ihr Gesicht zu flüstern, weil er das Commlink aus Angst, daß die Übertragung eventuell gehört werden könnte, nicht benutzen wollte. »Gehen Sie zur Kohorte Harras zurück, so schnell Sie können.« Seine Stimme war nur der Hauch eines Tones, und Ross mußte sich anstrengen, die Worte zu verstehen.

»Melden Sie ihm, daß die TOGs noch hier sind.« Ross schüttelte den Kopf und deutete an, daß sie beide gehen sollten. Stone nickte. »Keine Sorge«, flüsterte er. »Ich werde direkt hinter Ihnen sein, aber Sie können sich schneller bewegen als ich.« Als sie zögerte, stieß er sie den Hang hinunter. Mit dem rechten Arm zeigte er den Weg zurück, den sie gekommen waren und wedelte dann zweimal damit, um anzudeuten, daß sie so schnell wie möglich gehen sollte. Sie zögerte einen Moment und bewegte sich dann in geducktem Lauf davon. Stone warf einen letzten Blick auf die TOG-Aktivitäten und folgte ihr zur Bresche zurück.

Der beschädigte Liberator schwankte leicht und kippte seine Nase zur Planetenoberfläche. Archon Divxas versuchte, den Panzer zu stabilisieren. Die meisten Antriebsdüsen waren weggeschossen worden, und er war sich nicht sicher, wie lange er noch in der Lage sein würde, das defekte Fahrzeug zu lenken. Ruder und

Steuer arbeiteten noch, aber es gab plötzliche Aussetzer in beiden Systemen, die den Liberator aus der Kontrolle ausbrechen und in Richtung Oberfläche fallen ließen.

Er hatte es geschafft, das Fahrzeug eine Weile in 10 Kilometern Höhe zu halten, aber die Höhe hatte begonnen, sich auf ihn und seinen Kommandanten auszuwirken, der noch immer bewußtlos auf dem Boden des Innenraumes lag. In dieser Höhe gab es zuwenig Sauerstoff für den Menschen und den Baufrin zum Überleben. Unter normalen Einsatzbedingungen würde das interne Lebenserhaltungssystem des Liberators der Besatzung erlauben, in der extremen Höhe effizient zu arbeiten, aber der Einsatz dieses Systems erforderte, daß die Luken geschlossen und versiegelt waren. Die Kommandoluke des Liberators stand noch offen, und Archon hätte sie, auch wenn er sie hätte erreichen können, nicht geschlossen und gesichert. Die Drähte der Sendeanlage verliefen durch die Öffnung, und wenn sie die Luke schlossen, würde das bedeuten, daß sie keine Botschaft mehr an das Planetarische Hauptquartier auf Rolandrin aussenden konnten.

Beiden Besatzungsmitgliedern waren zusätzliche Sauerstoffflaschen für diesen Fall ausgehändigt worden, aber deren Vorrat reichte nur für eine Stunde aus. Da der Panzer außer Kontrolle war, hatte Archon die Höhe bereits länger gehalten. Er fürchtete sich, die Höhe aufzugeben, die er gewonnen hatte. Er konnte sich zwar auf niedrigere Höhe fallenlassen, fürchtete aber, den Panzer nicht mehr halten zu können, wenn er den Abstieg begann. Der Liberator würde in den Ozean fallen und für immer verschwinden.

Der Flugcomputer des Liberators fing den treibenden Panzer ab, als er in Richtung des Planeten fiel. Der lange Weg zur Oberfläche hatte begonnen. Archon überprüfte den Steuercomputer; in drei Stunden würden sie wieder in die Atmosphäre eintreten. Er stellte auf Autopilot und gab die Koordinaten der Kommandobasis in Alabaster auf Rolandrin ein. Der Liberator würde von allein fliegen, solange die Energie reichte. Dann löste der Baufrin die Sauerstoffflasche aus seinem individuellen Lebenserhaltungssystem. Nachdem er den Schlauch vorsichtig in den Anschluß an Karstils Lebenserhaltungssystem eingeführt hatte, stellte er die Kontrollen auf minimale Versorgung ein. Er schob den Körper unter die Halterung des Kommandosessels und umklammerte den Platz mit den Beinen. Dann lehnte er sich in der Steuerstation zurück, um das Unvermeidliche zu erwarten.

Der *Cheetah*-Raumjäger des Commonwealth rollte sich zu einem letzten Blick über den Ozean herum. Der Pilot, der einen routinemäßigen Flug zum Pol machte, hatte die TOG-Aktivitäten gesehen, aber ihre Anwesenheit nicht als ungewöhnlich empfunden. Dem DDP nur noch einen gelegentlichen Blick zuwerfend, machte er sich an den Heimflug. Ein leises Geräusch erscholl in seinem Helm, und seine Augen sprangen zum Display zurück.

In der unteren Ecke zeigte sich das blinkende grüne Symbol eines unidentifizierten Objektes der eigenen Seite. Der Pilot schob den Steuerknüppel nach vorn, und die *Cheetah* ging in einen steilen Sturzflug über. Der Planet füllte den Schirm des Cockpits, als der Jäger auf die Oberfläche zujagte. 15 Kilometer über dem Boden zog der Pilot den Steuerknüppel zurück, und der Jäger schoß wieder hinauf. Das blinkende Rechteck auf dem DDP wurde stabil, und die Daten rollten über die Anzeige: ein Liberator ohne spürbare Lebensformen. Sein Commlink antippend, übertrug der Commonwealthpilot die Information zum Jägerkommando.

44

1830, 13 Martius 6831

Das Heulen der Sirenen hallte durch die Stahlhöhle des Rebellenjägerkommandos. Titanbeschlagene Türen rollten leise in maßgefertigte Spalten zurück, und Staubwolken wurden vom plötzlichen Sog von Gravantrieben aufgejagt. Die Wartungssoldaten schlugen Klappen und Luken zu und lösten ein Gewirr von Schläuchen, während Piloten aus dem Bereitschaftsraum über die Flure rannten. Kabel und verschiedenfarbige Flaschen hingen an ihren blau und weiß gefärbten Jägeranzügen.

Zwei Techs hielten die Einstiegsleiter gegen den schmalen Rumpf des *Cheetah,* während der Crewchef auf dem Flugzeugrumpf balancierte. Der herbeieilende Pilot sprang auf die dritte Stufe der Leiter und schwang sich in das Cockpit. Der Crewchef hob den Helm hinten vom Sitz und setzte ihn auf den Kopf des Piloten, aber der Pilot hörte nicht auf, sich zu bewegen. Seine Finger huschten in einem schnellen Check über die Armaturen. Der Pilot rief die Checkliste zu den Technikern hinunter, die hinter der Maschine standen und die Kontrollpults und die Schubtriebwerke überwachten. Der Crewchef verband die Lebenserhaltungs- und Commlink-Systeme des Piloten mit den Sensoren an Bord.

Die Checkliste vervollständigt, zeigten alle Systeme Grün an. Der Crewchef schwang sich aus dem Cockpit, als sich die Haube zu schließen begann. Seine Füße standen gerade auf der Leiter, als die beiden Techniker sie fortzogen. Die Bremsklötze wurden unter dem Fahrgestell entfernt, und die *Cheetah* rollte durch die offenen Hangartüren. Drei weitere Raumjäger fuhren auf dieselbe Öffnung zu und reihten sich hinter ihrem Führer ein. Die Lichter über den Türen flackerten von Rot auf Grün, als sich die Nase des ersten Jägers aus dem Hangar schob.

Der erste Jäger kreuzte die gekennzeichneten Wegmarken und bremste, wodurch er die *Cheetah* in eine enge Rechtswendung zwang. Der Jäger direkt dahinter führte gleichzeitig dasselbe Manöver durch. Die Jäger standen einen Moment lang nebeneinander. Der Führer sprach ins Commlink, und die Maschinen setzten sich in Bewegung. Als die Jäger die Startlinie erreicht hatten, spuckten die Zwillingsmaschinen Feuer. Der Düsenlärm donnerte über das Feld. Einen Moment lang waren die *Cheetahs* verschwommene Flecken, die sich wie Silberstreifen gegen das Grün der Startbahn abhoben. Dann waren sie mit himmelwärts gerichteten Nasen in der Luft. Die Laufwerke schnappten in die Schächte hoch.

Vom Heulen der Sirene bis zum Einfahren der Laufwerke waren 3 Minuten und 17 Sekunden vergangen. Das zweite Paar *Cheetah*s folgte zwei Sekunden später. Der Schwadronführer war zufrieden. Nicht das Beste, was seine Piloten je geleistet hatten, aber gut im Rahmen des vom Commonwealth festgelegten Limits von fünf Minuten.

Drei Stunden später kehrten die Jäger nach Rolandrin zurück. Ihr Auftrag hatte darin bestanden, über dem angeschlagenen treibenden Rebellen-Liberator zu patrouillieren und die Ankunft der Rettungseinheit zu erwarten. Ein paar TOG-*Lancea*-Jäger waren am äußeren Rand der Sensorenreichweite aufgetaucht, schnüffelten eine Weile herum und flohen dann vermutlich nach Malthus. Flying Officer Gorgas Star wußte, daß es nur eine Frage der Zeit war, bis sie in größerer Stärke zurückkehrten.

Llewellyn, der Führer des Bergungsteams, berechnete den Fall des Liberators. Die Schwerkraft zog den beschädigten Panzer zu schnell herab, um ihn aus dem Himmel pflücken zu können, daher mußte er auf einen Wasserzugriff eingerichtet sein. Er würde den Liberator auf die Oberfläche des südlichen Ozeans auftreffen lassen und ihn dann bergen, bevor er versank. Das Datendisplay zeigte, daß die Rumpfstruktur des Panzers intakt war, aber er wäre glücklicher gewesen, wenn sie alle Luken geschlossen hätten. Hohe Wellen in der Bergungsregion konnten das Fahrzeug überschwemmen, bevor die Bergeklauen greifen konnten, was bedeutete, daß er vielleicht Leute über die Seite hinablassen mußte. »In Ordnung, ihr Schmutzfinken, macht euch auf ein Bad gefaßt.« Als Antwort machte der Bergungsteamchef eine freundlich-obszöne Geste zu seinem Kommandeur.

Der Liberator schlug in einer Explosion aus Gischt auf der Wasseroberfläche auf. Der Panzer sprang einmal, geriet sofort außer Kontrolle und schlug wieder auf die Oberfläche. Die rechte Düse glitt unter das Wasser, und eine feste, graue Welle rollte über den Turm hinweg. »Verdammt«, fluchte Llewellyn, wobei er den Crawler über den sinkenden Panzer manövrierte. »Die Kiste geht unter. Bereithalten zum Absprung.«

Die vier Mann des Bergungsteams öffneten die Seitenluken des Crawlers und standen auf den Lukenrändern, während das Fahrzeug drei Meter über den Spitzen der höchsten Wellen schwebte. Der sinkende Panzer befand sich gut acht Meter unter dem Crawler, und das Bergungsteam beobachtete, wie das kalte Wasser durch den offenen Turm in den Liberator eindrang.

»Auf mein Kommando.« Llewellyn bewegte das 900 Tonnen schwere Fahrzeug über seine Beute und beobachtete die abwärts gerichtete Anzeige auf dem DDP. Das Fadenkreuz legte sich fest auf das Ziel.

»Los! Los! Los!« brüllte Llewellyn, und das Bergungsteam ließ sich frei an den Seiten herabfallen, wobei jeder Mann einen Schnappverschluß trug, der an einem Carballoy-Kabel befestigt war. Zwei Mitglieder des Team landeten auf der hervorstehenden linken Seite des Liberators und machten sich direkt an den D-Ringen am Rumpf zu schaffen. Sie knieten und warteten darauf, daß die anderen ihre Ziele erreicht hatten. Die zwei Bergungsleute auf der rechten Seite fielen direkt in das Wasser und sanken rasch ab, da das Gewicht der Kabel und Haken sie nach unten zog. Sie wußten, wonach sie suchten, und sie konnten ihre Aufgabe blind und unter Wasser erledigen. Llewellyn sah seine Kontrollkonsole auf Grün schalten, was anzeigte, daß alle Mitglieder auf den Plätzen waren. »Einhaken!« kommandierte er, zählte bis drei und ließ dann die Bergungsmotoren an. Er fühlte den Crawler vor Anstrengung vibrieren. Der Liberator begann, sich aus dem zu erheben, was sein Wassergrab hätte sein können.

Als der Liberator sich ausrichtete und aus dem Wasser herauskam, kroch das Bergungsteam in den Panzer hinein. »Hey, Lew«, sagte der erste Mann in das Commlink. »Sie sollten sehen, was wir hier haben. Da gibt es einen Burschen, der unter dem Sitz festgeschnallt ist und gerade noch lebt, und irgendein anderes Ding, das hinten zusammengekrümmt liegt und tot sein muß.«

»Banditen! Auf drei Uhr. Winkel 2-5.«

»Roger«, erwiderte Star. »Ich hab' sie. Flieger, rechts abbrechen.« Das DDP identifizierte die hernnahenden TOGs als vier leichte *Lancea*-Jäger. Die Commonwealthformation breitete sich auf einer losen Linie aus, als die enge Formation des Feindes herankam.

»Wartet auf den Raketenabschuß«, sagte Star.

Dieselbe Litanei lief in diesem Moment im Geiste eines jeden *Cheetah*-Piloten ab. Sie wußten, daß die *Lan*-

cea-Jäger einer gegen Aufklärer eingesetzten Schwadron normalerweise mit fünf Raketen beladen waren. Die TOG-Standardeinsatzprozedur für die *Lancea* bestand darin, aus weiten Entfernungen zu feuern, dann nach Hause zu fliegen und neu zu laden, um dann wieder in die Schlacht zurückzukehren. Die beste Taktik, den Raketen auszuweichen, war, direkt auf den herankommenden Feind zuzufliegen und auf den Raketenabschuß zu warten. Gerade vor dem Einschlag würden die Jäger nach recht oder links ausbrechen und das Raketensensorensystem ziellos zurücklassen. Die Taktik erforderte unglaublichen Mut. Jeder Instinkt eines Piloten schrie danach abzudrehen, aber ein Jäger würde sich schwer damit tun, eine Rakete abzuhängen. Drehte man zu früh ab, konnte die Rakete den Jäger seitlich treffen und sich ihren Weg durch die Panzerung in die internen Systeme bohren. Drehte man zu spät ab, trafen die Raketen auf die Bugpanzerung und die *Cheetah* würde wie eine Folie zerknüllt werden.

Der einzige Vorteil dieser Taktik bestand darin, daß, sobald die Jäger die Raketen verbraucht hatten, die *Cheetah*s in naher Entfernung zum Feind waren. Die *Lanceas,* die ihre Raketen ausgeteilt hatten, würden unter dem Hämmern der flügelmontierten Laser und Elektronenpartikel-Geschütze der *Cheetah*s hilflos sein.

»Vögel in der Luft«, sagte Star. »Warten Sie auf meinen Befehl.« Die Commonwealthjäger und die gestarteten Raketen rauschten mit 50 Kilometern in der Sekunde aufeinander zu. Als der Abstand sich auf weniger als 15 Kilometer verringerte, befahl Star: »Abdrehen!«

Die vier Jäger drehten scharf rechts von den Raketen ab. Die Silhouetten-Scanner der herannahenden Raketen verloren ihre Ziele und kreischten an den kurvenden *Cheetah*s vorbei, die ihrerseits nun die fliehenden Feinde anvisierten. Die *Lanceas* hatten nicht darauf gewartet, die Wirkung der Raketen zu sehen. Sobald sie die Raketen abgeschossen hatten, kehrten sie nach Hause zurück.

Die Sensorsysteme der *Cheetah*s erfaßten die fliehenden *Lanceas*. Drei der vier waren schon weit entfernt, aber der letzte lag noch in der 150-Kilometer-Reichweite der Raketen, die in die Nasen der *Cheetah*s montiert waren. Star hörte den weichen Laut der Zielerfassungssensoren im Helm aufklingen. Er berührte den Feuerknopf, und der Blitz des Raketenstarters leuchtete über der Nase des Jägers auf. Aus den Augenwinkeln sah er seinen Flügelmann ebenfalls feuern. »Abbrechen. Abbrechen. Sie sind fort.« Weniger als eine Minute später erblühte eine rote Blume am dunklen Himmel. Eine der *Lanceas* würde ihre Basis nicht mehr erreichen.

»Sie leben!« rief Präfekt Kenderson. »Ich wußte, Harras ist zu gut, um geschnappt zu werden!«

Lieutenant Colonel Alban Tripp lächelte den Rebellenkommandeur an. Er hatte dieselbe Euphorie erlebt, als die Nachricht von dem zerstörten Liberator im Hauptquartier eintraf. Aber er wußte, daß die Freude schnell der Frustration Platz machen würden, wenn nicht bald etwas getan wurde. »Und was nun?«

»Wie? Wir folgen ihnen natürlich.«

»Womit? Wollen wir gutes Geld schlechtem hinterherwerfen?«

»Das ist nicht der Punkt«, erwiderte der Präfekt. »Das sind meine Truppen, und wir müssen alles tun, was wir können, um sie zu retten.«

»Aber das ist genau der Punkt«, unterbrach Brigadier Bernhard Maxall ihn, der Operationschef auf Caralis. »Wir sind alle in der gleichen Armee, ob wir nun Commonwealth oder Rebellen sind. Die Truppe hat klare Erfordernisse, und eines davon ist, die Truppen für den eigentlichen Auftrag zusammenzuhalten. Und der eigentliche Auftrag ist Alsatia, nicht der Pol.«

»Also geben wir sie auf?« Kenderson fühlte sich plötzlich schlecht. Seine Freude, die Kohorte Harras lebend zu finden, war plötzlich von neuer Hoffnungslosigkeit überschattet.

»Mit einem Wort«, antwortete Maxall, »ja.«

»Und das ist die Entscheidung Ihres gesamten Stabs?« fragte Kenderson.

»So ist es.«

»Mit Ihrer Erlaubnis, Sir.« Major Rebecca Harn trat hinter dem Stuhl des Brigadiers hervor. »Ich glaube, es gibt da eine wichtige Voraussetzung, die wir übersehen haben könnten.« Harn agierte als Maxalls Adjutant, und es war für einen Adjutanten unüblich, öffentlich mit seinem oder ihrem Vorgesetzten nicht übereinzustimmen. Maxall sah sie streng an, aber sie beugte sich nicht. Er nickte ihr zu, daß sie weiterreden durfte.

»Die TOGs haben der Polarstellung große Aufmerksamkeit geschenkt«, begann sie. »Die Beschreibung der Stadt unter dem Eis läßt vermuten, daß die TOGs sie wahrscheinlich gerne haben möchten. Wenn das eine Naram-Stadt ist – und wir müssen das annehmen –, würde das diesen Planeten als eine der langverschollenen Heimatwelten der Naram ausweisen. Diese Entdeckung würde benutzt werden, um Einfluß auf die öffentliche Meinung unter den Naram zu nehmen. Wenn das TOG in der Lage wäre, die Stadt unter dem Eis zu öffnen und den Ersten Konsul der Naram einzuladen, sie unter Aufsicht der TOGs zu besuchen, könnte die Wirkung bedeutend sein, besonders bei den Naram, die sich zur Zeit in TOG-besetztem Raum aufhalten. Die Entdeckung könnte auch die Naram beeinflussen, die zur Zeit im Dienst des Commonwealth stehen.«

Es war still im Raum, als jeder Offizier ihre Worte bedachte. »Das ergibt soweit Sinn, Becky«, kommentierte der Brigadier. »Fahren Sie fort.«

»Ich meine, Sir, daß wir die Konsequenzen unserer

Aktionen oder Nicht-Aktionen nicht so sehr auf der Basis überdenken sollten, was sich hier auf Caralis abspielt, sondern was innerhalb des TOG- und des Commonwealthraumes passieren wird. Aus diesem Blickwinkel betrachtet, könnte es unsere Zeit und Mühe wert sein, den Pol zu halten. Und natürlich würden uns auch die TOGs, die sich um den Pol kümmern, nicht auf Alsatia stören.«

Brigadier Bernard Maxall erhob sich aus seinem Sessel. »In Ordnung, Kenderson. Wir werden zu Ihrer Kohorte Harras stoßen. Kommen Sie mit einer Einsatzaufstellung und einem Plan vorbei. Informieren Sie mich in 12 Stunden. Sie können nichts bekommen, was Alsatia zugeteilt ist, aber Sie können alles andere mit entsprechender Begründung haben.« Er sah den Präfekten an. »Sie sollten ein glücklicher Mann sein, obwohl ich mir nicht sicher bin, warum. Sie haben schon einmal versucht, dieser Truppe zu helfen, und das ging schrecklich daneben. Machen Sie es diesmal richtig, weil es Ihr letzter Schuß ist.«

45

0600, 14 Martius 6831

Legatus Maximus Rocipian Olioarchus lehnte sich im Stuhl zurück und streckte sich. Auf demselben Tisch im Gefechtsstand-Pompey, der nahe dem Zentrum des Südpols stand, saßen Präfekt Claudius Sulla, der Operationsoffizier des Planetarischen Stabs, und Zenturio Marmoreus Patrius, Olioarchus Anhänger in der Kohorte Camus. »Sie waren beide äußerst hilfreich, und ich bin mir dessen bewußt, was Sie für mich getan haben«, sagte Olioarchus. »Ich bin sicher, daß wir dieses kleine Abenteuer zu einem befriedigenden Abschluß bringen können.« Er sah Patrius an. »Ich habe in meinem Stab Verluste erlitten, Zenturio, und wäre froh, wenn Sie die freien Stellen ersetzen könnten.« Patrius lächelte den Legatus Maximus an. Er wußte sicher, daß er die richtige Entscheidung getroffen hatte, eine Entscheidung, die für die Kohorte und seine eigene Karriere richtig war. »Mit Vergnügen, Sir.«

Olioarchus wandte sich an Präfekt Sulla. »Technisch gesehen, Sir, stehe ich nicht unter Ihrem Kommando. Noch stehe ich unter dem Kommando von Brigadegeneral Drusus Arcadius. Alle meine Berichte wurden an das Abschnittshauptquartier geschickt, und obwohl ich unter dem taktischen Befehl des Planetarischen Stabs auf Caralis stehe, berichte ich als Führer einer nur befristet zu kommandierenden Truppe direkt an Grand General Oliodinus Severus Septimus. Mein Bericht wird alle Einzelheiten Ihrer Hilfe einschließen. Ich weiß, daß er recht zufrieden sein wird.« Sulla errötete vor Freude. Der rote Glanz verschwand von den Wangen, als Camus die Kammer mit einer ausholenden Geste betrat.

»Sie haben die Aufstellung einiger meiner Einheiten verändert«, sagte Camus, dessen Ärger in der Stimme sich im Gesicht widerspiegelte.

»Sicherlich nicht, mein lieber Legatus. So etwas würde ich nicht wagen.«

»Sie haben es getan. Ich komme gerade aus den Stellungen, und meine Leute sind verlegt worden.«

»Ich habe nicht Ihre Leute verlegt, Legatus Camus. Ich habe immer nur meine verlegt.«

»Was meinen Sie damit?«

»Vor etwa einer halben Stunde ist die gesamte Unternehmung am Pol in mein Kommando übergegangen.« Olioarchus verzog die Lippen zu einem spöttischen Grinsen und legte beiläufig einen Arm auf die Kommandokonsole.

»Sie haben kein Recht, das zu tun!«

»Aber ja doch, das habe ich.« Olioarchus grinste breiter.

»Meine Männer werden das nicht billigen.« Camus ließ seine Hand auf das Holster seiner Spike-Pistole sinken.

»Ihre Männer haben keine Wahl. Dieser Wechsel ist auf höchste Ebene vorgenommen worden.«

Camus wandte sich an Sulla. »Ich hätte nie zustimmen dürfen, daß Sie an dieser Mission teilnehmen!« brüllte er. Sulla erbleichte weiter unter dem Angriff und sah sich bei Olioarchus nach Hilfe um. Der Legatus Maximus lächelte ihm aufmunternd zu und bestätigte dem Präfekten damit, daß er wirklich der Verantwortliche war. Olioarchus drückte einen der Knöpfe auf der Konsole.

Camus, dessen Wut die Oberhand gewann, fummelte an der Waffe herum, bekam aber nicht einmal das Holster geöffnet. Die dreifingrige Klaue eines

Ssoran-Wächters schloß sich von hinten fest um sein Handgelenk und drehte die Hand von der Waffe weg.

»Ich denke, Legatus Cariolanus Camus«, flüsterte Olioarchus eisig, »daß der Kommandowechsel nun vollzogen ist.«

»Das ist unmöglich!« explodierte NaBesta Kenderson und wischte die Papiere vom Tisch. »Es kann doch nicht jede Rebellen- und Commonwealthtruppe gerade etwas Wichtiges zu tun haben.«

Lieutenant Colonel Alban Tripp sah seinen Legionskommandeur an. Er war sich bewußt, daß alle verfügbaren Truppen, die hier aufgelistet waren, für Alsatia vorgesehen waren. Der Brigadier mußte das gewußt haben, als er die Aufstellung einer Hilfstruppe zuließ und Kenderson auftrug, die Truppen nicht anzurühren, die für Alsatia vorgesehen waren. Der Erfolg des Unternehmens am Pol schien sich dem Präfekten beharrlich zu verweigern. »Es gibt da vielleicht noch eine Chance«, sagte Tripp. »Ich kenne einen Mann, der Ihnen helfen kann, das zu finden, was Sie brauchen. Ich habe einen Captain in meinem Stab, der alles mit dem Computer machen kann, was getan werden kann.«

»Nun, dann schicken Sie ihn her. Warten Sie – schicken Sie ihn nicht her. Sagen Sie ihm einfach, was ich brauche, und lassen Sie ihn an die Arbeit gehen.«

Eine halbe Stunde später hatte Captain David Pharker eine weitere Linie auf dem Computerschirm überprüft, legte den Stift ab und setzte einen Anruf über das Commlink ab. Ein Offizier antwortete am anderen Ende der Verbindung. »Hey, Rob«, sagte Pharker. »Hier Dave. Tu mir einen Gefallen.« Er machte eine Pause. »Ich muß wissen, ob es eine halbwegs einsatzbereite Einheit in der 2567. gibt, die nicht verplant ist.« Er lauschte einen Moment. »Großartig. Schick mir die Infos, ja?«

Der Schirm seiner Arbeitskonsole verschwamm, als

der Computer die Übertragung erhielt. Pharker sah zu, bis die Sendung fertig war. »Hab's«, sagte er in das Commlink. »Danke.« Er erhob sich, entnahm den Chip aus dem Computer und ging zu Lieutenant Colonel Tripp.

»Es gibt eine Menge da draußen, Sir«, sagte er abrupt, als er Tripps Büro betrat.

»Ich wußte es, wenn jemand verfügbare Truppen finden kann, dann sind Sie es, Dave«, antwortete Tripp lächelnd. »Was haben Sie, das ich Kenderson geben kann?«

»Es gibt eine Kohorte, die die Hälfte ihrer Mannschaftsstärke hat und sich in der Ausbildung befindet, und es gibt eine andere Einheit, die gerade ihr komplettes Gerät instandsetzen läßt. Keine davon ist als verfügbar aufgeführt, aber beide könnten es sein. Es gibt auch einen Transporter, der Männer und Ausrüstung hierher bringt. Sie sind bisher nicht organisiert, aber wir können sie in den Einsatz umlenken, sobald sie das nächste Mal in den Normalraum treten. Das ist alles hier drin.«

Er schob den Chip in den Computer. Tripp schüttelte bewundernd den Kopf, als er die Informationen überprüfte. »Wie schaffen Sie das nur alles, Dave?«

»Das ist ziemlich einfach. Ich bleibe einfach mit den meisten Leuten, die ich treffe, in Kontakt. Beispielsweise gibt es einen Zivilisten im Ausbildungszentrum, der ein Freund meines Bruders ist. Ich lernte ihn kennen, als ich elf war, und er hat mir einige gute Ratschläge gegeben. Er hat noch immer aus seiner Dienstzeit gute Verbindungen zu den Commonwealthstreitkräften. Der Colonel der Wartungsabteilung war einer meiner Instrukteure im Offiziersausbildungszentrum. Wir haben uns beim Kartenspiel besser kennengelernt. Einer der Sergeanten des Stabs war mein Drillsergeant. Er lehrte mich viel über Menschen. Das kommt alles zusammen.« Er schob das Kompliment weg.

»Nun, wir sollten einen Einsatzbefehl an den Transporter *Caelestis* senden, um sie wissen zu lassen, was wir vorhaben«, sagte Tripp. »Stellen Sie einen zusammen. Werden Sie das tun, Dave?«

»Schon geschehen, Sir. Ich habe ihn hier.«

»Sie denken an alles, Dave?«

»Sicherlich nicht, Sir. Aber ich versuche es.«

Als der Transporter RLS *Caelestis* aus dem Tachyonraum ausbrach, um seinen abschließenden Kurswechsel auf Caralis zu machen, öffnete er alle Frequenzen, weil das die Standardprozedur war. Der Captain war überrascht, eine kurze, kodierte Botschaft von einem entfernten COMSAT zu erhalten. Er sandte sie zur sofortigen Übersetzung zur Dechiffrierstation und fröstelte, als er sie las.

Der Befehl war an ihn und den ranghöchsten Rebellenoffizier an Bord gerichtet. Statt ein normales, friedensmäßiges Entladen vorzunehmen, sollte die *Caelestis* eine Sturmlandung über Caralis machen. Die geänderten Befehle erforderten ein viel steileres und damit gefährlicheres Annähern und vergrößerten auch die Chance, auf Widerstand zu treffen, und dem Skipper gefiel der Ton darin nicht. Er gab den Befehl an den Zenturio weiter, der den Auftrag hatte, die Truppen und das Gerät im Laderaum zu hüten. Die *Caelestis* wandte sich scharf nach rechts und zündete erneut die Triebwerke für einen überlichtschnellen Flug.

Milton Harras studierte die Personallisten für seine Kohorte, die auf dem Schirm im Pedden ausgegeben wurden. Das scharfe Feuer an den Breschen in der Kuppel unter dem Eis hatte Opfer gefordert, aber die Kohorte war in einem besseren Zustand, als er gedacht hatte. Die Entdeckung der Nahrung unter den Naramtempeln hatte die Moral der eingeschlossenen Legionäre gehoben und einen überraschenden Effekt auf die Truppen im Lazarett gehabt. Ob es an den größeren Rationen lag oder einfach an der veränderten Ernährung der Truppe: Die Stimmung unter dem Südpol hatte sich definitiv verändert.

Eine Anzahl von Dingen war zur selben Zeit zusammengekommen. Das Ende der TOG-Angriffe erlaubte es den Männern, den dringend erforderlichen Schlaf zu erhalten. Das Wartungspersonal der Kohorte hatte die Feuerpause genutzt, um einige weitere Fahrzeuge zusammenzusetzen. Ihnen fehlte die Ausrüstung, um die großen Panzer wiederherzustellen, aber sie schafften es, ausreichend viele der vollständig zerstörten Fahrzeuge auszuschlachten, um einige wenige Panzer einsatzfähig zu bekommen. Die drei Zenturien der Kohorte besaßen nun je fünf Fahrzeuge, und diese fünfzehn Panzer waren ein deutlicher Anstieg gegenüber den acht, mit denen sie ihre letzte Schlacht beendet hatten. Genügend Leute zu finden, die man in diese Maschinen setzen konnte, war nun das drängendste Problem.

Mit der in Gang gesetzten und geborgenen Ausrüstung gingen die qualifizierten Besatzungsmitglieder, die man zeitweise der Infanterie zugeteilt hatte, zu den Funktionen zurück, für die sie ausgebildet worden waren. Das ließ die Infanteriekommandos mit schwacher Feuerkraft zurück, aber daran war nichts mehr zu ändern. Wenn die TOGs einen weiteren Vorstoß begannen, würde Harras die Besatzungen aus den Panzern rufen, um sie als Infanterie kämpfen zu lassen. Eine Stadt war kein Ort für gepanzerte Fahrzeuge; die engen Straßen stellten ein perfektes Terrain für Infanteristen dar, und mit ein bißchen phantasievoller Planung konnte ein Zug eine Panzerzenturie aufwiegen.

Harras schwang den Stuhl herum, um seine Gefährten im Gefechtsstand anzusehen. »Sie haben gute Arbeit geleistet, als Sie die Oberfläche erkundet haben, und ich werde Sie bitten, das noch einmal zu tun.«

Rinter und Stone sahen sich an.

Honor Ross' Gesicht zeigte Frustration und Furcht. Sie wollte zu ihrer Gruppe zurückkehren. Sie hatte die Erkundungstour mit Larry Stone unter Protest erledigt und nur zugestimmt, nachdem ihr mehr Legionäre für ihre Infanteriegruppe zugesichert worden waren, wenn sie zurückkam. Tatsächlich war das Gegenteil eingetreten. Grain war zwar als Verwundeter zu dem Kommando zurückgekehrt, aber sie hatte Hull und Blackstone an die wiederhergestellten Fahrzeuge verloren. Sie begann, die Panzer zu hassen. »Ich würde lieber zu meinem Trupp zurückkehren, Sir. Es sind nur noch drei in der Stellung, und sie können mich gebrauchen.«

»Ich kenne die Situation, Sergeant, aber Sie sind im Moment auf der Oberfläche für mich eine größere Hilfe. Sie und Stone sind mit dem, was an der Oberfläche vor sich geht, vertraut. Wir haben keine Zeit, jemanden neu einzuweisen.«

Ross' Herz sank. Sie wußte, daß die Argumente ihres Kommandeurs richtig waren und ihre Gefühle daran nichts änderten. Also fügte sie sich in ihr Schicksal.

»Machen Sie sich keine Sorgen«, sagte Harras. »Nur noch dieses eine Mal, das verspreche ich, und ich werde Sie zu Ihrem Trupp zurückkehren lassen.« Er zeigte auf den Bildschirm, der das Personenregister gelöscht hatte, um anzuzeigen, was sie von den TOG-Stellungen wußten.

»Die Dinge ändern sich hier oben, und ich brauche ein besseres Verständnis dessen, was vor sich geht. Sam Rand, der Kommunikationsspezialist, sagt, daß wir genau herausfinden können, wo sie sind, wenn wir hier einen passiven Sensor aufstellen und ihn an ein Fahrzeug anschließen. Das ist es, was ich von Ihnen erledigt wissen will.«

»Einen Draht den Hang hinaufzuziehen, das wird

interessant«, sagte Stone trocken. Er zeigte mit dem Daumen auf seine Partnerin. »Ross ist gut, aber ich habe immer noch nur einen Flügel. Wir könnten eine dritte Person gebrauchen.«

»Ich weiß, aber ich habe niemanden, den ich Ihnen geben kann. Die Größe von Ross' Gruppe ist unglücklicherweise typisch. Ich fürchte, Sie müssen sich damit abfinden.«

Ross und Stone krochen wieder durch den verwüsteten Stollen an die Oberfläche. Ross führte mit gezogener Pistole, gefolgt von Stone, der einen M-364-Automaten auf dem Rücken trug. Das um eine Winde gewickelte Kabel spulte sich ab, sobald er sich bewegte. Das haardünne Kabel war stark genug, um 12 Kilo Gewicht zu tragen, so daß kaum Gefahr bestand, es durch irgendeine ungeschickte Bewegung abzureißen. Das Kabel war voll isoliert, und die Sendeeinheit würde nicht gestört oder genügend Energie verlieren, um entdeckt zu werden, selbst wenn es auf dem Eis lag.

Die Öffnung an der Oberfläche lag noch immer verlassen da. Ross bahnte sich einen Weg zum Rand des Trichters und sicherte die Region. Dann gab sie Stone das Signal zu klettern. Mit seinem nutzlosen Arm war es ein langes, schmerzhaftes Kriechen. Ross konnte den Dampf seines Atems unter dem Visier hervorströmen sehen. Als Stone die Oberfläche erreichte, schwitzte er vor Erschöpfung und Schmerz.

»Erinnern Sie mich daran, diese Ehre das nächste Mal abzulehnen«, flüsterte er Ross zu. »Ich werde jemand anders die Belohnung und den Orden dafür kriegen lassen. Es ist dies einfach nicht wert.«

Die beiden warteten am Rand des Trichters, bis Stones Atmung gleichmäßiger wurde. Das erste Mal, als er Ross signalisierte, daß er bereit sei, lehnte sie ab. Sie konnte sehen, daß er noch schwer atmete, und Ross wollte nicht gehen, bis sie sicher war, daß er wirklich bereit war. Das nächste Mal, als Stone Zeichen gab, daß er bereit war, stimmte Ross zu und das Paar verschwand in der Dunkelheit.

Der Himmel, der bei ihrem letzten Ausflug zur Oberfläche von Lichtbögen erhellt gewesen war, war nun dunkel. Stone kroch zu Ross hinüber und flüsterte, daß dies entweder ein gutes oder ein schlechtes Zeichen sei. Entweder waren die TOGs abgezogen oder sie hatten mit den Vorbereitungen für eine weitere Attacke begonnen. Ross zuckte mit den Schultern. Stone löste das Commlink vom Helm und führte den winzigen Stecker in die Buchse am Sensor. Er führte eine manuelle Sprechtestsequenz durch, um die Kommunikationsverbindung und die Übertragungsergebnisse, die auf dem Sensor gezeigt wurden, zu überprüfen. Er schüttelte mehrere Male den Kopf und entfernte dann die Commlink-Verbindung. »Nicht gut«, zischte er. »Die Übertragung ist nicht stark genug. Wir müssen näher ran.«

Frustration wallte in Ross auf. Nur weil ich beim ersten Mal so nah an der Bresche war, muß ich doch nicht immer wieder dies hier tun, schimpfte sie in sich hinein. Sie hob den Sensor vom Eis und gestikulierte scharf zu Stone. Der beste Weg, ihr Problem zu lösen, entschied sie, bestand darin, das verdammte Ding woanders aufzustellen. Dann konnten sie dahin zurückkehren, wohin sie gehörten.

46

1200, 14 Martius 6831

Legatus Maximus Olioarchus studierte den Plan, der die Aufstellung seiner Truppen am Südpol zeigte. Legatus Cariolanus Camus hatte gute Arbeit geleistet; oder besser: Zenturio Patrius hatte einen guten Plan entworfen. Die Reste der Kohorte Camus hatten sich zurückgezogen, um weit entfernt vom Zugang zur Rebellenstellung unter dem Eis einen Hinterhalt vorzubereiten, wenn der Feind an die Oberfläche gezwungen wurde. Die 365. Straf-Auxilia hatte eine Kohorte zur Unterstützung der gepanzerten Fahrzeuge und den Rest an den bekannten Breschen in der Kuppel über der verborgenen Stadt aufgestellt. Olioarchus drückte einen Knopf auf der Kommandokonsole, und die Tür zur äußeren Kabine glitt auf. Zenturio Miles Stratton erschien.

»Sir?«

»Stratton. Wir sind startklar. Wie ist der Zustand des Kommandos?«

»Alle Truppen sind in Stellung, Sir. Sie warten nur auf Ihren Befehl.«

»Sehr gut, Stratton.« Der Auxilia-Kommandeur lächelte. »Aber Ihr Enthusiasmus ist fehl am Platze.«

»Sie sind bereit, für den Imperator zu sterben, Sir.«

»Und das werden sie, Stratton, das werden sie. Aber auch Straftruppen sollten nicht sinnlos verschwendet werden. Obwohl sie gut ausgebildet sind, dafür haben Sie gesorgt – da bin ich mir sicher –, brauchen sie Kampferfahrung. Nur die Erfahrung wird sie zu einer Kampfeinheit formen, und einige Verluste werden ihren Blutdurst anstacheln. Es wird sie noch schärfer machen.«

»In welcher Stärke also angreifen, Sir?«

Olioarchus hielt inne, um seine Antwort zu überdenken. »Ich meine, nicht mehr als jeweils ein Zug.«

»Ein Zug, Sir? Sie können nicht mit nur einem Zug gewinnen.«

Olioarchus lächelte verärgert. »Aber, Zenturio Stratton, ist das nicht das gewünschte Ergebnis? Daß sie verlieren und Verluste haben?«

Stratton sah seinen Kommandeur wegen seiner berechnenden Natur mit neuem Respekt an. »Wundervoll, Sir«, sagte er mit spürbarem Enthusiasmus. »Wunderbar. Ich werde die Befehle sofort ausgeben.«

Sergeant Lucifer K. Mullins drückte sich tiefer in seinen Sitz. Dieser Auftrag wies alle Zeichen eines klassischen Fehlschlags auf. Der Transporter RLS *Caelestis* war auf Rilus V für eine friedensmäßige Landung beladen worden. Das Ladedeck bot ein heilloses Durcheinander. Fahrzeuge waren, wie es gerade paßte und nicht für ein Aussetzen arrangiert, hineingestopft worden. Nun hatten einige Idioten entschieden, diesen Sauhaufen in die Schlacht zu schicken, kaum daß sie über Caralis eintrafen. Er kaute auf dem Ende seiner nicht angezündeten Zigarre herum und grummelte leise vor sich hin.

Der Offizier war ein sehr junger Commonwealth-Lieutenant. »Weil wir die Ausrüstung nicht sehr gut bewegen können, werden wir den Fahrzeugen die Besatzungen zuteilen, wie sie gerade auf dem Deck verteilt sind. Die Rebellenersatztruppe wird die Panzer und Transporter im vorderen Bereich der Frachträume auf allen Decks übernehmen. Die Commonwealth-Truppen werden den hinteren Fahrzeugen zugeteilt. Ich bin mir im klaren darüber, daß einige von Ihnen nicht in den Fahrzeugen sein werden, denen sie zugeteilt worden sind, aber das kann man nicht ändern. Schwimmen Sie einfach mit dem Strom, und wir werden das Beste daraus machen.«

Mullins biß fester in seine Zigarre. Ursprünglich war er einem alten Crusader zugeteilt worden, dem schwersten Commonwealthpanzer, der je entwickelt worden war. Er hatte sich darauf gefreut, im Turm eines 400 Tonnen schweren Panzers zu sitzen. Nun verlor er seinen schönen Panzer an einen Commonwealth-Sergeanten.

»Wie Sie wissen«, fuhr der Lieutenant fort, »ist die Operation am Südpol, zu der wir zur Unterstützung hinabstoßen, eine reine Rebellenoperation. Die Commonwealth-Truppen werden ihren Flug nach Rolandrin wie geplant durchführen.«

Typisch, dachte Mullins zynisch. Die Rebellen kämpften, und die Commonwealth-Truppen stellten die Reserve. Aber er mußte zugeben, daß es ihm trotzdem gefiel; es war besser, draußen an der Front zu sein, als hinten zu stehen und den Kampf über Commlink zu verfolgen. Der beliebte Vorwurf, daß die Commonwealth-Truppen nur herumsaßen, traf nicht zu, und Mullins wußte das. Er wollte nur denken, daß er in der besseren der zwei Streitkräfte war.

»Nachdem Sie Ihren Fahrzeugen zugeteilt worden sind, werden wir ad hoc Züge und Zenturien bilden. Melden Sie sich bei Ihren Truppenführern ab, wenn Sie gehen. Das ist alles.« Der Offizier wandte sich auf dem Absatz um und ließ die Rebellen allein.

Die Rebellentruppe erhob sich, und ein Stimmengewirr erfüllte das Ladedeck. Niemand drückte dem Commonwealth oder dem Plan Anerkennung aus.

Der Rebellenwartungspark auf Rolandrin war ein Bienenkorb voller Aktivität. Wartungspersonal führte die letzten Handgriffe an den Waffensystemen, Sensoren und Panzerungen durch, bereitete die Panzer und Infanterietransporter der Zenturie auf den Kampf vor. Eintreffende Ersatzoffiziere und Soldaten checkten an langen Tischen ein, die von abgespannten Stabssoldaten besetzt waren. Zugeteilte Truppen wanderten auf der Suche nach ihren neuen Quartieren durch die Menge der Fahrzeuge.

Optio Roglund Karstil prüfte die Schlinge am rechten Arm. Der Stabsarzt hatte ihn für leichten Dienst freigestellt: kein schweres Heben, keine anstrengende Aktivität. Einen Panzerzug zu kommandieren erforderte kein schweres Heben, entschied er, und meldete sich zum Dienst zurück. Er hatte seinen momentanen medizinischen Zustand gegenüber dem Personaloffizier nicht erwähnt, als er sich zum zweiten Hilfsverband meldete, der sich in der Wartungsregion formierte, und er war ohne weitere Fragen einem Liberator und einem Zug zugeteilt worden. Er wußte, es würde nicht viel Zeit für eine Lageinformation geben, bevor er zum Pol zurückgekehrt war, und er hoffte, daß der Zenturienchef gut war.

Die anderen Offiziere und Sergeanten standen in einem lockeren Kreis fast in der Mitte des Feldes, stellten sich einander vor und machten nervös Konversation. Sie waren sich ihrer selbst und der Lage nicht sicher. Ihre Zenturie war gerade von einer großen Erholungspause im Wartungszentrum Alabaster zurückgekehrt, und viele der Offiziere und Soldaten waren neu aufgestellt. Einheiten im Rohzustand wurden niemals kampfbereit gemeldet, aber irgendwie hatte sich der Status dieser Gruppe geändert. Sogar der Zenturio war neu. Die Gruppe nahm Haltung an, als die Führungsgruppe erschien.

Der Senior-Sergeant der Zenturie rief die Offiziere zur Achtung, als der Zenturio das Feld betrat. Der Kommandeur sprang geradezu in die Öffnung, die die Offiziere geschaffen hatten. Er war der energiegeladenste Mann, den Karstil je gesehen hatte; der Mann schien eher zu hüpfen als zu gehen. Der Zenturio stoppte in der Mitte des Kreises und nahm seinen Helm ab, wobei er ein jungenhaftes Gesicht und einen nicht vorschriftsmäßig geschnittenen Schopf blonder Haare zeigte. Der Offizier fuhr sich mit der Hand durch das Haar, und die zerzausten Locken fielen sofort wieder an ihren Platz zurück.

»Guten Tag, meine Herren«, begann der Zenturio. »Es ist schön, Sie hier zu haben. Ich bin Zenturio Greerson Kane, neu aus dem Sumpf der Optios in diesen Rang erhoben. Bitte beachten Sie: Wenn Sie nicht aufgeben und überleben, werden Sie irgendwann ein Senior-Optio und dann, bevor Sie es merken, ein Zenturio. Es ist wirklich wundervoll.«

Karstil starrte den Zenturio an. Da gab es etwas Vertrautes an dem Mann. Das blonde Haar, die Stimme, das respektlose, spöttische Gehabe schienen irgendwo in seiner Erinnerung vergraben zu sein.

»Was wir hier haben«, fuhr der Zenturio fort, »ist eine wunderbare Chance für uns alle, einen äußerst gloriosen Tod zu sterben. Einige unserer Freunde sind unten am Südpol etwas durcheinandergeraten.« Er schüttelte sich. »Brr. Kalter Ort, habe ich gehört. Unser Job ist es, da runterzugehen und unsere Freunde zu retten.« Er musterte seine Offiziere mit prüfenden Blicken.

»Nun, sollten Sie glauben, Sie gingen allein hinein, lassen Sie mich Sie daran erinnern, daß andere ebenfalls an dem erfreulichen Ausflug teilnehmen. NaBesta Kenderson, der Präfekt unserer gloriosen Provisorischen Legion, führt diese Truppe in Manusgröße selber. Zumindest wird sie Manusgröße annehmen, nachdem wir uns mit unserer Verstärkung vereinigt haben. Bis das geschieht, sind wir nur eine aufgeblasene Kohorte.«

Karstil hörte kaum zu. Er war bereits mit dem groben Schema des Auftrags vertraut. Er konzentrierte sich darauf, wo er Greerson Kane kennengelernt hatte. Es konnte auf der *Tacitus* oder der *Maiestas* gewesen sein, aber das glaubte er nicht. Aus irgendeinem Grunde verband Karstil die Gestalt von Kane mit einem heißen Frühstück aus Eier, Würstchen, fritierten Kartoffeln und Soße. Er blickte düster vor Anstrengung vor sich hin und versuchte, sich zu erinnern.

»Was wir tun werden«, sagte der Zenturio, der die Hände zum Erklären zu Hilfe nahm, »ist nichts weiter, als von Rolandrin rüberfahren. Wir werden einen langen, niedrigen Marsch über den Ozean machen, bis wir über die Hälfte des Weges zum Pol geschafft haben. Dann machen wir einen scharfen Anstieg auf 10 000. Wenn wir anfangen, zum Pol hinabzustürzen, wird plötzlich ein Transporter aus dem Nichts erscheinen. Voilà! Der Transporter wird seine Türen öffnen, und daraus werden unglaubliche Mengen von Panzern und Infanterietransportern strömen, um uns zu begleiten, wenn wir zu den bösen Jungen abtauchen. Es wird alles viel zu schön sein, um es in Worte fassen zu können. Wir werden alle sehr aufgeregt und glücklich sein. Die unglücklichen TOGs werden diese Perle militärischer Koordination sehen, und sie werden ihre Waffen niederwerfen und sich in Massen ergeben.«

Alsatia! dachte Karstil. Es war Senior-Optio Greerson Kane vom letzten Angriff auf Alsatia! Karstil grinste, als er sich an die verzweifelte Kampfnacht erinnerte, in der sein Zug von TOGs überrannt worden war, und an die rechtzeitige Ankunft der Deliverer-Panzer, die von Senior-Optio Kane kommandiert wurden. Er erinnerte sich auch an die Kavaliersbehandlung, die Kane dem Zenturio Cobaro Freund, Karstils Kommandeur, hatte zukommen lassen. Er grinste breit bei der Erinnerung. Einer von Kanes Männern hatte Frühstück für Karstils Leute gemacht. So paßte alles zusammen.

»Es bleibt nicht viel Zeit, bis wir aufbrechen.« Der

Zenturio sprach nun ernst. »Dieser Einsatzverband ist aus allem zusammengesetzt, was verfügbar war, und wir werden unterwegs noch umstellen müssen. Zueinanderstehen, locker und wach bleiben. Normaler Sprechfunk wird angewendet. Nichts Besonderes beim Angriff, also werden wir mit den Zügen in einer Linie kämpfen, von links nach rechts: Zwei, Eins, Drei. Irgendwelche Fragen?«

Die Zugführer wollten etwas über die Rationen, Ausrüstung und einige administrative Details wissen. Kane beantwortete die wichtigsten Fragen, und verwies die übrigen an seinen Senior-Sergeanten. Als der letzte Offizer ging, trat Karstil vor. »Ich bin Karstil. Wir haben uns bereits kennengelernt.«

»Tatsächlich? Wo?«

»Auf Alsatia vor einem Monat. Sie haben mir meinen Arsch aus einer üblen Lage gerettet.«

»Karstil? Karstil. Ach ja. Sie hatten einen ziemlich zerschlagenen Liberator-Zug und, wenn ich mich recht erinnere, einen kompletten Idioten als Zenturienchef.« Kane lachte mit zurückgeworfenem Kopf und geschlossenen Augen. Der Klang seiner Stimme hallte von den Seiten der umgebenden Panzer wider. »Ich hoffe, ich habe Ihnen keine zu großen Probleme mit meinem kleinen Beitrag gemacht.«

»Einige. Aber es hat sich alles zum Guten gewendet.«

»Nun, ich bin froh, Sie bei mir zu haben. Sie scheinen ziemlich schnell zurück zu sein für einen Mann, der durch diese Art von Kampf gegangen ist, und ich mag es, mit Leuten zu arbeiten, auf die ich zählen kann.«

Die beiden Offiziere schüttelten sich die Hände und kehrten zu ihren Aufgaben zurück. Karstil hatte jetzt ein besseres Gefühl, was die Operation betraf. Die Art, wie Kane sie beschrieben hatte, ließ auf eine Erfolgschance hoffen. Er fragte sich müßig, wie Freund in das alles hineinpaßte. Wo auch immer Freund sich aufhalten mochte – Karstil wünschte sich, daß er selbst sich so weit wie möglich davon entfernt befand.

Sergeant Lisectus Barcus sah auf die Kolonne der vorrückenden Männer herab. Die führende Gestalt drückte sich flach neben eine Kluft in der Oberfläche der Kuppel, durch die man die darunterliegende Stadt sah. Die Eiswände des direkt unter der Oberfläche des Eises liegenden Stollens reflektierten das gedämpfte Licht, das hinter der Öffnung leuchtete, und warf einen schaurigen Schimmer über die Truppen. Das Schmatzen teilte dem Sergeanten mit, daß sein Zugführer, Optio Strovasi, hinter ihm stand.

»Sie bewegen sich zu langsam, Sergeant«, jammerte der Optio. »Lassen Sie sie schneller vorrücken. Mir ist kalt.«

Barcus entfernte sich vom Optio, um herauszufinden, warum die Kolonne angehalten hatte. Der Mann an der Spitze schaute vorsichtig durch die Bresche, die zwischen den TOGs und ihren Feinden lag. Dächer waren zu erkennen, und der Soldat benutzte sein Sensorsystem, um nach Wärmequellen in den Gebäuden zu suchen. Barcus fiel auf das Eis hinter dem Späher. »Was geht vor?« fragte er.

»Ich suche nach Leuten in den Gebäuden. Sie müssen da drin sein, und wir sind direkt im Freien, wenn wir über das Eis vorrücken.«

»Strovasi will, daß Sie vorrücken.« Barcus gab nicht den Grund dafür an. Der Infanterist mußte das wirklich nicht wissen.

Der Soldat schenkte seinem Sergeanten einen langen Blick. Es war schwachsinnig, über das offene Eis vorzurücken, ohne es vorher abgesucht zu haben, aber in einer Strafeinheit beschwerte man sich nicht. Solche Klagen waren es, die die meisten der Soldaten hierher gebracht hatten, und man gab ihnen nun eine zweite

Chance. Er spannte seine Muskeln an und sprintete dann die fünf Meter zum Rand eines Trichters. Er überlebte, und Barcus gab dem nächsten Mann ein Zeichen zu folgen. Die Kolonne begann sich wieder zu bewegen.

Die Sensoren im Helm von Herman Grold alarmierten ihn bei der Bewegung der ersten TOG-Soldaten über das Eis. Er gab den anderen beiden Mitgliedern des Trupps ein Zeichen, und alle drei bewegten sich vorsichtig die Stufen zur Kampfstellung auf der Dachbrüstung hinauf. Als sie sich hinter den Schießscharten niederließen, meldete Grold die Anwesenheit des TOG-Zugs seinem Zenturienchef.

Die drei Rebelleninfanteristen, die in knapp 20 Metern entfernten Stellungen lagen, beobachteten den TOG-Zug, der sich hinter dem Rand des Trichters versammelte. Zwei Männer waren am Rand des Trichters zu sehen, aber der größte Teil der Truppe blieb vor einem direkten Angriff geschützt. Grold hob den Douglas-Granatwerfer hoch zum Dach und hielt ihn über die Brüstung. Er hatte keine direkte Schußbahn, aber der Trichter lag in der 200-Meter-Reichweite des Werfers. Er betrachtete die Neigung des Rohres, hob die Mündung ein wenig und feuerte alle vier Granaten ab.

Die vier Yosaki-515-Granaten zogen ihre Bahn durch den Lichtschimmer, flogen über den Schuttwall des Trichters und landeten mitten im TOG-Zug. Die Explosionen erfolgten zu kurz hintereinander, um als einzelne Detonationen erkennbar zu sein. Grold betrachtete zufrieden, wie seine Sensoren die Wärmesignaturen von Männern zeigten, die vor den Einschlägen wegrannten. Einer der TOGs rannte in die Spalte zurück, aus der er gekommen war.

Barcus sah die Granaten zu spät, um noch eine Warnung zu brüllen. Er rollte sich zur Seite und schützte das Gesicht mit den Armen. Seine Helmsensoren zeigten ihm, daß die meisten Soldaten vor der Explosion fliehen konnten, aber aus irgendeinem Grund hastete einer zum Ausgang. Er machte sich eine schnelle Gedächtnisnotiz, um später herauszufinden, wer der Feigling war. Barcus fühlte Plastikscherben, die mit Eis vermischt waren, auf den leichten Kampfanzug niederprasseln. Bevor sich der Rauch verzogen hatte, war er auf den Beinen. »Vorwärts!« brüllte er und sprang über den Rand des Trichters hinweg. Der Rest des Zuges folgte ihm.

Grold sah die TOG-Infanteristen über den Wall stürmen. Er ließ den Granatwerfer fallen und griff nach dem Spikegewehr. Grain und Tscholmankia schossen bereits Dauerfeuer auf die Strafinfanterie, als sie den Hang herabströmten. Viele hielten an und hockten sich hinter die Wrackteile, die das Eis bedeckten. Andere rückten weiter vor und näherten sich, bis sie von den Wänden der Gebäude gedeckt wurden. Grold lehnte sich über die Brüstung, um in die darunterliegenden Straßen hinabzufeuern. Er sah einen Schatten mit der Wand verschmelzen und feuerte eine volle Ladung ab.

Barcus kauerte sich gegen die Wand, als Plastikspikes neben ihm einschlugen. Er sah Kopf und Schultern seines Gegners an der Dachbrüstung des Gebäudes auftauchen. Er hob die Waffe, aber das Ziel verschwand, bevor er schießen konnte. Er ließ die Waffe sinken und sah sich nach dem Rest seines Zuges um. Er sah drei Schatten in einer Gruppe zusammengekauert und signalisierte ihnen zu folgen, als er sich die Straße hinabwandte. Nachdem sie durch die äußeren Rebellenlinien gebrochen waren, mußte seine Einheit jetzt ihren Erfolg ausweiten.

Auf der Brüstung darüber legten die drei Rebellensoldaten eine Pause ein, um zu laden. Es gab noch immer mehr TOG-Ziele, als der Trupp Waffen an der Front hatte, und verschiedene TOGs waren an ihrer Stellung unten auf der Straße vorbeigekommen. Die Feinde auf dem Hang feuerten zurück, und es wäre dumm, die Angehörigen des Trupps dem Gegenfeuer auszusetzen. Grold entschied, auf die nächste Stellung auszuweichen. Er sprang auf die Stufen zu, und die anderen folgten ihm.

Sie rannten zum Erdgeschoß und hörten Granaten in ihrer verlassenen Stellung explodieren; sie waren gerade noch rechtzeitig weggekommen. Sich von den Schießscharten und Fenstern der ersten Etage fernhaltend, verließen sie das Gebäude auf einem Weg, der vom Kampf wegführte. Grold wollte eine neue Feuerstellung einnehmen, aber er mußte sie erreichen, bevor die TOG-Infanterie einen Vorteil aus seinem Rückzug zog.

Barcus erstarrte mitten in der Bewegung; Strovasi rief den Zug zurück und befahl den Rückzug. Barcus glaubte, seinen Ohren nicht zu trauen. Der Optio befahl einen Rückzug, gerade als sie es geschafft hatten, in die Rebellenlinien einzubrechen. Er öffnete den Mund, um zu protestieren, schloß ihn aber wieder, ohne zu sprechen. Es hatte keinen Sinn, mit Optio Strovasi zu streiten, aber Barcus wußte, daß sein Kommandeur den Plan, die Rebellen zu stören, ohne eine allgemeine Aktion voranzutreiben, zu wörtlich nahm. Barcus hob die Hand, um den anderen den Rückzug zu signalisieren. Sie jagten die Straße zurück bis zum Rand des Hangs. Es kam kein Feuer mehr von dem Gebäude, und die Angreifer feuerten nur sporadisch. Die meisten Soldaten waren schon zurückgefallen; Barcus sah die Schatten über die Kante wegspringen.

Er gab das Signal, zur Bresche zu eilen. Als sie aufbrachen, wandte sich der Sergeant zu einem letzten Blick um. Drei Schatten kamen aus dem Gebäude unten an der Straße, die sie gerade verlassen hatten, und sprinteten über die Straße. Er bemühte sich nicht einmal, sein Gewehr zu heben und schoß eine Ladung aus der Hüfte. Die drei Rebellen gingen in einem Haufen zu Boden. Er wußte, daß sein Schuß die feindlichen Infanteristen nicht getötet hatte, aber ihm blieb keine Zeit mehr, noch einmal auf sie zu schießen. Als seine eigenen Truppen auf dem Hang in Sicherheit waren, wandte er sich um und folgte ihnen.

An der Kuppelbresche gesellte er sich zum Rest des Zuges. Die ursprünglich 30 Männer waren auf 25 reduziert worden, und drei davon waren verwundet. Kampfspuren, zerrissene Panzerung, rauchende Waffen und leere Munitionsträger kennzeichneten jeden Soldaten. Nur Optio Strovasi war sauber. Barcus begriff, daß der Optio jene Gestalt gewesen war, die floh, als die ersten Granaten explodierten.

47

1500, 14 Martius 6831

»Ich verstehe das nicht«, sagte Zenturio Moldine Rinter. »Die TOG-Versuche waren so schwach, daß wir sie leicht hinausgetrieben haben. Aber ihr Angriff an der Hauptbresche im Eis wurde abgebrochen, bevor wir überhaupt einen Gegenangriff organisieren konnten.«

»Sie haben recht«, sagte Zenturio Maximus Harras. »Sie haben vor sechs Stunden kleine Aktionen rund um die Kuppel durchgeführt, ihren Standardkampfstil im Angriff genutzt, auf Gegenangriffe gewartet und sind dann zurückgefallen. Sie waren an der Hauptbresche, die wir geschlagen haben, am erfolgreichsten, aber sie zogen sich zurück, bevor wir dort ankamen. Der seltsamste Teil der ganzen Situation ist, daß sie ihre Strafinfanterie zurückgezogen haben. Strafsoldaten stürmen normalerweise solange an, bis alle tot sind. Ich weiß nicht, vielleicht hat der Kommandeur nicht mehr die Nerven für das alles.«

»Das ist eine zu große Hoffnung, Milt. Strafsoldaten, die keine Lust mehr zum Kämpfen haben? Davon glaube ich kein Wort.«

Milton Harras humpelte vom Bildschirm fort und sank schwer auf einen Stuhl, der im Pedden aufgestellt worden war. Er hatte noch große Probleme mit seinen Füßen, die er sich einige Tage zuvor in dem Hinterhalt verbrannt hatte, bei dem sein Liberator zerstört worden war. Er hob die Beine und legte die Füße auf einen zweiten Stuhl. »Wenn ihre Verlustrate weiterhin so groß ist, gewinnen wir vielleicht noch den Kampf. Die Verstärkung macht mir jetzt Sorgen.«

»Berichte der Einheiten mit Feindberührung lassen erwarten, daß unsere Infanteristen bei der gegenwärtigen Ausgaberate noch Munition für zwei Tage haben«, sagte Rinter, die durch einen Computerausdruck blätterte. »Raketen sind sehr knapp, weshalb ich den Befehl gegeben habe, keine mehr abzuschießen, außer sie erhalten ein markiertes Ziel in geringer Entfernung oder versuchen, den Bodenpanzer zu treffen. Das läßt den Vulkansystemen weniger Möglichkeiten, die Raketen auszuschalten, bevor sie treffen. Unsere Panzer sind in akzeptablem Zustand.«

»Zwei Tage? In zwei Tagen sind wir alle tot. An einigen Punkten weigern sich die TOGs, ihre Stellungen aufzugeben, und wir werden es nicht schaffen, auszubrechen. Wir müssen uns auf diese Möglichkeit vorbereiten.« Harras lehnte sich vor, um seine Beine zu massieren. »Erzählen Sie mir noch einmal von den Fahrzeugen.«

»MacDougall hat noch seinen Wolverine, drei Liberatoren und eine Viper, außerdem eine Viper ohne Turm. Wir versuchen einen funktionierenden Turm zu finden, aber selbst wenn wir es schaffen, wird das Anbringen wahrscheinlich schwere Hubausrüstung erfordern, und die fehlt uns. Sedden Matruh hat zwei Liberatoren und drei Vipern. Er hat auch einen beschädigten Liberator mit Antriebsproblemen. Er bewegt sich, aber langsam. Ich habe zwei Liberatoren, eine Viper und zwei Pedden, um Truppen zu transportieren. Optio Rand hat die Führungsgruppe mit vier Pedden, einschließlich diesem, das Kommunikationsfahrzeug und zwei für Hess und die Sanitäter.« Sie starrte einen Augenblick zu Boden, dann schaute sie Harras an, als bereite sie sich darauf vor, ein unerfreuliches Thema anzusprechen.

»Nach einem Gespräch mit Hess«, sagte sie schließlich, »glaube ich, daß er die Verwundeten besser in seinen Pedden zurückverlegt, so daß wir die Ausrüstung zurücklassen können. Bei der Wahl zwischen einem Transport von Leuten oder Material müssen wir uns für die Leute entscheiden.«

»Ich mag nicht daran denken, daß es soweit kommt.«

»Früher oder später muß man das.«

Harras blickte auf. »Was ist mit unserem Pionier?« fragte er. »Jedesmal, wenn ich aufschaue, kommt oder geht er gerade.«

»Braxton Sloan ist in seinem Element«, sagte Rinter lächelnd. »Ich weiß nicht, woher er die Energie nimmt. Er hat HEAP-Ladungen in jeder Bresche abgesetzt, und jetzt ist er wahrscheinlich dabei, die Hälfte der Gebäude zur Zerstörung zu verkabeln. Ich bin jedesmal vorsichtig, wenn ich eine Tür öffne, aus Angst, sie könnte eine Falle sein. Er hat das Herz eines Infanteristen.«

»Hohes Lob von dir, Moldine.«

Rinter wurde rot. »Es ist wahr.«

»Was? Das Herz oder das Lob?«

»Beides, nehme ich an.«

»Gut«, schmunzelte Harras, »du kannst selber etwas Lob gebrauchen. Du hast dich sehr verändert, seit wir hierher kamen, und das nur zum Besseren.«

»Danke, Sir.« Rinter starrte wieder auf den Boden und wollte ihrem Kommandeur nicht in die Augen sehen. Sie wollte sagen: »Ich versuche nur, wie du zu sein, Milt«, aber statt dessen sagte sie nur: »Ich werde Hess den Befehl geben.«

Im TOG-Gefechtsstands-Pompey schaute Legatus Maximus Olioarchus durch die Verlusteingänge, dann warf er den Bericht in die ungefähre Richtung des Brennkorbes. Zenturio Miles Stratton, der Operationsoffizier, stand in steifer Haltung vor seinem Kommandeur. »Meinen Sie, ich wäre daran interessiert?« schnaubte Olioarchus. »Sie haben mich als jemanden mißverstanden, der sich um diese stinkenden Sträflinge sorgt, Zenturio. Ihr einziger Job ist es zu sterben, wenn ich es ihnen sage. Die Züge haben exakt das getan, was ich wollte. Jeder hat angegriffen und Verluste erlitten. Wenn ich ihnen wieder sage, daß sie angreifen sollen, gibt es für sie kein Halten mehr.«

»Einige von ihnen sind sehr schlimm mitgenommen, Sir«, murmelte Stratton.

»Das stört mich nicht!« brüllte Olioarchus. »Es ist egal, was mit diesem Abfall geschieht. Der einzige Verlustbericht, den ich wünsche, ist der, daß eine Zenturie aufgehört hat zu existieren. Bis dahin wird jedem Zug ein Auftrag für eine ganze Zenturie zugeteilt. Wenn sie die Aufgabe nicht erfüllen können, dann lassen Sie sie alle sterben! Je eher sie getötet werden, um so besser für uns alle. Sie sind nicht dafür vorgesehen, die Schlacht zu überstehen.«

Olioarchus sah zu, wie sich sein Operationsoffizier unter dem Angriff wand. Er lächelte in sich hinein; er hatte den gewünschten Effekt erzielt. Nun würde er seine Worte weicher werden lassen. »Sie sind noch nicht lang genug bei den Strafsoldaten, Stratton. Sie müssen die Philosophie hinter ihrer Existenz verstehen. Diese Männer sind Müll. Sie haben aufbegehrt, und dies ist ihre Chance, sich wieder reinzuwaschen. Sehen Sie, Neu Rom glaubt, daß das Einsperren ausgebildeter Soldaten und die Zuteilung weiterer ausgebildeter Truppen, um sie zu bewachen, eine ungeheure Verschwendung ist. Statt dessen organisiert man diese Kriminellen in Straftruppen und läßt sie sich ihren Weg aus ihrer eigenen Vergangenheit freikämpfen. Aber wir kümmern uns nicht darum, wenn sie sterben. Und sie wissen das.«

Der Legatus Maximus lehnte sich im Sessel zurück. »Wir wollen, daß nur ein kleiner Prozentsatz überlebt. Es wäre sehr schlecht für die Moral, wenn niemand überlebte. Dann wären die Strafeinheiten nichts als ein Todeskommando, und diese Truppen würden gar nicht kämpfen. Wir lassen einige wenige Überlebende frei in die regulären Einheiten, wo sie Geschichten über die Strafkohorten erzählen, und das wirkt dann als Abschreckung, um die übrigen bei der Stange zu halten. Die Tatsache, daß einige überleben, führt dazu, daß die Strafsoldaten um ihr Leben kämpfen. Das ist es, was wir wollen. Nun verstehen Sie hoffentlich, warum ich mich nicht um die Verlustberichte kümmere. Sie haben einfach keine Bedeutung für mich – oder für Sie.«

»Was sind die annehmbaren Verluste?« fragte Stratton.

»Eine Verlustrate um 70 Prozent ist normal, aber 80 Prozent sind auch annehmbar. Bei über 90 Prozent machen sich die Investitionen nicht mehr bezahlt. Bisher betragen unsere Verluste hier am Pol knapp 50 Prozent, sogar einschließlich der Kohorte Quintus, die allein 20 Prozent ausmacht.«

»Wie ist unsere Politik bei Verlusten unter den Ssoran?«

»Wir sind angehalten, ihre Verluste so niedrig wie möglich zu halten, aber persönlich macht es mir nichts, wenn sie alle sterben. Ich hasse diese Echsen, egal was das Hauptquartier sagt. Sie sind auf ihre Weise nützlich, aber sie verursachen mir eine Gänsehaut. Die Sträflinge nehmen wenig Rücksicht, besonders wenn die Verlustrate ansteigt. Die Infanteristen tendieren dazu, sich gegen ihre Wächter zu wenden, wenn der Kampf wirklich scharf wird. Ich mache mir keine Sorgen darum.«

Stratton überdachte diese Politik, wie sie vom Kommandeur erklärt worden war. Er erkannte den Wert einer solchen Philosophie, und es war eine Binsenweisheit, daß der Dienst im Kommando oder beim Stab einer Straf-Auxilia ein sicherer Weg zu höheren Rängen war. Offiziere, die fähig waren, die Truppen als reines Material zu betrachten, waren eine große Hilfe für das Terran Overlord Government. »Wann werden wir die nächste Serie von Angriffen starten, Sir?«

»Wir geben den Truppen noch zwei Stunden zur Erholung und Neuorganisation. Wir werden in drei Stunden mit Macht angreifen. Wie ist der Zustand der Kohorte Patrius?«

»Besser als erwartet, Sir«, sagte Stratton, der mentale Anforderungen mit der Geschwindigkeit eines erfahrenen Offiziers umsetzte. »Sie haben recht gut auf das neue Kommando reagiert. Sie sind in vier Zenturien umorganisiert worden, die aus 12 Horatius-Panzern, 7 Romulus-Transportern und 4 leichten Aeneas-Panzern, 2 Lupis-Transportern und der Scipio-Flugabwehr bestehen. Ein bißchen Druck, und das Beispiel der Sträflinge scheint ihre Wartungsbemühungen inspiriert zu haben.«

Olioarchus lächelte den Operationsoffizier an. »Sehen Sie. Die Sträflinge dienen Neu Rom auf viele Arten, bevor sie sterben.«

»Wir müssen sie wieder hochschicken.« Moldine Rinters sah zu Harras, der sich im ersten Augenblick, in dem er nicht gebraucht wurde, wie alle erfahrenen Soldaten dort niedergelassen hatte, wo er sich gerade befand, und in ein leichtes Dösen verfallen war.

Nun öffnete er die Augen und sah seinen Operationsoffizier an. »Ich weiß.« Er hob die Beine vorsichtig vom Stuhl auf den Boden. Der Schmerz in den Beinen zeigte sich kurz in den Augen. »Schicken Sie sie besser zu mir, damit ich es ihnen mitteilen kann.«

Fünfzehn Minuten später standen Ross und Stone wieder vor dem Kohortenkommandeur. Kaum war die Botschaft, sich beim Gefechtsstand zu melden, eingetroffen, hatte Ross gewußt, daß sie wieder nach oben gehen mußte. Ihr Trupp bestand mit ihr aus vier Leuten, kaum genug, um die Breite der Stellung so lange zu halten, bis sie sich in Ein-Mann-Stellungen aufgeteilt hatten. Nicht, daß man Ein-Mann-Stellungen als starke Stellungen bezeichnen könnte. Selbst in der Vorschrift hieß es, daß man mindestens zwei Soldaten in jedem Kampfstand brauchte und es mit dreien besser ging. Mit dem Abzug von Ross aus dem Trupp würden sie zu wenige sein, um die Stellung halten zu können.

Der Dienst zerriß sie. Sie wußte, daß ihre erste Verpflichtung der ganzen Rebellentruppe gegenüber galt, und sie sollte willig jeden Auftrag, den ihre kommandierenden Offiziere ihr erteilten, annehmen. Aber sie fühlte sich auch persönlich für die Soldaten ihres Trupps verantwortlich. Das Verantwortungsgefühl machte aus ihr eine gute Anführerin, aber jetzt machte es sie verzweifelt. Sie hatte fast einen ganzen Trupp verloren, und sie konnte es kaum ertragen, die verbliebenen Infanteristen eine Stellung verteidigen zu lassen, die eine Nummer zu groß für sie war, weil sie wußte, daß sich die Überlebenschance des Trupps drastisch verbessern würde, wenn sie bei ihm wäre.

Sie verfluchte Stone, Rinter und Harras leise und meldete sich im Pedden.

»Die TOGs haben sich über zwei Stunden still verhalten«, erklärte Harras. »Wir müssen wissen, was sie vorhaben. Der Sensor, den Sie auf Ihrer letzten Tour ausgesetzt haben, leistet gute Arbeit, aber wir brauchen visuelle Bestätigung, um sicher zu sein, daß sie nichts gegen uns vorhaben.« Der Kommandeur sah seine beiden Späher an. Stone machte eine Bewegung mit dem linken Arm; die Heilung war noch nicht abgeschlossen, aber er konnte die Finger und den Unterarm bewegen. Ross sah ärgerlich und müde aus. Sie wollte offensichtlich bei ihrem Trupp bleiben, und Harras warf es ihr nicht vor. »Es wird nur ein kurzer Blick sein, Sergeant«, sagte er zu Ross, wobei er die Schärfe aus seiner Stimme zu nehmen versuchte. Aber sie nickte. »Versuchen Sie zu verstehen, wie wertvoll Sie für uns sind. Es gibt einfach niemanden sonst.«

Ross lächelte grimmig, sah den Kommandeur voll ins Gesicht und zeigte ihre Frustration. Sie nickte.

Rinter sprach die beiden an. »Sie werden eine der anderen Breschen hinaufsteigen, nicht die Hauptbresche. Gehen Sie, und machen Sie sich fertig.«

Stone und Ross wußten, was sie brauchten, und benötigten nur wenig Vorbereitung. Sie waren jetzt so oft oben gewesen, daß sie nicht einmal einen Plan machen mußten. Ross führte auf dem Weg durch die Galerie. Sie bewegten sich langsam, wobei das Sensorsystem im Helm von Ross auf volle Kraft gestellt war. Als sie die Oberfläche erreichten, reduzierte sie das Sensorscannen, um die Entdeckung durch irgendwelche TOG-Wachen oder Instrumente, die auf das Loch ausgerichtet waren, zu vermeiden. Der thermographische Sensor reichte 300 Meter hinaus und fand keine Aktivität.

Ross und Stone bewegten sich von der Bresche fort. Das Gelände bot viele Wege, über die sie sich voranbewegen konnten, während sie gleichzeitig Feindberührung vermieden, und die zackigen Eisnasen blockierten die Sichtlinie, aber in der intensiven Kälte erzeugte die Wärme der menschlichen Körper ein starkes Signal. Ross und Stone wickelten sich in Thermoplanen, um ihre eigenen Emissionen herabzusetzen.

Sie bewegten sich über 500 Meter von der Bresche fort, bevor sie die ersten TOG-Emissionen bemerkten. Zu ihrer Überraschung war es ein Fahrzeug, das sich schneller auf sie zubewegte, als ein Mann laufen konnte. Sie ließen sich in eine Spalte fallen und warteten darauf, daß es vorbeizog. Stone identifizierte das Fahrzeug, als es über ihre Stellung gesaust kam, als umgebauten leichten Spähpanzer vom Typ Nisus. Der Ssoran-Wächter im Kommandostand war entspannt und unaufmerksam. Stone mußte den Instinkt kontrollieren, ihn mit der Pistole zu erschießen. Zwei weitere Nisus-S-Panzer tauchten auf, und zwischen ihnen befand sich eine große Menge TOG-Infanterie. Die Kolonne erstreckte sich weit über die Reichweite der Sensoren hinweg. Die beiden Aufklärer drückten sich tiefer in die Spalte und zogen die Planen über die Köpfe. Die Sensoren der Helme zeigten so viele Bilder, daß sie sie nicht mehr zählen konnten und die Visiere von den Gesichtern schoben. Der erste Nisus-S trieb zu ihnen zurück und schwebte kaum 50 Meter vor ihnen auf der Stelle. Der Ssoran-Kommandant schwang einen Laser gegen die Kolonnen der marschierenden Infanterie. Die Männer in den Kolonnen ignorierten die Bedrohung und setzten ihren Marsch fort.

Die vorrückenden Strafsoldaten machten halt. Ihre Führer kauerten sich neben den schwebenden Nisus-S und trennten sich wieder, um Befehle zu erteilen. Die Kolonne ging auseinander und organisierte sich in einzelne Reihen, um auf die Bresche vorzurücken.

Stone lehnte sich gegen Ross, und seine Lippen berührten die Helmseite. »Wir sind umzingelt«, flüsterte er. »Wir werden eine Weile flach liegen bleiben und warten müssen, bis wir uns wieder bewegen können.«

Ross nickte. Sie dachte an ihre Legionäre und die anderen Truppen, an denen sie vorbeigekommen waren, als sie die Bresche verließen. Diese TOG-Streitkräfte waren dabei, einen großen Sturmangriff voranzutreiben, und es gab nicht genug Rebelleninfanterie, um sie zu stoppen. Es war nutzlos, eine Commlink-Botschaft zu versuchen. Die Kuppel ließ nur die stärksten Übertragungen durch, und der Versuch, eine Warnung zu senden, würde nur die TOG-Infanterie und ihre Ssoran-Wächter aufmerksam machen. Ross wühlte sich tiefer in den Spalt und drückte sich an Stone.

48

1800, 14 Martius 6831

Optio Asinus Strovasi stolperte durch den Tunnel unter der Oberfläche des Südpols hinunter zur Bresche in der Kuppel. Sein Magen protestierte gegen den Mangel an Nahrung. Der menschliche Körper brauchte bei intensiver Kälte mehr Nahrung, und es wurde immer schwerer, seine eigene Ration mit denen aus dem Zug zu ergänzen. Die Männer hatten angefangen, sich zu verstecken, wenn sie die Nahrungsbeutel öffneten, und sie aßen ihre Rationen lieber kalt, als eine Wärmequelle, die seine Aufmerksamkeit hätte erregen können, zu riskieren. Zugsergeant Lisectus Barcus, der hinter dem Optio herging, richtete die Mündung seines Spikegewehres auf den Rücken seines Anführers. Früher oder später, dachte er, würde die Gelegenheit zu gut sein, um sie ungenutzt vorbeigehen zulassen. Sogar vor der Zuteilung zur Strafinfanterie hatte er überlegt, einen Offizier zu töten, aber seine Ausbildung und seine Erfahrung hatten ihn abgehalten. Strovasi ließ ihn diese Option ernsthaft in Erwägung ziehen. Aber nicht gerade jetzt. Die Mündung driftete ab. Nicht jetzt.

Die Spitze des Zuges erreichte die Bresche und hielt an. Barcus bewegte sich voran, schob sich am Optio vorbei, der unter dem Druck der Schulter des Sergeanten taumelte. Der Sergeant hockte sich neben der Öffnung nieder, als der Infanterist in der vorderen Reihe den Bereich vor sich absuchte. »Wir haben drei Ziele«, sagte er, wobei er mit seinem Gewehr weiterhin auf die Gebäude zielte. »Das ist alles, was ich finden kann.« Er wandte sich leicht zum Sergeanten hin. »Ich werde Sie Ihnen überspielen.«

»Lassen Sie's gut sein. Lassen Sie uns das manuell erledigen. Auf diese Weise verlieren wir keine Emissionen, die die Rebellen aufgreifen können.«

Barcus stöpselte sein Helmkabel in die Buchse am Kampfhelm des Soldaten. Einen Moment später zeigte ihm sein Visier die angeforderten Informationen. Er beobachtete die Bilder, als der Infanterist sein Gewehr auf die Ziele richtete. Zumindest ein Ziel schlief wahrscheinlich, nach der niedrigen Wärmeausstrahlung, die es produzierte, zu urteilen. Die anderen waren wach. Ein weiterer Soldat legte sich nahe der Kluft in der Kuppel nieder. Er verband den Kampfhelm mit dem des Sergeanten. Die Kapazität des Helmes zur Zielerfassung nutzend, wies Barcus den beiden Männern Ziele zu. Sie würden die beiden Ziele neutralisieren, wenn der Zug die Gebäude stürmte. Barcus wartete, bis der Zielanzeiger beide Wärmequellen kennzeichnete, und löste sich dann von den Infanteristen. Er hob den Arm und gab dem Kommando hinter dem Scharfschützen das Zeichen, sich zum Vorrücken bereitzuhalten.

Optio Strovasi wanderte den Korridor zu dem Sergeanten hinab. »Hey, warten Sie auf mich. Ich bin ihr Führer.« Der Optio blockierte Barcus' Sicht. »Was geht hier vor?« fragte er, als er die drei Männer an der Bresche erreichte. »Auf wen zielen Sie?«

Ein alter Witz sprang Barcus sofort ins Gedächtnis: Ein Außenweltler läuft durch Neu Rom. Der Mann ist in äußerst merkwürdige Kleidung gehüllt, bunt, schenkelhohe Stiefel, großer Hut, fliegende Ärmel, enge Hosen. Dem Mann kommt ein Senator in einer purpurn eingefaßten Toga entgegen.

Der Außenweltler hält den Senator auf und fragt: »Kannst mir sag'n, wo sein Forum hier?«

Der Senator hält auf seinem Weg inne und starrt den

Fremden hochmütig an. »Nun, da Sie sich in Neu Rom befinden«, sagt er mit äußerst hochmütigem Benehmen, »müssen Sie lernen, einen Satz nicht mit einem Adverb zu beenden. Versuchen Sie es noch einmal.«

Der Außenweltler wägt die Antwort einen Moment ab. »Können Sie mir sagen, wo sein Forum hier, Arschloch?«

Barcus stellte im Kopf eine ähnliche Antwort auf die Frage des Optios zusammen. Er würde sich dann gewiß besser fühlen. »Wir haben einige Ziele in den Rebellenstellungen aufgeklärt«, erklärte er Strovasi. »Ich bin dabei, zwei davon auszuschalten, und den Zug voranzubringen.«

Strovasi schielte zu den dunklen Rebellenstellungen. »Ich sehe sie nicht. Wo sind sie?« Der Offizier stand schwankend an der Bresche. Er griff nach etwas, um sich festzuhalten und richtete die Spikepistole mit der freien Hand in die Dunkelheit. »Wo sind sie? Ich werde die Entscheidung treffen und befehlen, wann wir feuern und auf wen.«

Da war es wieder, dachte Barcus. Arschloch.

Strovasi trat zur Bresche und stellte sich vor die drei Soldaten. Er wandte den Männern, die in der Bresche hockten, das Gesicht zu und lehnte sich zurück, wobei er sich mit den Händen an beide Seiten der Öffnung klammerte. »Alles in Ordnung, Leute«, bellte er zur Kolonne, die sich flach gegen die Wände des Tunnels drückten. »Laßt uns vorrücken!« Strovasi wandte sich zur Stadt um und rutschte auf dem Eis aus. Er taumelte mit wedelnden Armen, als er darum kämpfte, seinen Halt zu behalten. Seine Masse zog ihn den Hang hinunter, und der rechte Fuß blieb an einer Eisscholle hängen, die ihm das Bein wegriß. Der Optio balancierte einen Moment auf einem Bein, fiel dann vornüber auf seinen Bauch. Bei seinem Sturz wurde die Spikepistole aktiviert und verschoß den ganzen Munitionsblock in den leeren Himmel über der Stadt.

Als der Optio aus der Feuerlinie herausgetorkelt war, waren auch die Rebellen verschwunden. Barcus erhob sich auf die Füße und gab ein Zeichen, indem er den Arm zweimal über den Kopf schwang. Er sprintete, dicht gefolgt von den ersten beiden Soldaten und dem Truppführer, durch die Bresche. Strovasi fluchte wild und krabbelte vor, um wieder auf die Füße zu kommen. Barcus konnte den Abzug der Spikepistole klicken hören, als der Offizier ihn wiederholt durchzog. Als er an Strovasi vorbeikam, gab er ihm gerade über der gepanzerten Schiene einen heftigen Tritt hinter das rechte Knie. Der fette Offizier heulte vor Schmerz. Dann war Barcus an ihm vorbei und rannte den Hang hinunter.

Ein Strom von Spikes schlug in das Eis, dann lehnte Barcus auch schon an der festen Mauerwand eines Gebäudes. Er drehte sich nach links, um sich in die Gasse aufzumachen, die von der Bresche wegführte. Ein Körper stolperte gegen die Wand vor ihm, und er stieß den Mann weiter. Zusammen stolperten sie über das zertrümmerte Eis und Mauerwerk voran zum Straßeneingang. Weitere Soldaten erreichten die Deckung der Wand und bewegten sich, um Barcus zu begleiten.

An der Mündung der Straße pausierten sie, um die Region auf Wärmequellen zu untersuchen. Der erste Mann sprintete über die sechs Meter breite Straße, um das nächstgelegene Gebäude zu überwachen. Auf ein Zeichen von Barcus trat der Mann auf der Straße vor, begann langsam, an den Fronten der Gebäude entlangzugehen. Er spiegelte quasi die Bewegung von Barcus auf der anderen Seite. Ein Liberator-Panzer glühte auf dem Wärmebildgerät des Sergeanten auf, doch er lag außerhalb der Reichweite der Spikegewehre. Der Panzer bewegte das Hauptgeschütz, und die HEAP-Ladung schlug gerade über dem Kopf der anderen Soldaten in die Wand. Die Wand explodierte in einem Regen aus Bruchstücken, die durch die eisige Luft schossen und gegen das Gebäude hagelten, hinter dem sich Barcus schutzsuchend zusammenkauerte. Als die Luft sich klärte, war der andere Soldat verschwunden.

Hamilton Hull war froh, wieder in einem Panzer zu sein. Der kurze Abstecher zur Infanterie, nachdem sein Panzer bei der ersten TOG-Attacke zerstört worden war, war nicht sein Fall gewesen. Er spähte auf das DDP des Liberators und sah Bilder wie kleine Geister über den Bildschirm flitzen. Er stellte den Bildschirm ein, um die winzige Wärmequelle besser zu fokussieren. Das Data-Display des Liberators war entworfen worden, um stärkere Ionen- und Wärmeausstrahlungen zu entdecken. Wie auch immer, die bittere Kälte der Atmosphäre ließ sogar die kleine Wärmequelle eines Menschen auffallen, und das DDP hatte die ersten Infanteristen gezeigt, die durch die Schutzhülle der Kuppel einbrachen. Hull schwenkte den Turm leicht, um eine größere Schar von Angreifern anzuvisieren, aber er wußte durch eine visuelle Rückversicherung, daß die Soldaten sich hinter einer Wand befanden und sogar vor den Geschossen des 150-mm-Geschützes sicher waren. Er konnte warten.

Aktol Graviston, Senior-Sergeant der Kohorte Harras, befehligte den reparierten Liberator. »Blackstone«, murmelte er in das Commlink, »laß uns etwas nach rechts treiben. Da ist eine Öffnung direkt gegenüber der Straße. Gleite dort hinein und halte uns dort.« Ein Grunzen kam als Antwort, und der Liberator glitt über die Straße und in die Sackgasse auf der gegenüberliegenden Seite. Die neue Stellung eröffnete ein besseres Schußfeld für die Turmwaffe, obwohl das 150-mm-Geschütz, das auf der rechten Seite des Turms montiert war, nicht weiter nach rechts geschwenkt werden konnte. Der Wärmepunkt begann zu verschwinden, als die Soldaten aufbrachen und neue Stellungen aufsuchten. »Hammy«, sagte Graviston zu dem Richtschützen. »Beschieß das Gebäude mit dem Laser. Das wird es aufwärmen, so daß wir es sehen können.«

Der 5/6-Laser auf der linken Seite des Turmes summte, und die Mauerwerkblöcke des Gebäudes kamen scharf in Sicht des DDPs. Hinter diesen konnte Hamilton zusammengekauerte Ziele sehen. Er schob das Fadenkreuz auf die Ecke und wartete. Die erste Gestalt begann sich zu bewegen, als würde sie von den anderen vorangestoßen. Sie trat auf die Straße. Hulls Finger krallten sich um den Auslöser, aber er nahm den Druck wieder zurück und wartete auf die anderen.

»Sie haben ein Ziel, Ham.« Gravistons Bemerkung klang mehr wie eine Frage.

»Ich warte darauf, daß der Rest ihn begleitet.«

»Richtig, packen Sie die ganze Bande«, kam die Antwort.

Die anderen schielten um die Ecke, als der erste Feind über die Straße sprang und in den Schutz des gegenüberliegenden Gebäudes trat. »HEAP laden«, kam der Befehl von Graviston. »Schießen Sie auf die Mitte der Gruppe.«

Hull schob den Munitionsindex von APDS auf HEAP, hörte den Autolader im Magazin des 150-mm-Geschützes summen. Das grüne Licht erschien über der korrekten Munitionsanzeige. »Geladen.«

»Auf meinen Befehl«, sagte Graviston. Die Ziele begannen, sich ins Freie zu begeben. »Feuer!«

Der Mündungsblitz des Geschützes füllte die Straße mit strahlendem Licht und zeigte die zerstörten Häuserwände in scharfen Konturen auf. Dann schlug das HEAP-Geschoß im Zentrum der Straße einen Block weiter ein. Die zwei Gestalten waren einen Moment lang in einer glühenden Sphäre gefangen, dann wurde die Straße wieder dunkel, und das DDP zeigte eine Gestalt, die davonrannte.

»Eigene Infanterie zieht sich zu unserer Linken zurück«, sagte Graviston. Der Alarm heulte durch den

Turm des Liberators. »Blackie, bereithalten zum Rückzug.«

»Roger, Chief. Auf Ihren Befehl.«

Es gab einen Moment Pause, während Aktol Graviston die eigenen Infanteristen beobachtete, als sie durch eine Gasse rechts hinter ihm eilten, um ihre Ausweichstellungen einzunehmen. Er beobachtete, wie sich das DDP mit feindlichen Zielen füllte, als Infanterie von der Lücke in der Bresche einsickerte. Dies war keine Versuchs-Attacke. Die TOG kamen zumindest in Zenturienstärke, und es sah mehr danach aus, als ob eine volle Kohorte eingesetzt worden sei. Das DDP zeigte auch Fahrzeuge, die sich hinter der Öffnung in der Kuppel bewegten, aber sie befanden sich noch außer Reichweite. Er konnte nicht länger warten. Eine TVLG schoß durch die Dunkelheit auf den Panzer zu, und das Vulkan-Raketenabwehrsystem wischte sie vom Himmel.

»Sie haben die Lage im Griff?« fragte Graviston Hull.

»Alles schußbereit«, antwortete der Richtschütze.

»Wenn ich den Befehl gebe, geht alles zusammen. Blackie, Sie ziehen den Panzer so schnell Sie können zurück. Ham, Sie lösen die Sprengung aus. Ich werde nebeln. Fertig?« Die Besatzungsmitglieder bestätigten. Eine weitere TVLG flammte über dem Himmel auf, um mit einem ohrenbetäubenden Krachen in die Straße neben dem Panzer einzuschlagen. »Jetzt!«

Der Panzer erschien offen auf der Straße, riß Teile aus dem Gebäude hinter ihm heraus. Graviston wartete auf Hull, der die Sprengladungen am Ende der Straße zünden sollte, bevor er seine Rauchgeschosse abfeuerte. Die Gebäude, die den Eingang zur Allee schützten, wackelten bei der Wucht der Explosionen. Graviston fühlte ein kurzes Aufblitzen von Reue bei der Zerstörung von soviel Geschichte. Aber schon zu Anfang, als sie sich unter das Eis zurückzogen, hatte

Harras darauf hingewiesen, daß entweder die Stadt oder die Menschen überleben würden. Es gab im Krieg keinen Platz für Sentimentalität. Die alten Gemäuer brachen zu Häuserschutt zusammen, der sich gegen das klare Weiß des dahinterliegenden Eises abzeichnete. Dann verdeckte der Nebel die Straße, und die Panzer zogen sich zurück.

»Sie sind in Bresche Drei eingebrochen.« Rinter wies auf den Plan. »Meldungen besagen, daß es wie der Angriff einer verstärkten Zenturie aussieht.« Sie zeigte auf die sich ausweitenden roten Kreise an der Bresche. »Sie kommen bei der Fünf auch herein, in ungefähr der gleichen Stärke.«

Milton Harras sah ihr über die Schulter auf den Plan. »Besser, einen der Pedden zur Drei zu schicken. Sag ihnen, sie sollen sich in den Auffangstellungen entlang der Linie NAVIS aufstellen. Wir werden versuchen, sie dort aufzuhalten. Alarmiere die anderen Pedden wegen eines möglichen Einsatz bei Fünf.«

»Was, wenn wir sie dort nicht aufhalten?« fragte Rinter.

»Laß uns nicht gerade jetzt über das ›Was-wäre-wenn‹ nachdenken. Wenn sie NAVIS überschreiten, werden wir Rands Leute einsetzen müssen.«

Moldine sprach in ihr Commlink, dann berichtete sie ihrem Kommandeur. »Pedden Eins ist unterwegs. Sergeant Gareth Tavell, mein Operationssergeant, hat das Kommando.«

»Er ist ein guter Mann«, sagte Harras, Rinter auf die Schulter klopfend. »Er hat so etwas schon früher gemacht.« Die Explosion einer Sprengladung ließ den Pedden erbeben. Der Plan verschwand kurzfristig vom Bildschirm und erschien dann wieder. »Da geht eine von Braxtons kleinen Überraschungen hoch. Schade, daß wir nicht mitzählen können.«

Stone und Ross drückten sich immer tiefer in die Spalte, die sie vor den TOGs verbarg. Schließlich führte sie ihr langsames, schmerzvolles Gleiten durch den eisigen Griff der Spalte ins Freie. Sie waren von der aufmarschierenden Strafinfanterie nur durch einen schmalen Eisgrat getrennt. Stone zeigte auf eine andere Eisnadel, und die beiden Gestalten krochen darauf zu. Einmal im Schutz des Eises angekommen, lehnte sich Stone zu Ross. »Ich habe einen Eindringling auf meinem Display«, flüsterte er. »Er sieht uns vielleicht – machen Sie sich bereit zu rennen.« Er zeigte auf einen entfernteren Grat. »Sie gehen nach links. Ich werde nach rechts gehen. Wir werden uns dahinter treffen.« Ross nickte.

Sie sah Stone an, aber der Offizier konzentrierte sich auf den heranrückenden feindlichen Soldaten. Angst rumorte in ihrem Bauch. Es war schlimm genug, mit nur einem anderen Kameraden an der Oberfläche zu sein, aber allein auszubrechen... Sie sehnte sich plötzlich nach den klaustrophobischen Kokons eines Infanterietransporters.

»Sie haben uns gesehen!« schrie Stone. »Lauf! Lauf!«

Ross sah nicht zurück. In einer Bewegung sprang sie auf und schoß durch die Dunkelheit auf die Rettung des nächsten Grates zu. Das Blitzen von Gewehrfeuer erhellte das Eis. Spikes krachten an ihrer Schulter vorbei. Es gab eine krachende Explosion mehrerer Granaten. Dann war sie über den Grat hinweg in der Schwärze, ihr Atem rasselte in den Lungen. Sie wartete, das Gewehr im Anschlag. Nichts passierte.

Sie krabbelte vorsichtig zurück zur Eiszunge. Das Gelände erstreckte sich dunkel vor ihr und ohne Anzeichen einer Bewegung. Sie ließ das Visier ihres Helmes herab und aktivierte das Wärmebildsystem im Helm. Es gab keine lebenden Ziele auf hundert Metern. Stone und die Sträflinge hatten aufgehört zu existieren.

49

0010, 15 Martius 6831

Optio Roglund Karstil beobachtete die Anzeigen auf seinen Bildschirmen. Die Beinahe-Manus aus Panzern schoß seit Stunden mit 900 km/h auf der Maximalhöhe von zehn Kilometern zum Südpol. Nun wartete er auf das ›Auftrieb‹-Kommando, um die speziell entwickelten Beschleunigungsdüsen zu zünden, die die Fahrzeuge der 2567. Rebellenhilfstruppe über die eigentliche Maximalhöhe auf 12 Kilometer über den Planeten hochschießen sollten. Sie wären nicht in der Lage, die Höhe beizubehalten, aber ihre Triebkraft würde die Formation zu einem Rendezvous mit zusätzlicher Verstärkung von der *Caelestis* bringen. Wenn alle Fahrzeuge eingesammelt waren, die zu dem Einsatzverband gehörten, würde Präfekt Kenderson kopfüber abtauchen und auf den Pol zuhalten.

»Zündesequenz gestartet«, kam die Meldung über das Commlink. Karstil versiegelte den Gefechtsstand. Sein DDP hatte das Kommando vom Führungspanzer angenommen, wobei die Zahlen rückwärts liefen, als der Zündzeitpunkt näherrückte. Obwohl er sich angeschnallt hatte, kam der Schub der zusätzlichen Düsen überraschend und drückte ihn in den Kommandosessel zurück. Das DDP des Liberators blitzte über die 10, 11 und 12 Kilometer der Höhenausgabe. Die Steigungsraten- und Geschwindigkeitsanzeigen stockten.

Karstil sah durch die Plexiglaskuppel hoch. Er wußte, daß der Transporter bei 90 Kilometern Entfernung weit außerhalb der visuellen Sicht war. Sogar ein Gefährt, das so groß wie ein intergalaktischer Transporter war, würde in der Leere des Raums ein unendlich kleiner Punkt sein. Der Blick aus der Kuppel war reiner Reflex. Er bemerkte den Scheitelpunkt des Anstiegsbogens, als sein Hinterteil aus dem Sessel freikam. Die Schulter- und Hüftgurte hielten ihn zurück, und er öffnete die Commlink-Frequenz, um der Verbindung zu lauschen.

»Mambo Distaff Vier. Hier Mambo Distaff Sechs. Commlink-Check.« Kenderson rief die Verstärkung und wartete auf Antwort. Das Commlink blieb still. »Mambo Distaff Vier. Hier Mambo Distaff Sechs. Commlink-Check.« Kenderson wiederholte den Ruf, und wieder gab es keine Antwort. »Mambo Distaff Vier. Hier Mambo Distaff Sechs. Commlink-Check.« Karstil konnte die Frustration in Kendersons Stimme hören.

Karstil schaute auf die Instrumente. Sie stiegen nicht mehr weiter. Der Verband trieb auf 15 Kilometer Höhe, aber sie würden diese Höhe nicht lange halten können. »Mambo Distaff Vier. Hier Mambo Distaff Sechs. Commlink-Check.« Der Commlink-Kanal knackte sanft. Jemand versuchte sie zu erreichen, aber entweder war die Entfernung zu groß, oder die Energie der anderen Station zu gering. Er konnte die Meldung nicht hören. Der Verband fiel jetzt wieder zum Planeten hinab.

Der Commonwealth-Transporter trieb im Normalraum. Der Skipper des Transporters war mit seiner Navigation zufrieden, die sich als ein kompliziertes Muster von Befehlen erwiesen hatte. Der Transporter war geradewegs auf die Mitte Rolandrins zugeschossen, gerade als der NAVCOM programmiert worden war. Sie standen noch weit über der 90-Kilometer-Höhe, die für einen erfolgreichen Abstieg erforderlich war, was ihm viel Zeit gab, das Schiff in die richtige Position für das Rendezvous zu manövrieren. Der Sensor zeigte eine Gruppe von Jägern, die sich erhoben, um mit dem Schiff zusammenzutreffen. Er setzte sich in den Kommandosessel, um den Abstieg zu überwachen. Plötzlich jaulten die Warnsirenen.

»*Lancea*-Jäger im Anflug, Sir«, berichtete der Waffenoffizier mit ruhiger Stimme.

»*Lanceas?* Das sind TOG-Jäger! Was machen *Lanceas* über Rolandrin?« Der Skipper wandte sein Gesicht zum Navigator. »Bestätigen Sie unsere Stellung, Nav.«

»Meldung von Mambo Distaff, Sir«, unterbrach der Commlink-Operator. »Sie versuchen, uns zu kontaktieren.«

»Wir sind am falschen Ort, Sir«, sagte der Navigator. »Der Aussetzer bei der letzten Wendung hat die Berechnungen durcheinandergeworfen. Das ist nicht Rolandrin. Das ist Malthus.«

»*Lancea*-Jäger nähern sich. In 3 Sekunden in Reichweite.«

»Was soll ich Mambo Distaff melden, Sir?«

»Soll ich versuchen, den NAVCOM mit den korrekten Daten zu füllen?«

»Was im Namen aller Heiligen tun wir über der TOG-Basis, Nav?« brüllte der Skipper.

»Wie ich schon sagte, Sir, war der Computer auf 15 000 Kilometern ausgefallen.«

»Nun, Nav, bringen Sie uns von hier weg. Comm, sagen Sie Mambo Distaff, daß wir uns verspäten. Sagen Sie ihm, er soll auf uns warten.«

»*Lancea*-Jäger nähern sich. In 1 bis 5 Sekunden in Reichweite.«

»Meldung auf Kurzstrecken-Commlink gesendet.«

»Koordinaten neu eingegeben.«

»Kurzstrecke wird sie nicht erreichen, Comm. Wir sind zu weit entfernt. Benutzen Sie Langstrecke, hohe Energie.«

»Starte Commlink neu, Sir.«

»Verlassen rationalen Raum.« Die Schwärze des Alls

wurde milchig, als der Transporter sich mit Überlicht-geschwindigkeit bewegte.

»Meldung gesendet, Sir.«

»Ich fürchte, Sie sind zu spät dran, Comm. Wir waren bereits im Tachyon-Raum, als Sie gesendet haben.«

Der Skipper drehte sich zum Navigator. »Wie schnell werden wir zum Rendezvous kommen?«

»Wir müssen einen Umweg machen, um direktes Durchqueren von TOG-besetztem Raum zu vermeiden. Daher wird es einige Stunden dauern.«

»Ich hoffe, Kenderson wartet auf uns.« Die *Caelestis* glitt zurück in den rationalen Raum und nahm eine Kurskorrektur vor.

»Mambo Distaff, Mambo Distaff. Hier Mambo Distaff Sechs. Folgen Sie Ihren Führern. Wir gehen runter.«

Der Horizont von Caralis erschien zwischen den vorderen Waffen des Liberators, als der Panzer sich der Oberfläche zuwandte. Der Geschwindigkeitsmesser war immer noch gestört, und so wußte Karstil zwar, daß sie zu schnell waren, kannte aber die genauen Zahlen nicht. Das Eiskap war gerade am Rande des Planeten aufgetaucht. »Halten Sie den Anflugswinkel so flach wie möglich«, erinnerte er seinen Fahrer. »Haben Sie je zuvor einen Abstieg geflogen?«

»Bei einer Übung, Sir«, kam die Antwort aus der Fahrerstation. »Tatsächlich, Sir«, fügte er hinzu, »war es nur im Simulator.«

»Nicht schwitzen. Folgen Sie einfach Zenturio Kane. Machen Sie alles nach, was er tut. Werden Sie eins mit dem Panzer. Der Liberator ist ziemlich stark, und er wird Ihnen nicht aus der Hand gleiten. Ich habe das hier schon einmal gemacht.«

»Aber sicher.« Es gab eine Pause. »Ich bin in Ordnung. Danke, Sir.«

Die Rebellenformation, ein riesiges Feld von Grav-panzern, trieb aus dem Raum heraus und strebte der

Oberfläche zu. Karstil konnte die vielen Fahrzeuge sehen, die seinen Liberator umgaben und das Sonnenlicht auf ihren polierten Rümpfen reflektierten. Er sah über die Schulter, um noch einmal nach dem vermißten Transporter und der Verstärkung, die ihnen versprochen worden war, zu suchen. Als er sich an seinen letzten Sturzflug zum Pol erinnerte, fühlte er einen tiefen Stich im Magen. Wie bei dem Unternehmen, das Freund im letzten Moment abgebrochen hatte, gab es auch bei diesem alle Anzeichen einer Katastrophe. Zumindest wird es diesmal keine Rückkehr geben, dachte er. Kenderson würde sie alle hineinbringen, egal, was geschah.

Karstil beobachtete die Ausläufer des Polarkaps unter dem vorderen Rumpf. Bei diesem Ankunftswinkel würde die Formation die Eiskante auf Baumwipfelhöhe überschreiten. Die Geschwindigkeitsanzeige klebte noch immer auf Maximum; die Formation bewegte sich mit etwas mehr als 900 km/h. Er fragte sich, ob die Instrumente im Führungspanzer zeigten, wie schnell sie wirklich flogen. Aber solange irgend jemand es wußte, würde es schon so in Ordnung sein, dachte Karstil.

Sergeant Barcus sah sich im Inneren des Gebäudes um. Die schmalen Räume, die wie Bienenkörbe an den Wänden aufgereiht waren, boten hervorragende Kampfstellungen. Er verstand nicht, warum die Rebellen sie so schnell verlassen hatten. Die Zerstörung der Gebäude am Rande der Stadt war eine böse Überraschung gewesen, aber damit hatte man rechnen müssen. Nun warteten sie, während die Zenturienführung die nächste Stufe des Sturmangriffs plante. Die drei Züge der Zenturie waren ungefähr auf einer Linie, und die anderen Zenturien der Kohorte lagen in den deckungsarmen Zonen in Stellung.

Barcus lauschte, als Zenturio Frankreich Setton, der

Chef der 3. Zenturie, den Plan umriß. Die Züge würden geradeaus durch ihre eigenen Sektoren angreifen und die Rebellenstellungen ausradieren, wenn sie darauf trafen. Fahrzeuge waren mit TVLGs zu zerstören, und leichte Waffen würden sich um die Infanterie kümmern. Jedem Kommando wurde Sprengladung ausgehändigt, um in die Gebäude einzubrechen, aber die Sprengladung durfte erst benutzt werden, wenn es sich als unbedingt notwendig erwies. Den Zügen wurde es freigestellt, sich über ihre eigene 100-Meter-Zone hinaus zu bewegen, aber es war ihnen nicht erlaubt, die anschließenden Sektoren zu kreuzen. Bei Strovasis Abwesenheit würde Barcus den 2. Zug führen. Der Sergeant hatte seinen Zugführer seit Beginn des Angriffs nicht mehr gesehen.

Der Zug, zu dem er zurückkehrte, war kleiner als der, den er durch die Bresche in der Kuppel geführt hatte. 15 Männer hockten in einem Raum zusammen und verspeisten ihre Kampfrationen. Ein Thermotablett in der Mitte des Raumes gab begrenzt Wärme ab, an der sich jeweils einige Männer erfreuen konnten. Die Soldaten wechselten von den Ecken des Raumes zur Mitte, und jeder Mann saugte soviel Wärme in sich auf, wie es in der zugestandenen Zeit möglich war. Die Ssoran wurden nicht eingeladen, daran teilzunehmen. Die Männer sahen erwartungsvoll aus, als der Sergeant eintrat.

Barcus gab den grob skizzierten Angriffsplan an seine Legionäre weiter. Es war nichts Besonderes, und alle Infanteristen waren für den Häuserkampf gut ausgebildet. Straf-Auxilia wurden meistens ausschließlich im Kampf in bebauten Regionen eingesetzt, und ihre Ausbildung entsprach dieser Verwendung. Häuserkampf unterschied sich von Schlachten im offenen Land. Die Theorien von Beobachtung und Schußfeldern blieben dieselben, aber die Soldaten hatten es mit erhöhten Stellungen und begrenzten Reichweiten zu tun. Stadtkampf war ein Krieg, in dem vollautomatisches Feuer und Handgranaten, Infanteristen in Zweier- oder Dreiergruppen, die feindliche Stellungen eine nach der anderen säuberten. Es war ein langsamer, tödlicher Prozeß.

Parallelstraßen kennzeichneten die Grenzen der Züge, in denen sie sich von Gebäude zu Gebäude vorkämpfen sollten. Jede Teileinheit bewegte sich in einer Linie mit den anderen die eigene Straße hinunter. Wärmebilder in den Kampfhelmen hielten sie in Kontakt, und das System in Barcus' Helm zeigte ihm feindliche Stellungen. Die Thermosensoren in den Helmen der regulären Infanteristen konnten von nichtmenschlichen Wärmequellen verwirrt werden und die Infanteristen täuschen, so daß sie die falschen Ziele angriffen. Es war Barcus' Aufgabe, ihr Feuer zu kontrollieren.

Die drei Straßen endeten auf einem großen Platz, der sich weiter erstreckte, als sie sehen konnten. Der Platz konnte überquert werden, aber sie brauchten Feuerschutz für die Rebellenstellungen dahinter. Barcus begann, seine Befehle zu erteilen, ließ zwei Trupps Deckung geben, während ein drittes Kommando den Platz überquerte. Er wurde sich bewußt, daß jemand von hinten auf ihn zukam. Er wandte sich um und sah Optio Strovasi auf sich zuschlendern.

»Warum der Aufenthalt, Sergeant?« schimpfte der Optio. »Sie sollten so schnell vorrücken wie möglich.«

»Ich organisiere gerade den Feuerschutz, Sir. Sobald die Trupps in Stellung sind, werden wir gehen.«

»Schwachsinn, Sergeant«, sagte der Optio und ging zur Öffnung des Gebäudes. »Sagen Sie den Männern, daß sie zusammen überqueren.«

»Sir, wir brauchen Feuerschutz.«

»Stellen Sie meine Befehle in Frage? Meine Autorität?« Er blickte vielsagend zu dem Ssoran, der ihm gefolgt war. »Wir werden sehen, Sergeant. Sie werden den Zug hinüberführen. Jetzt.«

Barcus sah erst Strovasi, dann den Ssoran an. Die lange Zunge des Echsenmannes züngelte in Erwartung des Vergnügens, einen seiner Sträflinge disziplinieren zu können. Barcus wußte, daß er entweder den einen oder den anderen töten konnte, aber er konnte nicht beide gleichzeitig erwischen. Und jemand anderes würde das Kommando übernehmen. Er wandte sich zur Öffnung in dem Gebäude. »Folgt mir!« schrie er und jagte durch das Loch. Der Rest seiner ersten Gruppe folgte ihm.

Barcus rannte um sein Leben. Er war halb über den Platz und begann zu hoffen, daß er es schaffen könnte. Dann eröffneten die verteidigenden Rebellen mit krachenden Spikegewehren das Feuer, und konzentrierte Ströme des tödlichen Plastiks regneten aus vier verschiedenen Richtungen auf die dahinhastenden Männer herab. Spikes rissen den gefrorenen Boden auf, wirbelten Splitter aus Eis und Bodenmaterial auf. Ein steinernes Monument erschien aus der Dunkelheit vor ihm, und Barcus sprang dahinter. Er sah sich nach den anderen um, um sie zu dem zeitweiligen Schutz zu lenken.

Der Rest der Sturmgruppe lag darnieder. Einige wanden sich vor Schmerz, andere lagen still. Das Wärmebildsystem in seinem Helm erzählte ihm die Geschichte. Von sechs Männern, die ihm gefolgt waren, waren vier tot, und die anderen starben. Diese Gruppe würde den Sturm nicht weiter durchführen. Spikes begannen auf das Mauerwerk einzuschlagen.

Das Commlink im Helm sprach ihm ins Ohr. »Kehren Sie zu meiner Stellung zurück«, sagte die Stimme des Optios. »Ihre Attacke war nicht erfolgreich. Ich will Sie wieder hier haben.« Barcus fluchte leise, und er biß vor Haß seine Kiefer zusammen. »Sergeant«, kam die insistierende Stimme, »kehren Sie zu meiner Stellung zurück.«

Barcus sammelte sich, um die Jagd zu wagen. Er

sprang mit dem Rücken zu den Rebellenstellungen aus seiner Deckung und rannte, so schnell er konnte. Er sprang über die Körper der toten Kameraden. Ein Mann griff nach ihm, als wolle er um Hilfe bitten, aber der Sergeant übersah den ausgestreckten Arm und rannte weiter. Seine plötzliche Bewegung überraschte die Rebellen. Sie schossen verspätet auf Barcus, aber keiner der tödlichen Spikes traf; statt dessen schlugen sie in das Eis hinter ihm, als er rannte. Er schoß atemlos durch die Öffnung und fiel auf die Füße des Optios.

»Sturmgruppe Zwei, bewegen Sie sich nach rechts, hinter den Rand des Platzes«, sagte der Optio. Er sprach in das Commlink, und Barcus konnte wegen des Summens in den Ohren kaum die Worte verstehen.

»Sir, das liegt außerhalb unseres Gebiets. Wir haben nicht die Erlaubnis, außerhalb unseres Sektors vorzugehen.«

»Unsinn. Sie werden tun, was ich sage. Auf jeden Fall wissen wir jetzt, wo der Feind ist.«

Die andere Sturmgruppe machte eine Pause, dann hörte Barcus, wie sie den Befehl bestätigte. Er krabbelte zur Öffnung in der Mauer, um die Dunkelheit zu seiner Rechten zu beobachten. Das Wärmebild zeigte ihm die sich bewegende Sturmtruppe. Er beobachtete, wie die Soldaten Einsatzgrenzen des Zuges überschritten. Er hielt den Atem an. Das konnte sogar funktionieren. Die Truppe war weit hinter dem Feuerkreis der verteidigenden Rebellen. Dann eröffneten aus dem Hinterhalt drei Laser das Feuer. Die ersten Legionäre lösten sich unter der Einwirkung des gebündelten Lichtes in Dampf auf. Die anderen waren zu überrascht, um vorzurücken oder sich zurückzuziehen. Wie hypnotisiert erstarrten sie angesichts dieses unerwarteten Angriffs von hinten. Die Laser schossen sie nieder, wo sie standen. Das Wärmebild zeigte in der Region kein Leben mehr an.

Der Zugsergeant drehte sich zu seinem Zugführer

um. Strovasi zuckte die Schultern. »Nun, Pech gehabt«, sagte der Optio. »Ich werde zurückgehen, um Ersatzleute zu bekommen.« Er drehte seinen breiten Rücken dem auf dem Bauch liegenden Sergeanten zu. Barcus hob sein Spikegewehr, aber er sah den Ssoran-Wächter im Schatten stehen, dessen große Augen nur noch Schlitze waren. Der Zugsergeant stand auf und suchte die Überreste seines Zuges zusammen.

50

6066, 15 Martius 6831

Der Einsatzverband Kenderson bog auf den Südpol von Caralis hinab. Nachdem sie den Kontakt mit der Verstärkung vom Transporter nicht hatten herstellen können, mangelte es ihnen noch immer an Truppen und Gerät. Die DDPs der führenden Panzer strahlten rot auf, als sie die Feindfahrzeuge erfaßten. Die Rebellenformation hatte auf 600 km/h abgebremst, und es würde noch gut fünf Minuten dauern, bis sie angreifen konnten. Die führenden Fahrzeuge fuhren die Bremstriebwerke hoch in dem Versuch, auf annehmbare 240 km/h zu verlangsamen, bevor sie zu nahe an die Oberfläche kamen. Die Einheiten schwärmten in Kampfformation aus, wobei Kanes Zenturie nach rechts schwenken sollte, sobald sie den Feind erreichten. Karstil hielt seinen zweiten Zug gemäß dem ursprünglichen Plan weit links. Sein Zug bildete einen losen Keil mit Karstil in der Mitte, der Zugsergeant flog im rechten Flügel und Panzer Drei auf der rechten Seite. Karstil versuchte, sich an die Namen der anderen zwei Panzerkommandanten zu erinnern, aber nur das Bild von Lucifer K. Mullins, seinem ersten Zugsergeanten, kam ihm in den Sinn. Er fragte sich, wo der alte Kerl heute wohl stecken mochte.

»Scipio Flugabwehr-Fahrzeug. Entfernung 4-9-0-00. Kurs 2-0-0. Scipio ist unbeweglich und sucht diese Formation ab. Scipio hat nicht erfaßt.« Die bekannte körperlose Stimme des Computers erklang in seinem Ohr. Immer die gleiche Frauenstimme sprach für den Computer, und Karstil phantasierte manchmal über die wundervolle Freundin des Programmierers, die ihr Stimmuster dem System zur Verfügung gestellt hatte. Karstil wünschte sich insgeheim, eines Tages diese Frau zu treffen, und er war neugierig, ob er enttäuscht sein würde.

»Viele Horatius-Panzer, Romulus-Transporter. Entfernung 4-9-0-00. Kurs 2-0-0. Fahrzeuge sind unbeweglich und suchen. Alle Fahrzeuge sind außerhalb der Reichweite der Sensorerfassung.« Die Stimme im DDP sprach wieder.

»Scipio hat Liberator 7-3-2 erfaßt. Scipio hat zwei Raketen gestartet.« Das Ziel war nicht in Karstils Zenturie. Er sah nach links hinüber. Irgendwo dort draußen war ein Liberator dabei, ein paar Treffer von zwei schweren Raketen zu erhalten. Diese Raketen rissen riesige Löcher in alles, was sie trafen, und Karstil war froh, daß nicht er das Ziel war. Ein heller Blitz erleuchtete den dunklen Himmel auf der linken Seite.

»Viele Horatius-Panzer, Romulus-Transporter. Entfernung 3-5-0-00. Kurs 2-0-0. Fahrzeuge sind unbeweglich und suchen. Alle Fahrzeuge sind außerhalb der Reichweite der Sensorerfassung.«

Die Angriffstruppe bewegte sich noch immer mit einer zu hohen Geschwindigkeit auf die Oberfläche zu. Ihr erster Überflug über die feindliche Stellung würde in Baumwipfelhöhe oder höher erfolgen, oder Kenderson mußte die Formation abwenden lassen, um Geschwindigkeit abzubauen. Karstil war sich bewußt, daß das Wenden einer Formation mit mehr als sechs Kilometer Breite außer Frage stand. Für eine gut ausgebildete Truppe, die unter friedlichen Bedingungen arbeitete und sich mit niedriger Geschwindigkeit bewegte, mochte das in Frage kommen, aber nicht für diese. Der Einsatzverband Kenderson würde unter Darbietung seiner fragilen Unterseitenpanzerung in die Schlacht eintreten. Der einzige Vorteil war, daß sie den TOGs mindestens in einem Verhältnis von 3:1 überlegen waren.

Die Kuppel wurde ständig von den Explosionen im Umkreis des Kampfgeschehens erhellt. Sogar im Gefechtsstands-Pedden stellten die Lichtblitze mehr Sicht zur Verfügung als die Kampfbeleuchtung. »Sagen Sie Hess, er soll die Verwundeten bewegen«, sagte Harras laut. Als niemand antwortete, bemerkte er, daß er allein im Pedden war. Rinter war gegangen, um ihre dahinschmelzende Zenturie zu befehligen, und alle freien Stabsleute und Versorger waren unter Rand und Sloan zusammengefaßt worden. Er hob das Commlink auf und gab dem Arzt seine Befehle. Es gab keinen Streit. Hess hatte das Kommando erwartet und die Verwundeten aufgeladen. Die Sanitätsfahrzeuge bewegten sich auf die gegenwärtig nichtumkämpfte Bresche zu, die die Rebellenstreitkräfte als Eingang in die begrabene Stadt gegraben hatte, was Jahre her zu sein schien.

Harras betrachtete die Lage. Die TOG-Strafinfanterie machte an beiden Abschnitten Fortschritte. Man hatte mindestens eine Kohorte an jeder Bresche eingesetzt, und die erschöpften Rebellenzenturien würden sie nicht aufhalten können. Sie verlangsamen – ja; Verluste verursachen – ja. Aber die Zahlen bevorteilten die TOGs. Die Nisus-S-Fahrzeuge kamen näher, einige von ihnen trieben ihre eigene Infanterie mit Lasern voran. Harras bewegte sich rechtzeitig zur Tür, um einen glühenden Liberator am Gefechtsstand vorbeirumpeln zu sehen. Der Turm war vollkommen zertrümmert worden, und die Geschütze rechts und links hingen von ihren zerschlagenen Befestigungen herab. Gravdüsen schrammten über die Straße und zogen einen Funkenschauer über den gefrorenen Boden. Spikes trafen die Wand hinter Harras. Es war höchste Zeit zu gehen.

Moldine Rinter taumelte in die Tür des Pedden. Ihr leichter Kampfhelm war von vielen Spikeeinschlägen zertrümmert worden und hing, nur noch mit dem Kinnriemen verbunden, auf den Rücken herunter. Das Haar war vom Blut verfilzt, und Blut lief ihr über das Gesicht. »Sie sind nahe, Milt«, krächzte sie. »Sie sind überall durchgebrochen. Wir müssen uns in eine andere Stellung zurückziehen.«

Harras half der verwundeten Offizierin in den Pedden, setzte sie in einen Sessel und versuchte ihr Gesicht mit dem Taschentuch abzuwischen. »Ich werde den Gefechtsstand jetzt verlegen.« Er sprach über Bordfunk und befahl dem Fahrer, den Pedden zu bewegen. Es gab keine Antwort. Er wiederholte seinen Befehl. Als nichts passierte, merkte er, daß es keinen Fahrer mehr gab. Auch er war in den Kampf geschickt worden. Harras öffnete die Luke zum Fahrerabteil und kletterte in den Sitz. Es war lange her, daß er einen Panzer wie diesen gefahren hatte, aber wenn man so etwas einmal gelernt hatte, vergaß man es nicht mehr. Er aktivierte den Gravantrieb und spürte, wie der Pedden sich zum Ein-Meter-Gleiten erhob. Er ließ das Fahrzeug in Richtung der Bresche treiben.

Der Tachyon-Raum ging in den Normalraum über, als der Commonwealth-Transporter *Caelestis* wieder über Caralis erschien. Der Skipper drehte sich zu seinem Navigator herum. »Diesmal haben wir es richtig hinbekommen, Nav?«

»Am Ziel, Sir. Direkt über dem Ziel. Das dort unten ist Rolandrin. Das Polarkap liegt voraus.«

»In Ordnung. Wo ist dieser Kenderson, der uns erwarten sollte?«

»Kein Kontakt, Sir. Er sollte direkt unter uns sein.«

»Ein weiteres Mal vermasselt. Suchen Sie die Grenzen des Horizontes ab. Geben Sie volle Kraft.«

»Suche jetzt, Sir.« Es gab eine Pause, während die Sensoren nach den Rebellenfahrzeugen suchten. »Nichts, Sir. Ein kurzfristiges Zeichen am Rande des südlichen Horizontes, aber es verschwand sofort. Keine Zeit, um es zur Erkennung oder Kommunikation zu erfassen.«

»Comm. Benachrichtigen Sie Alabaster von der Situation. Fordern Sie Instruktionen an.«

Weit entfernt von der Kommandobrücke, in der Tiefe der Laderäume, fühlte Mullins, wie der Transporter einen weiteren Übergang in den rationalen Raum hinter sich brachte. Er hatte sich nie richtig an das Magenflattern gewöhnen können, das immer mit dem Wechsel kam. Er wußte, was das Flattern bedeutete, und er war bereit und konnte es kaum erwarten, aus dem Schiff zu kommen. Die äußeren und inneren Tore würden aufspringen und den schwarzen Weltraum zeigen. Dann würde der Transporter nach unten kippen, um es den Panzern zu ermöglichen, aus dem Hangar hinauszugleiten. Er hatte drei Manöver gefühlt, die das Schiff nicht hätte machen dürfen, aber der Skipper war ans Mikro gekommen und hatte sie als Ausweichmanöver gegen TOG-Angreifer erklärt. Die Bekanntgabe, daß sie am Ziel über den richtigen Koordinaten waren, war mit einem höhnischen Aufheulen aus dem beengten Ladedeck begrüßt worden. »Fahrer«, sagte Mullins in das interne Commlink, »werfen Sie diese Bestie an, und machen Sie sich bereit zu starten.«

»Roger. Haben wir die Erlaubnis für den Absprung?«

»Nein. Aber ich will bereit sein, wenn die Zeit kommt.« Mullins überprüfte das DDP und sah, daß die anderen zwei Panzer seiner provisorischen Züge ebenfalls ihre Gravantriebe zündeten. Seine Panzer waren bereit zu starten. Sein eigener Liberator befand sich fast an den inneren Toren des Lastdecks. Sobald die Tore sich öffneten, wäre er auch schon auf seinem Weg.

»Bashful Laundry 2-2-6. Hier Bashful Laundry 3-6. Haben Sie den Befehl zum Start erhalten?«

»Laundry 2-2-6. Negativ. Mache mich nur fertig.« Mullins war neugierig, ob die kommandierende Zenturie seine Erklärung akzeptierte. Er entschied, sich nicht darum zu kümmern. Die Frustration des Wartens und die Überzeugung, daß es sich um eine vermasselte Sache handelte, waren verschwunden. Nun spürte Mullin die bekannte, willkommene Erwartung des Kampfes. Er war bereit hineinzugehen.

»Bashful Laundry fertig für Abflug. Öffnet die Außentore.«

Mullins fühlte den Druck auf dem Lastdeck leicht fallen. Die Dichtungen auf dem Liberator zischten, als sie sich gegen den Turm aufblähten. Er ließ die Plexiglaskuppel über das Kommandoluk fallen. Weil sie in der oberen Atmosphäre lagen, mußte er den Panzer über das DDP kontrollieren, aber wie alle Panzerkommandanten zog er es vor hinauszusehen, wenn er konnte. Verschlossene Panzer hatten etwas Klaustrophobisches.

Auf der Brücke sah der Skipper überrascht auf. »Sagen Sie das noch einmal, Comm.«

»Alabaster sagt, daß Kenderson die Umlaufbahn nicht halten konnte und zum Pol vorausgeflogen ist. Sie sagen, Sie sollen selbst über den Absetzvorgang entscheiden.«

»Nun gut. Wie soll ich wissen, was hier vorgeht? Ich weiß nicht einmal, ob diese Kenderson-Truppe noch existiert.« Er schlug mit seiner Faust auf die Konsole vor ihm. »Ich weigere mich, die Truppe in eine unbekannte Situation zu werfen.« Er wandte sich an seinen Navigator. »Nehmen Sie Kurs auf Alabaster. Wir werden sie dort absetzen. Comm, benachrichtigen Sie die Rebellen unten, daß wir den Start abbrechen, und lassen Sie Alabaster wissen, daß wir unterwegs sind.«

Die Soldaten auf dem Ladedeck bemerkten die leichte Wende der Transporters. Mullins beobachtete die Türen und wartete darauf, daß sie sich öffneten.

»Bashful Laundry. Hier Mother Hen. Es gibt eine Änderung der Pläne – wieder einmal. Es scheint, daß die andere Truppe nicht zum Rendezvous erschienen ist. Oder vielmehr, sie waren da und sind fort. Wir haben entschieden, den Absetzvorgang abzubrechen und Sie über Alabaster abzusetzen.«

Mullins starrte auf die Türen; sie würden nicht aufgehen. Er traf kurzfristig eine Entscheidung. *Er* würde den Absetzvorgang nicht abbrechen und die Rebellen hilflos allein zurücklassen. »Schweinebacke!« murrte er ins Commlink. »Schweinebacke!«

»Was sagten Sie, Sarge?« fragte der Fahrer nach.

»Egal. Richtschütze, laden Sie HEAP.«

»Sagen Sie das noch einmal, Sarge?«

»Richtschütze. Laden Sie HEAP. Entsichern.« Innen im Turm konnte Mullins hören, wie der Richtschütze HEAP in den Ballistikcomputer eingab. Die Munitionswahltrommel drehte sich und stoppte. Der Liberator trieb etwas ab, als die Rückhalteklammern ihn vom Deck freigaben.

»Richtschütze. Ziel Cargotor. Entfernung 5-0. Feuern Sie HEAP.«

Der Turm schwang etwas nach links, als die 150-mm-Geschütze sich auf des Zentrum der Backbord-Laderaumtore ausrichteten. »Identifiziert«, sagte der Richtschütze. Mullins hörte die Aufregung in seiner Stimme.

»Feuer!«

»Unterwegs.« Das Röhren der Hauptwaffe war im geschlossenen Laderaum betäubend. Der Schuß und der Einschlag des 150-mm-Geschosses gegen das Titantor erfolgten nahezu gleichzeitig.

»Im Ziel«, gab der Richtschütze an, um Mullins zu benachrichtigen, daß er das angegebene Ziel getroffen hatte.

»Schweben Sie 10 Strich rechts«, antwortete Mullins. »Ziel Tor. Entfernung 5-0. Feuern Sie HEAP.«

Der Turm bewegte sich wieder. »Identifiziert.«
»Feuer.«
»Unterwegs.« Wieder füllte sich der Frachtraum mit dem Krach der doppelten Explosion.
»Laundry Zwei-Zwei-Sechs. Hier Zwei-Sechs. Sind Sie komplett verrückt geworden?«
»Negativ, Zwei-Sechs. Ich weiß genau, was ich tue. Pause. Laundry Zwei-Zwei. Hier Laundry Zwei-Zwei-Sechs. Wir brechen aus. Lösen Sie sich, und folgen Sie mir.« Mullins wartete einige Sekunden, damit sich der Rauch und der Schrott durch die zerstörte Tür verzogen. »Fahrer. Holen Sie uns hier raus.«
»Mit Ihnen immer, Sarge.« Der 273 Tonnen schwere Liberator schob sich vorwärts, als der Fahrer maximalen Schub gab. Die HEAP-Geschosse hatten ein klaffendes Loch in die Türen gerissen, und der Panzer krachte durch die Öffnung, wobei er sie vergrößerte. Glühende Funken von Titan sprangen fort, als die Oberfläche des Panzers hindurchglitt. Mullins merkte, wie die obere Ecke der herausgeschossenen Tür gegen die Plexiglaskuppel schlug. Die Kuppel wurde von einem spinnwebenartigen Gewebe überzogen, das leise zischte, als der Panzer Druck an den Weltraum verlor.
Dann war der Liberator über die Schwelle der Laderampe hinweg und in der Dunkelheit. Mullins fühlte den Panzer nach vorn kippen, als er zur Oberfläche abzufallen begann. Er sah über die Schulter zurück nach dem Rest des Zuges, aber die zersplitterte Kuppel machte es schwer, etwas zu erkennen. Er war versucht, die Kuppel wegzublasen, aber die Gewißheit schneller Dekompression auf einer Höhe von 90 Kilometern hielt ihn davon ab. Er sah auf das DDP. Er machte die Reise allein.
Der Liberator beschleunigte, während er fiel. Mullins wechselte zwischen der Überwachung des künstlichen Horizonts und der Anzeige des Angriffswinkels

ab. Ohne visuellen Fixpunkt mußte er das Fahrzeug allein über die Instrumente steuern. Das war keine unmögliche Aufgabe, aber nicht einfach. Der Geschwindigkeitsmesser rutschte über 240 km/h, und der Fahrer beschleunigte noch weiter. »Immer mit der Ruhe«, sagte Mullins über Bordfunk. »Wir kommen schnell genug da an.«

»Bashful Laundry Zwei-Zwei-Sechs. Hier Bashful Laundry Zwei-Zwei-Eins. Haben Frachtraumtore verlassen. Folgen Ihnen. Junge, haben Sie ein Chaos hinterlassen.«

Mullins überprüfte das DDP. Einen Kilometer hinter ihm tauchte der blaue Punkt eines weiteren Liberators auf, dahinter ein zweiter, dann noch einer. Er machte den Fall doch nicht allein. Unorganisiert, aber nicht allein.

51

0700, 15 Martius 6831

Honor Ross drückte sich flach gegen den Felsgrat, der sie vor den TOG-Panzern auf der Oberfläche des Pols verbarg. Das Gravantriebsgeheul der herannahenden Rebellenpanzer füllte die Atmosphäre mit fast spürbarem Lärm, den nicht einmal die Systeme in ihrem Helm ausblenden konnten. Die Formation, die sich von Horizont zu Horizont erstreckte, schob sich vorbei. Sie flogen zu hoch und zu schnell, um sich auf die Oberfläche herablassen zu können, aber es gab viele von ihnen. Die TOG-Fahrzeuge eröffneten das Feuer.

Eine Flugabwehrstellung gab die erste Salve ab, und die Raketen sausten mit feurigen Schweifen in den dunklen Himmel. Die Raketen zersprangen in feurige Blüten aus Rot und Gold. Die meisten Fahrzeuge überstanden die Attacke, nur einige antworteten ihrerseits mit riesigen Feuerblüten und sprühten glühende Stücke aus Panzerung und internen Systemen, die aufblinkten und erloschen, herab. Als die Rebellenpanzer näherkamen, beteiligten sich die TOG-Gravpanzer an der Schlacht. Der Boden rund um Ross erzitterte unter den Schlägen der schweren Waffen. Weitere Rebellenpanzer wurden getroffen, und ihr Pfad durch die Leere wurde von Flammenspuren gezeichnet.

Sie war überrascht, wie nah sie den TOG-Fahrzeugen war. Ihre Sensoren hatten sie nicht entdeckt, aber sie markierten ihre Stellungen, als sie feuerten. Sie erhob sich aus dem Schnee und bewegte sich auf die TOG-Fahrzeuge zu, war sich aber nicht sicher, was sie tun sollte, wenn sie sie erreichte. Ross wünschte sich verzweifelt, irgend etwas unternehmen zu können, womit sie ihren eigenen Truppen helfen konnte.

Die TOG-Fahrzeuge beschrieben einen ungefähren Halbkreis und hatten ihre Rohre nach innen ausgerichtet, als erwarteten sie einen Angriff aus der Mitte. Ross kroch leicht und schnell durch den Sicherungsring; die Feinde waren zu beschäftigt mit dem Angriff von oben, um sich um eine einzelne Gestalt auf der Oberfläche zu kümmern. Noch immer ohne Plan, was sie eigentlich tun wollte, erreichte sie die Mitte der Formation und sah plötzlich ein klaffendes Loch im Eis. Wracks umstanden seinen Rand. Das ständige Blitzen der Panzerwaffen erleuchtete die Szenerie. Himmel und Erde schienen in einem beängstigenden Rot zu glühen, als Waffenfeuer und brennende Fahrzeuge ihr Leuchten miteinander vermischten. Ross starrte einen Augenblick verständnislos auf die Öffnung, bevor sie diese als den Tunneleingang identifizierte, durch den die Rebellentruppe in die Tiefe geflohen war. Das Aussehen des Geländes war fast bis zur Unkenntlichkeit verändert worden, aber sie sah das im Eis eingefrorene Wrack ihres Spartius-Transporters. Sie jagte dorthin und lehnte sich flach neben seinen zerstörten Turm. Die TOGs direkt neben ihr feuerten weiter in den Himmel.

Harras sah, wie sich die Lage auf dem Bildschirm von Augenblick zu Augenblick veränderte. Die roten Linien, die die TOG-Aktivitäten anzeigten, krochen langsam über das Stadtnetz weiter vor. Das Commlink plapperte ständig, als Meldungen von Bodenverlusten und Nachfragen nach Verstärkung über den Äther flitzten. Die Zugangsluke in der Seite des Pedden stand offen, und die zunehmende Kakophonie der Schlacht hallte durch das Innere.

Die TOG-Strafinfanterie rückte vor und drückte die Verteidigungslinie zusammen. Harras zog MacDougalls Einheit von der Front zurück, um eine weitere Ausweichstellung aufzubauen. Die Panzerzenturien waren in einem bemerkenswert guten Zustand, betrachtete man die Härte des Kampfes. Die Rebellen gaben absichtlich Boden auf, um genug Truppen zu behalten, die den Kampf aufrechterhalten konnten, und verursachten deutliche Verluste, ohne selber bedeutende Verluste hinzunehmen. Einmal war die Strafinfanterie in die Rebellenfront eingebrochen, aber ein kurzer, scharfer Gegenangriff hatte die Stellung zurückerkämpft. Doch die Rebellen verloren an Boden und damit die Schlacht, weil es nicht genug Infanterie an der Frontlinie gab, die eine Infiltration verhindern konnte. Jedesmal, wenn die TOGs eine Lücke fanden, schoben sie ihre Infanterie durch dieses Loch. Durch das Zusammenrücken der Linien mußten die Rebellen zum Gegenangriff oder Rückzug ansetzen, und bis jetzt hatten sie sich nur für den Rückzug entschieden.

Ein Schatten fiel über den Kartentisch. Harras sah auf. Jamie MacDougall stand im Eingang des Pedden. »Kommen Sie herein, und setzen Sie sich einen Augenblick«, sagte Harras. »Sie sehen aus, als könnten Sie einen Sitzplatz gebrauchen.«

MacDougall lächelte seinem Kommandeur zu. Er bewunderte wieder einmal Harras' Art, mit der er jemandem den Eindruck vermittelte, im Moment wichtiger als alles andere im Leben des Kommandeurs zu sein. Wahrscheinlich war dies auf die einfache Tatsache zurückzuführen, daß Harras seine Untergebenen wirklich mochte und sich um sie sorgte. Der Zenturio trat in den Pedden und ließ sich in den angebotenen Sessel fallen. »Ich kann wirklich eine Pause gebrauchen, Milt. Sie brauchen wahrscheinlich auch eine.«

Harras grinste müde. »Tun wir das nicht alle? Wie steht's mit der neuen Front?«

MacDougall beugte sich zum Bildschirm mit dem Lagebild. »Ich habe Panzer hier und hier«, sagte er, wobei er auf die Karte zeigte. »Meine Reserve, ein einzelner Lib, steht hier hinten. Die Infanterie ist zum Schutz rund um die Panzer aufgestellt. Wir brauchen wirklich mehr Bodentruppen. Die Infanteristen mit HEAP-Geschossen zu töten ist, als würde man mit Kanonen auf Spatzen schießen.«

»Nicht effizient, ich weiß. Aber das ist alles, was wir haben.« Harras legte die Stellungen fest, die MacDougall ihm gezeigt hatte. Es waren gute Stellungen, aber leider nutzlos, um das ganze Gebiet dazwischen zu decken. Ausweichende Zenturien würden etwas von dem Raum auffüllen, aber es gab hier zuviel Territorium für die verfügbaren Truppen abzudecken. »Wenn sie irgendwelchen harten Stoff herunterbringen, dann bekommen wir schwere Probleme.«

MacDougall zeigte auf die Hauptbresche. »Es gibt keinerlei Aktivitäten hier, Milt. Kann es sein, daß sie hier abgezogen sind, um Druck auf die anderen Öffnungen auszuüben? Sie könnten hier oben ziemlich ausgedünnt sein.«

»Ich habe auch darüber nachgedacht. Wenn sie ihre gesamte Kraft heruntergeschickt haben, sind wir vielleicht in der Lage, die Oberfläche zu erreichen, ohne auf viel Widerstand zu stoßen. Einige unserer Panzer könnten ausbrechen.«

MacDougall rieb sich die Schulter an einem Punkt, an dem ein Spike den Körperpanzer abgerissen hatte. So wie der Muskel schmerzte, nahm er an, daß dort eine riesige Beule sein mußte, aber er hatte sich nicht darum bemüht, Hess oder irgendwem sonst davon zu berichten. »Was wissen wir über die Lage an der Oberfläche?«

»Ich habe vor ein paar Stunden eine Patrouille ausgesandt, um einen passiven Sender auszusetzen. Er zeigte begrenzte Aktivitäten, aber nun ist er tot. Die Patrouille wurde erneut nach oben geschickt, kurz bevor der Zauber hier begann, aber sie haben sich nicht zurückgemeldet. Es waren gute Leute – ich hoffe, sie sind wohlauf.«

Harras starrte auf die Skizze. Die roten Symbole der Strafinfanterie krochen weiterhin voran. Blaue Symbole zogen sich auf die neuen Linien, die MacDougalls Zenturie geschaffen hatte, zurück. »Wir können nicht mehr aushalten, Jamie. Es gibt nur nichts, wohin wir sonst ausweichen können.«

»Die Oberfläche, Sir. Meine Meinung lautet: ausbrechen!«

»Es ist der einzige Weg.« Harras schaute prüfend über die verschiedenen Stellungen.

»Ich werde Kontakt zu Matruh aufnehmen und ihm sagen, daß er das Kommando über die Stellungen übernehmen soll, die Sie besetzt halten, wie auch über diese zwei Panzer und die Infanterie. Sie nehmen Ihren Wolverine und diesen Panzer, und ich werde Ihnen einen Pedden aus Rands Kommando mitgeben. Gehen Sie nach oben, und setzen Sie sich fest. Halten Sie mich auf dem Laufenden.«

MacDougall erhob sich. »Nicht schneller gesagt als getan.«

Harras wandte sich um und sprach ins Commlink, wobei er den entsprechenden Einsatz befahl. Er war erleichtert, daß die Entscheidung schließlich gefallen war. Der unaufhaltsame Vormarsch der Strafinfanteristen hatte die Kohorte soweit zurückgedrängt, wie sie sich zurückziehen konnte. Es mußte etwas passieren. Als er zurücksah, war MacDougall fort. Sekunden später hörte er das Heulen von Gravantrieben, als der Wolverine und der Liberator sich zum Ausgang aufmachten.

Ross fühlte das Heulen von Gravantrieben mehr unter ihren Füßen, als daß sie es hörte. Sie sah halb in der Erwartung hinunter, einen Panzer aus dem Eis hervorbrechen zu sehen. Dann erkannte sie, daß das Geräusch von etwas stammte, das aus der Stadt unter dem Eis heraufkam. Einen Moment später tauchte ein Wolverine im Loch auf, der vorsichtig die Nase über die Oberfläche schob. Einen Augenblick sah er aus wie sein Namensgeber, der aus der Sicherheit seiner Höhle die Witterung seiner Feinde aufzunehmen versuchte. Ross beobachtete ihn, als er über den Rand glitt und unmittelbar danach von einem Liberator Gesellschaft erhielt.

Der Himmel über ihr war weiterhin vom Blitzen des Kampfes erhellt. Die Hilfstruppe hatte schließlich die Höhenstufe für normalen Flug erreicht und ließ zerstörte und brennende Panzer über den ganzen Umkreis ihrer Landezone verteilt zurück. Nun waren sie unten und hatten die TOG-Verteidigung direkt angegriffen.

Die Ankunft und die Landung waren einfacher gewesen als erwartet. Da die Horatius-Panzer zur Verteidigung in ihren Trichtern verborgen lagen, waren sie unfähig gewesen, ihre Hauptwaffen weit genug aufzurichten, um die Panzer über Kopf zu beschießen. Dieser Nachteil verschwand, als die Angreifer die Oberfläche erreichten und die TOGs ihre 150-mm-Geschütze ins Spiel bringen konnten. Das Krachen der schweren Geschütze und das reißende Knattern der Laser hallte zwischen den Eiswänden wie ein Konzert dämonischer Kesselpauken. Der Wolverine hielt abrupt an, als hätte ihn die Gewalt des Geschehens gelähmt.

Ross verließ die Deckung des Spartius und sprintete auf den Spähpanzer der Rebellen zu. Der Turm schwang zu ihr herum, und die Mündung des Lasers stand plötzlich so groß wie ein Abfalleimer vor ihr. Sie stoppte und hob die Hände über den Kopf. Der Panzerkommandant zeigte auf sie und winkte sie voran. Sie bewegte sich auf die Vorderseite des Panzers zu und erklomm die Trittstufen am Rumpf. Der Panzerkommandant nahm den Laser nicht von ihr, und sie bemühte sich, die Hände weit vom Holster an den Hüften fernzuhalten. »Ross. Sergeant Honor Ross«, sagte sie. »Ich war auf Patrouille außerhalb der Stadt. Harras hatte mich hochgeschickt.«

MacDougall sah sie zweifelnd an. »Ist das die ganze Patrouille?«

»Alles, was übrig ist. Stone war bei mir, aber wir wurden getrennt. Ich glaube, er ist tot.«

»Okay. Was ist hier los? Meine Sensoren spielen verrückt.«

»Es ist eine Hilfstruppe, glaube ich«, beeilte sich Ross zu erklären, wobei sie über die Worte stolperte, als sie sprach. »Sie wissen wahrscheinlich nicht, wo wir sind oder ob es uns überhaupt noch gibt. Wir müssen eine Nachricht auf einem freien Kanal aussenden, um diese Jungs wissen zu lassen, daß wir hier sind und was wir geplant haben. Und sagen Sie Harras, was los ist.«

MacDougall schaltete das Commlink auf einen Sendekanal, erhöhte die Energie und begann ein Identifikationssignal an die nahenden Truppen zu senden. Als die Übertragung stand, schaltete er auf Automatik, so daß das Signal als Funkfeuer fungierte. Dann berichtete er Harras von der Situation auf der Oberfläche, wobei er Ross in dem Bericht erwähnte. Als MacDougall sich umdrehte, um weitere Informationen von der Sergeantin zu erhalten, war sie bereits von der Panzervorderseite herabgerutscht und schoß davon.

Die neuen Informationen von der Oberfläche erfüllten Harras mit Hoffnung, aber das Gefühl wurde von dem unten drohenden Unheil überlagert. Die Strafinfanterie war durch die neue Verteidigungslinie gebrochen und infiltrierte das Schlüsselgelände, das nur noch mit erschöpften Rebellenpanzerführern und Infanterie besetzt war. Das Kampfgeschehen war zu nahe gerückt; sie konnten nicht länger warten. Die Verwundeten mußten so bald wie möglich abziehen, wenn sie überhaupt noch herauskommen sollten. Er nahm das Commlink auf und gab die neuen Befehle an Hess weiter. Der Arzt bestätigte und brach zur Bresche auf.

Grold, Grain und Tscholmankia hockten eng beieinander, um Schutz und Wärme zu gewinnen. Grain knabberte mit an die Brust gezogenen Knien an seiner letzten Ration, während die zerrissenen Überbleibsel eines Thermomantels eng um ihn herumgeschlungen waren. Tscholmankia fingerte an seinem Spikegewehr herum und setzte vorsichtig einen zusätzlichen Munitionsblock auf dem Sims an der Seite der Feuerstellung ab. Grold beobachtete beide Männer, während seine Augen vor Erschöpfung zu verschwimmen drohten.

»Sie kommen«, berichtete Tscholmankia mit flacher, gleichgültiger Stimme. Die Aufregung, die er früher im Kampf empfunden hatte, war verschwunden. Nun fühlte er nichts mehr, und sein Verstand hielt nur den Gedanken fest, daß er wieder kämpfen mußte, während seine Gefühle taub geworden waren. »Werden wir uns wieder zurückziehen?« Er sprach noch immer mit dem flachen Ton in der Stimme.

Grold bewegte sich von seiner Schießscharte fort. Die Strafinfanterie arbeitete sich ihren Weg die Straße hinab und verbarg sich in den Gebäuden, während sie vorrückte. Er beantwortete die Frage. »Wir werden tun, was man uns gesagt hat. Ich werde nicht für eine Stellung sterben, die wir nicht halten müssen.«

Tscholmankia lud einen Munitionsblock in das Spikegewehr. »Sie werden diese Stellung nicht ohne Kampf einnehmen.«

Grold sah zu Grain hinüber. Der Triarii lag auf dem Bauch und sah vorsichtig über die Barriere hinab. Der Soldat sah mit einem Lächeln auf den Lippen zu seinem Truppführer auf. »Ich habe einen im Visier.« Der Truppführer nickte, und das Spikegewehr schoß. Das

Commlink im Helm des Truppführers summte vor Kommandos. Er bestätigte. Es war die gleiche alte Geschichte: Schießen Sie genug, um sie zurückzuhalten, aber lassen Sie sich auf keinen Nahkampf ein. Unten auf der Straße verbarg sich die Strafinfanterie in der Deckung, und die Nisus-S-Fahrzeuge lagen weit zurück und hielten die Sträflinge an der Front.

Grolds Wärmebildsensoren zeigten Gestalten an, die sich durch die Gebäude zur Rechten und Linken bewegten. In wenigen Augenblicken würden sie die Linie hinter seiner Stellung überschreiten. Er zog eine Granate ab und ließ sie auf die Straße fallen. Nebel erhob sich, und Splitter schlugen über die Front des Gebäudes, als die Strafinfanterie das Feuer auf ihre Stellung eröffnete. Er drehte sich zu den anderen um. »Los jetzt!« Er sprang zur Tür und stellte sich daneben, um die anderen vorbeizulassen. Grain sprang an ihm vorbei und lief zur nächsten Stellung. Tscholmankia bewegte sich nicht. Grold schritt vor. »Komm schon!«

Tscholmankia wandte sich seinem Truppführer zu und nahm den Helm ab. »Diesmal nicht«, sagte er. »Ich werde hier warten.« Er legte den Helm auf den Boden vor der Schießscharte und setzte sich darauf. Mit leerem Blick starrte er Grold an.

Grold sprang durch das Zimmer zurück und hörte das Spiketackern an der Wand hinter dem Kameraden. Er griff Tscholmankia bei den Schultern, aber der Soldat war schon tot. Der Triarii glitt langsam nach vorn, und Grold sah den Splitter mitten im Schädel. Er ließ den Körper fallen und sprang hinter Grain her.

Hoch über dem Eiskap führte Mullins die Panzer in einen weiten, absteigenden Bogen, während er darauf wartete, daß die anderen zu ihnen stießen. Die Panzer hatten den Transporter einer nach dem anderen verlassen, bis der Skipper einsah, daß es schwachsinnig war, sie drinnen zu behalten, und die inneren Tore weit öffnete. Dann wurde das Tröpfeln der Panzer zum Sturm, als sich die gesamten Rebellentruppen ihren Weg suchten. Alles Gefühl für Organisation war verlorengegangen, als die Liberatoren und Vipern hinausströmten.

Auf der Kommandobrücke revidierte der Skipper seinen Bericht an Alabaster. Während er bestätigte, daß der Absetzvorgang voranging, meldete er auch den Schaden; sein Transporter war nun ein leichtes Ziel für TOG-Jäger. Alabaster erkannte die Situation und flog einen Soforteinsatz aus vier *Cheetah* – besann sich dann eines Besseren und flog einen Soforteinsatz mit einer ganzen Schwadron und einer Schwadron *Avengers* obendrein zur Verstärkung.

52

0830, 15 Martius 6831

Der Rebellen-Pedden lag hinter den Ruinen der Gebäude, die den äußeren Rand der Stadt unter dem Eis bildeten. Dahinter erhob sich der Eishang, der zur Bresche führte, durch die die Rebellenstreitkräfte in die Stadt eingebrochen waren und durch die sie nun fliehen würden. Davor erhoben sich die Gebäude der Naramstadt, die die Kohorte Harras verteidigt hatte. Um den Pedden herum lag Schrott aus der Schlacht verteilt, der im flackernden Licht des Kampfes bizarre Schatten warf.

Harras, der noch allein im Gefechtsstand saß, brauchte die Lageanzeige kaum, um zu erfahren, daß der Kreis weiter schrumpfte. Die Hilfstruppe an der Oberfläche würde nur dann die Überreste seiner Streitkräfte retten, wenn er sich von den Strafinfanteristen lösen konnte, die an seinen Linien klebten. Die Rebellen unter dem Eis mußten einen Gegenangriff starten, um die Sträflinge aus der Balance zu bringen. Und dieser Einsatz würde zumindest eine letzte Anstrengung seines erschöpften Verbands verlangen.

Eine begrenzte Zahl von Einheiten sollte angreifen. Die Rebellen vor Ort mußten den für den Angriff auf den Feind ausgewählten Truppen Feuerschutz geben. Harras wählte zwei Liberatoren für den Angriff aus: den Panzer, der von Aktol Graviston befehligt wurde, und einen Panzer, der nun von Sam Rand, dem Führer der Stabseinheit, kommandiert wurde. Jeder Panzer würde ein Infanteriekommando tragen, um sich gegen die Strafinfanteristen abzusichern. Der Liberator war nicht mit einem Infanterielaser ausgerüstet, und die Reichweite in diesem Kampf würde sehr kurz werden. Die Infanteristen sollten die feindliche Infanterie vom Panzer fernhalten.

Die beiden Liberatoren schwebten neben den Pedden, um abschließende Instruktionen zu erhalten. Harras wollte seine Soldaten sehen, wenn er ihnen seine Befehle erteilte; der Auftrag war in höchstem Maße gefährlich, und er mußte den Männern in die Augen schauen, bevor er sie losschickte. Er kletterte die Stufen an der Seite des Pedden hinunter und trat zwischen die schwebenden Panzer. Beide Kommandanten waren in ihren Kommandoluks, die Infanterie klammerte sich an den Rumpf hinter dem Turm. Harras war erschrocken, wie wenig Infanterie übriggeblieben war.

Gravistons Panzer hatte nur noch zwei Infanteristen in seinem Kommando; Rand hatte drei. Die Soldaten sahen erschöpft aus und waren in schlechterem Zustand als die Panzerfahrer. Die Infanteristen lebten mit derselben Todesangst, aber sie mußten obendrein noch die bittere Kälte ertragen. Die beiden Soldaten auf Gravistons Panzer starrten Harras hohläugig und lethargisch an. Der Kohortenkommandeur sah zu seinen Männern auf und wünschte, es gäbe etwas, was er für sie tun könnte. Er erkannte die Hoffnungslosigkeit in ihrem Verhalten, und er betete, daß es sich änderte, wenn sie in die Schlacht zogen. Männer in dieser Verfassung in den Kampf zu schicken, bedeutete, sie in den sicheren Tod zu schicken.

»Wir sind dabei, den Kontakt mit der TOG-Infanterie abzubrechen«, sagte Harras. »Unser Plan besteht darin, eine Überraschungsattacke entlang der TOG-Front zu starten. Wenn wir sie dazu bekommen, für einen Moment zu zögern, können unsere Leute an die Oberfläche entkommen. Dieser Auftrag ist sehr wichtig, aber es ist kein Todeskommando.« Er suchte Blickkontakt mit Graviston und dann mit Rand. »Das ist kein Selbstmordkommando«, wiederholte er. »Es ist gefährlich, ja. Aber es ist keine Todesfahrt.«

Harras übergab beiden Männern einen Chip, der die neuesten Informationen über die Stellungen entlang der Front enthielt. »Wie Sie sehen können«, fuhr er fort, nachdem die Kommandanten die Informationen auf ihr DDP geladen hatten, »verteidigen unsere Leute eine Reihe starker Stellungen und halten die TOGs aus den nahegelegenen Gebäuden heraus. Was wir von Ihnen wollen, ist, daß Sie die Straßen zwischen den beiden Fronten hinunterfahren. Schießen Sie auf alles und jeden auf der TOG-Seite. Lassen Sie Nebel hinter sich fallen, wenn Sie gehen. Die TOGs können zwar durch den Nebel hindurchschießen, aber wir wollen hoffen, daß sie das nicht tun werden. Das wird unseren Leuten Zeit geben, sich aus den Stellungen zu lösen, aufzusitzen und zur Oberfläche zu fliehen.«

Graviston und Rand sahen sich die vorgeschlagene Route an, die sich auf ihren DDPs abzeichnete. Sie war mehrere Kilometer lang, wenn sie die Wendungen und Windungen mitrechneten, die sie würden machen müssen. Einige der Kurven waren so eng, daß sie gezwungen sein würden, die Liberatoren fast vollständig abzubremsen, bevor sie die Richtung änderten. Der Auftrag würde unter den besten Umständen schwierig werden; mit einer feindlichen Infanterie, die auf sie schoß, würde es weit mehr als gefährlich sein.

Graviston sah zu dem jungen Optio hinüber. »Sir«, sagte er. »Ich denke, ich sollte führen, während Sie meine Flanken decken. Auf den großen Plätzen halten Sie sich links und ich rechts. Sie sollten auch höher sein als ich, nicht gerade auf Baumwipfelhöhe, aber nahe daran. So werden Sie freie Schußlinie haben, und wenn ich hinter uns neble, werden Sie nicht die Sicht verlieren.«

»Ich denke, ich sollte lieber führen, Sergeant«, erwiderte Rand. Er sollte führen, und das wußte er. Weil die Kommunikationsausrüstung der Kohorte beim anfänglichen Marsch zum Pol zerstört worden war, hatte er als Kommunikationsoffizier seit der Ankunft nichts zu tun gehabt. Als Führer der Stabseinheit war seine einzige Sorge gewesen, wo er den Gefechtsstand aufstellen sollte, als sie von der Oberfläche flohen. Dies war seine erste echte Chance, die traditionelle Rolle eines Rebellenoptios auszufüllen.

»Mit allem gebührenden Respekt, Sir«, meinte Graviston, »meine Panzercrew ist noch nicht lange zusammen, aber länger als Ihre. Aus dem Grund sollte mein Panzer führen. Ich bin zudem länger Panzerführer, als Sie überhaupt leben. Wenn diese beiden Argumente Sie nicht befriedigen, dann ist da noch die Sache des Kommandos. Wenn Sie führen, werden Sie in Schußwechsel verwickelt sein. Wenn Sie folgen, können Sie kommandieren. Und kommandieren, Sir, ist das, was Sie tun sollten.« Er wies auf den Kohortenkommandeur, der zwischen den beiden Panzern stand. »Wenn Sie das Kommando von Milt übertragen bekämen, würde ich genauso argumentieren.«

Rand fühlte ärgerlich sein Gesicht rot werden. Er wollte schreien, daß er sich nützlich fühlen wollte, daß er einige TOGs angreifen wollte, um sie zu töten. Dann siegte seine Urteilskraft über seine Gefühle. Das Blut verschwand aus seinem Gesicht. »Sie haben recht, Sergeant. Wir werden es auf Ihre Weise machen.«

»Bashful Laundry. Bashful Laundry. Hier Mother Hen. Banditen von Westen her. Banditen von Westen her. Sie sehen wie *Pilum*-Jäger aus.«

Reflexartig sah Mullins durch die Plexiglaskuppel seines Liberators, obwohl er wußte, daß es nichts zu sehen gab. Er überprüfte das DDP und sah nur eine lose Formation aus Panzern und Infanterietransportern, die sich zum Pol hinabschraubten. Die Geschwindigkeit lag noch immer auf annehmbaren 300 km/h, und der Anflugswinkel war nahe bei Null.

»Laundry Zwei-Zwei-Sechs. Hier Laundry Zwei-Sechs.« Mullins lauschte seinem Zenturienchef. »Sie führen. Wenn die Banditen eintreffen, führen Sie die Schar nach unten.«

Mullins überprüfte wieder das DDP. Die taktische Reichweite der Sensoren des Datendisplays reichte nur bis zu 5 Kilometern. Die nahenden Feindjäger würden schon in geringer Entfernung sein, wenn sie auf dem Schirm erschienen. Mullins wußte, daß die flachflügeligen *Pilum*-Jäger zwei Massebeschleuniger-Geschütze in der Nase hatten und einen 7.5/3 Laser auf jedem Flügel. Die Massebeschleuniger waren wilde Waffen, aber sogar die schwache Bodenpanzerung des Liberators konnte ein paar Treffer davon aushalten. Die Laser waren eine andere Sache. Sie würden nahezu mühelos saubere Löcher in die Panzerböden schießen, und jeder Lasertreffer auf der Bodenpanzerung wäre schlimm; es konnte sogar katastrophal werden. Mit Glück würden die Jäger nur einen Anflug über die Panzer machen. Sie würden sich so schnell bewegen, daß sie an den in die Tiefe rasenden Fahrzeugen vorbei sein würden, bevor sie einen zweiten Schuß abgeben konnten.

»Viele *Pilum*-Jäger. Entfernung 1-5-0 Kilometer Kurs 2-2-00 genau. Höhe 8-4 und fallend. Geschwindigkeit 3-00 pro Minute.« Das DDP der *Caelestis* hatte Informationen über herannahende TOGs übermittelt, als ihre Sensoren sie aufgenommen hatten. Auf eine Entfernung von 150 Kilometern und bei einer Geschwindigkeit von 300 km/h würden die Jäger in 30 Sekunden in Formation sein. Die *Pilums* waren schon in Reichweite der Laser zu benutzen, und die Massebeschleuniger würden in 15 Sekunden zu feuern beginnen. Mullins überprüfte wieder das DDP. Die letzten Rebellenfahrzeuge tropften noch aus dem Bug des Transporters. Wenn sie jetzt zur Oberfläche aufbrachen, würde das die folgenden Panzer den Jägern überlassen. In ihrer gegenwärtigen engen Formation würden sie alle eine Chance haben. Er befahl seinem Fahrer, die langsame Spirale nach unten beizubehalten.

»Viele *Pilum*-Jäger. Entfernung 1-00 Kilometer. Kurs 2-1-00 genau. Höhe 8-0 und fallend. Geschwindigkeit 1-8-0 pro Minute.« Die Backbordflimmerschilde glühten kurz auf, als der Liberator einen Laser reflektierte. Mullins fühlte Schweiß auf der Stirn und über der Glatze ausbrechen. Seine Bauchmuskeln spannten sich. Ein reißendes Krachen kam von der linken Seite des Rumpfes, als Massebeschleuniger ihre Projektile gegen seinen Panzer schleuderten. Die 273 Tonnen Titan wurden unter dem Einschlag erschüttert. Das DDP wurde mit gelben Dreiecken überflutet, als die feindlichen Jäger in Sensorenreichweite kamen.

»Richtschütze. Wenden Sie 1-5 Strich nach rechts. Nehmen Sie den Schuß kopfüber. Kümmern Sie sich nicht um die Reflektion. Feuern Sie alles zusammen. Laden Sie HEAP. Fahrer, bereithalten für den Rückstoß.«

»*Pilum*-Jäger. Entfernung 9-5-00. Kurs 6-2-00 relativ. Geschwindigkeit 1-00 pro Minute. Ziel identifiziert. Ziel erfaßt.« Die internen Sensoren hatten das DDP auf die herannahenden Jäger eingestellt. Sie waren noch außer Reichweite, aber in wenigen Momenten würden sie nahe genug heran sein. Die Flimmerschilde blitzten wieder auf, als ein Laser abgeleitet wurde.

Mullins wollte nicht auf das DDP warten, bis es den Jäger in Reichweite meldete. In dem Moment, wenn der Computer ihm sagte, der Jäger sei nah genug, war es vorbei. Er sah ein gelbes Dreieck über den DDP-Schirm streifen. »Feuer!«

Der Bug des Liberators erstrahlte im Mündungsblitz, als die 150-mm- und 50-mm-Geschütze zusammen schossen. Das Krachen der Geschütze wurde von dem hochtönenden Schrillen der 5/6-Laser übertönt. Mullins fühlte, wie sich die Nase des Panzers durch den Rückschlag der Waffen hob, sich dann ausrichtete und auf den vorher gewählten Winkel zurückfiel. Das DDP war ein Chaos aus gelben Dreiecken und blauen Rechtecken, dann zerstreuten sich die Dreiecke wie verwehte Blätter. Eines der blauen Rechtecke blinkte und erlosch. Dann ein anderes. Und ein weiteres. Die TOG-*Pilum*-Jäger flogen nun hinter und über der Panzerformation, aber sie hatten Schaden verursacht.

Die Plexiglaskuppel leuchtete in einem hellen Blitz auf. Ein weiterer Liberator taumelte über seinem Panzer außer Kontrolle und spuckte Flammen aus den Gravdüsen. Riesige Stücke aus Titanpanzerung bogen sich vom Rumpf weg. Ein Strom von Bruchstücken glühte wie Sterne am Himmel. Dann erloschen sie, und der Himmel war wieder dunkel. Das DDP zeigte, daß die TOGs sich in der Entfernung neu formierten. Sie hatten ihre Geschwindigkeit verringert und sammelten sich, um diesmal unter den am weitesten hinten gelegenen Panzern wieder zuzuschlagen. Diesmal würden sie eher auf die Bodenpanzer als auf die Front oder Flanken zielen.

»*Pilum*-Jäger. Entfernung 9-5-00. Kurs 2-7-00 relativ. Geschwindigkeit 1-5-0 pro Minute. Ziel identifiziert. Ziel nicht erfaßt.« Die TOGs waren 9,5 Kilometer entfernt und näherten sich mit 150 km/h. Es war an der Zeit, die Überlebenden an die Oberfläche zu führen. Die folgenden Fahrzeuge würden sich selber verteidigen müssen.

»Bashful Laundry. Hier Comely Bimbo. Wir nähern uns Ihrer Position. Ziehen Sie runter.«

Das DDP zeigte, daß die gelben Dreiecke hinten plötzlich von blauen Rechtecken begleitet wurden.

Identifikationszeichen wiesen die neuen Maschinen als *Cheetah-* und *Avenger-*Jäger aus. Die zwei Gruppen von Jägern klumpten sich sofort in einem rollenden Ball zusammen, der sich über 100 Kilometer im All erstreckte.

»Bashful Laundry. Laßt uns runter!« brüllte Mullins in das Commlink und war von seiner eigenen Aufregung überrascht. »Folgen Sie mir hinunter!« Er schaltete auf Bordfunk. »Fahrer. Tauchen Sie, so schnell Sie können. Lassen Sie uns nach dem Buch vorgehen: ›Maximalgeschwindigkeit der Sicherheit entsprechend.‹« Die Nase des Liberators fiel zur Oberfläche ab, und die Beschleunigung preßte ihn zurück in den Sitz.

Larry Stone lag still auf der Eisklippe. Die Kälte fraß sich ihm in die Brust, die Arme und Beine, aber er wagte aus Furcht vor Entdeckung nicht, das Heizsystem zu aktivieren, das in den TOG-Panzeranzug eingelassen war. Er stellte fest, daß der feindliche Springerinfanterist den Anzug nicht mehr brauchte, da sein Kopf von den Schultern abgetrennt worden war. Aber in den Springeranzug hineinzukommen, war nahezu unmöglich gewesen. Der Soldat war festgefroren, und Stone mußte am Ende viele Teile jeweils in Abschnitten abbrechen. Der schlimmste Teil war gewesen, den Kampfanzug anzuziehen. Er mußte den eigenen beschädigten Anzug ausziehen und den Körper der grausamen Kälte aussetzen. Er hatte weniger als eine Minute, um die Aufgabe zu erledigen oder zu erfrieren. Die Rüstung half, aber nun mußte er seinen Körper antreiben, mehr Hitze zu produzieren. Das war kein leichter Job. Sein linker Arm schmerzte von der früheren Verletzung.

Das Nisus-S-Fahrzeug hatte seine Stellung bereits zuvor passiert. Nun kam es zurück und patrouillierte langsam hinter der TOG-Strafkohorte, die durch diese Region marschiert war. Die Wächter suchten wahrscheinlich nach Strafinfanteristen, die sich vor dem Dienst drücken wollten. Der Ssoran-Kommandant lehnte lässig in der Kommandoluke, wobei die langen, reptilienartigen Arme ein Akley-Lasergewehr umfaßten, das mit einem Stilettbajonett bestückt war. Der Ssoran schenkte seiner Umgebung keine besondere Aufmerksamkeit, da er darauf vertraute, daß keine Strafinfanteristen in der Dunkelheit lauerten.

Stone sah zu dem nahenden Nisus-S von seiner Stellung aus hinab und schmiedete einen Plan. Er rollte sich auf die Füße und erhob sich. Der TOG-Springersoldat hatte ein Mantichore-Spikegewehr getragen, das noch einen halben Munitionsblock im Magazin hatte. Stone hatte die Waffe nicht getestet, und er hoffte, daß sie noch funktionierte. Das Gewehr unter dem rechten Arm stabilisierend, erhob er sich aus der Deckung. Der Ssoran spürte die Bewegung und bewegte sich auf ihn zu.

Die Entfernung von der Kommandoluke des Fahrzeuges zum Rand der Klippe, die Stone geschützt hatte, betrug weniger als 5 Meter. Stone trat auf den Rand der Klippe und legte die Mündung der Waffe auf den Kopf des Reptils an. Der Ssoran, der die Gefahr, in der er schwebte, nicht richtig begriff, starrte den TOG-Soldaten im Schnee an. Als er seine prekäre Situation verstand, war es zu spät. Als der Ssoran die Akley hob, zog Stone den Abzug des Spikegewehres.

Die TOG-Ausrüstung hatte den Ruf, weniger perfekt als ihr Commonwealth-Rebellengegenstück zu sein. Ein TOG-Gewehr hat mehr Beulen und scharfe Kanten, als ein ganzer Zug vergleichbarer Waffen in den Commonwealth-Armeen. Aber obwohl dieses Mantichore-Gewehr für Stunden, vielleicht Tage unberührt den scharfen Temperaturen des Polareises ausgesetzt war, erfüllte es seine Funktion. Ein halbes Dutzend Spikes schossen aus dem Rohr.

Der Ssoran-Fahrzeugkommandant öffnete den Mund, um der Besatzung im Fahrzeug eine Warnung zuzurufen, aber der Ton verließ niemals seine Kehle. Die Spikes schlugen ihm oben in der Brust ein und stachen von dort, wo der Kehllappen das enge Brustbein berührte, über die weichen Falten bis zum Unterkiefer eine Linie in den Körper. Die Wucht des Einschlages hob den Alien von der Turmbrüstung und warf ihn rückwärts gegen das Fahrzeug. Noch bevor der Körper aufschlug, sprang Stone bereits auf den Turm.

Er trat an die offene Luke und sah hinein. Der Ssoran-Richtschütze saß zusammengekauert hinter den Kontrollen des Zwillingslasers. Beunruhigt durch den kalten Luftzug, sah das Reptil auf. Alles, was er sah, war der Blitz eines Spikegewehres, bevor er tot über dem Feuersystem zusammenbrach.

Stone ließ sich mit der nun leeren Mantichore fallen und griff nach der Akley, die der Kommandant fallengelassen hatte. Er kroch gerade rechtzeitig in den Gefechtsstand, um den Ssoran-Fahrer das Fahrzeug landen und dann aus dem Fahrerstand klettern zu sehen. Der Ssoran wollte die Störung untersuchen, und Stone ließ sich mit der Akley im Anschlag auf den Boden fallen. Das Reptil sah Stone, trat zurück, stieß sich den Kopf an der Unterseite des Laser-Aufsatzes und griff zur Seite, wobei sich die dreifingrige Hand um den Kolben der Waffe schloß. In diesem Augenblick schoß Stone mit dem Lasergewehr.

Das Innere des Nisus-S füllte sich mit dem Gestank verbrennenden Fleisches, als der Laserstrahl in den Kampfanzug und die Brust des Ssoran drang. Die Brust rauchte und riß durch die Hitze des Lasers auseinander. Der Körper balancierte einen Augenblick auf seinem langen, muskulösen Schwanz und brach dann auf dem Boden zusammen.

Stone begann die Wärme im Innern des Nissus-S zu fühlen, die die Ssoran wärmer hielten als ihre menschlichen Verbündeten. Die Hitze war bald mehr, als Stone aushalten konnte. Er fühlte das Blut im Kopf rauschen, und die Umgebung verschwamm ihm vor den Augen. Er ließ das Gewehr fallen und stolperte zum Kommandositz, ruderte mit dem rechten Arm, um Halt zu finden, und fiel um.

53

0900, 15 Martius 6831

Blackstone zwang den Liberator hinter das Steingebäude, wobei er die rechte Seite des Rumpfes als Angelpunkt benutzte. Die beiden Infanteristen auf dem hinteren Deck kletterten von ihren Stellungen an den Flanken des Panzers weg, als Metall gegen Stein scheuerte. Der Fahrer wußte, daß die Titanpanzerung stark genug gegen Schaden bei niedriger Geschwindigkeit war, aber die Infanterie war davon nicht überzeugt. Die Soldaten kauerten sich hinter dem Turm zusammen, bis das Kreischen des Metalls erstarb, und kehrten dann zurück.

Die Infanteristen hatten ihre Einweisung zusammen mit den Panzerfahrern bekommen und wußten, daß die TOG-Sträflinge sich zu ihrer Linken verstecken würden. Sie wollten unter keinen Umständen auf der exponierten Seite erwischt werden, wenn der Kampf begann. Als sie ihre Plätze wieder eingenommen hatten, richteten sie ihre Gewehre über die Spitze des Turmes aus. Aktol Graviston ragte mit Kopf und Schultern aus dem Turm heraus. Aus dieser Stellung konnte er in der Nähe agierende Infanteristen ebenso erfassen wie direkte Bewegungen auf dem Panzer und seiner Hauptwaffe.

Der zweite Liberator wendete. Graviston sah zurück und hob den Arm. Der Kommandeur des folgenden Panzers gab das Signal zurück. Dann ließ Graviston den Arm sinken, und der Angriff war eröffnet.

»Ham«, sagte Graviston über Bordfunk, »Sie übernehmen die Waffen. Sie werden sie zwischen 5600

Strich und geradeaus halten. Kümmern Sie sich nicht um Ziele, die weiter zurückliegen. Rand und seine Besatzung werden sie abdecken. Konzentrieren Sie sich auf das, was herankommt. Schießen Sie auf das, was in der Bresche ist. Benutzen Sie nur die Laser. Feuern Sie keine Raketen ab.«

Hamilton Hull, der hinter den Waffensystemen saß, hatte die Instruktionen zuvor schon gehört. Er bestätigte die Befehle und wußte, sein Kommandant wollte sich nur versichern, daß er alles verstanden hatte. Hull fühlte, wie der Panzer plötzlich beschleunigte, als Blackstone Schub gab. Sie wollten nicht herumschleichen; sie wollten die TOGs wissen lassen, daß sie da waren. Er drückte den Feuerknopf am 50-mm-Lasergeschütz und hörte das scharfe Krachen, als die zweite Waffe schoß. Er brauchte nicht zu zielen, er brauchte nur zu wissen, wann die Waffe wieder feuern konnte. Er würde auf Ziele schießen, wie sie gerade kamen, und er würde weiter schießen, selbst wenn er nichts sah. Die Sache sollte Verwirrung stiften, nicht Fahrzeuge zerstören, und wenn sie genug Verwirrung gestiftet hatten, würde die Rebelleninfanterie freikommen und sich zur Oberfläche aufmachen können.

»Nisus-S-Panzer. Entfernung 5-00. Kurs 5-6-00. Fahrzeug unbeweglich. Fahrzeug aktiv. Zugriff nicht erfolgt. Dringt in Gelände ein.« Das DDP entdeckte einen leichten TOG-Panzer, der sich hinter den Gebäuden zur Linken versteckte. Er unterbrach seinen Schießrhythmus und wartete auf einen klaren Schuß. Der Nisus befand sich wahrscheinlich in einer Nebenstraße und wartete auf das Auftauchen des Liberators. Das TOG-Fahrzeug hatte nichts, was den Liberator beim ersten Treffer zerstören könnte, aber die Kombination der Laser des Fahrzeuges, eines 50-mm-Geschützes und der TVLG-Systeme konnte die Arbeit erledigen. Dem Nisus-S wurde nachgesagt, daß er das beste Zielsystem des TOG besaß, und wenn ein Fahrzeug in der Lage war, alle seine Schüsse in ein Loch zu schießen, dann war das der Nisus-S. Hull wollte seine Schüsse zuerst abgeben.

Der Liberator schepperte an der rechten Seite der Straße entlang. Hull stellte fest, daß er gerade genug Platz hatte, um den Turm voll nach links zu schwingen, was ihm die richtige Stellung gab, um die Straße hinunterschießen zu können, wo das DDP den Nisus anzeigte. Er beobachtete, wie das Leuchtsymbol des Nisus-S über seine Zielanzeige trieb. Die Konturen der Gebäude waren bleiche Schatten auf dem Schirm, und er hatte der feindlichen Stellung besondere Aufmerksamkeit zu schenken. Er wollte einen voreiligen Schuß vermeiden, der wahrscheinlich nur das Mauerwerk treffen würde.

Graviston erriet, was im Panzer unter ihm vorging. Als der Turm nach links schwang, griff er nach dem Arm des nächsten Infanteristen und zog ihn auf die Rückseite des Turms. Der Infanterist kletterte schnell weiter, und sein Kamerad folgte ihm sofort. Die beiden kauerten sich hinter das breite Heck des Turms und warteten auf den Mündungsknall der vorwärts schießenden Waffen. Die Öffnung wurde in der Dunkelheit sichtbar.

»Nisus-S-Panzer. Entfernung 4-5-0. Kurs 0. Fahrzeug unbeweglich. Fahrzeug aktiv. Zugriff erfolgt.« Die Zielmarkierungslaser waren auf diese Entfernung nicht von Nutzen, und die vorderen Schilde am Nisus waren ziemlich schwach, aber Graviston ließ nicht locker. »Nisus-S-Panzer. Entfernung 4-5-0. Kurs 0. Fahrzeug stationär. Fahrzeug aktiv. Zugriff erfolgt. Ziel markiert.«

Die drei Turmwaffen feuerten gemeinsam. Hull hatte sie, sobald das feindliche Fahrzeug identifiziert war, zusammengeschaltet. Er wollte treffen, und zwar hart. Einen Moment später löste sich eine der Rumpf-TVLGs von dem feindlichen Fahrzeug.

»Richtschütze. Turm voran. Fahrer, beschleunigen.« Der Liberator preschte nach vorn. Ein Feuerball brach aus der Straße, als sie vorbeischwebten. Entweder hatten die TOGs am Steuer geschlafen, oder sie waren einfach nicht schnell genug gewesen. Sie würden keine Chance haben, ihren Fehler zu korrigieren. Hinter dem führenden Liberator zog der zweite Panzer hoch und an dem brennenden Nisus-S vorbei.

»Netter Schuß«, kam eine Commlink-Mitteilung von hinten. Dann wurde der hintenliegende Panzer in Rauch gehüllt, der das Feuer verdeckte.

Die Liberatoren erreichten einen offenen Platz und wurden von einem Raketenhagel begrüßt. Der Himmel über der Stadt glühte. Das Feuer der Raketenwerfer wurde von der Unterseite der Kuppel reflektiert und warf ein flackerndes Licht über die Trümmer der Stadt. Das Vulkan-System des Liberators verfolgte die herankommenden Raketen und schwenkte herum, um sie abzuschießen. TVLGs explodierten über den Panzern und schlugen in die Straßenmündungen und Gebäude am Rande des Platzes ein. Einige schafften es, zu den Liberatoren vorzudringen. Die Rebelleninfanterie drückte sich flach hinter die Türme, unfähig, ihr eigenes Überleben anders als durch leidenschaftliches Beten zu beeinflussen. Die Gebete mußten erhört worden sein, weil die Raketen auf der anderen Seite des Liberators explodierten. Die Panzer jagten über den Platz, warfen Nebel ab und verbargen sich darin vor den feindlichen Richtschützen. Das schwere Geschütz der Panzer fuhr fort, durch den Nebel auf alle vermuteten Ziele zu schießen, ungewiß, ob sie Treffer landeten oder nicht. Lärm war ihr Maß, und Lärm bekamen sie. Eine Seitenstraße erschien voraus, und beide Panzer verbargen sich darin, als eine wilde Salve von TVLGs hinter ihnen in die Straße schlug.

Hinter den kämpfenden und nebelnden Panzern verließen die Rebelleninfanteristen ihre Stellungen, um die wartenden Fahrzeuge zu besteigen. Die Sträflinge, die aus ihrem Schwung gerissen wurden, traten aus der Feuerlinie zurück. Als der Rauch sich verzog und sie die Initiative zurückgewannen, waren die Rebellen verschwunden. Da sie ihren Sensoren nicht vollständig trauten und eine Falle befürchteten, bewegten sie sich vorsichtig voran, um wieder Fühlung zu den Rebellen aufzunehmen. Sie kamen zu spät.

Karstil flog den Liberator um einen riesigen Eiskrater herum. Ein Horatius-Panzer lagerte, bis zu seinem Hauptgeschütz verborgen, auf der anderen Seite in Stellung. Die zwei Panzer pirschten seit mehr als einer Minute umeinander herum, und der Horatius drehte sich, um den Liberator vor die Mündung zu bekommen, während sich der Rebellenpanzer immer wieder hinter den umgebenden Eissäulen versteckte. Der Horatius wollte sich nicht aus seiner geschützten Stellung herausbewegen, um sich an der Jagd zu beteiligen, da sein festes, vorwärtsfeuerndes Hauptgeschütz im bewegten Nahkampf zu einem ernsten Nachteil wurde. Der Liberator wollte sich nicht nähern, solange er keinen Schuß auf einen ungeschützten Teil des Horatius abgeben konnte. Karstil hatte nicht vor, Nase an Nase mit einem besser gepanzerten Feind zu stehen. Die vorderen Teile beider Panzer waren fast gleichwertig gut gepanzert, aber der feindliche Turm besaß eine um 25 Prozent stärkere Schutzschicht.

Der tödliche Tanz ging weiter. Beide Panzerkommandanten beachteten den um sie herum tobenden Kampf nicht länger; sie konzentrierten sich nur noch auf ihren Zweikampf. »Distaff Zwei-Zwei-Sechs. Hier Zwei-Zwei-Eins. Kommen Sie hinter uns her.« Karstil sah in der Erwartung nach hinten, einen weiteren Liberator zu sehen. Er sperrte bei dem Anblick, der sich ihm bot, entgeistert den Mund auf. Aus irgendeinem Grund, den nur der Panzerkommandant kannte, war

Distaff 221 noch auf Baumwipfelhöhe, weit über den Eiswänden des Geländes.

»Zwei-Zwei-Eins. Hier Zwei-Zwei-Sechs. Gehen Sie runter! Gehen Sie runter! Fliegen Sie nicht hierher! Feindlicher Panzer vor Ihnen!«

»Zwei-Zwei-Eins. Kann Sie nicht verstehen! Verbindung scheint gestört zu sein. Wiederholen Sie bitte.«

Karstil sah den Liberator über seinen Kopf hinwegfliegen. Er bewegte sich von Karstils Stellung fort und setzte Heck und Bodenpanzerung dem lauernden Horatius aus. Entweder hatte das DDP des fliegenden Liberators die Entdeckung des feindlichen Panzers verfehlt, oder der Panzerkommandant war sich nicht im klaren darüber, was ein 150-mm-Geschütz dem Bodenpanzer antun konnte. Der Liberator war schon fast außer Sichtweite, fast hinter Eissäulen versteckt, fast sicher entfernt vor dem überraschten Horatius, als der feindliche Panzer doch noch schoß.

Der Horatius hatte den fliegenden Liberator verfolgt, wobei er sich aus dem schützenden Trichter erhob, um das Hauptgeschütz auf die Bodenpanzerung auszurichten. Der feindliche Kommandant gab sich seiner Vernichtungslust hin, da die 3/6-Laser und die 50-mm-Kanone allein ausreichend gewesen wären, um den Liberator vom Himmel zu holen. Der TOG-Panzerführer schien sich augenscheinlich über den vermeintlichen leichten Fang zu freuen. Das APDS-Geschoß schlug kurz nach dem 3/6-Laser in das gleiche Loch und machte den 50-mm-Schuß vollends überflüssig. Die Gravantriebe und Steuerkontrollen des Liberators zerschmolzen, und die Munitionslagerregion zeigte ebenfalls einen Durchschuß. Einen Augenblick hing der Liberator wie ein hilfloser, an den dunkelvioletten Himmel gehefteter Nachtfalter in der Luft. Dann verschwand das Fahrzeug in einem grellen Feuerball.

»Fahrer, vorwärts Marsch!« Karstil sprach über Bordfunk, als Teile des Liberators auf das Eis herabregneten. »Richtschütze. Panzer. Horatius. Kürzeste Entfernung. Schießen Sie und bleiben Sie dran.« Der Panzer preschte vor und fand den Horatius außerhalb des Trichters. Er bot dem Liberator seine Breitseite dar.

»Horatius-Panzer. Entfernung 5-0. Kurs 6-2-00 relativ.« Karstil betätigte den Zielmarkierungslaser. »Ziel erfaßt. Ziel nicht markiert.«

»Feuer!«

»Das Ziel ist nicht markiert, Sir.«

»Schießen Sie einfach!«

Die drei Turmgeschütze schossen zugleich. Karstil sah die Laser über die Seite des Rumpfes sprühen, als die Flimmerschilde das gebündelte Licht abstießen. Nichts hielt die Gauss-Waffen auf. Die Ladungen schlugen fast zusammen ein und rissen dem Horatius große Teile der Titanpanzerung aus der Flanke. Der TOG-Kommandeur bemerkte zu spät, daß er zu gierig gewesen war. Der Horatius zog sich wie eine Schildkröte in ihren Panzer in sein Schutzloch zurück, wobei sein Hauptgeschütz wie eine riesige Nase auf Karstils Liberator zuschwang. Karstil betätigte erneut den Zielmarkierungslaser. »Horatius-Panzer. Entfernung 5-0. Kurs 6-2-00 relativ. Ziel erfaßt. Ziel markiert.« Die Turmwaffen schossen wieder.

Der Laser ging diesmal durch und brannte sich durch die Wunden, die beim ersten Angriff geschlagen worden waren. Als die HEAP-Ladungen von dem Geschütz noch mehr Panzerung, Ballistikschutz und innere Kontrollkomponenten wegrissen, erreichte der Laser sein Ziel. Der Horatius geriet außer Kontrolle und riesige Flammenzungen schossen aus der zerstörten Flanke. Der Rumpf schlug auf das Eis und wirbelte einen Haufen von Bruchstücken auf, die in der intensiven Hitze zu Dampf verkochten. Dann glühte der Rumpf kirschrot auf, und das Fahrzeug sank in den Trichter zurück. Eine Flammensäule schoß in den Himmel, und die Reste des TOG-Panzers versanken langsam in einem See, der von seinen Todeszuckungen erzeugt wurde. Der Liberator schoß über die glühenden Wrackteile hinweg und verschwand in der Dunkelheit.

Karstil bemerkte kaum den zerstörten Horatius. Er konnte nur sehen, daß das Gelände mit Stückchen und Teilen des Liberator-Panzers übersät war, der einmal zu seinem Zug gehört hatte. Die meisten der Wrackteile waren unkenntlich, aber die 150-mm-Kanone, die noch immer an der Seite des Turms haftete, ragte wie ein Denkmal aus dem Eis heraus. Karstil fing an, nach anderen TOG-Fahrzeugen zu suchen, und er wußte, daß er sie finden würde; der dunkle Himmel wurde von der Schlacht erhellt.

54

1000, 15 Martius 6831

Die Lage unter dem Eis des Südpols war chaotisch. Graviston und Rand waren nur teilweise erfolgreich in ihrem Versuch gewesen, den Griff der Strafinfanterie um die Rebellenstellungen zu lockern. Die sich zurückziehenden Rebellentruppen verließen ihre Kampfstellungen und bestiegen die verbliebenen Panzer, Transporter und Stabsfahrzeuge der Kohorte Harras. Es gab keine Ausweichstellungen mehr. Sie wußten alle, daß der nächste Halt für sie an der Oberfläche war. Die Vorhut löste sich von der Strafinfanterie, wobei sie die Gefechtsordnung auf ihrem verzweifelten Flug zur Bresche so durcheinanderbrachte, daß an eine Reorganisation nicht mehr zu denken war.

Es ist leicht für einen Mann, tapfer zu sein, wenn er seinem Feind gegenübersteht, aber sobald er ihm den Rücken zukehrt, wird er das Opfer aller seiner Ängste. Der Feind scheint überall zu sein und immer näher zu kommen. Die eigenen Truppen werden zu Hindernissen für das Überleben. Nur strenge Organisation und intensive Ausbildung können eine ausweichende Truppe zusammenhalten, und die Kohorte Harras hatte weder Zeit für das eine noch das andere. Die Militärgeschichte ist voller Horrorgeschichten, in denen geordnete Rückzüge zu einer solchen Katastrophe ausarteten. Bei nur einer Route zur Oberfläche drohte dieser Rückzug zu solch einer Katastrophe zu werden. Harras griff sich den ersten Soldaten, den er vorbeirennen sah, um ihn als Fahrer seines Pedden einzusetzen. Er beruhigte den Legionär, stieg dann aus dem Panzer aus und stellte sich in die Mitte der Straße, die zur Bresche führte. Er instruierte den neuen Fahrer, den Pedden zu ihm zu drehen und die Scheinwerfer anzuschalten. Dann stand Harras als deutliche Silhouette im grellen Licht des Panzers im Zentrum der Fahrbahn und regelte den Verkehr. Die Fahrzeuge, die Hals über Kopf zur Oberfläche preschten, fuhren beim Anblick ihres ruhig agierenden Kohortenkommandeurs, dessen Beine noch immer in Bandagen gewickelt waren, langsamer. Zu sehen, daß ihr Kommandeur sich unter Kontrolle hatte, tat die gewünschte Wirkung. Fahrer, Richtschützen, Panzerkommandanten und Infanteristen reflektierten ihre Ängste und fanden sie grundlos. Diejenigen, die Harras zurück in ihre Verteidigungsstellungen schickte, zeigten nun wieder grimmige Entschlossenheit. Auf anderen Straßen folgten andere Offiziere Harras' Beispiel. Braxton Sloan, der Pionier, kletterte auf den Rumpf eines zerstörten Liberators und brüllte Anweisungen. Moldine Rinter, deren Uniform mit Blut bespritzt war, stand in der Mitte einer anderen Straße. Die Rebellenkohorte machte sich wieder daran, den eigenen Rückzug zu decken.

Rand und Graviston waren die letzten, die sich auf den Weg zur Oberfläche machten. Sie kamen Seite an Seite die Hauptstraße entlang und warfen Nebel. Rand war in Hochstimmung. Der Flug durch die Stadt hatte ihn einen der aufregendsten Momente in seinem Leben erleben lassen. Er wußte tief in seinem Herzen, daß er niemals ein Panzerkommandant bei den Rebellenstreitkräften sein würde. Er war ein Techniker, dazu bestimmt, sein Leben zwischen den Mysterien von Kommunikationsausrüstung und Computern zu verbringen, aber für einen unvergeßlichen Augenblick hatte er den wilden Nervenkitzel einer Schlacht verspürt. Irgendwer hatte gesagt, daß es nichts Aufregenderes gäbe, als ohne Wirkung beschossen zu werden; und er hatte diese Aufregung gespürt. Er hatte seine ersehnte Chance, auch einmal mit dem Spielzeug der großen Jungs zu spielen, gehabt. Aber als er sich umwandte, um sich der heranrückenden Strafinfanterie zu stellen, verging die Aufregung. Das Spiel wurde nun tödlicher Ernst.

Graviston fühlte den Adrenalinstoß nicht; er hatte ihn kaum zur Kenntnis genommen, als die Flucht begann. Als Senior-Sergeant der Rebellenstreitkräfte hatte er diese Drüse zu häufig strapaziert, als daß er es noch genießen konnte. Sicher hatte auch er diese Aufregung verspürt, aber er kannte auch die Gefahren und wußte, daß ein Tod in den Flammen drohte. Daß er so lange überlebt hatte, reichte zu seiner Zufriedenheit. Er ließ den Liberator in der Nähe eines zerstörten Gebäudes herab und wartete auf das Erscheinen von Zielen. Er spürte Schmerzen in seinem rechten Arm und bemerkte, das dieser von einem Teil der Panzerung durchbohrt worden war.

Harras fand Graviston und Rand beieinander und gab ihnen die letzten Instruktionen. Der Kommandeur hatte entschieden, daß die beiden die letzten sein sollten, die abzogen. Sobald die Panzer den Schutz der letzten Gebäude verließen, würde es ihnen unmöglich sein, ihren eigenen Rückzug zu decken. Panzer paßten gerade durch das Tunnelloch, und selbst in der inzwischen stark ausgefransten Öffnung konnte sich ein Liberator in der Öffnung nicht verstecken und den Rückzug eines anderen decken. Wenn der erste Panzer nicht durch die Bresche kam, war der zweite gestrandet. Und es schlugen bereits die ersten TVLGs der Strafinfanterie am Tunnel ein.

»Wenn wir abhauen«, sagte Graviston zu Rand, »gehen Sie zuerst. Ich gebe solange Feuerschutz, wie ich kann und folge, wenn Sie die Öffnung freigemacht haben.«

»Negativ, Sergeant. Sie werden zuerst gehen.«

»Nein, Sir. Ich bleibe aus denselben Gründen, die ich Ihnen vor dem Einsatz genannt habe.«

»Sergeant, wenn ich meinen Rang einsetzen muß, tue ich das. Wie Sie zuvor sagten, haben Sie den besseren Richtschützen und Fahrer, und damit die bessere Chance, den Weg hinaus zu schaffen. Harras sagte, daß der zweite eine Chance hat, wenn es der erste Panzer schafft. Wenn es der erste nicht schafft, gibt es für den zweiten keine Hoffnung. Sie gehen zuerst.« Rand schaute wild entschlossen drein, und Graviston wußte, daß der Offizier recht hatte. Er nickte zustimmend. Sie kehrten zu den Panzern zurück, um auf die Strafinfanterie zu warten.

Sie warteten nicht lange. Die Ssoran-Wächter, die sich dem Sieg nahe glaubten, trieben die Sträflinge gnadenlos die Straße hinab, die zur Hauptbresche führte. Sie erlaubten ihnen nicht, sich von Deckung zu Deckung zu bewegen, sondern trieben sie geradewegs durch die offene Straße. Spikekarabiner und Laser wurden gegen jeden Infanteristen gezogen, der in einem Torbogen oder hinter herabgefallenem Mauerwerk Schutz suchte. Die ersten Männer, die gegen diese Behandlung protestierten, starben, wo sie standen. Der Rest bewegte sich weiter den gehaßten Wächtern voran.

Rand erfaßte den ersten Nisus-S, als er 500 Meter entfernt vor seiner versteckten Stellung um die Ecke bog. Die Ssoran waren so mit dem Vorantreiben der Sträflinge beschäftigt, daß sie den Liberator, der inmitten des Schutts lauerte, entweder nicht sahen oder sogar beschlossen, ihn zu ignorieren. Die Infanteristen wußten, daß der Panzer dort war, aber sie wurden gezwungen, ihn nicht zu beachten.

Rand wartete, bis der Nisus-S um die Kurve mitten auf die Straße geglitten war. Er verstand nicht, warum der Turm des Feindpanzers weiterhin hin und her schwang, als erwarte er Gegner in den Gebäuden auf beiden Seiten. Der feindliche Panzerkommandant mußte wissen, daß es keine Rebellentruppen mehr in den Ruinen gab, aber der Ssoran-Kommandant stand mitten im Turmluk und gestikulierte wild. Strafinfanteristen hasteten am Panzer vorbei und verbargen sich kurz in Torbögen, bevor sie sich weiterbewegten. Es war die merkwürdigste Infanterietaktik, die Rand je gesehen hatte.

Graviston, der das seltsame Ballett von seinem Liberator aus beobachtete, verstand, was geschah. Er wollte gerade dem Optio sagen, daß er die Infanterie nicht beachten und auf das Wächterfahrzeug losgehen solle, als Rands Liberator das Feuer eröffnete. Das 150-mm-Geschoß schlug auf die Ummantelung, die die Zwilling-Personenabwehrlaser schützte, und das 50-mm-Geschoß folgte direkt darauf. Die vereinte Explosionskraft schlug durch die Titanpanzerung und den Ballistikschutz. Eine Flammenzunge leckte über das Kommunikationsgerät und breitete sich im Feuerleitcomputer aus. Der Zwillingslaser wurde zerstört. Das war das erste, was die Strafinfanterie bemerkte.

Der 5/6-Laser des Liberators, der den Turm nahe dem Loch traf, das von dem schweren HEAP-Projektil geschlagen worden war, brannte sich durch die Panzerung, die ballistische Schutzschicht und den Ssoranrichtschützen, der hinter den jetzt nutzlosen Anzeigen gehockt hatte. Sein Kopf verschwand. Das war das erste, was der Fahrzeugkommandant bemerkte.

Als der Turm des getroffenen Fahrzeuges sich mit Rauch füllte, stellte der Panzerkommandant den Beschuß der Strafinfanterie mit seinem Spikekarabiner ein, um in den Panzer hinabzusehen. Die Strafinfanterie bemerkte das natürlich auch.

Die Strafsoldaten gingen sofort hinter Mauerresten zu Boden und verschwanden in den nächsten Torbögen. Einer der Männer, der mehr Initiative zeigte als die anderen und vielleicht stärkere Haßgefühle gegen die Ssoran hegte, rollte sich beim Sprung in die Deckung mit dem Gesicht zum Wachfahrzeug. Der Ssoran-Sergeant zeichnete sich durch das feurige Glühen innerhalb des Turms klar gegen den dunklen Himmel ab. Der Infanterist schnappte sich sein Spikegewehr von der Schulter und leerte ein volles Magazin in den Körper des abgelenkten Alien. Der Einschlag der Spikes warf den Wächter aus dem Luk und ließ ihn über die Flanke des Panzers herabtaumeln. Als ihre Wächter ausgeschaltet waren, brachen die Strafinfanteristen nach hinten aus.

Harras' Pedden brach zur Oberfläche durch. Der Fahrer war noch neu an den Kontrollen, und so schoß das Kommandofahrzeug aus der Öffnung wie ein Korken aus der Flasche. Das Fahrzeug bewegte sich so schnell, und der Übergang aus dem engen Stollen in den offenen Raum war ein solcher Schock, daß der Fahrer den Liberator nicht sah, der über das Eis auf ihn zuraste. Die rechte Seite des Pedden berührte den linken Frontflügel des Liberators. Die Wucht eines Zusammenpralls berechnet sich aus der Masse und dem Quadrat der Geschwindigkeit; auch wenn der Pedden die größere Masse besaß, bewegte sich der Liberator viel schneller, so daß der Zusammenstoß der beiden Panzer ein gleichwertiges Treffen war.

Der Pedden drehte sich unter dem Aufprall und streifte mit der linken Seite den Boden, als der Liberator unter einem Schauer aus Titanfunken die rechte Seite rammte. Die heftige Landung stoppte den Pedden auf seinem Weg, aber der Liberator rutschte weiter auf eine Eiswand zu, wobei sich das 150-mm-Geschütz tief in die gefrorene Oberfläche bohrte. Der Liberator kam ebenfalls zu einem vollständigen Halt. Niemand wurde bei dem Zusammenstoß verletzt, aber beide Fahrer brauchten einige Zeit, um sich ihre neue Lage klarzumachen.

Der Pedden würde sich vorläufig nirgendwo mehr hinbewegen, also öffnete Harras die Seitentüren und sprang in den Schnee. Der beißende Schmerz erinnerte ihn daran, daß seine Füße noch bandagiert waren, und ließ ihn einen Moment zögern, bevor er losging. Er lief um die Vorderseite des Pedden, um nachzuschauen, ob jemand im Liberator verletzt worden war, als der Panzerkommandant langsam vom Turm herabkroch. Er erkannte sofort Präfekt NaBesta Kenderson, den Kommandeur der 2567., als sein Opfer. Harras lachte.

Kenderson, der noch vom abrupten Halt seines Panzers durcheinander war, starrte ungläubig auf die abgerissenen Gestalt, die lachend im Schnee stand. Der Mann war von den Füßen bis über die Knie bandagiert. Die Uniform, oder was davon übrig war, war rußbedeckt. Und diese Erscheinung besaß die Frechheit, über ihn zu lachen. Kenderson kletterte vor Wut kochend hinunter, bereit, diesem Verrückten die Meinung zu sagen, als er erkannte, daß er Zenturio Maximus Milton Harras ansah. Er lachte ebenfalls.

Graviston drehte den Liberator in den Schutt. Zu viele feindliche Strafinfanteristen kamen noch heran. Die zwei Liberatoren reichten nicht aus, um sie aufzuhalten. Ohne eigenen Infanterie-Laser mußten sie sich auf das Feuer ihrer mitgeführten Infanteristen verlassen. Die Infanterie schoß über die offenen Kommandoluken hinweg, was den Panzerkommandanten zwang, nur mit den Instrumenten zu kämpfen, aber diese Unannehmlichkeit war es wert, wenn sie sich damit die aggressivsten Strafinfanteristen vom Halse halten konnten.

Die Infanteristen blieben nicht auf den Panzern, weil sie Angst hatten, ihre Aufgabe zu erfüllen, sondern weil sie wußten, daß sie keine Zeit hatten aufzusitzen, wenn der Augenblick zur Flucht kam. Keiner der Panzerkommandanten würde sie absichtlich zurücklassen, aber sie wollten auch nicht die wenigen wertvollen Momente warten, die die Infanterie benötigte, um an Bord zu kommen. So klebten alle noch kämpfenden Rebellen in Erwartung des Rückzugsbefehls aneinander.

Graviston richtete den Panzer auf das Tunnelloch aus, während sich die Infanteristen hinter dem Turm festklammerten. Blackstone brach zum Ausgang auf, und die Triebwerke katapultierten den Liberator in einer Wolke aus zersplittertem Eis und Dampf den Hang hinauf. Graviston unterließ das Abfeuern von Nebelgranaten, um zu vermeiden, daß er Rands Rückzug erschwerte, wenn die Zeit kam. Er drehte den Turm hangabwärts, wobei die Infanterie um Halt kämpfen mußte. Unter ihnen feuerte Rands Panzer, der flach an das nächste Gebäude gedrückt auftauchte, die Straße hinunter. Das Hauptgeschütz und die kleinere 50-mm-Kanone badeten den Bug des Liberators in Flammenzungen, als der Panzer versuchte, die Infanterie in Schach zu halten.

Graviston konnte sehen, wie die Infanterie mit ihren Spikegewehren schoß, deren glühende Läufe sich rot gegen die schwarzen Schatten der Gebäude abzeichneten. Er schoß noch einmal, bevor er die Sicherheit der Öffnung erreichte, was mehr eine Geste war, denn er konnte kaum hoffen, daß der Schuß etwas bewirkte. Das 150-mm-HEAP-Geschoß kreischte über die Köpfe der Kämpfenden hinweg, um weit hinter dem heftigen Kampf um den Liberator einzuschlagen. Dann war er im Tunnel und jagte an die Oberfläche.

Rands DDP zeigte ihm, daß Graviston fort war. Auf sein Kommando wendete der Fahrer den Liberator und schoß zum Ausgang. Eine TVLG zerriß die Dunkelheit, eine weitere und dann noch eine folgten ihr. Das Vulkan-System fing die Raketen ab, aber der Ersatz übertraf die zerstörten. Die TVLGs schlugen in das Eis des Hanges und in die Wände der Kuppel selber ein. Große Stücke der künstlichen Kuppel, die die Stadt schützte, brachen bei der Explosionen heraus und fielen in die Dunkelheit hinab. Rand sah eine Rakete direkt über dem Tunneleingang einschlagen, was die Kuppel mit einem lauten Krachen erfüllte, das ewig Echos zu werfen schien. Das Eis rund um den Liberator verkochte in Fontänen aus Flammen und Dampf.

Immer mehr Raketen erfüllten die Luft, und in ihrem Licht stürmte die Strafinfanterie hinter dem Panzer in die Bresche, wobei sie wild mit ihren Spikegewehren schossen, als sie näher kamen. Die Spikes klapperten wie Hagel, der auf ein Blechdach schlug, gegen das Heck des Panzers. Rand spürte den Schlag, als eine TVLG in das exponierte Heck einschlug. Ein zweiter Treffer folgte dem ersten, als das Vulkansystem von den vielen Abschüssen überfordert wurde. Der Liberator erzitterte und jaulte auf, als er zur Oberfläche fuhr. Die Triebwerke fielen aus.

Die Seitenwand der Bresche erschien plötzlich über ihnen. Der Fahrer kämpfte darum, den Panzer wieder auf den Kurs zurückzubringen. Er schaffte es nicht. Mit voller Geschwindigkeit schlug der Rumpf gegen die Schutzkuppel. Der Liberator prallte von der Kuppelwand ab, wobei er sich scharf nach links neigte. Der Rumpf schlug auf die gegenüberliegende Seite der Bresche und schleuderte die Infanteristen in den Tunnel. TVLGs trafen die exponierte rechte Seite des Panzers und sprengten Titanpanzerung und Ballistikschutz aus dem Rumpf. Rauch erfüllte das Innere des Panzers.

Rand wurde sich der Bewegung im Turm unter sich bewußt. Er sah, daß der Richtschütze und der Fahrer zu ihm hochzuklettern versuchten. Nackte Drähte spuckten Feuerbögen durch die Finsternis. Das Sichtsystem flackerte, die Lichter blinkten sinnlos an und aus. Eine 50-mm-Munitionshalterung entzündete sich. Rand zog sich auf den Turm und griff zurück, um der

Besatzung nach oben zu helfen. Er zog die Männer an ihren Kragen. Als sie herauskamen, stieß er sie über die Seite des Panzers und in den Schutz des Tunnels. Dann sprang er hinterher.

Der verlassene Liberator schmorte noch einen Moment vor sich hin, dann erhob sich eine Feuersäule aus dem leeren Turm. Das Flammenlicht glühte auf der zertrümmerten Kuppel und Bruchstücke der Kuppelwand krachten herab. Dann hagelten Eisbrocken auf die Stadt herunter.

55

1030, 15 Martius 6831

»Richtschütze. Panzer!« schrie Karstil, als ein weiteres Ziel auf dem Weg erschien. Er wartete nicht auf die Identifikation des Fahrzeuges durch das DDP, da er es eindeutig als Romulus-Transporter erkannte. Es blieb keine Zeit, die Feuersequenz durchzuspielen. Der Balistikcomputer lud HEAP-Geschosse in die zwei Geschütze, und der Laser glühte rot auf, während das Genniumarsenik-Kristall nahe daran war, im nahezu pausenlosen Gebrauch durchzubrennen.

»Erfaßt!« antwortete der Richtschütze.

»Feuer!« Der Rückstoß der 150-mm-Kanone schlug in den Kommandostand. Der Trichter, den der Schuß in die Flanke des feindlichen Transporters riß, schleuderte Splitter glühenden Titans über den Rumpf des Liberators. Karstil schützte das Gesicht mit den Armen und fühlte den Schmerz, als die Bruchstücke sich durch seinen Panzer bohrten und in sein Fleisch schlugen. Er ließ die Arme noch rechtzeitig fallen, um den Romulus in einem Kissen aus Eis verschwinden zu sehen.

Der Liberator bog um einen Pfeiler aus Eis. Ein Rebellen-Spartius brannte heftig im Schnee, die Leichen seiner Crew lagen auf dem Eis verstreut. Der Transporter versank in einem See aus zischendem Wasser. Karstils Fahrzeug schoß vorbei.

Der Panzer streifte einen anderen Pfeiler und schleuderte nach links. Losgelöstes Eis schlug auf das Deck des Panzers, zerbrach und wirbelte davon. Das DDP zeigte weitere Fahrzeuge ganz in der Nähe an. Der Liberator schwang herum, um sich ihnen entgegenzustellen, und der feindliche Aeneas-Panzer schoß direkt über Kopf vorbei. Der Druck der Gravantriebe preßte Karstil in den Turm, der Überdruck ließ seine Ohren schmerzen. Er war dabei, den Turm zur Verfolgung des Feindes zu drehen, als ein weiterer Panzer vor ihm auftauchte.

»Richtschütze. Panzer.«

»Erfaßt!«

»Feuer.«

Die 50-mm-Kanone und die Laser feuerten gleichzeitig und schlugen an der gleichen Stelle im Boden des schwebenden Panzers ein. Gravdüsen flogen von der Unterseite fort, der Panzer überschlug sich und taumelte hinter dem Rebellenpanzer durch den dunklen Himmel. Der Zielmarkierungslaseralarm heulte in Karstils Ohr, aber sein Hirn war so überladen mit den Eindrücken und der Kakophonie der Schlacht, daß er das Geräusch schon gar nicht mehr wahrnahm. Der Liberator erzitterte unter dem Treffer eines schweren Geschützes und brach seitlich aus, wobei er seine Besatzung herumwarf, aber der Panzer flog trotzdem weiter.

Ein riesiges Fahrzeug schoß über den Rumpf des Liberators hinweg, und Karstil schwenkte den Turm herum, um es zu verfolgen. »Richtschütze. Panzer.«

»Erfaßt!«

Noch während das schwere Geschütz röhrte, schwenkte Karstil den Turm vom Ziel fort. Etwas an der Gestalt und Größe des Fahrzeuges hatte ihn daran zweifeln lassen, daß es sich bei dem Ziel um ein feindliches Fahrzeug handelte. Der Richtschütze hatte nicht auf den Feuerbefehl gewartet, und als Karstil den Turm weit aus dem Ziel herausschwang, verfehlte der Liberator ein sicheres Ziel. Als die HEAP-Ladung schadlos in einem Eiswall explodierte, sah Karstil, daß das anvisierte Ziel ein Rebellenpedden war. Der Computer lud die rauchenden Geschütze, die auf jeder Seite des Turms montiert waren, erneut.

Ganze Stücke der Kuppel unter dem Eis brachen heraus und stürzten auf die Straßen der alten Stadt herab, als Sergeant Lisectus Barcus die Reste seines Zugs zur Hauptbresche führte, wo die letzten Rebellen gerade verschwanden. Schattenhafte Gestalten sprangen aus den Gebäuden. Ein Nisus-S-Panzer schoß vorbei, dessen Ssoran-Besatzung auf die Strafinfanterie feuerte, um sich einen Weg zu bahnen. Sträflinge, die nun nicht länger die Rebellen angriffen, feuerten zurück, was die Echsen wütend machte. Heftige Kämpfe brachen aus, als die Infanterie sich gegen ihre Unterdrücker wandte. Barcus ignorierte das; ultimative Sicherheit lag nur in der Flucht durch die Bresche.

Ein fetter Offizier wankte auf die Straße vor dem Zug. Wild in Richtung der vorbeihastenden Legionäre gestikulierend, versuchte er die Aufmerksamkeit auf sich zu ziehen. Als Barcus die Gestalt sah, wußte er sofort, daß es sich um Optio Strovasi handelte. Der Optio erkannte seinen Zugsergeanten im selben Moment.

»Barcus!« schrie er, kaum über den Krach des herabfallenden Eises und dem Krachen der Spikegewehre zu verstehen. »Ich bin verwundet worden. Holen Sie mich hier raus.«

Zwei Männer hielten an, um ihren ehemaligen Zugführer zu retten, wobei sie ihre Gewehre umhängten, um mit den Armen einen Sitz zu bilden. Barcus ließ sie die Aufgabe vollenden.

»Laßt ihn fallen«, sagte er dann mit kalter Stimme. Die Infanteristen sahen ihn erstaunt an. »Laßt ihn fallen, habe ich gesagt.«

»Das können Sie nicht tun«, wimmerte Strovasi. »Ich werde Sie dafür bestrafen. Wissen Sie, was sie mit Ihnen anstellen werden?«

Barcus lachte. »Ja. Sie werden mich in eine Straf-Auxilia schicken und mich unter einem unfähigen Bastard wie dir dienen lassen.« Er sah die beiden Soldaten an. »Laßt ihn fallen.« Sie ließen den Optio los, der auf den Boden schlug.

Strovasi griff nach dem Bein eines Legionärs. »Sie können mich hier nicht zurücklassen. Ich kann nicht laufen.«

»Nimm ab«, höhnte Barcus. »Du bist einfach zu fett.«

Strovasi griff nach dem Holster und hob die Lasche, um die Pistole zu ergreifen. Das Holster war leer.

»Du hast Glück, Strovasi«, meinte Barcus mit einem grimmigen Lächeln. »Wenn du deine Waffe berührt hättest, hätte ich dich erschossen.«

Strovasi erbleichte bei dem Gedanken. »Bitte, Sergeant. Ich flehe Sie an. Lassen Sie mich nicht hier zurück. Ich werde sterben.«

»Schlimm für dich. Du hättest den Soldaten kein Essen stehlen dürfen.« Er wandte sich den anderen Männern zu. »Laßt uns gehen.« Er hastete auf die Bresche zu, die immer noch von dem glühenden Liberator markiert wurde.

Milton Harras und NaBesta Kenderson saßen zusammengekrümmt zwischen dem beschädigten Pedden und dem Liberator. Beide Fahrzeuge waren noch einsatzbereit, wenn auch der Pedden das Hauptgeschütz nicht mehr benutzen konnte, bis es instandgesetzt war. Brüllend, um sich über den Lärm der Schlacht hinweg verständlich zu machen, verglichen sie ihre Notizen zur Lage, während um sie herum Explosionen in den Himmel schossen.

»Ich weiß nicht, was mit unserer Verstärkung passiert ist«, fuhr Kenderson fort. »Der Großteil unserer Hilfstruppe sollte von einem Transporter in der Umlaufbahn herabkommen. Es ist ein hübscher Abstieg, und ich bin noch immer froh, es geschafft zu haben.«

»Das bin ich auch«, sagte Harras. »Seltsam, daß wir uns an einem solchen Ort begegnet sind.«

Kenderson zuckte bei den Worten zusammen. »Wir müssen diesen verrückten Tanz unter Kontrolle bekommen. Wir enden noch damit, unsere eigenen Panzer abzuschießen.«

»Ich habe per Funk Sammeln befohlen, aber ich glaube nicht, daß irgend jemand dem Aufmerksamkeit geschenkt hat. Wir werden unsere eigenen Leute einfach herunterwinken müssen, sobald wir sie sehen. Wir können die Laserlampen benutzen, die ich im Pedden habe. Sobald wir einen von unseren Panzern sehen, visieren wir ihn einfach damit an.« Er stand unter Schmerzen auf und hinkte auf das Kommandofahrzeug zu. Kenderson folgte. »Und hoffen wir, daß sie nicht zurückschießen«, fügte er hinzu.

Zum zweiten Mal innerhalb einer Stunde wurde aus Zenturio Maximus Milton Harras ein Verkehrskontrolloffizier. Er und Kenderson standen Rücken an Rücken auf dem Pedden und richteten ihre Erkennungslaser auf die Fahrzeuge, die um sie herumrasten. Gelegentlich erwischten sie auch einen der Feinde, aber die meisten der Fahrzeuge, die sie anpeilten, waren ihre eigenen. »Ich werde ganz gut dabei«, brüllte Kenderson, in dessen Stimme Begeisterung schwang.

»Zumindest haben wir jetzt einen Job, auf den wir zurückgreifen können, wenn das hier vorbei ist«, schrie Harras zurück.

Ein Liberator-Panzer schwebte neben den Pedden, dessen Kommandant erstaunt war, zwei hochrangige Offiziere glücklich vom oberen Deck herabwinken zu sehen. Der Panzerkommandant drehte sein Fahrzeug, um die Annäherung eines Ankömmlings zu überwachen, und überließ die Offiziere ihrer verrückten Tätigkeit.

Karstils Liberator schlug gegen eine Eiswand, wobei Karstil gegen die Brüstung geschleudert wurde. Glücklicherweise war der Turm nach rechts gedreht gewesen, so daß das Hauptgeschütz sich nicht in die Erhebung bohrte. »Fahrer, setzen Sie zurück«, rief er. Der Fahrer gab Schub. Ein Eisstück brach oberhalb des Panzers aus der Wand und zerschmetterte auf der Kuppel. »Vorsichtig, Fahrer. Wir wollen uns nicht selbst begraben.« Die Antriebe zündeten noch einmal. Diesmal bewegte sich der Panzer nicht.

Schatten bewegten sich an den Rändern von Karstils Sichtfeld. Infanterie arbeitete sich zu dem gefangenen Fahrzeug vor. Er blickte auf das DDP, um festzustellen, ob es eigene Truppen oder Feinde waren. Die gelben Kreise nichtidentifizierter Ziele wandelten sich über Bernsteinfarben zu Rot. Es waren Feinde. Er griff in den Turm nach seinem Spikekarabiner.

Etwas blitzte im Dunkel auf, gleich gefolgt von dem scharfen Geräusch eines Spikegewehres. Die Geschosse prallten vom Vulkangehäuse ab und heulten in die Dunkelheit davon. Karstil ließ sich hinter den Raketenabwehraufsatz fallen und suchte nach Zielen. Weitere Schatten huschten über den Schnee. Er hob seinen Karabiner und feuerte eine Ladung Spikes ab. Die Schatten zerstreuten sich. Ein Blizzard aus Spikes schwappte von hinten über ihn weg. Er drehte sich um, um eine Ladung zurückzufeuern. »Fahrer, bring uns hier raus!« Die Antriebe röhrten, als der Fahrer darum kämpfte, das gefangene Fahrzeug freizubekommen. Wieder schlug Eis auf der Kuppel auf. Ein Splitter malte Karstil einen schimmernden Bogen auf den Brustpanzer.

Eine TVLG-Rakete schoß durch die Dunkelheit, und das Vulkan drehte sich, um sie abzufangen, wobei es Karstil vom Turmaufsatz fegte. Spikes prallten vom Turm ab. Es wurde gefährlich, draußen zu bleiben, aber er hatte keine Wahl. Wenn er sich in den Turm zurückgezogen hätte, wäre die feindliche Infanterie sicher über dem Panzer ausgeschwärmt. Er mußte seine Stellung verteidigen, bis der Fahrer den Panzer befreien konnte. »Rechte und linke Antriebe abwechseln. Probier es aus.« Der Liberator erzitterte.

Plötzlich krachte wieder Gewehrfeuer durch die Dunkelheit. Karstil duckte sich in der Erwartung, gleich das Einschlagen der Projektile zu hören. Nichts. Er hielt nach der Explosion Ausschau. Es wiederholte sich; ein Spikegewehr, das parallel zum Rumpf des Liberators schoß. Die eigene Infanterie war eingetroffen.

Karstil ignorierte das Feuer und wandte seine Aufmerksamkeit dem Feind auf der anderen Seite des Panzers zu. Er schob einen weiteren Munitionsblock in seinen Karabiner und feuerte eine kurze Salve auf einen Schatten ab, der zusammenbrach. Eine Handgranate explodierte als feurige Blume am Rumpf, die sofort wieder verschwand. Er schoß wieder und irgendwer schoß zurück. Der Panzer vibrierte erneut.

Karstil war sich bewußt, daß jemand auf seinen Panzer kletterte. Er drehte sich um und sah einen Rebelleninfanteristen, der sein Spikegewehr im Anschlag hatte und über die Handgriffe kletterte. »Schieß da rüber!« brüllte er und zeigte auf die Schatten auf dem Eis. Der Panzer sprang plötzlich rückwärts, und eine TVLG krachte gegen den Turm, glitt ab und schlug fast in die Kommandoluke hinein. Als Karstil hinaufgriff, um den Soldaten festzuhalten, fiel dessen Helm herab und gab eine Kaskade rotbraunen Haares frei. Karstils Herz stockte einen Moment, als er direkt in die Augen von Sergeant Honor Ross sah.

Sogar durch seinen gepanzerten Anzug hindurch konnte er fühlen, wie sein Herz einen Sprung machte und dann wie wild zu schlagen anfing. Er schlang seinen Arm um Ross und zog sie an seine Brust. Erkennen zeigte sich auf ihrem Gesicht, dann verdrehte sie die Augen und fiel ihm entgegen. Der Panzer brach frei, und Eis fiel auf die Stellung herab.

»Fahrer, nach rechts. Beeilung!«

Der Liberator holperte über das herabgefallene Eis,

von Spikegewehrfeuer verfolgt, und verschwand in der Dunkelheit. Karstil beugte sich über Ross, um ihren Körper vor dem feindliche Beschuß zu schützen. Sie brachen in offenes Gelände, das mit brennenden Fahrzeugen gespickt war. Ein Laser funkelte in der Entfernung, und der Fahrer schwang den Bug des Liberator darauf zu.

»Richtschütze. Panzer.« Der Turm kam nach links, um auf den blinkenden Laser anzulegen.

»Nicht gesehen.«

Karstil betätigte den Zielmarkierungslaser. Er versuchte, Ross' bewußtlosen Körper durch die Kommandoluke gleiten zu lassen, während er den Turm auf das Ziel ausrichtete. Die Hauptwaffe schwang leicht herum.

»Identifiziert«, sagte der Richtschütze. »Ziel benutzt Erkennungslaser.«

»Nicht feuern!« Karstil schaffte es, Ross in den Panzer gleiten zu lassen. »Fahrer, achten Sie auf die Lasersignale.«

Der Liberator, dessen Narben des jüngsten Kampfes noch an den Seiten glühten, glitt neben dem Pedden zu einem Halt. Auf dem oberen Deck standen zwei Offiziere, die Erkennungslaser in die Dunkelheit abfeuerten. Karstil erkannte beide Männer: Milton Harras und NaBesta Kenderson. Auf der abgewandten Seite des Pedden schwebte ein weiterer Liberator, dessen Hauptgeschütz von der Stellung fortwies. Karstil schwang seinen Panzer herum, um sein Geschütz in die entgegengesetzte Richtung zu drehen.

»Wenn es irgendeinen Sanitäter in der Gegend gibt«, sagte er ins Commlink, »dann her zu mir, ich habe Verwundete in meinem Panzer.«

56

1130, 15 Martius 6831

Der Polarkreis war mit Wrackteilen übersät. Flammensprühende Liberatoren sanken in Dampfwolken in das Eis. Horatius-Panzer und Romulus-Transporter krochen über das Eis und verloren Gravdüsen und Panzerungsteile. Langsam gruppierten sich die Kämpfenden zu erkennbaren Formationen. Die Rebellen bildeten eine Stellung zur Rundumverkleidung und waren von TOG-Truppen eingekesselt. Die Schlacht stabilisierte sich, als klar wurde, daß keine der Truppen die Stärke besaß, eine Entscheidung zu erzwingen. Dann traf die Strafinfanterie, die aus der zusammenbrechenden Kuppel unter der Oberfläche floh, im Zentrum des Kampfes ein.

Sergeant Lisectus Barcus führte die acht übriggebliebenen Männer seines Zugs durch den Tunnel an die Oberfläche. Als er das flackernde Licht an der Oberfläche erreichte, wurde er von Chaos begrüßt. Nahe dem Ausgangsloch lag ein Pedden-Transporter, dessen Flanke bei einem Zusammenstoß zerstört worden war. Dahinter stand ein Liberator mit verbogenem Hauptgeschütz. Andere Panzer und leichte Fahrzeuge schwebten rund um den Pedden, und Gestalten in Rebellenuniformen bewegten sich durch die Gegend. Barcus gab seinen Leuten ein Zeichen, in der knappen Deckung des Eintrittskraters zu bleiben, wo sie auf die Reste der TVLG-Gruppe warteten, um ihre Waffen aufzustellen. Er hob die Hand, wartete auf die Antwort von den anderen Führern und gab das Signal.

Das Ergebnis ihres Beschusses war spektakulär. Die

TVLG schlug durch den zerstörten Pedden, um in seinem Innern zu explodieren. Der größte Teil der Energie verpuffte durch die offene Tür auf der gegenüberliegenden Seite des Panzers und warf einen plötzlichen, grellen Schimmer auf das Eis. Die Ladungen der Spikegewehre der Strafinfanterie platzten zwischen den Gestalten, die nahebei zusammenhockten, und zerstreuten sie wie Laub im Wind. Die TVLG-Gruppe feuerte ihre letzte Rakete ab, diesmal gegen einen Liberator-Panzer, der zurückwich wie ein ängstliches Tier. Handgranaten flogen durch den Himmel und explodierten zwischen den Fahrzeugen. Rebellen rannten in alle Richtungen durcheinander.

Barcus blickte zurück und sah weitere Strafinfanteristen aus der Öffnung strömen. Sie ließen sich auf den Rand des Trichters fallen und begannen zu schießen. Auf der anderen Seite des Trichters sammelte ein Sergeant eine Handvoll Männer und führte sie in einen ungeordneten Angriff auf einen schwebenden Panzer. Sie griffen ihn von hinten an und schossen Schuß auf Schuß in die zertrümmerte Panzerung. Der Panzer, der mit einem unsichtbaren Ziel in einiger Entfernung beschäftigt war, übersah die ausschwärmenden Infanteristen.

Ein Infanteriegeschütztrupp der Kohorte kämpfte sich den Hang im Trichter herauf, wobei sie ein schweres Sturmgewehr vom Typ Terere hinter sich herzogen. In der kalten Luft nach Atem schnappend, ließ der Truppführer den Dreifuß auf das Eis fallen und trat die spitzen Füße in der Oberfläche fest. Der nächste Mann setzte das Verschlußstück und das Rohr auf den Dreifuß, während der dritte Mann die Schulterstütze befestigte. Nachdem das Terere aufgestellt war, lud der Richtschütze und begann zu schießen. Die schwere Waffe, die wegen ihrer Wirkung bei den Soldaten als ›Kess-Crusher‹ bekannt war, spuckte mit einem stetigen *Weck, Weck* Feuer. Auf diese Entfernung war es unmöglich, die quirlige Masse der Rebellenfahrzeuge zu verfehlen, und die schweren Geschosse zerfetzten die Titanpanzerung der Opfer. Eine andere Gruppe griff vom Trichter aus an, um die Zerstörung des brennenden Pedden zu vollenden.

Außerhalb des Rebellenkreises hatten die TOG-Truppen inzwischen bemerkt, daß die Rebellen sich nicht nur den von außen attackierenden Kräften widmen mußten, sondern auch dem Chaos, das der Angriff von innen verursachte. Panzer, die bereits zurückgezogen worden waren, wurden wieder in den Angriff zurückgeschickt. Zwei Horatius-Panzer griffen einen einsamen Liberator an und verstrickten ihn in tödliche Kreuzfeuer von 150-mm-Geschützen und schweren Lasern. Die Flanken des Liberators lösten sich unter dem vereinten Feuer auf, und in das Titan wurden klaffende Löcher gerissen.

Ein Romulus-Infanterietransporter erwischte eine Viper, als diese ihre Infanterie absetzen wollte. Er beschoß ihr Heck mit dem 5/6-Laser, wobei die meisten der Infanteristen verbrannten, bevor sie das brennende Fahrzeug verlassen konnten. Der Romulus sah sich nach weiteren Opfern um. Ein Wolverine spähte in die falsche Richtung und ging in Flammen auf.

Karstil bewegte seinen Panzer von dem feurigen Klumpen fort, der einmal das Gefechtsstandsfahrzeug der Kohorte gewesen war. Spikes flogen über die geöffnete Luke, und er duckte sich in das Innere des Kommandostandes, um Querschlägern auszuweichen. Niemand schoß direkt auf ihn, aber es gab genug Metall in der Luft, um das Leben interessant zu machen. Er konnte aus seiner momentanen Stellung nicht das Feuer eröffnen, da er befürchten mußte, daß er eigene Truppen traf. Er brauchte Platz, um mit seinem Panzer kämpfen zu können. Und er brauchte Infanterie, um mit den Sträflingen fertig zu werden, die mitten in der Rebellenstellung an die Oberfläche drangen.

Der Tunnelausgang wurde von einer ständig wachsenden Zahl von Strafinfanteristen und der äußere Rand von den noch übriggebliebenen Kampffahrzeugen der Kohorte Patrius gehalten, die von weiteren Strafinfanteristen unterstützt wurden. Karstils Liberator hockte sich zwischen zwei riesige Eiswände, als er einen anrückenden Romulus verfolgte. Der TOG-Transporter hatte die bessere Panzerung als ein Liberator, aber der Rebellenpanzer verbuchte bei der Feuerkraft Vorteile. Es würde alles darauf ankommen, wer zuerst schoß. Karstil lenkte den Liberator zum Boden.

»Richtschütze. Legen Sie auf 200 Strich an. Laden Sie HEAP. Wir haben da ein feindliches Fahrzeug, daß auf uns zukommt.« Der Turm schwang nach rechts, und Karstil hörte das sanfte Surren, als der Ballistikcomputer die angegebene Munition in das Magazin der seitlich angebrachten Geschütze lud. Das DDP war bei dieser Entfernung nutzlos. Die Sensoren zeigten einen freien Weg zum Romulus, der 500 Meter entfernt war, aber Karstil konnte sehen, daß das umgebende Gelände die Schußbahn blockierte. Er drehte die Lautstärke der Computerstimme herunter.

Das Licht der Schlacht, die um ihn herum tobte, illuminierte eine heftige Rauchexplosion, und das Datendisplay zeigte Karstil, daß der Romulus seine Laser gefeuert hatte. Der Kommandant des Romulus hatte offensichtlich der Umgebung keine Aufmerksamkeit geschenkt und auf den Liberator geschossen, ohne sich bewußt zu sein, daß die Visierlinie blockiert war. Er mußte dabei auch die Warnungen seines Computers mißachtet haben. Oder der Zielcomputer war zerstört.

»Fahrer. Mit voller Kraft voraus.« Der Liberator sprang zwischen den Eistürmen vorwärts.

»Richtschütze. Rechts drehen.« Der Turm schwang herum.

Als der Panzer das Versteck verließ, kam der vordere

Rumpf des Romulus in Sicht. Ein wenig Rauch stieg aus der Schnauze des schweren Lasers auf.

»Richtschütze. Romulus. Kürzeste Distanz.«

»Erfaßt.«

»Alles drauf!«

»Unterwegs!« Die Explosion der Schüsse hallte zwischen den Eisnadeln wider. Die Geschosse und Laser schlugen in die Vorderseite des Romulus-Turms, warfen ihn gegen eine Eissäule zurück, und der Romulus rutschte weg. Sein Turm schwenkte herum.

»Fahrer. Vorwärts! Rammen Sie ihn!« Es war ein kalkuliertes Risiko, das wußte Karstil. Wenn er den Romulus zur Seite stoßen konnte, war er vielleicht in der Lage, hinter dem tödlichen Laser zu bleiben. Die Turmpanzerung des Liberators war selbst unbeschädigt so zerbrechlich, daß der 5/6-Laser bei einem sauberen Schuß sich durch die Überreste des Titans und des Ballistikschutzes in die Schaltkreise brennen würde. Er mußte einen weiteren Schuß loswerden, bevor das geschah. Der Liberator prallte in die Seite des Romulus, wobei die linke Bugwölbung des Liberators unter der Gewalt zusammengedrückt wurde.

»Richtschütze. HEAP. Feuer!« Karstil hörte das sanfte Summen des Munitionszylinders, der die nächste Ladung in das rauchende Geschütz lud. Das grüne Licht des Lasers zeigte, daß er wieder geladen war. Der schwere Laser des Romulus glühte auf, und in der kalten Luft konnte Karstil die Hitze des gebündelten Lichtes fühlen, als es das Ziel nur wenige Zentimeter verfehlte und an seinem Kopf vorbeischoß. Er würde diesen knappen Fehlschuß erst vollständig begreifen, wenn der Blutrausch der Schlacht vorbei war. Die Turmwaffe des Liberators sprach wieder und verbrannte Karstils Gesicht durch die Hitze der explodierenden Geschosse.

Der Turmlaser des Romulus wurde abgesprengt und ließ nur herabhängende Drähte und zischende Schaltkreise zurück. Der feindliche Transporter versuchte verzweifelt, aus dem Griff des Liberators auszubrechen. Mit einem plötzlichen Ruck riß sich der Liberator los, drehte nach rechts ab, und der Romulus schlug hart nach links zurück. Karstil konnte einen orangefarbenen Schimmer aus den offenen Luken aufleuchten sehen. Dann erschien eine Gestalt im Turm, die von einem Flammenmeer umgeben war. Immer höher stieg der tanzende Schatten. Dann brach die Feuersäule in einem Ball aus, und die Gestalt fiel in die Feuersbrunst zurück.

Zugsergeant Lucifer K. Mullins führt die Spitze der Liberator-Panzer von Himmel herab über das Eis. Hinter ihm folgte ein loser Verband von Viper-Transportern, und dann schwärmten noch mehr Fahrzeuge in einer Fischgrätenformation aus. Er konnte den Brennpunkt des Kampfes als brennenden Kreis, der durch die Schwärze stach, erkennen. Er mußte in Erfahrung bringen, wo seine Verstärkung das Beste leisten konnte, aber er konnte keine Informationen von den Truppen erhalten, die schon am Boden waren. Der Panzerkeil setzte den Weg zur Schlacht weiter fort.

»Hier Bashful Laundry«, sagte er schließlich in das Commlink, wobei er seine Stellung in der Formation angab. »Geht nach rechts in die Mitte dieser Sache da. Wir werden von der Oberfläche blockiert, deshalb kann ich keine Lageinfo erhalten, aber ich bin sicher, wir werden überall nützlich sein, wo wir angreifen. Infanterie! Aussteigen, wenn wir sie überqueren. Panzer, wir werden die Feindpanzer einkreisen.« Er wartete auf die Bestätigungen. »Folgen Sie mir hinunter.« Er schaltete auf Bordfunk. »Richtschütze. Achten Sie auf Ihre Abschüsse. Versichern Sie sich, daß Sie einen bösen Jungen im Visier haben, bevor Sie ein Geschoß zünden.«

Der Fahrer fuhr den Bremsantrieb hoch, ließ die Geschwindigkeit des Panzers auf unter 200 km/h absinken, den Panzer kopfüber fallen und machte sich auf den Weg in das Inferno.

Das Zentrum des Mahlstroms kochte in Rauch und Flammen. Die heranrückenden Fahrzeuge verstärkten die Verwirrung, die rund um den Tunnelausgang herrschte. Keine Seite bemerkte, daß weiteres Material in den Kampf einstieg; alle waren zu sehr mit dem eigenen Überleben beschäftigt, um sich den neuen Fahrzeugen zu widmen. Beide Seiten nahmen erst davon Notiz, als die Viper-Transporter erschienen und die Springerinfanterie auf sie herabregnete.

Das Dämmerlicht, das von den Flammen der brennenden Fahrzeuge und den Raketenexplosionen erzeugt wurde, beleuchtete die herabfallenden Körper, von denen jeder seine eigene Portion Flammen mit auf den Boden brachte. Bald tobte ein erbitterter Nahkampf. Körper schienen unter dem Einschlag von Spikes zu tanzen und zu taumeln. Die Springerpanzer, die von der Hilfstruppe getragen wurden, waren stärker als die leichten Anzüge der Strafinfanterie, und sie absorbierten die meisten Treffer. Die Rebelleninfanterie befand sich in der Minderzahl, aber die Strafsoldaten wurden von den herabfallenden Truppen überschwemmt und gezwungen, ihre Stellungen zum Gegenangriff zu verlassen. Als sie das taten, sahen die Infanteristen, die in die Mitte des von den Rebellen gehaltenen Ringes geschossen hatten, ihre Chance und rückten auf.

Barcus fand sich mitten in einer wirbelnden Schlacht wieder, bei der Rebellen und Straftruppen sich Auge in Auge über die Läufe der Spikegewehre hinweg gegenüberstanden. Barcus tat sich schwer damit, die Realität der Schlacht von seiner Vorstellung vom Kampfe Neu Roms gegen die Truppen, die sich seinem Ruhm widersetzten, zu trennen. Der Strafsergeant erinnerte sich an alle TOG-Legionen, in denen er gedient hatte, an die Gesichter all derer, die er gekannt hatte, die bereits gefallen waren. Ein Rebelleninfanterist erschien vor seinem Gewehr, und er feuerte eine volle Ladung auf den Mann. Die Gestalt verschwand so plötzlich, wie sie aufgetaucht war. Etwas traf Barcus in den Rücken, und die Schulter wurde taub. Er drehte sich um und sah einen anderen Rebellen über das Eis kriechen, der von Rauch umgeben war und wie ein uralter Tiermensch des Bösen aussah. Er drückte den Auslöser des Spikegewehres noch einmal, aber der Abzug schlug in ein leeres Magazin. Die Waffe wie eine Keule erhebend, griff er an.

Der Rebellenspringerinfanterist sah, wie sich sein TOG-Gegner, dem Blut aus der linken Schulter floß, plötzlich umdrehte. Der Strafsoldat erhob seine Waffe, als wolle er sich ergeben, und der Rebell blieb in Erwartung des nächsten Schrittes des Mannes stehen. Aber der feindliche Soldat griff an. Der Rebell war so überrascht, daß er den Mann die Hälfte des dazwischenliegenden Bodens überwinden ließ, bevor er verstand, was geschah. Er hob den Lauf seines Gewehres und leerte den Munitionsblock in die Brust des TOGs. Die anderen Strafsoldaten sahen ihren Sergeanten fallen und ergaben sich.

Legatus Maximus Rocipian Olioarchus sah die blauen Kreise, die die Strafsoldaten im Zentrum der Schlacht markierten, langsam dahinschwinden. Er fluchte über die Ineffektivität der Strafinfanterie; sie hätten sich etwas ruhmreicher opfern können. Er drückte den Intercom-Knopf und Zenturio Stratton meldete sich zur Stelle. »Kontakt abbrechen, Zenturio. Ziehen Sie sich zurück, und organisieren Sie sich neu.« Stratton grüßte kurz und verschwand. Olioarchus diktierte seinen Abschlußbericht auf Band. »Infolge der inkompetenten Planung von Legatus Cariolanus Camus war die Operation Polarnacht von Anfang an zum Scheitern verurteilt. Der Einsatz der 356. Straf-Auxilia als Versuch, die Lage zu retten, war zeitlich schlecht gewählt und schlecht ausgenutzt worden, nachdem die Infanterie am Boden war. Ich bin der Überzeugung, daß ...«

Die Tür öffnete sich wieder, und Stratton erschien. »Brechen den Kontakt jetzt ab, Sir. Wie weit sollen wir uns zurückziehen?«

»Den ganzen Weg nach Malthus, Stratton. Wir gehen den ganzen Weg zurück.«

»Aber Sir, wir können noch gewinnen.«

»Negativ, Stratton. Diese Operation war ein Fehler, seit die erste Kohorte hier gelandet ist, und es gibt nichts, was wir noch tun können, um diesen Fehler zu beheben. Unsere Verluste sind zu hoch, um weiterzumachen. Wir sind auf dem Weg hier raus.«

Der Operationsoffizier widersprach nicht. Er hatte die Verlustzahlen in seinem Logistik- und Personalcomputer gesehen, und die magische Zahl von 70 Prozent Verlusten war erreicht. Wenn die Strafinfanterie mehr als 80 Prozent Verluste hatte, würde es Ärger geben. Bei 90 Prozent Verlusten würde es eine Untersuchung geben und vermutlich ein Opfer. Und niemand wollte ein Opfer werden, besonders nicht der Regimentskommandeur. »Wir haben keine Bodentransporter für die Infanterie, Sir.«

»Brechen Sie die Schutzbauten ab. Nutzen Sie die Seitenteile als Schlitten, und verbinden Sie sie mit den Gravfahrzeugen. Es stehen dafür genug Nisus-Panzer zur Verfügung.«

Zenturio Stratton ließ den Kommandeur bei seinem Kampfbericht zurück. Er wollte sein Bestes geben, um die restlichen Straftruppen zu retten. Seine Beurteilung würde vermutlich auf seinen Leistungen beim Rückzug basieren, und er erinnerte sich an das alte Sprichwort, wonach die erste und letzte Tat einer Person den prägendsten Eindruck machte. Bei diesem Einsatz würde seine letzte Leistung der Rückzug sein.

57

1300, 15 Martius 6831

Der TOG-Kommandant war sich nicht sicher, was er mit dem Preis, den er sich eingehandelt hatte, anfangen sollte. Der Nisus-S gehörte der Ssoran-Polizei, aber die Crew war tot, als er das Fahrzeug fand. Das allein mußte eine Geschichte für sich sein, aber er konnte keine Informationen aus dem einzigen Überlebenden herausbekommen, einem TOG-Infanteristen, den er bewußtlos entdeckt, aber wiederbelebt hatte. Er hatte seither die Zeit damit verbracht, aus der Kampfzone herauszukommen, wobei ihm nur Infanterielaser zur Verteidigung zur Verfügung standen. Dann war die zweite Welle von Rebellenpanzern über sie hereingebrochen. Nun saß der Soldat, der mit dem Nisus-S hergekommen war, zusammengekrümmt wie ein sturer Bär über den Kontrollschirmen des Richtschützen.

Die anderen Fahrzeuge der zerschlagenen Einheit sammelten sich auf der Malthus am nächsten gelegenen Seite des Südpols. Der Kommandant des Nisus-S hielt sein Fahrzeug außer Sicht, da er sicher war, daß seine Anwesenheit mehr Fragen aufwerfen würde als er beantworten konnte. Die Aktion in der Sammelregion und das Commlink-Geschwätz machten deutlich, daß der Rückzug vorbereitet wurde. Für die unauthorisierte Besatzung des Nisus-S war das Fahrzeug jetzt weniger ein Kampffahrzeug, als ein Transportmittel nach Hause. Die Straftruppen in der Sammelregion bauten die Hütten ab, um Schlitten herzustellen.

Der riesige Richtschütze murmelte einen endlosen

Strom unflätiger Flüche gegen die Ssoran und die Rebellen, zwei Feinde, die in seinem Verstand zu einem zu verschmelzen schienen. Der Panzerkommandant unterließ es, die Schmährede des Mannes zu unterbrechen, da er entschied, daß der Überlebende sogar verwundet kraftvoll genug war, um gefährlich werden zu können, wenn er sich ärgerte. Gerade jetzt lag der Ärger nur knapp unter der Oberfläche. Der Kommandant hielt Abstand, wenn nicht physisch, dann zumindest verbal.

In der Sammelregion riß die Strafinfanterie, die für die Zerstörung keine besonderen Befehle brauchte, die letzten der provisorischen Bauten ab. Sie hatten verstanden, daß es für sie keinen anderen Transport vom Pol geben würde. Entweder fertigten sie sich eigene Gleiter an, oder sie würden zurückbleiben. Sie arbeiteten mit einem Enthusiasmus, der der schieren Verzweiflung entsprang.

Die dicken Seiten der zerlegten Gebäude wurden mit Schlepptrossen an Gravfahrzeuge gebunden. Jedes Gravfahrzeug war mit einer Notfalltrosse ausgestattet, und das zweite Schlepptau für jeden Schlitten wurde den zerstörten Panzern in der Umgebung entnommen. Der Kommandeur der TOG-Truppen hatte die Ssoran-Fahrzeuge als Schlepper eingeteilt, weil die Nisus-S-Panzer die am wenigsten nützlichen im Kampf und daher die entbehrlichsten waren. Er wußte auch, daß die Ssoran die Straftruppen zusammenhalten würden. Er hatte sich die Zeit genommen, den Ssoran-Panzerkommandanten zu verstehen zu geben, daß sie für die sichere Ablieferung ihrer Ladungen am Rande des Eises verantwortlich waren. Die Schlittentrossen zu kappen, um bessere Zeiten zu erreichen, war verboten. Die Ssoran waren mit der TOG-Philosophie – was die Behandlung von Sträflingen anging – vertraut und stimmten dem Plan mißmutig zu.

Olioarchus persönlich trieb die Soldaten an, schneller zu arbeiten. Er wollte nicht, daß die Rebellen den Rückzug nach Malthus störten, und je länger die Vorbereitungen dauerten, um so größer wurde die Chance, daß dies geschah. Ihre Rückzugsformation ließ einen Angriff zu, und die Gleiter würden die Reaktionsfähigkeit seines Verbands einschränken. Die Schlitten würden auch die gesamte Formation auf eine Geschwindigkeit unter 100 km/h abbremsen; wenn sie mit größerer Geschwindigkeit marschierten, würde die Strafinfanterie vom Wind und dem unebenen Terrain von den Schlitten gerissen werden. Es war gefährlich genug, sich noch einmal den Eisgeysiren aussetzen zu müssen; er brauchte keine anderen Probleme. Einige der Strafinfanteristen würden unterwegs sterben, aber er wollte diese Verluste so gering wie möglich halten.

Innerhalb der Rebellenstellung hatten derzeit Gegenangriff und Verfolgung einen geringen Stellenwert auf der Liste der Prioritäten. Die drei Einheiten – Kohorte Harras, die Hilfstruppe unter Kenderson und die dritte, von Mullins herangeführte Welle – waren hoffnungslos durcheinandergeraten. Allein das Auseinandersortieren zu stimmigen Einheiten würde einige Stunden dauern. Verluste, die die Panzerbesatzungen und die Infanterie erlitten hatten, mußten mit Überlebenden aufgefüllt werden. Der zweiten Hilfstruppe, die völlig aufs Geratewohl auf den Transporter geladen und beim Start noch weiter durcheinandergewürfelt worden war, mußten Führer zugeteilt werden.

Präfekt Kenderson entschied, die gesamte Truppe in eine drei-Kohorten-Manus einzuteilen. Harras sollte die 1. Kohorte kommandieren, und zwei ältere Offiziere würden die anderen übernehmen. Kenderson wies beim Durchgehen darauf hin, daß sich Zenturio Maximus Cobaro Freund, der Leiter des ersten abgebrochenen Hilfseinsatzes, im Stab befand und für ein Kommando zur Verfügung stand, aber Harras abweisender Blick als Antwort auf diesen Vorschlag ließ ihn die Sache vergessen. Harras sprach nie schlecht über einen Untergebenen, wenn es sich vermeiden ließ, aber sein Verhalten gegenüber Freund entsprach einer Verdammung durch ein halbherziges Lob.

Karstil brachte seinen beschädigten Liberator in den Rebellenverteidigungsring. Er hatte Infanteriesoldaten aus dem Weg jagen müssen, weil der Rumpf-an-Rumpf-Kampf mit dem Romulus-Transporter das Gehäuse zerdrückt hatte, in dem die Lenkkontrollen untergebracht waren. Nun konnte sein Panzer nur noch nach rechts. Er ließ den zerschlagenen Panzer nahe der Sanitätsabteilung auf Grund gehen.

Das Lazarett hatte das meiste Feuer des schweren Terere-Sturmgewehres abbekommen, und die Seite des Sanitäts-Pedden sah durch die Einschläge der schweren Geschosse pockennarbig aus. Sie hatten die Patienten ausgelagert und in kurzen Reihen unter ein hastig errichtetes Schutzdach gelegt. Die Verwundeten waren vollständig in Thermalmäntel eingehüllt worden, um sie vor der beißenden Polarkälte zu schützen. Karstil stieg aus und ging zu dem improvisierten Feldlazarett hinüber.

Der stechende Geruch brennenden Tabakverschnitts stach ihm in die Nase. Er hielt kurz an und schaute sich um. Er kannte den Geruch. Nur ein Mann verströmte diesen Geruch, sogar ohne eine brennende Zigarre im Mund. Sergeant Lucifer K. Mullins befand sich irgendwo im Durcheinander des Gefechtsstandbereichs.

Eine Hand schlug ihm auf die Schulter. »Sir«, sagte eine rauhe Stimme hinter ihm, »ich habe nicht erwartet, Sie hier zu sehen.« In der Stimme schwang echte

Begeisterung mit, weil Mullins lange zuvor entschieden hatte, daß dieser Optio es wert war, am Leben zu bleiben, und daß er weit kommen würde, wenn er überlebte.

Karstil wandte sich seinem früheren Zugsergeanten zu. »Ich Sie auch nicht«, sagte er. Der Anblick des vertrauten Gesichtes, das ihn unter dem Kampfhelm hervor angrinste, griff ihm ans Herz. Es gab soviel, was er diesem Mann sagen wollte, aber wie üblich fehlten ihm die Worte. »Ich dachte, Sie sollten irgendwo in einem Krankenhaus sein«, war das Beste, was er herausbekam.

»Wir sollten alle irgendwo in einem Krankenhaus sein«, schnaubte Mullins. »Sie sehen schlecht aus, Sir. Was ist mit Ihren Armen passiert?«

Karstil erinnerte sich, daß er von Panzersplittern getroffen worden war, die sich durch den Kampfanzug gebrannt hatten. Als er jetzt wieder daran erinnert wurde, begannen die Verbrennungen zu schmerzen. Er fühlte auch plötzlich die Kälte der Nacht an den Armen und bewegte die Hände, um den Kreislauf anzuregen. Er sah an der zerrissenen Uniform hinab. »Ich hatte das alles vergessen.«

»Sie sollten besser den Doc besuchen. Und sich etwas zum Schutz Ihrer Arme besorgen. Kalt, wie es an diesem Ort nun mal ist, werden Sie umgehend Erfrierungen bekommen.«

Karstil erinnerte sich plötzlich, warum er sich überhaupt im Lazarettbereich aufhielt und ging weiter. »Ich habe zuerst etwas anderes zu erledigen. Es gibt jemanden, den ich finden muß.«

Mullins ergriff den Optio an beiden Schultern und sah ihm direkt in die Augen. »Sir. Sie wird in fünfzehn Minuten noch immer dieselbe sein. Sorgen Sie zunächst für sich selber. Wenn Sie außer Gefecht sind, tut das weder ihr noch Ihnen noch uns etwas Gutes. Lassen Sie sich etwas über Erfrierungen sagen: Erfrierungen und Diamanten haben eines gemeinsam. Sie halten beide für eine Ewigkeit. Sie sind ein zu guter Mann, als daß wir Sie verlieren dürfen.«

»Woher wissen Sie über Honor Bescheid?« Karstils Gesicht war rot angelaufen.

»Na, kommen Sie, Sir. Sie streichen ihretwegen ziellos umher, seit wir das letzte Mal zusammen im Lazarett gewesen sind. Man braucht keinen Raketenwissenschaftler, um das herauszufinden. Ich werde für Sie nach ihr sehen, während Sie sich behandeln lassen.«

Karstil gab auf. Mullins war offensichtlich der Verantwortliche, zumindest eine Zeitlang, und es hatte keinen Sinn, sich zu widersetzen. Er wandte sich dem Sanitäter zu, der geduldig wartend dastand, und Mullins verschwand auf der Suche nach der Verwundeten.

Als Karstils Arme mit einer merkwürdigen Schmiere eingerieben und von den Handgelenken bis zum Trizeps bandagiert worden waren, machte er sich auf die Suche nach Mullins. Die Reihen der Verwundeten waren, gerade mit genügend Abstand für die Sanitäter und Ärzte, Kopf an Fuß gelegt worden. Die kritischeren Fälle hatte man auf Gravliegen gehoben, damit die Ärzte sie, ohne sich herabbeugen zu müssen, erreichen konnten. Karstil trat durch einen Durchgang am Ende des Zeltes ein und bahnte sich seinen Weg durch die Reihen der Patienten. Die niedrige Decke des Zelts schlug gegen seinen Kopf, als er sich voranbewegte, und er mußte den Sanitätern ausweichen, wenn sie zu den Patienten gingen. Mullins stand am gegenüberliegenden Ende des Zelts. Er schaute grimmig drein.

»Sie ist nicht hier«, knurrte er, als der Optio auftauchte.

Karstil sah ihn in stiller Erwartung an, daß er die ganze Wahrheit sagte. Als das nicht geschah, fragte er schließlich. »Gibt es irgendwo noch andere Verwundete?«

»Nein, Sir.«

Karstil fühlte sein Herz stocken. Sie war nur einen Augenblick lang bei ihm gewesen und bewußtlos geworden, aber er hatte keine ernste Wunde finden können, als er danach suchte. Er war so damit beschäftigt gewesen, zu kämpfen. Wenn er nur etwas genauer nachgesehen hätte. Wenn nur die Sanitäter den Liberator früher erreicht hätten. Er fühlte, wie die Gefühle sein Gesicht verzerrten.

»Ihr Jungs müßt hier verschwinden.« Ein Sanitäter, dessen Arme mit verschiedenen Fläschchen und Taschen vollgepackt waren, stand neben dem stummen Paar. »Wir haben hier zu arbeiten, und ihr Typen steht im Weg.«

»Wir suchen jemanden«, schnappte Karstil. Mullins legte die Hand auf Karstils Arm und drückte ihn leicht. »Entschuldigung«, sagte Karstil. »Wir werden verschwinden.«

»Das ist in Ordnung, Sir«, sagte der Sanitäter. Er hatte hier viele Legionäre nach einem Freund suchen sehen. »Wer ist es?«

»Ross«, sagte Mullins. »Sergeant Honor Ross. Sie müßte vor knapp einer Stunde hereingebracht worden sein.«

»Ross«, wiederholte der Sanitäter, über den Namen nachgrübelnd. »Ja. Ich erinnere mich. Eine Menge rote Haare.«

»Rotbraun«, korrigierte Karstil.

»In Ordnung, rotbraun. Sie ist dort drin.« Der Sanitäter zeigte auf eine Tür in der Zeltwand, so gut er das mit den mit medizinischen Utensilien überladenen Armen konnte. Karstil wandte sich um, um zu sehen, wohin der Sanitäter zeigte. Es war die Tür zum Leichenzelt. Karstil fühlte wieder, wie sein Herz aussetzte. Er drehte sich um, um zu gehen.

»Nicht die Tür«, sagte der Sanitäter, »das ist das Leichenzelt.« Er zeigte noch einmal in die Richtung, wo sich eine Öffnung weiter rechts in der Zeltwand befand. »Ich meine das Aufwärmzelt.«

Karstil fühlte, wie sein Herz hüpfte.

»Sie kam bewußtlos herein«, sagte der Helfer. »Sie war heftig angeschlagen und unterkühlt. Das war es, was sie bewußtlos machte. Wir gaben ihr einige Spritzen und steckten sie dort hinein. Inzwischen geht es ihr wahrscheinlich gut.« Der Sanitäter sah Karstil an. Die Freude in Karstils Gesicht war zu deutlich, um mißverstanden zu werden. »Sie liegt Ihnen sehr am Herzen, Sir?« fragte er trocken.

»Sie ist uns beiden wichtig«, antwortete Mullins, der Karstil von dem grinsenden Sanitäter fortdrehte. »Wir werden sie finden. Danke für Ihre Mühe.«

»Keine Ursache, ich mache nur meinen Job.«

Die TOG-Streitkräfte begannen ihren Treck über das Eiskap zurück nach Malthus. Die Nisus-S-Panzer der Ssoran, die die Schlitten mit den Sträflingstruppen zogen, fuhren voran, da ihr Rückzug von den Überresten der Kohorte Patrius gedeckt wurde. Weder den Echsen noch ihren Passagieren gefiel die Aufstellung sonderlich, aber sie waren nicht in der Stellung, sich zu beschweren oder sie zu ändern. Die Ssoran meinten, ihr Auftrag sei erfüllt gewesen, als die Truppen unter dem Eis waren, und hatten keine Lust, Kindermädchen für ihre Gefangenen zu spielen. Aber Legatus Maximus Olioarchus hatte sie mit dem Argument beeindruckt, daß ihr eigenes Überleben davon abhing, daß sie die Straf-Auxilia sicher zum Eisrand brachten. Deshalb schreckten sie davor zurück, die Trossen zu kappen, um den Rückzug schneller voranzutreiben.

Die schwachen Sträflinge kauerten auf den schlingernden Schlitten und wurden von dem eisigen

Wind, der durch die 100-km/h-Geschwindigkeit verstärkt wurde, regelrecht durchgepeitscht. Die offenen Transporter boten keinen Schutz, und der Wind tobte mit schrecklicher Gewalt über sie hinweg. Auch gab es keine Polsterung zwischen den Metallstücken, auf denen sie saßen und dem rauhen Eis darunter. Die Ssoran, die die Nisus-S fuhren, waren nicht zu einer Verringerung der Geschwindigkeit über die rauhen Stellen zu bewegen, und die Sträflinge mußten sich an den unebenen Wänden und den Gefährten festklammern, um nicht herausgeschleudert zu werden.

Die Formation anführend, fuhr Legatus Maximus Rocipian Olioarchus im Kommando-Pompey, der bis vor kurzem noch von Camus, dem früheren Kommandeur der Kampfkohorte, in Beschlag genommen worden war. Sein Fahrzeug war warm, gut gepolstert und flog auf einer Höhe, die ausreichte, um ihn bequem über den Ausbrüchen der Eisgeysire zu halten. Er hatte den Stab kontaktiert, um den Transport für die Sträflinge zu organisieren, und diese Nachfrage übertrug die Verantwortung für das Überleben der 365. Straf-Auxilia auf die Schultern des Planetarischen Stabes. Er konnte nicht für ihren Verlust zur Rechenschaft gezogen werden, wenn das Planetarische Hauptquartier nicht auf seine Anfrage antwortete. Er war froh, damit von dieser Bürde befreit zu sein. Die Strafeinheit hatte insgesamt 72,5 Prozent Verluste erlitten, was eine außerordentlich zufriedenstellende Zahl war. Sein Bericht über die Operation, den er mit der Transportnachfrage mitgeschickt hatte, lud die Schande für die Katastrophe direkt auf den Schultern von Cariolanus Camus ab und, in einem weit geringeren Grad, auf denen des Präfekten Claudius Sulla. Der Kommentar zu Sulla war eine nachträgliche Idee gewesen, aber er war froh, daß er ihn eingeschoben hatte. Es war nicht mal eine Kritik, höchstens ein etwas weniger begeistertes Urteil über die Aktionen des Mannes. Wenn Sulla machtvolle Gegner im Planetarischen Hauptquartier hatte, würden sie verstehen, was damit gemeint war. Wenn er machtvolle Freunde hatte, würden sie die betreffende Passage löschen, bevor der Bericht weitergeleitet würde. Es war ein genialer Streich.

58

0400, 16 Martius 6831

»Ich würde noch immer gerne einen Schlag gegen sie führen«, stritt Zenturio Maximus Harras weiter. »Ich würde jetzt, da wir die Oberhand gewonnen haben, gerne am Ball bleiben. Zumindest könnten wir die TOGs vom Südpol jagen.«

»Sie sind immer zu aggressiv, Milt«, antwortete Präfekt Kenderson. »Ein wenig zu aggressiv. Aber das ist der Hauptgrund, warum ich Ihnen diesen Auftrag übertragen habe. Die Rebellenlegion braucht Leute, die kämpfen wollen. Das war zur Hälfte schon immer ihr Problem. Sie scheint Niederlagen und Katastrophen den Hof zu machen. Wir hatten den Sieg auf Alsatia schon fast in der Tasche, und dann ließen wir ihn uns durch die Lappen gehen.« Kenderson lehnte sich in seinem Stuhl zurück und studierte das Lagebild. Der Schirm zeigte 500 Kilometer um alle Stellungen herum freie Fläche an. Die einzigen Streitkräfte im Umkreis von 1000 Kilometern waren die der sich zurückziehenden Feinde. In einer Stunde würden auch sie, sofern sie die derzeitige Geschwindigkeit beibehielten, verschwunden sein. Er schaltete das Bild auf hohe Auflösung. Der Rand des Eiskaps zeigte sich als schwacher, verschwommener, 2000 Kilometer entfernter Fleck. Er stellte eine schnelle Berechnung an.

Die TOG-Streitkräfte waren knapp 1000 Kilometer entfernt und bewegten sich mit 100 km/h auf den Rand des Eiskaps zu. Angenommen, sie behielten diese Geschwindigkeit bei, dann würden sie den Eisrand in etwa 10 Stunden erreichen. Die verfolgenden

Rebellenkräfte könnten mehr oder weniger eine Geschwindigkeit von 200 km/h beibehalten, so daß sie vor Ablauf der gleichen 10 Stunden volle 2000 Kilometer überwinden konnten. Selbst wenn er genügend Zeit für die Reorganisation zuließ, würden die Verfolger die TOGs abfangen können, bevor sie den Rand des Eises erreichten. Es war den Versuch wert.

»Wie bald können Sie fertig sein, Milt?« Kenderson hatte seine Entscheidung getroffen. »Ich werde Sie zuerst losschicken. Kohorte Martil wird so bald wie möglich folgen. Sie ist jünger als Sie, also werden Sie das Kommando haben, wenn beide Verbände am gleichen Ort eintreffen, aber sie ist ebenfalls eine Kämpferin. Ich werde hier bei der Kohorte Forblen warten müssen. Er hat eine Menge neuer Leute in seinen Stab bekommen, und er hatte schon Probleme, seine Leute auf Alsatia zu kontrollieren, so daß ich meine, daß ich mich mit ihm zusammensetzen sollte. Wir werden zu Ihnen stoßen, sobald wir fertig sind.« Kenderson stieß seinen Lieblingskohortenkommandeur mit dem Zeigefinger an. »Hören Sie, Milt, kümmern Sie sich einfach um das, was immer Sie am Rande des Eises finden. Beginnen Sie keinen Kampf, den Sie nicht gewinnen können.«

Milton Harras grinste. »Keine Sorge, NaBesta. Das habe ich nicht vor. Ich möchte die TOGs nur schikanieren.« Er stand auf. »Ich kann in einer halben Stunde aufbrechen. Die Reorganisation ist fast beendet; ich brauche nur einige abschließende Änderungen in meiner Truppe durchzuführen, einige Leute in die Panzer zu stecken, und schon bin ich fertig.«

»Viel Glück, Milt.«

»Danke, Sir.«

Leute und Fahrzeuge umschwirrten nach undurchsichtigen Ordnungsprinzipien den Kommando-Pedden. Zenturio Moldine Rinter stand an der Tür, hatte ihren Kampfhelm auf den Rücken geworfen und hielt ein

Notebook in der Hand. Sie machte schnelle Striche mit einem elektronischen Stift auf seiner Oberfläche, teilte Besatzungen den Panzern zu, füllte vakante Positionen mit zusätzlichen Leuten auf, zog die Kohorte zusammen. Zenturio Sedden Matruh lehnte an der Tür und sah, wie sich seine Zenturie auffüllte. Er wollte so viele alte Kameraden wie nur möglich in seinem Kommando haben; Leute, die er kannte und mit denen er unter dem Eis gekämpft hatte.

Sam Rand ging nicht mit auf diese Mission, obwohl er gesund und bereit dazu war. Rinter hatte einen langen Blick auf ihn geworfen, und sie konnte in seinen Augen lesen, daß er genug hatte. Er hatte seine Aufgaben zusammen mit Graviston fehlerlos erledigt, aber er war mit den Panzern am Ende, zumindest für eine Weile. Graviston war in derselben Verfassung, aber seine Müdigkeit war hauptsächlich physischer Art. Er war zweimal verwundet worden. Obwohl er kampfbereit war, würde sein Panzer einen neuen Kommandanten erhalten.

Rinter drehte sich zu der Ansammlung von Panzerkommandanten um, die in der Nähe warteten. »Karstil! Sie können gleich aufbleiben! Nun, es gibt einen Panzer, an dem Sie Ihre Freude haben werden.« Sie zeigte auf einen Liberator, der direkt neben dem stand. Der Fahrer und der Richtschütze lungerten darauf herum und aßen gemütlich ihre Notfallrationen. Rauch stieg von den Fertigmahlzeiten auf. (Es war keine Nahrung im traditionellen Sinn, eher eine speziell entwickelte, nährstoffreiche Substanz, die garantiert alle Nachfragen des Körpers erfüllte. Von Geschmack und Konsistenz einmal abgesehen.) Eine Person mußte sehr, sehr hungrig sein, um an Notfallrationen Gefallen zu finden, aber die Panzerbesatzung genoß ihre Mahlzeit offensichtlich.

Als Karstil sich auf den Panzer zubewegte, sprangen die Besatzungsmitglieder auf, um den Kommandanten zu begrüßen. Karstil lachte; er hatte seinen alten Panzer wiederbekommen. Boutselis und Crowder waren ebenso glücklich wie er. Alle drei Männer unterbrachen sich einige Minuten lang gegenseitig bei dem Versuch, sich ihre Geschichten zu erzählen, dann waren sie wieder im Panzer und überprüften die Systeme. Karstil ergriff das Commlink und überprüfte die Verbindung mit der Zenturie. Er war als Zugführer des 2. Zuges der 4. Zenturie zugeteilt und würde Cunning Contest Vier-Zwei-Sechs in Matruhs Vier-Zwei sein. Er rief die anderen Panzer seines Zugs und war überrascht und erfreut, Honor Ross' weiche Stimme von Vier-Zwei-Eins zu hören.

»Cunning Contest Vier. Hier Cunning Contest Vier-Sechs. Richtung Drei-Fünf-Sechs-Null geradeaus. Geschwindigkeit 1-00. Formieren Sie sich um mich.« Matruhs Kurs war auf Frotik ausgerichtet, dem Planetarischen Hauptquartier der TOG-Streitkräfte auf Caralis, und folgte demselben Weg, den die TOG-Streitkräfte genommen hatten. Die Zenturie würde sich vom Zentrum des Südpols fortbewegen und nach Norden fliegen, bis sie sich weit vom Rest der Rebellenkräfte gelöst hatte. Sie sollte sich auf dem Flug organisieren, und entsprechend der neuen Gliederung formieren, während sie vorrückten. Es war genauso einfach, während der Bewegung in Kampfformation auszuschwärmen, wie im Moment des Schwebens rund um den Stab, und deutlich weniger verwirrend.

Die Zenturie flog von der Rebellenstellung weg. Der 1. Zug nahm die linke Flanke ein, der 2. die rechte, und die Führungsgruppe mit dem Infanteriezug blieb in der Mitte. Die Zenturie formierte nun einen Keil, in dem jeder Zug in einem breiten V flog. Karstil übernahm die Spitze seines Zugs. Ross befand sich zu seiner Linken.

Ross hatte noch nie einen Liberator befehligt, aber sie kannte die Handhabung vom Kommando in der

Viper. Außerdem war sie mit einer erfahrenen Besatzung gesegnet. Blackstone stand hinten als Fahrer, und Hamilton Hull diente als ihr Richtschütze. Es war, als komme sie nach Hause. Hull führte Ross im Innern des Panzers herum, während Blackstone den Panzer auf die zugeteilte Stellung in der Formation führte. Er gewöhnte sich schnell an den Gebrauch eines neuen Panzers. Einen Liberator zu steuern war anders als das Steuern einer Viper. Der größere Panzer besaß weniger Schubdüsen als die kleineren Fahrzeuge, was bedeutete, daß der Fahrer dem, was er tat, mehr Aufmerksamkeit schenken mußte. Blackstone konnte die 273 Tonnen nicht in der gleichen Weise herumwerfen, wie er es mit der erheblich leichteren Viper getan hatte. Aber er würde den Bogen heraushaben, bevor sie Feindberührung mit den TOGs bekamen.

Als die Formation stand, befahl Matruh, die Geschwindigkeit zu erhöhen, und sie stieg von 100 km/h auf 150 km/h und schließlich auf 200 km/h an. Als sie den Rand der inneren Eisebene erreichte, stieg die Truppe auf Baumwipfelhöhe auf. Die Kohorte richtete sich aus und stürmte mit 280 km/h in Richtung Norden.

Acht Stunden später flackerten TOG-Einheiten über das DDP in Karstils Liberator. »Unidentifizierte Fahrzeuge. Entfernung 5-00-00. Kurs 2-00 relativ. Geschwindigkeit 1-00. Bewegen sich fort. Entfernung verringert sich mit 3 Kilometern in der Stunde. Ziele werden in 16 Minuten in Reichweite sein.« Karstil fühlte den bekannten Rausch des Adrenalins. Der nagende Schmerz in den Armen verschwand, Herzschlag und Atem wurden flach und schnell. Er wußte, daß er in 15 Minuten, in einer Viertelstunde, seinen Zug wieder in eine tödliche Schlacht führen würde.

»Nicht identifizierte Fahrzeuge. Entfernung 4-5-0-00. Kurs 2-00 relativ. Geschwindigkeit 0. Entfernung verringert sich um 5 Kilometer pro Sekunde. Ziele werden in 8 Minuten in Reichweite sein.« Die nächstgelegene Feindeinheit hatte angehalten, wahrscheinlich um die verfolgenden Rebellentruppen abzufangen. Das würde eine Nachhut sein, die es darauf anlegte, Treffer aus größter Entfernung zu erzielen.

»Viele Romulus-Fahrzeuge. Entfernung 4-00-00. Kurs 1-9-0 relativ. Geschwindigkeit 0. Entfernung verringert sich um 5 Kilometer pro Sekunde. Ziele sind in 7 Minuten in Reichweite.« Romulus-Transporter bedeuteten schwere Laser mit einer Feuerkapazität über 4 Kilometer und Infanterieunterstützung. Sein eigener Laser konnte auch so weit schießen und denselben Schaden anrichten, aber die Romulus besaßen die bessere Panzerung und stärkeren Schilde.

»Viele Romulus-Fahrzeuge. Entfernung 3-4-0-00. Kurs 1-9-0 relativ. Geschwindigkeit 6-0. Bewegen sich fort. Entfernung verringert sich um 4 Kilometer pro Sekunde. Ziele sind in 7 Minuten in Reichweite.« Die Romulus-Transporter hatten vielleicht die Infanterie auf dem Eis abgesetzt und sich dann zurückgezogen. Die TOGs schienen zu planen, die abgesetzte Infanterie aus der Deckung heraus Ziele markieren zu lassen, während die Laser aus großer Entfernung feuerten. Das bedeutete, daß auch mit TVLGs zu rechnen war. Aber die Infanterie bewegte sich nicht, was sie zu einem einfachen Ziel machte. Er beobachtete das DDP, um die erste feste Stellung der Transporter anzupeilen; das war der Ort, wo die Infanterie versteckt sein würde. Er legte die vermutete Stellung der Infanterie auf der Karte fest.

»Contest Vier-Sechs. Hier Contest Vier-Zwei-Sechs. Vermutete Infanteriestellung auf 3-5-0-00. Transporter dahinter und sich entfernend. Erbitte Erlaubnis, nach rechts auszuscheren.«

Es gab eine Pause, in der Matruh die geladenen Daten und die Bitte prüfte. »Contest Vier-Zwei-Sechs. Hier Vier-Sechs. Erlaubnis erteilt. Brechen Sie aus.

Contest Vier-Eins-Sechs. Beobachten sie Vier-Zwei-Sechs. Bewegen Sie sich hinter die TOG-Stellungen«

Karstil starrte das Commlink ungläubig an. Sein Zenturio hatte den Vorschlag angenommen – ohne Kommentar. Zenturio Cobaro Freund hätte das nie getan. Plötzlich wollte er fröhlich schreien: »Laßt sie uns holen!« Statt dessen sprach er ruhig in das Commlink.

»Contest Vier-Zwei. Hier Vier-Zwei-Sechs. Brechen Sie rechts nach 8-00 aus. Geschwindigkeit 2-4-0. Auf Deck. Staffelung rechts von mir. Ausführen.« Der Zug schwang nach rechts. Die rechten Panzer trieben über die Rückseite der Formation, um eine Position zur Linken und hinter Ross' Liberator einzunehmen. Karstil führte die neue Formation, Ross lag links dahinter, und Panzer zwei befand sich weiter zurück auf der linken Seite. Sobald sie die 90°-Wende ausführten, um die TOG-Transporter anzugreifen, würden sie auf einer Linie liegen.

Das DDP verfolgte die Veränderungen der Formation und Richtung. »Viele Romulus Fahrzeuge. Entfernung 3-0-0-00. Kurs 5-8-00 relativ. Geschwindigkeit 6-0. Entfernen sich. Entfernung verringert sich um 3 Kilometer pro Sekunde. Ziele werden in 6 Minuten in Reichweite sein.«

Karstil behielt Richtung und Geschwindigkeit weitere vier Minuten bei. Die Romulus-Transporter hielten 3 Kilometer hinter der angegebenen Infanteriestellung an. Karstil wußte, daß sie Trichter in das Eis sprengen würden, um eine frontale Stellung einzunehmen, aber nun sah sich der Feind einer schweren Entscheidung gegenüber. Während der Rest der Rebellenzenturie die ursprüngliche Richtung beibehielt, waren die Transporter in Gefahr, in ihrer rechten Flanke angegriffen zu werden. Karstils Ausbrechen aus der Formation bedrohte die Flanke der Transporter. Und beide Truppen würden hinter der abgesetzten Infanterie zusammenfließen und aus der Reichweite von deren Zielmarkierungslaser geraten. Die TOG-Transporter mußten sich entscheiden: vorrücken, um ihrer Infanterie zu Hilfe zu kommen, oder fliehen oder dort bleiben, wo sie waren, um gegen eine übermächtige Truppe zu kämpfen. Wie Karstil es nicht anders erwartet hatte, entschieden sie sich nach bester TOG-Manier zur Flucht.

»Contest Vier-Sechs. Hier Zwei-Zwei-Sechs. Transporter fliehen. Kümmern Sie sich um die Infanterie auf dem Eis.«

»Roger Vier-Zwei-Sechs. Ich werde einen Pedden hinschicken, um sie aufzusammeln. Kehren Sie zurück.«

Karstil zog den Zug herum, um sich wieder der Zenturie zuzugesellen. Er hielt sich weit entfernt von der Infanteriestellung, um keinen Treffer von einer verlassenen Einheit zu erhalten. Er wollte die Stärke seines Panzers für den richtigen Kampf erhalten. Sein Zug hatte den ersten Test gut bestanden und die Formation schnell und akkurat gewechselt. Die Fahrer-Kommandanten-Kombinationen der anderen Liberatoren waren gut.

Er lauschte dem Commlink-Stimmengewirr, als die Viper die TOG-Infanterie erreichte. Seine Einschätzung war richtig gewesen; der zurückgelassene Trupp war ein einzelnes Kommando, das schwer mit TVLGs bewaffnet war. Die Viper, die von Matruh ausgesandt worden war, handelte außerhalb der Reichweite die Kapitulation aus. Als die Aufgabe erfüllt war, ließ die Viper ein Warnsignal fallen, um die nächste Kohorte, die von Martil geführt wurde, davor zu bewahren, unvorbereitet mitten auf dem Eis über ein TOG-Infanteriekommando zu stolpern.

Karstil nahm wieder seine Position in der rechten Flanke der Zenturie ein, nachdem sein Zug sich zu einem V formiert hatte. Sie näherten sich jetzt der Eisküste, und diesmal würden die TOGs nicht fliehen.

59

1500, 16 Martius 6831

Die schwerfälligen TOG-Transporter pflügten durch die turmhohen Wellen, und große Wassermassen brachen sich über dem Vorderdeck als solide grüne Wellen, die den ganzen Weg bis zum Brückenturm überfluteten. Hoch über der Brücke in dem geschlossenen Glasser-Aufsatz schwang ein 150-mm-Geschütz, das von zwei 7.5/6-Lasern begleitet wurde, hin und her, als halte es nach den Landekoordinaten auf dem Südpol Ausschau.

Das Wasser wurde zu Eis, sobald es auf die kalte Luft traf, die aus den Speigatts kam, und hüllte die Schiffe in einen silbernen Schleier. Eisglanz funkelte auf den oberen Decks und reflektierte das Licht von Rock Wall, der am östlichen Horizont erschienen war. Vor ihnen ragten die Eisklippen, die die Küste des südlichen Polarkreises von Caralis kennzeichneten, hoch in den Himmel. Die Transporterkapitäne lenkten ihre riesigen Schiffe in eine enge Bucht, die sie vor den Wellen und dem Wind schützte, der über das ausgesetzte Eis heulte.

Der Stab auf Malthus hatte den Evakuierungsplatz für die sich zurückziehende Straf-Auxilia ausgewählt. Da die Koordinaten vorher festgelegt worden waren, wurden die Truppen von der Elektronik zum Rendezvous geleitet. Als die Transporter ihre Nasen zur Bucht wendeten, zeigte ihnen ein einzelner blinkender Erkennungspunkt, daß auch die andere Truppe den Aufnahmepunkt erreicht hatte. Die Skipper suchten den Himmel nach Zeichen der eigenen Luftraumsicherung ab, die man ihnen versprochen hatte. Als sie erkannten, daß es offensichtlich keinen solchen Schutz gab, zogen sie sich die Südwester fester um die Schultern und versuchten nicht über diesen Mangel nachzudenken.

Auf den über der Bucht liegenden Klippen sah Legatus Maximus Rocipian Olioarchus zu den Schiffen in dem schmalen Hafen hinunter. Seine geschlagene Truppe würde leicht in die drei Transporter passen, da jeder davon groß genug war, um eine volle Kohorte zu fassen. Es war unmöglich, die offenen Schlitten den steilen Hang hinuntergleiten zu lassen, ohne ihre Last in das eisige Wasser zu schleudern. Deshalb mußte die Infanterie am Rande der Klippen aussteigen und den steilen Hang hinunter zu den Rettern klettern. Die Ssoran würden über den Sträflingen schweben, um sie zu den Türen der Transporter hinabzutreiben. Wenn er genug Zeit hatte, würde zumindest die Evakuierung ein begrenzter Erfolg, aber Olioarchus wollte noch immer mehr als 80 Prozent Verluste unter den Sträflingen vermeiden; jede höhere Zahl würde sich in seinem Bericht schlecht machen.

Der Plan sah vor, zuerst die Ausrüstung der Kohorte Patrius zu evakuieren. Die Sträflinge sollten eine feste Verteidigungslinie über die Spitze der Truppen aufbauen, durch die die Regulären zu den Schiffen zurückfallen konnten. Dann würden die Sträflinge einen Rückzug unter dem feindlichen Feuer durchführen, indem sie ihre Linien nach und nach ausdünnten. Schließlich würden die Boote und die übrigen Ssoran-Gravfahrzeuge die überlebenden Sträflinge decken, wenn sie sich von den Klippen zurückzogen. Sobald die Infanterie die Klippen verlassen hatte, würden die schweren Waffen der Schiffe und die Laser der leichten Nisus-S-Panzer genug Feuerschutz bieten, um das gesamte Personal und die Panzer auf die Transporter laden zu können. Die Ssoran-Fahrzeuge konnten, wie auch die anderen Fahrzeuge der Kohorte Patrius, den Weg nach Malthus auch aus eigener Kraft zurücklegen, wenn es nötig wurde, aber in den Transportern waren sie alle sicherer.

Matruhs Zenturie flog weiterhin auf Baumwipfelhöhe, während Geysire Fontänen aus Wasser und Gischt, die zu Eisschollen verweht wurden, zu den fliegenden Panzern hinaufschickten. Der Navigationscomputer, die Geländesensoren und die Reaktionsschaltkeise maßen jede Explosion, verglichen sie mit gespeicherten Daten und hoben die Fahrzeuge dann auf eine sichere Höhe. Die Panzer begannen zum Boden abzusinken, als sie sich der Küste des Südpols näherten.

Die DDPs der Rebellenfahrzeuge zeigten schlagartig die Ziele auf 50 Kilometer Entfernung an und übermittelten die Informationen an die Kampfhelme der Panzerkommandanten. Karstil beobachtete, wie die ›nichtidentifizierten‹ bernsteinfarbenen Punkte sich in rote verwandelten, als der Computer die besonderen elektronischen Emissionen der feindlichen Fahrzeuge erkannte. Die TOG stellten sich mit drei Panzern oder Transportern in V-Formation auf. Die Stellungen lagen etwa 2 Kilometer auseinander, aber noch innerhalb der Reichweite, um die Vorteile der TVLGs oder SMLMs der jeweils anderen Formation zu nutzen, selbst wenn sie sich in der Hand der abgesessenen Infanteristen befanden. Die Rebellenzenturie mußte einen der Schwerpunkte sprengen, um eine Bresche in die Front zu schlagen.

Sedden Matruh zog die Züge enger zusammen. Er hatte die Absicht, die Zenturie als Hammer zu benutzen, um die Verteidigung mit mehr Zielen, als sie abschießen konnte, zu überwältigen, sich auf kürzeste Schußentfernung zu nähern und den Feind davonzujagen. Es war kein subtiler Plan, aber nach Art und Struktur seines gegenwärtigen Kommandos sowie der

Art der Verteidigung, die die TOGs aufgebaut hatten, war es ein guter Plan. Karstil paßte seinen Zug in eine Flügelstellung ein; die anderen Züge würden das feindliche Spitzenfahrzeug übernehmen.

»Horatius-Panzer. Entfernung 5-0-00. Kurs 6-2-00. Feindfahrzeug stationär. Annäherungsgeschwindigkeit 2-4-0. Ziel erfaßt. Ziel nicht markiert.« Karstils DDP hatte einen Horatius-Panzer ausgewählt und würde die übrigen Fahrzeuge in der feindlichen Formation mißachten, bis der eigene Panzer von feindlichen Sensoren anvisiert wurde. Sie würden in wenigen Sekunden in Reichweite sein.

»Contest Vier-Zwei. Hier Vier-Zwei-Sechs. Ich gehe direkt hinein. Zwei, geben Sie mir Flankenschutz. Eins, schwingen Sie nach rechts zum Flankenangriff. Ausführen.« Ross brachte ihren Panzer auf 200 Meter an Karstils linken Sicherungsbereich heran. Panzer eins trieb nach rechts ab, um den Feind von einer anderen Seite zu treffen. Karstil richtete seine Aufmerksamkeit auf den Feind.

»Horatius-Panzer. Entfernung 4-5-00. Kurs 6-2-00. Feindfahrzeug stationär. Annäherungsgeschwindigkeit 2-4-0. Ziel erfaßt. Ziel nicht markiert.« Karstil beobachtete die Feindfahrzeuge. Der Horatius würde verborgen sein und nur das schwere Geschütz über den Rand ragen lassen. Der Panzer würde schwer zu treffen sein, aber die zusätzliche Feuerkraft eines vollen Zugs bei einer Ein-Panzerattacke sollte die Schwierigkeiten ausgleichen. »Horatius-Panzer. Entfernung 4-2-00. Kurs 6-2-00. Feindliches Fahrzeug stationär. Annäherungsgeschwindigkeit 2-4-0. Ziel erfaßt. Ziel nicht markiert.« Er betätigte den Zielmarkierungslaser, als der Markierungsalarm in seinem eigenen Panzer erklang. Der tiefe Ton der Sirene sagte ihm, daß der Feind nicht erfolgreich gewesen war, aber sich entschlossen hatte, Karstil seine Aufmerksamkeit auch weiter zu schenken. Die Trefferchancen mit einem Laser waren gleich

Null, wenn der feindliche Panzer nicht markiert wurde und in Deckung lag, aber dennoch groß genug, um einen Versuch zu wagen. »Richtschütze. Horatius. Entfernung 4-0-00. Laser.«

»Erfaßt.«

»Feuer.«

»Gefeuert.« Crowder machte eine Pause. »Verfehlt.«

»Horatius-Panzer. Entfernung 3-5-00. Kurs 6-2-00. Feindliches Fahrzeug stationär. Annäherungsgeschwindigkeit 2-4-0. Ziel erfaßt. Ziel nicht markiert.« Der Alarmton stieg vom tiefen Heulen zum hochtönenden Schrillen an; der Horatius hatte seinen Feind markiert. Karstil zuckte zusammen und betätigte das Zielmarkierungslasersystem. Einen Augenblick später zielte der turmmontierte 3/6-Laser auf den Bug des Liberators und trieb ein kleines Loch durch die Titanpanzerung. Ein Rauchfaden erschien auf der gegenüberliegenden Seite des Treffers in der inneren Hülle. Karstil roch den abstoßenden Geruch verbrannter Farbe und wußte, daß der nächste Schuß durchkommen würde, wenn er die gleiche Stelle traf. Er hörte das hohe Summen seines eigenen 5/6-Lasers, als Crowder wieder schoß.

»Wieder verfehlt«, meldete der Richtschütze.

Karstil fluchte leise. Bei einem Angriff von drei Panzern gegen einen einzigen Panzer des Feindes sollte ein Angreifer in der Lage sein, den Horatius zu markieren. Wieder betätigte er den Zielmarkierungslaser. »Horatius-Panzer. Entfernung 3-0-00. Kurs 6-2-5-0. Feindliches Fahrzeug stationär. Annäherungsgeschwindigkeit 2-4-0. Ziel erfaßt. Ziel nicht markiert – Ziel markiert.« Geschafft! Karstil jubelte innerlich.

»Richtschütze. Horatius. Entfernung 3-0-00. Laser und HEAP.«

»Identifiziert.«

»Feuer.«

»Unterwegs.«

Das Kreischen des schweren Lasers schnitt durch den Alarm und das Krachen der Gauss-Kanone. Der Panzer schwankte unter dem kraftvollen Rückstoß der Waffe. Ein gleichzeitiger Treffer des Horatius verdoppelte die Rückstoßwirkung und riß ein Stück der Panzerung aus der linken Fronthülle. Ein weiterer Lasertreffer schlug in den Innenraum durch. Karstils Versuch, die Aufmerksamkeit des feindlichen Fahrzeugs auf sich zu ziehen, war erfolgreich gewesen, und nun war der Horatius fast in Raketenreichweite.

Karstil sah auf den Schirm hinab, um die Abschußsysteme der TVLGs zu überprüfen. Als er hochblickte, sah er die feurige Spur einer SMLM einen Bogen gegen den dunklen Himmel in seine Richtung ziehen. Das Vulkan wischte die Rakete fort. Der Panzer sprang wieder zurück, als das 150-mm-Geschütz feuerte. »Horatius-Panzer. Entfernung 1-5-00. Feindliches Fahrzeug entfernt sich«, meldete das DDP. Der nächste Lasertreffer brannte sich durch den Rumpf des Liberators und den Ballistikschutz. Das Frontschild-Kontrollbild blinkte rot auf, wurde dann wieder grün, und Karstil wußte, daß das Frontschildgeneratorsystem Schaden genommen hatte. Der erstickende Geruch verschmorender elektrischer Systeme breitete sich im Panzer aus.

Der Liberator bremste ab. »Linksseitiges Reaktionssystem ist zerstört«, sagte Boutselis. »Ich muß etwas langsamer vorrücken, Boss.«

»Okay, aber nicht viel. Wir wollen diesen Kerl nicht entkommen lassen.« Karstil sah, daß der Panzer links vorbeizog und sein Hauptgeschütz einen riesigen Feuerball auf den Horatius abfeuerte. Die Stupsnase des 5/6-Lasers glühte blau in der Dunkelheit, wurde dann aber von dem Blitz einer 150-mm-Kanone überlagert. Panzer eins war an der Flanke und feuerte auf den sich zurückziehenden Horatius.

Der feindliche Panzer hatte dem Rebellenzug Schaden zugefügt, aber zu lange damit gewartet, den Rückzug anzutreten. Der Rest seines Zugs hatte seine Laser und Hauptgeschütze auf Höchstentfernung abgefeuert und sich dann zurückgezogen. Der Horatius, der sich Karstil entgegenstellte, war mit seinen Eröffnungsschüssen zu erfolgreich gewesen. Sie hatten ihn ermutigt, zu bleiben und weiterzuschießen. Nun zahlte er den Preis dafür. Zwischen der frontalen Attacke von Ross' Liberator und dem Flankenbeschuß gefangen, wurde er in Stücke zerrissen. Der feindliche Panzerkommandant konnte sich nicht von einem der Angreifer abwenden, ohne dem anderen einen freien Schuß zu ermöglichen. Ein Blitz hellen Lichts schoß über das Eis, dann war es wieder vollständig dunkel. Es blieben kaum noch Wrackteile zurück.

Die Feuerspuren von TVLG-Raketen erhellten den Himmel. Ein Dutzend Raketen kreischte auf Karstils Zug zu. Die Vulkansysteme an den vorderen Panzern traten in Aktion und lenkten den Großteil des herannahenden Feuers gegen den Himmel. Aber einige der Raketen brachen durch und trommelten gegen die Seitenpanzerungen und Fronten der vorderen Panzer.

»Contest Vier. Hier Contest Vier-Sechs. Infanterie in der Region. Brecht ab. Brecht ab.«

»Contest Vier-Zwei. Hier Zwei-Sechs. Ausweichen nach rechts. Ausweichen nach rechts.« Karstil schaltete auf Intercom. »Boots. Hart links. Hart links.« Die drei Liberatoren schwenkten von der Infanteriestellung fort und wurden von weiteren TVLGs gejagt. Die feindlichen Panzer entkamen im Zuge der Klippen und trieben zu den wartenden Transportern.

Die Liberator-Züge in der Linie drehten nach rechts und links von den verteidigenden Strafsoldaten ab und formierten sich hinter ihrer eigenen wartenden Infanterie neu. »Hier Vier-Sechs. Auf mein Kommando die Infanteriestellungen einnebeln. Unsere Infanterie wird kurz vor der Nebelwand absitzen. Nachdem die

Infanterie unten ist, greifen wir gemeinsam an.« Die Zugführer bestätigten den Befehl.

»Boots. Spent. Wie sind die Schäden?« Karstil lauschte den Berichten, während der Liberator hinter den Viper-Transportern schwebte.

Die vordere Panzerung war fast bis auf die Keramikfüllung abgerissen worden. Die Frontschilde waren beschädigt, ebenso das Geländeradar. Sie arbeiteten nach einer kurzen Überholung beide noch, aber jeder weitere Schaden am Bug würde beide Systeme zerstören und weitere Schäden anrichten. Ross' Panzer hatte einige TVLG-Treffer, meldete sich aber, wie auch die anderen Panzer, kampfbereit. Karstil brachte sie auf eine Linie, als die Viper-Transporter sich bewegten. Das DDP hatte die angenommenen TVLG-Startpunkte gekennzeichnet, und der Zug machte sich direkt dorthin auf. Karstil überprüfte, ob die 150-mm-Kanone und die 50-mm-Kanone mit Nebelgranaten geladen waren, und schickte dann den Liberator los, um den Vipern zu folgen. Auf das Signal hin sollte der Liberator die feindlichen Stellungen mit Nebelgranaten überziehen, damit die Vipern angreifen und die Springerinfanterie so nah wie möglich am Feind absetzen konnten. Wenn der Nebel sich lichtete, würden die Legionäre mit Unterstützung der Panzer die Sträflinge einschließen.

60

1500, 16 Martius 6831

»Hier Vier-Sechs. Schießt!« Die ganze Reihe der Liberatoren spuckte Feuer. Einen Moment später verbreiteten die 150-mm-Geschütze entlang der Küstenlinie des Südpolarkaps eine Nebelwand. Die Vipern rasten die letzten 800 Meter heran und schossen die Springerinfanteristen so nah wie möglich am Rand der Klippen aus ihren Kokons. Als sich der Nebel verzog, fuhren die Vipern davon und deckten die Infanterie mit dem stupsnasigen 25-mm-Geschütz. Die Liberatoren schlossen von hinten auf, um zusätzliche Unterstützung zu bieten. Die Infanteristen fielen auf das Eis.

Die Funken von Spikefeuer, blitzende Handgranaten und die Explosionen schwerer Waffen markierten eine Feuerlinie über den TOG-Stellungen. Ein Schleier pulverisierten Eises hing über dem Klippenrand und unterbrach das Glühen der Explosionen, die ihn aufgewirbelt hatten. Die Strafinfanterie zog sich planmäßig von der Kampflinie zurück, als die Rebellen Druck darauf ausübten. Die Soldaten krochen über den Rand und nahmen ihren Weg hinunter zu den wartenden Transportern. Das Tröpfeln der fliehenden Infanteristen wurde allmählich zu einem Strom.

Die von Ssoran kommandierten Nisus-S-Gravfahrzeuge, die beauftragt worden waren, auf 600 Meter Entfernung von den Klippen Feuerschutz zu geben, waren über die Bucht abgetrieben und taten nicht einmal mehr so, als unterstützten sie die Sträflinge beim Lösen vom Feind. Die Strafinfanterie war auf sich allein gestellt, aber die Männer wußten nicht, daß man sie im Stich gelassen hatte.

Drei Strafsoldaten zogen ihr schweres Terere-Sturmgewehr über den Klippenrand. Sie wußten, daß sie es zurücklassen würden, wenn sie an die Reihe kamen, zum Transporter zu fliehen, aber die Ausbildung, die ihnen auftrug, sogar unter Lebensgefahr die Ausrüstung zu retten, ließ sich nicht leicht abschütteln. Ihnen war etwas Besseres eingefallen. Sie richteten den Dreifuß auf die schwebenden Nisus-S-Panzer aus, ließen den Feuermechanismus einschnappen und feuerten. Das Tackern der Kess-Crusher hallte von den Wänden der Bucht zurück. Das Team war gut im Gebrauch der Waffe ausgebildet und wußte, daß die Bugpanzerung der leichten Gravpanzer dem Einschlag einiger Geschosse des schweren Gewehrs widerstehen konnten. Sie feuerten auf die verletzlicheren Flanken und Seiten. Die Ssoran zogen sich noch weiter zurück und erwiderten das Feuer, während sie auswichen. Aus seinem am Fuß der Felsen gelandeten Pompey beobachtete Legatus Maximus Rocipian Olioarchus die Verwirrung am Rand der Klippe. Er hatte gehofft, die Klippe mit 20 Prozent Überlebenden seiner Strafinfanterie zu erreichen, aber die Zahl erwies sich erfreulicherweise als zu gering geschätzt, als er die Männer zählte, die zum Wasser entkommen waren. Das gab ihm genug Spielraum, um zusätzliche Verluste zuzulassen. Er lehnte sich zum Commlink hinüber und gab den Ssoran den Befehl, sich in Sicherheit zu bringen. Der Rest der Infanterie konnte selber fliehen. Er wandte sich dem Kommandeur der drei Transportschiffe zu. »Commodore, Sie können anfangen sich zurückzuziehen. Lassen Sie bitte die Barkassen zurück, um der Infanterie zu helfen, aber bringen Sie nicht Ihre Schiffe in Gefahr.«

Der Commodore erhob seine geballte rechte Faust zum neurömischen Gruß. »Danke, Legatus Maximus.

Ich werde den Befehl sofort erteilen.« Der Commodore trat zurück, drehte sich auf dem Absatz um und verließ das Fahrzeug. Olioarchus wandte sich wieder dem Lageplan zu.

In der angrenzenden Kabine hörte Miles Stratton, wie der Befehl erteilt wurde, und wieder einmal richtete er seine persönliche Einschätzung nach der seines kommandierenden Offiziers aus. Der Mann besaß ein einzigartiges Ehrenkonzept, und Stratton wußte, daß er das zu seinem eigenen Besten im Kopf behielt. Der Operationsoffizier wandte seine Aufmerksamkeit wieder dem verwirrenden Chaos der roten und blauen Anzeigen auf seinem Lageplan zu. Rebellenfahrzeuge drängten auf die Klippe zu, Ssoran mit ihren Nisus-S-Panzern schwebten über den Transportern. Einige Strafinfanteristen kämpften einen verzweifelten Kampf auf dem Eisgürtel, während andere zu den wartenden Barkassen hinunterkletterten. Legatus Cariolanus Camus, der im Operationszentrum unter Arrest stand, seit Rocipian Olioarchus ihn aus dem Kommando entlassen hatte, war aus Strattons Erinnerung verschwunden.

Legatus Camus erhob sich leise von seinem Stuhl und bewegte sich auf den sitzenden Zenturio zu. Er beugte sich hinab, um in einer fließenden Bewegung den metallenen Lunchbehälter des Offiziers zu lösen, ihn über den Kopf zu heben und ihn mit aller Kraft auf Strattons Hinterkopf zu schlagen. Das dumpfe Krachen des Schlages gegen den ungeschützten Schädel erfüllte den winzigen Raum. Der Operationsoffizier schlug vornüber auf den Bildschirm. Camus griff nach unten, öffnete Strattons Holster und zog die Hantrus-Spikepistole. Der Polymerblock der Munition lag aus Sicherheitsgründen lose im Behälter. Camus lud den Munitionsblock und entsicherte die Waffe.

Rocipian Olioarchus war in den Lageplan vertieft und hörte nicht, wie die Backbordtür aufglitt. Die

Strafinfanterie strömte die Klippen herab. Die sporadischen Angriffe, die die Sträflinge auf die Nisus-S-Fahrzeuge unternommen hatten, waren eingestellt worden, da sich die Alienwächter auf die Decks der Evakuierungstransporter zurückgezogen hatten. Die Barkassen lagen noch immer an der Küste, aber die Transporter zogen ab. Die Auxilia würde noch weitere Verluste beim Abzug hinnehmen müssen, aber er würde mit einem angenehmen Spielraum zum planetarischen Hauptquartier zurückkehren. Oliarchus war zufrieden.

»Läuft alles nach Plan?«

Olioarchus sah sich um und erblickte Cariolanus Camus. Der Legatus stand im Durchgang zum Gefechtsstand und trug eine Hantrus locker in der rechten Hand, deren Lauf auf den Legatus Maximus zielte.

»Sie scheinen ausgebrochen zu sein«, kommentierte Olioarchus.

»Keine Sorge um Ihren Zenturio?«

»Er wird entweder überleben oder nicht«, sagte Olioarchus achselzuckend. »Es interessiert mich nicht besonders.« Er lehnte sich im Sessel zurück. Er war entweder übermäßig selbstsicher oder versuchte, einen größeren Abstand zwischen sein Gesicht und die drohende Mündung der Hantrus zu bringen.

»Und Ihr Kommando?«

»Dasselbe. 20 Prozent werden überleben, und das ist eine akzeptable Zahl. Ihr früherer Verband hatte eine etwas höhere Rate an Überlebenden. Nicht, daß Ihnen das etwas bringt. Ich habe Ihre Nachlässigkeit im Kommando bereits dem Stab gemeldet. Man wird in Kürze über Sie verhandeln.« Olioarchus hatte sich vom ersten Schreck erholt; tatsächlich fühlte er sich beinahe optimistisch. Je länger er Camus am Reden halten konnte, um so besser waren seine Überlebenschancen. Vielleicht würde jemand in den Gefechtsstand kommen, oder er konnte Camus zum Aufgeben überreden. Oder irgendeine andere Lösung würde sich ergeben.

»Sie haben keine große Zukunft bei den Streitkräften von Neu Rom, Camus. Ihre Beurteilung macht Sie untragbar für jedes Kommando. Tatsächlich sollten Sie nicht lebend nach Malthus zurückkehren. Ein Heldentod auf diesem gefrorenen Kontinent würde viel dazu beitragen, Ihre Verfehlungen in einem milderen Licht erscheinen zu lassen. Ich könnte darum bitten, daß Ihnen eine Heldenehrung gegeben wird, vielleicht ein Triumphzug durch die Straßen von Neu Rom.« Olioarchus ließ seine Hand auf die Kommunikationskonsole fallen und trommelte mit den Fingern auf die Oberfläche. Der Rufknopf, der Hilfe herbeirufen würde, lag nur wenige Zentimeter entfernt.

Camus lehnte sich an den Türrahmen und dachte über das nach, was Olioarchus gesagt hatte. Sicherlich hatte sein Ansehen im TOG-Kommando Schaden genommen, und wenn man einmal gebrandmarkt war, gab es keine Möglichkeit mehr, den Makel zu entfernen. Aber die Zeit, die er unter Arrest gestanden hatte, war nicht verschwendet gewesen. Er hatte gelauscht und beobachtet und war sich nicht mehr sicher, ob sein Ehrgeiz ausreichte, um ihn in der TOG-Hierarchie nach oben zu bringen. Noch war er überzeugt, daß die sorglose Haltung, die die meisten Offiziere ihren Truppen gegenüber einnahmen, die richtige oder einzige war. Er konnte sich nicht mal an die Gesichter der Männer seines Kommandos erinnern. Vielleicht sollte er dafür Buße tun.

»Es wäre eine schöne Sache für Ihre Familie«, fuhr Olioarchus fort, während seine Finger noch näher zum Rufknopf trommelten. »Überlegen Sie, was das für Ihre Eltern bedeuten würde.«

Der kleine Finger erreichte den Knopf.

Das Krachen der Hantrus überraschte Olioarchus noch mehr als der scharfe Schmerz in seinem Ellbogen. Er sah, wie sein Blut die reichverzierte Tunika durchtränkte und versuchte, die Hand zu bewegen, aber das

Gelenk war vollständig zertrümmert. Ein Hauch verbrannten Plastiks trieb durch die Kabine.

»Es tut mir leid«, sagte Camus. »Als Sie meine Akte überprüft haben, haben Sie vielleicht nicht zur Kenntnis genommen, daß ich drei Jahre lang der Pistolenchampion der Akademie war. Ich kann einen Punkt von 2 mm Durchmesser auf eine Entfernung von 20 Metern treffen. Ich könnte acht enggesetzte Löcher zwischen Ihre Augen setzen. Bitte greifen Sie nicht noch einmal nach dem Rufknopf. Ich brauche Zeit zum Nachdenken.«

Olioarchus hob den zerschlagenen Arm an die Brust. »Sie Dummkopf!« brüllte er. »Haben Sie eine Ahnung, was Sie angerichtet haben?« Er tastete vorsichtig das Gelenk ab. Es war auf eine feuchte Masse reduziert worden. »Nun wird es keinen Triumphzug für Sie geben!« zischte er. »Ihr Name wird ein Tabu für eine Generation von Offizieren sein.«

»Das denke ich nicht«, erwiderte Camus. »Ich werde dem Feind ins Gesicht blicken und sterben. Ich fürchte, daß man Sie vergessen wird. Oder daß man Selbstmord aus Verzweiflung über die Zerstörung Ihrer Truppen annimmt. Aber nein, Selbstmord wäre unwahrscheinlich bei Ihrer gegenwärtigen Verwundung. Es ist besser, Sie springen über die Reling des Transporters ins Wasser.«

»Das wagen Sie nicht«, schnarrte Olioarchus, ohne den leichten Anflug von Panik aus seiner Stimme verbannen zu können. »Aber wir können einen Handel abschließen. Ich werde dem Hauptquartier mitteilen, daß ich einen Fehler gemacht habe und Sie wirklich gute Arbeit geleistet haben.« Olioarchus sah dem anderen Mann in die Augen.

»Bitte. Um der Regierung willen, tun Sie das nicht.«

»Nicht um Ihrer selbst willen, Olioarchus?«

»Vertrauen Sie mir. Ich kann das regeln.«

»Ja«, sagte Camus. Er fühlte sich plötzlich sehr

müde. »Das können Sie wahrscheinlich.« Die Mündung der Pistole glitt etwas tiefer.

Ein kurzer Blick des Triumphes flackerte über Olioarchus Gesicht. »Ich wußte, daß Sie es einsehen würden.«

»Aber das habe ich nicht.« Die Spikepistole krachte sechsmal. Camus war ein bißchen prahlerisch in bezug auf sein Schußmuster gewesen. Die Spikes standen ganze 2 Zentimeter auseinander, der erste in der Stirn und der letzte in der Gurgel. Aber Olioarchus kritisierte es nicht. Er war tot, bevor der sechste Spike in seiner Kehle einschlug.

Camus ließ die Waffe fallen und bückte sich, um den Körper hochzuheben. Ihn mit einem Arm haltend, öffnete er die Tür und trat in die eisige Luft hinaus. Die Wände der Bucht wurden gelegentlich von den Explosionsblitzen hoch oben am Klippenrand erhellt. Niemand auf dem Deck bemerkte ihn, da alle mit ihren eigenen Arbeiten beschäftigt waren. Er bewegte sich zur Reling. Zehn Meter tiefer schäumte das eisige Wasser der Bucht, als der Transporter sich von der Küste zurückzog. Er balancierte den Körper auf der Reling. »Neu Rom grüßt dich«, murmelte er. Ein leichter Stoß, und die Gestalt war fort.

Er trat an die Bordwand zurück. Zu seinen Füßen lag ein toter Legionär in einer Uniform der Straf-Auxilia. Camus beugte sich hinab und entfernte die Erkennungsmarke vom Nacken des Mannes. Er ließ die Kette um seinen Hals fallen und entfernte gleichzeitig seine eigene. In wenigen Sekunden war er verwandelt. Camus hievte den zweiten Körper dem ersten hinterher und schleuderte die Erkennungsmarke von Cariolanus Camus in das Meer dahinter. Dann kletterte er als Veteran eines Strafregiments die Leiter in den Laderaum hinab.

Der Nisus-S schwebte über dem Heck des sich zurückziehenden Transporters. Der Kommandant, ein regulärer Legionär, hatte zwei Probleme: den Gravpanzer auf einem schwankenden Schiff zu landen und zu erklären, wie die drei Soldaten in den Besitz dieses Fahrzeugs gekommen waren. »Ruhig, Fahrer. Immer mit der Ruhe«, sagte er ins Intercom. Die hervorragende Elektronik des Nisus-S machte das Annähern an den Transporter zu einer einfachen Sache. »Gehen Sie auf Ein-Meter-Schweben über dem hinteren Ende.«

»Über dem Heck«, sagte der Richtschütze, der bärengleich über den Waffensystemen hockte.

»Für mich ist es das hintere Ende. Mich interessiert nicht, ob es der Mond ist oder sonstwas. Ich will uns nur runterbringen.«

»Und dann?« fragte der Richtschütze.

»Wir werden uns dann darum kümmern.«

»Nein«, sagte Stone. »Lassen Sie uns jetzt Gedanken darüber machen. Wir müssen einen Weg finden, den Panzer loszuwerden, oder es wird zu viele Fragen geben.«

»Haben Sie einen Plan?«

»Bringen Sie ihn auf Ein-Meter-Schweben und Autopilot. Dann gehen wir hinaus. Der letzte Mann, der geht, schaltet auf eine Anstiegsgeschwindigkeit von einem Meter pro Sekunde. Dann springt er ebenfalls hinaus. Das Ding dürfte zu dem Zeitpunkt nicht mehr als acht oder zehn Meter Höhe haben.«

»Acht oder zehn Meter? Aus der Höhe ist das Selbstmord.«

»Guter Einwand«, sagte Stone. »Wie lautet Ihr Plan?«

Der Kommandant machte einen Augenblick Pause. »Fahrer«, sagte er. »Bringen Sie uns auf Ein-Meter-Schweben auf Autopilot. Wir gehen über die Seiten hinaus.« Er sah sich nach Stone um. »Ihr Plan. Sie sind der letzte, der rausgeht.«

»Sicher, Chef«, erwiderte Stone. »Passen Sie nur auf, daß Sie fort sind, wenn ich springe. Ich möchte nicht auf jemandem landen.«

Der Nisus-S schwebte über dem schwankenden Heck des Transporters. Zwei Gestalten fielen sauber über die Flanke auf das Deck. Der Panzer hielt seine Stellung weiter, als die Legionäre in den Schutz der Bordwand krochen.

Im Nisus-S beugte sich Stone über das Waffensystem. Er griff unter die Konsole und zog ein Gewirr von Drähten hervor. Das Bündel am Schnellauslöser auseinanderbrechend, bog er drei der Verbindungen um und verband die Verbindungen andersherum. Fast sofort begannen die Laser mit ansteigendem Ton zu summen, als sich der Genniumarsenik-Kristall überhitzte.

Stone kletterte auf den Kommandositz, warf die Beine über die Brüstung. Er griff in die Kommandostation zurück und richtete die Kontrollen aus. Der Nisus-S richtete sich auf. Stone rollte sich schnell aus dem Turm über die Frontabdeckung. Als der Panzer in die Höhe stieg, glitt Stone über den gepanzerten Bug. Das Deck lag 5 Meter tiefer, aber es blieb keine Zeit, die Distanz abzuwägen. Er sprang.

61

1545, 16 Martius 6831

»Contest Vier. Hier Vier-Sechs. Sie brechen weg. Folgen Sie ihnen.« Die TOG-Strafinfanterie hatte ihre Stellungen verlassen und strömte verzweifelt auf die äußere Ecke des Polareiskaps zu, um die Evakuierungsbarkassen am Fuß der Klippen zu erreichen. Nur die Diszipliniertesten bemühten sich, eine Frontlinie aufrechtzuerhalten. Karstils Liberator fuhr zur Kante des Eises und trieb die Strafinfanterie vor sich her. Karstil hockte sich tief in die Kommandoluke, da er sich bewußt war, daß einzelne Spikes über die offene Luke und seinen Kopf hinwegschossen. Das DDP zeigte drei große Schiffe in der schmalen Bucht, die direkt unter dem Rand der Klippe lagen. Das waren die Oberflächentransporter für die Evakuierung der Überreste der geschlagenen TOG-Streitkräfte. Sie waren wohl bewaffnet, aber wahrscheinlich nur mit leichten Waffen.

»Contest Vier-Zwei. Hier Vier-Zwei-Sechs. Lassen Sie uns vorsichtig über die Kante gehen. Diese Transporter können ein häßlicher Strauß sein.«

»Hier Vier-Zwei-Eins. Halali! Ich habe Gravpanzer im Visier.« Karstils DDP zeigte, wie sein rechter Panzer über den Rand der Klippe schoß. Der Panzer drehte sich hart nach rechts und schwang den Turm herum, um einen aufsteigenden Nisus-S anzugreifen. Das Hauptgeschütz schoß, fast sofort gefolgt von der zweiten Kanone und dem schweren Laser. »Brenn, Baby, brenn! Vier-Zwei-Sechs. Hier Vier-Zwei-Eins. Die Bucht ist voller Barkassen. Sie ziehen ihre Truppen ab.«

»Bestätigt, Eins. Hier Sechs. Laßt sie uns holen.« Karstil schaltete auf Bordfunk. »Boots. Bringen Sie uns zum Klippenrand. Diese Infanteristen haben noch einen Stachel, seien Sie also vorsichtig.«

»In Ordnung, Sir.« Der kommandierende Liberator bewegte sich zur Klippe. Die anderen beiden Panzer des Zugs, die bestrebt waren, noch einen letzten Schuß auf die TOG-Infanterie abzugeben, jagten voran.

»Vier-Zwei. Hier Sechs. Langsam. Langsam. Sie werden zurückschießen.«

»Vier-Zwei-Eins. Sechs! Sehen Sie sich die Größe des Geschützes an!«

Auf dem DDP blinkte ein Waffenidentifikationssymbol auf. Die Daten über das Glasser-Geschütz füllten den Schirm des DDPs, und Karstils Mund klappte auf. Er hatte noch nie ein Waffensystem gesehen, das ein schweres Geschütz mit drei Lasern kombinierte, aber die Durchschlagskraft, die es aufwies, war sofort erkennbar. Die 200-mm-Kanone konnte große Teile der Panzerung eines Fahrzeuges abrasieren, und die schweren Laser allein konnten die stärkste Panzerung mit einem einzigen Schuß durchdringen. Die Waffenzusammenstellung konnte die Laser auf das von dem Geschütz geschlagene Loch ausrichten. Kein Karstil bekanntes Fahrzeug würde einem zweiten Treffer standhalten, und die Waffe war offensichtlich entwickelt worden, um mit dem ersten Schlag zu töten. »Hier Zwei-Sechs. Kommen Sie da weg! Hauen Sie ab! Verbergen Sie sich!« Er gab es extern und auf Zugebene ab, und dann bremste der Liberator abrupt, wobei die Vorwärtsantriebe ein anhaltenden Dröhnen abgaben. Karstils Augen blieben an dem DDP hängen, als die anderen Panzer, die schon weit über der Bucht hingen, den Schutz der Klippe zu erreichen suchten.

Der Alarm ertönte und wurde sofort zu einem Schrillen. Boutselis schlug hart mit dem Kopf auf dem Steuerknüppel auf, als er Schub gab. Der Liberator machte eine scharfe Wendung, während sein Turm sich drehte, um die Bucht hinter sich zu bringen. Karstil konnte TOG-Infanterie von dem sich drehenden Panzer davonlaufen sehen, als der Fahrer ihn tief über das Eis brachte. Der Bug schlug auf eine Eisnase und zerschlug sie in feines Pulver, das über den Rumpf stäubte. Die Konstruktion des Liberators mit den zwei langen Armen, die aus dem Rumpf herausragten, lenkte die Schneewolke direkt über den Turm. Karstils Visier wurde weiß, und Crowder jaulte auf, als ein Eisstück auf seiner Sichtkonsole landete. Dann waren sie wieder frei. Karstil wischte die Eiskörner vom Kampfhelm.

Eine Explosion hinter ihnen warf ein lebendiges rotes Licht über die Landschaft. Einen Augenblick standen die Infanteristen, Sträflinge und Eisberge in scharfen Kontrasten da, schwarze Schattenfinger, die von dem Steilhang fortzeigten. Das DDP leerte sich plötzlich, dann wurde die Landschaft dunkel, und das DDP funktionierte wieder. Karstil sah, daß er einen Panzer weniger besaß. Nichts zeigte an, daß der Panzer je existiert hatte. Es war nicht genug von dem fehlenden Liberator für das DDP-Sensorensystem übriggeblieben, um es erkennen zu können.

»Contest Vier. Hier Contest Vier-Sechs. Schwere Waffen auf den Transportern. Decken Sie sich mit Nebel ein, bevor Sie über den Rand vorstoßen.«

Danke für die Warnung, knurrte Karstil. Ein bißchen zu spät für mindestens einen Panzer. Er überprüfte den anderen, verbliebenen Panzer. Dieser war offensichtlich beschädigt und kroch nur noch, weil er die meisten Antriebsdüsen verloren hatte. Karstil wagte den Ruf nicht. Er konnte es nicht ertragen, die Wahrheit herauszufinden.

»Contest Vier-Zwei-Sechs. Hier Contest Vier-Zwei-Zwei. Unsere Triebwerke haben sich fast alle verabschiedet.« Ross hatte überlebt. Karstil wurde fast überwältigt von der Erleichterung, die sofort durch Ärger überlagert wurde.

»Contest Vier-Zwei-Zwei. Hier Contest Vier-Zwei-Sechs. Was im Namen der Heiligen haben Sie so weit draußen zu suchen gehabt? Ich sagte Ihnen doch, es langsam anzugehen! Ich habe dauernd gesagt, daß sie noch zurückschießen! Haben Sie die Transporter nicht auf Ihrem DDP gesehen? Sie hätten sich umbringen können!«

»Zwei-Zwei. Tut mir leid. Ich war ein bißchen aufgeregt.« Was Ross nicht sagte, war, daß Blackstone, der gewohnt war, die etwas schneller reagierenden Viper zu fliegen, die nötige Reaktionszeit des schwereren Liberators für einen Stop fehlberechnet hatte. Sie wollte Ihren Fahrer nicht anschwärzen, denn das würde es ihrem Zugführer auch nicht verständlicher machen.

»Hier Contest Vier-Zwei-Sechs. Entschuldigung? Bin ein bißchen aufgeregt gewesen? Das reicht nicht aus.«

Noch während er die Verbindung unterbrach, fragte Karstil sich, was er denn als ausreichenden Grund akzeptiert hätte. Zu aufgeregt war sicherlich die beste Erklärung, aber er war noch immer ärgerlich. »Dummes Weib«, murmelte er vor sich hin und bemerkte sofort, daß er es laut gesagt hatte.

»Sie ist eine gute Panzerführerin, Boss«, piepste Crowder in das Commlink. »Ich habe sie auf dem DDP beobachtet. Sie haftet an Ihnen wie Klebstoff. Sie kennt ihre Aufgaben. Sie war es, die vorhin die Türen des Horatius weggesprengt hat.«

Karstil errötete bei der Rüge seines Richtschützen. Er hatte Ross' Position während des Angriffs und der Schlacht nicht viel Aufmerksamkeit geschenkt, und er wußte, daß er es besser hätte tun sollen. Er hätte sich auch ihres Angriffs gegen den Horatius bewußt sein sollen. Wieder einmal hatte er sich dessen schuldig gemacht, was Mullins einen ›auf die Position gelobten Panzerkommandanten‹ nannte, statt als echter Zugführer zu agieren. Das hier brauche ich nicht, dachte er und war froh, daß er es nicht laut sagte.

»Danke, Spent«, sagte er. »Ich hätte mich daran erinnern sollen.« Er sagte nicht, daß er sich dessen hätte bewußt sein müssen. Dem Rest seines Zugs mitzuteilen, daß er ihnen keine Aufmerksamkeit geschenkt hatte, das war etwas, was die Soldaten nicht zu hören brauchten; sie würden sich vielleicht wegen der Kompetenz ihres Führers Sorgen machen. Er konnte sich bald genug selber damit beschäftigen.

»Zwei-Zwei. Zwei-Sechs. Wir gehen wieder über den Rand. Decken Sie sich mit Nebel, bevor Sie gehen. Stellen Sie den Zeitzünder auf 1000 Meter.«

»Zwei-Zwei. Verstanden. 1000 Meter. Zeitzünder.«

Die Liberatoren wandten sich wieder gegen den Hang. Karstil paßte auf und sah, daß Ross ihren Panzer links von ihm exakt in Position brachte, obwohl ihre Panzertriebwerke offensichtlich beschädigt waren. Er mußte die ungleiche Beschleunigung und Bremsung des anderen Liberators miteinberechnen. Er hielt die Geschwindigkeit niedrig, um ausreichend Zeit zum Ausführen des Manövers zu geben. Als die Panzer den Rand überwanden, gab Karstil sofort Feuerbefehl.

Die Luft über der Bucht füllte sich mit Deckungsnebel. Die anderen Fahrzeuge unter Matruhs Kommando waren eifrig gewesen, während Karstil seinen Zug zusammenzog. Die Transporter lagen unter so dichtem Nebel, daß das DDP sogar Schwierigkeiten hatte, die Stellungen der Schiffe herauszufinden. Die kleineren Barkassen luden noch immer die Flüchtlinge ein, obwohl einige bereits in die relative Sicherheit des Nebels schossen. Zwei Liberatoren kreisten über einer Barkasse und zeigten mit ihren Türmen auf das Schiff unter ihnen. Der Mündungsblitz ihrer 150-mm-Geschütze beleuchtete den Schrott, der hinabregnete.

»Zwei-Zwei. Zwei-Sechs. Umkreisen Sie den Feind

unter mir. Halten Sie sich weiter links. Schießen Sie links.«

Karstils Liberator begann eine enge, überhöhte Linkskurve, und der Turm rotierte nach links, um eine weitere unglückliche Barkasse anzuvisieren.

»Nichtidentifiziertes Fahrzeug. Entfernung 5-00. Kurs 4-0-00 relativ. Entfernung gleichbleibend. Fahrzeug bewegt sich auf 4-00 genau. Fahrzeug hat keine Flimmerschilde.« Das DDP war durch das Ziel völlig verwirrt. Es rief eine ausladende Datenbank ab, die voller Fahrzeugumrisse und anderen Konturen war, aber eine Schiffsbarkasse war nicht darunter. Früher oder später würde sie der Computer mit etwas Vergleichbarem in Verbindung bringen, aber das brauchte Zeit.

»Richtschütze. Barkasse. Kürzeste Distanz. Laden Sie HEAP.«

»Erfaßt.«

»Feuer.«

»Unterwegs.«

Der Liberator hüpfte bei dem Rückstoß der schweren Geschütze und Boutselis drehte an den Kontrollen, um den Panzer wieder auf seine ursprüngliche Flughöhe zu bringen.

»Treffer«, sagte Crowder, und fügte dann »Auf!« hinzu, um anzuzeigen, daß die Waffen wieder schußbereit waren. Karstil beobachtete die Barkasse unten in der Bucht. Der erste Treffer war ins Deck eingeschlagen und hatte ein Loch in die Oberfläche gerissen. Die Laser waren dem HEAP-Geschoß in den Laderaum unter dem oberen Deck gefolgt. Er konnte sehen, wie Besatzungsmitglieder Feuerbekämpfungsausrüstung über das Deck schleppten. Andere kauerten sich am Brückenturm zusammen und hatten ihre Gesichter den Liberatoren zugewandt, die wie Racheengel gut 500 Meter über ihnen schwebten. Die leichten Laser an den Brückenseiten waren verlassen worden, und selbst die

Tritte der verantwortlichen Offiziere konnten die einfachen Marinesoldaten nicht dazu bewegen, auf ihre Posten zurückzukehren. Weiter hinten im natürlichen Hafen wandten sich die Transporter nach Malthus. Ross feuerte ein schweres Geschoß ab, das genau gegen den Brückenturm schlug, und die Laser bohrten sich in das gleiche Loch. Die Leute, die an der Brücke Schutz gesucht hatten, waren verschwunden, als sich der Rauch verzog.

»Auf«, sagte Crowder. »Wollen Sie, daß ich schieße?«

»Negativ«, sagte Karstil, und er knipste die Hauptschalter der Feuerkontrolle auf ›Sichern‹. »Zwei-Zwei. Hier Zwei-Sechs. Feuer einstellen.«

»Zwei-Zwei. Verstanden. Danke.« Sogar das unpersönliche Commlink konnte nicht über die offensichtliche Erleichterung in Ross' Stimme hinwegtäuschen.

Karstil ließ den Liberator weiter über der angeschlagenen Barkasse kreisen. Der Skipper, der sich bewußt war, daß er im Moment der Zerstörung entkommen war, drehte sein Schiff auf die Transporter zu und erkannte sein Dilemma. Die Transporter waren 10 Kilometer entfernt und beschleunigten. Der erste hatte die Mündung des natürlichen Hafens durchfahren und erhob sich zum Luftkissenflug. Selbst die größte Welle, die Rock Wall zwischen dem Eiskap und Malthus anziehen würde, konnte diesen Vorgang nicht beeinflussen. Das Schiff glitt über ein solides Luftkissen unter der riesigen Bodenfläche des Transporters. Die kurzen Flügel des Fahrzeugs unterstützten den Anstieg und stabilisierten den Gleitvorgang. Die Luft wurde gegen die Oberfläche gedrückt, und der Transporter folgte weich allen Veränderungen, die die Wasseroberfläche erzeugte. Die anderen beiden Schiffe, von denen eins aufgrund von Treffern in sein Heck Rauch spuckte, waren gerade dabei, auf die offene See hinauszudrehen. Die Evakuierungsbarkassen hatte man ihrem Schicksal überlassen. Der Skipper traf seine Entscheidung, als ein 150-mm-Geschoß 100 Meter von seinem Bug entfernt explodierte. Er schaute zu den kreisenden Liberatoren auf und wandte das Schiff wieder der eisigen Küstenlinie zu.

Über den Klippen sammelten sich die Panzer der Kohorte Harras, um der Rückkehr der Barkassen zuzusehen. Zwischen den Sträflingen brach auf einigen Barkassen Streit aus, anscheinend zwischen denen, die fliehen wollten, und denen, die jede Hoffnung auf Rettung aufgegeben hatten. Wer noch an Flucht glaubte, wurde entweder anders überzeugt, ruhiggestellt oder im Extremfall über Bord gestoßen. Das Meer nahm die Angebote an Menschen und Fahrzeugen an und öffnete seinen graugrünen Friedhof.

Karstil meldete die Verluste seines Zugs an Matruh. Ein Panzer zerstört, kein Panzer uneingeschränkt einsatzfähig. Die beiden davongekommenen konnten fliegen und schießen, aber keinem konnte irgendein Angriff mehr zugetraut werden. Die anderen Panzerzüge waren in der gleichen Verfassung. Nur das Infanteriekommando war vollständig. Sein Zugführer wollte die sich entfernenden Transporter verfolgen, solange es möglich war, aber sein Zenturio entschied, daß diese Zenturie nicht wieder kämpfen würde, bis sie sich einer intensiven Erholung unterzogen hatte.

Karstil landete seinen Liberator und beobachtete Ross, die ihren Panzer neben seinem landete. Der Panzer setzte in einem Wirbel aus Schnee auf, und Karstil mußte sein Visier wegschieben. Als er zurücksah, kam Ross über die Bughülle herab und ließ sich zwischen die herausstehenden Arme des Bugs fallen. Er ging auf sie zu.

»Es tut mir leid, das ich dich angeschrien habe«, platzte er heraus. »Es war nur so, daß du mir eine Todesangst eingejagt hast.«

»Oh, mir ging es gut.«

Karstil blickte auf die kleinere Sergeantin, deren

blaue Augen hell unter dem Kampfhelm leuchteten. »Als ich dachte, du wärst gefallen, wußte ich nicht, was ich tun sollte.« Er griff nach ihren Schultern. »Honor, ich muß dir sagen, was ich fühle. Ich ...«

»Commlink, Sir«, rief Crowder, der seinen Kopf aus der Luke steckte. »Der große Boss sagt, es sei Zeit, das Feld zu räumen.«

»Du wolltest etwas sagen?« erinnerte ihn Ross.

»Es wird warten müssen, bis wir auf Rolandrin zurück sind«, sagte Karstil sanft. »Fahr vorsichtig.«

62

1430, 18 Martius 6831

Sowohl die Rebellen als auch die Commonwealth-Truppen umgaben die Landeflächen des Hauptquartiers auf Rolandrin. Niemand hatte ihnen befohlen, dort zu sein, wenn die 2567. Rebellenlegion zurückkehrte. Das Gerücht über ihre Ankunft war herumgegangen, und die Truppen sammelten sich, um sie zu sehen, wenn sie nach Hause kamen. Die Luft schien zu erzittern, als die enge V-Formation der Panzer, Infanterietransporter und Kommandofahrzeuge tief über den Bäumen hereinglitt, über das Flugfeld zog und dann in engen Wendungen herumschwang, um in wirbelnden Staubwolken zu landen. Die Besatzungen kletterten aus den Fahrzeugen, um in absoluter Stille und Haltung für die abschließende Inspektion stehenzubleiben. Die Stärke- und Verlustmeldungen klangen über den Paradegrund.

Es waren die Verlustmeldungen, die die Kosten der Operation Gateway verdeutlichten, da zu viele der Panzer und ihre Crews niemals mehr dem Ruf antworten würden. Zertrümmerte Panzer und zerschlagene Körper lagen von einem Ende des Südkaps zum anderen verstreut oder unter dem Eis in der Naramstadt begraben.

Die meisten der Zuschauer jubelten sich heiser, als die Legion eintraf. Das Lager rund um Alabaster sah selten eine Formation dieser Größe über den Truppenunterkünften hereinfliegen. Kenderson hatte die gemeinsame Ankunft bewußt geplant. Sogar die Einheiten der 2567., die nicht für die Operation nach Süden gerufen worden waren, hatten sich über dem Ozean mit den Überlebenden des Feldzugs getroffen. Ihre Anwesenheit füllte die leeren Ränge der Rebellen, die das Feld erreichten. Es war eine beeindruckende Schau, wie es Kenderson beabsichtigt hatte, die jenen imponierte, die die zurückkehrende Legion begrüßten, und Seelenbalsam für jene war, die gekämpft hatten.

Kenderson wollte den Stab das Donnern der Wiederkehr spüren lassen. Die 2567. war noch immer als ›Provisorische‹ Legion gekennzeichnet. Kenderson wollte, daß die 2567. eine ständige Legion wurde. Er wollte seine Veteranen für den Job, den sie gut erledigt hatten, belohnen. Jene, die das Landefeld umstanden und wußten, wonach sie suchen mußten, erkannten die Lücken in den Zenturien und Kohorten. Sie sahen die zertrümmerten Rümpfe und herabbaumelnden Gravdüsen, die aus den beschädigten Fahrzeugen heraushingen, manche so zerstört, daß sie von den weniger beschädigten im Schlepptau hereingebracht wurden. Einige Infanterietransportereinheiten konnten kaum eine voller Abteilung formen.

Diese Schäden wurden nicht hinter einer Flut von Ersatzmaschinen versteckt. Kenderson wollte sein Kommando als das präsentieren, was es war, mit allen Fehlern. Die ›provisorische‹ 2567. Rebellenlegion kam nach Hause, nicht zu den Fahnen und Trompeten und Trommeln des Parademarsches, sondern zu dem wilden Jubel der Hilfstruppen und der Stabs- und Versorgungssoldaten.

Eine halbe Welt entfernt gingen auf Malthus drei Transporter von der normalen Luftkissenfahrt zur langsamen Fahrt über, landeten auf dem Wasser und trieben nach Frotik Bay zu den Werften, die die Küstenlinie säumten. Das TOG-Kommando hatte die Arbeiter zuvor mit einem massiven Einsatz der Ssoran-Polizei aus der Dockregion vertrieben. Die Überlebenden der Kohorte Patrius und der 356. Straf-Auxilia wurden im Dunkeln und absolut heimlich an die Küste gebracht. Es gab zu viele Fragen, die gestellt werden mußten, zu viele widerstreitende Berichte, die man sortieren mußte, und Brigadegeneral Drusus Arcadius wollte nichts offenlassen, wenn er seinen Abschlußbericht an den Grand General Oliodinus Severus Septimus vom Sektorkommando schickte.

Arcadius folgte der strikten Politik, nur komplette Informationen an den Sektor weiterzureichen. Er glaubte, daß es eine Verschwendung von Zeit war, eine unfertige Information weiterzuleiten, die zu einem späteren Zeitpunkt fast immer korrigiert oder erweitert werden mußte. Es war seiner Meinung nach viel besser, solange zu warten, bis man alle Punkte in einer einzelnen Akte hatte, bevor man sie dem Stab präsentierte. In dieser Politik zu verharren, würde in der gegenwärtigen Situation noch schwieriger sein, da die Spione des Grand General in allen Ecken des Stabes lauerten, aber wenn Arcadius und sein persönlicher Stab schnell genug arbeiteten, konnten sie die Aufgaben vielleicht erledigen.

Dies war der Grund für das Räumen der Dockregion gewesen. Die an Land gehenden Truppen wurden in isolierte Lagerhallen getrieben, die von einer Phalanx aus Ssoran-Wächtern abgesichert wurden. Jede Kommunikation zwischen den Gebäuden und dem Rest der Stadt wurde sorgfältig beobachtet. Es war recht einfach, in die Gebäude hineinzukommen, aber es war nahezu unmöglich herauszukommen. Die Ssoran-Wachen hatten den Befehl, Todesschüsse auf jeden abzugeben, der versuchte, die Lagerhallen unerlaubt zu betreten oder zu verlassen. Als die Straftruppen die Aufenthaltsregion betraten, untersuchten die Ssoran-Polizisten ihre Erkennungsmarken. Arcadius hatte entschieden, daß die Schlacht am Eiskap als die eine ›Kampagne‹ gerechnet würde, die von den Strafsoldaten gefordert wurde, um zu ihren regulären Truppen zurückkehren zu dürfen. Jedes Mitglied der Auxilia, dessen ursprüngliche Einheit auf Caralis diente, sollte sofort wieder zu den regulären Truppen stoßen. Diejenigen, deren Truppen auf anderen Planeten waren, würden in den Baracken bleiben, bis ein Transport arrangiert werden konnte. Arcadius war froh, diese problematische Einheit so einfach loszuwerden.

Er sah den Reihen von Soldaten zu, die in die Lagerhallen stolperten. Die Wunden und die Erfrierungen, die fast jeder Soldat davongetragen hatte, stellten deutliche Zeichen des brutalen Kampfes am Südpol dar. Halb schlafend schlurften sie voran, um ihre Erkennungsmarken an den Tischen vorzuweisen, und wenn sie versuchten, Haltung anzunehmen, waren die meisten zu müde, um mehr zu bewirken, als ihre schlechte Haltung zu versteifen, während die Befrager ihre Berichte studierten. Arcadius kam es so vor, als ob einige der Sträflinge vage vertraut aussahen, und er versuchte sich zu erinnern, ob er im letzten Jahr irgendwen zu einer Strafeinheit geschickt hatte. Er meinte, einen von ihnen wiederzuerkennen, und trat etwas näher, aber dann brachte jemand eine wichtigere Sache, und er wandte seine Aufmerksamkeit von der Reihe der Sträflinge ab.

Das schwierigste Problem, dem sich General Arcadius gegenübersah, war die Aufgabe, mit dem Operationsbericht von Legatus Maximus Rocipian Olioarchus, dem Kommandanten der Straf-Auxilia und verantwortlichen Offizier der letzten Phase des Unternehmens, fertig zu werden. Sein Bericht war vollständig genug, aber die Operation hatte dennoch mit vielen offenen Fragen geendet. Legatus Cariolanus Camus, der ursprüngliche Kommandeur der Kampfkohorte, die die Aktion eröffnet hatte, war auf dem Rückweg verschwunden, obwohl er unter Arrest gestanden hatte. Arcadius war gezwungen anzunehmen, daß Camus es geschafft hatte, in den Wirren während der Evakuierung zu entkommen.

Miles Stratton, der einzige überlebende Stabsoffizier der Straf-Auxilia, konnte wenig Hinweise auf den Verbleib der Offiziere geben. Er war bei der Evakuierung verwundet worden, als er einen schlimmen Schlag auf den Kopf erhalten hatte, der ihn den Großteil der Reise über bewußtlos hatte sein lassen, und er konnte das Verschwinden der beiden Offiziere nicht erklären. Mehr war wahrscheinlich nicht aus ihm herauszukriegen, außer Arcadius wollte den Offizier einer peinlichen Gesinnungsprobe unterziehen. Stratton behauptete, schwache Erinnerungen an Olioarchus und Camus zu haben, wie sie Schulter an Schulter auf dem Deck des Transporters einen Flugabwehr-Laser bedienten. Dann sei alles dunkel geworden. Der Transporter, mit dem Stratton hereingekommen war, hatte ein solches Geschütz verloren, aber er war weit vorn positioniert gewesen, außerhalb der Sichtweite von jemandem, der sich im Kommando-Pompey aufhielt. Der Brigadegeneral fand Zenturio Strattons Bericht bestenfalls verwirrend und schlimmstenfalls unwahrscheinlich.

Und dann war da die Sache mit Präfekt Claudius Sulla. Der Brigadegeneral hatte seinen Operationschef mit der Kohorte in der Hoffnung an das Polarkap geschickt, ihn auf dem einem oder anderen Wege loszuwerden. Olioarchus' Bericht ließ den Einfluß des Präfekten sicherlich alles andere als brillant erscheinen, und vielleicht sogar negativ. Aber Olioarchus war nicht in der Lage gewesen, den Bericht auszuweiten, und Stratton hatte keinen entscheidenden Einfluß. Der Sektor würde seine eigene Bewertung vornehmen müssen. Der Brigadegeneral hoffte innigst, daß man für den Präfekten eine andere Aufgabe fand. Brigadegeneral Drusus Arcadius diktierte seinen Abschlußbericht. Olioarchus und Camus waren den Heldentod gestorben, zur Ehre Neu Roms. Der Bericht der beiden Offiziere würde entsprechend geändert werden. Der endgültige Bericht würde aussagen, daß Camus als Befehlshaber entlassen wurde, um einem erfahreneren Offizier Platz zu machen. Patrius würde das Kommando der ›Kohorte-Minus‹ übernehmen, wie man sie bezeichnete, bis sie wieder voll aufgefüllt war. Sulla, Patrius und Stratton würden das Dokument unterschreiben, seine Wahrheit bestätigen, und es dann dem Sektor übergeben. Die Sache war abgeschlossen.

Fünf Offiziere saßen in Sesseln um den Tisch von Brigadier Bernard Maxall, dem Chef des Commonwealth-Operationsstabes auf Caralis und Gastgeber des Treffens. Es war ein informelles Zusammenkommen, so informell wie ein Zusammenkommen von jüngeren Offizieren im Büro eine Brigadiers je sein konnte, und Maxall erwartete von jedem, daß er frei heraus seine Meinung sagte. Jedem Gast war von uniformierten Ordonanzen ein Skuttarran-Heartstopper serviert worden. Maxall wartete darauf, daß die anderen ihre Gläser hoben, dann erhob er seines. »Auf die Operation Gateway«, sagte er. »Ein Erfolg, wenn auch nicht ganz so, wie wir es erwartet hatten.«

»Auf Gateway«, riefen die Gäste im Chor. Sie ließen sich tiefer in die Sessel gleiten.

»Nun, NaBesta«, begann der Brigadier, als er sich an den Präfekten der 2567. Rebellenlegion wandte, »Ihr Glück scheint anzuhalten.«

NaBesta Kenderson streckte die schmerzenden Beine aus. »Es waren sicherlich einige interessante Wochen.«

»Sie haben einige sehr interessante Leute in dieser zusammengewürfelten Truppe«, kommentierte Colonel Holcomb Daubish, der Chef des Geheimdienstes im Planetarischen Hauptquartier. »Sie scheinen Dinge aus der leeren Luft oder aus den Ärmeln zaubern zu können.«

Kenderson lachte. »Das können sie in der Tat. Aber einige Leute Ihres Stabs verstehen sich nicht weniger darauf. Sie haben einen Zenturio in Ihrer Organisation vergraben, der die gesamte zweite Hilfstruppe zusammengestellt hat. Er hat Einheiten zusammengezogen, die nicht einmal existierten. Ich hoffe, er bekommt etwas Anerkennung.«

»Bekommt er«, antwortete Lieutenant Colonel Alban C. Tripp. »Aber ich muß vorsichtig sein, damit es sich nicht herumspricht. Wenn Pharker zu berühmt wird, will ihn sich vielleicht einer aus dem Sektor greifen. Er ist ein ziemlich junger Mann. Kennt jeden und nutzt das Juniorennetzwerk, um Dinge erledigt zu bekommen.«

»Ich habe darüber nachgedacht, Pharker einen Platz in meinem persönlichen Stab zu geben, Tripp«, bot Maxall an. »Er würde ein weiteres Spielfeld für seine Talente haben.« Der Brigadier sah seinen Stabsoffizier seufzen und fügte schnell hinzu: »Aber ich kann keine Talente aus meinem Arbeitsladen stehlen, um meinen Stab aufzustocken. Sie können Ihren jungen Zenturio Pharker erst einmal behalten, aber seien Sie gewarnt: früher oder später wird er mir gehören.«

»Milt hat den Großteil des Kampfes am Südpol erledigt.« Kenderson deutete in die Richtung seines Freundes. »Ich dachte, daß ihr Leute den Mann kennenlernen solltet, der die ganze Sache geführt hat.«

»Milt und ich haben schon viel zusammen erlebt«, grinste Maxall Harras an. »Wir waren beide Commonwealth-Soldaten, bevor Milt seinen Mund gegenüber einem Feldmarschall aufgerissen hat, als er ihn besser hätte halten sollen. Milt hatte natürlich recht, aber es tat seinen Chancen für eine Beförderung nicht gut. Schön, Sie gesund zu sehen.«

Harras schob seine Füße in eine bequemere Lage auf dem Fußhocker und lächelte. Die Commonwealth-Offiziere im Raum waren mit Ausnahme von Tripp Männer, die er schon seit langer Zeit kannte. »Es ist schön, wieder hiersein zu können, Sir.«

»Sie können das ›Sie‹ fallen lassen, Milt. Mit unseren Heartstoppern in der Faust sind wir alle gleich. Ein paar mehr davon, und wir werden uns noch ähnlicher sein. Ich erinnere mich daran, wieviel du vertragen kannst.«

»Das ist lange Zeit her, Bernie, eine lange Zeit.« Harras konnte sich kaum noch an die Tage erinnern, als die beiden Männer Zenturio und Legatus waren, Heartstopper und Tau Cetis wegkippten, bis sich die Sonne über ihren tiefen philosophischen Diskussionen wieder erhob. Das waren aufregende Tage gewesen.

»Wie steht's nun mit Ihrer Legion?« fragte Daubish. Sein Interesse war mehr als nur nebensächlich. Man erwartete von den TOG-Streitkräften auf Alsatia, daß sie in den nächsten 30 Tagen einen weiteren Angriff durchführen würden, und er mußte die Verfügbarkeit seiner Truppen kennen.

»Tut mir leid, Jungs«, fügte Maxall hinzu. »Aber Tripp und Daubish müssen wissen, wann ihr wieder einsatzbereit seid.«

Harras und Kenderson sahen einander an und dann zu Boden. Kenderson blickte zuerst wieder auf. »Wir dürften für diesen Angriff bereit sein, aber ich will so vielen meiner Leute wie möglich den Urlaub geben, den sie verdient haben; sagen wir, mindestens zwei Wochen. Dann können wir sie für eine schnelle Ausbildung zusammenziehen, was nicht so schlecht wäre, wenn ich die Leute behalten kann, die ich bekommen habe.«

»Einige Ihrer Leute sind Freiwillige aus Commonwealth-Einheiten«, sagte Daubish. »Wollen Sie die ebenfalls behalten?«

»Wenn ich darf.«

»Es wird die Hölle werden, das ihren Kommandeuren beizubringen, aber ich werde es arrangieren«, sagte der Brigadier. »Die haben es den letzten Monat ohne sie geschafft, und vielleicht haben sie sich auch schon an ihre Abwesenheit gewöhnt.«

»Zwei Wochen Urlaub und dann zwei Wochen Training«, sagte Tripp. »Ich werde Sie in meinem Kalender eintragen.«

EPILOG

63

1230,23 Martius 6831

Das Commonwealth-Passagierschiff *Queen Semiramide* hing am Ladedock des kommerziellen Flughafens nahe dem Commonwealth-Hauptquartier auf Rolandrin und wartete darauf, daß die Passagiere an Bord gingen. Der größte Aufenthaltsraum des Schiffs war vom Summen gedämpfter Konversation erfüllt, als die Reisenden sich in den Armsesseln niederließen. Stewards bewegten sich würdevoll und leise zwischen den Gruppen und hoben Tabletts mit Getränken auf ihren Fingerspitzen hoch über die Köpfe. Sie beugten sich dienstbeflissen zu den sitzenden Passagieren hinab, servierten Drinks, schüttelten Kissen auf, richteten Rückenstützen aus. Sie hatten diese Dienste so häufig durchgeführt, daß sie längst nicht mehr die Personen zur Kenntnis nahmen, die die Sessel besetzten.

Die Außenwände wurden in regelmäßigen Intervallen von großen rechteckigen Sichtluken unterbrochen. Kleine Tische mit je zwei bequemen Sesseln waren davor und zwischen den Fenstern aufgestellt worden. Ein solcher Tisch wurde von zwei Sergeanten in Ausgehuniformen besetzt. Einer davon war ein massiger Mann, der die neuen Streifen eines jüngst beförderten Unteroffiziers trug. Der andere war eine kleine Frau mit einer Fülle rotbraunen Haars, das über ihre Schultern fiel. Die beiden unterhielten sich leise miteinander. Sie waren so in ihr Gespräch vertieft, daß sie nicht wahrnahmen, als die *Queen Semiramide* die Station verließ und den Transit in das Erholungszentrum begann.

Die beiden übersahen auch die Ankunft des Rebellenoptios, der sich näherte, um sich neben den Sessel der Frau zu stellen. »Entschuldigen Sie. Darf ich mich setzen?« fragte Optio Roglund Karstil.

Die beiden Sergeanten sahen überrascht auf. Das Gesicht des Mannes verdunkelte sich vor Enttäuschung. Es gab nur zwei Sessel an diesem Tisch, und er war sich sehr sicher, daß er derjenige war, der sich jetzt davonmachen mußte. Ein Blick auf das strahlende Gesicht seiner Begleiterin bestätigte die Annahme. »Aber sicher, Sir«, sagte er, während er sich vom Sessel erhob. »Wir sehen uns später, Honor.«

Karstil setzte sich in den freigewordenen Sessel. »Ich bin froh, daß du hier bist.«

»Ich ebenfalls.«

»Es gibt einige Dinge, die ich dir da drüben im Eis sagen wollte, und die dort nie gesagt worden sind.«

»Es gibt einige Dinge, von denen ich hoffte, daß man sie zu mir sagt«, sagte Honor Ross mit einem Lächeln.

Der massige Mann zog sich tiefer in das Gestrüpp zurück, das den Eingang zu seinem Versteck verbarg. Er hob den Scanner und untersuchte die Gegend rings umher, um sicherzugehen, daß es keine Feinde in dieser Region gab. Da das umliegende Gelände frei war, suchte er den Rest der Region in sich überlappenden Bögen ab, bis er den Horizont erreichte. Die einzige Bewegung, die er entdeckte, war normale TOG-Aktivität in den Ruinen der Stadt, die zehn Kilometer entfernt lag. Frotik war bei der Attacke, in deren Verlauf die Stadt vor zwei Jahren von den Truppen des Terran Overlord Government eingenommen worden war, weitgehend zerstört worden, und die TOGs waren langsam darin, sie wiederaufzubauen. Die Dockregion war mit häßlichen Provisorien angefüllt. Die Fahrzeuglandebahnen waren wieder intakt, aber die Stadtmitte war noch immer verwüstet.

Der Spion hatte seinen Kontakt unter den Zivilisten

gefunden. Er hatte die TOG-Legionärsuniform mit ziviler Kleidung getauscht, um unbemerkt verschwinden zu können. Er wollte den Kontakt nicht in Gefahr bringen, weil er annahm, daß die TOGs auch Spione unter der Zivilbevölkerung hatten. Die Höhle war ein glücklicher Fund gewesen.

Sein Kontakt hatte die Geräte zur Verfügung stellen können, die für den Fortgang der Arbeit des Spions notwendig waren. Der Scanner war von den TOGs entworfen und aus einem zerstörten Gefechtsstand geborgen worden. Mit einem weiteren Glücksfall war es ihm möglich gewesen, die Teile einer Rebellenmilitärausrüstung zusammenzukratzen. Falls er von den Feinden gefaßt werden sollte, würde man ihn, so hoffte er, nicht sofort als Spion entlarven. Natürlich wußte der Rebellenspion nicht, ob das ein Segen oder ein Fluch war. Es konnte besser sein, einen schnellen Tod zu sterben, als in einem TOG-Verhörzimmer zu landen. Er kannte die schrecklichen Dinge, die bei den Gesinnungstests geschahen.

Der Mann schlüpfte zurück in die Höhle und lud die Diskette mit der Botschaft. Er richtete den dünnen Draht, der als Antenne diente, über der Höhlendecke aus. Die Energie für den Sender war begrenzt, und er mußte den COMSAT direkt an seinem Rezeptor treffen. Er überprüfte den kleinen Computer, beobachtete, wie die Sekunden vergingen, bis der Satellit in Position war. Die Computeruhr ging auf null, und er drückte den Sendeknopf herunter. In weniger als einer halben Sekunde sprang die komplette Botschaft vom Commlink in den Äther. Sekunden später reflektierte der COMSAT die kreischende Transmission nach Rolandrin, und ihr Adressat erhielt die Botschaft wenig später.

Ein sanftes Klopfen ertönte an der offenen Tür. Präfekt NaBesta Kenderson sah von den Papieren auf dem Schreibtisch auf, als Legatus Mantelli Lartur, Operationsoffizier der 2567. Legion und Mann für alles, sein

Büro betrat. Ohne ein Wort übergab er Kenderson ein versiegeltes Paket und verließ den Raum, die Tür hinter sich schließend und verriegelnd. Er war nicht überrascht, daß der Präfekt eine geheime Botschaft erhielt. Männer in seiner Position hatten ihre Finger in vielen Töpfen. Aber die Kennzeichnung wies sie als verschlüsselt aus. Das bedeutete, daß sie lebenswichtig war.

Kenderson brach das Siegel und begann den langen Prozeß des Dechiffrierens, wobei er ein Einmalpapier benutzte. Es dauerte fast eine Stunde, bis er den Kode geknackt hatte. Es gab nichts von besonderem Interesse; nur der Name am Ende war wichtig. Er lautete ›Stone‹.

Kenderson grinste die leere Wand seines Büros an. Er zerknüllte das Nachrichtenblatt, die Reißblätter, das Notizpapier und all seine Notizen zu kleinen Bällen. Einen nach dem anderen warf er sie sorgfältig in den Brennkorb und sah ihnen beim Verbrennen zu, als sie den Rand überschritten. Als die letzten Spuren seiner Arbeit zu Asche geworden waren, entriegelte er das Schloß der Bürotür und wandte sich wieder seiner Schreibarbeit zu.

Glossarium

Technologie der Bodentruppen

Gravantrieb
Der wichtigste Fortschritt in bezug auf die Fortbewegung auf dem Boden war die Erfindung des Grav-Antriebes im Jahre 2210. Der Marshman-Antrieb, der nach seinem Erfinder benannt wurde, erlaubt einem Objekt, parallel zum Boden zu fallen anstatt in die Tiefe. Besondere Antigrav-Steuerungen ermöglichen es dem Gegenstand, auch die Richtung zu ändern. Sofort erkannte das Militär die Möglichkeiten, die dann zur Entwicklung des modernen Gravpanzers führten.

Der Gravpanzer hat die Kriegsführung am Boden deutlich verändert. Je nach Höhe kann der Gravpanzer Geschwindigkeiten zwischen 100 und 900 Stundenkilometer erreichen. Bei diesen Geschwindigkeiten kann eine Gravlegion die Entfernung zwischen den alten irdischen Städten New York und Chicago in eineinhalb Stunden überwinden. Mittels eines Geländeradars kann sich ein Gravpanzer auch in den dichtest besiedelten Gebieten mit unglaublicher Geschwindigkeit bewegen. Die Schußkraft einer Gravsturmtruppe könnte eine Armee aus dem 20. Jahrhundert besiegen. Aufgrund ihrer hohen Geschwindigkeit und Fähigkeit zur schnellen Schwerpunktbildung kann eine Gravlegion ein Gebiet, das sich über Hunderte von Kilometern erstreckt, angreifen oder verteidigen. Die Gravfahrzeuge wurden zur bedeutendsten Truppengattung beim Bodenkampf.

Einer der Nachteile des Marshman-Antriebs besteht

darin, daß er nur bis zu einer Höhe von 15 Kilometern über der Oberfläche eines erdähnlichen Planeten operieren kann. Folglich benutzen die meisten Raumschiffe Antigravgeneratoren für atmosphärische Flüge. Trotz seiner Nachteile hat der Gravpanzer die Art der Kriegsführung zu Lande stark verändert.

Panzerung und passiver Schutz

Die Standardpanzerung eines Gravpanzers besteht aus einer kristallinen Titanlegierung, die molekular mit einer keramischen Matrix verbunden ist. Sie ist für die altmodischen Geschoßladungen und Waffen mit niedriger kinetischer Energie undurchdringlich, widersteht hyperkinetischen Waffen sehr gut und bietet auch guten Schutz gegen die meisten anderen Waffen.

Auch das Innere eines Gravpanzers ist gut geschützt. In sämtliche Hauptkomponenten wurden Ersatzstromkreise und Selbstreparatursysteme eingebaut. Ein völlig unabhängiges Ersatzsystem sorgt für so empfindliche Punkte wie Schilde und Geländesensoren. Außerdem gehören energieabsorbierender Schaum und eine Feuerlöschausrüstung zum passiven ballistischen Standardschutz aller Kampffahrzeuge.

Schilde

Gravpanzer werden durch Flimmerschilde geschützt. Der Flimmerschild ist eine Druckschwerkraftwelle, die normalerweise für jegliche Form von Energie undurchdringlich ist. Da der Energieaufwand hierfür so hoch ist, war es notwendig, einen Schild zu entwerfen, der sich ein- und abstellt, anstatt fortwährend anzubleiben. Ein solcher Flimmerschild schützt gegen Laser, thermonukleare Explosionen, Energiewaffen und leichte Geschosse. Wenn sich die Flimmerrate steigert, steigert sich auch der Energieverbrauch.

Wie schnell auch die Schilde flimmern, wenigstens 10 Prozent aller Treffer kommen durch.

Zielmarkierungslaser
Der Zielmarkierungslaser markiert ein Ziel mit einem Laserstrahl. Anschließend orientieren sich die Sensoren der Marschflugkörper oder der Artilleriemunition an dem reflektierten Laserlicht. Solange der Laser auf dem Ziel verbleibt, erreicht die Genauigkeit der so geleiteten Schüsse 100 Prozent. Wenn ein Markierungslaserstrahl auf einen Schild trifft, kann der damit zielende feindliche Panzer das Laserlicht benutzen, um die Flimmergeschwindigkeit des feindlichen Schildes zu errechnen. Dann kann er seinen Laser so einstellen, daß der Schuß in einer Flimmerpause hindurchschlüpft. Die Flimmergeschwindigkeit kann auch in die Feuerleitsysteme anderer eigener Panzer und den elektronischen Kreislauf jedes gesteuerten Flugkörpers übermittelt werden.

Als Gegenmaßnahme kann der Schild vom Rumpf des Fahrzeuges angehoben werden, damit der Ziellaser der Angreifer vom Rumpf abprallt und die Rückseite des Schildes trifft, wenn dieser gerade wieder in der ›An‹-Phase ist. Dadurch wird die Menge der reflektierenden Laserenergie verringert und es so erschwert, Schilde mit hoher Flimmergeschwindigkeit zu markieren.

Massebeschleunigungsgeschütz (MBG)
Die modernste Kanonenart überhaupt. Das Massebeschleunigungsgeschütz besteht normalerweise aus einem langen Rohr, das aus extrem leitfähigem Material gefertigt ist. An diesem Rohr sind zwei Stäbe aus magnetischem Material angebracht. Ein starker Strom fließt durch das Rohr und beschleunigt gehärtete Stahlsplitter, die auf einer magnetischen Welle getragen werden, die wiederum im Rohr in den Stäben erzeugt wird. Wegen ihres Gewichts und der geringen Durchschlagskraft bei Flimmerschilden wird das MBG zumeist auf Raumschiffen oder Raumabwehrfahrzeugen angebracht.

Gausskanone
Eine verbreitete Waffe im Bodenkampf. Die Gausskanone ist eine ballistische Flachfeuerwaffe, die ähnlich wie das MBG funktioniert. Die Geschosse können von den Schilden nicht abgewehrt werden und durchdringen die Panzerung eines Ziels mit hyperkinetischer Energie.

APDS-Munition (Armor-Piercing Discarding Sabot = Panzerbrechende, mantelabwerfende Munition)
APDS-Geschosse nutzen kinetische Energie, um ihr Ziel zu durchschlagen. Das Geschoß besteht aus einem langen, dünnen Urankern, der von einem Geschoßmantel umgeben ist. Sobald das Geschoß die Kanone verlassen hat, fällt der Mantel ab, um die Verzögerung, die durch Luftwiderstand entsteht, zu verringern.

HEAP-Munition (High-Explosive-Armor-Piercing = Hochexplosive, panzerbrechende Munition)
Die HEAP-Munition ähnelt der APDS-Munition, nur hat sie einen Explosionskörper direkt hinter dem Hartkern, der sofort explodiert, wenn er in die Panzerung eindringt. Dadurch wird der Hartkern tiefergedrückt und richtet größeren Schaden an.

Hammerkopfmunition
Das Hammerkopfgeschoß besteht aus einer Nase und einer an die Seiten geformten Sprengladung. In der Nase befindet sich ein selbstzerstörender Röntgenlaser. Wenn das Geschoß die Seite eines Fahrzeuges trifft, wird die freigesetzte kinetische Energie in Röntgenenergie umgewandelt. Diese Energie wird mittels eines besonderen Kristalls zurück auf das Fahrzeug konzentriert. Der Laserstrahl bohrt ein Loch durch die Panzerung, wobei die speziell geformte Sprengladung ins Innere des Fahrzeugs dringt. Wenn sie auf die Unterseite des Röntgenlasers trifft, erfolgt eine Explosion, die senkrecht nach den Seiten wirkt.

Lenkflugkörper
Panzerabwehrlenkflugkörper sind recht groß, schwer und haben eine beschränkte Reichweite. Alle Lenkflugkörper können durch aktive Zielmarkierungslaser auf Ziele gelenkt werden und ermöglichen so direktes oder indirektes Feuer. Ist das Ziel nicht markiert, erfaßt der Schütze das Ziel, feuert, und das interne Zielsuchsystem der Lenkflugkörper bringt diesen selbst ins Ziel.

SMLM (Sub-Munitions-Laser-Guided Missile = Lasergelenkter Flugkörper mit Sub-Munition)
Die SMLMs gehören zu den schweren Fahrzeugabwehr-Standardlenkflugkörpern. Wenn sie sich einem Ziel nähern, explodieren sie, und ein Hagel aus Hochgeschwindigkeitsmunition, die große Teile der Panzerung abreißen kann, regnet hernieder. Kann ein Lenkflugkörper ins Innere eines Fahrzeugs durchschlagen, wird die Explosion seitlich ausgerichtet und richtet schwere Schäden an.

TVLG (Tube Launched/Vertically Launched Laser Guided Missile = Lasergelenkter Flugkörper, aus Rohr abgeschossen oder senkrecht gestartet)
Das TVLG ist leichter und hat eine kürzere Reichweite als ein SMLM, verfügt aber über eine stärkere Durchschlagskraft. Der Sprengkopf besteht aus einem modifizierten 100-mm-Hammerkopfgeschoß. Normalerweise wird es von der Infanterie als hauptsächliches Fahrzeugabwehrsystem eingesetzt, wobei dann jedoch die Vorrichtung für indirektes Feuer meist fehlt.

Artillerie
Sämtliche Feldartilleriekomponenten sind inzwischen mobil, gepanzert und in der Lage, während der Fahrt zu feuern. Die Waffen verwenden elektromagnetische Beschleuniger und raketenartige Projektile, um mit unvergleichlicher Genauigkeit und Geschwindigkeit auf

die Feueranforderungen aus den vorderen Reihen hin feuern zu können. Die Fähigkeit der Artillerie, jedes Ziel, das länger als eine Minute stillsteht, völlig zu zerstören, sichert die Überlegenheit der Gravpanzer gegenüber den billigeren und einfacher gearbeiteten Bodenfahrzeugen.

HAFE-Munition (Hypervelocity Airburst Flechette Explosive = Luft-Boden-Streuladungen)
Die HAFE-Munition explodiert in einer Wolke Tausender, explosiver Flechetten oder Munitionspfeile, die zu groß sind, um von den Schilden aufgehalten zu werden. HAFE-Munition ist von begrenzter Wirkung gegen Fahrzeuge, wirkt aber vernichtend, wenn man damit Infanterieziele beschießt oder bewaldete Gebiete, um den Gravpanzern ein leichteres Durchkommen zu ermöglichen.

AM-Geschoß (Artillerieminen-Geschoß = AM)
Jedes AM-Geschoß enthält Hunderte von Minen als Ausstoßladung. Wenn das AM ein Ziel trifft, verteilt es die Minen in einem Kreis mit dem Durchmesser von 600 Metern. Jede Mine explodiert, wenn sie über sich ein Gravfeld bemerkt oder berührt wird. Die Mine ist mit einem Transponder-Empfänger ausgerüstet, der eigene Fahrzeuge oder Infanteristen erkennt. Feindliche Einheiten können AM-Minenfelder überwinden, wenn sie Pionierfahrzeuge oder Minenabwehrgeschosse einsetzen.

GLAD-Munition
Hier handelt es sich um eine lasergesteuerte Fahrzeugabwehr-Geschoßart. Wenn sich das Geschoß über dem Zielgebiet befindet, entfaltet sich ein Fallschirm. Dann suchen die Sensoren die unmittelbare Umgebung nach einem Ziel ab, das von eigenen Lasern markiert wurde. Ist keine Lasermarkierung vorhanden, sucht sich das Geschoß sein Ziel selbst.

Nebelmunition
Eine Nebelgranate errichtet eine dichte Wand aus Rauch, der im optischen, elektromagnetischen und infraroten Spektrum undurchsichtig ist. Dieser künstliche Nebel kann in der Defensive angewandt werden, um den Rückzug oder die Verlegung der Truppen zu decken. In der Offensive kann man eine Nebelwand vor den Feind legen, der mit hoher Geschwindigkeit in ein bebautes Gelände einzudringen versucht. Der Rauch blockiert den Geländesensor des Feindes und sorgt dafür, daß der Eindringling nicht weiter vorankommt, wenn er keinen Unfall riskieren will.

Trichtermunition
Die Trichtermunition ist eine Artillerieversion der Sprengladung zur Lockerung des Bodens, die von allen Fahrzeugen mitgeführt wird. Man benutzt sie hauptsächlich, um eine defensive Zone für eine ausweichende Truppe zu schaffen. Sie kann ebenfalls angewandt werden, um Trichter auszuheben, die der angreifenden Truppe als schnelle Deckung dienen.

Hell-Geschoß
Wenn ein Hell-Geschoß explodiert, wird genügend Gravenergie frei, um eine kleine unkontrollierte Fusionsreaktion hervorzurufen. Die Munition ist ausgesprochen ›sauber‹ und hinterläßt wenig Verstrahlung, zerstört aber jedes Gebäude, jede Vegetation und alle ungeschützten Einheiten innerhalb ihrer Wirkungsreichweite. Eine gute Panzerung vermindert die Auswirkungen eines Hell-Geschosses, und es wirkt weniger effektiv auf stehende Fahrzeuge als ein GLAD-Geschoß.